ÉTUDE

SUR LA CONDITION

DES

POPULATIONS RURALES DU ROUSSILLON

AU MOYEN ÂGE

ÉTUDE

SUR LA CONDITION

DES

POPULATIONS RURALES DU ROUSSILLON

AU MOYEN ÂGE

PAR

JEAN-AUGUSTE BRUTAILS

ARCHIVISTE DE LA GIRONDE, JUGE AU TRIBUNAL SUPÉRIEUR D'ANDORRE

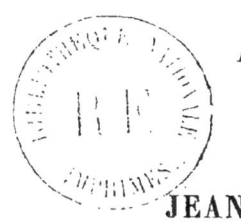

PARIS

IMPRIMERIE NATIONALE

—

M DCCC XCI

A

MONSIEUR LÉOPOLD DELISLE

RESPECTUEUX HOMMAGE

PRÉFACE.

L'histoire du droit roussillonnais est encore à écrire. Ce n'est pas que le passé de la province n'ait été l'objet de savantes et laborieuses recherches; mais les investigations des érudits se sont portées sur d'autres côtés : ils ont étudié les faits, les guerres dont la contrée fut le théâtre, les grands coups de lance de quelques héros. Grâce à Dieu, ces épisodes brillants, ces triomphes et ces désastres se produisent rarement, et ils intéressent, au moyen âge surtout, le souverain et sa cour plutôt que la masse de la nation[1]. La vie du peuple est faite des menus événements qui échappent aux chroniqueurs, des actes qui se répètent à tout instant, des travaux quotidiens, des charges à supporter, des coutumes dont l'action se fait constamment sentir. Tel village a vu une invasion tous les siècles; mais chaque année ses habitants ont dû payer leurs redevances; mais chaque jour ils se sont pliés au joug de leur condition, jouissant de ses avantages et pâtissant de ses exigences : voilà leur existence réelle, leur véritable histoire. Or, jusqu'à présent on n'a guère envisagé sous cet aspect l'ancien Roussillon. Cette lacune, des écrivains ont essayé de la combler, trop souvent au moyen d'aperçus théoriques sans autre fondement que des traditions inexactes. Certains auteurs en sont

---

[1] En 1320, une enquête fut faite à l'occasion d'un procès entre les gens de Fourques et l'abbé d'Arles : les témoins n'osent pas affirmer que le pays soit en paix. Voici la déposition de l'un deux, qui est de Thuir : «Item, super vi arti- culo interrogatus, dixit se nescire quod in terra Rossilionis et Vallispirii sit guerra; ymo credit esse ibi pacem; aliter nescit pro certo.» (Étude de Me Julia, notaire à Arles-sur-Tech.)

venus à nous donner des tableaux vraiment fantastiques de la
société féodale dans nos pays.

Mon étude a surtout pour objet la période antérieure au
xıv^e siècle, parce que cette période, qui correspond à la formation du régime féodal et à son épanouissement, m'a semblé
particulièrement intéressante.

Très souvent j'ai eu l'occasion de citer les coutumes andorranes : issus tous les deux du droit catalan, le droit andorran
et le droit roussillonnais se ressemblaient beaucoup autrefois;
celui-ci a disparu, celui-là s'est mieux conservé; l'un nous aide
à comprendre l'autre : certains usages de l'Andorre ont leur
explication dans les lois catalanes du moyen âge, et réciproquement on se rend mieux compte de telle disposition du droit
catalan ancien en la comparant avec les usages de l'Andorre.
La possibilité de ce rapprochement était une bonne fortune
rare : j'ai cru pouvoir en profiter, sans sortir de mon sujet.

Il me reste, avant de terminer cette Préface, à remplir un
double devoir. En premier lieu, je tiens à remercier tous ceux
qui m'ont aidé de leurs conseils et de leurs renseignements,
notamment M. G. Sorel, M. l'abbé Torreilles, M. Platon, mon
obligeant confrère M. Desplanque, et surtout M. le colonel
Puiggari, qui, pour cette étude comme pour les précédentes,
m'a prêté le secours de son érudition et de son invraisemblable bienveillance.[1]

En second lieu, j'ai à solliciter l'indulgence du lecteur pour
les lacunes et les imperfections de cet ouvrage, achevé loin de
ces belles Archives des Pyrénées-Orientales, que j'aurais eu
besoin de consulter encore.

[1] Le colonel Puiggari, qui avait bien voulu m'accorder son amitié, est décédé pendant l'impression du présent livre, après une vie exemplaire d'honneur et de travail.

INTRODUCTION.

PREMIÈRE PARTIE.

BIBLIOGRAPHIE.

I. Les textes législatifs : les Constitutions de Catalogne.

II. Les chartes : les registres de notaires et les actes détachés. — Les recueils : *Marca Hispanica*. — *Histoire de Languedoc*. — *Privilèges et titres de Roussillon et de Cerdagne*. — Bernard Alart et son œuvre.

III. Les auteurs : Fossa. — André Bosch. — Xaupi. — Massot-Reynier. — Henry et de Gazanyola. — P. Tastu. — M. de Tourtoulon. — MM. Guil. de Brocá et J. Amell. — Les commentateurs anciens.

I. A ce qui a été dit en tête de la Préface, il est à peine utile d'ajouter que les travaux antérieurs ne m'ont pas été d'une grande utilité; j'ai dû recourir constamment aux documents, aux textes législatifs et aux chartes.

Les textes législatifs sont surtout renfermés dans le recueil des Constitutions de Catalogne. Cette compilation fut décidée en 1413 : il en existe plusieurs éditions de 1495, 1513, 1588 et 1704 [1]. Je me suis servi de l'édition de 1588; elle comprend trois parties paginées séparément : *Constitutions y altres drets de Cathalunya* (1588); — *Pragmaticas y altres drets de Cathalunya* (1589); — *Constitutions y altres drets de Cathalunya superfluos, contraris y corregits* (1589) [2].

---

[1] Sur l'histoire des Constitutions de Catalogne, voir l'Introduction placée en tête de ce recueil; Fossa, *Mémoire pour l'ordre des avocats de Perpignan*, p. 137; Torres-Amat, *Memorias para ayudar a formar un diccionario critico de los escri-* tores catalanes, verbo *Constitucions de Cataluña*, et de Brocá et Amell, *Instituciones del derecho catalan*, 2ᵉ édition, t. I, p. 65 et suiv.

[2] Ces dates sont celles de l'édition dont je me suis servi.

Les Constitutions donnent, en langue catalane, un grand nombre de lois édictées dans la province; mais les compilateurs, au lieu de publier ces documents *in extenso* par ordre chronologique et de les faire suivre d'une table analytique détaillée, les ont découpés en articles et ont réparti ces articles entre les différents titres des dix livres qui composent l'ouvrage. Cette méthode est des plus défectueuses : il est impossible d'apprécier la portée d'un article de loi ainsi pris à part[1]. Les *Corts* ou États de la Catalogne étendaient leurs attributions législatives aux objets les plus divers; aussi les Constitutions fournissent-elles les éléments d'un tableau à peu près complet de la législation catalane [2].

II. Aux textes législatifs j'ai préféré les chartes, me rappelant qu'«on s'est souvent trompé en voulant écrire l'histoire d'une période historique d'après les ordonnances promulguées pendant cette période. A côté de la loi, il y a le fait; et si dans tous les

[1] J'ai donné un exemple des erreurs qu'entraîne cette méthode, dans la *Nouvelle Revue historique de droit français et étranger*, année 1888, p. 71.

[2] Les Constitutions renferment (1ʳᵉ partie, liv. IV, tit. XXVII) un coutumier féodal très incomplet, dû à un particulier, le chanoine Pierre Albert, qui vivait en 1249. (Fossa, *Mémoire pour les avocats*, p. 152, note 1; P. Puiggari, dans le *Publicateur des Pyrénées-Orientales*, 1837, p. 166; Torres-Amat, *op. cit.*, verbo *Albert (Pedro)*; de Brocá et Amell, *op. cit.*, t. I, p. 49.) On n'a pas assez remarqué que, parmi les lois insérées dans les Constitutions, il en est de particulières à certaines villes; les plus remarquables parmi ces coutumes locales sont comprises dans le tome II (liv. I, tit. XIII), sous le titre de : *Recognoverunt proceres*, et (liv. IV, tit. II), *Consuetuts d'en Sanctacilia* sur les servitudes urbaines. L'une et l'autre avaient été originairement concédées à la seule ville de Barcelone ; la seconde s'étendit, il est vrai, à presque toute la Catalogne; mais est-on fondé à l'invoquer, comme usage local, en Roussillon et en Cerdagne? Une consultation d'hommes de loi de l'ancien régime, publiée par M. Vicens (*Usages locaux des comtés de Roussillon et de Cerdagne*, p. 44-45), semble trancher la question dans le sens de l'affirmative. Parmi les signatures des praticiens qui ont rédigé cette déclaration, je relève des noms justement respectés; mais ce n'est peut-être pas à des hommes de loi qu'il faut s'adresser pour avoir la solution d'un problème avant tout historique, et je persiste à croire que l'idée a été malheureuse de donner comme usages locaux du Roussillon et de la Cerdagne les coutumes d'en Sanctacilia.

temps le fait a souvent contredit la loi, cela est surtout vrai de l'époque féodale [1]. » Constitutions et coutumes nous font connaître ce qui aurait dû exister plutôt que ce qui a existé réellement; les actes sont plus véridiques : ils nous permettent de saisir sur le vif l'état exact de la société [2].

Les registres de notaires sont surtout d'un grand secours pour les études du genre de celle que j'ai entreprise; les tabellions intervenaient jadis dans tous les contrats; ils enregistraient les conventions les plus solennelles comme les plus intimes, et dans leurs *notules* et leurs *manuels* on trouve un traité de paix à côté de l'acte de réconciliation d'un mari avec sa femme, d'un enfant avec son père [3]. Malheureusement, ces registres sont rares pour la

[1] Siméon Luce, *Histoire de Du Guesclin*, in-8°, p. 161, note.

[2] Ces considérations expliquent pourquoi j'ai évité de recourir à certains livres dont l'autorité est grande cependant, notamment au traité *De la propriété des eaux courantes*, de Championnière. Cet auteur a emprunté, en effet, à peu près exclusivement aux textes de coutumes pour la plupart modernes et aux écrits des juristes les éléments de son tableau du droit féodal. De plus, la science juridique et la subtilité d'analyse qu'il déploie me paraissent déplacées dans l'examen de coutumes qui sont le résultat de faits brutaux et non pas l'application de théories et de principes. Il en est des institutions du moyen âge comme de l'architecture de cette même époque : leur étude est faite de bon sens et de constatations plutôt que de déductions et de formules. Pour avoir méconnu cette règle, certains archéologues trops savants ont découvert des combinaisons et du symbolisme là où il y en a le moins; de même, des auteurs trop imbus des conceptions modernes du droit voient dans nos anciens usages une régularité, une ordonnance qui sont loin de s'y trouver. Championnière, si je ne me trompe, est de ces auteurs : d'une part, le choix de ses sources, de l'autre, l'état d'esprit que je viens de signaler, l'ont conduit à des conclusions que je considère comme erronées. La classification des droits et des redevances, sur laquelle repose tout son livre, répond à des abstractions d'école, mais non à l'histoire réelle : c'est une de ces classifications théoriques dont il est bien permis de se servir pour la clarté de l'exposition et l'agencement d'un ouvrage, mais qui ne peuvent pas servir de base à une argumentation.

[3] 4 juin 1406. (*Notule* de Siméon Descamps, Notaires, n° 832.) — 30 décembre 1435. (*Notule* de Gabriel Resplant, Notaires, n° 170.) — L'un des actes les plus curieux que j'aie rencontrés est l'instrument suivant, du 9 février 1256, par lequel un croisé cède, pa–devant notaire, l'indulgence à laquelle il a droit : « R. Guilelmo, filius quondam B. Gui-

période que je me suis proposé d'étudier. Par contre, il nous est resté, outre le volumineux cartulaire du Temple, un très grand nombre de pièces détachées, gardées dans différents fonds aux archives du département des Pyrénées-Orientales; les documents dont je n'indiquerai pas autrement le dépôt appartiennent à ces archives.

Un grand nombre de chartes relatives à l'histoire de la région ont été publiées; Baluze en a conservé une série des plus précieuses dans l'*Appendix* du *Marca Hispanica;* de même, j'ai eu à puiser parmi les pièces justificatives de l'*Histoire du Languedoc* de dom Vaissete.

Mais le recueil imprimé qui m'a été le plus utile est celui que mon prédécesseur, Bernard Alart, a fait paraître en 1878 et qui est intitulé : *Priviléges et titres relatifs aux franchises, institutions et propriétés communales de Roussillon et de Cerdagne* (Perpignan, in-4°).

Bernard Alart était un rude travailleur, qui pendant vingt ans a cherché, recueilli, transcrit les pièces intéressantes pour l'histoire du pays. Doué d'un esprit curieux, d'une mémoire invraisemblable, d'une rare ténacité, il était attiré par les difficultés et il n'épargnait pas la peine pour les résoudre; il épuisait les questions qu'il abordait, traitant avec la même conscience le plus infime détail; et ce

---

lelmo, de Toyr, profiteor et recognosco tibi Raymundo Marti de Toyrio, [habitatori] de Pollestris, causanguineo meo, quod ego vado pro te et nomine tuo ad Murciam, ad honorem Dei et in re[missionem] peccatorum tuorum donans tibi totam mercedem et perdonum et omnes deffenciones [contra] omnes homines quod et quas habere debeo, ratione dicti viatici de Murcia. Profitens tibi quod tu, quia vado ad [dictum] locum de Murcia ad honorem Dei in remissionem peccatorum tuorum providis (*sic*) mihi in omnibus expensis meis, [quas] facturus sum in predicto viatico de Murcia, de quibus expensis bene per pacatum, etc. Renuntians, etc. B. Savine et Jacobi Rodel de Solerio (?) et G. Massiots. — Habui sex denarios. » (*Manuel* de P. Calvet, Notaires; n° 2, fol. 18; Alart a donné une traduction de cette pièce dans les *Priviléges et titres*, p. 275-276.) — Le *manuel* renferme les minutes des actes; les formules y sont supprimées, ou tout au moins abrégées. Dans la *notule*, le notaire recopiait l'instrument avec ses formules. Les registres de notaires forment aux archives des Pyrénées-Or. un fonds d'un prix inestimable, dans lequel chaque article est distingué par un numéro d'ordre.

n'est pas sans émotion que je retrouve aujourd'hui, dans les liasses les plus insignifiantes des archives, des notes couvertes de son écriture menue, qui prouvent que cet infatigable chercheur est passé par là. Il ne lui manquait pour tenir parmi les maîtres de l'érudition un rang honorable que des études préparatoires plus complètes, un peu plus de méthode et surtout beaucoup moins de modestie. Outre deux volumes à peu près complets de l'inventaire des archives, le recueil des *Privilèges* que je viens de citer, des *Notices historiques sur les communes du Roussillon* (2 in-18, 1868-1878), et son *Cartulaire roussillonnais* (90 pièces de 865 à 1103, 1 vol. in-8°, 1880), Alart a laissé une cinquantaine de volumes de copies qui ont été acquis récemment par la bibliothèque municipale de Perpignan. Tant de labeur ne lui a guère servi : le nom d'Alart est à peine connu et les études imprimées ou manuscrites de ce pauvre travailleur mort prématurément à la peine sont aujourd'hui l'objet d'une exploitation éhontée, de la part de gens qui s'en servent constamment sans les citer jamais.

III. Au premier rang parmi les auteurs qui se sont occupés du droit ancien de la province, je dois citer Fossa. François Fossa (1725-1789) était avocat au Conseil souverain de Roussillon; il collabora à l'*Art de vérifier les dates*, exécuta, notamment d'après le cartulaire d'Elne qui a disparu vers 1830, un grand nombre de copies qui sont aujourd'hui à la Bibliothèque nationale (Fonds Moreau), et rédigea deux mémoires importants : *Réponse pour le marquis d'Oms, seigneur de Sorède et autres lieux, au mémoire du sieur Bertaux, régisseur des domaines de Sa Majesté* (Perpignan, 1777, 90 pages in-4°), et *Observations historiques sur le droit public de Catalogne et de Roussillon* (Perpignan, 1770, in-4°); ces *Observations* furent refondues et complétées dans la *Réfutation abrégée des recherches sur la prétendue noblesse des bourgeois majeurs de Perpignan* (Toulouse, 1777, in-4°), et dans le *Mémoire pour l'ordre des avocats de Perpignan, contenant l'entière réfutation des recherches de M. l'abbé*

IMPRIMERIE NATIONALE.

Xaupi (Toulouse, 1777, in-4°). L'objet même de ces trois derniers travaux n'offre plus aujourd'hui qu'un intérêt secondaire : il s'agissait de savoir si les bourgeois honorés de Perpignan étaient nobles; mais les notes, les analyses et commentaires de documents sont infiniment précieux. Il faut bien le reconnaître cependant : Fossa est une de ces gloires locales que l'admiration de leurs concitoyens a montées sur un piédestal un peu trop élevé. Son œuvre dénote des qualités maîtresses : de la puissance de travail, de la subtilité, la pratique des affaires; il avait à sa disposition bien des documents aujourd'hui perdus, hélas! Mais à côté de ces avantages, on trouve de graves imperfections : Fossa est un érudit plutôt qu'un savant, un plaideur bien plus qu'un historien; il n'a pas le sens historique du droit; il cherche avant tout à prouver sa thèse, même en modifiant un peu la portée des documents; dans la forme, ses œuvres manquent de précision : les lignes essentielles de l'argumentation ne ressortent pas, noyées comme elles sont dans les détails et surtout dans les répétitions d'un style ampoulé et déclamatoire. La plupart de ces défauts sont, je le sais, imputables au siècle où vivait l'auteur; mais c'est précisément parce qu'il n'a pas su s'élever au-dessus de son temps qu'on est en droit de se demander si Fossa était réellement un esprit supérieur.

Je ne parlerai que pour mémoire des *Titols de honor de Cathalunya, Rossello y Cerdanya* (Perpignan, 1628, in-fol.). Cette compilation a valu à son auteur, André Bosch, le triste surnom de *mentidor;* l'épithète est trop sévère : Bosch n'a pas menti; mais il s'est trompé. Il était, nous dit Fossa, « aussi peu jurisconsulte qu'historien ».

L'abbé Xaupi n'a guère fait avancer la science dans ses *Recherches historiques sur la noblesse des citoyens honorés de Perpignan et de Barcelone, connus sous le nom de citoyens nobles* (Perpignan, 1776, 3 vol. in-12), et je ne le cite guère que pour mémoire.

Massot-Reynier, ancien avocat général, a fait précéder d'une longue introduction le texte des *Coutumes de Perpignan*, qu'il a publié pour la Société archéologique de Montpellier (Montpellier,

1848, in-4°). La partie bibliographique de ce livre est très soignée; mais l'auteur est moins heureux lorsqu'il recherche les sources et les vicissitudes du droit perpignanais. Il convient de se rappeler d'ailleurs, si les théories de ce jurisconsulte sont inadmissibles aujourd'hui, que son livre a paru il y a quarante ans et que l'étude historique du droit a fait depuis cette époque bien des progrès.

Il faut en dire autant à propos des chapitres consacrés aux coutumes du pays par Henry et par de Gazanyola dans l'*Histoire du Roussillon* que chacun d'eux a publiée.

De tous les auteurs qui ont écrit durant ce siècle sur les institutions roussillonnaises, aucun peut-être n'a fait preuve d'autant d'intelligence des textes que P. Tastu, au cours de la *Notice sur Perpignan*, qu'il fit paraître en feuilleton dans le *Journal des Pyrénées-Orientales* de 1851-1852. Il est regrettable que ce mode de publication ait amené la destruction de cette étude, qui est presque introuvable.

M. de Tourtoulon a fait revivre la société catalane du XIIIᵉ siècle en de nombreuses pages de son beau livre sur *Jacme Iᵉʳ le Conquérant, roi d'Aragon* (Montpellier, 1863-1868, 2 vol. in-8°). Quel que soit le mérite incontestable de cet ouvrage, je me permettrai de faire observer que ceux de ses chapitres qui ont trait au droit du pays présentent deux défauts : en premier lieu, ils sont écrits uniquement d'après les textes législatifs; or, ces textes, je l'ai déjà remarqué, font moins connaître le véritable état social que l'idéal vers lequel le législateur prétendait le diriger; en second lieu, les résultats auxquels est arrivé l'auteur manquent de précision : les époques et les provinces n'y sont pas suffisamment distinguées; j'aime à croire que c'est le motif pour lequel ces conclusions sont, en ce qui concerne le Roussillon, trop souvent inexactes.

MM. Guillaume de Brocá et Jean Amell, avocats du barreau de Barcelone, ont publié sur les *Instituciones del derecho civil catalan*, deux volumes in-8°, dont la seconde édition a paru à Barcelone en 1886. Ce remarquable travail m'a fourni une certaine quantité d'indications utiles; mais, à part l'introduction, l'étude de MM. de Brocá et Amell n'est pas une œuvre historique : les auteurs ont eu pour but de recueillir le droit et la jurisprudence actuels de la province; c'est assez dire qu'ils ont entièrement négligé les chartes pour les *Constitutions* et les commentateurs.

J'ai dû moi-même consulter très souvent ces commentateurs, les vieux juristes catalans qui ont glosé les *Usages;* leurs ouvrages sont dépourvus de critique. Mis en présence des coutumes existantes, ne connaissant, d'autre part, de théories du droit que celles de Justinien, ils ont constamment cherché dans les codes romains l'explication d'institutions féodales : on pense à quelles erreurs les a conduits une pareille méthode. D'ailleurs, tant que de la féodalité il a subsisté quelque chose, les feudistes ont été dans l'impossibilité de comprendre les origines et les principes d'où était sorti ce régime : emportés par l'irrésistible courant de la tradition, ils ne pouvaient point étudier utilement dans ses monuments originaux la législation des siècles précédents. «Presque toujours il suffisait de commencer par dire *ita scriptum est,* pour faire taire toutes les objections. Un homme de notre temps examinerait avec défiance la formule qu'on lui citerait; il en chercherait la source et soutiendrait, s'il était nécessaire, que le corps de droit auquel elle appartient n'a aucune autorité pour être mis à la place des coutumes locales; l'ancien jurisconsulte osait tout au plus mettre en doute que la règle fût applicable ou finir par citer quelque proposition contraire tirée des Pandectes et du droit canonique [1]. » Cette observation s'applique très exactement aux auteurs qui ont écrit autrefois sur le droit de la province.

Ces commentateurs, en effet, ont généralement reproduit l'opinion de leurs prédécesseurs; à peine ont-ils été assez hardis pour

---

[1] H. Summer-Maine, *L'ancien droit,* traduit par Courcelle-Seneuil, p. 78. — Mierès, voulant prouver que l'allodialité doit être présumée en Catalogne, ne trouve rien de mieux que de renvoyer au Digeste. (*Apparatus,* t. I, p. 62, n° 6.)

la commenter, en attendant qu'un successeur vînt, qui commentât leur commentaire.

Les principaux d'entre eux sont :

Jacques de Montjuich, qui vivait en 1321;

Jacques de Vallseca, en 1375;

Guillaume de Vallseca, l'un des juges de l'assemblée de Caspe, en 1413;

Calis, né en 1370, dont l'*Apparatus* vit le jour en 1401 [1];

Marquillès, qui était vicaire général de Vich en 1428 et qui termina en 1448 son travail sur les *Usages*;

Mierès, originaire de Girone;

Oliba, du village de Porta, qui est aujourd'hui en France;

Socarrats, de San Juan de las Abadesas, qui mit en 1476 la dernière main à son commentaire : *In consuetudines Cathaloniæ*;

Fontanella, né à Olot en 1576 [2].

---

[1] Les commentaires dus à ces quatre auteurs ont été imprimés dans l'édition des *Usatici*, en 1544.

[2] Sur ces auteurs, voir dom Félix Torres-Amat, *Memorias para ayudar a formar un diccionario critico de los escritores catalanes*, au nom de chacun de ces écrivains.

DEUXIÈME PARTIE.

LES SOURCES DU DROIT ROUSSILLONNAIS.

I.   Impossibilité de déterminer l'origine de chaque usage. — Analogies de toutes les civilisations.

II. Droit visigothique : erreur des historiens locaux sur l'importance de son action. — Peu de consistance de la civilisation visigothique : opinion de Guizot et de M. E. de Rozière. — *Forum judicum* considéré au moyen âge surtout comme un code de procédure; rareté des chartes où ce recueil est visé. — Dualité de la législation : la loi officiellement reconnue mais abandonnée en fait; la coutume non reconnue mais pratiquée.

III. Droit franc : la part qui lui fut faite dans la réorganisation de la société. — L'élément français dans la nationalité catalane.

IV. Droit romain du VIIe au XIe siècle. — Droit romain depuis le XIe siècle. — Son action sur les lois roussillonnaises.

V.   Droit canonique.

VI. Combinaison de ces éléments : constitution des coutumes locales. — Leur prééminence. Tentative de proscription des droits romain et canonique.

VII. Les *Usages* de Barcelone : leur date. — Leur objet et leurs sources : les *Usages* et le *Petrus.* — Les visées législatives des comtes de Barcelone. — Bibliographie des *Usages.*

VIII. Coutume de Perpignan : sa date et son objet. — Sa prétendue origine romaine. — Réfutation de cette théorie. — A quoi se réduit l'influence romaine sur la coutume de Perpignan. — Cause probable de cette influence.

I. Le droit du Roussillon au moyen âge est composé d'éléments très divers qui se sont si intimement pénétrés, mêlés, qu'il est souvent bien difficile de les distinguer.

On est généralement porté à exagérer la différence entre les législations de la combinaison desquelles est sortie la féodalité; on dit trop aisément à propos des coutumes du moyen âge : ceci est germanique et cela est romain. Dans tous les droits, on trouve un fonds commun : la vie humaine comporte un nombre restreint de situations et pour chacune d'elles un nombre plus restreint encore de dénouements. Assurément, la mise en scène, le costume et le décor, le tempérament des acteurs changent suivant les siècles et les latitudes; mais l'intrigue ne varie guère, et la comédie se reproduit, toujours la même.

A Rome, sous les rois, certaines obligations des clients à l'égard du patron rappellent de bien près l'aide aux quatre cas due au suzerain par le vassal pendant l'époque féodale. Le talion se retrouve dans un grand nombre de civilisations primitives[1]. Le retrait lignager est en vigueur chez les Hindous[2] et dans le val d'Aran[3]. La *legis actio sacramenti* de la loi des XII Tables offre de singulières analogies avec la *firma juris*, la *ferma de dret* du droit catalan; cette procédure est usitée dans plusieurs législations archaïques[4]. La composition, dont le principe est admis par les Usages de Barcelone[5] et qui est pratiqué dans le tribunal criminel d'Andorre, existait en droit romain aussi bien qu'en droit canonique et dans les coutumes germaniques[6]. Les concessions de terre, qui ont joué un rôle si important dans la constitution de la féodalité, sont de tous les temps et de tous les pays.

S'il est une conclusion qui se dégage des études récentes sur l'histoire du droit comparé, c'est assurément cette similitude entre les coutumes des civilisations les plus éloignées[7]. Il me suffira de rappeler le fait de sir H. Sumner-Maine cherchant dans la constitution de la société hindoue l'explication de certains phénomènes juridiques de l'Europe féodale pour être en droit de conclure qu'il est extrêmement difficile d'attribuer à chacun des usages qui con-

---

[1] Parmi les lois du pays qui ont admis le talion, voir le *Forum judicum*, VI, IV, 3; les Usages de Barcelone: «Si quis alicui in faciem spuerit emendet sol. viginti aut stet illi ad tallionem.» (Édit. de 1544, fol. xxx: *Constitucions de Cathalunya*, t. I, liv. IX, tit. XV, § 15; Giraud, *Essai sur l'histoire du droit français*, t. II, p. 469.)

[2] H. Sumner-Maine, *L'ancien droit*, traduit par Courcelle-Seneuil, p. 264.

[3] De Brocá et Amell, *Instituciones del derecho civil catalan*, 2ᵉ éd., t. II, p. 179.

[4] H. Sumner-Maine, *op. cit.*, p. 316.

[5] Voir plus loin, p. 228.

[6] Fustel de Coulanges, dans la *Revue des Questions historiques*, du 1ᵉʳ janvier 1887, p. 18.

[7] Dareste, *Études d'histoire du droit*, Préface. p. XI.

stituent la législation roussillonnaise une origine certaine, de distinguer dans cette législation les éléments qui la composent.

II. De ces éléments, celui dont l'influence incontestable s'est fait le plus anciennement sentir est le droit visigothique. Les historiens de la province se sont singulièrement abusés, ce me semble, sur la portée de cette influence : supposant que les guerres sarrasines avaient laissé subsister dans son intégrité l'état de choses antérieur, estimant que les Francs avaient, de leur côté, respecté les lois du Roussillon [1], ils ont conclu que le seul code hispano-gothique avait régi le pays durant une grande partie du moyen âge.

A priori, ces théories ne sont guère soutenables. C'est « un fait que rien n'explique d'une façon satisfaisante, mais que tout atteste. Des divers peuples Germains, les Goths furent celui qui conserva le moins ses institutions et ses mœurs primitives [2]. » Son droit s'est littéralement fondu au contact du droit romain. Guizot a passé en revue les articles du *Forum judicum;* il a constaté que le peuple pour lequel ce code a été rédigé était presque entièrement romanisé; il y a trouvé « d'assez grandes vues philosophiques », « de la prévoyance et de la sagesse »; mais il y a vainement cherché les usages d'un peuple libre; la constitution politique y est plus romaine que germanique, et « en matière civile, la loi romaine se retrouve presque à chaque pas [3] ».

M. de Rozière est arrivé aux mêmes résultats : dans le *Forum judicum,* « on sent à chaque page le triomphe de la civilisation romaine et du clergé sur les institutions germaniques »; il n'y faut point chercher « la véritable expression des coutumes nationales [4] ».

---

[1] « ... Les loix nationales de l'Espagne, les loix gothiques, qui continuèrent d'être observées en Catalogne sous la domination des Sarrasins et après leur expulsion. » (Fossa, *Mémoire pour les avocats de Perpignan,* p. 81.)

[2] Guizot, *De la législation des Visigoths,* dans la *Revue française,* novembre 1828, t. VI, p. 230.

[3] Id., *ibid.,* p. 230-231, 229, 217.

[4] Eug. de Rozière, *Formules visigothiques inédites,* Introduction, p. 1. —

Ce ne serait donc pas le droit, les mœurs, la civilisation des Goths qui auraient, par le *Forum judicum*, exercé leur influence sur la société de nos pays; ce serait la civilisation romaine.

Est-il vrai, du moins, de dire que le *Forum judicum*, quelles que soient sa composition et ses sources, ait réglementé le Roussillon pendant des siècles? Je ne le pense pas. On est frappé, quand on étudie ce code, de la part qui y est faite à la forme du droit, de la place qu'y occupe la procédure, à l'exclusion des règles sur la condition des personnes et des terres. Peut-être même est-ce la raison pour laquelle il a duré si longtemps : il pouvait survivre aux révolutions les plus profondes du droit, du moment qu'on le considérait comme un code de procédure. Il est de fait que les mentions des lois visigothiques relevées avec tant de soin par Fossa dans les documents anciens de notre province se réfèrent généralement à la procédure ou aux pénalités encourues pour certains délits [1]. Mais il y a plus, ces mentions sont extrêmement rares. Fossa en a noté une quinzaine dans les nombreuses chartes qui forment l'*Appendix* du *Marca Hispanica* [2]; on peut en ajouter quelques-unes : deux prises dans le même ouvrage [3], une signalée par M. Maximin Deloche dans le cartulaire de Beaulieu [4], une autre dans une pièce empruntée par dom Vaissete au cartulaire d'Elne [5], plus enfin quelques passages d'un plaid de 865 relatif à Prades et une

---

Voir dans le même sens Rosseeuw, *Histoire d'Espagne*, t. I, p. 392-396, et Laferrière, *Histoire du droit français*, t. V, p. 530.

[1] Voir dans l'*Appendix* du *Marca Hispanica* les actes 5 (2 février 832), 34 (25 mars 874), 39, 40 et 41 (29 et 31 janvier et 10 février 879), 143 (18 décembre 994), 204 (1ᵉʳ septembre 1030), 244 (26 octobre 1056) et 326 (25 septembre 1100).

[2] *Mémoire pour l'ordre des avocats*, p. 81 et 124, note.

[3] 962. (Déclaration des exécuteurs testamentaires de la comtesse Ava. *Marca Hispanica*, c. 880 et 881.)

[4] «Si quis... aliquid abstrahere voluerit..., sicut lex Gothorum decernit, istud... in duplo vel triplo componat.» (Publié par M. Maximin Deloche, Préface du *Cartulaire de Beaulieu*, p. LXXXV, note 2.)

[5] Donation par l'évêque d'Elne à son église. (*Histoire de Languedoc*, éd. Privat, t. V, col. 200.)

renonciation de Guillaume-Arnaud de Fuilla, ces deux dernières chartes publiées par Alart dans son *Cartulaire roussillonnais* [1]. Il faut citer encore quatre ou cinq chartes que la loi visigothique a inspirées sans y être visée explicitement [2]. C'est, en somme, vingt-cinq documents environ où le *Forum judicum* apparaît d'une façon incontestable. Si l'on rapproche ce nombre de la masse de titres qui nous sont parvenus sur le Roussillon du moyen âge, on devra reconnaître que le code visigothique n'a été qu'exceptionnellement appliqué dans la province.

D'où peut donc venir l'erreur des historiens? Elle vient de ce qu'il existait simultanément dans le pays deux législations : l'une officiellement reconnue, mais délaissée en fait, l'autre qui était la législation réelle, suivie dans la pratique.

Cette dualité n'est pas un fait aussi rare qu'on pourrait le croire. Quiconque a étudié l'histoire du droit a remarqué sûrement que la loi est très souvent en désaccord avec l'état social qu'elle est appelée à régir; tandis que les mœurs sont soumises à une modification constante, à une perpétuelle évolution, la loi écrite tantôt reste fixée dans une immobilité séculaire et tantôt change par saccades. A de certaines époques, elle est en progrès ou plutôt en avance sur les mœurs, en d'autres temps elle retarde singulièrement. C'est le cas ordinaire pour les peuples attachés à la tradition, comme l'étaient les générations du moyen âge : les événements marchaient, la société se transformait; au lieu de la suivre, la loi restait immuable; il venait un moment où elle ne répondait plus aux nécessités ac-

[1] *Cartulaire roussillonnais*, p. 1 et 79.
[2] 30 décembre 962. Donation à l'abbaye de Cuxa de la vallée de Balaguer : «Et advenit mihi ipsum alode per decimum senioris mei, domni Mironi comitis...» (*Marca Hispanica, Appendix*, c. 879.) — 14 juillet 1007. Autre mention du dixième attribué par la loi gothique à la femme sur les biens du mari. (P. Puiggari, *Notices sur Saint-Martin-de-Canigo*, dans le *Bulletin de la Société agricole des Pyrénées-Orientales*, t. VII, p. 121-122.) — 18 novembre 1020. Mention analogue. (*Marca Hispanica, Appendix*, c. 1031.) — 24 juillet 1031. Mention analogue. (Dans le même ouvrage, c. 1050.) — 22 avril 1072. Autre mention. (*Cartulaire roussillonnais*, p. 81.)

tuelles. A ce moment-là, une nation moins respectueuse des choses du passé l'aurait abrogée ; les gens du moyen âge n'agissaient point ainsi : la loi garda une vigueur apparente ; elle se survécut à elle-même[1]. Seulement, pour régir les relations qu'elle ne prévoyait pas, les coutumes se constituèrent, elles se régularisèrent, s'étendirent au point qu'elles formèrent bientôt la véritable législation du pays ; les rédacteurs des actes anciens ne les citent pas, mais ils les appliquent constamment, couramment. C'est pour avoir méconnu ce fait que les historiens du droit roussillonnais se sont trompés sur l'influence et la durée des lois gothiques[2].

III. Après le droit gothique, le droit franc exerça son action dans le pays. Je ne parle pas des lois arabes ; les Sarrasins ont passé en Roussillon trop peu de temps, leur civilisation et leur langue étaient trop différentes de celles des vaincus pour que ces derniers aient pu s'assimiler les usages des conquérants. Ceux-ci, d'ailleurs, ont plus bataillé que légiféré, et leur invasion n'a pas laissé d'autres traces que les ruines et la désolation : on n'a pas encore signalé dans la région qui forme aujourd'hui le département des Pyrénées-Orientales un seul monument, pas une coutume qui puisse avec quelque vraisemblance leur être attribuée.

[1] Guérard a constaté ce même phénomène à propos de la loi salique. (*Cartulaire de Chartres*, Prolégomènes, p. xcviii.) Dans les royaumes de Castille, de Léon et d'Aragon, il existe de si nombreuses différences et si profondes entre les institutions du moyen âge et le *Forum judicum* que Guizot a supposé, pour les expliquer, un retour des Goths à la vie errante, à la vieille civilisation germanique (*De la civilisation des Visigoths, Revue française*, novembre 1828, t. VI, p. 242) ; cependant le code hispano-gothique était resté pour eux la loi officielle.

[2] On continue néanmoins et on continuera longtemps encore à leur attribuer quelques usages dont l'origine est difficile à déterminer. Lorsque dans un monument de la région se trouve une forme étrange, un procédé de construction bizarre, certains archéologues résolvent immanquablement la question en disant que c'est là de l'art byzantin. Dans l'histoire du droit de nos pays, c'est la législation visigothique qui remplit ce rôle de *deus ex machina* et qui sert à expliquer tout ce qui est inexplicable.

On a dit et répété que les Carolingiens permirent aux Visigoths de se gouverner d'après leurs coutumes nationales; le fait est exact dans une certaine mesure. Nous savons par les préceptes adressés aux comtes en faveur des Espagnols réfugiés en Septimanie que ceux-ci pouvaient juger leurs causes entre eux, conformément à leur droit national; c'était une conséquence naturelle du principe barbare de la personnalité des lois. Mais ce privilège ne s'étendait pas à tous les procès, et il s'en fallait bien que le *Forum judicum* restât tout entier et seul en vigueur. Les tribunaux francs connaissaient des affaires criminelles les plus graves, celles qui plus tard appartinrent aux seigneurs hauts justiciers : homicide, rapt et incendie[1]. En outre, la personnalité des lois ne s'étendait pas aux institutions administratives; elle n'empêchait pas que l'organisation des pouvoirs publics ne fût imposée par les vainqueurs et par eux réglée conformément à leurs usages[2]; or, on sait combien étaient intimement unis pendant le moyen âge le droit public et le droit privé. Enfin la propriété dut, à la suite de l'arrivée des Francs, se reconstituer, et dans cette reconstitution l'un des éléments les plus importants, le plus important peut-être, fut le droit franc. Le régime des bénéfices n'était pas prévu dans le code gothique; il fallut, pour régler les contestations auxquelles il donna lieu, recourir aux lois franques. On est donc fondé à affirmer, avant toute étude des chartes, que depuis la fin du viiie siècle le droit franc a, dans nombre de cas, supplanté le code visigothique.

Les documents nous apprennent qu'en réalité les faits se sont bien passés ainsi : la composition des tribunaux [3] avec les asses-

[1] 1er janvier 815. (Précepte pour les Espagnols réfugiés. Publié dans les *Capitularia regum Francorum*, t. I, c. 550-551.) — 11 juin 844. (Autre précepte. Dans le même recueil, t. II, c. 27.)

[2] 11 juin 844. Charles le Chauve décide que les Espagnols réfugiés fourniront des chevaux de réquisition : «Si autem hi qui veredos acceperint reddere eos neglexerint, et eorum interveniente negligentia, perditi seu mortui fuerint, *secundum legem Francorum*, eis quorum fuerint sine dilatione restituantur.» (*Capitularia regum Francorum*, t. II, p. 27.)

[3] 22 mars 865. (Plaid relatif à Prades. Alart, *Cartulaire roussillonnais*, p. 1-6.)

seurs et les *boni homines*, leur fonctionnement, la publicité des au-
diences [1] sont inspirés du droit franc bien plus que des lois gothiques [2].

C'est parce qu'elle se rapprochait davantage de la France que
la Catalogne se distinguait du reste de l'Espagne; de même que sa
langue, sa législation s'imprégna de l'influence française. La fu-
sion des deux éléments espagnol et français s'opéra aux pieds des
Pyrénées, et puis, avec les progrès de la reconquête, droit et langage se propagèrent vers le Sud : c'est, en quelques mots, l'histoire
de la nationalité catalane. Les Arabes appelaient Afrank les pays
de la région pyrénéenne occupés par les chrétiens; Borrel, comte
de Barcelone, était pour eux le roi d'Afrank [3]; ils donnaient à la
bataille d'Achatalbacar, livrée en 1010, le nom de bataille des
Francs ou Catalans [4]. Au xiiie siècle encore, les Catalans se considéraient, semble-t-il, comme de nationalité française [5].

— Juin 922. *Vidimus* d'une donation
en présence de prêtres, de juges et de
laïcs. (*Histoire de Languedoc*, éd. Privat,
t. II, Preuves, c. 384-386.) — 18 décembre 994. (Plaid pour le monastère
d'Arles. *Marca Hispanica, Appendix*,
c. 948.)

[1] D'après le *Forum judicum*, les au-
diences ne sont pas publiques. (II, ii, 2;
VII, iv, 7.) — Voir à ce sujet Guizot,
Revue française, novembre 1828, t. VI,
p. 234, et Rosseeuw, *Histoire d'Espagne*,
t. I, p. 416.

[2] MM. Helferrich et de Clermont ont
publié partie d'une charte datée par eux
de 1046, qui doit être en réalité du comte
de Barcelone, Raymond-Borrel († 1017),
et dans laquelle ce comte oppose la loi
franque à la loi gothique : «quod nullus
descendentium illorum habeat potestatem
...judicare... nullum placitum... quae
in lege Gotorum inveniri potest vel in

lege Francorum». (*Les communes françaises en Espagne et en Portugal*, p. 32,
note.)

[3] De Tourtoulon, *Jacme Ier le Conquérant*, t. 1, p. 41.

[4] Bofarull, *Condes de Cataluña vindicados*, t. I, p. 147.

[5] «Au commencement du xiiie siècle,
dit Alart, les comtés de la Catalogne ne
constituaient pas une nationalité et les
habitants ne songeaient pas encore à se
dire Aragonais ni même Catalans, du
moins à ce que nous croyons. Il semble
qu'ils se croyaient plutôt Francs ou Français, et c'est ainsi que nous entendons un
passage du testament de Raymond de
Rocaberti, archevêque de Tarragona, du
1er juin 1214, où il lègue 700 mazmu-
tines d'or pour le rachat des esclaves;
mais il veut que l'on rachète d'abord un
Français, et le reste sera donné pour le
rachat d'autres captifs : ita quod Franci-

IV. Le droit romain, proscrit par les rois visigoths au VII° siècle, paraît avoir perdu toute son action. Continua-t-on de l'étudier dans le pays? Je l'ignore [1]. Mais on dut cesser de l'appliquer, et il ne m'est pas possible de citer un seul document roussillonnais des IX° et X° siècles où le droit romain soit visé [2].

Lorsque les universités eurent mis à la mode le droit de Justinien, on se prit d'enthousiasme pour la législation antique. Toutefois, si l'on étudie de près l'influence qu'elle exerça sur les institutions de nos contrées, on ne manquera pas de constater que cette influence fut plus apparente que réelle, et que la division de la France en pays de droit écrit et en pays de droit coutumier, quelque ancienne qu'elle soit d'ailleurs, est une grave erreur historique.

S'il n'est pas absolument exact, en droit et au point de vue de la philosophie, de prétendre que les lois soient les rapports nécessaires des choses, cette définition est vraie en fait et au point de vue historique; dans son ensemble, la législation d'un pays résulte de l'état même de ce pays; le législateur n'innove guère; il ne crée pas les relations sociales, son rôle est de les régler et de

---

gena redimatur inde prius...» (*Privilèges et titres*, p. 107, note.)

[1] Savigny, *Histoire du droit romain au moyen âge*, traduit par Guenoux, t. II, p. 50; P. Tailhan, *Les Espagnols et les Visigoths*, dans la *Revue des questions historiques*, 1" juillet 1881, p. 42. — 9 décembre 915. Je relève parmi les livres donnés par l'évêque d'Elne à son église «canones II..., libros legis II, alium Romanorum, alium Gothorum.» (*Histoire de Languedoc*, édit. Privat, t. V, c. 136.) — J'avoue que le fait de la transcription et de la conservation des livres de droit romain pendant le haut moyen âge me paraît prouver que l'on attachait à ces textes une certaine importance; mais il est fort possible que

les gens des IX° et X° siècles aient admiré de confiance, sans lire et surtout sans comprendre. Il n'est pas besoin de remonter si haut pour voir des générations se passionner pour ou contre des œuvres qu'elles ne connaissent pas.

[2] On ne peut pas considérer comme document du pays la bulle du 18 août 878 donnée à la requête de l'archevêque de Narbonne, et où il est fait mention d'une loi de Justinien. (*Capitularia regum Francorum*, t. II, c. 276-278.) — Dom Vaissete a signalé et publié une charte de 817 en faveur de l'abbaye d'Aniane où la loi romaine est citée. (*Histoire de Languedoc*, édit. Privat, t. I, p. 947-948, et t. II, Preuves, c. 113.)

les fixer. On voit, il est vrai, des souverains imposer à leurs sujets une législation étrangère, prescrire aux Japonais l'usage du code Napoléon. Je ne l'ignore pas, encore que nul ne puisse prévoir ce qui résultera dans un demi-siècle des tentatives de ce genre. Mais ces tentatives même sont impossibles dans un pays où le fonds du droit est conservé par la tradition orale.

Le droit écrit a sur la coutume de bien grands avantages. J'ai pu le constater, la tâche du juge est singulièrement compliquée quand il a mission de s'enquérir à la fois du droit et du fait, lorsqu'il doit démêler, dans des témoignages passionnés ou intéressés, des usages en eux-mêmes mal définis. Mais, par contre, la coutume est supérieure à la loi écrite en ce qu'elle est en complète harmonie avec les habitudes juridiques des populations qu'elle régit. La loi des Roussillonnais, c'étaient leurs pratiques, leurs mœurs mêmes. En ceci comme sur bien d'autres points, la civilisation du moyen âge a ce mérite d'être vraie; de même que ses arts, ses institutions sont non pas un placage emprunté à un monde disparu, mais la manifestation sincère et spontanée d'un état de choses réellement existant.

Quelle que fût l'admiration des légistes pour l'œuvre de Justinien, la société du Bas-Empire différait beaucoup trop de la société du Roussillon du xiiᵉ siècle pour qu'il fût possible d'appliquer couramment à celle-ci des lois qui avaient été faites pour celle-là [1]. Les historiens catalans [2] ont recueilli avec un soin pieux les emprunts faits au droit Justinien par les législateurs du pays. Or, la

[1] Je n'ignore pas combien est fragile le raisonnement par analogie, combien est dangereuse une généralisation prématurée; je crois néanmoins pouvoir émettre l'opinion que ce que je viens de dire du Roussillon est vrai de tous les prétendus pays de droit écrit.

[2] De Brocá et Amell, *Instituciones del derecho civil catalan*, t. I, p. 4o et suiv.

— Fait singulier, les historiens du droit catalan prétendent que le droit romain envahit la législation du pays précisément à l'époque où, d'après leurs théories, triompha le principe éminemment germanique de l'intervention de la nation dans la confection des lois. Il faudrait pourtant choisir.

conclusion qui se dégage avec le plus de force de leurs recherches, c'est que les emprunts de ce genre sont extrêmement rares.

Ici encore on est induit en erreur surtout par les glossateurs et les auteurs des coutumiers. Mais considérons les chartes, les actes à l'époque où triomphe l'influence romaine : les contrats sont de droit féodal, le fond est féodal, à ce point qu'on peut donner de ces contrats une analyse complète sans laisser soupçonner qu'ils renferment rien de romain. Et, de fait, il y a de romain dans ces documents, outre la forme des clauses que le tabellion n'a pas toujours comprises et qui souvent rendent inexactement les conventions qu'elles devraient exprimer, la désignation de quelques lois, de vagues théories sur les obligations, et c'est tout [1]. Ces réminiscences classiques ne suffisent pas à prouver que le droit de nos pays procédât du droit romain : autant voudrait dire que la Chanson de Roland dérive de l'Iliade ou de l'Énéide, parce que le trouvère nomme de loin en loin, et avec l'à-propos que l'on sait, les dieux de l'Olympe.

En ce qui concerne notamment les mentions du sénatus-consulte Velléien, du rescrit d'Adrien, etc., il est essentiel de remarquer que si ces lois sont citées, du moins dans nos pays et jusqu'au XIIIᵉ siècle inclusivement, c'est parce que les parties renoncent à leurs dispositions. La renonciation à ces textes était de droit, je crois qu'il est permis de l'affirmer; et entre deux actes, dont l'un la renfermait explicitement et dont l'autre ne l'exprimait pas, il n'y avait pas de différence quant au fond; la seule différence est dans la forme, plus complète pour le premier document que pour le second.

Pourquoi donc les tabellions inséraient-ils dans leurs actes ces renonciations superflues? Parce qu'elles se trouvaient dans leurs formulaires [2], parce ces formulaires avaient été composés par des hommes trop savants pour leur temps et qui avaient voulu le

---

[1] Voir, p. 95 et suiv., le passage relatif à la vente.

[2] Cf. Glasson, *Les communaux et le domaine rural*, p. 123-124.

paraître, parce qu'il en est enfin des époques jeunes comme des jeunes hommes, qui éprouvent un besoin naïf de faire parade de leur érudition [1]. Ce sentiment et l'étude trop exclusive du droit antique avaient introduit dans les actes un élément scientifique, factice et trompeur, qu'il faut soigneusement éliminer.

Les mêmes causes produisent encore sous nos yeux un résultat identique : les notaires andorrans n'ont garde d'omettre ces renonciations dans les instruments qu'ils rédigent; il ne faut pas en conclure que les lois antiques soient en vigueur dans les vallées : le plaideur qui saisirait le bayle d'une action basée sur les dispositions du Velléien perdrait son temps et son procès. Je crois pouvoir aller plus loin et dire qu'il serait indiscret de demander aux tabellions quelle est au juste la signification de ces lois.

De même pour les procès : le bayle, qui est généralement un paysan honorable du pays, règle les différends d'après les coutumes locales et l'inspiration de son bon sens : voilà le vrai droit andorran. Si l'affaire va en appel, elle est portée devant des gradués, qui ne manquent pas de préférer le Digeste solennel à ces pauvres coutumes d'Andorre : c'est l'élément scientifique.

En résumé, il en est des lois anciennes de la Catalogne comme de certains monuments du xiie siècle : ceux-ci ont emprunté à l'antiquité quelques motifs d'ornementation, quelques formes, leur aspect extérieur; mais qu'on étudie de près leur ossature, et l'on constatera qu'au fond ces édifices sont bien romans.

Le droit romain représentait dans nos pays le droit par excellence, *jura* [2], la plus haute expression de la justice; mais dans la

[1] Cf. Stouff, *Formation des contrats par l'écriture,* dans la *Nouvelle revue historique de droit,* 1887, p. 287, note.

[2] 17 juillet 1265. Procès entre Bernard, prieur de Serrabone et le commissaire du Domaine, au sujet de l'allodialité des possessions du prieuré : «Asseruit insuper dictus prior sibi et aliis prelatis,

religiosis ac clericis Elnensis dyocesis ab illustrissimo domino Jacobo, Dei gratia rege Aragonum, fore concessum quod, cessantibus suis interpretacionibus, judex in negocio feudorum datus judicaret secundum usaticos Barchinone et *jura;* quare, cum usatici Barchinone et *jura romana* nullam presumpcionem inducant

pratique il ne fut jamais qu'un droit supplétoire : tout au plus fut-il invoqué pour les cas que la coutume ne réglait point, parce qu'ils étaient assez rares ou d'assez peu d'importance pour qu'elle n'eût pas à en tenir compte [1].

V. J'estime que l'influence du droit canonique a été plus réelle et plus profonde. «Il donna aux corps de coutumes qui se formèrent en Europe moins de règles formelles que le droit romain, mais il semble avoir répandu une tendance vers les opinions ecclésiastiques sur un grand nombre de points fondamentaux, et cette tendance acquit de la force à mesure que chaque système se développa [2].» Dès les premiers temps, il dirigea l'évolution des idées juridiques par une action constante et efficace. Les principes religieux exerçaient sur les esprits trop d'empire pour qu'il n'en fût pas ainsi; en fait, nous savons par les documents que les célèbres conciles de Tolède ont, pendant de longs siècles, régi le pays, et leurs canons sont invoqués jusque dans nos contrées [3].

VI. Après l'expulsion des Sarrasins, la société roussillonnaise se reforma, la féodalité s'établit : les rapports entre les personnes et entre les biens se constituèrent sur des bases nouvelles; une légis-

predicta fore ejusdem domini Regis licet sint sita in regno ejus, nisi evidenter probetur predicta feuda esse. . . . » (B 15, fol. 64 v°.) — Le commentateur Jacques de Montjuich dit à propos de l'usage *Magnates* : «Iste usaticus notabilis est et bonus et videtur a jure communi sive romano in duobus deviare.» (*Usatici*, éd. de 1544, fol. LXII.)

[1] «Hodie ex defectu usaticorum leges romanæ loco legum Gottorum servantur.» (Galis, dans l'édition des *Usatici*, éd. de 1544, fol. IX v°.) — Dans le même sens, voir *op. cit.*, fol. XXIX et XXX. —

Cf. De Brocá et Amell, *op. cit.*, t. I, p. 44-45.

[2] H. Sumner-Maine, *L'ancien droit*, trad. par Courcelle-Seneuil, p. 270.

[3] 26 mai 1091. (*Marca Hispanica, Appendix*, c. 1191.) — Je citerai comme trait de mœurs, plutôt que pour l'histoire du droit, la vente faite, le 9 septembre 1286, de «quasdam decretales scriptas in pellibus edulinis sine aparatu, cum decretalibus novis et novissimis, quas deportabat venales publice per villam Perpiniani Rippullus, corraterius Perpiniani.» (Notaires, n° 17, fol. 33 v°.)

lation naquit et grandit parallèlement au nouvel ordre de choses :
à mesure qu'un contrat était imaginé et prenait faveur, des règles
étaient admises pour le sanctionner et en assurer l'observation.
Mais « rien dans le droit ne naît seulement d'un sentiment d'utilité :
il y a toujours certaines idées antérieures sur lesquelles travaille
le sentiment d'utilité, et dont il ne peut que former des combinaisons nouvelles [1]. »

Ces idées, ces principes, on les prit dans les législations que j'ai
signalées : le temps, l'expérience, les nécessités des situations firent
le reste, et de ces causes il résulta un droit *sui generis*. Le *Forum judicum* resta le code officiel; mais, comme je l'ai dit, on l'abandonna
dans la pratique. C'est ainsi que l'intervention des cautions dans les
contrats [2], qui resta commune en Navarre [3], en Béarn [4], disparut
presque entièrement du droit roussillonnais. La punition prescrite
par la coutume de Perpignan contre les adultères surpris en fla-
grant délit et qui consistait à leur faire courir la ville [5], paraît être
un vieil usage germanique, qui pourrait avoir été introduit dans
le pays par les Francs [6]. La forme du serment, qui était prêté
sur l'autel, procédait d'une idée religieuse [7]. La preuve par l'eau

---

[1] H. Sumner-Maine, *L'ancien droit*, traduction par Courcelle-Seneuil, p. 220.

[2] *Forum judicum*, V, IV, 2.

[3] *Fuero de Navarra*, III, XVIII. — Voir aussi l'Introduction placée par M. l'abbé Douais en tête du *Cartulaire de Saint-Sernin de Toulouse*, p. LXXI, et, dans le texte même du Cartulaire, les chartes navarraises.

[4] Voir dans le *Cartulaire de Sainte-Foi de Morlaas*, publié par mon regretté confrère Cadier, les chartes XIII, XIV, XXVIII, etc.

[5] *Coutumes de la ville de Perpignan*, S XVIII.

[6] Voir Fustel de Coulanges, *Recher-ches sur quelques problèmes d'histoire*,

p. 221. — Cet usage se retrouve en Ampourdan, à Castellon. (Pella y Forgas, *Historia del Ampurdan*, p. 534.)

[7] Us. *Sacramentum sit omni tempore*. (*Usatici*, éd. de 1544, fol. CXII v°; *Constitucions*, t. I, liv. IV, tit. I, S 2; Giraud, *op. cit.*, p. 474.) — Voir des exemples de ce serment : 14 août 1030, à Toulouges. (Alart, *Cartulaire roussillonnais*, p. 52.) — 24 août 1051, à Sainte-Eugénie, près du Soler. (*Ibid.*, p. 64-65.) — 15 mars 1071. (*Histoire de Languedoc*, éd. Privat, t. V, c. 585.) — 12 janvier 1072, à Corneilla. (*Cartulaire roussillonnais*, p. 77.) — 6 août 1128. (*Marca Hispanica*, c. 1263.) — 16 mai 1164, à Saint-Jean de Perpignan. (*Ibid.*, c. 1339.)

chaude ou froide[1], le combat judiciaire[2], s'introduisirent dans la procédure.

Cette reconstitution du droit fut un peu laissée au hasard des événements; aussi manqua-t-elle d'unité. Dans chaque ville, dans chaque village, des règles particulières se formèrent, sous l'empire de mille circonstances. De là une multitude de coutumes locales ayant un fonds commun, mais distinctes entre elles par certaines dispositions spéciales[3]. Dans chaque cour judiciaire, au tribunal de chaque bayle, la jurisprudence prit corps, et, dès le xiiie siècle,

[1] Usage *De bajuliis*. (Dans l'édition de 1544, fol. cxli; *Constitucions*, t. I, liv. IV, tit. XXVII, S 14; Giraud, *op. cit.*, p. 487.) — Disposition portant que les infractions à la trêve de Dieu seront jugées «per judicium aquæ frigidæ». (Labbe, *Conciles*, t. IX, p. 1185.) — 1er novembre 1000. Plaid par-devant l'évêque et le juge Guillaume; celui-ci ordonne d'en venir au jugement de Dieu. (*Histoire de Languedoc*, t. V, éd. Privat, c. 337-339.) — 15 mars 1071. Accord entre l'évêque d'Elne et le vicomte de Castelnou (voir, ci-dessus, la note précédente); dans le cas de plainte de la part de l'évêque contre le bayle du vicomte, celui-ci forcera le bayle à faire droit «per judicium aque calide».

[2] Usages *Antequam usatici* et *Mariti uxores*. (*Usatici*, éd. de 1544, fol. 1 et cxliv; *Constitucions*, t. III, liv. X, tit. VI, S 1, et t. I, liv. IX, tit. VIII, S 2; Giraud, *op. cit.*, p. 465 et 488.) — 1074 environ. Projet de convention entre les comtes d'Ampouries et de Roussillon; un passage paraît être relatif au partage des gages de bataille. (*Cartulaire roussillonnais*, p. 83-86.) — 21 février 1213. Charte pour Salses; ses habitants sont dispensés du jugement de Dieu et du

duel. (Alart, *Privilèges et titres*, p. 101.) — 12 décembre 1233. Disposition analogue dans la charte de Claira. (*Ibid.*, p. 135.) — MM. de Brocá et Amell voient dans l'usage des combats judiciaires une preuve de l'influence franque. (*Op. cit.*, t. I, p. 23.)

[3] «On voit en 1193 une terre tenue à Vilanova de Raho *secundum consuetudinem illius ville nove de Radon* (archives de l'hôpital de Perpignan); en 1213, un règlement de redevances pour une terre sise à Torrelles est fait *ad consuetudinem ville de Turrillis*. (Alart, *Privilèges et titres*, p. 18, note 2.) — 20 janvier 1279. Traité entre les rois d'Aragon et de Majorque : «Item promittimus (c'est le roi de Majorque qui parle) per nos et nostros servari et servare facere in terris Rossilionis et Ceritanie et Confluentis et Vallispirii et Coquolibero usaticos, consuetudines et constituciones factos et factas et eciam faciendos et faciendas per vos et vestros cum consilio majoris partis baronie Cathalonie, sicut moris est fieri, salvis specialibus consuetudinibus locorum predictorum (*sic*) terrarum». (B 190, fol. 34 r° et v°, et Fossa, *Mémoire pour les avocats*, p. 122-123, note.)

certains juges rédigèrent les styles de leur juridiction[1]. Enfin les localités obtinrent des souverains des concessions, des privilèges de droit public et privé, qui modifièrent leurs lois.

Le préambule des coutumes d'une ville catalane, Lérida, nous fait connaître avec précision quel rang était attribué, en 1228, dans le droit local aux différentes législations : en premier lieu, on invoquait les coutumes de la ville, écrites ou non, et les ordonnances de police; en second lieu, les chartes et privilèges émanés du prince; en troisième lieu, les Usages de Barcelone; en quatrième

[1] 9 avril 1274 : «Noverint universi quod ex parte proborum hominum Perpiniani fuit supplicatum nobis Jacobo, Dei gracia regi Aragonum, Majoricarum et Valencie, comiti Barchinonensi et Urgelli et domino Montispessulani, quod consuetudinem quam ipsi ab antiquo habent scriptam in libro aliarum consuetudinum Perpiniani... confirmaremus eisdem.» (Alart, *Privilèges et titres*, p. 331-332.) — 5 juin 1277. Concession aux gens de Collioure des coutumes de Perpignan, «que tamen scripte sunt in libro curie bajuli Perpiniani». (B 11.) — Tastu a signalé un règlement d'août 1300, qui vise le livre de la cour du viguier. (*Notice sur Perpignan.*) — 2 septembre 1305. Le Roi, ayant enjoint de déterminer les limites du territoire de Prats-de-Mollo, ordonne «que ho metats al libre de la cort». (Livre vert de Prats-de-Mollo, fol. 28.) — 2 mars 1322. Ordonnance sur la restitution des dots et douaires; le Roi enjoint de la transcrire «in libris curiarum dictorum comitatuum». (Archives municipales de Perpignan, Livre vert mineur, fol. 72.) — 19 juillet 1324. Sanche de Majorque, qui a, le 8 octobre 1322, donné l'ordre d'observer les Usages de Barcelone et les coutumes écrites de la Catalogne, prescrit de suivre les us et stils des cours locales. (*Liber stilorum*, B 346, fol. 44.) — 1337 environ. «Item utitur curia regia ex antiqua ordinacione regia, licet non reperiatur in registris dicte curie... » (*Les stils de Villefranche-de-Conflent*, publiés par Alart, dans la *Revue historique de droit*, avril 1862; p. 40 du tirage à part.) — 1355 environ. «Quoniam a serenissimis retro principibus regibus Aragonum, comitibus Barchinone, plures fuere edicte pracmatice sancciones, annotationes et littere declaracionum que in diversis libris curiarum viccariarum et bajuliarum civitatum et locorum Cathalonie sunt inserte.» (*Liber stilorum*, fol. 1.) — 29 mai 1360. Ordre du Roi d'observer les stils des cours locales jusqu'à ce qu'il soit décidé à ce sujet par la commission déléguée par les Corts. (*Même registre*, fol 45 r° et v°.) — 20 avril 1371. «Quanquam pro conservacione et tuicione jurium et regaliarum nostrarum alique sint in vestris et cujuslibet vestrum ordinaciones et usancie antiquissime scripte et vulgariter *stils* nuncupate... » (Lettre du roi Pierre au lieutenant du gouverneur et au viguier de Roussillon. *Même registre*, fol. 48.)

lieu, les lois gothiques; enfin, les lois romaines[1]. Dans les accords intervenus pour la création du royaume de Majorque, il fut convenu que les lois aragonaises seraient suivies dans le nouveau royaume, « sauf les coutumes locales[2] ». La coutume locale était suivie préférablement à tout autre droit.

En 1243, Jacques Ier défendit d'appliquer les lois là où suffisaient cette coutume et les *Usages*[3]; en 1251, il alla plus loin et ordonna, à défaut de la coutume et des *Usages*, de juger selon l'équité, proscrivant absolument les lois romaines, gothiques et canoniques, et défendant même aux légistes de plaider devant les tribunaux laïques[4]. On a souvent parlé de cette tentative[5], qui était condamnée à échouer; les auteurs l'ont expliquée diversement. Je serais assez disposé à l'attribuer au désir qu'avaient les rois d'Aragon d'assurer le triomphe de leur œuvre législative, les *Usages*, et du droit national sur une législation étrangère. Un écrivain a dit de cet essai que c'était une boutade. Le mot est sévère autant qu'injuste : il était naturel de réagir contre les tendances des légistes. Le roi Jacques était mis en présence de plusieurs législations; il était rationnel qu'il se prononçât non pas en faveur de la plus savante, mais en faveur de celle qui était le plus conforme à la société pour laquelle on la choisissait : il en est des lois comme des gouvernements, des-

[1] Villanueva, *Viage literario á las iglesias de España*, t. XVI, p. 194, cité par Alart, *Privilèges et titres*, p. 113, note 1.

[2] Voir ci-dessus, p. XXXII, note 3.

[3] *Constitucions de Cathalunya*, t. II, liv. II, tit. III, § 1.

[4] 30 mars 1251. (*Marca Hispanica*, *Appendix*, c. 1438-1440; *Constitucions*, t. III, liv. I, tit. VIII, § 1; Henry, *Histoire du Roussillon*, t. II, p. 311.)

[5] De Brocá et Amell, *Instituciones del derecho civil catalan*, t. I, p. 41-44; de Tourtoulon, *Jacme Ier. le Conquérant*, t. II, p. 148 et 291; P. Tastu, *Notice sur Perpignan*, etc. — Il fut d'ailleurs apporté des tempéraments à cette mesure; en 1272, le viguier de Roussillon refusait d'entendre les clercs plaider pour l'évêque dans une affaire relative à Saint-Cyprien; le 14 novembre, le Roi écrivit d'admettre à l'avenir les avocats clercs qui représenteraient l'évêque. (Notaires, n° 3, fol. 3 r°.) — En 1359, los Corts de Cervera décidèrent que los avocats et los juges devraient connaître « tots los sinc libres ordinaris de dret civil o al menys los libres ordinaris de dret canonic ». (*Constitucions de Cathalunya*, t. I, liv. II, tit. VI, § 4.)

quels Montesquieu a pu dire que le meilleur est celui « dont la disposition particulière se rapporte mieux à la disposition du peuple pour lequel il est établi [1] ».

On voit à quel rôle était tombé le code gothique : il ne formait plus qu'un droit supplétoire. Il descendit encore et un jour vint, au XIVᵉ siècle, où l'on n'appliqua cinq ou six de ses dispositions que parce qu'elles étaient passées en coutumes [2].

VII. Les coutumes locales du Roussillon furent rarement rédigées. C'est, pour l'histoire du droit dans la province, une lacune qui n'est peut-être pas irréparable. Quelle que soit leur origine, qu'ils émanent d'un législateur ou qu'ils aient été compilés par un particulier, coutumes et coutumiers portent trop profondément la trace des préoccupations ou des préjugés de leur auteur [3]. Ces œuvres, précieuses pour connaître l'état des idées juridiques d'une époque, ne font pas revivre, dans la réalité de la pratique, le droit du moyen âge [4].

---

[1] *Esprit des lois*, liv. I, chap. III.

[2] Massot-Reynier, Introduction à la *Coutume de Perpignan*, p. LII; Brocá et Amell, *op. cit.*, t. I, p. 48-49.

[3] Les *Stils* de la cour du viguier de Conflent ont été rédigés peut-être en 1337. Les tendances envahissantes de la royauté s'y font jour dans maint article. Le texte de ces *Stils* a été publié par Alart dans la *Nouvelle revue historique de droit*, mars-avril 1862.

[4] Il existe à Andorre un coutumier de date récente, dont l'histoire est vraiment trop instructive pour que je n'en dise pas quelques mots. Un viguier épiscopal des Vallées avait rédigé une lourde compilation, le *Manual Digest*, sur le passé et les institutions de ce petit pays. Vers 1762, le curé des Escaldes, Anton Puig, reprit le *Manual Digest* et en tira son *Politar*. Esprit étroit et sans culture, A. Puig s'arrête au côté matériel des choses, règle la place des juges et la forme de leur siège, dit et répète qu'il faut sur leur table « un bon tapis », mais oublie de fixer leur compétence; chroniqueur ignorant et passionné, il commet les plus invraisemblables erreurs. Son œuvre présente les mêmes défauts que les coutumiers du moyen âge, lacunes énormes, manque de proportion entre les parties du livre; de même encore que les vieux auteurs des coutumiers, A. Puig ne se borne pas à constater les usages, il cherche à les modifier; il ne cite pas les sentences qui établiraient la jurisprudence, il renvoie aux jurisconsultes étrangers qu'il a étudiés. En dépit de ces imperfections, le *Politar*

Ces documents peuvent être ramenés à deux types : les uns, les coutumes, ont été édictés par un seigneur, souvent à l'occasion de l'établissement d'une commune ou de la fondation d'une bastide ; les autres, les coutumiers, sont des recueils formés par des juristes dans le but d'éclairer le juge, de fixer la tradition et d'aider la mémoire des prud'hommes chargés de la conserver.

Au premier type se rattachent, outre quelques chartes de bastides, extrêmement courtes et ne renfermant pas de dispositions relatives au droit privé, les *Usages* de Barcelone. Au second type paraît appartenir la Coutume de Perpignan, vraisemblablement due à l'initiative d'un simple jurisconsulte et ayant reçu de la pratique la sanction qui lui manquait d'abord.

Coutumes et coutumiers sont toujours très incomplets : ils ne renferment qu'une faible partie des usages locaux. Pour les coutumiers notamment, la raison qui avait motivé leur confection entraînait cette conséquence : si on les rédigeait, c'est qu'on éprouvait le besoin de fixer des points contestés ou mal définis et rarement appliqués ; il y a des chances pour que le droit courant ne s'y trouve pas.

On commet trop généralement cette erreur, de croire que les usages locaux ont acquis existence et autorité le jour seulement où un scribe les confia au parchemin, qu'en dehors de ces textes écrits il n'y avait rien que le droit classique : romain à Perpignan, gothique dans le reste de la province [1]. Il est manifeste cependant

---

a exercé une réelle influence sur la marche des événements et le développement des institutions dans les vallées andorranes. Le Conseil ne manque pas de le feuilleter dans les cas difficiles et d'en tirer argument ; pour tout bon Andorran, le *Politar* est la loi et les Prophètes. « C'est leur Talmud » ; me disait un jour un homme d'esprit. Or, à le leur entendre citer avec tant de vénération, les étrangers s'y

sont laissé prendre. Ce livre inepte d'A. Puig est reproduit par les auteurs sérieux, et il a failli recevoir naguère une consécration officielle ; aux érudits qui recherchent l'état de notre ancien droit dans les seuls textes de coutumes, je prends la liberté de recommander cette histoire du *Politar* d'Andorre.

[1] « Ce que la coutume ne dit pas, ce n'est pas pour nous l'inconnu, c'est le *jus*

que des usages non écrits vivaient et prospéraient à côté des précédents. A Perpignan, par exemple, les lois fondamentales, constitutives de la société, ne sont pas renfermées dans les textes de la coutume qui nous sont parvenus : est-ce à dire que la propriété, la famille fussent organisées comme elles l'étaient dans l'antiquité? Évidemment non, et la preuve en est dans la coutume elle-même, qui fait à tout moment allusion à une institution féodale, à la seigneurie foncière, aux lods et ventes, en un mot à la législation civile et politique qui régissait le moyen âge.

Les *Usatici Barchinonensis patriæ* furent promulgués par le comte Raymond-Bérenger le Vieux, en 1068, suivant l'opinion communément adoptée. Certains articles ont été ajoutés : ainsi l'article *Omnes causæ*, sur la prescription, qui reproduit une loi du *Forum judicum*, elle-même imitée du droit romain, fut inséré parmi les *Usages* en 1251; tel paraît être aussi le cas des trois premiers et des derniers, à partir de l'article 141 [1].

La principale raison d'être de ce code est de réglementer les tenures féodales, dont la loi visigothique ne s'occupait point [2]. On prétendrait à tort cependant que les *Usages* n'eurent pas d'autre objet que de combler cette lacune; pour le prouver, il suffira de faire observer qu'en tête du titre des Constitutions de Catalogne, *De injurias y danys* (dommages) *donats* [3], on a pu placer vingt-huit articles des *Usages;* on en a rangé neuf dans le titre de la même compilation relatif aux témoins [4].

Parmi ces articles, les uns sont tirés des styles des cours, ils confirment la jurisprudence; d'autres paraissent être dus à l'initia-

scriptum, ce sont les lois romaines », etc. (E. Jarriand, *Nouvelle revue historique du droit*, 1890, p. 50.)

[1] Giraud, *loc. cit.*, p. 499; Massot-Reynier, *op. cit.*, p. LXVI; de Brocá et Amell, *op. cit.*, t. I, p. 5, 19-22, 48; Julius Ficker, *Ueber die* Usatici Barchinonae *und deren Zusammenhang mit den*

Exceptiones legum Romanorum, p. 245.

[2] Massot-Reynier, *op. cit.*, p. XLIV; Fossa, *Mémoire pour l'ordre des avocats*, p. 81-82, note; Laferrière, *Histoire du droit français*, t. V, p. 532.

[3] *Constitucions*, t. I, liv. IX, tit. XV.

[4] *Ibid.*, liv. III, tit. XV.

tive du comte, seul ou avec son conseil [1]. Quelle que soit la source
où Raymond-Bérenger les a pris, il propose les *Usages* comme de
véritables lois, auxquelles il donne la force de sa volonté souveraine. Certaines ont pour but de sanctionner des coutumes passées
dans les mœurs [2]; d'autres sont inspirées du droit romain [3]; l'article LXIX, *Item stuatuerunt siquidem*, porte particulièrement l'empreinte de cette influence, dans l'adage fameux : « La décision du
prince a force de loi [4] ».

M. Julius Ficker [5] a très heureusement rapproché des *Usages*
une petite compilation de droit justinien, connue sous le nom de
Petri exceptiones legum Romanorum. Il existe entre ces deux codifi-
cations une incontestable parenté : le sens et les termes de quelques
parties sont les mêmes; certains passages des *Exceptiones* sont passés dans l'œuvre de Raymond-Bérenger avec des modifications de
forme. La parenté est donc bien établie.

Le code de Raymond-Bérenger fut d'abord promulgué dans le
seul comté de Barcelone [6], pour assurer l'unité législative dans ce

[1] Fossa, *Mémoire pour l'ordre des avo-cats*, p. 130, note 4; Massot-Reynier, Intro-duction à la *Coutume de Perpignan*, p. LXIV. — Voir le texte même de l'Usage *Hec sunt usualia de curialibus usibus.* (*Usatici*, éd. de 1544, fol. v v°; *Constitucions*, t. I. liv. IX, tit. XV, § 1; Giraud, *op. cit.*, p. 466.)

[2] « Homicidium et cugucia que non possunt neclectari sunt secundum leges *et mores* judicata sive vindi-cata. » (*Usatici*, éd. de 1544, fol. II; *Constitucions*, t. III, liv. X, tit. VI, § 1; Giraud, *op. cit.*, p. 465.)

[3] Fossa, *Mémoire pour l'ordre des avocats*, p. 60.

[4] « Item statuerunt siquidem predicti principes ut exorquiæ nobilium videlicet et magnatum, tam militum quam bur-

gensium, omni tempore in principum potestatem deveniant, videlicet omnia illorum alodia, quia quod principi pla-cuit legis habet vigorem. » (*Usatici*, édition de 1544, fol. CXXIII; *Consti-tucions*, t. III, liv. X, tit. I, § 1; Gi-raud, *op. cit.*, p. 478.) — Cette formule est tirée des Institutes, liv. I, tit. II, § 6.

[5] Voir ci-dessus, p. XXXVII, note 1.

[6] Tel n'est pas, à la vérité, l'avis des historiens catalans (de Brocá et Amell, *op. cit.*, t. I, p. 17); mais ces auteurs supposent que l'hégémonie de toute la contrée appartenait aux comtes de Bar-celone. Cette thèse ne se présume pas; elle est, au contraire, très improbable, et il aurait fallu l'appuyer d'arguments sé-rieux.

comté : cette intention est, pour l'époque, vraiment remarquable. Plus tard, il suivit la fortune des descendants de Raymond; car les comtes de Barcelone furent constamment préoccupés d'implanter les *Usages* dans les pays qui tombèrent successivement en leur pouvoir [1]. Dès les premières années du XIIIᵉ siècle, les chartes signalent en Roussillon et Cerdagne l'introduction de certains articles des *Usatici*; lorsque le royaume de Majorque fut établi, il fut entendu, nous le savons, que ce code aurait, dans le nouvel État, force de loi [2].

[1] 13 sept. 1207. Pierre d'Aragon, abolissant l'*exorquia* à Villefranche-de-Conflent, s'appuie sur les *Usages* pour prouver qu'il est fondé à exiger ce droit. (Publié par Alart, *Privilèges et titres*, p. 91.) — 13 novembre 1225. Nunyo Sanche, seigneur de Roussillon, rend à Raymond de Canet, fils de Cerdane de Rodès, morte *ab intestato*, les biens de ladite dame, tombés en commise en vertu de l'article *Si a vicecomitibus usque ad inferiores milites*. (B 16, fol. 15 vᵒ-16; analysé par Alart, *Privilèges et titres*, p. 121.) — 6 janvier 1243. Jacques le Conquérant accorde aux gens de Villefranche-de-Conflent, entre autres choses, «quod placitetis de x diebus in x, *secundum quod consuetudinis est Barchinone*». (Publié par Alart, *Privilèges et titres*, p. 168.) — Même jour. Concession analogue octroyée à Bellver, presque dans les mêmes termes. (*Ibid.*, p. 167.) — 12 avril 1264. Appel de Pierre, abbé de Saint-Martin-de-Canigou, contre une sentence du sous-viguier de Cerdagne, basé sur ce que la citation du sous-viguier n'observait pas les délais exigés par les Usages de Barcelone. (Alart, *Privilèges et titres*, p. 252-253.) — 20 déc. 1264. Confirmation à Pierre

Toaches, de Salses, des fiefs royaux tenus par lui «ad consuetudinem Barchinone.» (B 41.) — 1265. Accords intervenus entre les commissaires du Domaine et certains vassaux du Roi, au sujet des fiefs irrégulièrement aliénés; quelques-uns de ces accords portent, à la fin, la clause suivante : «Et non possit vobis vel vestris obesse vel prejudicare licet vos vel vestri cessaretis a domino Rege vel suis successoribus petere vel obtinere investituram predicti feudi juxta usaticum Barchinone, cum de uno in alieno pervenerint successive.» (B 15, fol. 2.) — 3 mai 1281. Hommage au procureur royal par Arnalde, de Salses, pour les biens que son fils Pierre Toaches tient «ad feudum, ad consuetudinem Barchinone.» (B 41 et B 16, fol. 31.)

[2] Voir ci-dessus, p. xxxii, note 3. — Fossa s'est trompé cependant quand il a dit que le roi d'Aragon avait enjoint au commissaire de ses domaines de suivre, dans les questions domaniales, les Usages de Barcelone. (*Mémoire pour l'ordre des avocats*, p. 122-123, note, et *Réponse pour le marquis d'Oms*, p. 15.) Le souverain avait décidé seulement qu'en matière d'allodialité, les biens d'églises seraient régis par les *Usages* et par le

Les *Usages* ont été publiés à Barcelone, en 1544 : *Antiquiores Barchinonensium leges quas vulgus Usaticos appelat, cum commentariis suppremorum jurisconsultorum Jacobi a Montejudaico, Jacobi et Guillermi a Vallesicca et Jacobi Callicii* (in-8°). On sait qu'ils ont été réimprimés par Giraud dans son *Essai sur l'histoire du droit français* (t. II, p. 465-509), et que la traduction catalane en a été insérée en tête des divers titres des *Constitucions*.

VIII. La coutume de Perpignan, très intéressante en elle-même, n'a qu'une importance secondaire pour l'étude qui nous occupe. Cette ville jouissait de privilèges tellement étendus, qu'il est dangereux de juger, d'après sa législation particulière, des lois du Roussillon en général.

Le texte en est connu par trois manuscrits du XIVe siècle [1]; mais il est lui-même plus ancien : il paraît avoir été rédigé vers la fin du XIIe siècle [2]. Il est assez développé et comprend soixante-neuf articles. Cependant ces coutumes sont fort incomplètes : elles ne traitent même que les questions secondaires du droit.

La législation de Perpignan se composait des coutumes, écrites

droit romain. J'aurai à revenir, p. 112, sur ce point, à propos du franc-alleu en Roussillon. — Cf. Massot-Reynier, *op. cit.*, p. 74-75.

[1] Voir la bibliographie des coutumes de Perpignan dans Massot-Reynier, Introduction à la *Coutume de Perpignan*, p. XVII-XXIV.

[2] Massot-Reynier a cherché à établir, par la comparaison entre certains articles de la coutume, d'une part, et diverses concessions de date connue, d'autre part, que la rédaction de la coutume remonte à la période comprise entre 1172 et 1196, peut-être entre les années 1172 et 1175. Cette dernière conclusion paraît devoir être rejetée : en 1175 même, en effet, le roi d'Aragon octroyait aux Perpignanais un privilège que Massot-Reynier a publié (p. 47), et qui a vraisemblablement inspiré, entre autres, l'article XX de la coutume. Tout ce raisonnement a d'ailleurs le tort grave de supposer que le rédacteur ou plutôt le compilateur a tenu compte de toutes les concessions antérieures et que le texte n'a pas varié depuis la première rédaction. Alart donne l'année 1242 comme la date possible de la coutume en sa forme actuelle. (*Privilèges et titres*, p. 18, note 2.) Au reste, ces discussions n'offrent pas grand intérêt; les coutumes elles-mêmes sont beaucoup plus anciennes; il importe assez peu de savoir quand on les a réunies.

et non écrites, et du droit romain. M. Massot-Reynier en a conclu
que les coutumes s'étaient formées sous l'empire du droit romain,
que le droit romain avait été en vigueur à Perpignan dès l'origine
de cette localité. Perpignan aurait été habité d'abord par une
poignée d'agriculteurs gallo-romains qui auraient gardé leurs lois
nationales à travers toutes les vicissitudes de ces temps, lorsque la
villa devint un hameau, le hameau un village, le village une ville
et une capitale [1].

Ces idées ont repris faveur dans ces derniers temps et elles ont
été formulées avec une précision, un luxe de détails, qui font vraiment honneur à l'imagination des auteurs. Perpinianus, nous dit-
on, était un citoyen romain émigré dans nos pays au ve siècle, ainsi
que l'indique la forme de son nom; il est à présumer qu'il se
maria; ses ingénieux biographes ont négligé de nous apprendre
s'il fut heureux en ménage, mais il dut avoir une très nombreuse
famille, car sa métairie est devenue la ville de Perpignan. Or, en
examinant attentivement la finale du nom de ce personnage, un
savant particulièrement perspicace y a découvert que Perpinianus
était régi par le droit latin; ses enfants de même. Et voilà comment, huit cents et mille ans après, les livres de Justinien faisaient
loi dans l'ancienne *villa Perpiniani*. La philologie, ainsi comprise,
est une bien belle science, et j'avoue que je n'aurais jamais trouvé
tant de choses dans un suffixe. Par malheur, ces théories sédui-
santes ne résistent pas à un examen attentif.

Perpignan apparaît dans l'histoire au xe siècle, à un moment où
les races étaient fondues, où il n'y avait ni Romains, ni Visigoths,
et où le nom de l'individu n'indiquait plus depuis longtemps sa
nationalité [2]. Dira-t-on que cette localité a existé bien avant que

[1] *Op. cit.*, p. xxxviii-xl. — Ces théories ont été reprises par Laferrière, *Histoire du droit français*, t. V, p. 498 et
suiv., et plus récemment encore.

[2] 2 avril 812. Parmi les noms des
Goths fugitifs, on relève des noms d'ori-
gine latine, grecque ou hébraïque : Asi-
narius, Amabilis, Christianus, Stephanus,
Johannes, Solonis, etc. (*Capitularia regum
Francorum*, t. I, c. 499.)

les chartes la signalent? Cette hypothèse a un double défaut : elle est gratuite et elle est inutile, elle ne repose sur rien et elle n'explique rien. C'est ce que prouve un bref examen de la question.

Supposons que Perpignan ait été fondé au v⁰ siècle : même à cette époque, le nom du propriétaire de la *villa* ne prouve pas qu'il fût gallo-romain [1], rien ne dit qu'il habitât lui-même cette terre. Allons plus loin dans la voie des hypothèses : admettons encore qu'il y ait eu à Perpignan, au v⁰ siècle, une population gallo-romaine et, fait invraisemblable, que ses institutions primitives aient résisté à toutes les influences extérieures, à toutes les invasions, que ce village romain, isolé en pays gothique, ait, pendant de longs siècles, conservé ses lois et sa physionomie originelles : qu'en serait-il résulté? C'est que nous retrouverions au fond de la coutume perpignanaise le droit du v⁰ siècle, le droit théodosien, qui aurait pénétré la masse de cette coutume. Est-ce ainsi que se manifeste en réalité l'influence de la législation antique sur les usages de notre ville? Bien loin de là, cette influence est toute de surface, et ce qu'il y a de romain dans la coutume de Perpignan est non pas théodosien, mais justinien [2].

Au fond, cette coutume est inspirée du droit féodal, dont les rigueurs y sont atténuées par d'importants privilèges [3]: l'organisation des pouvoirs publics, le nom et la nature des redevances, le mode de tenure des terres [4], tout cela nous ramène à la féodalité. On ne trouve guère de romain dans cette codification que certaines règles de procédure, quelques prescriptions relatives aux cau-

---

[1] Voir Fustel de Coulanges, dans la *Revue des Questions historiques*, 1ᵉʳ janvier 1887, p. 12 et suiv.

[2] Voir notamment Laferrière, *Histoire du droit français*, t. V, p. 518-519. — En Roussillon et en Narbonnais, au xiiiᵉ siècle, on dénonçait un nouvel œuvre en jetant trois petites pierres, l'une après l'autre, et en disant chaque fois : «Vos denunciam obra nova». (Alart, *Privilèges et titres*, p. 310.) Cette procédure est, à peu de chose près, rapportée dans le Digeste, liv. VIII, tit. V, § 6, et liv. XXXIX, tit. I, § 5.

[3] Voir notamment S vii et ix.

[4] S vi.

tions[1], et surtout des lambeaux de phrases que le rédacteur, frais émoulu de quelque université voisine, a insérés dans le texte[2]; enfin les dispositions du premier article, qui exclut le droit visigothique et les Usages de Barcelone et ne laisse guère de place qu'au droit antique pour combler les lacunes de la législation locale.

Si l'influence romaine dans les coutumes n'est pas ce que l'on a cru, elle existe cependant, et je me suis demandé d'où elle venait.

L'article 1er nous l'apprendra peut-être. Le voici, tel qu'on l'a compris :

« Les hommes de Perpignan doivent plaider et être jugés suivant les coutumes de la ville et suivant les lois là où les coutumes défaillent, et non par les Usages de Barcelone ni par la loi gothique, parce qu'ils ne sont pas en vigueur, non plus que l'*exorquia*, l'*intestia* ni les monopoles seigneuriaux, à l'exception du monopole du sel. »

« Homines Perpiniani debent placitare et judicari per consuetudines ville et per jura ubi consuetudines deficiunt et non per usaticos Barchinone neque per legem Goticam, quia non habent locum in villa Perpiniani; neque intestatio, neque exorquia, nec aliquod desvet, nisi in sale tantum... »

Cette leçon, qui a été adoptée par le traducteur du XIVe siècle, me paraît défectueuse. Dire que les hommes de Perpignan ne sont pas jugés d'après la loi gothique parce que celle-ci « n'a pas lieu » dans la ville, c'est commettre un lourd pléonasme. Je préférerais placer le point-virgule avant « quia non habent locum » et traduire : les hommes de Perpignan ne sont pas jugés d'après les Usages de Barcelone ni par la loi gothique, car on n'admet dans la ville ni l'*intestia*, ni l'*exorquia*, etc.

La loi gothique et les Usages étaient réputés le droit commun; de même, l'*exorquia*, l'*intestia*, les monopoles, étaient le droit commun. Les hommes de Perpignan, qui en étaient dispensés par suite

[1] § v. — [2] § xxviii.

de concessions dont le texte ne nous est point parvenu, étaien
portés à confondre dans une même aversion et un même mépris
les lois qui régissaient le peuple roussilłonnais autour d'eux et les
charges auxquelles ce peuple était soumis, à croire que celles-c
dérivaient de celles-là et à chercher la consécration de leurs privilèges dans ce droit romain qui brillait, à leurs yeux de barbares,
d'un si éblouissant éclat. Perpignan se jeta vers le droit romain
parce que, trop bien dotée pour partager le sort du reste du pays,
la ville était attirée par la gloire de Justinien. Les légistes s'en inspirèrent sur quelques points de détail; ils décidèrent ou ils obtinrent que le droit supplétoire de leurs coutumes serait le droit
romain. Mais là s'arrêta le triomphe de la loi classique; il fut
simplement, je le répète, théorique et factice, et le fond de la
législation à Perpignan fut et resta féodal.

ÉTUDE

SUR

LA CONDITION ÉCONOMIQUE ET JURIDIQUE

DES

POPULATIONS RURALES DU ROUSSILLON

AU MOYEN ÂGE

ET SPÉCIALEMENT AUX XIᵉ, XIIᵉ ET XIIIᵉ SIÈCLES.

CHAPITRE PREMIER.

LA MISE EN CULTURE.

I. Dessèchement : état marécageux de l'ancien Roussillon. — Preuves historiques. — Le colmatage naturel. — Le dessèchement ; exemples. — L'œuvre des Templiers.

II. Irrigation : quelques canaux anciens. — Importance de l'irrigation en Roussillon au moyen âge.

III. Défrichement : les ruines laissées par les Sarrasins ; les ravages causés par leurs armées et par les Francs. — Le Roussillon redevenu désert ; les aprisions. — État relativement favorisé de la montagne. — La mise en culture du pays ; les moines. — L'étendue des friches a-t-elle diminué depuis 1,000 ans ? Opinion négative, basée sur le chiffre de la population. — Réfutation de cet argument. — Preuve directe : les concessions de garrigues. — Autre preuve directe : les forêts disparues.

I. Le Roussillon n'a pas toujours été la riche contrée que nous sommes habitués à contempler. De cette plaine, qu'un climat exceptionnel et le travail de l'homme ont faite si fertile et si belle, une grande partie était, au commencement de la période que je me propose d'étudier, un désert entrecoupé de marécages et de forêts.

On sait que le sol du bas pays roussillonnais est de formation récente : il ne remonte pas, en grande partie du moins, au delà des époques historiques.

> Fou aygua lo que es herba, lo que ara es vert fou blau.
> . . . . Aqueixa terra,
> dels cims la devallaren les aygues de gra á gra ;
> les pedres de la plana son óssos de la serra [1].

[1] Verdaguer, *Canigó*, chant VI.

« Ce qui est herbe fut eau; la verdure a pris la place de l'azur. . . Cette
terre, les eaux l'ont descendue des cimes grain par grain; les pierres de
la plaine sont les ossements de la montagne. »

Les générations ont assisté à ce long travail des fleuves déversant dans
la plaine et sur le littoral les matières qu'ils entraînaient dans leur course;
elles ont vu des bourrelets se former, s'accroître et émerger en avant des
rivages, par l'effet des tempêtes; les masses d'eau derrière ces langues de
terre se changer en étangs, en marais.

Cette transformation, le géologue a pu en reconstituer la genèse; mais
les documents ne manquent pas pour permettre à l'historien de la constater.

Les lieux-dits indiquent sur bien des points la présence d'étangs qui
ont disparu depuis l'adoption de la langue latine ou de ses dérivés [1] : le
mot de Cabestany (caput stagni), par exemple, qui désigne un village à une
lieue de Perpignan, prouve que l'étang, aujourd'hui éloigné de cette localité de plus de 4,000 mètres, y arrivait jadis [2]; le village de Saint-
Nazaire était placé, au xe siècle encore, entre cet étang et les salines [3].
Alart a vu avec raison, je crois, une preuve de cet état marécageux de la
contrée dans plusieurs noms de lieux, tels que Bages, Bajoles, Banyuls [4].

[1] 15 avril 1139. Accord au sujet d'une vigne sise à Peyrestortes, lieu dit al Estanol. (B 56.) — 16 décembre 1197. Vente d'un champ au territoire de Mailloles, al Estainol d'Amont. (Série H, fonds du Temple.) — 22 fé-vrier 1259. Bail en acapte d'une jeune vigne au même territoire, « in loco vocato Stagno ». (Cartulaire du Temple, fol. 236 v°.) — 1261. Bail ad laborandum de champs sis à Nyls, deux près de l'étang Gros, deux près de l'étang Sabadell. (Notaires, n° 1, fol. 38.) — 1261. Vente d'une terre à Salcilles, lieu dit ad Sauzes, confrontant l'étang et le canal de desséche-ment. (Notaires, n° 1, fol. 25 v°.) — 1266. « ... Medietatem cujusdam campi qui est in stagno de Malleolis. » (Notaires, n° 2, fol. 5 v°.) — 25 octobre 1274. Vente d'un champ à Mailloles, « ad Stainol ». (Notaires, n° 5, fol. 10.) — 7 novembre 1283. Bail en acapte d'une terre « ad Jonqueroles », territoire de Saint-Cyprien. (Notaires, n° 15, fol. 17.) — 12 mars 1284. Vente de deux terres situées à Cabestany, lieu dit Stagno gros. (Notaires, n° 14, fol. 12.) — 27 décembre 1285. Bail à

titre d'acapte par frère B. Gasc, précepteur de l'hôpital des pauvres d'Orle, d'une terre « in loco vocato Estagnum Lato, et affrontat ... in aculea [a] Estagni Latoni ». (Notaires, n° 16, fol. 9.) — 6 août 1286. Vente d'un champ « in territorio et terminis castri Sancti Nazarii de Salsa », confrontant « in stagno quod dicitur de Aleniano ». (Notaires, n° 17, fol. 4 v°.) — 17 novembre 1447. Sentence au sujet de la rigole de l'étang d'en Vaquer, près Perpignan. (Archives municipales de Perpignan, Livre des Provisions, t. I, fol. 308.) — Cf. Alart, dans le Bulletin de la Société agricole, scientifique et lit-téraire des Pyrénées-Orientales, t. XXI, p. 270.

[2] Voir Henry, Histoire du Roussillon, t. I, p. xv.

[3] 6 juin 899. « Ecclesiam Sancti Nazarii, quæ est inter salinas et stagnum. » (G 231.)

[4] « Toute la partie basse du Roussillon, comprise entre le cours de la Tet et du Tech, était anciennement couverte d'étangs sans is-sue, dont la plupart n'ont disparu que dans les derniers siècles, et ces bas-fonds maréca-geux ont laissé à diverses localités des noms

[a] Aculea, en catalan agulla, désigne une rigole.

Le colmatage a été en très grande partie le résultat de causes naturelles ; il s'est opéré par l'effet des débordements des fleuves, que les géographes de l'antiquité signalaient déjà comme sujets à des crues terribles [1]. A certaines époques, ces atterrissements se sont produits avec une extraordinaire rapidité : l'abbé Marcé, qui écrivait en 1784, raconte que, dans les vingt et une dernières années, le lit de la Tet s'est élevé, à Corneilla-de-la-Rivière, « au moins d'une toise et demie », de sorte que, dans la partie inférieure de son cours, le fleuve répandait sur les terres avoisinantes, après le moindre orage, « des inondations de pierre et de sable » [2]. L'examen de quelques travaux d'art : ponts, chaussées, etc., exécutés au siècle dernier, prouve que depuis lors le niveau de la plaine ne s'est pas élevé, en plus d'un endroit, de moins de 1 mètre.

Cependant, quelque rapide que fût ce travail des forces de la nature, l'homme l'a souvent trouvé trop lent. Il a pratiqué dans le sol des saignées pour dessécher les marécages, les réduire en culture et surtout pour faire disparaître, avec leurs eaux croupissantes, les fièvres meurtrières qu'elles engendraient : à Bages, Nyls, Ponteilla, Villemolaque, à Perpignan même, les chartes nous font assister à cette œuvre d'assainissement ; la plupart des canaux de la Salanque et de la banlieue d'Elne paraissent n'avoir pas eu d'autre raison d'être [3].

Les plus anciens desséchements connus ne remontent pas au delà du XIIe siècle. Des entreprises de ce genre se heurtaient à des difficultés dont nous n'avons pas d'idée avec notre outillage moderne, et nécessitaient des capitaux considérables ; il fallait acheter les marais, acheter le droit de passage pour les rigoles, payer les ouvriers.

Le comte de Roussillon Guinard fit disparaître un étang au nord-est de Perpignan [4] ; mais Guinard était un puissant baron. En général, les seigneuries étaient restreintes ; leurs possesseurs, ruinés par la guerre et

qui se rapprochent beaucoup de celui de Banyuls. Ainsi, on trouve encore *Bajoles* ou *Baioles* », etc. (Alart, *Notices historiques sur les communes du Roussillon*, t. I, p. 196.)

[1] « Parva flumina, ubi crevere persæva. » (P. Mela. — Desjardins, *Géographie de la Gaule romaine*, p. 150 ; Henry, *Histoire du Roussillon*, t. I, p. XIII.)

[2] *Essai sur la manière de recueillir les denrées de la province du Roussillon*, p. 88. (Voir mes *Notes sur l'économie rurale du Roussillon à la fin de l'ancien régime*, p. 18 et suiv.)

[3] On creusait parfois pour l'écoulement des eaux, à travers les parois de l'entonnoir où elles étaient retenues, des drains souterrains, des tunnels, qu'on appelle des *coves* ; il subsiste, à Espirá-de-l'Agly notamment, des *coves* qui paraissent fort anciennes [*].

[4] « Campum de stagno qui est in adjacentia Sancti Johannis Perpiniani, de quo ejeci aquam. » (Testament du comte Guinard, 4 juillet 1173. *Marca Hispanica, Appendix*, col. 1360 et suiv., et dans un *vidimus* de 1187, B 5.)

[*] A l'est de Canohès, la carte de l'état-major signale le *Mas de les Coves*.

la croisade, ne rêvaient d'ailleurs que faits d'armes et coups de lances d'autre part, l'état politique et social des populations empêchait qu'elle ne s'unissent en syndicats pour la réalisation de ces œuvres d'intérêt commun : les ordres religieux étaient à peu près seuls capables de telles entreprises.

Les Templiers du Masdeu paraissent s'être occupés activement d'assainir la plaine du Roussillon et notamment les terroirs, si riches aujourd'hui, entre Elne et Thuir. Non loin de Bages, au nord-ouest de cette localité et au pied des collines que couronne le château ruiné du Réart s'étendait un vaste étang[1], dont les Templiers achetèrent la moitié en 1191[2] le roi d'Aragon les autorisa, en avril 1195[3], à drainer la partie qui était sa propriété et qu'il leur abandonna dix ans après[4]. Ils acquirent dans le même but, en 1182, l'étang dit de Bajoles, qui n'était séparé du précédent que par un chemin[5].

Sur le territoire de Nyls, ils payèrent fort cher l'étang Sabadell et la permission de conduire les fossés d'écoulement sur les propriétés riveraines[6].

Mais des étangs qu'ils ont réduits en culture, le plus considérable, si l'on en juge par les sommes qu'il leur a coûté, est celui de Caraig, au territoire de Ponteilla, sans doute au nord-est du village et près de la commune actuelle de Canohès[7]. Le 20 juin 1183, Arnaud de Mudahons

---

[1] «Et de parte Aquilonis injungit in termino de Montescapri (sic pour Montescopii, Montescot), vel in campo de Villaseca sive in medio stagno qui ibidem est.» (Vente de la terre de Boiolas, Bajoles. Marca Hispanica, Appendix, c. 842.)

[2] 8 octobre 1191. Vente par Adélaïde de La Roque, aux Templiers, pour le prix de 500 sous barcelonais, de la moitié de l'étang de Bages, confrontant à l'est la route de Bages à Villeneuve, au nord la route du Réart à Belric. (Cartulaire du Temple, fol. 112.)

[3] Cartulaire du Temple, fol. 8. Une expédition de l'acte est gardée dans la liasse B 7.

[4] 14 mars 1205. (Cartulaire du Temple, fol. 1.)

[5] 16 février 1182. Vente par Bérenger de Bages, aux Templiers, moyennant 800 sous de Malgone, de ce qui lui appartient dans l'étang de Bajoles, plus sa part des bords et un champ. (Série H, fonds du Temple, parchemins non classés et cartulaire, fol. 109 v°-110 et 138 r° et v°.)

[6] 22 septembre 1170. Vente par Bernard de La Roque, au Temple, de ses possessions notamment en nature d'étangs, à Villemolaque et Nyls. (Cartulaire du Temple, fol. 97 v°-98.) — 1183-1184. Vente par Guil. de Montesquieu, pour 400 sous de Malgone, de l'étang «Sabatelin», dans la paroisse de Nyls (Cartulaire du Temple, fol. 187 v°.) — 11 janvier 1201. Arnaud Tizon, de Toulouges autorise les Templiers à conduire l'eau de l'étang Sabadell à travers les terres qui lui appartiennent. (Cartulaire du Temple, fol. 195 v°-196 v°.) — 27 novembre 1211. Cession au Temple, par Guil. de Brouilla, de ses droits sur une parcelle de terre, au territoire de Bages, «in capite stagni nostri quod vocatur de Bajoles, que affrontat ex una parte in aguillia, de II° in vestro stagno predicto de III° in terra Guillelmi Marroti, de IIII° in via publica que transit inter stagnum de Bages et dictum stagnum de de (sic) Bajolis». (Cartulaire du Temple, fol. 172 v°-173.)

[7] «Par une lettre, datée de Lérida le 4 des calendes de novembre 1346, le roi d'Aragon ordonnait à ses procureurs de lever le

leur vendit sa part de cet étang, moyennant 2,000 sous de Melgueil, un cheval de 250 sous de la même monnaie et une paire de bœufs [1]. Fort heureusement pour le Masdeu, les autres propriétaires furent moins exigeants : l'un céda ses droits pour 16 sous barcelonais [2]; le vicomte de Castelnou donna gratuitement une pièce de terre dans les marais, à condition que les frères du Temple entretiendraient un ruisseau aboutissant au Réart [3]; l'église d'Elne se montra également très accommodante [4].

Malgré tant d'efforts, cette partie de la province n'a été complètement assainie que de nos jours.

II. Si le desséchement était en retard en Roussillon, les travaux d'irrigation étaient, au contraire, très développés. L'arrosage des terres était usité à l'époque visigothique [5]; il y est fait allusion dans le diplôme de 844 pour les Espagnols réfugiés [6], et de très bonne heure on distingua les terrains en fonds arrosés (*regatius*) et en fonds non arrosés (*aspres*) [7].

Il a paru jadis sur l'irrigation dans la province une étude qui, à défaut de mieux, est devenue classique. Cette étude, il faut avoir le courage de le dire, ne mérite pas un tel honneur [8] : l'auteur connaissait trop peu les

séquestre mis sur l'*étang* ou *Stanyer* de Pontella... Cette propriété consistait en riches colomines et prairies conquises sur les anciens étangs *Ner* (noir) et de Karatg.» (Alart, *Notices historiques*, t. II, p. 27.) — Voir *ibid.*, p. 34, à propos du même étang.

[1] Cartulaire du Temple, fol. 62 r° et v° et 111-112.— 3 août 1195. Confirmation par Guillelma, veuve d'Arnaud de Mudahons, de la cession faite au Temple, par son mari, de l'étang de Caraig, «de Carachon». (Cartulaire du Temple, fol. 59.)

[2] 25 mai 1184. Arnaud de Canohès vend au Temple une pièce de terre à Ponteilla, «in stagno de Karaig». (Cartulaire du Temple, fol. 195.)

[3] 24 février 1184. «Unam faxam terre in stagno de Karaig... ut fratres ejusdem domus exsicent stagnum de Karaig ad proficu[u]m nostrum et domus Milicie et ut teneant aqueductum condirectum predicti stagni semper de stagno usque intus flumen Riardi, sine aliqua missione quam nos et nostri faciemus ibi.» (Cartulaire du Temple, fol. 132.)

[4] 28 mars 1187. (Cartulaire du Temple, fol. 119 v°.) — Tous ces territoires étaient marécageux, de sorte qu'il est impossible de dire

si les Templiers échouèrent dans leur entreprise, si la nature et les marais reprirent le dessus, ou même s'il n'y avait pas à Canohès plusieurs étangs. M. de Bonnefoy signale des travaux exécutés au xv° siècle en vue du desséchement d'un «petit étang qui s'étendait autrefois au-dessous de Canohès». (*Épigraphie roussillonnaise*, n° 128.) Un plan de Canohès, dressé en 1762, porte un «terrain de l'étang». A Nyls, ce même plan place un étang près du col de Carasse. Il devait y avoir plusieurs étangs à Nyls au xiii° siècle; l'un d'eux se nommait *Stany gros*; les bords en furent concédés par les Templiers en 1270. (Série H, parchemins du Temple non classés.) Au nord-est de Bages, des travaux récents ont fait disparaître des masses d'eau considérables.

[5] «Multarum terrarum situs qui indiget pluviis, foveri aquis studetur irriguis.» (*Forum judicum*, VIII, v, § 31.)

[6] *Capitularia regum Francorum*, t. II, c. 28.

[7] 14 août 1030. Déguerpissement d'une jeune vigne sise «ad ipsos Aspres». (*Histoire de Languedoc*, t. V, c. 394.)

[8] Jaubert de Passa, *Mémoire sur les cours d'eau et les canaux d'arrosage des Pyrénées-Orientales*. Paris, 1821, in-12.

documents de nos archives et beaucoup trop le mémoire de Fossa pour marquis d'Oms.

Parmi les textes qu'il a recueillis pour prouver l'existence des cana dans les siècles les plus reculés du moyen âge, les uns sont des formul de style qui ne prouvent rien [1]; d'autres se réfèrent à des ruisseaux moulins [2]. Souvent des canaux, primitivement destinés à mettre en mou vement des usines, ont dû ensuite servir à l'irrigation [3]; mais rien démontre que cette double destination fût une règle constante.

Alart estime que le ruisseau de Corneilla-de-la-Rivière et de Baho éta creusé dès le commencement du x⁰ siècle [4]; il en est fait expresséme mention en 988 [5]. Un autre, ou peut-être le même, est cité en 898 915 [6]. En 1023, il est accordé une concession d'eau pour l'irrigation d territoire d'Age, en Cerdagne [7].

Le ruisseau de Thuir existait en 1172, peut-être même peu après 1100 [Un historien très sérieux, de Gazanyola, a été jusqu'à dire que «en 130 le Roussillon offrait déjà presque autant de terres arrosées qu'on en vo aujourd'hui, où elles occupent la vingt-troisième partie de la surface to tale et la huitième, si on en distrait les vignes, les bois, les olivets, le terres d'alluvion, enfin tout ce qui n'est pas susceptible de culture, ou n pas besoin d'arrosage» [9].

C'est peut-être dépasser la vérité. Il est hors de doute qu'au moye âge, l'irrigation avait, dans la vie économique de la province, une impo tance capitale : on arrosait beaucoup, d'autant que l'eau était plus abon dante que de nos jours. Jusqu'à l'époque moderne, les trains de bo descendaient de la montagne en flottant sur des rivières que l'on peut tra verser, en temps normal, à pied sec ou à peu près [10]. J'ai la conviction

---

[1] Ainsi, la vente d'un terroir «cum aquis aquarumque ductibus, etc.», ne peut pas être donnée comme preuve de l'existence d'un ruisseau d'arrosage dans ce terroir.

[2] Par exemple, le ruisseau de Sahorre, en 959 (*op. cit.*, p. 76-77), le ruisseau d'O-deillo, en 1035 (*ibid.*, p. 84-85). — Je dois ajouter que les renvois du livre de Jaubert de Passa sont souvent inexacts : il ne m'a pas été possible de retrouver dans le *Marca Hispanica* des actes qu'il y a signalés.

[3] 1ᵉʳ mars 1244. Permission aux gens de Canet de prendre l'eau du moulin; ils contri-bueront à l'entretien de la digue et à l'écure-ment du ruisseau. (*Privilèges et titres*, p. 175.)

[4] *Cartulaire roussillonnais*, p. 30, n. 2.

[5] 24 février 988. (*Cartulaire roussillon nais*, p. 29-31.)

[6] 898 et 24 juin 915. (*Cartulaire rou sillonnais*, p. 118-120 et 120-122.)

[7] *Cartulaire roussillonnais*, p. 42.

[8] Gazanyola, *Hist. du Roussillon*, p. 52 523.

[9] *Idem, ibid.*, p. 135-136.

[10] Il fallait obtenir préalablement la pe mission du procureur royal pour conduire t trains de bois et consigner un gage pour ga rantir le payement des dommages-intérêts t cas où les digues seraient endommagées. L registres de la Procuration renferment d permissions de ce genre pour la rivière de Tet, en date des 9 juillet 1500 (B 415

cependant, que la surface des terres arrosées est plus considérable qu'il y a six siècles : de grands canaux ont été concédés depuis, et sur les canaux anciens on a pratiqué nombre de dérivations, d'*agullas* ou rigoles.

III. J'ai dit qu'une grande partie de la plaine était en friche vers l'an 1000. Les Romains l'avaient colonisée; ils l'avaient sillonnée de routes et parsemée de villas. Les Visigoths respectèrent vraisemblablement ces riches cultures; mais les Musulmans vinrent, et avec eux la ruine et la désolation. Les générations d'autrefois ont professé à l'égard des sectateurs de Mahomet une haine et un mépris exagérés, et, comme il arrive d'ordinaire, une réaction s'est produite, légitime assurément, mais qui, à son tour, a dépassé le but. On est trop généralement porté, ce me semble, à considérer les conquérants arabes ou berbères, que la grande invasion du VIIIe siècle a jetés sur notre sol, comme des politiques accommodants, ne demandant aux populations soumises qu'un faible tribut et une vague reconnaissance de leur souveraineté. Malheureusement, les documents ne laissent pas de doute sur les procédés cruels des hordes sarrasines; ils signalent, de leur part, de nombreux traits de cruauté : Tharec tuant le roi goth d'Espagne, dont il envoie la tête à Damas; les conquérants de Narbonne, vers 721, passant les vaincus au fil de l'épée [1]; telle fut la multitude des victimes de la férocité musulmane, que, suivant la pittoresque expression d'un chroniqueur [2], «Dieu seul peut s'en faire une idée».

D'un autre côté, l'œuvre de la reconquête fut longue et difficile; elle eut des alternatives de succès et de revers; pendant que les Francs et leurs alliés occupaient une position, les environs étaient razziés par des bandes d'insaisissables ennemis. Les comtes et les marquis de Pépin et de Charlemagne n'avaient pas, non plus, une irrésistible horreur du pillage [3]. Que l'on s'imagine l'épouvantable situation de cette Marche d'Espagne, servant pendant de longues années de champ de bataille à deux races irréconciliables, tour à tour prise et reprise, et constamment saccagée par les

30 mai 1539 (B 425), 31 mai 1589 (B 435), 16 septembre 1603 (B 438), 5 novembre 1651 (B 446), etc.

[1] Reinaud, *Invasions des Sarrasins en France*, p. 6, 18 et *passim*.

[2] Isidore de Beja, cité par Reinaud. (*Ibid.*, p. 42.)

[3] 1er janvier 815. «Aliqui homines propter iniquam oppressionem et crudelissimum jugum quod eorum cervicibus inimicissima Christianitati gens Sarracenorum imposuit, relictis propriis habitationibus et facultatibus quæ ad eos hereditario jure pertinebant, de partibus Hispaniæ ad nos confugerunt et in Septimania atque in ea portione Hispaniæ quæ a nostris marchionibus in solitudinem redacta fuit, sese ad habitandum contulerunt.» (Précepte pour les Espagnols réfugiés, publié par Baluze, *Capitularia regum Francorum*, t. I, c. 540.)

coureurs des deux armées [1]. Lorsque les Francs restèrent définitivement maîtres du terrain, le Roussillon n'était plus qu'un vaste désert.

A Saint-Félix de Tanya, comme à Saint-André-de-Sorède, à Régleille, Villeneuve et Cabanes, aussi bien qu'à Elne, les diplômes des premières années du ixe siècle signalent des landes incultes. Quand Charlemagne ou ses successeurs immédiats parlent de terrains défrichés, ils disent que ces terrains ont été arrachés au désert, à l'immensité du désert : « ex heremo, ex heremi vastitate traxerunt » [2]. Cette expression se rencontre à tout instant dans les documents de l'époque, à ce point qu'on pourrait se demander si ce n'était pas, sous le *calamus* des rédacteurs de la chancellerie carolingienne, une simple formule. Mais, outre que l'adoption d'une formule pareille serait déjà très éloquente, il y a, dans l'histoire de la province durant cette période, deux grands faits qui prouvent que ces mots tristement significatifs sont autre chose qu'une phrase vide de sens : ces deux faits sont la fréquence des aprisions et l'immigration des Espagnols dans la Septimanie.

J'aurai, plus loin, à examiner ce qu'était l'aprision : qu'il me suffise de rappeler ici qu'elle consistait dans l'occupation d'une terre vacante. L'aprision n'était pas un fait exceptionnel; c'était une véritable institution. Les premiers Carolingiens l'ont réglementée, et nous voyons qu'elle s'effectuait très souvent et dans les cantons les plus fertiles de la contrée [3].

[1] Reinaud, *op. cit.*, p. 20, 36 et *passim*.

[2] 1er janvier 815. « . . . Hispanis qui . . . in desertis atque in incultis locis per nostram vel comitis nostri licentiam consedentes, ædificia fecerint et agros incoluerint. » (Publié par Baluze, *Capitularia*, t. I, c. 551.) — 10 février 816. « Quando iidem Hispani in nostrum regnum venerunt et locum desertum, quem ad habitandum occupaverunt, . . . adepti sunt . . . Ceteri vero qui simul cum eis venerunt et loca deserta occupaverunt, quicquid de ininculto excoluerunt absque ullius inquietudine possideant. » (*Ibid.*, t. I, c. 571.) — 5 mars 836. « . . . vel terras quas sui homines ex eremo traxerunt. » (Diplôme pour l'église d'Elne. *Marca Hisp.*, c. 773-774, et *Hist. de Languedoc*, édition Privat, t. II, Preuves, c. 180 et 193.) — 7 avril 840. « . . . vel terras quas sui homines ex eremo traxerunt. » (Autre diplôme pour l'église d'Elne. *Hist. de Languedoc*, loc. cit., c. 214.) — 9 juin 844. « Praedictum monasterium cum cellula sibi subjecta quae dicitur Sancti-Fructuosi et villa quae dicitur Serras cum suo terminio Possedonius episcopus de heremi vastitate ad culturam frugum perduxisset. » (Diplôme pour le monastère de Sainte-Engrâce, au diocèse d'Urgel. *Hist. de Languedoc*, loc. cit., c. 241-243.) — 850 environ. « . . . Ipse cum caeteris fratribus suis in pago Russilionense super fluvium Theda illud monasterium de eremo traxissent. . . » (Diplôme pour Saint-Clément de Régleille. *Ibid.*, c. 282-284.) — 850 environ. « . . . cum omnibus aprisionibus quas ex eremi vastitate traxerunt. » (Diplôme pour Saint-André-de-Sorède. *Ibid.*, c. 284-286.) — 30 août 881. « Ipso villare quod ipsi monachi Edo Tresulfus traxerunt de heremi vastitate. » (Diplôme pour Arles, vidimé au xiiie s. B 3. Publié par Alart, *Cartulaire roussillonnais*, p. 8.)

[3] 2 avril 812. « Hispanos nostros qui ad nostram fiduciam de Hispania venientes per nostram datam licentiam erema loca sibi ad laboricandum porpriserunt. » (Précepte pour les Espagnols. *Capitularia*, t. I, c. 500.) —

L'immigration des Espagnols en masse, conduits par leurs comtes [1], montre, à son tour, combien était intolérable la domination des Arabes : ce n'est pas sans de graves motifs, sans avoir eu de poignantes douleurs à souffrir ou de cruels affronts à essuyer, que des milliers d'hommes se résignent à quitter leur pays, leurs demeures et leurs biens, pour fuir à l'étranger.

Concluons donc que les tribus musulmanes n'étaient pas, quand elles pénétrèrent en Roussillon, le peuple policé qu'elles furent plus tard [2]; c'étaient des hordes guerrières et brutales, et, comme les envahisseurs dont parle le Breton de Tacite, elles croyaient n'avoir assuré la paix que là où elles avaient fait le désert.

Nous venons de voir quel était l'état du Roussillon proprement dit; la situation des pays de montagne se rapprochait davantage de leur situation actuelle; leur constitution géologique, leur relief ne s'est pas sensible- ment modifié. En outre, ces régions avaient eu beaucoup moins à souffrir de l'invasion; les Arabes avaient bien pu pousser quelques pointes sur ces territoires accidentés, mais leurs masses avaient probablement été arrêtées dans les étroits défilés du Sègre et de la Tet, et on peut croire que la Cer- dagne joua le même rôle que les Asturies à l'autre extrémité de la chaîne des Pyrénées, et que ses hautes vallées servirent de refuge aux populations chrétiennes.

1ᵉʳ janvier 815. (Voir ci-dessus, p. 8, note 2.) — 18 décembre 833. «...res quas genitor èorum per concessionem avi nostri Caroli præstantissimi Imperatoris ab eremo in Septimania trahens, ad villam construxit quæ vocatur Villanova.» (Villeneuve-de-la-Raho.) (*Marca Hispanica, Appendix*, c. 770-771.) — 29 dé- cembre 833. Charte dans les mêmes termes à propos de Céret. (*Ibid.*, c. 771-772.) — 5 mars 836. (Voir ci-dessus, p. 8, note 2.) — 7 avril 840. (Voir *ibid.*) — 7 juillet 854. «...res quasdam nostræ proprietatis quas ipsi hactenus per aprisionis jus habuisse cognos- cuntur, in pago videlicet Elenensi et in comi- tatu Rossilionensi, hoc est quicquid in villa Moniano et in Villanova et in Cabanes per aprisionem ex successione avita atque paterna tenuisse usque nunc comprobantur.» (*Marca Hispanica, Appendix*, c. 787.) — 5 juin 858. Plaid au sujet de terres acquises par des Es- pagnols «per illorum adprisionem, sicut ce- teri Spani». (*Hist. de Languedoc*, édit. Privat, t. II, Preuves, c. 306-308.) — 29 avril 861.

«Vendo vobis in vico Helna ortos meos, quod habeo per adprisionem parentum meorum.» (*Ibid.*, c. 319-320.) — 6 décembre 869. Vente à l'évêque d'Elne d'une terre sise à Elne, «quam habemus per adprisionem parentum nostrorum». (*Ibid.*, c. 352.) — 17 décembre 875. (*Ibid.*, c. 382-384.) — 30 août 881. «Ecclesia Sancti Johannis in loco qui dicitur Riardo sita, cum omnibus apprisionibus, donationibus et comparationibus.» (Diplôme pour l'abbaye d'Arles, vidimé au XIIIᵉ siècle. B 3. Publié par Alart, *Cartulaire roussillon- nais*, p. 7.)

[1] Voir le précepte du 10 février 816 pour les Espagnols. (*Capitularia*, t. I, c. 570.)

[2] «Sortant à peine de leur désert, ils étaient encore étrangers à toute idée de civi- lisation... A Narbonne, où ils se maintinrent pendant quarante ans, et qui était devenu leur boulevard en France, il ne reste pas le moindre vestige de monument élevé par eux.» (Reinaud, *Invasion des Sarrasins en France*, p. 289.)

Lorsque les invasions furent enfin refoulées, les anciens habitants des
cendirent des montagnes de la Cerdagne, de l'Urgel et de l'Andorre, ver
la plaine, tandis que les Espagnols expatriés et des transfuges musulman
arrivaient en grand nombre dans la Septimanie[1]. Alors recommença cett
lutte pacifique contre les forêts, contre les ronces, contre les marécages
que l'homme avait déjà soutenue aux premiers temps de la civilisation.

Elle fut âpre et difficile; il fallut disputer le terrain aux bêtes fauves
que l'on signale dans nos pays jusqu'à l'époque moderne [2]. Il est plu
aisé de s'imaginer que de raconter la vie de labeur de ces familles de co
lons, obligées de se frayer, la hache à la main, un passage vers les métai
ries détruites, relevant ces ruines, et isolées, sans secours et presque san
instrument de travail, forçant un sol en friche à leur donner une maigr
nourriture.

En Roussillon, comme partout, nous retrouvons à la tête des plu
hardis parmi les défricheurs les moines bénédictins. Leurs établissement
n'étaient parfois que des *celles,* avec une chapelle et une hôtellerie pou
les voyageurs; ainsi étaient Saint-Martin, au pied d'Ultrère, Saint-Martin
de-Mont-Fourcat (aujourd'hui l'Albère), Saint-Martin-de-Fenouillar, don
l'antique sanctuaire est peut-être encore debout, Saint-Jean-Lasseille (l
Cella), Panissars, etc. [3].

Mais le plus souvent, les moines créèrent sur leurs immenses domaines
ainsi qu'on l'a dit justement, de véritables fermes-modèles. Certes, je n'ira
pas jusqu'à prétendre que «s'il y a quelque part une forêt touffue, une ond
pure, une cime majestueuse, on peut être sûr que la religion y a laiss
son empreinte par la main du moine» [4]; je ne suis point un panégyriste
et je voudrais être un historien. Mais il faut savoir reconnaître de que
secours furent, pour la mise en culture de la province, ces hommes don
l'énergie personnelle était centuplée par l'association et par la disci
pline. Il faut convenir que les abbayes d'Exalada, de Saint-Génis-des
Fontaines, d'Arles [5], de Saint-André, et plus tard les monastères d

[1] Vers 778. Reinaud, *op. cit.*, p. 97.

[2] 22 août 1564. Procès contre un porcher
de Toulonges, à propos d'une truie dévorée par
les loups (B 430). — 1572. Relation au sujet
d'un sanglier apprivoisé à Canohès. (B 432.)

[3] Voir Alart, *Notices historiques,* t. II,
p. 62-63.

[4] Montalembert, *Les Moines d'Occident,*
4ᵉ édit., t. I, p. xi.

[5] Pour Arles : 17 septembre 820. « ...
praedictum monasterium et cellulas quas ipsi

ab eremo construxerunt..., id est ecclesiar
Sancti Petri in Arulas et ecclesiam Sanc
Joannis in Riardo et ecclesiam Sancti Julian
super Buciacum rivolum...» (*Hist. de Lan
guedoc,* édit. Privat, t. II, Preuves, c. 132
133.) — Janvier 816. «Vidimus ad ipso jan
dicto abbate et suprascriptos monachos ips
jamdicto palatio ab ipso abbate et sæpe dict
monachos trahentes de eremo.» (*Marca Hi
panica,* c. 798-799.) — Pour Saint-André
de-Sorède et Régleille, voir p. 8, note 2.

Jau [1], de Saint-Martin-de-Canigou, de Saint-Michel-de-Cuxa, l'hôpital de
la Perche [2], etc., ont rendu au pays d'inappréciables services. Au prix de
quelles fatigues et de quels dangers, il n'est pas besoin de le dire; mais
les moines défricheurs devaient oublier leurs peines et se réjouir quand
ils pressentaient les résultats de leur œuvre, comme se réjouissait l'ana-
chorète Imier lorsqu'il entendait les cloches du monastère qui devait un
jour remplacer son ermitage.

Les accidents du sol ne permirent pas de le cultiver entièrement; les
montagnes, également inhospitalières à l'homme et aux plantes qui servent
à son alimentation, restèrent en friche, les unes chargées de forêts sécu-
laires, les autres conservant leurs immenses nappes gazonnées.

Alart s'est demandé si les surfaces défrichées étaient plus considérables
de nos jours qu'au ixe siècle et il a donné à cette question une réponse
négative [3].

Assurément, l'autorité d'Alart est grande quand il s'agit de la géographie historique de la province; il me paraît cependant qu'il s'est trompé
cette fois. Il motive son opinion sur ce que les textes signalent dès cette
époque, dans les cantons montagneux, autant ou plus de lieux habités
qu'aujourd'hui [4]; que la population n'a guère varié depuis mille ans;
enfin, que le système de culture exigeait jadis, pour un rendement égal,
une superficie bien supérieure.

Ce dernier point est incontestable; j'admets également que, dans la
montagne surtout, le nombre des villages n'a pas augmenté; au contraire.
Mais est-ce à dire que, depuis dix siècles, la population de l'ancien Roussillon n'ait pas varié? Rien que dans l'espace de quatre-vingt-dix ans environ, elle a presque doublé.

Prendre pour base d'un dénombrement comparatif à deux époques
aussi éloignées le nombre des agglomérations, c'est méconnaître gravement les lois qui ont présidé, à ces deux époques, au groupement de la
population. Aujourd'hui, les individus ont plus qu'autrefois une tendance

[1] Alart, *Abbaye de Jau ou de Clariana*,
*Bulletin de la Société agricole des Pyrénées-
Orientales*, t. XV, p. 278 et suiv.

[2] Alart, *Hôpital de la Perche*, dans le
même bulletin, t. XVIII, p. 296 et suiv.

[3] Rapport au préfet, procès-verbal de la
session du Conseil général des Pyrénées-
Orientales, août 1872. Annexes, p. 165-166.

[4] Alart pensait que, dans le Conflent, il y
avait plus de paroisses au ixe siècle qu'aujour-
d'hui, et il pouvait le savoir mieux que per-

sonne. (Voir son étude sur la *Géographie historique du Conflent*, dans le *Bulletin de la
Société des Pyrénées-Orientales*, t. X, p. 96.)
— «On voit dans notre département, dit encore le même auteur, beaucoup de lieux où
l'on trouvait autrefois un certain nombre de
familles et qui n'en contiennent qu'une seule
aujourd'hui, sans parler de ceux qui depuis
longtemps sont sans habitants et n'offrent
même plus aucune trace de culture.» (*Notices
historiques*, t. I, p. 265.)

à se réunir en grand nombre : les villes et les bourgs absorbent les hameaux; les capitales ruinent les villes [1].

Certains villages de l'ancien régime comptaient un nombre dérisoire
d'habitants; mais telle était la force de la tradition, que ces villages ne
cessaient pas pour cela de figurer parmi les paroisses ou les communautés [2].
Alart lui-même cite, dans ses intéressantes *Notices historiques sur les communes du Roussillon*, des faits significatifs à cet égard : à Cosprons « les assemblées de la communauté se composent de dix membres en 1361, de
seize en 1389 et de sept en 1450. Lors d'une prise de possession faite le
25 mai 1627, le seigneur « n'y trouva qu'un seul habitant... », et ce fut
un étranger, François Amoros, de Bonpas, qui fut créé bailli de ce territoire [3]. » Le 30 septembre 1498, deux individus des Abeilles, donnant
quittance d'une rente due à l'église de ce lieu, déclaraient agir au nom
de la communauté des habitants, pour cette excellente raison « qu'en ce
« moment il n'existe pas, dit le document, d'autres paroissiens de ladite
« paroisse ou église ». « Les deux paroissiens, poursuit Alart, se réduisirent
bientôt à un seul [4]. »

---

[1] Il y avait, à la fin de l'ancien régime,
dans la généralité de Perpignan, 108,000 habitants répartis en 232 communes ou communautés; le même territoire comprend, d'après
le dernier recensement, 198,349 habitants et
203 communes seulement. L'erreur d'Alart
provient en partie de ce qu'il a surtout étudié
la géographie historique du Conflent, qui est
une contrée montagneuse et pauvre. Ce n'est
pas dans ces cantons improductifs que la population s'accroît, c'est dans la plaine. Le
chiffre des habitants de la province a augmenté depuis un siècle dans la proportion
de 1 à 1.83, tandis que dans la Cerdagne,
qui est cependant plus riche que l'ensemble
du Conflent, ce chiffre est monté seulement
dans la proportion de 1 à 1.18. Depuis
quelques années, il se produit même un
mouvement véritablement inquiétant d'émigration des montagnards du département vers
le bas pays.

[2] Le village des *Manses de Pujol* n'a jamais
compris et pu comprendre que 3 à 5 maisons.
(Alart, *La commune de la Perche*, dans le
Bulletin de la Société des Pyrénées-Orientales,
t. XVIII, p. 325.)

[3] *Notices historiques*, t. I, p. 258.

[4] *Ibid.*, p. 190. — En 1660, le procureur de l'archidiacre de Vallespir, prenant
possession de la seigneurie de la Pave, reçoit
le serment de quatre habitants, dont le bayle.
(G 127.) — Une enquête, faite en 1440, sur les
ressources du monastère de Saint-Martin-de-Canigou, contient quelques renseignements sur
la population des villages vassaux de l'abbaye :
« Le village ou château de Vernet, qui comptait 60 hommes, n'en a plus que 20 dont
quelques-uns sont vieux et d'autres sans enfants. A Castell, de 10 hommes qu'il y avait,
il n'en reste plus que 2. A Celra, de 6,
un seul, qui est même très âgé et n'a point
d'enfants; à Bordoll, de 4, pas un; à Guissa,
de 7, 2; à Avellanet, de 5, 2; il en est de
même à Joncet. A Marqueixanes, de 35, 25
ou 26; à Targassona, de 45, 7; à Vilalta, en
Cerdagne, de 3 ou 4, aucun; à Eguet, de
10, 5; à Odelló, de 12, 7. » (P. Puiggari,
*Notices sur l'ancienne abbaye de Saint-Martin-
de-Canigo*, p. 40-41.) — Le 5 novembre
1540, le lieutenant du procureur royal, considérant qu'il existe à Angoustrine plus de
6 fermes et maisons habitées, décide que deux
consuls seront élus annuellement dans cette
localité. (B 425, *Inventaire*.) — A Fontanils,
en 1787, la communauté comprend 1 bayle
et 4 chefs de familles. (C 1754, *Inventaire*.

On trouve encore aujourd'hui, dans certains pays, des communes composées de quelques habitants à peine ; il me souvient d'avoir vu en Navarre une paroisse de trois familles.

Je présume que les paroisses de nos montagnes ne devaient pas être beaucoup plus peuplées lorsque, après la reconquête, les chrétiens purent se répandre dans les plaines redevenues tranquilles.

Les textes nous font malheureusement défaut pour constater directement ce fait ; c'est tout au plus si nous pouvons, pour la fin du xiii⁰ siècle, consulter les *capbreus* de quelques seigneuries. Encore n'obtiendrons-nous ainsi que des résultats partiels et fort incertains.

Ces *capbreus* portent les reconnaissances des tenanciers pour les terres sises dans le territoire, alors même que ces tenanciers avaient leur domicile ailleurs. Certains individus figurent deux fois ; il est probable que d'autres habitants ne figurent pas du tout, mais ils devaient être très rares, tout le monde possédant alors un ou plusieurs lopins de terre ; et, comme la propriété appartenait aux chefs de famille, on peut, sans trop s'écarter de la vérité, croire que le nombre des déclarations est sensiblement égal au nombre des ménages. Il en résulterait qu'il y avait en 1292-1293 : 286 ménages à Argelès, qui en compte aujourd'hui 750 ; 310 à Collioure, le grand port du Roussillon, où il y en a 1,747 ; 81 à Tautavel, contre 285, qui est le chiffre actuel ; 160 à Saint-Laurent-de-la-Salanque, qui est une ville de 1,395 feux [1].

En somme, on est fondé à penser que la population de nos contrées aux ix⁰-xiii⁰ siècles était de beaucoup inférieure à ce qu'elle est aujourd'hui et à conclure, en conséquence, que l'on a, depuis le ix⁰ siècle, étendu les défrichements.

Les documents sont là, d'ailleurs, pour en témoigner : il nous reste en très grand nombre des concessions de garrigues [2], de landes, octroyées à des colons. Les concessions sont particulièrement nombreuses pour certains territoires, par exemple à Salses, et à certaines époques ; mais la conquête

---

— A Garrius, la même année, il est impossible de constituer la municipalité, la communauté se réduisant à 2 habitants propriétaires et deux veuves. (C 1756, *Inventaire.*)
— On voit, par une lettre du bayle, qu'en 1787 la communauté de Villeclare comptait deux feux. (C 1887, *Inventaire.*)

[1] B 29, 30, 31 et 33. — Voir aussi, pour le xiv⁰ siècle, le rôle du *fouage* vers 1354 et autres documents publiés par Alart dans le *Bulletin de la Société des Pyrénées-Orientales*, t. XXII, p. 505 et suiv.

[2] 18 mars 1213. Concession en acapte par G. Jordá du Soler, archidiacre d'Elne et prévôt de Trouillas, à la maison Saint-Sauveur de Sira, de la garrigue dite de Comba-Auriola, au terroir de Trouillas. (Cartulaire du Temple, fol. 12 v⁰-13.) — Sur les défrichements au xviii⁰ siècle, voir mes *Notes sur l'économie rurale du Roussillon*, p. 15 et suiv.

de l'agriculture sur les terres en friche fut générale dans la province; elle fut continuelle et elle se poursuit encore.

Les bois furent, comme les garrigues, attaqués par les défricheurs : pendant le moyen âge et jusqu'à nos jours « on n'a cessé de déboiser », en Roussillon comme dans le reste de la France, « et l'on a dû faire bien peu de plantations, si l'on en a jamais fait [1] ». Dès les premières années du XIVe siècle, les souverains devaient prendre des mesures générales pour assurer la conservation des forêts de la contrée [2]. Mais ce fut peine inutile et les massifs boisés disparurent peu à peu, trop souvent, il faut bien le dire, par imprévoyance pure, sans profit pour la culture ou l'industrie [3]. La forêt de Bercal, qui semble avoir donné son nom au village de Corneilla-del-Vercol, entre Elne et Perpignan, couvrait un pays aujourd'hui complanté en vignes [4]. Une vaste forêt s'étendait au sud de Collioure jusqu'à Saint-Pierre-de-Rodes [5]; il en existait une autre à Périllos, près d'Opoul [6]; d'autres encore à Bajoles ou Castel-Roussillon [7] et à Mailloles [8], aux portes de Perpignan. Le Canigou a perdu cette verte chevelure de sapins, dont l'aspect avait frappé Marca [9]. Sur la face méridionale de cette montagne, vers Saint-Guillem-de-Combret, charbonniers et bûcherons besognaient au XIVe siècle [10]; aujourd'hui, qu'on me permette ce souvenir

[1] Desjardins, *Géographie de la Gaule romaine*, t. I, p. 435. — Il faut faire exception pour le Vallespir, particulièrement pour la vallée de Saint-Laurent-de-Cerdans, où l'on a planté des surfaces considérables de châtaigniers.

[2] En 1305, le 10 septembre. (Gazanyola, *Histoire du Roussillon*, p. 231.)

[3] Sur les motifs qui portaient les populations à défricher les forêts, voir l'ouvrage de M. Delisle, *Étude sur la condition de la classe agricole et l'état de l'agriculture en Normandie au moyen âge*, p. 391.

[4] 9 novembre 902, Vente de la *villa* de Palol (*Palatiolo*), « qui est super vico Helena mercato publico vel prope ipsa silva quæ vocant Berchalen ». (*Marca Hispanica*, c. 837.) — 4 mars 916. Donation à l'église d'Elne du *villare* de Palol : « et de parte Aquilone affrontat et subjongit per mediam gutinam quæ vocatur Beralen. (*Marca Hispanica*, c. 841.)

[5] Alart, *Notices historiques*, t. I, p. 171.

[6] Gazanyola, *Hist. du Roussillon*, p. 235-236, et Aragon, *Les anciens châteaux forts des Corbières roussillonnaises*, p. 13.

[7] 5 septembre 1283. Bail à ferme pour quatre ans d'une terre sise à Castel-Roussillon, confrontant « in nemore hospitalis de Bajolis ». (Notaires, n° 15, fol. 2.)

[8] 12 mai 1286. Cession, pour une durée de cinq ans, par R. d'Atciac, fils de feu B. d'Atciac, chevalier, à des peaussiers de Perpignan, de ses droits de chasse, lapins et roseaux, dans sa forêt de Mailloles, confrontant trois autres bois, dont l'un appartient aux Templiers. (Notaires, n° 16, fol. 33 v°.)

[9] « Mons... abietum laudabili sylva comatus, viridantibus per æstatem foliis nitet. » (*Marca Hispanica*, c. 9.) — Voir aussi Alf. Maury, *Les Forêts de la Gaule et de l'ancienne France*, p. 392. — Une forêt a disparu qui, au siècle dernier, s'étendait près du monastère de Canigou. (P. Puiggari, *Notices sur l'ancienne abbaye de Saint-Martin-de-Canigo*, p. 56.)

[10] Janvier 1313. Concession d'une terre dans la montagne royale de Saint-Guilhem-de-Combret, « nemus Sancti Guillelmi ». (B 22, fol. 100 v°.) — 1er juillet 1332. « Cum actenus Bernardus Alayzom, tunc bajulus de Pratis, ex commissione ac mandato sibi factis

d'excursion, l'ermite de Saint-Guillem est réduit, pour chauffer le voyageur, à jeter dans l'âtre ses balais de genêts. Ailleurs, a disparu depuis peu une « magnifique forêt que les anciens de Mosset ont vue tomber dans ces derniers temps [1] ». Les textes signalent des forges et des scieries sur une foule de points aujourd'hui dénudés [2].

per reverendum et discretum dominum Andream Guiterii, tunc procuratorem regium, ad supplicacionem consulum de Pratis domino regi Majoricharum illustri pro garlandis infrascriptis eligendis ex causa infrascripta oblatam, elegisset et terminasset ex boschis loci Sancti Guillermi de Conbreto et ex aliis boschis diversorum aliorum locorum vallis de Pratis ad reffugium bestiarii dicte vallis ad perpetuum remanere diversas partes dictorum boschorum nunc vocatas garlandas, ut ne amodo aliquis carbonerius nec bosquerius scinderet ac talliaret in dictis garlandis. » Compromis avec un individu auquel il est permis de faire du bois et de charbonner « ad opus molinarum suarum (*forges*) dicti loci Sancti

Guillermi ». (Archives de Prats-de-Mollo, parchemin non classé.)

[1] Alart, *Abbaye de Jau*, dans le *Bulletin de la Société des Pyrénées-Orientales*, t. XI, p. 280.

[2] 1330-1340. Fixation par le bayle de Prats-de-Mollo, dans les forêts royales, de « garlandam sive matas suficientes in quibus bestiarium dicte vallis seu depassens in eadem habeat perpetuo refugium, at (*sic*) in quibus dictum bestiarium temporibus inoportunis seu quandocumque voluerit possit se recolligere et choperire ». Ce document permet de constater l'existence de forges en divers endroits du territoire de Prats. (Livre vert de Prats-de-Mollo, fol. 34-36.)

CHAPITRE II.

LA CULTURE.

I. Productions : causes des changements survenus dans l'exploitation ; variété autrefois plus
    grande des cultures. — Le seigle ; l'orge ; le mil ; le froment ; l'avoine. — La vigne :
    la viticulture en Cerdagne ; les treilles. — Les jardins et les arbres : les oliviers, châtai-
    gniers, amandiers et mûriers. — Plantes tinctoriales.
II. Procédés : labour, dépiquage, mouture. — Travail de la vigne et vinification. — Enclos.
    — Fumure.
III. Élevage : bêtes à laine. —Chevaux, ânes et mulets. — Espèces bovine, caprine et porcine.
    — Volatiles : oies, poulets et pigeons.

I. Les différences entre la culture du sol roussillonnais au moyen âge et son exploitation actuelle ne tiennent pas seulement aux causes qui viennent d'être exposées. Elles dépendent aussi des nécessités économiques des deux époques.

Non seulement la population est plus nombreuse, mais les besoins de chaque individu sont plus grands. La production a dû augmenter avec la consommation.

L'exportation, que les gouvernements favorisent aujourd'hui, était regardée jadis comme une cause d'appauvrissement et frappée de taxes dont quelques villes privilégiées étaient seules exemptes [1].

Qu'on ajoute à ces mesures prohibitives la difficulté des communications, les douanes intérieures, l'insécurité du trafic, la méthode purement extensive de la culture, enfin la protection accordée par la loi aux servitudes, comme la vaine pâture, qui empêchaient de faire rendre à la terre tout ce qu'elle aurait pu donner, et on comprendra pourquoi le territoire de la province produisait beaucoup moins que de nos jours.

Un autre résultat amené par ces causes était une plus grande variété de récoltes dans un même canton. Il est telle commune du Roussillon où l'on ne recueille pour ainsi dire pas de blé : tout le sol est couvert de vignobles,

---

[1] 9 avril et 24 juin 1274. Confirmation en faveur de Perpignan et concession à Collioure du privilège d'exporter librement les blés sans payer d'autres droits que les anciennes leudes de mer. (Publié par Alart, *Privilèges et titres*, p. 331-333.) — 5 juillet 1274. Charte en faveur des gens de Thuir au sujet de la leude de Collioure. (*Ibid.*, p. 333-334.)

vec le prix desquels le viticulteur se procure les céréales, les tissus, que d'autres produisent pour lui. Au moyen âge, ces échanges étaient malaisés : chacun demandait à sa propriété les récoltes mêmes qui lui étaient nécessaires. Aussi voyons-nous, par les terriers, que les emblavures occupaient une notable partie des territoires, exclusivement viticoles aujourd'hui, d'Argelès, Millas, Tautavel, Saint-Laurent-de-la-Salanque. A la vérité, nous devons faire une exception pour Collioure, où le *capbreu* de mars 1293 signale presque exclusivement des vignes; mais cette exception, qui s'explique par le mouvement commercial de cette ville et de son port, est loin d'infirmer les observations qui précèdent.

Cependant les genres de culture variaient forcément suivant les altitudes et la constitution géologique des terrains.

Le seigle était récolté dans les cantons élevés, en Vallespir [1] et en Cerdagne; les documents de ce comté parlent à tout instant de redevances en seigle [2]. En 1294, le roi de Majorque saisit, entre autres droits tombés en commise, une rente de 5 muids de seigle sur les dîmes d'Enveigt [3]. Le seigle était si bien la production ordinaire du pays qu'on l'appelait couramment *le blé* [4], et qu'un jour le vendeur d'un manse ensaisina l'acheteur en lui remettant une certaine quantité de cette céréale [5]. Dans le Roussillon proprement dit, on ne récoltait que rarement le seigle; il restait cependant, semble-t-il, des traces d'une ancienne culture de cette graine : des lieux-dits et quelques redevances [6].

L'orge, qu'on ne cultive plus aujourd'hui, est signalée rarement dans les hauts cantons, très souvent dans la plaine, à ce point que le prix du bail des moulins consistait habituellement en une rente d'orge [7].

---

[1] 31 octobre 1168. Convention entre l'abbé d'Arles et B. de Buada au sujet du fief de Coustouge. «Et quando mensurabimus in nostro cellario de Custodia, habeas 1 sest. *de segali* currentes pro vestimento et saccis.» — «... et de ordeo tascharum 1 sestarium currentem pro braciatico, *de segle* alium, de milio alium, de avena alium.» (B 79.)

[2] 2 septembre 1235. Approbation de la vente du manse de Callascre, paroisse de Balamda, par le suzerain dudit manse, qui se réserve un cens de deux muids de seigle. (Série H, non classé.)

[3] 1er février 1294. (*Ibid.*)

[4] 30 mai 1274. Vente d'un cens d'un muid de seigle : «unum modium segalis ad rectam mensuram cum amostis, pulcri bladi».

(*Ibid.*) — 25 octobre 1227. Confirmation par l'abbé de Canigou, Pierre d'Espira, de la cession d'un moulin, consentie par son prédécesseur, Pierre d'Estoher, moyennant un cens annuel de 7 muids de blé, savoir : 3 d'orge, 3 de seigle, 1 de froment. (Série H, fonds de Canigou.)

[5] 10 mars 1303. (Série H, non classé.)

[6] Janvier 1293. «Item tenet aliam peciam terre in dictis terminis, in loco vocato *Segalar*.» — «Item tenet quandam faixiam terre Assagalar.» (*Capbreu* de Tautavel, B 31, fol. 9 et 15.)

[7] Septembre 1274. Bail de moulins pour deux ans, moyennant 54 aymines d'orge par an. (Notaires, n° 5, fol. 3 v°.) — 25 octobre 1278. Bail pour un an de la moitié de deux

IMPRIMERIE NATIONALE.

Dans le bail emphytéotique d'un domaine à Saint-Hippolyte, les pr
neurs s'engagent à payer annuellement 900 aymines d'orge et 15 de fr
ment[1].

L'orge servait pour la nourriture des bestiaux, et notamment des ch
vaux[2]. Mais les Visigoths en faisaient du pain et les Roussillonnais
moyen âge également[3] : c'est ainsi que les gens de Saint-Hippolyte étaie
tenus de fournir une certaine quantité d'orge quand il y avait garnis
dans la place[4]. Le tarif de la leude de Collioure mentionne les farin
« de froment, d'orge et de seigle »[5]. C'est vraisemblablement l'orge de
tinée au pain qui s'appelait *orge de moulin*[6].

Dans quelques terroirs, à Argelès notamment, où on recueillait au
de l'orge et du froment, la céréale la plus cultivée était le mil[7]; la pr
duction en était si considérable[8], que cette graine devait évidemme
entrer dans l'alimentation; nous savons d'ailleurs qu'on la réduisait
farine, ainsi que le riz[9].

Dire que le froment était rare serait un peu exagéré; néanmoins
n'était pas d'un usage aussi répandu que de nos jours, et il paraît surto
avoir servi pour la confection de certains gâteaux, de ces *fogaces* dont n

moulins compris « in casali molendinorum», à
Vernet, près Perpignan, pour 15 aymines
d'orge. (Notaires, n° 5, fol. 56.)

[1] 13 septembre 1263. (Cartulaire du
Temple, fol. 24.)

[2] 22 février 1075. Concession par Pierre,
abbé de Canigou, d'un manse près Marinyans, en Conflent : « et dones civata quartale
unum correntem inter ordeum et avena». (Publié par Alart, *Cartulaire roussillonnais*, p. 87.)
— 8 et 9 février 1294. « Et medium carto-
num ordei pro civata.» (*Capbreu* de Millas,
B 34, fol. 3 et 46.) — 8 février 1294. « Duos
sextarios ordei correntz pro civata.» (*Ibid.*,
fol. 46 v°.)

[3] 23 août 1246. Engagement pris par les
gens de Palau-del-Vidre de cuire au four du
seigneur « panem nostrum ordei et tritici et
cujuslibet alterius bladi». (Publié par Alart,
Privilèges et titres, p. 185.)

[4] 20 janvier 1246. Concession par les
Templiers d'un manse à Saint-Hippolyte; le
preneur fournira une redevance d'orge « tempore quo guerita fuerit in castro». (Cartulaire
du Temple, fol. 30.) — 29 mars 1278. Aveu
d'un homme du Temple à Saint-Hippolyte,

qui doit six aymines d'orge en temps de guer
(*Ibid.*, fol. 87 v°-88 v°.) — 13 mai 12
Aveu pareil d'un tenancier du Temple
doit trois *punyeras* d'orge s'il y a garnis
au *château* de Saint-Hippolyte. (*Ibid.*, fol. 2

[5] 1300. (B 69, fol. 1 v°.)

[6] 8 février 1294. « Unam puyeri
ordei de moli.» (*Capbreu* de Millas, B 3
fol. 1.)

[7] *Capbreu* d'Argelès, B 30, *passim*.

[8] 31 octobre 1168. A Coustouge, Be
nard de Buada a droit à la dîme du mil d
divers manses : «decimam de mil et de
vada... tascham miliin. (Accord, déjà cité, a
l'abbé d'Arles, B 79. Voir plus haut, p.
n. 1.) — 19 septembre 1278. Reconnaissa
de la maison de Bajoles, qui a emprunté
deux individus de Perpignan 80 aymines
mil. (Notaires, n° 5, fol. 26.)

[9] 25 novembre 1285. Bail du ca
des moulins de Vernet : «Nos recipiem
in dicto logerio (loyer) unam eminam f
menti pro duabus eminis ordei et duas e
nas arraonis pro tribus ordei et unam mi
molture pro una ordei». (Notaires, n° 1
fol. 7.)

pères étaient si friands. Le pain de froment était réservé à l'aristocratie [1]. L'avoine était exclusivement consommée par les bêtes de somme.

Les prairies étaient, surtout en Cerdagne, l'accessoire obligé de toute exploitation rurale importante [2].

Les vignobles étaient nombreux dans le pays [3]. Un fait singulier, mais qui a déjà été constaté ailleurs, c'est que la vigne était cultivée au moyen âge dans des cantons d'où elle a disparu. La viticulture est abandonnée en Cerdagne et l'opinion commune est que le raisin n'y parviendrait pas à maturité.

Cependant des concessions de manses cerdans portent que le preneur devra payer une redevance en vin [4]; d'autres documents sont plus précis et citent les vignes elles-mêmes : à Alop en 1298 [5], Alp en 1043 [6], Estavar [7] et Jonquera [8] au xiie siècle, Olopta en 1318 [9], Quincia en 1191 [10]. Il ne paraît pas néanmoins que le climat ait varié : si l'on a délaissé la culture de la vigne dans certaines contrées, c'est parce que les

[1] Voir plus loin, chapitre XIII, ce qui est dit des bayles nobles.

[2] 1172-1212. Un polyptyque de l'abbaye de Canigou dit, au sujet d'un manse sis à Unzès, en Cerdagne : «Et habet suns pratos ad Lanom et ad Ripam». (Série H, fonds de Canigou.) — Les plantes fourragères étaient communément cultivées : nous trouvons, en 1283, la mention de 6 ayminates semées de vesce. 1er octobre 1283. (Notaires, n° 15, fol. 5 v°-6.) — Il y avait à Castel-Roussillon un lieu-dit qui portait le nom de *Ferragines.* 29 octobre 1283. (Notaires, n° 12, fol. 42-43.) — 16 novembre 1070. Donation à Saint-Michel-de-Cuxa de l'église de Toreilles «cum suis ferraginibus». (*Marca Hispanica*, c. 1161.) — Septembre 1292. Déclaration par le tenancier d'un jardin «cum ferragine dicto orto contiguan». (*Capbreu* de Saint-Laurent-de-la-Salanque, B 33.)

[3] 15 avril 1001. Vente d'une vigne sise à Mailloles; les confronts sont, d'un côté, le cimetière; des autres côtés, des vignes. (B 3.) — 8 février 1006. Donation d'une vigne à Mailloles, confrontant de quatre côtés des vignes. (B 4.)

[4] 11 avril 1273. Donation d'un domaine sis à La Tour-de-Carol, qui doit «duas sesterratas vini, scilicet unam primi et alteram secundin»; (Série H, non classé.) — 18 février 1303. Aveu des tenanciers du manse

Morer, de La Tour-de-Carol; ils doivent deux setiers de vin : «vini medii, primi et secundi pedis». (*Ibid.*)

[5] 26 juillet 1298. Reconnaissance féodale. (*Ibid.*)

[6] 20 janvier 1043. «Et alia pecia de terra qui est vinea.» (Publié par Alart, *Cartulaire roussillonnais*, p. 57.)

[7] «Bardina dedit Sancto Martino in Estavar pecias III de terris... Quarta pecia que est subtus ipsas vineas.» (Série H, fonds de Canigou.)

[8] «Seniofredus et uxor sua Sesnanda dederunt in villa Jonchera Sancto Martino casam unam... Et vinea est ad Aliagero et affrontat de duas partes in vinea de Bels.» (*Ibid.*)

[9] 30 octobre 1318. Conversion en un cens fixe de la part de fruits (la moitié) due par le tenancier de six pièces de terre, d'un pré et d'une vigne sis à Olopta. (Série H, non classé.)

[10] Février 1191. Concession par Pierre, abbé de Saint-Martin-de-Canigou, du tiers d'une vigne à Quincia. (Série H, fonds de Canigou.) — 16 mai 1228. Accord au sujet de terres sises à Mossoll; l'une est située «ad Seradal de Vineis». (Série H, non classé.) — A ces exemples je puis en joindre quelques autres, grâce à l'obligeance de M. Albert Salsas, qui connaît à fond la géographie historique de la Cerdagne : Aja, *capbreu* du 18 juin 1702. Mention d'un champ appelé

2 .

transports sont incomparablement plus faciles [1] : on trouve préférable de faire venir d'un pays plus favorisé un vin généreux que d'obtenir sur place à grands frais une mauvaise piquette.

Il existe quelques treilles dans la Cerdagne : à Saillagouse, à La Tour-de-Carol; on en tire du vin médiocre. Il est permis de croire qu'avec des plantations plus importantes et des soins, la Cerdagne pourrait, comme au moyen âge, produire dans les années chaudes une quantité appréciable de vin.

Les chartes mentionnent à Vernet, Villefranche et dans les environs un grand nombre de treilles [2].

Les jardins avoisinaient les maisons [3]; on en trouve également dans la campagne [4]. Près des villes et des bourgs, les jardins étaient fréquemment groupés dans un quartier particulièrement fertile, qu'on appelait, comme de nos jours, l'*horta* [5].

---

lo camp dels Vinyals; ou *Viñals;* dans la même localité, M. Salsas a recueilli une tradition d'après laquelle le lieu dit *las Corominas* aurait été jadis planté en vignobles. — Isobol, 1011 : «et vineas in termino de Isogol». (*Marca Hispanica*, c. 980. — L'original porte *Isogol* et non pas *Isogal*, comme l'a imprimé Baluze; cette observation est de M. Salsas). — Pedra, 19 mai 1255 : «Vineas et prata... in villa de Petra». — San-Martin-dels-Castells, 966 : «Justa castrum Sancti Martini ipsas vineas que fuerunt de patre meo». (*Marca Hispanica.*) — Quant au moulin appelé *la Vignole*, au territoire d'Enveigt, dans la Cerdagne française, M. Salsas pense qu'il tire son nom d'un certain Pierre Daugier, sieur de la Vignolle.

[1] Voir F. Vallès, ingénieur en chef des ponts et chaussées, *De l'aliénation des forêts*, Paris, 1865, in-12, p. 63 et suiv., et sur la culture de la vigne en Normandie au moyen âge, l'ouvrage de M. Delisle, p. XLI.

[2] 26 avril 1252. Cession en faveur de l'abbaye Saint-Martin-de-Canigou, par Bernard Guillem, de Villefranche-de-Conflent, de «totum censum et jus quod habeo et accipio et debeo accipere in illis domibus et ortis et *trileis* que sunt in Villafrancha Confluentis super pontem Comolesium, sicut terminatur ab ipso ponte Comolesio usque ad trileam Johannis Lobaner». (Série H, fonds de Canigou.) — 27 février 1254. Échange au

profit de C., prieur de Corneilla, de «domos meas et triliam eisdem domibus continuam (*sic*) et ortum meum qui est juxta ortum comitalem et triliam meam clausam que est ad crucem de Fuliols»; des treilles et des enclos sont cités parmi les confronts. (Série H, fonds de Corneilla.) — 30 mai 1298. Mention d'une treille tenue pour le roi de Majorque à Villelongue-dels-Monts. (B 16, fol. 52.)

[3] 1173. Mention de jardins à Targasona. (Polyptyque de Saint-Martin-de-Canigou dans cette localité.) — 13 avril 1278. Aveu pour une masade à Saint-Hippolyte, qui comprend entre autres une maison et un jardin à la ville vieille. (Cartulaire du Temple, fol. 26-27.) — Le *capbreu* de Collioure signale des jardins confrontant l'église. (B 29, *passim.*)

[4] 8 février 1134. Concession par l'évêque d'Elne, en faveur d'Arnaud, de la baylie de La Tour-Bas-Elne : «habeat ipse Arnaldus in campis et vineis et ortis suam bailiam, sicut bona consuetudo est ipsius bailie. Et faciat bene custodire ipsos campos et vineas et ortos». (G 78. Publié par Alart, *Privilèges et titres*, p. 38.) — 22 mars 1290. Bail en acapte d'un jardin sis au territoire d'Elne. (G 118.)

[5] 19 mars 1293. «Item quendam ortum in orta de Argeleriis.» (*Capbreu* d'Argelès, B 30.) — L'*horta* d'Argelès est plusieurs fois mentionnée dans ce registre. — «Celle-ci (l'*horta* de Perpignan, du côté de Saint-Estève) s'appelait déjà l'*horta nova* en 1225». (Alart,

On y cultivait les poireaux et les choux[1], les navets[2], etc.; mais on ~mait aussi des céréales dans les jardins et on y plantait des oliviers[3] et ~s pieds de vigne[4] : de là vient que certaines terres sont indifféremment ~ppelées jardin, treille, vigne[5].

Les olivettes étaient importantes; les constitutions de paix et trêve dé~ndaient, sous des peines sévères, de les incendier[6]. Il semble qu'il y ~vait aussi, sur le littoral, des amandiers[7].

Les châtaigneraies, rares dans la plaine, étaient plus nombreuses en ~allespir, notamment à Coustouge[8].

Quelques chartes signalent en Conflent des clos plantés de mû~iers[9].

Enfin, du jour où les draperies furent fondées dans le pays, c'est-à-

---

~ouices historiques, t. I, p. 73.) — 18 décembre 273. Vente d'une terre au terroir de Salses, ~eu dit l'horta de Barres. (B 41.)

[1] 19 mars 1293. «Quando in dicto orto ~st bladum, duodecimam partem, et quando ~unt porros vel caules, dictus dominus Rex ~ecipit unum rechum porrorum vel caulium.» Capbreu d'Argelès, B 30, fol. 13 v°-14.) — ~Même date. «Unum rechum porrorum vel ~aulium, si fuerint, qualis magis placuerit ~lomino Regi.» (Ibid., fol. 1 v°.) .

[2] 6 novembre 1240. Concession d'une ~clausa à Py, «retenta tascha naporum quando~cumque vel quociescumque in [illa] clausa ~fuerint seminati et salva et retenta parte mea ~in morerio qui est in eadem clausa». (Sé~ie H, fonds du prieuré de Corneilla.)

[3] 2 avril 1095. Vente d'une part de la ~fontaine de Salses; le vendeur donne en ga~rantie «ipsum ortum de olivariis qui est juxta ~mansum condam Richardis». (Publié par Alart, Cartulaire roussillonnais, p. 106.) — Voir ci~dessus, note 1. — 1293. Le capbreu de Tautavel parle d'un jardin «in quo dictus dominus Rex recipit et recipere debet quin~tum de olivis et de blado agrarium et mediam cossuram». (B 31, fol. 5.) — 30 janvier 1293. «Item tenet III olivarios in orto Regis, in qui~bus dictus dominus Rex recipit et recipere debet quartum.» (Ibid., fol. 12 v°.)

[4] 1200 environ. «Ortus qui fuit de G. Texidor, quem nunc P. Porcel [tenet], debet dare quartum de vindemia et de porris et de omnibus oleribus.» (Série H, Canigou.) —

3 février 1142. D'après la charte de Codalet, les habitants devaient, pour les jardins, un sou de cens, plus «agrarium de oleribus, de vitibus, de arboribus et de hiis que ibi bedif~ficabuntur». (Publié par Alart, Privilèges et titres, p. 40.)

[5] 21 janvier 1217. «Et meam triliam quam habeo ad villam novam (à Villefranche) et totum censum quem habeo in illis ortis quos in eadem trilia dedi ad acapte.» (Consti~tution de dot, par Adémar de Montauban, en faveur de sa fille. Série H, fonds de Cor~neilla.) — 17 mars 1293. «Item, tenet quen~dam ortum sive trilia.» (Capbreu de Collioure, B 29, fol. 11 v°.) — 22 octobre 1299. Lettre de Jacques de Majorque donnant pouvoir à ses procureurs de concéder une terre «in qua consuevit esse vinea aut ortus seu trilia, que fuit fratrum Penitentie Jesu Christi, que est in villa Perpiniani». (B 11.)

[6] Voir plus loin, au chapitre XVI, ce qui est dit des constitutions de paix et trêve.

[7] 30 mars 1284. Compromis entre di~vers individus de Perpignan, d'une part, et des négociants de Montpellier, de l'autre, au sujet des amandes vendues par les premiers aux seconds. (Notaires, n° 14, fol. 23 v°.) .

[8] 21 avril 1270. Aveu à l'évêque d'Elne pour un domaine situé à Arles-sur-Tech, qui doit un setier de châtaignes par an. (G 22.) — Il y avait des châtaigniers à Coustouges; nous le savons par l'accord, déjà cité, du 31 octobre 1168. (B 79.)

[9] Voir ci-dessus, note 2.

dire dès le xiie siècle, les agriculteurs durent les approvisionner de chardon et de plantes tinctoriales : garance, pastel, gaude [1].

II. Sur les procédés de culture, il nous est parvenu peu de renseignements. Les labours, peu profonds sans doute, étaient souvent répétés [2].

On laissait les terres en jachère [3], et cet usage, qui était autrefois général, s'est perpétué jusqu'à notre époque dans certaines parties de la province [4]. L'assolement paraît avoir été surtout biennal [5].

On séparait le grain de la paille [6] soit par le battage au fléau, soit par le dépiquage au moyen de chevaux galopant dans l'aire. De ces deux pro-

[1] Renard de Saint-Malo, *Notice sur l'ancienne culture de la garance en Roussillon*, dans le *Bulletin de la Société des Pyrénées-Orientales*, t. VII, p. 271. — Nous savons qu'il y avait des fabriques de drap dans le pays dès 1229, à Vernet; elles sont citées dans des actes des 28 juillet et 1er novembre 1229 et 5 mai 1236. (B 54.) — Il nous reste, du 25 septembre 1283, le contrat pour la construction d'une fabrique de drap à Saint-Estève et, du 14 février 1286, la cession d'une part de propriété dans la fabrique de Baho. (Notaires, n° 13, fol. 12 v°, et n° 16, fol. 16.) — 8 février 1294. «Item, quoddam femorassium juxta molendinum draperium.» (*Capbreu* de Millas, B 34, fol. 20.) — 24 septembre 1278. Reconnaissance par un marchand de Saint-Antonin d'une dette de 15 livres 16 sous de Barcelone, «ratione safrani quod G. Saurini nomine tuo mihi vendidit». (Notaires, n° 5, fol. 30 v°.)

[2] 1261. Bail de quatre champs à Nyls; le preneur labourera «per vii vices». (Notaires, Manuel de P. Calvet, fol. 38.) — 18 octobre 1283. Bail, pour un an, d'un bœuf; le preneur labourera trois terres appartenant au bailleur et sises à Pia : «scilicet quinque vicibus rostuladam et novale annuale viii vicibus». (Notaires, n° 15, fol. 11.)

[3] État des ressources de Saint-Martin-de-Canigou à Unzès : sept terres une année, quatre terres l'année suivante. (Série H, fonds de Canigou.) — Don à la même abbaye de trois terres: «De quibus terris in secundo anno, Deo donante, habent septem quartos de blad». (*Ibid.*) — Il y avait cependant des exceptions : le 25 février 1277, Pons d'Alaman afferme, jusqu'au 24 juin 1278, une terre à Mossel-

lons : «ita quod infra dictum tempus possis ibi facere 1 expletum milii et aliud ordei vel frumenti vel alterius bladi, sicut tibi videtur faciendum». (Notaires, n° 6, fol. 19.)

[4] Voir mes *Notes sur l'économie rurale du Roussillon à la fin de l'ancien régime*, p. 17 et 32.

[5] Fin novembre 1278. Bail de terres à Cabestany et Saleilles, pour deux ans, «infra quod tempus faciatis in dictis campis et terris 1 expletum annuale tantum». «Volo quod vos teneamini seminare dictos campos et dictas pecias terre de festo primo Sancti Michaelis septembris ad festum primum Omnium Sanctorum.» (Notaires, n° 5, fol. 88.) — Je crois que *expletum annuale* désigne la principale récolte : dans un bail du 20 janvier 1284, Pons d'Alénya, de Perpignan, cède pour quatre ans un domaine sis à Alénya, Boaça, etc., «hinc usque ad quatuor annos, ita quod de predicto honore habeas duo expleta [annua]lia»; il prévoit le cas où le métayer voudrait en outre obtenir des récoltes supplémentaires : «et si forte tu recemenares aliquid infra dictum tempus in predicto honore, promitto tibi quod mittam medietatem in semine in recemenando». (Notaires, n° 13, fol. 43.) — Sur le sens du mot *recemenare, resemer*, voir mes *Notes sur l'économie rurale du Roussillon*, p. 117. — 18 octobre 1283. Voir ci-dessus, note 2.

[6] 1261. Cette opération se nommait *trituratio*. (Notaires, n° 1, fol. 31 v°.) — Fin novembre 1278. Bail à Cabestany; les deux parties payeront par parts égales les frais «ad secandum et recolligendum et amasandum et triturandum et ad mundandum». (Voir la note précédente.)

cédés, le premier était, semble-t-il, employé [1] exceptionnellement; le second, usité de nos jours en Catalogne, était généralement adopté encore en Roussillon au siècle dernier [2].

Les moulins, de dimensions restreintes, étaient groupés [3]; les moulins à bras ne se rencontrent que dans les places fortes [4].

On paraît avoir surtout travaillé les vignes à la main, à la bêche [5]; cette opération se nommait la *cabada*, et la taille, la *spadada*. Les soins à donner annuellement à la vigne consistaient à la fouiller, *fodere*, la tailler, *putare*, la déchausser, *escaucelare*, la retercer, *magencare* [6]. Les vins étaient de deux qualités : le premier vin et le second vin [7]. Le premier vin était ce que l'on appelle aujourd'hui *vin de coule;* il était obtenu sans l'aide du pressoir, car on l'oppose au *vin de pied*, qui devait provenir de la vendange foulée [8]. Cependant il se peut que le second vin soit quelquefois aussi la piquette; il est désigné sous le nom de *demi-vin*, par opposition au vin pur [9].

---

[1] C'est ce qui paraît résulter du terme *batura, batuda*, qui est employé notamment par Cancer, *Variarum resolutionum*, t. II, p. 232.

[2] Voir mes *Notes sur l'économie rurale du Roussillon*, p. 28-29.

[3] 3 mai 1199. «In recco comitali, in casuale molendinorum meorum de ponte propriorum, scilicet quartum molendinum.» (Série H, fonds du Temple.) — 25 novembre 1285. (Voir p. 18, note 9.)

[4] 1360. «Item, un moli de brassa en lo qual son ja les moles.» (Procès-verbal de visite des châteaux du Roi, château d'Opoul. B 162, fol. 4.) — «Item, li fayl un moli de sanch, que costaria entorn de vii libras.» (Tautavel. *Ibid.*, fol. 5 v°.) — A Force-Réal, l'inventaire constate la présence de «un moli de brassa garnit». (*Ibid.*, fol. 11.) — A Rodès, «hi fall un moli de sanch». (*Ibid.*, fol. 14.)

[5] 15 juin 1238. Engagement d'une vigne sise au Vernet; elle pourra être dégagée d'année en année, au mois de mai, et devra être livrée béchée, «cavata». (Série H, fonds de Canigou.) — 24 septembre 1248. Vente d'un enclos détaché d'une borde sise à Vernet, «salvo uno jornale quod facias annuatim in vineis Sancti Martini ad cavar pro dicta borda». (*Ibid.*) — 30 janvier 1293. Corvées dues par divers habitants de Tautavel : «i spadadam et cabadam et plantadam». (B 31, fol. 30 v°.)

[6] 14 mai 1277. «Escaucelar et vel putandi vel fodendi.» (Notaires, n° 6, fol. 46.) — 28 octobre 1278. «Fodam et putabo et scaucelabo et magencabo dictam vineam.» (Notaires, n° 5, fol. 58 v°-59.) — 29 octobre 1278. Les travaux énumérés sont les mêmes. (Même registre). — 3 février 1286. Bail d'une vigne à Vernet; les travaux consistent à «podare et magencar et escaucelar quolibet anno». (Notaires, n° 16, fol. 11 v°.) — 6 octobre 1286. Bail en acapte d'une vigne à Vernet : le preneur promet «dictam vineam quolibet anno semper escaucelare et putare, fodere et magencare». (Notaires, n° 16, fol. 48 v°.)

[7] 31 octobre 1168. «Habeas iii sestarios de vino primo.» — «Et ad sajonem i eminam vini inter primum et secundum.» (Accord entre l'abbé d'Arles et B. de Buada. B 79.)

[8] Février 1191. Concession d'une vigne au territoire de Quincia; le preneur devra annuellement 6 *kanadas* de vin : «id est tres kanadas vini primi et tres pedis». (Série H, fonds de Canigou.) — 18 février 1303. Reconnaissance pour un manse sis à La Tour-de-Carol; entre autres redevances, il est dû deux setiers «vini medii, primi et secundi pedis». (Série H, non classé.)

[9] 8 février 1294. «Duas migerias vini primi et alias duas vini migerii.» (*Capbreu* de Millas, B 34, fol. 1.) — 9 février 1294. «Et unam migeriam vini primi seu puri.» (*Ibid.*, fol. 3 v°.)

On avait l'habitude, dans certains territoires, de clore les propriétés : c'est ainsi qu'il existait à Vernet-de-Conflent, à Corneilla et dans toute cette contrée, un grand nombre d'enclos, *clausæ*, les uns plantés en vigne [1], les autres où l'on récoltait des céréales [2], d'autres enfin renfermant à la fois vigne et blé [3], et même des maisons [4].

On devait parquer les troupeaux la nuit dans les champs pour fumer les terres [5], ce qui ne veut pas dire qu'on ne recueillît point le fumier des étables. Loin de là ; certains tenanciers étaient parfois obligés à des corvées pour le transport du fumier [6]. Les fosses à fumier étaient près des maisons, dans les villes même [7], et elles faisaient l'objet d'inféodations [8].

[1] Fin xiie siècle. «Clausam que vinea est.» (État de biens légués aux Templiers dans le territoire de Saint-Hippolyte. Série H, fonds du Temple.) — 5 décembre 1288. Cession d'une *clausa*, à Corneilla-de-Conflent, «cum... vitibus et arboribus dicte clause». (Série H, fonds de Corneilla.)

[2] 19 septembre 1218. Procédure contre Béranger, de Vernet-de-Conflent, qui a moissonné une *clausa* ne lui appartenant pas. (Série H, fonds de Canigou.)

[3] 2 mai 1214. Concession d'un enclos sis à Vernet : «et de ipsa clausa nobis et nostris in perpetuum tascam de blado et quartum de vindemia fideliter donetis». (Série H, fonds de Canigou.) — 12 février 1273. Vente de deux *clausas*, à Corneilla-de-Conflent; elles doivent au monastère de Corneilla le cinquième de la vendange et la *tasque* du blé. De nombreuses *clausas* sont citées parmi les confronts. (Série H, fonds de Corneilla.)

[4] 6 novembre 1240. Concession d'une *clausa* «cum omnibus suis edificiis, quam habeo in villa de Pinu seu castro»; le bailleur se réserve la *tasque* des navets quand on en récoltera dans l'enclos. (Série H, fonds de Corneilla.)

[5] 5 novembre 1309. Concession accordée aux gens de Perpignan des droits de pacage dans toutes les localités royales où ils auraient des propriétés. «Verumtamen, si aliquis de predictis vellet tenere dicta sua animalia in aliqua de possessionibus suis, sub clausura de parrech, causa stercorandi dictam suam possessionem, quod sit ei licitum facere...» (Dans un procès de la commune de Salses contre les Jésuites de Perpignan.)

[6] 29 mars 1278. Corvées dues par Guil. Gaucelme, de Saint-Hippolyte, aux Templiers. (Cartulaire du Temple, fol. 87 v°.) — 4 septembre 1280. *Idem*, pour un autre tenancier. (*Ibid.*, fol. 27 v°-28.) — 13 mai 1281. *Idem* pour G. Bocalaurs, de Saint-Hippolyte. (*Ibid.*, fol. 29.) — 18 octobre 1195. Engagement de deux pièces de terre à Saint-Hippolyte, rachetables au bout de trois ans, d'année en année, le 1er janvier; les terres devront être convenablement fumées. (B 47.)

[7] 12 mars 1284. Vente de «quoddam patuum in quo est femoracium, quod est in terminis et adjacencia de Capitestagno», confrontant le cimetière. (Notaires, n° 14, fol. 13.) — 17 mars 1176. Défense aux gens de Perpignan de faire ou d'avoir «intus villam Perpignani femoras... nisi infra domum suam facerent». (Publié par Massot-Reynier, *Les Coutumes de Perpignan*, p. 49.) — 3 août 1263. «Quod loca immunda sive stercoralia in quibus immunditie et stercora ponuntur, que sunt in carrariis dicte ville, inde penitus removeantur.» (Charte du roi Jacques pour Collioure. Publié par Alart, *Privilèges et titres*, p. 250, note 3.) — 31 janvier 1286. Bail emphytéotique, par le bayle de Tautavel, de «quemdam locum qui est in barrio ejusdem castri, in quo consuevit esse femoras dicti castri, ad meliorandum scilicet et construendum domum seu domos, ita tamen quod domus quas ibi construxeritis non excedant quandam ruppem contiguam dicto loco, qui locus est in introitu dicti barri, juxta portale vocatum de Gradu». (Notaires, n° 16, fol. 11.)

[8] Mars 1266. Bail en acapte par G., prieur de Saint-Martin de Perpignan, d'un

III. L'étendue des pacages et les mœurs agricoles de la province favorisèrent le développement de l'industrie pastorale. Les premières granges cisterciennes s'y adonnaient à peu près exclusivement [1]. Dans les pasquiers de la Cerdagne et du Conflent paissaient d'innombrables troupeaux de vaches et de brebis, et qui sait si l'usage, continué pendant des siècles, de cette nourriture substantielle et d'un vin fort n'avait pas contribué à conserver à l'ancienne race catalane sa vigueur et son ardeur proverbiales [2]. Dans tous les cas, il est à présumer que cette abondance de bêtes à laine a été pour beaucoup dans le développement des fabriques de drap du Roussillon au moyen âge.

La guerre et les voyages demandaient un grand nombre de chevaux : aussi l'élevage du cheval entrait-il pour une bonne part dans la richesse publique [3]. Les lois lui accordaient une protection toute particulière : les juments poulinières et leurs poulains étaient placés sous la sauvegarde de la paix de Dieu, et, au xive siècle encore, ces juments ne pouvaient être saisies pour dettes [4]. Il nous reste de l'an 1077 une enquête sur le testament d'un clerc qui devait se livrer à l'élevage du cheval : il dispose de quatre chevaux, un poulain, une pouliche, deux ânes [5]. Dans son testament, qui est du 7 octobre 1095, Guillaume-Raymond, vicomte de Cerdagne, lègue à diverses personnes 5 chevaux et 23 juments, et il nous apprend qu'il en possédait d'autres [6].

Il paraît incontestable que les étalons arabes, qui jouissaient jusque dans les provinces du Nord d'un renom mérité [7], furent employés dans nos pays à l'amélioration des races locales.

---

fomoracium. (Notaires, Manuel de P. Calvet, fol. 41 v°.) — 30 janvier 1293. Reconnaissance au procureur royal par le tenancier d'un *fomorascium* à Tautavel. (B 31, fol. 12.) — 8 février 1294. *Idem* pour le tenancier d'un *femorassium* à Millas. (B 34, fol. 20.)

[1] Alart, *Abbaye de Sainte-Marie de Jau*, dans le *Bulletin de la Société des Pyrénées-Orientales*, t. XI, p. 282.

[2] Dans nos pays, comme partout au moyen âge, on appréciait fort les condiments : dans un inventaire de l'an 1261, je relève la mention d'un moulin à moutarde : «archam et «bolas et 1 tinclium et 1 lectum et 1 molendinum de freza et molendinum de mostazia». (Notaires, n° 1, fol. 38 v°.)

[3] L'abbaye Saint-Michel de Cuxa possédait, en 878, 50 bêtes de somme, 2 chevaux, 5 ânes, 20 bœufs, etc. (*Marca Hispanica*,

c. 803.) — 10 février 1271. L'hôpital Saint-Jean de Perpignan avait dans la montagne des troupeaux de juments. (Bibliothèque de la ville de Perpignan, *Notices* de Coma, fol. 105.)

[4] Décision des corts tenues à Cervera en 1359. (*Constitucions de Cathalunya*, t. I, l. VII, tit. IX, S 5.)

[5] 19 février 1077. (*Hist. de Languedoc*, édition Privat, t. V, c. 631-633.)

[6] *Marca Hispanica*, c. 1193-1195. — Quatre ans avant, Guillaume de Castelnou, archidiacre d'Elne, laissait à cette église toutes ses juments. — 13 avril 1091. (*Ibid.*, c. 1189.)

[7] «La supériorité du sang arabe était généralement admise. C'était sur un cheval envoyé par un roi d'Espagne que notre duc Guillaume combattait à la journée d'Hastings.» (Delisle, *Classe agricole en Normandie*, p. 232.)

Il existait des ânes dans les métairies[1]. C'étaient les bêtes de somme du pauvre, et à ce titre ils avaient mérité d'être protégés par les constitutions de paix et trêve.

Les mulets, plus appréciés, étaient assimilés par ces lois aux chevaux; elles ne s'en occupaient que jusqu'à l'âge de six mois.

Les bêtes à cornes étaient plus nombreuses dans la plaine que de nos jours; le labourage était fait par les bœufs; les *bous arecs*, bœufs de labour, sont cités à chaque instant dans la paix de Dieu.

Quant aux bêtes à laine et aux chèvres, il y en a toujours eu en Roussillon depuis que la province est habitée[2]. Sur 22 étaux de boucherie qui existaient à la fin du xiiie siècle sur le marché de Villefranche, 6 étaient destinés à la vente de la viande de chèvre et de bouc[3].

Si l'on tient compte de l'entretien peu coûteux des porcs et de la facilité avec laquelle on conserve leur viande, on s'explique pourquoi ces animaux se trouvaient dans toutes les métairies ou à peu près. Cet élevage remontait d'ailleurs très haut : Strabon raconte que les habitants de la Cerdagne faisaient le commerce des jambons. Au moyen âge, un très grand nombre de cens étaient payables en jambons[4]. Au xie siècle, le comte de Cerdagne pouvait disposer annuellement à Fuilla de 40 porcs[5].

[1] 28 septembre 1104. Concession au bayle des Fonts du droit d'exiger des habitants une corvée de leurs ânes : «accapte de asinis, de unoquoque hominum semel in anno uno die». (Publié par Alart, *Cartulaire roussillonnais*, p. 116.) — 5 mai 1272. Concession en acapte d'une borde en Cerdagne; le concessionnaire devra payer une redevance de seigle, livrable à Puycerda, «et si forte animal aliquod non habueritis, asinum videlicet vel asinam, mulum sive mulam, dictum bladum mihi vel meis aportare non teneamini in Podioceritano». (Série H, non classé.)

[2] Les redevances d'un ou plusieurs quartiers de mouton étaient fréquentes : le 24 décembre 1192, l'abbé de Canigou reçut en gage la moitié d'un cens de deux quartiers de mouton. (Série H, fonds de Canigou.) — 24 février 1214. D'autres redevances analogues sont signalées à Prades. (*Ibid.*) — 27 avril 1243. *Idem* à Callascre, en Cerdagne. (Série H, non classé.)

[3] 27 janvier 1295 (B 11). — La viande de chèvre entre encore dans l'alimentation des populations pauvres : il me souvient de certains bouillons où les cuisinières andorranes mettent un morceau de chèvre pour leur donner du goût, ce à quoi elles ne réussissent que trop.

[4] 2 mars 1112. Cession en faveur de l'abbaye de Cuxa et de l'église de Torreilles des dîmes levées à Toreilles «de pane et vino et de porchorum pernis». (*Hist. de Languedoc*, t. V, c. 822-823.) — 1173. Mention d'une redevance consistant en un jambon. (Série H, fonds de Saint-Martin-de-Canigou.) — 23 octobre 1182. Concession par Pierre, abbé de Canigou, d'un demi-manse sis à Marquixanes, grevé, entre autres, d'un cens consistant alternativement en un jambon et un mouton. (*Ibid.*) — Septembre 1197. Concession d'une vigne à Vernet; le preneur payera «medietatem de blado et vindemie quod inde exierit annuatim et pernam censualem et nichil aliud». (*Ibid.*) — 24 décembre 1203. Concession d'un manse à Collioure; le cens comprend, entre autres, un bélier au mois de mai, et, si le concessionnaire tue un porc, un jambon entre la Saint-Michel et les Cendres. (*Cartulaire du Temple*, fol. 108 r° et v°.)

[5] 4 mars 1097. (B 3. Publié dans la *Marca Hispanica*, c. 1197-1198.) — 13 avril 1102.

Quant aux volatiles de basse-cour : oies [1] et poulets [2], ils ne paraissent pas avoir abondé, peut-être parce qu'ils font grand mal aux vignobles et parce que le pays était sec. Toujours est-il que j'ai souvent été frappé de la modicité des redevances payables en poulets.

À ces volatiles on préférait les pigeons [3] : les colombiers étaient assez nombreux pour que les évêques, dans leurs constitutions de paix, aient jugé à propos de s'en occuper, de même que des ruches. Il convient d'ajouter que l'élevage des pigeons était entièrement libre : le droit de colombier n'était pas connu dans le pays.

Le même lègue à sa mère « de bajulia de Livia xıv porcos et pernas xL». (*Ibid.* c. 1225.)

[1] 12 avril 1205. Concession par le prévôt de Trouillas, moyennant une redevance d'une oie à la Saint-Jean, d'une poule le même jour, etc. (Cartulaire du Temple, fol. 13 v°-14.) — 31 août 1214. Pierre de Llupia laisse sa femme et son fils sous la protection du Temple, « in tali modo quod uxor mea dicta faciat annuatim censum unam anserem Milicie in omni vita sua». (Cartulaire du Temple, fol. 46.)

[2] 23 janvier 1295. Concession par Raymond, abbé de Corneilla, d'une partie de jardin; cens : « unum pullum censualem». (Série H, fonds de Corneilla.) — 28 mai 1308. Conversion d'une redevance de quotité due par un manse sis à Villeneuve-en-Cerdagne en une redevance fixe, notamment deux poulets domestiques, si les tenanciers en nourrissent. (Série H, non classé.)

[3] 6 décembre 1024. Donation, au monastère de Canigou, de propriétés sises à Molitg : « et ipso meo manso cum casa et cellario et columbario et corte». (*Cartulaire roussillonnais*, p. 44.) — 25 juin 1148. Vente aux Templiers, moyennant 20 sous de Rous-

sillon, d'un colombier et deux maisons à Villemolaque. (Cartulaire du Temple, fol. 197 v°.) — 17 juin 1155. Confirmation du legs fait aux Templiers d'un manse sis à Palau « cum ferragine et cum columbario qui ibidem est». (*Ibid.*, fol. 95 v°-96.) — 18 juillet 1253. Concession, par les Templiers, d'un manse à Orle, Toulouges et Sainte-Eugénie, « cum mansis, casis... et cum columbario». (*Ibid.*, fol. 273 r° et v°.) — 1266. Don d'une maison sise à Vernet, confrontant « in columbario R. de Baixanis». (Notaires, Manuel de P. Calvet, fol. 6 v°.) — 19 février 1271. Garantie donnée sur deux champs dits *de Columbario*. (B 44.) — 8 novembre 1271. Vente d'un colombier sis à la ville vieille de Villeneuve-la-Raho, « in villa veteri de Villanova de Ratione». (B 67.) — 18 octobre 1283. Bail à ferme par G. de Castellon, apothicaire, d'une maison, d'un verger et d'une borde sis à Perpignan, « retento mihi columbario quod in ea est». (Notaires, n° 12, fol. 29.) — 8 février 1294. Reconnaissance au procureur royal pour un tiers de borde, à Millas, comprenant un jardin avec un colombier : « item, quidam alius ortus cum suo columbario». (B 34, fol. 3.)

CHAPITRE III.

LA FERME ET LE VILLAGE.

I. Le domaine : division de la propriété. — Le manse. — La borde. — Nom des domaines.
— Leur étendue variable.
II. La maison : la maison et ses dépendances, aire, silos, etc. — Le vêtement et la propreté;
les bains.
III. Le village : nécessité du groupement; les incursions des Maures. — Système de la fortification des *mas* isolés. — Système des villages fortifiés. — Dispositions adoptées : remparts, église, clocher. — Système des réduits au centre des villages. — Garde des
villages. — En montagne, villages ouverts et *mas* dispersés. — Châteaux et bastides
militaires. — Liste de villages fortifiés. — Changement d'assiette de localités. — L'intérieur des villages.

I. La propriété foncière était plus divisée en Roussillon au moyen âge
que de nos jours. La population industrielle était moins considérable et,
dans la population agricole, on comptait moins de domestiques et de fermiers. Il y avait très peu de grands domaines cultivés par des mercenaires. La féodalité avait émietté le sol en une multitude de tenures dont
les possesseurs étaient bien plutôt des propriétaires que des locataires,
et sur lesquelles le seigneur foncier avait surtout retenu des droits nomi-
naux. Propriétaires ou tenanciers, leur nombre était relativement beaucoup plus élevé que de notre temps.

L'unité de la division était le *manse, mansus* ou *mansum* [1], en catalan
mas, et la *borde, borda.* A Estagel, le manse prenait souvent le nom de
cabane, cabana [2], qui désignait aussi dans le pays les hôtelleries isolées [3].
On trouve exceptionnellement *quintanum* [4] et *pernada* [5].

[1] 17 janvier 853. Don par Charles le
Chauve de sept mauses en Roussillon :
«mansa septem... memorata septem mansa».
(*Marca Hispanica,* c. 786-787.)

[2] Janvier 1293. (*Capbreu* d'Estagel, B 32,
passim.) — A Coustouge, 31 octobre 1168.
«Borda de Tarter, que est cabania.» (B 79.)

[3] Alart, *L'hôpital et la commune de la
Perche,* dans le *Bulletin de la Société des
Pyrénées-Orientales,* t. XVIII, fol. 316.

[4] 31 août 1178. Vente d'un *quintanum,*
au territoire de Torreilles, «in quo loco fuit
mansus de Goczberto Gillelmo, meo avo, qui
fuit». (B 46.) — M. le colonel Puiggari veut
bien me faire remarquer que ce terme s'est
conservé; on dit encore en Vallespir *lo quintá,*
pour désigner les terres avoisinant les fermes.
Quintana se trouve dans Ducange.

[5] Je ne trouve pas ce terme dans les documents roussillonnais, mais seulement dans

Le manse était appelé *mansata, masada* [1]; mais ces mots indiquent toujours l'ensemble d'une exploitation rurale. *Mansus*, au contraire, comme de nos jours encore le catalan *mas*, s'applique soit au domaine, soit à l'habitation du colon. « C'est ainsi qu'aujourd'hui le nom de ferme sert à désigner tantôt les terres avec les bâtiments du fermier, tantôt les bâtiments seuls » [2]. Comme un grand nombre de colons résidaient dans les villages et les bourgs, on en vint à se servir de ce mot *mansus* à propos de toute maison : « mansum sive alberch » [3].

La borde était primitivement bien différente du manse [4]; les papiers terriers du xiie siècle les distinguent soigneusement [5]. C'était, comme la *masada*, un domaine, mais généralement moins important [6]. Il est difficile d'ailleurs de dire en termes précis quels domaines étaient réputés manses

les textes rédigés en Catalogne : 1283. « Masada, borda o pernada.» (Constitutions des Corts, dans les *Constitucions de Cathalunya*, t. I, liv. IV, tit. XXIX, § 1.) — « Null hom qui tenga mas o pernada o borda en senyoria de algu e faça foc aqui, que no s' puxa fer hom d'altre sens licentia de son senyor.» (Corts de 1291. *Ibid.*, § 3.) — On peut consulter au sujet de ces expressions Socarrats, *In consuetudines Cathalonie*, p. 348, n° 40, et D. José Pella y Forgas, *Historia del Ampurdan*, p. 640, note 1.

[1] 8 février 1134. Arnaud de La Tour, bayle de l'évêque d'Elne à La Tour-Bas-Elne, a la moitié « de cursuris masadarum». (G 78. Publié par Alart, *Privilèges et titres*, p. 38.)

[2] Guérard, Prolégomènes du *Cartulaire de Chartres*, p. xxviii. — Voir dans le même sens Guérard, Prolégomènes du *Polyptyque d'Irminon*, p. 578.

[3] 17 août 1309. (Série H, parchemin non classé.) — Dans une charte royale du 28 novembre 1174, portant concession relativement au marché de Perpignan : « Et propter hoc donum predictum... habui et recepi a vobis qui mansos et operatorios habetis qui aperiunt hostia sua [in] jam dicto mercatali et qui tabulas et banchos habetis in ipso mercatali, mille solidos malgurensium pro acapte». (Alart, *Privilèges et titres*, p. 56.) — 26 novembre 1193. Concession par Béreuger, prieur de Saint-Assiscle, d'un emplacement sis dans le village de Mailloles et confrontant deux routes et deux *mansos*. (Série H, fonds de Saint-Assiscle.) — 4 septembre 1280. Hom-

mage de Guil. Gaucelm, de Saint-Hippolyte, qui est l'homme du Temple pour une borde et qui est astreint à la résidence « in villa Sancti Ypoliti, in manso ejusdem borde». (Cartulaire du Temple, fol. 27 r° et v°.) — 20 janvier 1284. Bail d'un domaine sis à Aléuya : « ratione cujus laboracionis habeas et teneas pratum meum de Alaniano cum suis pertinenciis et domum sive mansum». (Notaires, n° 13, fol. 43.) — 4 août 1293. Concession emphytéotique par le chapitre d'Elne d'un domaine « honorem», comprenant « hospitium sive mansum». (G 57.)

[4] M. Pella y Forgas prétend que la borde était la moitié du manse, la *pernada*, le quart (*perna* signifie jambon) et le *quintá*, le cinquième. (*Hist. del Ampurdan*, loc. cit.) — Cela serait vrai, tout au plus, à l'origine, et encore faudrait-il donner des preuves.

[5] 1173. « Sunt in Targasona duo mansi Sancti Martini et v bordas». (Série H, polyptyque de l'abbaye de Canigou.) — Juillet 1178. Liste des *mansatas* et des *bordas* de Terrats, lesquelles sont soumises à des redevances au profit de l'abbaye de Saint-André-de-Sorède. (Publié par le duc de Roussillon (Pi), dans ses *Biographies carlovingiennes*, Preuves, p. 31-32.)

[6] 31 octobre 1168. « Et de extraneis hominibus qui mansum accaptaverunt habeat sagio xii denarios; de bordas, vi.» (B 79.) — 25 novembre 1180. Engagement de revenus levés à Boaça : « videlicet in unoquoque manso ipsius ville 1 sestarium ordei et in unaquaque borda dimidium sestarium». (B 68.)

et quels étaient dits bordes; la différence n'est pas toujours sensible et telle borde était grevée de redevances aussi lourdes que certains manses [1]. Peut-être la distinction consistait-elle, à une certaine époque, en ce que la borde n'avait pas d'attelages pour le labour [2]; on comprend aisément que le possesseur d'une paire de bœufs pouvait faire rendre à la terre beaucoup plus que le colon réduit à gratter le sol avec son hoyau, et cette infériorité de fait a dû entraîner, au profit de ce dernier, une modération de redevances. C'est ainsi que, dans la Navarre, le *villano asadero*, le paysan qui ne possédait que sa bêche, payait seulement la moitié de certains droits [3]. Cependant les manses eux-mêmes pouvaient n'avoir point de bœufs [4].

En somme, ainsi qu'il est dit plus haut, la distinction est difficilement saisissable entre la borde et le manse; aussi s'est-elle effacée de bonne heure. Elle subsiste exceptionnellement au xive siècle [5]; mais, dès le xiiie siècle au moins, certains documents n'en tiennent plus aucun compte [6].

Les domaines, suivant l'usage encore en vigueur dans le pays, portaient le nom du propriétaire ou du tenancier [7], à l'encontre de ce qui se passe

[1] C'est ce qui résulte du tableau des manses et des bordes de Terrats signalé plus haut, p. 29, note 5.

[2] 1075 environ. Un curieux accord relatif au droit d'albergue à percevoir à Baho établit une différence notable au profit des gens qui n'ont pas de bœufs : «ipsos borders qui non habeant boves». «Et donet unumquemque hominem qui habeat bovés sacum legitimum de palea, quando eam habet.» (*Hist. de Languedoc*, édition Privat, t. V, c. 615-617.) — Dans son introduction au *Cartulaire de Beaulieu*, M. Deloche parle «des *bordariæ*, borderies, métairies ou fermes, qui étaient d'ordinaire moins considérables que les manses et dépourvues d'attelage de labour». (*Op. cit.*, p. cii.)

[3] Voir mon introduction aux *Documents des Archives de la Chambre des Comptes de Navarre*, p. xv.

[4] 20 janvier 1246. Concession à titre d'acapte d'une masade à Saint-Hippolyte; le preneur devra certaines redevances, notamment une corvée de labour quand il aura des bœufs : «jovam, quando habueritis boves». (Cartulaire du Temple, fol. 30.)

[5] 18 février 1303. Reconnaissance par Raymond de Coma, de Sainte-Léocadie, pour

le manse de Coma et une borde relevant des conseillers de Puycerda. (Série H, parchemin non classé.) — 16 mai 1304. Sentence d'Arnaud Traver, arbitre entre Jaubert de Las Fonts et divers habitants de Las Fonts : Jaubert percevra, à l'occasion de la mort de tout individu «amansato», 15 sous, et 7 sous 6 deniers à la mort de tout individu «imbordato», plus une couverture, «prout est fieri consuetum». (B 375, fol. 169-172 v°.)

[6] 11 décembre 1260. Vente par l'abbé de Saint-Michel de Cuxa, Jaubert, de divers droits, notamment «illum quartallum rectum segalis quem tenetur annuatim facere et solvere nobis borsda sive mansus Guillelmi de Roset, de Estavar». (Série H, parchemin non classé.)

[7] 19 mars 1233. «Et nominatur mansus de Villario quia illum tenemus pro Berengario de Villario, milite, et suis.» (Vente d'un manse à Bajanda. Série H, parchemin non classé.) — 10 janvier 1296. Reconnaissance par Raymond Scuder, de Nahuja, pour le manse d'en Escuder, qui relève du Roi. (B 15, fol. 116 v°.) — L'usage est resté dans le pays et les exemples sont nombreux : aller *a can Pere, a casa d'en Pere; cal Pubill, la casa del Pubill*.

dans certaines contrées, où le propriétaire ajoute volontiers à son nom patronymique le nom de sa terre, avec une particule qui produit, il faut en convenir, un excellent effet. On disait même à l'origine, non pas le *mas Gaudérique* ou le *mas de Gaudérique,* mais bien le *mas où habite Gaudérique* [1].

L'étendue du manse et sa valeur étaient des plus variables; il ne semble pas que sa contenance ait jamais été réglée, même dans les premiers temps, par une disposition quelconque; d'où il résulte que les domaines se sont formés un peu au hasard, s'arrondissant ou diminuant au gré des circonstances. Aussi n'étaient-ils pas toujours d'un tenant; les terres en étaient même réparties quelquefois sur les territoires de plusieurs paroisses [2].

Les manses et les bordes elles-mêmes étaient partagés [3]; d'autres, au contraire, étaient insuffisants et on y ajoutait des pièces de terre détachées de domaines voisins [4].

Telle borde avait seulement une maison et deux pièces de terre [5]; telle autre borde comptait seize, vingt-six, vingt-neuf [6] terres. Un manse en avait quarante-six; une borde et un demi-manse en avaient soixante-deux, avec deux jardins, deux prés, deux casals [7]. En général cependant, le nombre des terres d'un manse était plus restreint.

Le prix indiqué dans les ventes de ces domaines n'est pas d'un grand secours pour en déterminer l'importance : ces ventes n'avaient pas, en

[1] 24 mars 1046. «Ipsum mansum ubi Ermenir Petrus habitat cum alodis et res que ad ipsum mansum pertinent.» (Donation à l'église d'Ayguetébia. Alart, *Cartulaire roussillonnais,* p. 61.) — 6 mai 1147. «Mansum ubi habitat Berengarius Repalpa, cum habitatoribus et cum omnibus suis pertinenciis quas per me habere et tenere solent.» (B 42.) — Fin xii° siècle. «Mansum in quo habitant Guillelmus Radulfi et fratres sui.» (État de biens légués aux Templiers à Saint-Hippolyte. Série H, fonds du Temple.)

[2] 18 juillet 1253. Voir plus haut, p. 27, note 3.

[3] 1173. «Borda Bernardi Onofre et Bernardi Gotsen de qua tenet medietatem Arnallus, filius Petri Arnalli, donat quartum.» Il est vrai que Pierre Arnald avait d'autres biens. (Série H, fonds de Saint-Martin-de-Canigou.) — 30 janvier 1207. Engagement par Raymond de Vernet, chevalier, en faveur de l'abbaye

de Saint-Martin, de la moitié d'une borde située à Odeillo, qu'il tient pour le monastère, et dont l'autre moitié est tenue par Pons de Vernet. (*Ibid.*)

[4] 20 septembre 1282. Reconnaissance par Raymond de Paig, d'All, pour un demi-manse et une borde; par Raymond de Pallerols, pour une borde et partie d'un manse, le tout situé au territoire d'All. (Série H, non classé.) — Voir au chapitre IX ce qui est dit de la constitution des manses et des bordes.

[5] Décembre 1275. Blanche, femme de Bérenger Rocha, de Montner, se reconnaît vassale d'A. de Saint-Marsal, pour une borde composée d'une maison, un champ et une pièce de fourrages. (Notaires, n° 5, fol. 15.)

[6] 20 septembre 1282. Reconnaissances pour des manses et bordes sis à All. (Voir ci-dessus, note 4.)

[7] Série H, parchemins non classés.

effet, pour objet la pleine propriété des fonds, mais tantôt, lorsqu'elles étaient consenties par le seigneur, le domaine éminent, c'est-à-dire la propriété diminuée, dans des proportions variables, des droits utiles concédés au colon, et tantôt, lorsqu'elles étaient faites par le tenancier, la propriété diminuée de la quotité de redevances plus ou moins lourdes et grevée de servitudes plus ou moins onéreuses.

Certains manses étaient vendus 500 sous [1] et d'autres 100 sous seulement [2]. Un manse, à Fuilla, est échangé contre une borde et 30 sous [3]. En 1260, un manse est aliéné pour 315 sous [4]; en 1265, pour 900 sous [5]. En 1277, un troisième est payé 3,062 sous [6].

La valeur des pièces de terre prises en elles-mêmes était des plus variables. A Salses, elles atteignirent parfois, en 1246-1268, des prix fort élevés : une vigne fut vendue 400 sous de Melgueil, un champ 340 sous [7].

II. *Masada* et borde comprenaient avant tout une habitation, quelquefois deux [8]. On pense bien que les renseignements sont rares sur la forme, l'aménagement et le mobilier de ces maisons. Elles devaient être dans le genre de ces *mas* misérables que l'on rencontre, perdus dans les recoins des montagnes du Vallespir et du haut Conflent. Au rez-de-chaussée, l'étable. La famille du colon loge au-dessus, dans une vaste pièce dallée de pierres branlantes, noire, enfumée, mal éclairée par d'étroites ouvertures que l'on bouche, quand le froid est intense et que les rafales sont trop fortes, au moyen de tampons de foin : une tanière de fauves plutôt que l'habitation d'un homme civilisé.

[1] 1201. «Anno Domini m°. cc°. 1°. Bernardus de Saga, Sancti Michaelis Urgellensis abbas, vendit Petro, abbati, unum mansum pro alodio in villa Al pro D°⁵ solidos barchinonensium; facta est xiiii halendas julii.» (Série H, fonds de Canigou.)

[2] 1er décembre 1184. Vente d'un manse à Egat, avec toutes les propriétés du vendeur dans ce territoire, moyennant 117 sous de Melgueil. (*Ibid.*) — 1184-1185. Vente de deux manses à Fuilla pour 200 sous de Melgueil. (*Ibid.*) — 13 avril 1185. Vente d'une borde à Vernet pour 80 sous barcelonais. (*Ibid.*)

[3] 1189-1190. (*Ibid.*)

[4] 22 octobre 1260. Vente d'un manse sis à Aravo avec les droits personnels sur le colon. (Série H, non classé.)

[5] 27 novembre 1265. Vente du même manse. (*Ibid.*)

[6] 13 juillet 1277. Vente d'un manse tenu par Raymond de Soler dans la paroisse Saint-Clément de Soler, avec tous droits sur le colon. (*Ibid.*)

[7] 7 août 1264. Confirmation par Salvador, chanoine de Barcelone et procureur royal, de la vente d'un champ et d'une vigne «qui et que fuerunt de cavalairia Ramundi Berengarii et Arnaldi Rubey». (B 37.)

[8] 20 janvier 1246. Confirmation en faveur de Ricsende de la possession du manse que son père tenait à Saint-Hippolyte pour le Temple, et comprenant une maison, *mansus*, sisé dans l'enceinte fortifiée du village et une autre hors du village. (Cartulaire du Temple, fol. 30.) — 20 janvier 1284. (Voir p. 29, note 3.)

Pendant la seconde moitié du XIIIe siècle, les Templiers concédèrent de nombreux terrains à bâtir dans le quartier Saint-Martin de Perpignan, qui est encore le quartier de la population agricole. Les actes dressés à l'occasion de ces concessions nous apprennent que les emplacements mesuraient deux cannes et demie de côté, soit un peu moins de 5 mètres [1].

Auprès de la maison était l'aire [2], souvent le jardin et la fosse à fumier, quelquefois un cellier, des greniers [3] et des silos. Les silos s'appelaient en catalan *sitja*; les mentions en sont fréquentes à Perpignan et dans la plaine [4]. Les gens de Saint-Féliu étaient astreints à la corvée pour le port du blé au silo seigneurial [5]. Certaines de ces fosses devaient être dissimulées dans la campagne : à Saint-Féliu-d'Avail, un *capbreu* de la fin du XIIe siècle signale un champ sis au delà des silos, « ultra cigas [6] ».

Les habitants des tristes demeures dont il vient d'être parlé étaient mal vêtus : le drap était rare dans la province au XIIe siècle; c'est du XIIIe siècle et surtout du XIVe siècle que date l'extension de l'industrie des pareurs roussillonnais [7]. Le linge était un objet de luxe, les chaussures également : en 1214, un seigneur, Pierre de Llupia, léguait à l'église de Mailloles ses meilleurs vêtements et ses chaussures [8]. On n'éprouvait aucune répugnance à porter des habillements, à employer des objets de literie ayant déjà servi [9]. Jusqu'aux temps modernes, ces habitudes se sont conservées

---

[1] Voir plus bas, p. 58, note 1, le passage relatif à la mesure dite *monallata*.

[2] XIIe siècle. «Ennego dedit Sancto Martino suum alodem in Estavar, et est mansum unum cum area et tribus ortis et XLVIIII pecias de terris cum suis affrontacionibus.» (Série H, fonds de Canigou.)

[3] 20 mai 941. Donation d'un domaine à Fuilla : «id est casas, curtes, horreis superposita, hortos duos cum arboribus, condaminas tres, vinea una optima». (*Marca Hispanica*, c. 853-854.) — 24 mars 1046. Donation à l'église d'Ayguetébia : «cum ipsos alodes... de ipso manso dominico, cum ipsos duos orreos». (*Cartulaire roussillonnais*, p. 61.)

[4] 1261. Vente de quinze aymines d'orge gardées «in quadam fauca que est intus domum... Catalani». (Notaires, n° 1, fol. 31 v°.) — 8 octobre 1283. Vente d'une maison à Perpignan «cum omnibus sigiis que sunt intus dictam domum et ante dictam domum pertinentibus eidem domui». (Notaires, n° 13, fol. 17 v°.) — Décembre 1309. Vente de silos à Perpignan. (B 22, fol. 90 v°-91.)

[5] 1326. *Capbreu* des Saints Féliu d'Amont et d'Avail. (B 76.)

[6] B 50. — 22 novembre 1283. Vente par A., prieur d'Espira-de-l'Agly, de raisins à prendre à Ortolanes, au lieu dit *les Silos* : «loco qui vocatur Sigiis». (Notaires, n° 13, fol. 29.) — On a fait des silos à Perpignan jusqu'à l'époque moderne. Voir une criée du 6 juillet 1590 pour la construction d'un silo. (B 435.)

[7] Voir l'étude de Renard de Saint-Malo sur l'industrie des pareurs dans nos pays. (*Publicateur des Pyrénées-Orientales*, n^{os} des 7-23 novembre 1835.)

[8] 31 août 1214. «Et dimitto mee matri ecclesie de Malleolis IIII^{or} sestarios inter annonam et vinum, septimum prandium et melius vestimentum et meas calciamenta.» (Cartulaire du Temple, fol. 46.)

[9] 25 août 967. Testament de Seniofred, lévite : «Et ipso choto vermilio que est in villa Vicho Elnæ et alium banchale vetulus donare faciatis ad manumissore meo, Franchone presbytero.» (*Cartulaire roussillonnais*, p. 25.)

IMPRIMERIE NATIONALE.

dans les classes les plus aisées, et les procès-verbaux des ventes après décès nous présentent à ce point de vue des tableaux de mœurs vraiment curieux.

Encore si la misère des maisons avait été atténuée par la propreté; mais, pour peu qu'on ait à parcourir les campagnes reculées du Roussillon, on achète chèrement le droit de supposer que la propreté n'était pas la vertu dominante des Roussillonnais d'autrefois. Ajoutons que les bains étaient connus, au moins dans les villes [1].

III. Après avoir parlé de la maison, il me reste à dire quelques mots du village.

Dans la plus grande partie de la province, qui était sujette à l'invasion, on ne rencontrait guère de métairies isolées : le colon habitait dans le village.

C'était une nécessité absolue sur le littoral, à cause des corsaires africains. Jusqu'à la fin du siècle dernier, en effet, les incursions des Mahométans se sont renouvelées sur nos côtes [2]. Un bateau atterrissait; les pirates qui le montaient poussaient une pointe rapide dans les terres et se rembarquaient, emmenant les laboureurs surpris dans leurs champs, les enfants, les femmes, les jeunes filles. Au concile tenu à Narbonne en 1134,

— 19 juillet 1018. La comtesse Guisla lègue à Saint-Martin-de-Canigou ses plus beaux draps de lit. (Pierre Puiggari, dans ses *Notices sur l'abbaye de Saint-Martin-de-Canigou; Bulletin de la Société des Pyrénées-Orientales*, t. VII, p. 127.) — 1261. Testament d'un individu dont le nom a disparu : il lègue aux Dominicains 10 sous et son lit. (Notaires, n° 1, fol. 23.) — 1278. Testament d'une Perpignanaise : elle lègue des draps de lit, oreillers, etc. (*Ibid.*, n° 5, fol. 42.)

[1] 8 mai 1273. Échange par l'infant Jacques de droits sur un terrain sis «in covo veteri ville Perpiniani», contre des droits sur un autre terrain «ubi nunc sunt edificata balnea predicti Assalti de Galiana et magistri P. de Villalonga quondam». (Notaires, n° 3, fol. 31 v°.) — 1282. Réclamation par le procureur royal, pour le compte du Domaine, d'un terrain à Perpignan, confrontant «in cavo ipsius ville juxta cimitterium, ex parte in via, et ex alia in muro, et ex alia in tenencia de balneis». (B 17.) — Les bains de Perpignan n'étaient pas une exception : aux corts de Monzon,

en 1289, Alfonse d'Aragon reconnut avoir gaspillé les biens de la couronne «axi com castells, vilas, e masos, e villers, e terras, e molins, e fors, e banys, e jurisdiccions». (*Constitucions de Cathalunya*, t. I, liv. VIII, tit. X, § 1.)

[2] Alart, *Notices historiques*, t. I, p. 230 et suiv. — Cette calamité remontait aux premiers siècles du moyen âge. «Il se forma alors (vers 740) une autre source de calamités, qui, pendant plusieurs siècles, ne laissèrent presque pas de repos aux côtes du midi de la France. Nous voulons parler des descentes que les Sarrasins d'Espagne et d'Afrique commencèrent à faire par mer.» (Reinaud, *Invasions des Sarrasins en France*, p. 63.) — 18 juillet 1565. Enquête faite par le syndic du chapitre d'Elne établissant que la cité d'Elne, sise dans le voisinage de la mer, est exposée aux incursions des Turcs, des brigands et des Français, que les chanoines ne peuvent se rendre à Perpignan sinon à cheval et avec une escorte, que les villages sont presque dépeuplés, à l'exception d'une trentaine entourés de remparts, etc. (G 54.)

l'évêque d'Elne, Udalgar, émut l'assemblée en retraçant la situation faite à son diocèse par les infidèles, qui demandaient, en échange des hommes par eux enlevés, une rançon de cent jeunes vierges. Le concile accorda des indulgences à quiconque contribuerait par ses aumônes au rachat des captifs roussillonnais [1].

Ces troupes de débarquement n'étaient jamais bien fortes; pour signaler leur arrivée, on avait établi des vigies dans des postes convenables.

Un système de défense adopté par un certain nombre de *mas* aux environs de Banyuls-sur-Mer consistait à élever contre chaque métairie une tour ronde. Ce procédé était coûteux et, ce qui est pire, insuffisant. Une tour ne pouvait guère empêcher le pillage de la maison adjacente; elle ne protégeait efficacement que ce qui trouvait place dans la tour même. On préféra généralement grouper les habitations, en former des villages où les laboureurs des alentours *se recueillaient* en cas de danger [2] et clore ces agglomérations de bonnes murailles, quelquefois renforcées de tours rondes. Le village ainsi fortifié avait nom château, *castrum, castell* [3], ou encore *cellaria, cellera, forcia* [4], *municio* [5].

Il reste des XIIᵉ et XIIIᵉ siècles surtout de nombreuses chartes autorisant la construction de ces remparts [6]. «Toutes ces localités, dit Alart en

[1] *Hist. de Languedoc*, édition Privat, t. III, p. 717. — Sur ce concile et notamment sur la date à laquelle il fut tenu, voir l'excellent *Catalogue biographique des évêques d'Elne*, dû à P. Puiggari, p. 31.

[2] MM. Perrot et Chipiez ont consacré un chapitre aux *nouraghes* sardes, dont la destination était vraisemblablement la même que celle des tours de Banyuls. (*Histoire de l'art dans l'antiquité*, t. IV, p. 22-55.) L'analogie ne se borne pas là; il y aurait à faire une curieuse étude de comparaison entre les procédés de construction et les dispositions des tours des deux pays. — «D'après le système de défense militaire alors en usage dans nos comtés, toutes les populations devaient en cas de guerre se réfugier (*se recolligere*) avec leurs biens dans les places de *recolleta* qui leur étaient assignées d'avance, et tous les hommes en état de porter les armes devaient se mettre à la disposition des châtelains». (Alart, *Notices historiques*, t. I, p. 160.)

[3] 6 novembre 1240. Voir ci-dessus, p. 24, note 4. — 23 août 1246. Le maître du Temple en Aragon renonce aux 200 sous de

Melgueil exigibles annuellement des gens de Palau, «toti universitati castri et ville de Palacio, pro opere dicti castri de Palacio, sicut est terminatum et clausum muris lapideis». (*Privilèges et titres*, p. 184.)

[4] 26 avril 1194. Concession par l'abbé de Campredon à Guillaume Capellá, de Py, et à Arnaud, son frère, bayle, de la propriété du monastère sise à Py, «in quo faciatis bonam fortiam munitam…, quam fortiam dedit nobis Illdefonsus, rex Aragonensis»; il leur cède partie des droits de justice, s'ils construisent une *cellaria*. (Publié par le duc de Roussillon (Pi), dans ses *Biographies carlovingiennes*, Preuves, p. 33.)

[5] 22 avril 1237. «Promittimus etiam… quod in dicta villa nec castro sive munitione hominem nec homines vestros, feminam nec feminas vestras advenientes, non admittemus ad populandum.» (Cession des Bains d'Arles (Amélie-les-Bains) par l'abbé d'Arles à Nunyo, seigneur de Roussillon. *Privilèges et titres*, p. 153.)

[6] 6 février 1156. Charte de l'évêque Artald autorisant les habitants d'Elne à clore

parlant des paroisses du Conflent, étaient d'abord appelées *villæ*, quelle que fût leur importance. Elles portent généralement le titre de châteaux (*castra*) durant les XIIIe et XIVe siècles [1]. »

Dans le Roussillon proprement dit, dans la plaine, presque tous les villages, tous peut-être, étaient garantis par des fortifications, dont il reste de nombreux débris : à Claira, Sainte-Marie-la-Mer, Villelongue, Bonpas, en Salanque; à Canet, Saint-Cyprien, Elne, Taxo-d'Avail, Argelès, au sud de la Tet; à Thuir, Corbère, Castelnou, le Soler, Saint-Féliu-d'Avail, Neffiach, Millas, etc.

La *force* de Fourques, dont la construction fut autorisée en 1188 [2], est à peu près intacte; elle se compose simplement d'une chemise carrée formée de hautes murailles sans tours, bâties en cailloux roulés; cette enceinte, sur une de ses faces, est percée d'une porte étroite; la porte était protégée par un ouvrage avancé, une *barbacane* aujourd'hui disparue, qui servait de place publique [3].

L'église jouait le plus souvent un rôle important dans la défense des villages. A l'Écluse, le chevet plat de l'église est sur la ligne des fortifications.

Le beffroi communal était inconnu dans le pays et c'est l'église qui tenait le plus ordinairement lieu de réduit central; de là le nombre des

---

de murs leur ville. (*Biographies carlovingiennes*, Preuves, p. 27; *Privilèges et titres*, p. 41.) — Novembre 1172. Autorisation octroyée à l'abbé de Canigou de fortifier Marquixanes. (*Privilèges et titres*, p. 52.) — 23 octobre 1172. Permission de fortifier Rivesaltes. (Publié par le premier président Aragon, *Les châteaux forts des Corbières roussillonnaises*, p. 11.) — 12 mai 1173. Permission octroyée par Alfonse d'Aragon aux moines de Cuxa de fortifier Baho : «quatinus in ipsa villa vestra de Bason munitionem et clausuram quamcunque poteritis, terream sive lapideam, vel etiam turrem, nostra auctoritate faciatis et valla». (*Marca Hispanica*, c. 1359.) — Alart cite plusieurs autorisations analogues pour Fourques, en 1188; pour Saint-Jean-Pla-de-Corts, en 1189; pour Torreilles, en février 1498; pour Sainte-Marie-la-Mer et Saint-André-de-Bigueranes, au même territoire, le même mois; pour Ortolanes, en juin 1200; pour Saint-Nicolas-d'Ayguevive, au territoire de Ponteilla, en septembre 1205. (*Privilèges et titres*, p. 53 et 81-82; *Notices historiques*, t. II, p. 16-17.)

[1] *Géographie historique du Conflent*, dans le Bulletin de la Société agricole des Pyrénées-Orientales, t. X, p. 87. — Alart a dressé une très curieuse liste des *castra* du Conflent, avec la date des plus anciennes mentions. (*Ibid.*, p. 92-94.)

[2] «En juillet 1188, il (le roi Alphonse d'Aragon) autorisait l'abbé d'Arles à construire une enceinte fortifiée (fortitudinem) dans sa seigneurie de Forques en Vallespir.» — «Ce même abbé obtint encore du vicomte de Castellnou (le 5 des ides de juin 1193) une confirmation spéciale pour son château et ville fortifiée (castrum et villam munitam) de Forques.» (Alart, *Privilèges et titres*, p. 53.)

[3] Vers 1310, les habitants tinrent une assemblée «in platea seu barbacana dicti loci de Furchis». (Procès entre les gens de Fourques et l'abbé d'Arles au sujet des gages et de l'entretien du guetteur de Fourques. Ce très curieux registre m'a été communiqué, avec une exquise obligeance, par Me Julia, notaire à Arles-sur-Tech.)

églises fortifiées, de ces *ecclesiæ incastellatæ* dont s'occupent les statuts de paix et trêve [1].

On les construisait de façon qu'elles pussent résister à une attaque : l'épaisseur des murs, rendue nécessaire par l'usage des voûtes lourdes et massives, était déjà une garantie. On établit quelquefois des bretêches, des mâchicoulis au-dessus des portes, comme à Taxo-d'Avail, à Saint-Féliu-d'Amont, à Montbolo; ou bien l'édifice fut entouré d'une ceinture de corbeaux pouvant porter un hourdage, comme à l'abside de Sainte-Marie-la-Mer. A l'église de Terrats, qui est peut-être un peu postérieure au xiiie siècle, la défense est installée entre la voûte et le toit, lequel est porté sur des murs goutterots très surélevés; contre l'abside et les murs est appliquée une rangée de logettes en bretêches percées, en bas, de mâchicoulis et, dans les parois, de meurtrières.

A Régleille, à Montbolo et à Taxo-d'Avail, les défenseurs se tenaient au-dessus du toit, abrités par la surélévation des murs latéraux de l'église, dans la partie supérieure desquels étaient pratiqués créneaux et archères.

Dans les bourgs un peu importants et dans les villes, c'est le clocher qui servait de donjon communal; ainsi à Argelès; ainsi encore à Elne, où le corps de la cathédrale ne fut fortifié qu'après coup. A Coustouge, Jacques II de Majorque nomma un «châtelain du clocher» [2]. Cette destination des clochers catalans explique leurs formes massives et un peu lourdes et leur aspect de forteresse féodale.

Il était des villages où la fortification englobait seulement l'église et quelques constructions. Les maisons d'habitation étaient alors dans le faubourg, et les greniers, avec les provisions, les cuves à vin, etc., dans le réduit fortifié [3]. Ainsi en était-il à Fourques, où l'enceinte décrite plus

---

[1] 13 novembre 1225. Restitution par Nunyo Sanche à Raymond de Canet, fils de Cerdane de Rodès, morte *ab intestato*, des biens que cette dame tenait pour ledit Nunyo : «Rodes, Mosset, Bastidam Mosseli et forciam Folani que est in ecclesia». (B 16, fol. 15 v°-16; analysé par Alart, *Privilèges et titres*, p. 121.) — Je n'ai pas trouvé dans les églises de Fuilla trace de travaux de défense. — L'église de Ropidera est fortifiée. (Alart, *Géographie historique du Conflent*, dans le *Bulletin de la Société des Pyrénées-Orientales*, t. X, p. 94.)

[2] 24 septembre 1339. «Te de tintinnabulo de Costoja constituimus castellanum.» (B 95, fol. 43 v°.)

[3] 8 février 1294 : «Mansus dicte borde qui est intus villam de Miliariis... Item, quoddam cellarium intus forciam dicti castri.» (*Capbreu* de Millas, B 34, fol. 15.) — De nombreux tenanciers déclarent posséder, à Millas, une maison et un cellier, celle-là «in villa», celui-ci «intus castrum» ou «in cellaria». (*Ibid., passim.*) — 6 novembre 1296. Hommage par Ermengaud de Llupia à Raymond, évêque d'Elne, pour le village de Bages; il s'engage à livrer le *castrum* à toute réquisition, mais lui-même et les habitants qui y ont leurs celliers pourront y rester. (G 22.) — La difficulté que l'on aurait eue à déménager les cuves à vin et la nécessité d'approvisionner les places fortes expliquent ces

haut comprenait surtout des celliers et des greniers [1]. Ces réduits paraissent avoir porté plus spécialement le nom de *castrum* et les enceintes qui enveloppaient le village entier, celui de *cellaria*, *cellera* [2]. On comprend pourquoi dans certaines localités les chartes distinguent du *castrum* le *barri*, c'est-à-dire le faubourg, ou bien la *villa* [3].

Les portes des villages fortifiés étaient gardées par des *portiers* et fermées dans les temps troublés [4]. Un veilleur, *gayta*, faisait le guet, dans certains endroits pendant la guerre seulement, et ailleurs en tout temps, signalant les sinistres, réveillant les gens à l'aurore et *cornant* pour donner l'alerte, sans doute au moyen d'une coquille [5].

dispositions. M. Dareste a signalé une loi du x° siècle qui obligeait les Saxons à porter dans les villes fortifiées le tiers des récoltes. (*Hist. des classes agricoles en France*, p. 489-490, note 1.)

[1] Voir ci-dessus, p. 36, note 3.

[2] 23 août 1228. Cession de la moitié du *castrum* de Torreilles, «quod predictum castrum est intus cellariam et villam de Turrillis». (B 9.) — 16 janvier 1253. Pons de Vernet, approuvant une vente d'immeubles à Millas, stipule que l'acquéreur ne pourra élever «turrim neque fortitudinem nec aliquid in manso dicti honoris qui est intus cellariam de Miliaribus, per quod cellaria mea nec castrum meum de Miliaribus minus valere possit mihi neque meis». (Dans un *vidimus* du 7 novembre 1260, G 226.) — 18 décembre 1291. Hommage au Roi par Bernard de Saint-Mamet, damoiseau, pour le *castrum* de Torreilles et tout ce qui peut en dépendre «in omni villa de Turrillis et in terminis et adjacencia Sancti Juliani dicte ville de Turrillis». (B 16, fol. 14.) — Février 1266. Vente d'une maison «intus cellariam castri de Montesquivo». (Notaires, n° 2, fol. 17 v°.) — A la Roque d'Albère, «une population assez importante s'était... groupée sous les murs du château seigneurial et était parvenue à se mettre à l'abri derrière les murs d'une *cellera*, c'est-à-dire d'une enceinte fortifiée qui embrassait tout le village». (Alart, *Privilèges et titres*, p. 205.)

[3] 11 février 1266. Testament de Dalmau d'Aléuya, habitant de Saint-André-de-Sorède, qui part pour la croisade de Murcie; il dispose d'une maison «que est intus villam de Palatio (Palau-del-Vidre), aute portam castri». (Notaires, n° 2, fol. 19.) — Décembre 1275. Hommage par Blanche, femme de Bérenger de Rocha, de Montner, qui promet d'habiter «in dicto castro de Monnerio»; elle possède notamment une pièce de fourrage «in vallo barri dicti castri». (Notaires, n° 5, fol. 15.) — 12 février 1284. Vente d'un patus «quod est in barrio ville de Castro-Rossilione». (Notaires, n° 14, fol. 1 v°.) — Janvier 1293. Les hommes de Tautavel, non vassaux du Roi, doivent, entre autres corvées, «facere muros foris castri de Taltavolio, ad panem et vinum castri, et totam operam ad deffensionem castri», et «opera in barrio». (B 31, fol. 30.) — Janvier 1293. Le *capbreu* d'Estagel distingue également la *cellaria* et le *barrium*. (B 32, fol. 2 v°.) — Il faut ajouter cependant que le sens de ces différents mots n'est pas toujours très précis; il est à croire qu'on les prenait parfois l'un pour l'autre : 6 novembre 1299. Hommage de Bernard de Palalda au roi de Majorque, pour ses propriétés «in terminis et adjacencia Sancti Saturnini de Montesquivo et etiam in castro seu villa de Montesquivo et etiam in parrochia ejusdem castri». (B 16, fol. 29 v°-30.)

[4] 1320. «Dixit preterea quod x anni sunt elapsi quod hic testis fuit portarius seu custos porte dicti castri de Furchis.» (Procès entre l'abbé d'Arles et les gens de Fourques. Voir ci-dessus, p. 36, note 3.) — A Thuir, Terrats, Llauro, on n'a pas de guetteur, «nec in dictis locis clauduntur portalia, cum sit pax in terra ista». (*Ibid.*)

[5] Les gens de Fourques, au dire d'un témoin, ont besoin d'un guetteur, «pro eo,

Dans les cantons montagneux de la Cerdagne, les agglomérations, déjà défendues par leur situation topographique, étaient moins généralement entourées de murs; les documents les appellent *villa*, village ouvert, ou *villare*[1], hameau.

Enfin quelques communautés se composaient presque exclusivement de mas dispersés, isolés dans les immenses replis des montagnes, comme sont encore, par exemple, les communes de Bellpuig et Prunet et de Montalba d'Arles.

Les châteaux proprement dits étaient plus nombreux dans ces contrées que dans la plaine, où l'on en signale cependant quelques-uns : Corneilla-del-Vercol[2], Salses[3] et Torreilles[4] avaient leur château sur motte, et peut-être le prétendu *tumulus* de Saint-Nazaire a-t-il été fait pour porter

---

ul dixit, quod melius surgerent et excitarent se homines dicti loci, dum audirent dictam gaytam in aurora, pro faciendis et tractandis negociis eorum quam faciant nunc». Le témoin dit que le veilleur *cornabat* et signalait les incendies. — Les habitants, forcés par l'abbé d'avoir un veilleur, préférèrent, pendant un certain temps, remplir eux-mêmes ces fonctions. (*Ibid.*)

[1] 3o août 881. «Et alio villare quod ipsi monachi dederunt ad laborandum...» (Diplôme pour l'abbaye d'Arles. Dans un *vidimus* du xiiie siècle, B 3.) — xiie siècle. «Comutat Berengarius de Foliano et donat Sancto Martino totum villare de Obag, excepto uno manso.» (Série H, fonds de Canigou.)

[2] 28 décembre 134o. «Castrum meum sive motam terream in loco de Corniliano de Berculo»; ce château confronte le chemin d'Elne et les chemins qui vont au village de Corneilla. (Hommage de Guillaume Adalbert à l'évêque d'Elne, G 33.)

[3] 2o décembre 1264. Confirmation par le chanoine Salvador, procureur royal, en faveur de Pierre Toaches, habitant de Salses, de plusieurs colomines et «mota castri veteris cum pertinenciis suis et possessionibus et juribus ipsius, que fuit de milicia Raimundi Berengarii». (B 41.) — Le premier président Aragon pense qu'il s'agit du château de Castell-Vell, près de Salses. (*Les anciens châteaux forts des Corbières roussillonnaises*, p. 9.)

[4] 3o décembre 1159. Donation de deux pieds d'oliviers «intus villam de Turriliis juxta castellum Raim[un]di de Petralata». (B 45.)

— 3o janvier 1318. Concession par les procureurs royaux, à André Guiter, de «campum vocatum castelas de Perelada, in quo est quoddam castellasceum terreum»; sis au territoire de Torreilles. (B 52.) — On a signalé des châteaux sur un grand nombre de points où il n'y en a jamais eu; l'erreur vient de ce qu'on entend mal le mot *castrum*, *castell*, qui désigne ordinairement un village fortifié : Jacques de Vallsecca (xive siècle) a cru devoir expliquer dans son commentaire des Usages de Barcelone que *castrum* avait eu anciennement une autre signification : «castrum antiqui dicebant oppidum loco altissimo situm, quasi casam altam»; ce passage prouve combien était générale l'explication que j'ai indiquée. Alart donne un document catalan de l'an 13oo, où il est fait mention des droits dus au Roi par tête de bœuf, vache ou veau vendus à la boucherie ou sur tout autre point du *castell* de Collioure. (*Notices historiques*, t. I, p. 241.) Évidemment *castell* désigne ici non pas un château, mais le village fortifié. Il est vrai que certains bourgs contenaient plusieurs *castra*; il en existait trois contigus à Saint-Hippolyte, en 1264 : «cum tria castra vocata de Sancto Ypolito essent contigua et unumquodque de Sancto Ypolito vocaretur». (Cartulaire du Temple, fº 23 v°.) Torreilles était également partagée en trois *castra*. (*Privilèges et titres*, p. 127.) On sait que les villes se divisaient souvent en quartiers ennemis, dont chacun avait son enceinte fortifiée : à Saint-Hippolyte même, on distinguait une *ville vieille*. (Voir ci-dessus, p. 20, note 3.)

un donjon féodal. C'est aussi dans les étroites vallées du Vallespir et du Conflent, du Capcir et de la Cerdagne, que sont placées ces bastides dont la fondation est due à une préoccupation militaire et qui ont pour but la défense d'une position stratégique importante : Villefranche (1095), Puycerda (1178), etc.

J'ai relevé ci-après un certain nombre de mentions de villages fortifiés existant dans la province :

Abelles (Les). 19 novembre 1249. (*Privilèges et titres*, p. 195.)

Alénya. 10 octobre 1299. (B 190, fol. 50 v°.)

— 24 août 1303. (G 211.)

Arestot. 1er mars 1205. (B 90.)

Arles. 1290 environ. (Procès de l'abbé d'Arles contre les gens de Fourques. Étude de Me Julia, notaire à Arles.)

Ayguevive. 29 septembre 1205. Permission de fortifier. (G 100.)

Bages. 1290 environ. (Voir Arles.)

— 6 novembre 1296. (G 22.)

Baho. 12 mai 1173. (Voir p. 35, note 6.)

Bains d'Arles (Les). 22 avril 1237. (Voir p. 35, note 5.)

Ballestavy. 1254. (Alart, *Bulletin de la Société des Pyrénées-Orientales*, t. X, p. 93.)

Belric. 14 août 1273. (Notaires, n° 4, fol. 31.)

— 22 octobre 1278. (*Ibid.*, n° 5, fol. 52 v°-53.)

Biguéranes. Février 1198. Permission de fortifier. (Voir p. 35, note 6.)

Bolquère. 7 septembre 1233. (*Marca Hispanica*, c. 1423.)

Bompas. 1172. (Henry, *Hist. du Roussillon*, t. I, p. 505.)

Bouleternère. 3 janvier 1304. (B 190, fol. 42.)

Boulou (Le). 1290 environ. (Voir Arles.)

Brouilla. 22 juin 1273. (Notaires, n° 4, fol. 14.)

Calmeilles. 11 mai 1250. Permission de fortifier. (*Privilèges et titres*, p. 198.)

— 3 septembre 1299. (B 74.)

Canohès. 1er octobre 1283. (Notaires, n° 15, fol. 5 v°-6.)

Casteil. 966. (Voir Ballestavy.)

Castelnou. 1290 environ. (Voir Arles.)

Castel-Roussillon. 12 février 1284. (Voir p. 38, note 3.)

— 29 octobre 1283. (Notaires, n° 12, fol. 42-43.)

Caudiès-de-Conflent. 3 décembre 1296. (B 86.)

Celra. 1290. (Voir Ballestavy.)

Céret. 26 avril 1211. (Cartulaire du Temple, fol. 17.)

— 24 octobre 1276. (B 16, fol. 5.)

— 1290 environ. (Voir Arles.)

Claira. 1233. (*Privilèges et titres*, p. 134.)

Codalet. 1269. (L. de Bonnefoy, *Épigraphie roussillonnaise*, n° 246.)

— 1305. (Voir Ballestavy.)

Colombe (Sainte-). 1290 environ. (Voir Arles.)

Colombe (Sainte-). 13 janvier 1301. (B 190, fol. 51.)

Come. 29 mars 1304. (B 15, fol. 90.)

Corat. 1186. (Voir Ballestavy.)

Corbère. 5 septembre 1299. (B 74.)

Corsavi. 1290 environ. (Voir Arles.)

Cyprien (Saint-). 18 janvier 1284. (Notaires, n° 15, fol. 31 v°.)

Elne. 6 février 1156. Permission aux habitants de fortifier la cité. (Voir p. 35, note 6.)

Estagel. Janvier 1293. (Voir p. 38, note 3.)

Estève (Saint-). Février 1284. (Notaires, n° 14, fol. 3 v°-4.)

Eus. 1095. (Voir Ballestavy.)

— 6 octobre 1260. (B 190, fol. 43 v°.)

Eyne. 28 décembre 1346. (Série H, fonds de Corneilla. Notule, fol. 102 v°.)

Fonts (Les). 4 mars 1273. (*Privilèges et titres*, p. 321.)

Fourques. Juillet 1188. Permission de fortifier. (Voir p. 35, note 6.)

— Octobre 1193. Achat par l'abbé d'Arles, du vicomte de Castelnou, de l'autorisation de fortifier. (L. de Bonnefoy, *Épigraphie roussillonnaise*, n° 246.)

Hippolyte (Saint-). 1er août 1209. (Cartulaire du Temple, fol. 18.)

— 17 juillet 1264. (B 10.)

Illes (Las). 12 juin 1306. (B 190, fol. 53 v°.)

Jean-Pla-de-Corts (Saint-). 1189. Permission de fortifier. (Voir p. 36, note 1.)

Juhègues. 4 juillet 1265. «Castrum sive locum in quo consuevit esse castrum ipsius loci.» (B 72.)

— 29 janvier 1267. (B 58.)

Laroque-d'Albère. 29 avril 1253. (*Privilèges et titres*, p. 206.)

— 18 février 1308. (B 190, fol. 46.)

Llauro. 2 mars 1272. (*Privilèges et titres*, p. 314.)

Llupia. 23 octobre 1290. (B 190, fol. 50 v°.)

— 1290 environ. (Voir Arles.)

— 5 décembre 1303. (B 74.)

Mailloles. 1er octobre 1283. (Voir Canohès.)

— 5 août 1286. Vente d'une vigne confrontant «in covo veteri de Malleolis». (Notaires, n° 17, fol. 3 v°.)

Marcevol. 1243. (Voir Ballestavy.)

Marie-la-Mer (Sainte-). Février 1198. Permission de fortifier. (Voir p. 35, note 6.)

Marquixanes. 1172. Permission de fortifier. (Voir *ibid.*)

Millas. Février 1294. (B. 34, *passim.*)

Montauriol-d'Amont. 11 décembre 1303. (B 74.)

Montesquieu. Février 1266. (Voir p. 38, note 2.)

— 6 novembre 1299. (Voir *ibid.*, note 3.)

Montner. Décembre 1275. (Notaires, n° 5, fol. 15.)

— 15 octobre 1299. (B 190, fol. 50 v°.)

Nazaire (Saint-). 6 août 1286. (Notaires, n° 17, fol. 4 v°-6.)

Neffiach. 6 septembre 1280. (B 16, fol. 6.)

— 8 octobre 1298. (B 190, fol. 50.)

Oms. 9 janvier 1253. (*Privilèges et titres*, p. 212.)

Orle. 1er octobre 1283. (Voir Canohès.)

ORTAFFA. 31 mars 1291. (B 16, fol. 22.)
— 21 mars 1296. (B 190, fol. 44 v°.)
— 11 novembre 1306. (G 209.)
ORTOLANES. 1200. Permission de fortifier. (Voir p. 35, note 6.)
PALALDA. 4 août 1267. (B 86.)
PALAU. 18 juin 1155. Mention d'une terre confrontant «cum fossatico». (Cartulaire du
      Temple, fol. 95 v°.)
— 23 août 1246. (*Privilèges et titres*, p. 184.)
— 11 février 1266. (Voir p. 38, note 3.)
PASSA. 1290 environ. (Voir ARLES.)
PÉRILLOS. 23 décembre 1310. (B 190, fol. 46 v°.)
PEYRESTORTES. 25 juillet 1267. (*Ibid.*, fol. 49.)
POLLESTRES. 1290 environ. (Voir ARLES.)
PRATS (Cerdagne). 7 septembre 1233. (*Marca Hispanica*, c. 1422.)
PUYVALADOR. 6 octobre 1260. (B 190, fol. 43 v°.)
PY. 26 avril 1194. (Voir p. 35, note 4.)
— 6 novembre 1240. (Série H, fonds de Corneilla.)
RAILLEU. 3 décembre 1296. (B 86.)
— 1er mars 1305. (B 90.)
RIVESALTES. 23 octobre 1172. Permission de fortifier. (Voir p. 35, note 6.)
SAHORRE. 1260. (Voir BALLESTAVY.)
SANSA. 1265. (Voir *ibid.*)
— 3 novembre 1283. (Notaires, n° 15, fol. 16 v°-17.)
SAUTO. 10 novembre 1307. (B 190, fol. 45 v°.)
SOLER (LE). 5 septembre 1299. (B 74.)
SORÈDE. 29 octobre 1299. (B 190, fol. 51.)
TAUTAVEL. 26 avril 1211. (Cartulaire du Temple, fol. 17 v°.)
— 31 janvier 1286. (Notaires, n° 16, fol. 11.)
— 27 janvier 1292. (B 16, fol. 24 v°-25.)
— Janvier 1293. (B 31, *passim.*)
TAXO-D'AVAIL. 13 septembre 1299. (B 190, fol. 50.)
TERRATS. 9 juillet 1208. (Cartulaire du Temple, fol. 73 v°; publié dans les *Privilèges
      et titres*, p. 82, note 3.)
— 1290 environ. (Voir ARLES.)
THÉZA. 24 novembre 1215. (Cartulaire du Temple, fol. 135.)
— 11 novembre 1283. (Notaires, n° 13, fol. 26 v°.)
THUIR. 1124. (*Privilèges et titres*, p. 71.)
— 1275. (Tastu, *Notice sur Perpignan.*)
— 6 avril 1284. (B 190, fol. 44.)
— 1290 environ. (Voir ARLES.)
TORREILLES. Février 1198. (*Privilèges et titres*, p. 81-82.)
— 26 avril 1211. (Cartulaire du Temple, fol. 17 v°.)
— 23 août 1228. (B 9.)
— 18 décembre 1291. (B 19, fol. 14.)
TORRENT. 9 avril 1306. (B 190, fol. 44 v°.)
TOULOUGES. 1er octobre 1283. (Voir CANOHÈS.)
TOUR-BAS-ELNE (LA). 18 janvier 1284. (Voir SAINT-CYPRIEN.)

Tresserre. 1290 environ. (Voir Arles.)

Trouillas. 1290 environ. (Voir *ibid.*)

Vernet (près Perpignan). 1ᵉʳ octobre 1283. (Voir Canohès.)

—   25 novembre 1285. (Notaires, n° 16, fol. 7.)

—   7 février 1295. (B 16, fol. 28.)

Via. 4 août 1300. (B 190, fol. 41 v°-42.)

Vilarnau-d'Avail. 26 février 1303. (B 190, fol. 51.)

Villefranche. 1095. (Voir Ballestavy.)

Villemolaque. 27 avril 1221. Mention d'un champ sis «ad castrum fortem». (Cartulaire du Temple, fol. 107.)

—   25 octobre 1273. (Notaires, n° 5, fol. 55 v°.)

Vinça. 1019. (Voir Ballestavy.)

—   22 octobre 1245. (*Privilèges et titres*, p. 177.)

Certains villages ont, pendant le moyen âge, quitté la plaine pour la montagne, soit afin d'éviter les inondations, soit dans le but d'occuper un point mieux défendu : Eus, Banyuls-del-Aspres, Vernet-les-Bains ont ainsi monté sur des hauteurs. D'autres localités ont changé de place sans changer d'altitude : à Corsavi, l'église, consacrée en 1158 [1], est aujourd'hui assez éloignée du village, qui l'a abandonnée pour se grouper autour d'un rocher couronné de fortifications. Le même fait paraît s'être produit à Reynès.

Les rues des villes et villages étaient mal entretenues, converties en fosses à fumier, insuffisamment éclairées [2], étroites [3] et souvent encombrées par les porches et les avancées des maisons [4].

---

[1] *Marca Hispanica*, c. 1324.

[2] 8 novembre 1275. Lettre de l'infant Jacques au bayle de Puycerda, qui avait, sans le consentement des prud'hommes, édicté une peine contre les gens allant de nuit sans lumière. (*Privilèges et titres*, p. 339.) — «Au xivᵉ siècle, il n'y avait encore à Perpignan qu'une seule rue, celle des *Parayries*, qui fût éclairée la nuit au moyen d'une lanterne entretenue par les pareurs du quartier». (Alart, *ibid.*, note.)

[3] 3 août 1263. Lettre du Roi ordonnant que les rues de Collioure auront au moins une canne de Montpellier de largeur (1ᵐ,99). (Analysé par Alart, *ibid.*, p. 250.)

[4] Février 1294. *Capbreu* de Millas. (B 34, *passim.*) — L'un de ces porches couvrait non seulement le trottoir, mais encore le ruisseau jusqu'au trottoir opposé. (*Ibid.*, fol. 2 v°.) — L'article XLII de la coutume de Perpignan autorise à construire des auvents occupant, de chaque côté, le tiers de la largeur des rues. (Massot-Reynier, *Les coutumes de Perpignan*, p. 24.)

CHAPITRE IV.

LES MONNAIES ET LES MESURES.

I. Échanges; bétail-monnaie. — Payement en métaux bruts. — Sommes égales à la valeur d'un ou de plusieurs marcs d'argent fin.

II. Variété des monnaies admises dans la province : mancuses; monnaie roussillonnaise et monnaie de Malgone. — Monnaie barcelonaise. — Monnaie sterling. — Monnaies arabes : morabotins et masmondines. — Monnaie toulousaine et tournois.

III. Valeur des monnaies : examen des calculs de Bosch, de Gazanyola et Colson pour déterminer la valeur réelle des monnaies. — Méthode adoptée. — Résultats. — Valeur au change des monnaies étrangères. — Valeur relative des monnaies : impossibilité de la calculer. — Série de prix.

IV. Mesures : mesures linéaires; mesures agraires : évaluation d'après la durée du travail, d'après le prix de la terre, d'après la quantité de semence. — Mesures de capacité. — Mesures de poids. — Variété des mesures.

I. Les premiers hommes qui vendirent les produits de leur chasse ou de leur industrie les échangèrent contre des objets dont ils avaient eux-mêmes besoin : c'est la forme primitive du commerce, tel que les explorateurs le pratiquent encore chez les peuplades sauvages, qui leur livrent du bétail pour une carabine ou un baril d'eau-de-vie. Plus tard, le vendeur reçut en payement non plus les objets qui lui étaient immédiatement nécessaires, mais des métaux précieux, au moyen desquels il pouvait à son tour acheter. Enfin, pour faciliter les transactions, on divisa ces métaux en morceaux d'un poids et d'une valeur déterminés : on créa les monnaies.

Nous pouvons suivre tous ces progrès dans l'histoire économique du Roussillon, du ixe au xiiie siècle. Assurément, le système monétaire fut connu dans la province dès le commencement de cette période; mais les espèces y furent d'abord si rares, que dans un grand nombre d'actes de vente les têtes de bétail sont assimilées à une monnaie; les bœufs, les mules, les denrées servent à solder tout ou partie du prix d'achat [1], et

---

[1] 878, 879. Chartes relatives au monastère d'Exalada. (*Marca Hispanica*, c. 801, 807.) — 29 juin 1142. Udalguer, «proconsul Fenoliotensis», donne au Temple un bois dit *Mata Fenisca*, pour une mule, un manse et une vigne. (Cartul. du Temple, fol. 77 v°-78.) — 8 juin 1145. Vente au Temple d'une terre sise à Brouilla, pour 300 sous et un mulet

certains contrats nous reportent presque à ces tarifs du droit pénal irlandais, où la monnaie consiste en femmes esclaves et en bêtes à cornes [1].

Au XIIe siècle encore, il n'est pas rare que partie du prix soit acquitté en espèces, le reste en nature; le 23 juin 1124, un habitant de Salses reçut, en échange d'un jardin, 30 sous de Melgueil, 45 sous de Roussillon, 2 aymines de froment, un *sac* neuf, un setier de vin [2]. Sans doute, il faut interpréter dans le sens d'un payement en nature ces mots qui suivent quelquefois l'énoncé du prix : *in rem valentem* [3]. On indiquait, au contraire, le payement en espèces en ajoutant au prix le mot *denariorum*, parce que les deniers étaient la plus commune des monnaies réelles [4]. Guillaume-Raymond, comte de Cerdagne, qui avait violé l'église abbatiale de Saint-Michel de Cuxa, promit, afin de réparer sa faute, de servir annuellement au chapitre d'Elne, pour un repas, 40 sous en espèces, « *quadraginta solidos denariorum* », dix muids de vin et une vache [5].

C'est surtout jusqu'au XIe siècle que les métaux non monnayés, l'or en barre, furent donnés en payement [6]. Mais il resta quelque chose de cette

---

valant 150 sous de monnaie roussillonnaise. (Cart. du Temple, fol. 168 v°.) — 29 janvier 1172. Vente au Temple, moyennant une vache, d'une terre à Bages, « quam faxia[m] tenebamus pro jamdicta milicia ». (*Ibid.*, fol. 176.) — 30 mai 1180. Vente à Pons, prieur de Corneilla, d'une borde à Fuilla, moyennant 22 sous de Barcelone, plus un muid de blé. (Série H, fonds de Corneilla-de-Conflent.) — 1er décembre 1193. Vente à Saint-Martin-de-Canigou de deux manses et une borde à Oreilla; le prix est de 500 sous de Barcelone, plus les fruits de deux propriétés pendant un an. (Série H, fonds de Canigou.) — Voir dans ce sens Colson, *Recherches sur les monnaies qui ont eu cours en Roussillon*, dans le *Bulletin de la Société des Pyrénées-Orientales*, t. IX, p. 43.

[1] Voir, dans le *Journal officiel* du 26 mai 1886, le résumé d'une communication de M. d'Arbois de Jubainville à l'Académie des Inscriptions.

[2] B 35. — 21 août 1120. Vente à l'abbaye de la Grasse d'une part de jardin à Salses pour 90 sous « de denariis rossels », trois aymines de froment, deux d'orge, un sac, sept setiers de vin, trois aunes et demie de *nadiu*. (B 35.)

[3] 15 avril 1001. Acquisition d'une vigne par le comte de Bésalu, « propter precium

solidos II et denarios III in rem valentem ». (B 3.) — Deux autres actes de vente du même jour, en faveur du même comte, renferment la même expression. (B 3 et 4.)

[4] 29 juin 1042. Vente d'une vigne à Taurinya, « propter precium solidos II de denariis ». (B 84.) — 26 avril 1100. Vente au monastère de la Grasse d'une part de la font Estremer de Salses, « propter precium solidos xxx[ta] de denariis russellis ». (B 35.) — 21 août 1120. Voir ci-dessus, note 2. — 1145. Concession d'un fief à Saint-Hippolyte, moyennant « M solidos denariorum malgoriensium ». (B 5.) — 25 juin 1148. Cession au Temple d'un colombier et de deux maisons à Villemolaque, « propter solidos xx ex denariis rossellis ». (Cartulaire du Temple, fol. 197 v°.)

[5] *Marca Hispanica*, c. 1164-1165.

[6] 19 novembre 936. Vente de terres par Richilde, qui reçoit une livre d'or. (*Ibid.*, c. 847.) — 31 août 1027. Engagement d'immeubles à Villeneuve-de-la-Rivière, moyennant deux onces d'or. (*Hist. de Languedoc*, édition Privat, t. V, c. 382-383.) — 21 mai 1040. Vente à l'abbé de Cuxa de l'eau de la Tet au même territoire, pour une once d'or. (*Ibid.*, c. 439.) — Fin du XIe siècle. Vente de terre à l'abbaye de la Grasse, « pro quo predicto dono accepi xx[ti] III oncias fini auri

habitude pendant tout le moyen âge et jusqu'aux temps modernes [1]. Les innombrables inventaires de mobiliers que renferment les archives du pays signalent, dans les ménages où l'on s'attend le moins à rencontrer un tel luxe, des bijoux de prix; ces joyaux constituaient une réserve que l'on vendait le jour où il fallait de l'argent [2]. Aujourd'hui, dans un moment de gêne, on a recours à l'emprunt; autrefois on portait à la monnaie sa vaisselle de plate. L'individu qui agissait de la sorte ne dérogeait nullement: il remettait en circulation un capital amassé dans ce but; et si nous nous apitoyons sur le sort des bourgeois, des barons et des souverains qui

ad rectum pensum de Perpiniano et unas pelles de cirogrillis». (Publié par Alart, *Cartulaire roussillonnais*, p. 109.)

[1] 20 octobre 1134. Concession d'une maison à Perpignan; le prix d'entrée est de neuf livres d'argent fin, «viii libras de puro argento», (B 59.) — 6 mai 1147. Donation par Pierre Riquin et sa femme, à leur fille, de divers biens à Salses, notamment un champ qui a été engagé entre leurs mains «propter iii libras argenti puri». (B 42.) — 22 février 1196. Engagement d'une vigne à Sahorre pour deux marcs d'argent *blechid*, poids de Villefranche-de-Conflent. (Série H, fonds de Canigou.) — xii° siècle. Cession en faveur de l'abbaye de la Grasse par Arnaud Guillem, de Salses, de divers droits, notamment sur un manse qu'il a engagé «per vi libras plate fine argenti ad rectum pensum de Perpiniano et per cxl solidos rossellos»; Arnaud Guillem reçoit, en retour, 23 onces d'or fin, poids de Perpignan, et sa femme, des peaux de lapin. (B 35.) — 20 mars 1215. Pierre, abbé de Canigou, reconnaît avoir emprunté à Bertrand d'Ille quarante marcs d'argent fin de Perpignan. (Série H, fonds de Canigou.) — 24 avril 1228. Vente par Raymond de Laroque d'une vigne et de la directe sur certains biens, sis à Villefranche-de-Conflent; le prix est de cinq marcs et demi d'argent. (Série H, fonds de Corneilla.) — 1261. Don par Adélaïde à son mari J. Blanc, de Perpignan, de trois marcs trois quarts d'argent fin. (Notaires, n° 1, fol. 22.) — 28 août 1264. Vente à l'hôpital de Perpignan par G. Durband, chevalier, des pacages au terroir d'Ultrère, moyennant cinq marcs d'argent fin, poids de Perpignan. (Publié par

Alart, *Privilèges et titres*, p. 260.) — Mars 1266. Vente à Bertrand, prieur de Marcevol, d'un moulin sis à Nossa, près Vinça, pour quarante et un marcs d'argent fin. (Notaires, n° 2, fol. 30 v°-31.) — 1359. Décision des corts de Cervera ordonnant que les changeurs de Perpignan déposeront un cautionnement de deux cents marcs d'argent. (Salat, *Tratado de las monedas labradas en el principado de Cataluña*, t. I, p. 47.) — Le fait du payement en métaux au poids est très fréquent dans les contrats de mariage. Pour n'en citer qu'un exemple, l'infant Jacques reconnaît, le 12 octobre 1275, la dot de 3,000 marcs d'argent fin que lui apportait son épouse; il lui constitua un douaire d'égale valeur. (Alart, *Privilèges et titres*, p. 338.) — Dans une ordonnance du 2 mars 1322, Jacques de Majorque constate que le chiffre des dots et douaires est fréquemment déclaré en marcs, et il règle les conditions de leur restitution : «Restituantur marche argenti in pondere, si tamen constiterit . . . marchas argenti fuisse traditas in pondere». (Archives municipales de Perpignan, Livre vert mineur, fol. 72.) — En 1288 (16 novembre), une criée faite à Perpignan d'ordre du Roi avait prescrit de compter les prix en monnaie barcelonaise, sauf toutefois pour les contrats de mariage, «exceptat cartes de nupcies, que s' pugen fer aixi com acostumat es estat de fer cartes nupcials». (Mêmes archives, Livre des ordinations, fol. 11.)

[2] 28 juillet 1010. Testament d'Ermengaud, comte d'Urgel, qui dispose de 333 onces d'or, sans compter les objets précieux : hanaps, épées montées en or, freins d'argent, etc. (*Marca Hispanica*, c. 973-974.)

se défaisaient ainsi de leurs bijoux, c'est surtout parce que nous ne nous rendons pas bien exactement compte des mœurs d'autrefois. Hotrude, fille du comte Béra, ayant vendu à son fils, Auriol, le village de Trouillas, Auriol lui paya le prix convenu, 500 sous, « en or et en argent ou en vases d'argent et dorés [1] », d'après l'estimation de gens notables. Un emprunteur appelle monnaie, « pecunia », les vingt livres d'argent doré que les moines de Saint-Martin-de-Canigou ont enlevé de leur autel pour le lui prêter [2].

Nous savons que dans un grand nombre d'actes les sommes sont énoncées au poids : tant de marcs d'argent. Dans un plus grand nombre encore, le prix, qui est spécifié en monnaie courante, notamment en monnaie barcelonaise de tern, est égal à la valeur d'un ou plusieurs marcs d'argent sans alliage. Par exemple, le 25 mai 1298, Bernard Jou, de Puycerda, vend à Perpignan Capdeville un cens d'un muid de seigle pour le prix de 187 sous 6 deniers de Barcelone [3] ; cette somme vaut exactement 3 marcs d'argent fin. Pourquoi? Ce n'est point une simple coïncidence; le fait, je le répète, se reproduit fréquemment [4]. Est-ce donc qu'on pesait les monnaies pour éviter au vendeur la perte résultant du frai? Ce n'est pas probable; car alors la somme indiquée par les chartes représenterait la valeur d'un ou plusieurs marcs de métal titré et non pas de métal pur. L'explication la plus plausible est que l'acheteur livrait effectivement non pas 187 sous et demi, mais trois marcs d'argent. Dans le cas

---

[1] 9 novembre 902. (*Marca Hispanica*, *Appendix*, c. 837.)

[2] 11 juillet 1084. (*Ibid.*, c. 1174.)

[3] Série H, non classé.

[4] 26 juin 1243. Vente à Guillaume, prieur de Corneilla, de droits à percevoir dans cette localité et à Py; Guillaume paye 2,300 sous de Melgueil, valant 66 marcs d'argent fin. (Série H, fonds de Corneilla.) — 1261. Vente de droits sur le manse de Bossac, pour 62 sous 6 deniers de Barcelone [c'est la valeur d'un marc d'argent fin]. (Notaires, n° 1, fol. 31.) — 6 mars 1266. Association de deux muletiers de Perpignan; l'apport de chacun est de 125 sous de Barcelone [deux marcs]. (*Ibid.*, fol. 32.) — 21 août 1268. Renonciation à une part des dîmes d'Oreilla et autres paroisses, moyennant 625 sous barcelonais, valant dix marcs d'argent. (Série H, fonds de Canigou.) — 14 juin 1271. Vente aux Templiers, par Bernard d'Oms, du lieu d'Orle, pour le prix de 22,500 sous de la même monnaie [360 marcs d'argent]. (Cartulaire du Temple, fol. 40 v°-41 v°.) — 20 avril 1273. Testament de G. Porta, de Perpignan, muletier; il y est question de la dot de la femme, qui était de 125 sous barcelonais [deux marcs d'argent]. (Notaires, n° 3, fol. 24 v°-25.) — 11 juillet 1273. Contrat de mariage; le mari apporte 187 sous 6 deniers [trois marcs d'argent]. (Notaires, n° 4, fol. 19.) — 14 août 1273. Cession par Ermengaud d'Urg, chevalier, des revenus de Belric, pour une période de cinq ans, moyennant 2,125 sous barcelonais [trente-quatre marcs d'argent]. (Notaires, n° 4, fol. 31.) — 3 décembre 1277. Quittance donnée par l'évêque d'Elne pour 3,000 sous de Barcelone « de qua moneta LXII solidi VI denarii valent unam marcham argenti fini recti pensi Perpiniani ». (G 40.)

où cet argent aurait été monnayé, ce qui, à la rigueur, est admissible, les deniers n'étaient pas comptés : ils étaient pesés.

Lorsqu'un banquier prêtait, il devait prévoir la dépréciation possible du numéraire et prendre ses mesures en conséquence. Aussi les emprunteurs s'engageaient-ils souvent à rendre, dans le cas où la monnaie baisserait par suite d'un changement dans la taille ou dans l'aloi, un poids d'argent fin équivalant à la somme prêtée [1].

II. Le Roussillon a dû à sa position entre la France et l'Espagne, à sa situation sur le littoral et au développement de son commerce d'avoir une grande variété de monnaies.

Les *Usages* de Barcelone et divers documents anciens comptent en mancuses d'or [2]. Il est fait aussi mention de la monnaie roussillonnaise ou « rosselle [3] », qui n'eut d'ailleurs jamais beaucoup de succès; car, « au temps de sa plus grande circulation, elle était primée dans le Roussillon même par la monnaie de Malgone [4] ».

Cette monnaie de Malgone eut cours dans nos pays dès le x° siècle [5]; elle est fréquemment citée aux xii° et xiii° siècles : en 1283, les consuls de Villefranche-de-Conflent s'engageaient à payer un cens annuel de 600 sous de Malgone [6]. Les rois d'Aragon essayèrent vainement à diverses reprises de fermer à ces espèces les marchés du Roussillon : elle y fut presque seule reçue lorsque la guerre éclata entre les souverains de Majorque et d'Aragon, et les cens énumérés dans les papiers terriers dressés par le procureur du Roi en 1292-1294 sont énoncés en deniers melgo-

[1] 30 janvier 1207. Raymond de Vernet engage au monastère Saint-Martin-de-Canigou la moitié d'une borde sise à Odeillo et tenue pour ledit monastère, en garantie du remboursement de 25 sous barcelonais; si la monnaie est altérée, il rendra un demi-marc d'argent. (Série H, fonds de Canigou.)

[2] 8 avril 1042 et 25 septembre 1057. Dons, l'un de 10, l'autre de 150 mancuses d'or au profit de l'œuvre de la cathédrale d'Elne. (Duc de Roussillon, *Biographies carlovingiennes*, Preuves, p. 18, et Bofarull, *Condes de Barcelona*, t. II, p. 53.)

[3] Colson dit que la monnaie du Roussillon apparaît en 1088. (*Op. cit., Bulletin de la Société des Pyrénées-Orientales*, t. IX, p. 44.) — Je la trouve en 1142 : 11 juin 1142. Renonciation par Gaufred, vicomte de Roca-

berti, en faveur de l'évêque d'Elne, à des biens dont son père tenait l'usufruit viager du précédent évêque; il reçoit quinze cents sous de monnaie roussillonnaise. (*Marca Hispanica*, c. 1289.) — 15 mars 1161. Vente au Temple de deux terres sises à Bages, « per centum decem solidos, sexaginta Mulgarenses et quinquaginta Rossellons». (Cartulaire du Temple, fol. 164.) — 11 mai 1166. Vente au Temple d'autres biens sis à Bages, moyennant 350 sous de Roussillon. (*Ibid.*, fol. 158.)

[4] Colson, *op. cit.*, p. 50.

[5] 31 décembre 933. Vente au monastère de Saint-Michel-de-Cuxa, moyennant 200 sous de Malgone. (Cité par Colson, *op. cit.*, p. 228.)

[6] Janvier 1253. (Inventaire des archives des Pyrénées-Orientales, B 423.)

riens [1]. Colson cite un acte roussillonnais de 1421 où ils sont encore mentionnés [2].

Au XIIIe siècle, la monnaie barcelonaise domina officiellement dans nos contrées. Elle y était admise dès les siècles précédents [3]; mais en 1221, 1253, 1258, 1261, les rois d'Aragon prirent des mesures pour qu'elle y fût employée à l'exclusion de toute autre; en 1279, il fut stipulé dans l'accord intervenu entre les princes de Majorque et d'Aragon que la monnaie de Barcelone aurait seule cours dans les possessions continentales du premier de ces souverains [4]. En fait, ces prescriptions et ces conventions restèrent lettre morte.

Vers cette époque [5], on constate précisément l'importation d'une nouvelle monnaie étrangère, la monnaie sterling, dont le nom revient très fréquemment dans les actes d'inféodation, notamment dans ceux de ces actes qui furent consentis par les Templiers à Perpignan. On peut croire que les sterlings et autres espèces étrangères dont il va être question étaient surtout des monnaies de compte [6]; en d'autres termes, on exprimait les cens et rentes en sterlings, parce que le titre et la taille de cette monnaie étaient plus fixes que le titre et la taille des monnaies locales, mais le débiteur s'acquittait en deniers de Barcelone ou de Malgone. C'est à cause de cette fixité relative que les monnaies étrangères sont employées pour énoncer les rentes et, en général, les créances à long terme, tandis que les sommes soldées à brève échéance sont généralement indiquées en barcelonais [7].

Les relations commerciales avec le Magreb et l'Espagne mauresque avaient attiré en Roussillon de monnaies arabes : les *morabotins* [8] et les

[1] B 29, 30, 31, *passim*.

[2] *Loc. cit.*, p. 52, note 1.

[3] Colson en signale l'emploi dès 1151 et 1160. (*Loc. cit.*, p. 60.) — Je le constate, le 13 avril 1166, dans la charte d'engagement d'un bien à Fillols. (B 84.)

[4] Colson, *op. cit.*, p. 62, 64, 65, 75. — Les registres anciens de la ville de Perpignan nous ont gardé le souvenir de criées faites, par ordre du roi de Majorque ou de ses officiers, pour proscrire toute autre monnaie, le 16 novembre 1288 et le 17 mai 1301. (Livre des ordinations, fol. 11.)

[5] La monnaie sterling eut cours au Roussillon, d'après Colson, entre 1248 et 1287. (*Loc. cit.*, p. 67.)

[6] On pourrait croire que le sterling était simplement une mesure de poids, car il est

quelquefois suivi des mots «boni argenti et fini»; mais cette preuve n'est pas concluante : 6 septembre 1279. Établissement d'un cens de «III solidos sterlingorum boni argenti et fini valentes XII solidos». (Cartulaire du Temple, fol. 290.)

[7] 3 ou 4 décembre 1277. Bail en acapte d'une maison à Corneilla-de-Conflent; le droit d'entrée est de 160 sous de Barcelone; le cens, de 2 s. 1 d., valant 6 sterlings 1/4. (Série H, fonds de Corneilla.) — Une ordonnance royale de 1305, citée par Colson (*loc. cit.*, p. 83) constate que ces monnaies étrangères sont très souvent employées pour énoncer la valeur des rentes.

[8] 27 mars 1155. Engagement de possessions à Peyrestortes en faveur du monastère d'Espira-de-l'Agly, moyennant 500 sous de

IMPRIMERIE NATIONALE.

masmondines. Morabotin était peut-être le nom générique des pièces d'or frappées par les Maures [1]; toujours est-il que ce mot est généralement suivi d'une épithète : morabotin *amphorcin* [2], morabotin *marchand* [3], *morabotinus ajarius* [4], *morabotinus marinus vel melechinus* [5], *morabotinus marinus et melequinus et lupinus* [6].

La masmondine était une monnaie d'or africaine [7] : il y avait des masmondines simples, *masmutina senar* [8], et des masmondines doubles [9]. Il est assez singulier que, dans certains actes d'acensement de terrains à Perpignan, le prix du bail est indiqué en masmondines et en sterlings, à peu près comme nous comptons en livres et sous, en francs et centimes : tel censitaire devait une masmondine et demie de bon or et quatre sterlings de bon argent [10]; tel autre payait cinq masmondines de bon or et trois sterlings de bon argent [11].

Melgueil; si cette monnaie baisse, l'emprunteur s'acquittera en morabotins, à raison de 1 pour 5 s. 4 d. de Melgueil. (Série H, fonds d'Espira.) — 4 juillet 1173. Testament du comte de Roussillon : il lègue au monastère de Fontfroide 1,100 morabotins. (B 5.) — 25 septembre 1226. Engagement de vignes pour 10 sous de Melgueil; si cette monnaie est altérée, dit l'emprunteur, «reddam vobis morabatinos ad computum Perpiniani». (Série H, fonds de Canigou.)

[1] Colson, *loc. cit.*, p. 55.

[2] 1305. (Règlement publié par Alart, *Documents sur la langue catalane*, p. 160.)

[3] 25 janvier 1169. Bail en fief de droits à percevoir à Vilarmila, que le comte de Roussillon a en gage «propter LXXXI morabatinos mercatarios bonos». (B 16, fol. 14 v°.)

[4] 13 avril 1166. Engagement d'un bien à Fillols. (B 84.)

[5] 28 novembre 1179. (B 68.) — *Melechinus* vient de *melech*, roi, d'après Ducange (verbo *meloquinus*), ou de *Melica*, nom de Malaga (Colson, *loc. cit.*, p. 55); je préfère de beaucoup cette dernière étymologie. — Peut-être faut-il voir dans le mot *blechid* une déformation de *melequinus;* un marc d'argent *blechid* serait alors un marc de monnaies de Malaga. — 1195. (Colson, *loc. cit.*, p. 70.) — 22 février 1196. (Voir p. 46, note 1.) — 9 février 1199. Mention d'un prêt pour le remboursement duquel l'emprunteur s'engage à rendre, si la monnaie est altérée, un

marc d'argent *blechid* pour 50 sous. (Série H, fonds de Canigou.)

[6] 14 avril 1189. Vente d'un manse sis à Torreilles, «propter mille solidos Melg. et Barch. bonorum et propter cc^{os} morabatinos marinos et melequinos et lupinos fini auri». (B 46.)

[7] Colson, *loc. cit.*, p. 67.

[8] 18 mars 1259. Concession d'un ouvroir sis à Perpignan; le cens sera de «sex masmutinas senars boni auri et fini» à la Saint-Michel et autant à Pâques. (Cartulaire du Temple, fol. 272.) — 1261. Bail en acapte, par les Templiers, d'un emplacement à Perpignan; le cens sera de «i mazmutinam senar boni auri». (Notaires, n° 1, fol. 14 v°.) — Cette monnaie est nommée dans divers actes copiés au Cartulaire du Temple, fol. 272 v° (8 février 1267), fol. 274 v° (21 mai 1262), fol. 277 v° (12 décembre 1262), fol. 279 (20 mars 1258), fol. 286 v° (12 décembre 1262), etc.

[9] 1305. (Règlement sur la valeur des monnaies publié par Alart, *Documents sur la langue catalane*, p. 160.)

[10] 11 juillet 1269. Concession en acapte d'une maison à Perpignan. (Cartulaire du Temple, fol. 264 v°.)

[11] 21 mai 1262. La censive consiste en trois maisons à Perpignan. (Cartulaire du Temple, fol. 274 v°.) — 12 décembre 1262. Cens pour une maison à Perpignan : une masmondine et neuf sterlings. (*Ibid.*, fol. 286 v°.)

L'énumération qui précède des monnaies ayant eu cours en Roussillon n'est pas limitative; bien d'autres y furent admises, notamment la monnaie de Toulouse et les tournois [1], ces derniers surtout, qui paraissent avoir été portés en abondance dans le pays par l'expédition malheureuse de Philippe le Hardi [2].

III. La valeur des monnaies peut être considérée, on le sait, de deux façons : ou bien on envisage le métal en lui-même, et on s'occupe uniquement de sa nature et de son poids, — c'est la valeur réelle, — ou bien on recherche le pouvoir de ce métal par rapport aux objets qu'il doit servir à payer, — c'est ce qu'on appelle sa valeur relative.

Divers auteurs ont étudié la valeur réelle des monnaies de nos pays; le plus connu est Joseph Bosch, « notaire royal, greffier en chef de la Chambre du Domaine du Roi en Roussillon », etc., qui publia à Perpignan, en 1771, ses *Règles pour connoître la valeur des vieilles espèces de monnoie qui ont eu cours dans la province de Roussillon*. Voici comment procède Bosch.

Il avait vu une monnaie appelée réal, qui était reçue à Perpignan pour 6 sous 8 deniers; il suppose que ce réal correspond exactement, comme taille et comme aloi, à une autre monnaie créée au xiiie siècle [3]; or, dans un marc d'argent on taillait, au xiiie siècle, 72 sous de cette dernière monnaie; Bosch en conclut que le marc d'argent fin valait à cette époque 6 sous 8 deniers × 72 = 24 livres. Partant de cette donnée première, sachant par ailleurs, d'après les règlements sur la fabrication des monnaies anciennes, quels étaient leur titre et leur poids, il arrive, par comparaison, à liquider chacune d'elles en monnaies ayant cours de son temps.

La dissertation de Bosch offre de nombreuses imperfections de détail : il prend le denier *turonensis* pour un denier toulousain [4]; il se trompe gravement sur le titre de la monnaie de tern, qui serait, d'après lui, tantôt de 7/8 [5], tantôt de 8 deniers 15 gr. 1/2 [6] de fin, alors que ce titre est en réalité de 3 deniers seulement; ses calculs sont parfois inexacts [7]. Néanmoins, ces erreurs seraient négligeables si, dans son ensemble, la dissertation était bonne, si les procédés étaient rationnels et les déduc-

---

[1] Voir de Gazanyola, *Histoire du Roussillon*, p. 180-181.
[2] Il est fait mention de tournois noirs à diverses reprises dans le registre 16 de la série des Notaires, qui est relatif à l'année 1286.

[3] *Op. cit.*, p. 12 et 31.
[4] *Ibid.*, p. 54.
[5] *Ibid.*, p. 20.
[6] *Ibid.*, p. 21.
[7] *Ibid.*, p. 13.

tions logiques. Il n'en est rien : le raisonnement de Bosch pèche par la base; son opération pour déterminer la valeur d'un marc est vraiment puérile [1]; de plus, il fixe la valeur des monnaies postérieures au denier quatern en comparant leur taille et leur aloi à la taille et à l'aloi de ce denier : il ne paraît même pas se douter que les mesures de poids aient pu varier; il admet *à priori* que le marc dans lequel on taillait 72 sous de tern équivalait exactement au marc qui rendait 44 sous quatern; or, les poids ont si bien changé, que Bosch lui-même donne pour chaque monnaie deux évaluations : l'une d'après la valeur ancienne d'un marc d'argent, qui serait 24 livres, l'autre d'après la valeur du marc du xviiie siècle, qui serait 49 livres 4 deniers [2].

De Gazanyola, à la fin de son *Histoire du Roussillon* [3], a recherché à son tour ce que valaient les monnaies qui avaient circulé dans la province. Il a pris pour point de départ la valeur du marc. Pour le marc de Perpignan, il a simplement multiplié par huit le poids équivalant à l'once usitée dans le commerce au siècle dernier, sans tenir compte de cette considération, que l'once pour les métaux précieux pouvait différer de l'once ordinaire : sa conclusion est que le marc pesait 267 gr. 7. En ce qui concerne le marc de Barcelone, le poids serait, d'après les tables de l'*Itinéraire* de Laborde, supérieur d'un sixième au marc de Castille; de Gazanyola a pris ce renseignement à la lettre et en a conclu que le marc de Barcelone était de 268 gr. 1942.

Le capitaine Colson, au cours du remarquable travail qu'il avait consacré à la numismatique roussillonnaise, avait suivi une marche un peu différente pour fixer la valeur du marc; mais il était arrivé à des résultats presque identiques [4].

Tous ces calculs ont le tort très grave de supposer que le marc n'a pas augmenté ni diminué depuis qu'on bat monnaie dans nos pays. Nous savons, au contraire, qu'il a changé, de sorte que Salat, qui est de tous les auteurs celui qui a écrit avec le plus d'autorité peut-être sur le système monétaire de la région, Salat a pu dire qu'il était impossible de baser sur le poids hypothétique du marc un calcul ayant pour but de déterminer la valeur des monnaies du pays [5].

---

[1] De Gazanyola a, je crois, prouvé que la valeur du réal avait subi des changements. (*Histoire du Roussillon*, p. 534-535.)

[2] *Op. cit.*, p. 13.

[3] Pages 528 et suiv.

[4] *Bulletin de la Société des Pyrénées-Orientales*; t. IX, p. 250 et suiv.

[5] *Tratado de las monedas labradas en el principado de Cataluña*, t. I, p. 48. — A la vérité, Salat exagérait la variabilité des mesures de poids; trouvant dans Ducange (v° *Marca*) deux ordonnances de 1213 qui enjoignaient aux notaires de Barcelone de compter le marc d'argent, l'une à raison de 48 sous,

En résumé, je crois qu'il faut renoncer à liquider en grammes le marc employé dans nos contrées au moyen âge. J'ai donc adopté, pour calculer la valeur réelle des monnaies, un procédé différent de celui qui a été suivi par les auteurs dont j'ai examiné les opinions. Voici en quoi il se résume.

La valeur des espèces monnayées étant avant tout une valeur conventionnelle, l'idéal serait de déterminer *à priori*, d'après les règlements sur le monnayage, quels sont leur titre et leur poids. Pour le titre, rien de plus facile : le titre légal nous est connu. Pour le poids, je suis réduit à peser les monnaies : le frai, les fraudes des monnayeurs et des rogneurs ont diminué ce poids, je le reconnais; par contre, les monnayeurs, qui taillaient dans le marc un certain nombre de pièces, ne donnaient pas à toutes un poids égal, et il est possible que certains exemplaires soient plus lourds qu'il ne faudrait, je ne l'ignore pas; mais enfin cette méthode, quelque imparfaite qu'elle soit, est encore la plus sûre. J'ai donc multiplié le poids constaté par $23/24$ qui est le titre de l'argent fin du moyen âge, de l'argent-le-Roi, par rapport à l'argent chimiquement pur, le produit par le titre légal de la monnaie, enfin le produit de cette seconde multiplication par $0,222$ qui représente, dans notre système monétaire actuel, la valeur d'un gramme d'argent.

Je sais que l'on s'abstient généralement de faire entrer l'alliage dans le compte de la valeur des monnaies [1] : Natalis de Wailly [2], par exemple, a procédé ainsi, se conformant d'ailleurs à une règle très ancienne. Au moyen âge, en effet, on négligeait l'alliage dans le calcul du *pied de la*

l'autre à raison de 88 sous, Salat conclut que le poids du marc a changé dans la proportion de 48 à 88 (p. 48); une ordonnance analogue pour 1211 l'amène à croire que le poids du marc s'est augmenté, cette année-là, dans la proportion de 66 à 84 (p. 48). Je suis persuadé que ces règlements modifiaient non pas le poids du marc, mais le cours légal de l'argent monnayé. La preuve que les mesures de poids avaient une certaine fixité, c'est qu'on les employait, je crois l'avoir démontré, dans les créances à long terme, préférablement aux monnaies. J'ajoute que, de cette fixité relative à l'invariabilité absolue que supposent Bosch, de Gazanyola et Colson, il y a loin. Les Corts de 1442 décidèrent que les florins de la prochaine émission seraient pesés avec les nouveaux poids. (Salat, *op. cit.*, p. 41.) En 1585, il fut ordonné que les com-

tés de Roussillon et de Cerdagne adopteraient les mesures de Barcelone. (*Constitucions de Cathalunya*, liv. IV, tit. XXIII, S 1.) Vers 1270, le marc d'argent valait à Barcelone 72 sous de tern, à Perpignan 62 s. 6 d.; or, de Gazanyola analyse un document de 1407 duquel il résulte qu'à cette date, les deux marcs ne différaient que de 1/100 environ. — Grosset, ancien directeur de la Monnaie à Perpignan, a publié, en 1841, une étude *De la valeur monétaire en France et en Catalogne;* je n'y ai pas trouvé de renseignements précis sur l'objet de mes recherches.

[1] Cf. Leber, *Appréciation de la fortune privée au moyen âge*, 2ᵉ édition, p. 221, 244 et *passim*.

[2] *Étude sur les variations de la livre tournois*, dans les *Mémoires de l'Académie des Inscriptions*, t. XXI, 2ᵉ partie, p. 193.

monnaie, et pour ne pas sortir de nos pays, une ordonnance de 1291 permet de constater que Jacques le Conquérant écarta cet élément dans la détermination du cours de la monnaie *doblenque,* qu'il venait de créer [1]. Néanmoins, dans les espèces à très bas titre, comme les deniers doblencs qui viennent d'être cités et qui étaient à 2 deniers (2/12) d'argent fin, l'alliage représente une valeur appréciable. J'ai donc pensé qu'il était utile de donner, pour l'évaluation de chaque monnaie, les résultats de deux calculs : l'un où l'alliage est compté, l'autre où il ne l'est pas [2]. (Voir tableau A, p. 61-62.)

Les documents de la région ne font pas connaître la valeur intrinsèque des monnaies étrangères que les transactions commerciales amenaient sur les marchés; ils nous indiquent seulement le cours de ces monnaies, la valeur qu'elles avaient au change. Voici quelques renseignements sur cet objet :

MAYMONDINE SIMPLE.

1305................ Vaut 5 sous de Barcelone [3].

MAYMONDINE DOUBLE.

1305.............. Vaut 10 sous de Barcelone [4].

MELGUEIL (SOUS DE).

1182................	50 = 1 marc de Perpignan d'argent fin [5].
1218 (23 juillet).......	*Idem* [6].
1242 (1er décembre)....	*Idem* [7].
1243 (26 juin)........	*Idem* [8].
1241-1246...........	1 = 1 sou de Barcelone [9].
1253 (10 janvier)......	4 = 5 sous de Barcelone [10].
1253 (1er décembre)....	*Idem* [11].
1253 (7 décembre).....	*Idem* [12].

[1] Aux termes de cette ordonnance, le titre baissant de moitié, le cours subit exactement la même diminution. (Colson, *op. cit.,* p. 62, note 2; Capmany, *Comercio antiguo de Barcelona,* t. II, App., p. 122.)

[2] Les pièces dont je donne plus loin le poids font partie de collections gardées à Perpignan; elles ont été pesées à mon intention par M. Durand et par M. Puig, numismates, que je ne saurais trop remercier de leur obligeant concours.

[3] Archives municipales de Perpignan, Livre des ordinations, t. I, fol. 13 v°; publié par Alart dans les *Documents sur la langue catalane,* p. 160.

[4] *Ibid.*

[5] B 53.

[6] *Privilèges et titres,* p. 116, note 1.

[7] Série H, fonds de Saint-Martin-de-Canigou.

[8] *Ibid.*

[9] Colson, *op. cit.,* p. 71.

[10] G 226.

[11] B 49.

[12] *Ibid.*

1255 (30 août)........ 4 = 5 sous de Barcelone [1].
1256 (28 novembre). ... Idem [2].
1257 (10 février)...... Idem [3].
1257 (11 février)...... Idem [4].
1257 (21 mars)....... Idem [5].
1257 (19 avril)....... Idem [6].
1257 (14 novembre).... Idem [7].
1258 (12 mars)........ Idem [8].
1261................ Idem [9].
1268 (21 mai)........ Idem [10].

MORABOTIN LUPIN.

1195 (18 octobre)...... 1 = 7 sous de Barcelone [11].

MORABOTIN AMPHORCIN.

1305................ 1 = 7 sous de Barcelone [12].

MORABOTIN AJARIUS.

1166.............. 1 = 1 sou 1/2 [13].

MORABOTIN MARIN.

1179 (28 novembre).... 1 = 7 s. 11 d. de Melgueil [14].
1190 (27 septembre).... 1 = 7 s. 6 d. [15].
1202 (mars).......... 1 = 7 sous de Barcelone [16].
1228.............. Idem [17].
1229 (26 octobre)...... 1 = 7 sous de Melgueil [18].
1235-1238........... Idem [19].

ROUSSILLON (MONNAIE DE).

1112 (26 août)........ 60 sous = 1 livre d'argent [20].
1128 (23 mai)........ 13 sous = 12 sous de Melgueil [21].

[1] B 49.
[2] Cartulaire du Temple, fol. 271 v°.
[3] Ibid., fol. 274 v°-275.
[4] Ibid., fol. 37.
[5] Ibid., fol. 265.
[6] B 49.
[7] Ibid.
[8] Ibid.
[9] Notaires, n° 1, fol. 22 v°.
[10] B 86.
[11] B 42.
[12] Archives municipales de Perpignan,
Livre des ordinations, t. 1, fol. 13 v°.; publié par Alart dans les Documents sur la langue catalane, p. 160.
[13] Colson, op. cit., p. 57.
[14] B 68.
[15] B 65.
[16] B 42, Inventaire.
[17] Colson, op. cit., p. 71.
[18] B 54.
[19] Colson, op. cit., p. 71.
[20] B 65.
[21] B 58.

STERLINGS.

1265 (22 mars)........ 3 st. = 1 sou de Melgueil [1].
1265 (18 avril)........ 12 st. = 5 sous de Barcelone [2].
1271 (12 mars) .... Idem [3].
1271 (31 mars)........ Idem [4].
1271 (10 avril)........ Idem [5].
1271 (22 avril)........ Idem [6].
1271 (1er mai)......... Idem [7].
1271 (17 mai)......... Idem [8].
1273 (12 avril)........ 12 st. = 4 sous de Melgueil [9].
1273 (31 août)........ 12 st. = 5 sous de Barcelone [10].
1268-1281........... Idem [11].
1293 (mars)............ 12 st. = 4 sous de Melgueil [12].
1305................ 12 st. = 4 sous de Barcelone [13].

TOULOUSE (MONNAIE DE).

1300 (1er août)........ 1 sou = 20/23 sou de Barcelone, pour les contrats antérieurs à la Toussaint de 1299, et 200/245 sou de Barcelone, pour les contrats conclus depuis [14].
1300 (6 septembre)..... 1 sou = 200/215 sou de Barcelone, pour les contrats antérieurs à la Toussaint de 1298, et 20/23 sou de Barcelone, pour les contrats postérieurs jusqu'à la Toussaint de 1299 [15].

TOURNOIS.

1301 (17 mai et 21 juillet). 1 = 1 1/3 de Barcelone [16].

La valeur relative des monnaies est plus difficile à déterminer que leur valeur réelle : les communications étant malaisées, il existait de grands écarts entre les prix des mêmes objets dans deux régions voisines [17]. En outre, la proportion n'est plus la même entre les prix des denrées : les

[1] Cartulaire du Temple, fol. 25.
[2] B 15, fol. 3 v°.
[3] Cartulaire du Temple, fol. 284.
[4] Ibid., fol. 301 v°.
[5] Ibid., fol. 300.
[6] Ibid., fol. 303 v°.
[7] Ibid., fol. 300 v°.
[8] Ibid., fol. 299 v°.
[9] Notaires, n° 3, fol. 23.
[10] Ibid., n° 4, fol. 41 v°.
[11] Cartulaire du Temple, fol. 298-306 v°.
[12] B 29.
[13] Archives municipales de Perpignan, Ordinations, t. I, fol. 13 v°; publié par

Alart, Documents sur la langue catalane, p. 160.
[14] Livre des ordinations, fol. 12.
[15] Ibid., fol. 12 v°.
[16] Ibid., fol. 11 r° et v°.
[17] Il faut avoir vécu dans certains pays de montagne pour se rendre compte de l'influence exercée par la facilité des communications sur la situation économique d'une contrée. Les Andorrans achètent en France une partie de leur farine; de Porté ou de l'Hospitalet, qui sont les derniers villages français, jusqu'à Andorre-la-Vieille, il y a environ 40 kilomètres; le port de la charge de 120 kilo-

conditions économiques de l'existence ont changé : tel objet, inconnu de nos aïeux, est devenu nécessaire à notre génération ; tel autre, qui était fort cher, nous est livré très bon marché.

Il me paraît donc impossible d'émettre sur cette question du pouvoir de l'argent au moyen âge une opinion, et je me borne à présenter (voir tableau B, p. 63-65), sans conclure, les indications éparses que j'ai recueillies à ce sujet.

Un privilège octroyé en 1182 à la bastide de Puycerda dispose que les habitants possesseurs d'une fortune de 1,000 sous et au-dessus seront crus sur serment dans les procès dont l'objet ne dépassera pas 100 sous[1].

A Ille, en 1297, les propriétaires de moins de 500 sous étaient dits « inferiores seu populares »[1].

IV. Avant d'abandonner l'étude de la valeur des monnaies, il me paraît essentiel de fournir quelques indications sur les mesures jadis en usage dans nos pays.

La canne de Montpellier équivalait, à très peu de chose près, à 1 m. 99.

La superficie des terres fut pendant fort longtemps évaluée d'après la durée du travail que ces terres nécessitaient : on disait d'un pré qu'il était de tant de journées de faucheur[2], d'une vigne qu'elle était « de contenance de vingt journées de bêcher, peu plus ou moins[3] ». Le journal, encore usité en Cerdagne, n'était pas autre chose à l'origine. Peut-être la *laboracio* donnée par le Roi au châtelain de Puyvalador était-elle simplement l'étendue de terre que pouvait labourer un attelage[4].

Une seconde méthode, moins précise encore que la précédente, prenait pour base de l'évaluation le prix que coûtait la terre. C'est ainsi qu'il est question de « medaladas » de vigne[5] (de *medala,* maille, obole); l'*obolata* est plus fréquemment employée[6] et surtout la *denariata*[7].

---

grammes coûte 8 francs. J'ai eu la curiosité de rechercher à quelle distance les chemins de fer porteraient, pour le même prix, la même quantité de farine : moyennant 666 fr. 60 cent., qui est à 8 francs comme 10,000 est à 120, la Compagnie de l'État français transporterait 10 tonnes de farine à 2,222 kilomètres. (Tarif P. V., n° 2.)

[1] Archives municipales d'Ille, Livre vert.

[2] 13 juillet 1392. «Item, 1 altre prat en losdits termens (à Sansa), al loch apelat Fonfreda, e pot esser 11 jornals de deylador.» (Série B, registre intitulé : *Limitum pasquerii Confluentis,* fol. 70.)

[3] 22 mars 1778. Registre de Delhom-Vilar, notaire. — J'ai donné, préférablement à d'autres exemples, celui-là qui est moderne, parce qu'il m'a paru intéressant de constater la persistance d'un usage bien primitif.

[4] *Privilèges et titres,* p. 74.

[5] 26 mars 1089. (B 45.)

[6] 1261. (Notaires, n° 1, fol. 26 v°.) — 22 octobre 1278. Bail en acapte de trois *obolatas* de terre à Belric. (Notaires, n° 5, fol. 52 v°-53.)

[7] 28 septembre 1277. Vente, pour 3,425 sous de Barcelone, de 17 *denariatas* de vigne à Vernet. (B 54.) — 20 janvier

Le mode le plus ordinairement usité pour déterminer la surface des terrains agricoles consistait à énoncer la quantité de semence nécessaire pour les ensemencer [1] : l'ayminate, encore usitée couramment dans le pays, était primitivement la mesure de terre pour l'ensemencement de laquelle il fallait une aymine de grain. Plus tard, on fit de l'ayminate une surface constante, de 50 cannes de Montpellier sur 30 [2], soit 59 ares 27, qui représentaient, à la veille de la Révolution, la valeur commune de l'ayminate [3].

Le 29 janvier 1287, il fut décidé que l'aymine vaudrait à Perpignan : 8 mesures, 4 cartons, 32 punyeres, 48 cosses [4]. La mesure une fois pleine, on devait enlever le surplus du grain au moyen d'une règle droite [5] : c'est ce qu'on appelait l'aymine rase, le carton ras [6]. Par-dessus le marché, on donnait les *tournes* [7], qui valaient, aux termes du même règlement, 4 cosses par aymine, soit un douzième; au xviiie siècle, les *tournes* ne valaient plus qu'un vingtième [8]. Peut-être les mesures de capacité « cum amostis » étaient-elles les mesures combles, par opposition aux mesures rases [9]. Un document de 1294 nous apprend que deux se-

---

1286. Vente d'une *denariata* de vigne à Vernet pour 12 l. 10 s. de Barcelone. (Notaires, n° 16, fol. 10.) — De Gazanyola assimile la *denierata* (*sic*) et l'ayminate. (*Histoire du Roussillon*, p. 235.)

[1] Entre 1172 et 1212. Achat d'un manse à Unzès, en Cerdagne, par l'abbé Pierre, de Saint-Martin-de-Canigou. « Prima terra... potest seminari de tribus quartos. Quarta... seminatur IIII sextariis. Quinta... seminatur modio uno. » (Série H, fonds de Canigou.) — Pour mesurer les emplacements à bâtir, on se servait de la *monallata*, carré déterminé par la portée d'un *monall* ou poutre : 12 avril 1273. (Notaires, n° 3, fol. 23 r° et v°.) — Les Templiers firent à Perpignan, au xiiie siècle, de nombreuses concessions de terrains à bâtir, à raison de trois sterlings de cens annuel par *monallata*; or, je trouve dans le Cartulaire du Temple (fol. 306 v°-307) une concession consentie pour ce prix d'un terrain de deux cannes et demie de Montpellier de côté (9 avril 1266). J'ai lieu de croire qu'il s'agit d'une *monallata* et que cette mesure était un carré de 25 mètres de superficie environ.

[2] *Recollecta de tots los privilegis, provisions, pragmatiques e ordinacions de la fidelissima vila de Perpinya*, fol. LXIX v°.

[3] La *modiata* avait une origine analogue à celle de l'ayminate : 16 juillet 854. Dotation de Saint-André-d'Exalada. (*Marca Hispanica*, c. 789, et *Histoire de Languedoc*, nouv. édit., t. II, Preuves, c. 297). — Il en est de même de la *sextariata* : 879. Charte relative au même monastère. (*Marca Hispanica*, c. 807.)

[4] Archives municipales de Perpignan, Livre vert mineur, fol. 51 v°-52 v°; publié par Massot-Reynier, dans *Les coutumes de Perpignan*, p. 73-74.

[5] « Cum rasora recta sit rasa. » (*Ibid.*)

[6] 1266. « Quartones rascrios. » (Notaires, n° 2, fol. 4 v°.)

[7] 17 juin 1273. Bail d'un domaine à Villeneuve-de-la-Raho et Corneilla-del-Vercol, moyennant 42 aymines d'orge avec tournes. (Notaires, n° 4, fol. 13 v°.) — 16 octobre 1283. Vente de 83 toisons avec tournes : « LXXXIII vellera lane cum turnis bone et bene recipiendo ». (*Ibid.*, n° 15, fol. 20.) — 30 juillet 1304. Réduction des redevances dues par un domaine de Villeneuve-des-Escaldes en un cens d'un muid de seigle « rectum cum turnis ». (Série H, non classé.)

[8] *Notes sur l'économie rurale du Roussillon à la fin de l'ancien régime*, p. 108, note.

[9] 10 novembre 1268. Vente, pour 62 s.

tiers combles et un setier ras valaient cinq mesures et deux *punyeres* [1]. La mesure, au xviiiᵉ siècle, contenait 17 lit. 95 [2].

Au xiiiᵉ siècle, du moins avant le règlement de 1287, l'aymine de Perpignan comprenait neuf mesures [3].

La mesure de poids dont le nom revient le plus souvent est la *saumata*, charge de mulet. Cette mesure manquait absolument de précision, et les parties recouraient à un tiers, homme de confiance, qui faisait les charges [4]. La livre, au xviiiᵉ siècle, équivalait à 401 grammes; la livre *carnissera*, ou de boucherie, à 1,203 grammes, soit trois fois plus [5]. On se sert encore de ces poids dans la Cerdagne, au moins dans la Cerdagne espagnole.

Le système des mesures variait suivant les localités; les bourgs, les villages même avaient leurs mesures : Perpignan [6], Elne [7], Corneilla-de-la-Rivière [8], Saint-Jean-Lasseille [9], Taxo-d'Avail [10], Saint-Laurent-de-la-Salanque [11], Saint-Féliu-d'Amont [12], Villefranche-de-Conflent [13], Rivesaltes [14].

Les étalons des mesures de capacité devaient être creusés dans la pierre, comme on les trouve dans les vieux marchés, comme mon ami

---

6 d. de Barcelone (valant 1 marc d'argent), d'un cens de deux quartals de seigle «cum amostis». (Série H, non classé.) — 3o mai 1274. Vente, pour 125 sous barcelonais (2 marcs d'argent), d'un cens de «unum modium segalis ad reclam mensuram cum amostis, pulcri bladi». (*Ibid.*)

[1] 8 février 1294. Aveu de Guillaume Béliard, pour une masade sise à Millas. (B 34, fol. 1 v°.)

[2] *Notes sur l'économie rurale du Roussillon*, p. 197.

[3] 14 mars 1275. Reconnaissance de dette : «ad novenam mensuram pro emina ad reclam mensuram Perpiniani». (Notaires, n° 5, fol. 16 v°.) — 19 septembre 1278. Acte analogue. (*Ibid.*, n° 5, fol. 26.)

[4] 27 août 1283. Vente par un brassier de sept charges de vendange provenant de Vernet : «saumatas de mulo factas per unum hominem communem inter me et te». (Notaires, n° 13, fol. 7.) — 24 octobre 1283. Vente de 100 charges de bois de charpente, «ad saumatam animalis mulaii recipientis». (*Ibid.*, n° 12, fol. 34.) — 16 mai 1286. Vente de «xiiii saumatas racemorum bonas et faytissas de mulo factas per unum hominem

communem inter nos et te». (Notaires, n° 16, fol. 34 v°.)

[5] 12 septembre 1303. (Alart, *Documents sur la langue catalane*, p. 148-149.)

[6] 1266. (Notaires, n° 2, fol. 8.)

[7] 1266. (*Ibid.*, n° 2, fol. 4 v°.) — 23 février 1286. Bail d'un moulin sis à Villeneuve-de-la-Raho, moyennant trente aymines d'orge, mesure d'Elne, avec tournes. (*Ibid.*, n° 16, fol. 18.)

[8] 25 septembre 1278. (*Ibid.*, n° 5, fol. 3o v°.)

[9] 26 janvier 1277. (*Ibid.*, n° 6, fol. 11 v°.)

[10] Octobre 1278. (*Ibid.*, n° 5, fol. 49 v°.)

[11] 1266. (*Ibid.*, n° 2, fol. 34.)

[12] 16 novembre 1278. (*Ibid.*, n° 5, fol. 8o v°.)

[13] 22 février 1196. (Voir p. 46, note 1.) — Vers 1200. «Et migeram 1 de Vilafranca vini, sextarios rasos de civada.» (Série H, fonds de Canigou.)

[14] 12 juillet 1283. (Notaires, n° 8, fol. 5o v°.) — Il y avait un muid de Vallespir : 1097. «Modios x vini vallespiranos.» (B 3; publié dans *Marca Hispanica*, c. 1197.)

D. Francesch Maestre, ancien syndic général des vallées d'Andorre, en a fait faire, il y a quelques années, à la halle d'Andorre-la-Vieille. Or, pour des gens qui ne possédaient pas les premiers rudiments de la géométrie dans l'espace, il était bien difficile de reproduire à plusieurs exemplaires ces mesures. Je me suis demandé si ce n'était pas l'une des raisons pour lesquelles il existait peut-être autant de mesures de capacité que de bourgades.

TABLEAU A.

VALEUR RÉELLE DES MONNAIES.

NOM DE LA MONNAIE.	SOUVERAIN QUI L'A FAIT FRAPPER.	TITRE.	POIDS.	VALEUR	
				en comptant l'alliage.	sans compter l'alliage.
			gr.	fr.	fr.
Denier quatern..	PIERRE II............	0,333	0,86	0,06700	0,06097
			0,77	0,05999	0,05459
	JACQUES LE CONQUÉRANT...	0,333	1,3	0,10129	0,09217 [1]
			1,06	0,08259	0,07515
			1,01	0,07869	0,07160
			0,953	0,07431	0,06762 [2]
			0,95	0,07402	0,06735
			0,92	0,07169	0,06523 [3]
Denier doblenc..	JACQUES LE CONQUÉRANT...	0,166	1,00	0,03894	0,03544
			0,94	0,03660	0,03331
			0,93	0,03618	0,03292
			0,91	0,03540	0,03221
Denier tern....	JACQUES LE CONQUÉRANT...	0,250	1,35	0,08348	0,07182 [4]
			0,92	0,05620	0,04894
			0,90	0,05498	0,04788
			0,88	0,05376	0,04681
			0,85	0,05193	0,04522
			0,80	0,04887	0,04256
	PIERRE III............	0,250	1,2	0,07331	0,06384 [5]
			1,05	0,06414	0,05586
			0,98	0,05986	0,05213
			0,95	0,05803	0,05054
			0,90	0,05498	0,04788
			0,85	0,05193	0,04522

[1] Colson, *op. cit.*, p. 72. — Je ne reproduis que sous bénéfice d'inventaire les indications fournies par Colson, les poids qu'il donne étant toujours très élevés.

[2] Le poids indiqué est le poids moyen de 26 beaux deniers provenant d'une trouvaille et appartenant à M. le colonel Puiggari.

[3] Ce denier faisait partie d'une trouvaille faite, le 29 octobre 1868, dans un bois près de *la Mare de Deu del Coll*, non loin d'Oms; des 200 deniers environ qui furent découverts, M. Durand choisit, parmi ceux qui étaient à fleur de coin, le plus lourd (1ᵉʳ 06) et le plus léger (0ᵉʳ 92).

[4] Colson, *op. cit.*, p. 78.

[5] Id., *ibid.*, p. 73.

NOM DE LA MONNAIE.	SOUVERAIN QUI L'A FAIT FRAPPER.	TITRE.	POIDS.	VALEUR	
				en comptant l'alliage.	sans compter l'alliage.
			gr.	fr.	fr.
Denier tern....	Alphonse III..........	0,250	1,02	0,06231	0,05426
			1,04	0,06353	0,05532
	Jacques II............	0,250	1,03	0,06292	0,05479
			0,96	0,05866	0,05107
Obole tern.....	Jacques le Conquérant. .	0,250	0,50	0,03054	0,02660
			3,06	n	0,6242
	Alphonse III..........	0,958	3,00	n	0,6120
			2,92	n	0,5956
Croat.........			3,06	n	0,6242
	Jacques II.....	0,958	3,01	n	0,6140
			3,00	u	0,6120
			2,94	u	0,5997

TABLEAU B.

VALEUR RELATIVE DES MONNAIES.

DATES.	OBJETS DE L'ÉVALUATION.	POIDS ET QUANTITÉS.	VALEUR.
12 septembre 1303.	Mouton frais......	Livre «carnissera» ou de boucherie (1,200 gr.)	7 deniers [1].
Idem...........	Brebis fraîche.....	Idem.............	5 deniers [2].
Idem...........	Porc frais........	Idem.............	8 deniers [3].
Idem...........	Truie fraîche.....	Idem.............	5 deniers [4].
Idem...........	Bouc frais........	Idem.............	5 deniers [5].
Idem...........	Chèvre fraîche.....	Idem.............	5 deniers [6].
Idem.	Bœuf et vache......	Idem.............	5 deniers au plus (tarif variable) [7].
Idem...........	Mouton salé.......	Idem.............	10 deniers [8].
Idem...........	Brebis salée.......	Idem.............	6 deniers [9].
Idem...........	Bouc salé........	Idem.............	7 deniers [10].
Idem...........	Porc salé........	Idem.............	11 deniers [11].
Idem...........	Truie salée.......	Idem.............	7 deniers [12].
10 février 1007...	Terre à Mailloles....	22 dextres carrés (178m²).	4 deniers [13].
13 octobre 1246...	Vin............	5 muids............	100 sous de Melgueil [14].
27 août 1283.....	Vendange........	Charge (120 kilogr. environ) [16].	5 sous barcelonais [15].
1261..........	Orge............	15 aymines (25 h. 73 l.)	120 sous de Barcelone [17].
26 février 1273...	Idem............	153 aymines (262 h. 53 l.).	932 s. 6 d. de Barcelone [18].
17 juillet 1273....	Idem............	1 aymine (1 h. 71 l.)..	7 sous de Melgueil [19].
18 novembre 1278.	Froment.........	1 aymine..........	18 s. 9 d. de Barcelone [20].
9 octobre 1283....	Orge............	82 aymines 1 carton...	43 l. 15 s. de Barcelone [21].
Avril 1297.......	Idem............	1 aymine..........	4 sous [22].
1236..........	Bœuf............	1..............	30 sous de Melgueil [23].
30 novembre 1272.	Brebis...........	30..............	125 sous de Barcelone [24].

[1] Tarif maximum à Perpignan, publié par Alart, *Documents sur la langue catalane*, p. 148-149.
[2] à [13] *Ibid.*
[14] Série H, fonds du Temple.
[16] *Ibid.*, fonds de Canigou.
[16] Notaires, n° 13, fol. 7.
[16] La charge, calculée sur la force moyenne d'un mulet, n'a pas dû varier sensiblement depuis le moyen âge. Pour la valeur des autres mesures, voir ci-dessus, p. 57-60.

[17] Notaires, n° 1, fol. 31 v°.
[18] *Ibid.*, n° 5, fol. 11.
[19] *Ibid.*, n° 4, fol. 20 v°-21.
[20] *Ibid.*, n° 5, fol. 8.
[21] *Ibid.*, n° 12, fol. 22 v°.
[22] Alart, *Notices historiques*, t. II, p. 10.
[23] Id., *Bulletin de la Société des Pyrénées-Orientales*, t. XI, p. 283.
[24] Notaires, n° 3, fol. 5 v°.

DATES.	OBJETS DE L'ÉVALUATION.	POIDS ET QUANTITÉS.	VALEUR.
19 septembre 1286.	Moutons.........	56 plus 1 chèvre.....	388 s. 8 d. de Melgueil [1].
16 octobre 1283...	Toison............	1 (avec tournes).....	20 deniers de Barcelone [2].
17 octobre 1283...	Toison, livrable en mai.	1	22 deniers de Melgueil [3].
8 janvier 1284....	Idem............	265 (? avec tournes)..	375 sous de Barcelone [4].
....	Bœufs..........	3...............	16 l. 2 s. 6 d. [5].
25 mars 1275.....	Idem...........	1...............	50 sous de Barcelone [6].
8 juin 1145......	Mulet.........	1...............	150 sous du Roussillon [7].
29 juillet 1172....	Cheval.......	1...............	100 sous [8].
13 septembre 1175.	Mule........	1...............	100 sous de Barcelone [9].
1183..........	Cheval.......	1...............	250 sous de Melgueil [10].
17 décembre 1241.	Mule........	1...............	300 sous de Melgueil [11].
25 mars 1275.....	Mulet «vermël»....	1...............	187 s. 6 d. de Barcelone [12].
26 mai 1275......	Âne noir.........	1...............	46 s. 3 d. [13].
6 avril 1277......	Mule baie.	1...............	150 sous de Barcelone [14].
Idem..........	Mules noire et rousse.	2...............	137 s. 6 d. de Barcelone [15].
16 décembre 1283.	Cheval bai........	1...............	150 sous de Barcelone [16].
23 décembre 1283.	Mule blanche.. ...	1...............	50 sous de Barcelone [17].
20 mai 1286.....	Mule...........	1...............	150 sous de Melgueil [18].
3 juin 1286......	Roussin...........	1...............	24 livres de Melgueil [19].
1359..........	Mulet ou mule.....	1...............	30 livres de Barcelone, prix maximum, fixé par les Corts [20].
24 octobre 1283...	Chevrons.........	Charge (120 kilogr.)..	2 s. 3 d. 1/2 de Barcelone [21].
Idem...........	Planches..........	Idem..............	3 s. 4 d. de Barcelone [22].
28 août 1273.....	Cuve de 10 pans, avec 12 cercles.	1................	125 sous de Barcelone [23].
23 novembre 1283.	Galoches.........	La douzaine........	5 s. 7 d. de Barcelone [24].
Idem..........	Idem............	Idem.............	4 s. 4 d. 1/2 de Barcelone [25].

[1] Notaires, n° 17, fol. 40.
[2] Ibid.; n° 15, fol. 10.
[3] Ibid., n° 16, fol. 49.
[4] Ibid., n° 15, fol. 30.
[5] G 225.
[6] Notaires, n° 5, fol. 18.
[7] Cartulaire du Temple, fol. 168 v°.
[8] Ibid., fol. 45 v°.
[9] Privilèges et titres, p. 58.
[10] Colson, op. cit., p. 70.
[11] B 9.
[12] Notaires, n° 5, fol. 18.
[13] Ibid., n° 5, fol. 22 v°.

[14] Notaires, n° 6, fol. 30.
[15] Ibid.
[16] Ibid., n° 15, fol. 26 v°.
[17] Ibid., n° 13, fol. 37.
[18] Ibid., n° 16, fol. 35.
[19] Ibid., n° 16, fol. 40.
[20] Constitucions de Cathalunya, t. I, l. IV, t. XIX, § 3.
[21] Notaires, n° 12, fol. 34.
[22] Ibid.
[23] Ibid., n° 4, fol. 37 v°.
[24] Ibid., n° 15, fol. 22.
[25] Ibid.

DATES.	OBJETS DE L'ÉVALUATION.	POIDS ET QUANTITÉS.	VALEUR.
25 avril 1277.....	Port d'une meule de la plage de Canet à Perpignan (à l'entreprise).	....	2 s. 6 d. [1]
28 septembre 1284.	Fret de 200 aymines d'orge de Canet à Majorque.	....	100 sous [2]
Mars 1266.......	Domestique (Gages annuels d'un).	....	47 s. 6 d. de Barcelone (plus l'entretien) [3].
Idem...........	Idem...........	....	Nourriture, chaussure, 75 sous de Barcelone et les soins en cas de maladie [4].
2 mai 1273......	Idem...........	....	Nourriture, 25 sous de Barcelone et 2 quartons d'orge [5].
Idem...........	Idem...........	....	Nourriture, chaussure et 75 sous de Barcelone [6].

[1] Notaires, n° 6, fol. 41 v°-42.
[2] Ibid., n° 15, fol. 4 v°-5.
[3] Ibid., n° 2, fol. 33.
[4] Notaires, n° 2, fol. 39 v°.
[5] Ibid., n° 3, fol. 28.
[6] Ibid.

IMPRIMERIE NATIONALE.

CHAPITRE V.

LE COMMERCE DE L'ARGENT.

I. Expédients pour dissimuler le prêt à intérêt : majoration du capital prêté; vente à réméré à prix fictif. — Vente à réméré. — Hypothèque. — Rente constituée; rente au profit de l'État.

II. Contrat de gage : engagement de revenus, de meubles et d'immeubles. — Mort-gage et vif-gage. — Droits du seigneur foncier de l'immeuble engagé; cessibilité du gage. — Terme du dégagement. — Redevance payée au propriétaire du gage. — Fréquence des gages.

III. Banque : jusqu'au xii⁰ siècle, aux mains des moines; ensuite aux mains des laïques. — Juifs de Perpignan : leur quartier, leur communauté et ses privilèges. — Persistance de leur nationalité. — Banquiers chrétiens : simple tolérance qui leur est accordée. — Taux légal permis aux juifs et taux permis aux chrétiens; interdiction du prêt à intérêts composés.

I. Il est indispensable, quand on étudie le commerce de l'argent au moyen âge, d'avoir présents à la mémoire deux faits principaux : en premier lieu, la rareté des espèces monnayées; en second lieu, l'interdiction, par l'église, du prêt à intérêts.

Lorsqu'un bailleur de fonds consent à prêter une certaine somme, il ne cherche pas seulement une garantie, mais encore un dédommagement pour le service qu'il rend. Or, les intérêts étant prohibés par les lois canoniques, on s'est évertué pendant tout le moyen âge à tourner la difficulté.

Les expédients auxquels on avait recours dans ce but nous sont surtout connus par la *Summa ruralis* de saint Raymond de Penyafort [1], dont les renseignements sont d'autant plus précieux pour le présent travail que Raymond de Penyafort était de nos pays. Certains prêteurs, au lieu d'indiquer dans l'acte la valeur réelle de leur créance, la majoraient, et quand arrivait l'échéance, ils recouvraient une somme supérieure à celle qu'ils avaient avancée.

Un baron roussillonnais, partant pour la croisade, déclare avoir em-

---

[1] Extrait publié par M. Ravaisson dans le *Catalogue général des manuscrits des bibliothèques publiques des départements*, t. I, p. 621-622. — Sur ce passage de la *Summa*, voir notamment Delisle, *Classe agricole en Normandie*, p. 203-204.

prunté 3,000 sous à son oncle; s'il revient de son expédition, il ne rendra que le tiers de cette somme; s'il meurt en Terre-Sainte, son héritier payera la somme intégralement [1] : il est à présumer que la dette était majorée et qu'elle était, au plus, de 1,000 sous.

Quelques individus ayant besoin d'argent vendaient pour un temps une propriété, et recevaient de l'acquéreur un prix inférieur à celui que l'on inscrivait dans le contrat; pour rentrer en possession de leur bien, ils l'échangeaient, non pas contre le prix réel, mais contre le prix fictif indiqué dans l'acte de vente [2]. Cette opération semble avoir été pratiquée couramment dans le pays; les Corts de 1234 durent l'interdire [3].

Elle présentait un avantage sur l'expédient précédemment exposé : c'est qu'elle assurait au prêteur le remboursement de sa créance; le bien qui était entre ses mains lui servait de gage.

Cette cession temporaire par l'emprunteur au profit du prêteur, lorsqu'elle se traitait loyalement et sans chiffres fictifs, était parfaitement licite. Si le bien qui en faisait l'objet produisait un revenu, le revenu constituait pour le détenteur une rémunération. Aussi eut-on fréquemment recours à des combinaisons pareilles, qui étaient, suivant que le débiteur abandonnait la propriété ou seulement la possession, la vente à réméré, « venditio interveniente gratia redimendi », « venda a carta de gracia » [4], ou l'engagement, « empenyorament ».

---

[1] 13 avril 1101. (*Marca Hispanica*, c. 1225.) — Le 2 mars 1198, Guillaume Billerach laissait par testament au monastère de Corneilla-de-Conflent divers biens tenus en gage; l'un, engagé pour 500 sous, devait être rendu pour 400; un autre, engagé pour 100 sous, devait être restitué pour 60; un troisième, engagé pour 110, devait être dégagé pour 100; un quatrième, engagé pour 150 sous, devait revenir à son propriétaire pour 50 sous. Peut-être le chiffre véritable des prêts n'était-il que de 400, 60, 100 et 50 sous. (Série H, fonds de Corneilla.)

[2] Raymond de Penyafort signale ce procédé dans sa *Summa*, liv. II. Rome, 1603, p. 232.

[3] *Marca Hispanica*, c. 1427, et *Constitucions de Cathalunya*, liv. IV, tit. XX, § 1. — Il est permis de se demander s'il ne faut pas voir un expédient pour dissimuler le prêt à intérêt dans la charte dont voici l'analyse : le 7 juillet 1203, Pierre Bonfill déclare tenir en gage, pour Pierre Raymond Coq, quatre bordes; Coq reconnaît que Bonfill a, sur sa demande, dépensé 100 livres pour l'amélioration de ses propriétés et il promet de les lui rembourser, en même temps que les 500 livres qui forment le principal de la créance. (B 59.) Ces 100 livres ont tout l'air d'être l'intérêt convenu par un accord tacite pour la prolongation du prêt.

[4] Le réméré, « gratia redimendi », faisait l'objet d'un acte spécial, en catalan « carta de gracia ». La vente *a carta de gracia* est d'un usage courant en Andorre; le réméré est présumé dans les ventes ordinaires et obligatoire dans les ventes judiciaires; il est imprescriptible et ne se dédouble pas : dans le cas de plusieurs ventes, il appartient au premier vendeur exclusivement. Le droit de rachat, *dret de lluir y quitar*, est cessible. Il entraîne une dépréciation de l'immeuble, qui est estimée au quart de la valeur; dans la cession de biens, la propriété cédée est aban-

5.

La vente à réméré était, dans ces temps, préférable à l'hypothèque et même au gage matériel : l'hypothèque n'assure pas au créancier le paye-ment de l'intérêt ; dans le contrat de gage, il était de droit que le revenu amortît la dette. En outre, la vente à pacte de rachat répond bien mieux que la vente définitive à cette passion de la propriété que l'on retrouve à l'origine d'un si grand nombre d'institutions. Ces raisons expliquent pourquoi elle fut, vers le xvie siècle, en si grand honneur dans nos pays.

Cependant le gage immatériel, l'hypothèque, n'était pas inconnu ; bien loin de là, et si les praticiens ont parfois détourné le nom de ce contrat de sa véritable acception [1], le contrat lui-même se rencontre assez fréquemment.

L'hypothèque, ou du moins une obligation générale des biens de l'un des contractants ou des deux, était généralement inscrite à la fin des actes [2]. Le contrat de mariage n'a pas fait exception à la règle [3] ; mais je ne sau-rais dire si, dans la coutume locale et en cas de silence de l'instrument notarié, l'hypothèque en faveur de la femme était de droit.

L'hypothèque conférait, je crois, au créancier le droit de saisir le gage de sa propre autorité, en dehors de toute formalité judiciaire [4].

donnée au créancier pour les trois quarts du prix d'estimation. De là, le nom de *dret de sinch sous*, donné au droit de réméré.

[1] 23 août 1258. «Castrum et villam de Solsona et castrum et villam de Torroia et castrum et villam de Arbeta, cum omnibus terminis et pertinenciis suis, prout melius nos ipsa habemus et tenemus a vobis ipotecata sen pignori obligata.» (Archives nationales, J, 879.) Hypothèque, dans ce document, est synonyme de gage matériel. — Cf. Ad. Tar-dif, *Le droit privé d'après les coutumes de Tou-louse et de Montpellier*, p. 97.

[2] Février 1266. Vente de six charges de raisin ; si le vendeur ne les livre pas, il permet que l'acheteur saisisse la vigne et la garde, «tantum et tandiu donec de expletis ejusdem tibi fuerit satisfactum». (Notaires, n° 2, fol. 16 v°.) — 1er mars 1277. G. Amal-ric, de Perpignan, promet à Salomon, juif, de lui vendre dans l'année, moyennant 1,500 sous barcelonais, le cens de 125 sous, «va-lencium 11 marchas», acheté par ledit Amal-ric ; celui-ci stipule qu'il n'aura pas néan-moins à garantir la vente et qu'il cédera seu-lement la garantie reçue par lui du tiers de qui il a acheté le cens. (*Ibid.*, n° 6, fol. 20 v°-21 v°.)

[3] Voir plus loin ce qui est dit des con-trats de mariage.

[4] Février 1266. Reconnaissance de dette par un habitant de Baixas, en faveur d'un de ses concitoyens ; il lui donne une obligation hypothécaire sur deux terres et une maison, «ita quod si non solvero tibi dictos denarios in dicto termino, tua auctoritate propria possis dictas terras et domum seu patuum accipere et emparare et penes te retinere tan-tum et tandiu donec ego vel mei solverimus tibi dictum debitum vel tuis, et fructus quos habueris de predictis terris et domo non com-putentur tibi in sortem dictorum denariorum, sed illos habeas pro interesse tuo et tuorum quod sustineres pro elongamento dicti debiti et etiam ex donatione inter vivos tibi a me facta.» (Notaires, n° 2, fol. 24 v°.) — 27 septembre 1273. Reconnaissance de dette ; le débiteur donne hypothèque sur un tonneau de douze charges, «quoddam vasum xii sau-matarum vini primi et vinum quod in eodem vaso est, ita quod, si in dicto termino non solveremus tibi dictos denarios, tu tua pro-pria auctoritate possis vendere dictum vasum et vinum quod in eo sit et de precio eorum-dem possis tibi satisfacere in dictis denariis.» (*Ibid.*, n° 5, fol. 32.)

A partir du xivᵉ siècle, la rente constituée, le *censal* [1] s'établit en Roussillon. Avant cette époque, je n'en puis pas citer d'exemple. Nous trouvons même, en 1263, un fait qui paraît prouver que cette opération n'était pas pratiquée : un individu emprunte 25 sous de Barcelone moyennant une rente d'un *quartal* d'orge constituée sur deux terres ; jusque-là rien d'anormal ; ce qui est singulier, c'est qu'il soumet ces deux terres à la directe du prêteur, duquel elles dépendront à l'avenir. En somme, ce propriétaire convertit, moyennant une somme de 25 sous, un alleu en censive [2].

Il semble que les rentes constituées furent, dès le premier quart du xivᵉ siècle, d'un usage fréquent. Un règlement pour Ille, rédigé en 1320, divise les fonds en trois catégories : les terres dans la mouvance d'un seigneur foncier, les alleux, enfin les terres *censales,* c'est-à-dire, suivant toute apparence, les terres sur lesquelles les rentes sont constituées [3].

Les rentes entraient dans la composition du budget de l'État ; seulement, elles paraissent y avoir figuré au chapitre des recettes : le trésor ne les vendait pas, il les achetait. C'est ainsi que, le *bovatge* ayant été converti dans les comtés de Roussillon et de Cerdagne en une gabelle et le produit moyen de la gabelle ayant été évalué 1,000 livres, cette imposition fut elle-même rachetée par les populations, moyennant un don de 20,000 livres, destinées à l'achat d'une rente à 5 p. o/o [4].

A partir du xviᵉ siècle, la rente constituée prit une grande extension : nulle institution ne tient une place aussi grande dans l'histoire économique du Roussillon aux derniers siècles. On aura une idée de son importance quand j'aurai dit qu'il est des églises, comme la collégiale Saint-Jean de Perpignan, dont les archives se composent pour les quatre cinquièmes de documents relatifs aux *censaux* [5].

[1] Ducange s'est trompé sur le sens de ce mot. (Voir *censuale,* au mot *census.*)

[2] 22 février 1263. «Que quidem duo crocia terre subdimus et astringimus dominio tui et tuorum, ita etiam quod illa non possimus vendere vel alienare sine consensu tui et tuorum, immo semper sint subdita et astricta jugo dominacionis tue et tuorum.» (Série H, non classé.) — Dans nos pays, il y a toujours eu, en fait, une certaine analogie entre le cens et le *censal;* le fonds de la famille d'Oms, aux Archives des Pyrénées-Orientales, renferme un «registre contenant les payemens de droit de lods, censives, censaux et autres objets à cella relatifs, qui ont été faits à M. le marquis d'Oms», commencé le 22 mai 1772.

[3] 18 juillet 1320. Règlement attribuant la dîme et le champart des terres au seigneur foncier. «Et si predicte possessiones sunt allodii vel censales, dictus pagesius vel laborator possit sibi retinere dictam decimam pro suo agrario.» (Archives municipales d'Ille, Livre vert, fol. 15 v°.)

[4] 6 août 1311. (C 1564.)

[5] On empruntait ordinairement au sou la livre; c'est-à-dire que le taux de la rente était de 5 p. o/o. — Il est probable que certains débiteurs ont attaqué comme usuraires les contrats de rente constituée; c'est sans doute

II. En somme, de toutes ces opérations financières, la seule qui ait été fréquente jusqu'à la fin du xiiiᵉ siècle est le prêt sur gage matériel.

L'objet du gage était très souvent un revenu. L'engagement d'un revenu est remarquable; il permet de toucher du doigt l'un des expédients auxquels on eut recours pour tourner l'interdiction du prêt à intérêt. Les revenus engagés étaient les cens, les agriers, les droits d'usage, l'ensemble du domaine éminent sur un fonds [1], quelquefois des albergues [2], ou bien la seigneurie d'un village [3].

Les gages mobiliers se rencontrent aussi, mais plus rarement [4]. Le plus souvent, le gage est un immeuble.

Dans un acte de 1027, je crois voir un engagement de l'eau de la

---

dans le but de donner plus de garantie au contrat que le prêteur et l'emprunteur soutenaient parfois un procès fictif. Il nous est resté le compte rendu d'une de ces affaires, qui fut portée devant l'official, bien que les parties en cause fussent un bourgeois et un chevalier; il s'agissait de faire reconnaître par la juridiction ecclésiastique, qui la reconnut en effet, la légalité de la rente. (G 146.) — La rente constituée est souvent appelée *censal mort;* est-ce à dire qu'elle était perpétuelle comme l'a compris Ducange? (*Mortuus census,* au mot *mortuus.*) Je ne le crois pas, le *censal mort* étant souvent constitué à pacte de rachat. Peut-être l'épithète *mort* signifie-t-elle, comme dans *mort-gage,* que les arrérages n'amortissent pas la dette; en un sens, la rente ainsi comprise est perpétuelle; car, si on ne la rachète pas, elle ne s'éteint pas d'elle-même. La rente qui s'amortit elle-même se disait *violarium;* le 30 novembre 1633, la communauté civile de Saint-Cyprien nomma un fondé de pouvoir pour emprunter 100 livres et assurer le payement des intérêts, «usque ad summam quinque librarum dictæ monetæ ad forum censualis mortui vel quindecim ad forum violarii». (G 38.) C'est encore une acception de ce mot que Ducange n'a pas connue; elle est, à la vérité, fort rare. — J'ajouterai qu'au siècle dernier l'usage s'établit de fournir une caution quand on passait l'acte du *censal;* l'emprunteur donnait donc une double garantie : la garantie hypothécaire sur ses biens et la garantie d'un tiers.

(1) 24 décembre 1191. Engagement par Raymond de Vernet et sa femme à l'abbaye de Saint-Martin, de la directe de biens tenus pour lui et de la moitié d'une redevance de deux quartiers de mouton. (Série H, fonds de Canigou.) — 14 juin 1221. Engagement par Béranger de Vilar en faveur de Bernard Avaoz, de Puycerda, de «census et usaticos et terræmerita et quæstias et dominaciones et ademprivas et tous autres droits que ledit Bernard doit audit Béranger pour le manse qu'il tient de lui. (Série H, non classé.)

(2) 7 mai 1101. Restitution d'une albergue à percevoir à Juhègues : «Et ipsum vero receptum inviguero (*pour* impignoro) ego praelibatus Poncius jamdictae beatae Eulaliae et praetaxato episcopo et supranominalis clericis pro iv libris puri argenti ut tandiu teneant, donent (*pour* donec) jamdictas iv libras ego vel cui mandavero ipsis fideliter persolvantur (*pour* persolvam.) (*Histoire de Languedoc,* édit. Privat, t. V, c. 768-770.)

(3) 12 février 1196. Engagement, pour 1,000 livres de Barcelone, du hameau des Horts, à Serdinya. (B 85.) — 23 juillet 1218. Engagement pour 18,000 sous de Melgueil, par Nunyo Sanche, du village de Saint-Laurent-de-la-Salanque. (B 9.) — 27 juin 1248. Engagement par Bernard, abbé de Canigou, pour 60 sous de Melgueil, des revenus auxquels il a droit à Casefabre et dans toute la paroisse. (Série H, fonds de Canigou.)

(4) 12 novembre 1278. B. Hug de Serralongue engage à G. Saquet, pour 15 livres de Barcelone, «iiii paria copertarum ferri equi ante et retro et iii paria calciarum ferri et ii aubercs ferri.» (Notaires, nᵒ 5, fol. 75.)

Tet [1]. En 1100, un croisé du nom de Rossello engage conditionnellement ses biens-fonds pour 71 sous [2]. Au commencement du xiiiᵉ siècle, un vassal de Saint-Martin-de-Canigou donne en nantissement à l'abbaye la moitié d'une borde qu'il tient pour ce monastère [3].

On a déjà vu plus haut que, par suite d'une convention généralement insérée dans les actes de gage, les fruits de l'immeuble appartenaient au créancier gagiste. La plupart des contrats stipulent que ces fruits ne serviront pas à l'amortissement et qu'ils sont acquis au prêteur, en pur don, nonobstant toute disposition de droit canonique ou civil à ce contraire [4]. Cependant, si leur valeur était supérieure au taux légal de l'intérêt, le surplus devait, du moins en droit, être déduit du capital de la dette [5]. En outre, Jacques le Conquérant ordonna que les prêteurs chrétiens seraient tenus de restituer le gage lorsque la somme des fruits par eux perçus égalerait le montant de la créance [6]. Je dois ajouter que les registres des notaires de Perpignan, les seuls de la région qui nous soient parvenus pour le xiiiᵉ siècle, offrent quelques exemples du vif-gage [7].

Il est à peine utile de dire que lorsque l'immeuble donné en nantissement n'était pas un alleu, le domaine éminent du seigneur foncier était réservé; l'engagement donnait même lieu à la perception d'un droit de mutation [8].

Le créancier gagiste pouvait à son tour engager le bien qu'il avait reçu

[1] 31 août 1027. (*Histoire de Languedoc*, éd. Privat, t. V, c. 382-383.)

[2] Publié par le duc de Roussillon (Pi), *Biographies carlovingiennes*, Preuves, p. 25.

[3] 30 janvier 1207. (Série H, fonds de Canigou.)

[4] 22 février 1196. Engagement d'une vigne à Sahorre : «et fructus in sortem non computentur». (Série H, fonds de Canigou.) — 23 juillet 1218. Engagement du village de Saint-Laurent : «fructibus in sortem non computatis, sed habitis pro dono, ita quod pro aliquo interdicto ecclesiastico seu pro decretis vel decretalibus, etc.» (B 9.) — 7 mars 1202. Engagement d'une vigne à Saint-Hippolyte : «fructus autem predicti pignoris hujus non computetur in paga nec in husuris predicti averis». (B 42.) — 14 juin 1222. Engagement d'un manse en Cerdagne : «fructus quoque predicti pignoris in sortem vobis non deputentur, sed illos habeatis ex dono nostro». (Série H, non classé.) — 25 septembre 1226. Engagement de vignes à Vernet : «fructus non

veniant tibi in solutum et accipiatis eas cum expleta et reddatis nobis sine expleta». (Série H, fonds de Canigou.) — 15 juin 1238. Engagement d'une vigne à Vernet : «et fructus non veniant vobis in solutum». (Même fonds.) — 1ᵉʳ décembre 1242. Engagement d'une autre terre à Vernet; même convention. (Même fonds.)

[5] Ordonnance de Jacques le Conquérant. (*Constitucions de Cathalunya*, t. III, liv. IV, tit. VI, S 2.) — 1299. Confirmation de la même ordonnance. (Même recueil, t. III, liv. IV, tit. VI, S 4.)

[6] 29 juin 1242. (B 146, fol. 8; *Marca Hispanica*, c. 1437, et *Constitucions*, t. II, liv. IV, tit. VI, S 1.)

[7] Février 1266. (Voir p. 68, note 2.)

[8] 22 février 1196. Engagement, moyennant deux marcs d'argent, d'une vigne sise à Sahorre et tenue pour Alissende; Alissende perçoit pour droit de lods un marc d'argent. (Série H, fonds de Canigou.)

en nantissement [1], ou bien céder par donation ou à titre de vente les droits qu'il avait sur ce bien [2].

_ La durée minimum de l'engagement pouvait être fixée [3]; quand le délai était expiré, l'une ou l'autre des deux parties était admise à provoquer la liquidation. Les terres étaient parfois engagées pour un nombre de récoltes déterminé, « ad unum expletum » [4]. Très fréquemment, l'acte indiquait, non plus la durée du nantissement, mais l'époque de l'année à laquelle le rachat pouvait être effectué [5]; c'était une précaution nécessaire pour empêcher que le gagiste détenteur d'une terre, après l'avoir cultivée pendant une année, se la vît enlever à la veille de la récolte.

De leur côté, les emprunteurs prenaient des mesures en vue de sauvegarder leur intérêt. C'est ainsi que, pour empêcher la prescription de leur droit de propriété, certains exigeaient le payement d'une redevance [6].

Le prêt sur gage était très fréquent; outre qu'il en est fait mention dans

[1] 4 avril 1157. Engagement par Pierre Gros aux lépreux tenus hors de Perpignan, d'une vigne située à Mailloles, que lui-même avait en gage. (B 83.) — 24 décembre 1192. Engagement, moyennant un marc d'argent fin, de biens et revenus en faveur du monastère de Saint-Martin-de-Canigou; l'acte porte que l'abbé peut engager à son tour. (Série H, fonds de Canigou.) — 9 février 1199. Même clause dans l'engagement d'une vigne tenue pour le monastère de Canigou; le prêt était de 80 sous; l'abbé perçoit à titre de lods 10 sous. (Même fonds.)

[2] 18 octobre 1146. Donation au Temple de plusieurs propriétés, notamment trois terres à Montescot, tenues en gage pour neuf sous de Melgueil. (Cartulaire du Temple, fol. 169.) — 6 mai 1147. Donation par Pierre Riquin et sa femme, à leur fille, de droits sur un champ qu'ils détiennent à titre de gage. (B 42.)

[3] 15 juin 1238. Engagement de biens à Vernet, rachetables d'année en année à la mi-mai; le prêteur peut exiger le remboursement de sa créance dans deux ans. (Série H, fonds de Canigou.)

[4] 17 septembre 1209. Engagement d'une vigne sise à Eus : «et post 11 expletos in vestra potestate collectos sit terminus redimendi Nativitas Sancte Marie ab anno in annum, fructibus in sortem non deputatis; et non possimus predictam vineam expedire a vobis de pignore alieno averi». (Série H, fonds de Corneilla.) — 28 juillet 1228. Engagement d'une vigne tenue à Saint-Hippolyte pour Ermessende Renarde : «et habeatis et teneatis ac possideatis predictum pignus vos vel vestri, salvis juribus domine predicte et suorum, usque ad unum expletum»; l'emprunteur pourra recouvrer son gage d'année en année, le 1er janvier. (B 42.)

[5] 16 mai 1132. Acte par lequel un seigneur foncier engage «omnes usatios quos habemus et habere debemus in campum quem per nos tenetis... Et est terminus de ista pignera de una Resurrectione Domini ad aliam». (B 59.) — 27 septembre 1190. Engagement d'un manse au Soler, recouvrable d'année en année après la récolte. (B 65.) — 7 mars 1202. Engagement d'une vigne à Saint-Hippolyte; le terme de rachat facultatif est fixé au 1er janvier. (B 42.) — La plupart des actes analysés dans les notes précédentes contiennent des dispositions analogues.

[6] 1100. Voir p. 71, note 2. — Les prêteurs prenaient d'autres précautions : le 29 octobre 1278, R. Canoes, de Canohès, empruntant pour un an 150 sous à G. Amalrich, lui promet «quod non manulevabo aliquid ad usuram nec faciam alicui persone fidejussionem de isto die usque ad x annos completos sine voluntate P. Amalrici». (Notaires, n° 5, fol. 59 v°.)

un nombre considérable de documents, certaines chartes permettent de constater que les gens aisés détenaient couramment des gages, comme ils possédaient des terres, comme l'on a, de nos jours, des titres de rente [1].

III. Aux XIᵉ et XIIᵉ siècles, les moines étaient les banquiers de nos pays comme de bien d'autres provinces. Les monastères étaient seuls assez riches pour faire l'avance de sommes un peu considérables, et quand ils n'avaient plus d'espèces monnayées, les religieux puisaient dans le trésor de leur église; ils livraient leurs encensoirs d'argent et jusqu'aux rétables précieux de leurs autels [2]. Ils prêtaient sur gages [3], achetaient les biens des gens dans la gêne, ou bien rachetaient les immeubles engagés [4].

Au XIIIᵉ siècle, les rôles étaient changés : les abbayes de la province contractèrent chez les juifs de nombreux emprunts [5], dont quelques-uns décèlent une véritable misère.

[1] 7 septembre 1087. Testament de Pierre Bernard, de Corneilla; il laisse à sa femme, entre autres biens, «pignoras quæ habeo in comitatu Russilionense in Valle Asperi». (*Marca Hispanica*, c. 1183-1184.) — 5 février 1210. Privilège en faveur des gens de Perpignan; le Roi les prend sous sa sauvegarde, eux et leurs biens : «vos et res vestras, honores, possessiones, pignora, debita et omnia bona mobilia et inmobilia et se movencia... honores et possessiones et alias res vobis pignori obligatas». Il enjoint aux bayles d'assurer aux Perpignanais la possession des gages. A chaque instant dans cette charte, les gages sont nommés. (Alart, *Privilèges et titres*, p. 94-95.) — A côté du contrat de gage, il faut placer le contrat de dépôt, dont voici un exemple, du 18 octobre 1283 : «Andreas Boixeda, bajulus de Castro Rossilione, per me, etc., profiteor et in veritate recognosco tibi B. Yspanee, de familia domini G. de Canelo, me a te habere in deposito sive comanda unum perpunctum cindonis ab cuxeres et cum pileo jubat et unum capel ferri ab rahora et unam ensem et unum bordonum qui se tenent (*sic*) in una vagina; que omnia extimamus valere cxii sol. vi denar. barchinonensium coronatorum.» (Notaires, n° 15, fol. 11 v°.)

[4] 10 juillet 1084. Le monastère de Canigou reçoit en gage le village d'En, en garantie du remboursement de «viginti libras

de argento purissimo plurimum deaurato, quod de ipso thesauro sacri altaris tulimus, ea videlicet ratione ut a festo venturo Natalis Domini ad aliud anni vergentis habeamus ab integro hanc pecuniam persolutam sine ulla dilatione». (*Marca Hispanica*, c. 1174.)

[3] 29 janvier 1172. Testament de Bernard, de Brouilla : il laisse au Monastir-del-Camp un manse sis à Passa, que le monastère détient déjà en gage pour sept morabotins. (Cartulaire du Temple, fol. 45.) — 1191-1192. Cession à l'abbaye de Canigou, par Guillaume de Vernet, d'un bien tenu par lui au nom du monastère et engagé à celui-ci pour 100 sous barcelonais. (Série H, fonds de Canigou.)

[4] 13 avril 1101. Testament de Guillaume Jorda. (*Marca Hispanica*, c. 1225.) — 29 juillet 1133. Donation faite au Temple d'un bien-fonds sis à Villemolaque et Nyls, que le Temple a dégagé moyennant quatre livres d'argent. (Cartulaire du Temple, fol. 135 v°-136.) — XIIᵉ siècle. Vente à l'abbaye de la Grasse d'immeubles situés à Salses et engagés. (B 35.)

[5] 1261. Reconnaissance par deux religieux de Valbone à Joseph, d'Elne, d'une dette de 600 sous de Barcelone, «causa mutui». (Notaires, n° 1, fol. 27 v°.) — 3 novembre 1283. Vente par l'évêque d'Elne, comme administrateur du prieuré de Corneilla, à des juifs, des revenus dudit monas-

A cette époque, d'ailleurs, le régime du prêt subit des modifications profondes : le prêt à intérêt, prêt d'argent, prêt de consommation [1], fut admis et pratiqué dans le pays sur une vaste échelle. Je ne crois pas exagérer en disant que parmi les actes des plus anciens registres de notaires que nous ayons conservés, plus de la moitié sont des contrats de prêt. Ce changement provient précisément, si je ne me trompe, de ce que le commerce de l'argent étant passé entre les mains des laïques, les lois canoniques sur le prêt à intérêt devaient perdre beaucoup de leur influence.

D'autant plus que la plupart des banquiers étaient juifs [2]. Les juifs existaient dans nos contrées dès l'antiquité : le *Forum judicum* et les *Usages* de Barcelone s'occupent d'eux [3]. La colonie de Perpignan, qui était nombreuse, habitait un quartier particulier qui lui fut assigné au xiiie siècle sur les collines de la paroisse Saint-Jacques [4]. C'était jadis une loi géné-

tère à Sansa, pour une durée de deux ans. (Notaires, n° 15, fol. 16 v°-17.) — 12 mars 1284. Pierre, abbé de Saint-André-de-Sorède, reconnaît au juif Cresques, de Beaucaire, qu'il lui doit 62 s. 6 d. de Barcelone, empruntés pour assurer la subsistance des moines. (*Ibid.*, n° 14, fol. 13.) — Voir la note suivante et p. 77, note 1. — Les Templiers étaient dans une situation plus florissante : le 14 juillet 1244, Pierre de Casteil leur vendit un terrain à Saint-Hippolyte, « propter magnas necessitates nostras expediendas plurium debitorum que debemus sub magnis et gravibus usuris. » (Cartulaire du Temple, fol. 35 v°.)

[1] 19 novembre 1274. Quittance délivrée par les tuteurs d'Estan Mosse à G. Ot, de Baixas, qui rembourse cinq aymines de froment et une aymine d'orge empruntées audit Estan Mosse. (Notaires, n° 5, fol. 13.) — 19 septembre 1278. Reconnaissance par les Hospitaliers de Bajoles à deux individus de Perpignan, d'une dette de 80 aymines de mil « ad novenam mensuram pro eminas. (*Ibid.*, fol. 26.) — Novembre 1278. Reconnaissance par B. Cugulada, de Réart, à Joseph de la Grasse, juif, d'une dette de 185 sous de Barcelone, dont 150 de capital, et de 4 aymines de froment. (*Ibid.*, fol. 78.)

[1] Le 6 septembre 1300, le roi de Majorque écrivit à son lieutenant au sujet de la liquidation en monnaie barcelonaise des contrats libellés en monnaie toulousaine ; cette lettre fut rédigée à la requête des juifs de Perpignan.

(Archives municipales de Perpignan, Livre des ordinations, t. I, fol. 12 v°.) — Certains de ces banquiers juifs traitaient des affaires importantes : le 27 novembre 1278, Astruc Vidal, de Perpignan, donna quittance à Joseph Ravaya, bayle du roi d'Aragon, pour 8,500 sous de Barcelone à lui remboursés sur les 15,000 que lui devaient divers habitants de Gérone. (Notaires, n° 5, fol. 86 v°.) — Je citerai, comme trait de mœurs, la convention intervenue par-devant notaire, le 18 avril 1277, entre deux frères juifs, dont l'un permet à l'autre de posséder une clef du coffre où sont les titres de créance et l'argent. (*Ibid.*, n° 6, fol. 37.)

[3] « Dès le xe siècle, partout où se trouve installée une communauté juive, on rencontre un territoire portant une dénomination qui indique l'existence de propriétés acquises par des juifs en ce lieu. » (Saige, *Les Juifs du Languedoc*, p. 65-66.) — Peut-être le territoire de Juhègues, *Judaicas*, (*villa Judaicas*, en 1089 ; B 45, Inventaire), était-il pour la colonie juive de Castel-Roussillon ce que la *villa Judaica* était pour les juifs de Narbonne.

[4] 17 mars 1251. (Publié par Fossa, *Mémoire pour les avocats*, p. 66, note 1, et par Alart, *Privilèges et titres*, p. 200.) — La plupart des chartes relatives aux juifs de Perpignan sont sommairement analysées dans la *Recollecta de tots los privilegis de la fidelissima vila de Perpinya*, publiée en 1510, fol. 51.

rale que ce groupement dans une rue, dans un quartier, des gens de même condition, des ouvriers de même métier [1]; les chrétientés africaines avaient ainsi leurs *fondoucs* clos de murs.

Le quartier des juifs à Perpignan s'appelait le *call* [2]; leur communauté ou *aljama* [3] reçut à diverses reprises des concessions importantes : les rois leur donnèrent en alleu les emplacements de leur maison, les dispensant de tout cens et de tout droit de mutation [4], ce qui n'avait jamais été fait dans nos pays, que je sache, même pour les bastides les plus privilégiées.

Favorisés par le Domaine, favorisés par les lois qui leur permettaient, à eux seuls, de percevoir des intérêts excessifs, les juifs du Roussillon ne sont pas, comme certains le prétendent, des victimes de l'intolérance et du fanatisme.

Il est vrai que le peuple ne leur accorda jamais ni respect ni sympathie; mais le respect et la sympathie ne s'imposent point par décret; il faut les mériter, et les documents nous apprennent que les juifs roussillonnais, usuriers [5] et recéleurs [6], ne firent rien pour se faire estimer et aimer.

[1] 24 octobre 1283. Bail d'une maison «in platea Gauterie», à Perpignan. (Notaires, n° 13, fol. 21.) — Fin octobre 1283. Bail emphytéotique d'une maison dans la même ville, «in vico Curacerie». (*Ibid.*, fol. 22.) — Le 4 décembre 1374, «Pierre III permit aux teinturiers (de Perpignan) de s'établir dans la rue attenante aux maisons des Frères Prêcheurs, derrière l'église Saint-Jean, alors appelée *la rue des Bains*». (Fossa, *Mémoire pour les avocats*, p. 71.) — «Une grande partie de la paroisse de Saint-Jacques fut particulièrement destinée, par une ordonnance de don Sanche, roi de Majorque, des kalendes de décembre 1317, pour l'habitation des tisserands en drap, qui eurent le droit exclusif de s'y établir.» (*Ibid.*, p. 70.) — Lorsque Jacques Ier se fut emparé d'Algésiras, il divisa la ville, au moyen d'un mur, en deux quartiers, dont l'un restait affecté aux Maures. (*Lo rey en Jacme lo Conqueridor*, p. 357.) — De même à Murcie. (Muntaner, *Cronica dels reys d'Arago*, cap. XVI, édition de 1562, fol. XIII v°.)

[2] 10 octobre 1283. Bail d'une maison située «in callo Judeorum Perpiniani». (Notaires, n° 12, fol. 23.) — Le *call* était fermé : le 23 mai 1277, Pons de Coll, maçon de Perpignan, donna quittance à Joseph Léon

et à Fagim (?) de Béziers, de 1,000 sous barcelonais à lui payés par la communauté juive, «ratione operis cujusdam portalis et quorumdam bestors quod feci et facere et complere debeo communitati dictorum Judeorum Perpiniani». (Notaires, n° 6, fol. 47.)

[3] Les secrétaires de l'aljama de Perpignan sont cités dans un acte de 1273, inséré dans le registre n° 4 de la collection des Notaires, fol. 8.

[4] 24 juin 1275. Dans ce privilège accordé «Aljame Judeorum Perpiniani», Jacques d'Aragon déclare qu'il reprendra tous ses droits, si les biens en question passent aux mains des chrétiens. (Publié par Alart, *Privilèges et titres*, p. 337.)

[5] Alart avait beaucoup étudié l'histoire des juifs de Perpignan; il avait amassé dans ce but les matériaux d'une étude (voir le rapport de Neubauer, dans les *Archives des missions scientifiques*, 3° série, t. I), que d'autres ont faite et mal faite. Voici ce que dit Alart, dans ses *Notices historiques* (t. II, p. 21), des moyens d'existence des juifs : «Les juifs du Roussillon n'acquéraient guère autrement que par l'usure des propriétés situées hors du territoire de Perpignan.»

[6] Le 5 février 1266, le roi d'Aragon accorda aux Perpignanais que les juifs déten-

Il est encore vrai qu'on les chassa plus tard de nos provinces. Je n'ai pas à juger l'expulsion de 1493; on me permettra néanmoins de faire observer que les juifs ne furent pas des citoyens exilés de la mère patrie, mais des étrangers auxquels on retira un permis de séjour, après les avoir laissés, pendant des siècles, former un État dans l'État. Ce qui fait une nation, c'est une certaine communauté de mœurs et de croyances, de devoirs et d'intérêts. Or, jusqu'à la fin, les juifs furent réfractaires à toute assimilation, gardant non seulement leurs coutumes et leur religion, mais leurs prérogatives, leurs charges distinctes [1], leur organisation politique spéciale, et restant séparés de la masse de la population jusqu'après leur mort [2]. Si, un jour, ils furent traités comme étrangers, il ne faut pas oublier qu'eux-mêmes avaient constamment considéré comme étrangers bons à exploiter les habitants de nos pays, pratiquant avec eux le prêt à intérêt qui ne leur était permis qu'avec des étrangers [3]. On peut, au nom de l'humanité, formuler contre l'expulsion des juifs d'éloquentes protestations; au point de vue de la justice et prise en elle-même, cette mesure se réduisit à l'exercice d'un droit de haute police que les gouvernements les plus libéraux appliquent encore tous les jours.

Quelques chrétiens s'occupaient de banque à Perpignan, à Villefranche,

---

teurs de gages volés seraient tenus de faire connaître qui leur aurait remis ce gage. (Publié par Alart, *Privilèges et titres*, p. 276.) — On peut croire que les juifs avaient la spécialité de ces opérations, et qu'on s'adressait à eux pour écouler les produits des vols : le 12 avril 1265, Jacques le Conquérant avait octroyé à certaines communautés juives un privilège portant que, si un juif nanti d'un gage dérobé jurait qu'il ignorait le larcin, il avait le droit d'être désintéressé du principal et des intérêts de la créance avant d'être dessaisi du gage. (B 234, fol. 149.) — 10 juillet 1304. «Ordonament co tot juheu qui prest sobre peyora sia tengut d'amostrar de qui l'a rebuda e que no la pech, e, si o fasia, que n'sia punit aixi co si la avia panada.» (Archives municipales de Perpignan, Livre des ordinations, t. I, fol. 8 v°-9.) [1] 28 mars 1284. Reine, veuve de Jacob de Montpellier, qui vient de marier sa fille à Mosse Bonafos, promet à son gendre de payer pour lui sa quote-part des impositions frappées jusqu'à ce jour sur la communauté juive de Perpignan, «et specialiter a mutuo sive

questia xxi milium solidorum melgoriensium quod dominus Rex voluit habere a pauco tempore citra a dictis Judeis, de quo mutuo jam dictus dominus Rex habuit aliquam partem». (Notaires, n° 14, fol. 22.)

[2] 27 août 1490. Donation d'un champ sis au territoire de Perpignan, près de la chapelle de Notre-Dame de l'*Agulló*, confrontant «cum fossari Judeorum... cum via de Caneto et cum via quà itur de dicta via de Caneto ad fossaré Judeorum». (G. 6, fol. 82.)

[3] Entre juifs, le prêt à intérêt était interdit; les juifs n'exigeaient d'intérêts que des étrangers, et encore leur conduite, dans ce cas, n'était-elle pas absolument orthodoxe. (Gousset, *Doctrine de l'église sur le prêt à intérêt*, 2° édit., p. 26 et suiv.) — Le 11 août 1273, Vidal de Montpellier, confiant à ses exécuteurs testamentaires un fidéicommis de 75 livres de Barcelone pour faire la banque, spécifie que cette somme devra être prêtée aux chrétiens : «quas habeant et teneant et mutuent christianis ad usuras dicti manumissores mei usque quo dicta filia mea virum accipiat». (Notaires, n° 4, fol. 29.)

à Ille et ailleurs [1]. L'existence des comptoirs à Villefranche s'explique par l'importance des foires tenues dans cette bastide [2]; d'autant plus que la science de la banque s'est surtout transmise par les foires, et que les négociants de nos pays étaient, paraît-il, en relations d'affaires avec la Champagne et la Brie, où les institutions financières étaient particulièrement avancées [3].

Mais c'étaient surtout les juifs qui s'occupaient de ces opérations; cette spécialité était même la principale raison d'être de ces étrangers : ils remplissaient dans l'organisme social une fonction interdite aux chrétiens et cependant nécessaire.

Fait étrange : le législateur reconnaissait au juif le droit de prêter à intérêt; il se borna à fixer une limite à sa «voracité», à son «insatiable

---

[1] 20 mars 1215. Reconnaissance de dette par Pierre, abbé de Canigou, en faveur de Marie, femme de Bertrand, d'Ille. (Série H, fonds de Canigou.) — 28 septembre 1247. Reconnaissance de dette par Bernard, abbé de Canigou, à Bernard Cautamissa, de Codalet, et à Guillaume, son fils; il leur doit 550 sous de Melgueil «ratione omnium debitorum sive baratarum pro pannis, oleo et denariis seu quolibet alio jure vel modo vel ratione». (Ibid.) — 1249-1250. Reconnaissance de dette par le même à Bernard, de Codalet, pour 500 sous de Melgueil, savoir : 200 sous pour emprunt d'huile, 300 sous pour emprunt de deniers. (Ibid.) — 17 mars 1269. Emprunt par Pierre, abbé de Canigou, à Raymond Argent, de Villefranche, de 375 sous barcelonais valant 6 marcs d'argent fin. (Ibid.) — 22 avril 1269. Quittance délivrée par Pierre Cophal, de Villefranche, à Pierre, abbé de Canigou, pour les 600 sous que ce dernier lui avait empruntés. (Ibid.) — 26 février 1273. Vente par Pons d'Ille, chevalier, à David Cohen de Lunel, pour 125 sous barcelonais valant 2 marcs d'argent, d'une créance d'égale valeur sur Pierre, abbé de Canigou, avec garantie de la faire payer. (Ibid.) — Par son testament du 4 juillet 1173, le dernier comte du Roussillon ordonna de restituer «Petro Mortuo, feneratori, pro dampno quod ei intulit quidam latro», 150 sous de Melgueil. (B 5.)

[2] D'après la charte de fondation de Villefranche, il ne devait y avoir de foire pour le Conflent que dans cette localité. (Alart, Privilèges et titres, p. 36.) — Villefranche était riche;

il y reste des constructions des XIIe et XIIIe siècles qui témoignent d'une grande prospérité. Cette ville possédait une colonie juive : en septembre 1283, Vidal Bonfill, de Soal, donna une procuration à Vidal Mayri, juif, de Villefranche-de-Conflent. (Notaires, n° 12, fol. 6 v°.)

[3] Bourquelot, Foires de Champagne et de Brie, t. I, p. 64 et 197. — La science de la banque doit avoir été enseignée aux Roussillonnais surtout par les Italiens, notamment les Génois. Gênes avait conclu avec les souverains du Roussillon de nombreux traités (Archives municipales de Perpignan, Livre vert mineur, fol. 139 v°-142); il y avait des Génois dans nos ports : le capbreu de Collioure signale, à la date du 17 mars 1293, un nommé «Laurencius Barberii, jenoesius, habitator de Cauquoliberon». (B 29, fol. 3.) — Enfin, les banquiers italiens venaient dans nos pays : le 22 avril 1286, à Perpignan, Jacques de Bossona, chevalier du prince de Salerne, et Ninçs Chantro, marchand de Pistoia, nomment un procureur pour recevoir 200 livres de Melgueil. (Notaires, n° 16, fol. 28 v°.) — La veille, Chantro ou Chancro avait figuré dans l'acte suivant : «Mino Xancro, de Pistoyha, et Ambroyho Enaquato, de Florencia, profitemur et recognovimus tibi, Jauffredo Descrochs, quod tu solvisti nobis plenarie, etc. xiii libras xv solidos turonencium minutorum, quos nos mutuavimus Jacobo Olivario de Enissa, apud Barchinonam, pro missionibus faciendis in captione, quia ibi detinebatur.» (Ibid., fol. 28.)

avidité» [1]; il lui assigna un taux maximum [2]. Et pendant ce temps, de la part du chrétien, du libre citoyen de nos villes, les opérations de banque paraissent avoir été simplement tolérées, sans qu'il lui fût possible de poursuivre en justice le payement des intérêts, dont le taux était d'ailleurs inférieur au taux légal des banques juives [3].

L'intérêt, on le sait, s'appelait *usura;* le capital, *sors;* le prêt se disait en latin *mutuum, baratum, barata* [4].

Le taux légal de l'intérêt était autrefois bien plus élevé que de nos jours : la loi visigothique le fixe à un huitième (12.50 p. o/o) par an [5]; diverses constitutions de 1228, de 1234, de 1241 et de 1291 [6] nous apprennent qu'il était à cette époque de quatre deniers par livre et par

[1] Ce sont les termes de l'ordonnance de 1241 dont il va être parlé.

[2] Les Corts de Tarragone et le roi Jacques fixèrent le taux maximum de l'intérêt à 12 p. o/o pour les chrétiens, à 20 p. o/o pour les juifs. (*Marca Hispanica*, c. 1426 et 1431, et de Tourtoulon, *Jacme Ier*, t. I, p. 360, note, t. II, p. 156 et 159.) — 25 février 1241. Défense aux juifs de prendre des intérêts supérieurs à 4 deniers par livre et par mois (c'est 20 p. o/o). (*Marca Hispanica*, c. 1433-1436; Alart, *Privilèges et titres*, p. 158; *Constitucions de Cathalunya*, t. III, liv. IV, tit. VI, § 2.)

[3] 29 juin 1242. Ordonnance de Jacques le Conquérant portant que les chrétiens ne seront pas contraints par voie de justice à payer les intérêts à un chrétien. (B 146, fol. 8; *Marca Hispanica*, c. 1437; *Constitucions de Cathalunya*, t. II, liv. IV, tit. VI, § 1.) — Il faut peut-être entendre dans le même sens une constitution des Corts de Barcelone en 1283. (Ducange, au mot *Barata; Constitucions de Cathalunya*, t. I, liv. IV, tit. XX, § 2.) — Le 17 août 1298, deux individus de Perpignan vendirent certains biens pour payer les dettes, «tam Judeis sub gravaminibus usuris (*sic*) quam Christianis»; il semble résulter de cette phrase que les chrétiens n'avaient pas demandé d'intérêts. (B 56.)

[4] *Barata* paraît désigner le prêt à titre gracieux. Voici le passage des constitutions adoptées par les Corts de 1283, où il est question de ce contrat : «Nos o alguns officials nostres no forcem christia a pagar usuras a

christia, pus que la *usura* sie manifesta, de diners a major quantitat de diners, de quantitat de blat a quantitat major, e axi de las altras cosas; axi empero que de baratas aço no sie entes, perço que l's barons e los cavallers pugan trobar a manllevar o encara a prestar.» (*Constitucions,* liv. IV, tit. XX, § 2.) Ce passage n'est pourtant pas décisif, et peut-être la *barata* se distinguait-elle du prêt ordinaire par des conditions particulières qui nous échappent.

[5] *Forum judicum*, V, v, § 8. — Pour les fruits, le taux était de 50 p. o/o (*ibid.*, § 9), et non pas, comme l'a compris Rosseeuw, de 33 p. o/o. (*Histoire d'Espagne*, édit. 1844, t. I, p. 440-441.)

[6] 22 décembre 1228. (Constitution des Corts de Barcelone, § 1; *Marca Hispanica*, c. 1415-1416.) — 1234, 1241. (Voir ci-dessus, note 2.) — 1291. (*Constitucions de Cathalunya*, t. III, liv. IV, tit. VI, § 3.) — 19 mars 1275. Reconnaissance par Pierre, abbé de Canigou, à Cresches Astrug, juif de Perpignan, pour une somme de 3,000 sous de Barcelone; il promet de désintéresser son créancier dans un an, ou de payer, au delà de ce terme, «pro lucro ex quolibet mense pro qualibet libra IIII denarios donec de sorte et lucro tibi plenarie satisfecerimus». (Série H, fonds de Canigou.) — Les emprunts devaient être contractés généralement pour une durée d'un an; très souvent, en effet, les reconnaissances de dettes résultant de prêts contiennent l'indication de deux sommes dont l'une, l'intérêt, est à l'autre, le capital, comme 1 est à 5. (Notaires, n° 1, *passim*.)

mois [1], 1.66 p. o/o par mois. Encore les prêteurs ne se tenaient-ils pas pour satisfaits. La constitution de 1241, que je viens de citer, porte, en effet, que si l'intérêt exigé est supérieur au taux légal, le surplus devra servir à l'amortissement de la dette.

Dans le cas d'un prêt fait par un chrétien, le taux fixé par les Corts de 1234 et de 1283 était de 12 p. o/o par an.

Les intérêts composés étaient interdits [2].

---

[1] C'est 20 p. o/o par an; mais si le prêt durait un an ou plus, l'intérêt à percevoir annuellement ne pouvait pas, aux termes de la constitution de 1241, excéder un sixième, soit 16.60 p. o/o.

[2] 1234 et 1241. (Voir ci-dessus, p. 78, note 2. Partie de la constitution de 1234 a été publiée dans les *Constitucions de Cathalunya*, t. III, liv. IV, tit. VI, S 1, sous la date de 1224, ce qui est une erreur d'impression, ainsi qu'on peut s'en assurer en jetant les yeux, en tête de ce Recueil, sur la liste des Corts catalanes et des ordonnances qu'elles ont rendues.) — En 1228, il fut ordonné que, si les juifs ne liquidaient pas leurs créances dans les deux ans, la somme des intérêts ne pourrait pas être supérieure à deux fois la valeur du capital. (*Constitucions*, t. III, liv. I, tit. V, S 5.) Cette disposition paraît être exceptionnelle et transitoire. — La banqueroute était inventée au XIII° siècle, et le législateur avait pris des mesures sévères pour la prévenir; les Corts de 1299 décidèrent que tout banqueroutier serait réduit au pain et à l'eau. (*Ibid.*, t. I, liv. IX, tit. X, S 1.)

CHAPITRE VI.

LES BIENS ET LA PROPRIÉTÉ.

I. Meubles et immeubles; le bétail. — Applications de cette distinction. — Domaine public
aux origines de la féodalité. — Pendant la féodalité. — La loi *Stratæ*. — Après la féodalité.

II. Acquisition des biens : occupation et accession. — Prescription. — Imprescriptibilité.

III. Vente : son caractère consensuel; tradition de la chose vendue; l'ensaisinement. — Payement
et garanties. — L'approbation du seigneur foncier. — Forme de l'acte de vente avant
le xiiiᵉ siècle. — Ventes aux églises. — Exemple d'acte de vente au xiiiᵉ siècle.

IV. Aprision : étymologie. — Éléments de l'aprision : concession; occupation; possession trentenaire.

I. Les biens, dans l'ancien droit catalan, se divisaient en meubles et en immeubles : « mobilem et immobilem » [1]. Les biens immeubles se disaient *alaudium*, plus souvent *alodis* ou *honor* [2].

Chacun de ces termes a plusieurs significations, d'où il est résulté de fréquentes méprises. Ainsi, *alodis* désigne le plus ordinairement un bien-fonds, quelle que soit d'ailleurs la condition de la tenure, ce qui explique pourquoi des terres ainsi nommées sont grevées de charges [3]; cependant certains auteurs traduisent constamment *alodis* par alleu, tenure franche, ce qui est le plus souvent un véritable contresens [4]. J'ajoute que l'*alodis*,

[1] Juin ou juillet 1182. «Preterea concedo vobis quod omnis populator et habens valentem mille solidos inter mobilem et inmobilem credatur per sacramentum de placito c. solidorum, sine alio judicio et absque prelio.» (Charte pour Puycerda, publiée dans les *Privilèges et titres*, p. 68.)

[2] Peut-être disait-on aussi *aren* : Jean Ysarn et sa femme donnent à Julien, sa femme et ses fils, «ipsum aren» sis devant l'église Saint-Saturnin (de Vernet), pour y faire un jardin. (Série H, fonds de Canigou.)

[3] 31 mars 1054. «Donemus per singulos annos de utroque alode tascham prefato cenobio, et post mortem nostram sit Sancti Michaelis dominicum.» (*Histoire de Languedoc*,

éd. Privat, t. V, c. 481-482.) — 10 mai 1087. «Et praedicta Chixulo accepit jamdicto alodio per mortem praedicti Vulveradi per illorum manus et beneficium et dedit eis pro praedicto alodio recognitionem et censum quamdiu vixit candelam unam optimam per unumquemque annum.» (Même volume, c. 703-706.) — 13 août 1282. Raymond d'Urg reconnaît tenir en fief «in feudum» pour Guillaume de Canet «omnia alodia que habeo et habere debeo in villa et terminis Sancti Juliani de Turrillis». (B. 52.)

[4] 16 juillet 854. «Et de alaude dono in villa Tauriniaco casas iv et curte et hortos vi et vineas xii... et de annona modii xxx.» (Dotation d'Exalada. *Histoire de Languedoc*,

alodium est parfois un domaine, comme cet *alodium* dont il est parlé dans une charte de 1100 et qui se composait de champs et de vignes séparés par le Tech [1].

Honor est employé plus fréquemment peut-être que *alodis* [2] ; un même document peut contenir les deux termes avec le sens d'immeuble [3]. Certaines chartes ne laissent aucun doute sur cette acception du mot *honor* : « de omni honore » est opposé à « de mobili » dans un privilège pour Urgel, du 27 juin 1165 [4]. « Honorem agrarium vel laboracionem », dit une pièce du 16 juin 1186 [5]. Les anciens juristes ont relevé avec soin cette signification, qui les avait frappés : Marquilles, Mieres, Calis [6], Fossa [7], etc.

On trouve encore, avec le même sens, *hereditas* [8], qui est si fréquent dans les pays de droit français.

Aver désignait comme ailleurs les meubles en général [9], et plus spé-

---

éd. Privat, t. II, Preuves, c. 296-298.) — 29 mars 1025. Cession à l'abbaye de Canigou, par l'évêque d'Elne Bérenger, de l'église de Vernet « cum primiciis et decimis sive fidelium oblacionibus sibi pertinentibus et suis alodibus fundisque et terciis atque sinodis ». (*Cartulaire roussillonnais*, p. 46.) — 14 août 1030. « Debitavit corpus suum et omnes suos alaudes atque omne suum mobile ad Sanctam Eulaliam sedis Elnensis. » (Même ouvrage, p. 52.) — Laferrière (*Histoire du droit français*, t. V, p. 533) a compris que, d'après les *Usages* de Barcelone, « les alleux eux-mêmes sont soumis au pouvoir du chef-seigneur »; or, dans l'article auquel il renvoie le lecteur, *alodia* est opposé à *mobilia*.

[1] 1100. « Est aut[em] ipsum alodium terræ et vineæ. Terræ autem sunt ex una parte fluminis Techi et ex altera in Salancha. » (Duc du Roussillon (Pi), *Biographies carlovingiennes*, Preuves, p. 25-26.)

[2] « Rustici quoque recuperent a tutore illorum honorem et mobile ad quindecim annos. » (*Usages de Barcelone*, édit. de 1544, fol. cxlix, et dans Giraud, *Essai sur l'histoire du droit français*, t. II, p. 489.)

[3] 11 février 1053. « Sic donamus jam dictos honores... Concedimus ei etiam omnes suos alodes. » (*Cartulaire roussillonnais*, p. 67.)

[4] *Privilèges et titres*, p. 47.

[5] Cession consentie par B. de Paracols en faveur du Temple. (B 83 et Cartulaire du Temple, fol. 61 v°.)

[6] Commentaire de l'Usage *Omnes homines*, éd. de 1544, fol. xxxix v°.

[7] *Mémoire pour l'ordre des avocats*, p. 91, note 2, et p. 136.

[8] 24 juillet 866. « ... vindo vobis alodem meum... Ista omnia quod superius resonat, sic vindo vobis omnem hereditatem meam qui michi advenit de parentum meorum seu ex comparatione. » (*Histoire de Languedoc*, éd. Privat, t. II, Preuves, c. 344-346.) — 25 mai 1139. Cession au Temple, par deux frères, de l'*hereditatem* ou *honorem* de leur mère, à Perpignan. (B 4.) — 26 novembre 1139. Différend au sujet de « honore et mobile et omnibus juris et possessionibus... » (B 45.) — 15 mai 1170. Privilège concédé aux Perpignanais de saisir leurs débiteurs « in suo corpore et in suo honore et in sua peccunia, et ut manulevatores distringant in suo avere et in suo honore. » (*Privilèges et titres*, p. 47.) — 19 juillet 1264. (Voir plus bas, p. 112, note 2.)

[9] « Persone eorum cum omni honore et avere veniant in manu principis. » (Usage *Moneta autem*, *Usatici*, éd. de 1544, fol. cxix; Giraud, *loc. cit.*, p. 477.) — 31 mars 1212. « Super omnia nostra mobilia et immobilia adquisita et adquirenda, tam honoris quam averis. » (B 47.) — 28 octobre 1216. « Tam honoris quam averis. » (B 48.) — 29 juin 1219. « Omnes res mobiles sive inmobiles, tam honoris quam averis. » (B 48.) — 1er juillet 1229. « In avere et honore ubique et in bes-

---

cialement l'argent [1]; mais je n'ai pas trouvé ce terme avec l'acception, qu'il avait en d'autres contrées, de bétail.

Les documents catalans ne signalent point, du reste, cette classe intermédiaire de biens entre le meuble et l'immeuble, connue dans quelques textes sous le nom de *cateux* et comprenant les bestiaux; les animaux domestiques, autant que j'ai pu m'en rendre compte, étaient rangés parmi les meubles [2].

De même qu'en droit français, le propriétaire avait, dans nos pays, un pouvoir plus complet sur les meubles que sur les immeubles. Il fallait bien que la loi lui laissât la libre disposition de ces biens, dont l'aliénation eût été difficile à empêcher. D'après les *Usages,* le noble et le bourgeois, lorsqu'ils sont sans enfants, peuvent léguer leurs meubles à leurs proches, ou bien, pour le salut de leur âme, aux églises; les immeubles reviennent de droit au prince [3]. Nous aurons l'occasion de constater plusieurs fois cette distinction, notamment à propos des droits connus sous le nom de *mauvais usages.*

Dans les civilisations avancées, la loi forme une catégorie spéciale de certains biens nécessaires à l'intérêt de la collectivité. La limite entre les propriétés des particuliers et ce domaine public a varié avec les époques; le domaine était plus ou moins étendu suivant que le pouvoir royal était plus ou moins fort. On comprend qu'aux origines de la féodalité, dans une société où le concept de l'intérêt général n'était pour ainsi dire pas connu, en un temps où la justice même était considérée comme une source de revenus analogue à la propriété foncière, cette distinction juridique était des plus confuses.

Alors, c'était une simple question de fait que de savoir si tel bien appartenait au souverain, au seigneur ou à un individu quelconque. Dans le chaos d'où est sortie l'organisation féodale, les biens, quelle que fût leur nature, devenaient la chose de qui était assez heureux pour les obtenir ou assez puissant pour s'en emparer.

---

tiis aregis et non aregis. » (Duc de Roussillon, *Biographies carlovingiennes,* Preuves, p. 38.)

[1] 12 janvier 1071. «De ipso avere quod ei debebat senior suus Berengarius jussit solvere suum monumentum. » (*Cartulaire roussillonnais,* p. 78.)

[2] 20 mars 1028. «Aliud autem meum mobile, id est vaccas et oves et omne quicquid de meo invenire potueritis, aut indumentum, aut ligamenta. » (Testament de Guisla, comtesse de Cerdagne. *Marca Hispanica,* c. 1020.) — 19 février 1077. «Et de suo mobile concessit sanctae sedis Elenense

jamdictae... equos tres, et bove unum, et azino unum et omnes suas oves et porcis. » (*Histoire de Languedoc,* éd. Privat, t. V, c. 631-633.) — 1er juillet 1229. (Voir ci-dessus, p. 81, note 9.) — Par contre, on lit dans le testament d'un vicomte de Cerdagne, du 7 octobre 1091 : «Ubi defuerit mobile aut debita, vendantur de meis cavallis quoad integriter debita solvantur. » (*Marca Hispanica,* c. 1193-1195.)

[3] Usage *Item statuerunt siquidem predicti principes.* (Éd. de 1544, fol. cxxiv; Giraud, *Essai,* t. II, p. 478.)

Princes, barons, communautés, particuliers, chacun s'appropria ce qu'il put, sans qu'il y eût à cet envahissement d'autres limites que l'avidité des occupants, d'autre titre que leur force.

On sait que les diplômes carolingiens comprennent régulièrement dans les domaines privés les eaux, moulins, pêcheries, etc.; il serait aisé de citer de nombreux exemples à l'appui de cette observation, si ce n'était là un fait qui ne souffre pas discussion [1]. Les fleuves étaient propriété privée aussi bien que les ruisseaux. Le droit visigothique semble, d'ailleurs, avoir consacré ce principe : il permet le défrichement du lit des fleuves et l'établissement de clôtures pour la pêche sur la moitié de la largeur des cours d'eau où passent les navires de commerce et les poissons de mer [2]. Certains documents de nos contrées assignent pour limite à des villas rurales le milieu de la Tet ou du Tech [3]; d'autres comprennent dans les domaines toute la largeur de ces rivières [4]. En 1040, un nommé Dieudé Vuolorut, qui ne paraît pas avoir été autre chose qu'un propriétaire, vend pour une once d'or une concession d'eau de la Tet au monastère de Saint-Michel de Cuxa [5]. Bien plus, en 1027, la Tet, sur son parcours à travers le territoire de Villeneuve-de-la-Rivière, paraît avoir servi de gage [6].

Cependant, à mesure que la situation se régularisait, des lois tendaient à se substituer au fait : on attribua aux pouvoirs publics certains biens qui échappaient à une appropriation privée, par leur nature ou par leur destination; tels étaient, d'une part, les cours d'eau et les routes, de l'autre, les pacages, les forêts, que la population avait intérêt à laisser indivis. Dans les temps qui suivirent la reconquête, le souverain était réputé propriétaire de tous les biens sans maître, qui constituaient le *fiscus*, le domaine impérial [7]; il nous reste même la preuve que les derniers rois de

---

[1] Voir Championnière, *De la propriété des eaux courantes*, p. 668 et suiv., et en ce qui concerne plus particulièrement le pays, Fossa, *Réponse pour le marquis d'Oms*, p. 12, n. c.

[2] *Forum judicum*, VIII, IV, 28 et 29.

[3] 31 oct. 945. Donation par Wadalde, évêque d'Elne, à son église, de son domaine à La Tour-Bas-Elne : «De meridie conlaterat in ipso medio alveo Theco.» (*Histoire de Languedoc*, éd. Privat, t. V, c. 200.) — 24 août 1052. Plaid au sujet du domaine de l'abbaye de Cuxa à Baho : «Et affrontat... a parte vero meridiana in media aqua decurrente de flumine Ted.» (Même ouvrage t. V, c. 467;

Biographies carlovingiennes, Preuves, p. 22; *Cartulaire roussillonnais*, p. 65.)

[4] 14 février 988. Donation à l'abbaye de Cuxa dudit domaine de Baho : «Qui affrontat ipse alaudis de parte orientis in terminio Sancti Stephani in ipsa riba ultra Ted.» (*Histoire de Languedoc*, éd. Privat, t. V, c. 309; *Cartulaire roussillonnais*, p. 30.)

[5] *Histoire de Languedoc*, éd. Privat, t. V, c. 439.

[6] Même volume, c. 382-383. — Le sens de ce document n'est pas très clair.

[7] 3 avril 937. Le comte Seniofred a envoyé son frère Guifred demander au roi Louis-

la deuxième race disposaient parfois des vacants de notre province [1]. Mais ces idées se perdirent à la longue, et les barons se saisirent de ce débris du pouvoir royal : non seulement ils eurent, en général, la propriété des bois, des pâturages et des petites rivières de leur seigneurie [2], mais encore ils revendiquèrent les montagnes inhabitées et les fleuves, les épaves, les bêtes fauves, les mines [3], la mer même [4] et vendirent jusqu'au droit de parcours et de voine pâture.

En un mot, on peut dire qu'à part peut-être quelques propriétés communales, les seigneurs mirent la main sur les biens-fonds autres que ceux

«quatinus licenciam haberet ex parte nostra (c'est le Roi qui parle) de propria terra suæ potestatis donare ad locum quod est ædificatum in honore Dei et Sancti Germani et beati Michaelis». (*Marca Hispanica*, c. 848-849.)

[1] 9 juillet 981. Concession, par le roi de France, au comte de Roussillon, des terres vagues sises à Collioure et à Banyuls-sur-Mer. (*Ibid.*, c. 925.)

[2] 9 juillet 1208. Vente au Temple, par Arnaud de Lers, du village de Terrats, avec «mansos, manssatas... et justicias, questas, toltas, forcias, albergas, foriscapia, rivos et aquas, et pascua, et feuoda et alodia, quartòs, quintos et agrarios,... joas et terras et operas, census et usaticos et bordas...» (Cartulaire du Temple, fol. 73 v°.) — 28 août 1264. Vente, par Guil. Durband, chevalier, à l'hôpital de Perpignan, de «totam pasturam termini de Ultraria». (*Privilèges et titres*, p. 260.) — Vers 1270. Concession en emphytéose, par la femme de Guillaume de Castelnou, de la devèse de la rivière de Pérer, paroisse de Céret, avec droit exclusif de pêche, plus «totam forasteriam nemoris majoris parrochie de Cereto, ratione cujus forasterie tu et tui habeatis in perpetuum a qualibet persona que ibi inciderit ligna vel arbores forasteriam et habeant vobiscum componere», sauf les droits des concédants et ceux des habitants de Céret. (B 73.)

[3] 16 juin 1186. Vente au Masdeu, par le seigneur de Paracols, de «paschua et adempramenta in omnibus meis honoribus et per totas ipsas chalmes, sicuti ex mea dominacione et dominatu sunt et esse debent». (Cartulaire du Temple, fol. 61 v°.) — 30 août 1271. Vente aux moines de Saint-Hilaire, par Bernard de Montesquieu, du village de Nido-

lères, avec la moitié du Tech, lit compris, «accapite ripe saltus de Candello usque ad terminum de Volono et a dicto termino de Volono... usum dicti fluminis et omnium que in dicto flumine fuerint vel rippa ejus et usumfructum usque ad terminum vadi de Roder»; la moitié des épaves, le droit pour les gens de Nidolères de faire paître sur le territoire de Montesquieu, «ubi bladum non sit», etc. (B 83.)

[4] 20 mai 1248. Échange, entre le Roi et le comte Pons-Hugues d'Ampouries, des droits dans la vallée de Banyuls, «tam ben per mar com per terra». (*Privilèges et titres*, p. 190.) — Février 1279. Cession temporaire, par R. de Canet, de la dîme des poissons de la plage de Sainte-Marie-la-Mer. (Notaires, n° 10, fol. 24 v°.) — 18 février 1284. Procuration donnée par G. de Puig Orfila, de Collioure, à G. Vallespir, jurisconsulte de Perpignan, pour réclamer à Pons-Hugues d'Ampouries les Sarrasins et leur barque, pris dans le port de Cadaquès, «cum dictus dominus comes mihi vendiderit omnes redditus, exitus et proventus et omne jus quod habebat dictus dominus comes in castro et mari de Cadaquers»; [ledit Vallespir doit, en outre, informer Pons-Hugues que Guil. de Puig-Orfila ne se charge pas de défendre Cadaquès contre le roi de France]. (*Ibid.*, n° 15, fol. 38 v°.) — 30 octobre 1286. Donation, par Raymonde de Canet, à son fils Guillaume, de ses droits à Sainte-Marie-la-Mer, «tam in mari quam in terra», et à Canet, «tam in platea ipsius ville quam in molendinis quam in stagno quam in mari quam in aliis locis». (B 57.) — Il est vrai que, d'après les commentateurs, la mer appartenait au prince; à moins de concession ou de possession immé-

qui appartenaient aux particuliers, et sur ces derniers biens, ils revendiquèrent un droit de surveillance.

En vain, les comtes de Barcelone, qui se considéraient, nous le savons, comme des souverains, réagirent contre ces empiètements dont ils avaient donné l'exemple [1]; en vain, leurs *Usages* [2] et les lois de police attribuèrent au prince, à la *potestas*, les chemins et les routes; les barons continuèrent à trafiquer des voies de communication [3], comme de tout le reste [4].

moriale. (Cancer, *Variarum resolutionum*, III, XIII, § 236-237 et 311, t. II, p. 244 et 248.) — Le régime des mines fut peut-être différent : en fait, elles appartinrent souvent aux seigneurs, parce qu'elles leur furent concédées; mais, en droit, et peut-être parce qu'elles se trouvaient dans les profondeurs du sol, elles paraissent avoir été la propriété du prince : 28 juillet 976. Concession en fief, par le comte Oliba, de «pasturals, aquas et aguals, boschs et meneres presentia et futura, sicut pertinere debent ad nostrum seniorivum de Pog Lauro, quousque pervenitur ad Volum, et de termino de Cered ad usque terminos ipsum Volo». (*Cartulaire roussillonnais*, p. 28-29.) — 6 janvier 1203. Vente, par Pierre d'Aragon, au monastère de Fontfroide, du territoire d'Escarro avec les mines, minières, *fortunes* et juridictions, à l'exception des droits de justice sur les mineurs étrangers. (B 8.) — 1196-1213. Concession à l'abbé d'Arles de la mine de *Pug Alduch* et de toutes les mines qui se trouvent dans le territoire de l'abbaye. (B 367, Inventaire.) — 12 décembre 1418. Permission donnée par Alfonse d'Aragon de chercher des mines dans toute l'étendue des comtés de Cerdagne et de Roussillon, à condition de désintéresser les propriétaires des immeubles fouillés et de livrer au souverain une part déterminée des minerais extraits. (B 217, fol. 67.) — Il semble bien résulter de ces derniers actes que les mines n'appartenaient pas au seigneur local, à moins d'une concession expresse. — Cf. Morer, *Exploitation des mines en Roussillon*, dans le *Bulletin de la Société agricole des Pyrénées-Orientales*, t. IX, p. 291.

[1] Les rois d'Aragon étendaient leur domaine sur les biens non sujets à l'appropriation; ils levaient un droit sur les navires qui passaient entre l'île de Majorque et les côtes de Catalogne, ainsi qu'il résulte d'une lettre royale, en date du 18 septembre 1359 : «Dicta lezda a transeuntibus in Coquolibero ab antiquo et atlanto tempore citra quod hominum memoria in contrarium non existit, quod quecumque navigia veniencia et recedencia a partibus Provincie, Pisarum et Janue et ab illis confiniis et a quibuscumque aliis partibus et navigancia ad civitatem seu partes Majoricarum vel ad partes Cathalonie vel regni Valencie aut Yspanie que transeant seu eorum transitum faciant inter insulam Majoricarum et terram Cathalonie, debent solvere lezdam nobis seu nostro lezdario Coquiliberi, de rebus et mercibus que cum dictis navigiis portant, licet ductores dictorum navigiorum non videant terram Cathalonie vel eciam videant, et hoc racione dicti passagii quod faciunt inter dictam insulam Majoricarum et terram Cathalonie.» (B 217, fol. 113.) — Cf. Instructions au bayle de Canet, du 9 novembre 1472. (B 410, fol. 59 v°-60.)

[2] Usage *Camini et Strate.* (*Usatici*, éd. de 1544, fol. cxv v°; *Constitucions*, t. I, liv. IV, tit. XXII, § 2; Giraud, *loc. cit.*, p. 476.)

[3] 23 mai 1265. Vente, par Guillaume de Canet, aux habitants de Canet, des pacages du territoire, des landes, des routes et des droits de pêche. (*Privilèges et titres*, p. 269.) — 6 novembre 1296. Hommage par Ermengaud de Llupia à Raymond, évêque d'Elne, pour le village de Bages, avec les justices civiles, les routes, etc. (G. 22.)

[4] Voici, au sujet de la délimitation entre le domaine royal et le domaine seigneurial, quelques indications qu'il m'a paru utile de recueillir : 29 mars 1400. «Les superioritats vulgarment appellades regalies son majorment les les (*sic*) qui per orde los seguexen : total jurisdiccio e cognicio en civil en criminal de tots officials, de consols, sindichs e de totes

L'article 72 des *Usages*[1], si on le prenait à la lettre, attribuerait au souverain les routes, bois, eaux, landes et montagnes; évidemment, il s'agit seulement de ceux d'entre ces biens qui n'avaient pas été l'objet d'une appropriation; le législateur ne pouvait pas songer à dépouiller les communautés civiles et religieuses ni les particuliers qui possédaient des pacages, des fontaines ou des forêts. La loi *Stratæ* (c'est le nom sous lequel est connu cet article) spécifiait d'ailleurs que les pouvoirs publics ne devaient pas détenir ces biens en toute propriété, mais que les populations en conserveraient la jouissance. Cette loi était une mesure destinée à régler le sort des vacants, à une époque où le chiffre de la population croissait assez rapidement pour qu'il ne fût plus permis de gaspiller les ressources du pays restées disponibles. Jusqu'alors, les habitants du comté de Barcelone avaient pu, semble-t-il, user et abuser de ces biens comme de leur chose propre; dorénavant, les vacants appartenaient au comte, qui devait les administrer pour le plus grand profit du peuple[2].

Lorsque la royauté eut ressaisi son pouvoir, que la société se fut organisée sur des bases nouvelles, les officiers royaux attirèrent au domaine de la couronne le plus possible de biens. Dès les rois de Majorque, si l'on en croit Fossa[3], les rivières navigables, le Tech, la Tet et l'Agly, furent ainsi rattachées au domaine royal, au moins nominalement, car les seigneurs élevèrent des contestations à ce sujet jusqu'à la Révolution[4].

---

altres persones administrants o regents officis publichs, de tots actes e excesses fets o perpetrats en rius, aygues, en camins, vies publiques, en los lits o ribes de la mar, garda e conexenças dels coloms.» (Criées du viguier, dans le *Liber stilorum*, B 346, fol. 55.) — 20 mai 1410. «Alia vero jura que domino Regi ut regi et ut principi Cathalonie, ut sunt amortisationes, bona vacantia, impositiones, lesde, trobes et minerie et similia, servicia sive dona que fierent pretextu concessionum privilegiorum vel alias graciose...; que nobis ut principi pertinent et pertinere debent, ut sunt prout dictum est, eaque perveniunt ex usaticis *Princeps namque*, *Authoritate et rogatu*, *Simili modo*.» (Décision du Roi au sujet des contestations entre Fr. de Ribes et le Domaine, dans le *Mémoire pour prouver la régalie universelle*, fol. 77 v°.) — 20 juin 1510. Guillaume d'Oms possède L'Écluse et Montesquieu, avec les justices civiles et criminelles : «Verum cum per terminos dictorum castrorum discurrant amnes et flumina, ut dicitur,

navalia, suntque eciam in dictis castris montes, plana et nemora, ubi omni parte venacionum et piscacionum jam vobis in dictis terminis uti licet; set quia ad vestrum vestrorumque successorum animi delectacione, cupitis prohibere ne quis audeat terminos dictorum castrorum ad piscandum seu venandum introhire, defesiam sive voalar in predictis terminis faciendo et constituendo, et cum aque navales et flumina in Cathalonia et comitatibus predictis nobis et curie nostre pertineant, propterea subscriptam gratiam ad uberiorem cautelam a nobis humiliter implorastis.» (B 357, fol. 181.)

[1] *Usages de Barcelone*, éd. de 1544, fol. cxxv; *Constitucions*, t. I, liv. IV, tit. III, S 1; Giraud, *loc. cit.*, p. 479.

[2] Voir mon étude sur la *loi Stratæ*, dans la *Revue historique de droit français et étranger*, janvier-février 1888, p. 59.

[3] *Réponse pour le marquis d'Oms*, p. 19 et 69.

[4] Voir mon étude sur la *loi Stratæ*, loc. cit., p. 71-72.

Mais comme il restait de l'état de choses ancien des possessions immémoriales ou même des concessions explicites, il résulta de cette opposition entre le fait acquis et le droit qu'on s'efforçait de faire prévaloir, des tiraillements et des conflits [1]. C'est au xviiie siècle surtout que la lutte éclata entre le Domaine et les particuliers ou les seigneurs locaux. Les agents du Domaine revendiquèrent pour la couronne non seulement les rivières navigables, qui lui appartenaient définitivement en vertu de l'ordonnance de Louis XIV sur les eaux et forêts [2], mais encore toutes les eaux de la province, à l'exception des ruisseaux qui naissaient et mouraient sur un même fonds. Ils ne s'en tinrent pas là : ils proclamèrent que les eaux étaient une « régale majeure », une dépendance inséparable de la souveraineté [3]. Cette théorie était rejetée par le Conseil souverain, qui, le 21 juin 1735, reconnut à l'abbé d'Arles un droit de propriété sur les eaux de sa seigneurie, et notamment sur le Tech, lequel est réputé fleuve navigable [4].

La question fut reprise vers 1775, par le receveur général, à propos de la rivière de Sorède. Fossa écrivit pour la défense des droits du marquis d'Oms, seigneur de Sorède, un mémoire qui est peut-être la plus remarquable étude consacrée au droit roussillonnais; il y réunit de nombreux exemples de rivières cédées par les rois sans réserve du domaine éminent. Fossa établit que les cours d'eau même navigables pouvaient faire l'objet d'un contrat, d'une aliénation définitive et complète, que l'acheteur payait bel et bien de ses deniers et par laquelle il acquérait des droits rétrocessibles à un tiers.

Concluons, à notre tour, que c'est une erreur historique de considérer, avec certaines juridictions, les concessions de ce genre comme des actes d'administration révocables, analogues à nos règlements d'eau.

---

[1] Fossa, *Réponse pour le marquis d'Oms*, p. 76.

[2] Cette ordonnance fut enregistrée au Conseil souverain de Roussillon, le 17 décembre 1728.

[3] 12 août 1779. « Jean-Pierre-Martin de Costa, président de la Chambre du Domaine du Roi en Roussillon... Vu le réquisitoire du procureur du Roy de ce jourd'hui contenant que suivant l'usage et stile des comtés de Roussillon et Cerdagne de tous temps observés, confirmés par différentes pragmatiques royales, toutes les eaux qui coulent dans l'étendue desdits comtés appartiennent à Sa Majesté et sont au nombre de ses régales... »

(Chambre du Domaine, au greffe du tribunal de Perpignan.) — On trouvera un exposé de ces théories dans le « Mémoire instructif que donne le procureur du Roy en la commission générale pour la réformation des Domaines dans la province du Roussillon et terres adjacentes, pour servir à prouver le droit de régalie universelle appartenant à Sa Majesté sur toutes les eaux de cette province et sur tous les droits en dépendants ». « Fait à Perpignan, le 31 août 1729. Signé : D'ARLES DE FERTILLÈRE, substitut du Procureur du Roy. » (Série B, non coté.)

[4] Fossa, *Réponse pour le marquis d'Oms*, p. 30.

Il est nécessaire de se rappeler, quand on étudie cette question si intéressante pour le Roussillon, que les rois d'Aragon se dessaisirent, en plein xiv⁰ siècle, du droit d'appel suprême, qu'ils trafiquèrent du droit d'instituer les notaires, que les dîmes ont été vendues ou inféodées [1], en un mot qu'il n'est pas une prérogative souveraine qu'un pouvoir besogneux n'ait fait rentrer dans le droit commun [2].

En fait, cependant, le Domaine royal était assez considérable; il se composait surtout d'immenses pacages et de forêts dans les montagnes : tels étaient les pasquiers d'Odeillo, dans le massif de Carlit.

II. On pouvait acquérir un bien, soit par suite d'un fait : occupation, possession prolongée pendant un délai suffisant, accession, soit en vertu d'une transaction onéreuse ou gratuite : échange, vente, donation [3].

De l'occupation et de l'accession en droit catalan, il y a bien peu à dire. L'accession fut consacrée dans les *Usages* [4]; mais elle était admise déjà dans la province : le 14 août 1030, Guadaldus, sa femme et son fils déguerpirent, dans un plaid, en même temps qu'une vigne qui ne leur appartenait point, les constructions qu'ils y avaient élevées [5].

La prescription barbare d'an et jour avait fait place, dès les Visigoths, à la prescription par trente et par cinquante ans [6]. De ces délais, le

---

[1] 21 décembre 1138. Don, par Guillaume de Villemolaque, aux Templiers, de la dîme du bien-fonds où est bâti le Masdeu : « totam integriter de omnibus substantiis, scilicet de omnibus laborantiis et ortaliciis et de bestiis ». (Série H, fonds du Temple.) — 15 mai 1205. Vente de dîmes consentie en faveur des Templiers du Masdeu par Raymond de Castel-Roussillon et Saurimonde, sa femme. (Cartulaire du Temple, fol. 58.) — 1er avril 1266. Bail à ferme par Bérenger, évêque d'Elne, de la dîme de Saint-Jean. (Notaires, n° 2, fol. 43 v°.) — 16 juillet 1271. Vente du quart des dîmes de Villeneuve-des-Escaldes. (Série H, non classé.) — 6 septembre 1280. Concession en fief honoré, par le roi de Majorque à Arnaud de Corsavi, de la dîme de Prats-de-Mollo. (B. 16, fol. 4.) — La *Summa* de Raimond de Penyafort renferme un chapitre intitulé : « Ne prelati vices suas sub annuo censu concedant. » (*Summa*, liv. I, p. 28.)

[2] Voir mon étude sur la *loi Stratœ*, *loc. cit.*, p. 77.

[3] L'expropriation pour cause d'utilité publique était admise : « Home de Perpinya,

si es compellit a vendrer cases per fer carrers o altres obres publiques, la part de casa resta ha de estar a sas liberas voluntats. *Rey don Jaume, ab privilegi dat a Mallorcha a 4 de les nones de mars 1299.* » (Bosch, *Titols de honors*, p. 405.)

[4] Usage *Si quis in alieno*. (*Usatici*, édit. de 1544, fol. CLIX v°; *Constitucions*, t. I, liv. VII, tit. I, § 1; Giraud, *loc. cit.*, p. 501.)

[5] « Cum omni voce apositionis seu edificationis que ibidem facta fuimus. » (*Histoire de Languedoc*, édit. Privat, t. V, c. 394.) — Il faut remarquer cependant que certains individus possédaient en propriété ou à titre de fief des arbres sur des terrains qui ne leur appartenaient pas : 30 décembre 1159. Donation en franc-alleu de deux pieds d'olivier, avec pouvoir de les replanter, dans un jardin tenu en fief à Torreilles. (B 45.) — Janvier 1293. « Item, tenet III olivarios in orto Regis, in quibus dictus dominus Rex recipit et recipere debet quartum. » (*Capbreu* de Tautavel, B 31, fol. 12 v°.)

[6] *Forum judicum*, X, II.

second se rencontre parfois [1]; mais le premier surtout passa dans les mœurs[2] : il en est fait mention dans plusieurs plaids, et je ne doute pas que ce ne soit ces *legitimos annos*, ce délai légal, qui est visé dans un jugement du 5 juin 858 [3]. De la prescription annale, il est à peine resté quelques traces dans la coutume du pays [4].

Les législations avancées accordent au Domaine public une protection particulière contre les effets de la possession : elles le déclarent imprescriptible. Le droit roussillonnais n'était pas fixé à ce sujet : les lois et les chartes se contredisent quelque peu. L'Usage *Hoc quod juris est sanctorum* [5] porte qu'on ne prescrit pas contre les droits du prince ou des églises, même par une possession de deux cents ans. Cette disposition était-elle en vigueur dans la pratique ? Il serait téméraire de le nier, et plus encore peut-être de l'affirmer [6]; je serais disposé à n'y voir qu'une simple tentative, une réminiscence de la législation antique, introduite dans les *Usages* par un rédacteur trop érudit. Ce qui est certain, c'est que, de très bonne heure, cet usage ne s'entendit que des biens possédés par l'église en tant qu'église, des biens appartenant au prince ou aux seigneurs, en tant que prince et seigneurs; le reste de leurs propriétés resta soumis au droit commun [7].

Au milieu du XIIIᵉ siècle, Pierre Albert émettait l'avis que la *directe*, la suzeraineté féodale, était imprescriptible [8]; en vertu de cette théorie, qui

---

[1] 25 mars 874. Plaid au sujet de Laurent, que le comte Miron réclame comme serf fiscal; Laurent établit que pendant trente et cinquante ans ses parents ont été libres. (*Histoire de Languedoc*, t. II, Preuves, c. 373-375; *Marca Hispanica*, c. 796-797.) — 17 décembre 875. Plaid au sujet de Saint-Félix : «Manifeste verum est quia dictus locus Sancti Felicis cum claustra et terminia ejus a praedecessores Audesindo episcopo... per hos annos quinquaginta seu et amplius jure ecclesiastico possessum fuit.» (*Histoire de Languedoc*, édit. Privat, t. II, Preuves, c. 382-384).

[2] 18 août 868. Plaid en faveur de l'abbaye de Cuxa. (*Ibid.*, c. 346-347.) — 7 janvier 1027. Concession entre les gens d'Ages et ceux de Pallerols au sujet des limites des territoires. (*Cartulaire roussillonnais*, p. 49-51.)

[3] Plaid par-devant le vicomte Richelme. (*Histoire de Languedoc*, édit. Privat, t. II, Preuves, c. 306-308.)

[4] 1283. Constitution des Corts de Barcelone au sujet des hommes des bordes et des

paysans : «Si cren de locs o de vilas en lasquals se acostuman de reembre, ques reeman si dones per alcun dret o per prescriptio de any, de mes e de die o de major temps nos podien deffendre.» (*Constitucions de Cathalunya*, t. I, liv. IV, tit. XXIX, S 1.)

[5] *Usatici*, édit. de 1544, fol. cxlv vº; *Constitucions*, t. I, liv. VII, tit. II, S 1; dans Giraud, *loc. cit.*, p. 489.

[6] En ce qui concerne les églises, le délai pour la prescription paraît avoir été de quarante ans : «contra ecclesias vero omnino est necessaria prescriptio quadraginta annorum». (Raymond de Penyafort, *Summa*, t. II, p. 201.) — Le pape Clément IV écrivant, en 1265, au roi Jacques le Conquérant, lui reproche d'exiger des églises les titres de propriété pour des biens qu'elles possèdent depuis quarante ans. (Diago, *Anales del reino de Valencia*, fol. 374 vº.)

[7] Jacques de Monjuich. *Usatici*, fol. cxlvi.

[8] *Constitucions*, t. I, liv. IV, tit. XXVII, *in fine*, S 14.

paraît avoir été universellement admise [1], Jacques d'Aragon ordonna, le 23 mai 1263, par une commission dont il sera plus loin question à propos du franc-alleu [2], de saisir tous les biens de la mouvance du Roi aliénés sans autorisation, et ce « nonobstant toute prescription ».

Au xv⁰ siècle, une constitution des Corts de Barcelone reconnut la prescriptibilité du Domaine par une possession de quatre-vingts ans [3]; malgré quelques ordonnances contraires des agents royaux, cette règle semble avoir persisté jusqu'à la Révolution [4], et il se trouve encore des particuliers en procès avec l'État, qui s'efforcent d'établir que leur possession a commencé quatre-vingts ans avant la promulgation du Code.

Les juristes ont voulu restreindre l'effet de cette loi, et ils ont, dans ce but, établi une distinction entre les régales majeures, comme la justice, et les régales mineures, ou biens du patrimoine, lesquelles seraient seules prescriptibles. Mais si l'on admet que les droits aliénables sont prescriptibles, il suffit de se reporter à ce qui est dit plus haut de la vente des hautes justices, pour se convaincre que cette distinction n'est pas applicable au moyen âge.

III. La remarque a déjà été faite que la vente n'offre pas dans le droit catalan de particularités intéressantes [5].

Ce contrat paraît avoir été purement consensuel; il transférait la propriété avant que l'objet vendu fût livré à l'acquéreur. La tradition n'était pas un élément constitutif de la vente, indispensable à sa validité, et dans les actes qui ne sont pas rédigés d'après les formules du droit romain, il n'en est fait mention qu'exceptionnellement [6]. Je ne vois pas, en effet, la preuve d'une tradition réelle, matérielle, dans cette phrase vague : « de nostro jure in vestro tradimus dominio potestatis [7] », ou autres analogues, qui se réfèrent simplement au transfert du droit de propriété.

---

[1] Sur l'imprescriptibilité de la directe en droit catalan, voir de Broca et Amell, *op. cit.*, t. II, p. 106 et suiv.

[2] Voir plus bas, p. 111.

[3] *Constitucions de Cathalunya*, t. I, liv. VII, tit. II, § 2.

[4] Ce principe fut invoqué notamment, au xviii⁰ siècle, dans un procès soutenu contre le Domaine par dame Marie de Cahors. (C 1491, Inventaire.) — On peut voir divers exemples de l'application de la constitution de 1486 dans la protestation du clergé et de la noblesse du Roussillon contre les lettres ordonnant la confection d'un terrier des do-maines du Roi dans la province. (Paris, 1774, p. 58 et suiv.) — Voir également, pour la période moderne, les archives de l'Intendance du Roussillon. (C 1633, 1675, 1748, Inventaire.)

[5] De Broca et Amell, *Instituciones del derecho civil catalan*, t. II, p. 171.

[6] Mai-juin 1243. Vente par Bérenger Sichard, de Tolo, à Bernard de Cases, de Puycerda, de son bien et de ses hommes de Pedra : « Vendo semper et cominus trado. » (Série H, non classé.)

[7] 12 février 1069. (Vente d'un domaine à Alb, en Cerdagne. *Cartulaire roussillonnais*,

La livraison symbolique était presque inconnue ; les documents qui en parlent sont d'une extrême rareté : le 10 mars 1303, le vendeur d'un manse et d'une borde ensaisine l'acheteur, « mito te in possessionem veram et plenariam », et lui donne de la main à la main un quartal de seigle de cens payé par le tenancier[1]. Il est à présumer cependant que le vendeur remettait quelquefois à l'acquéreur comme titre de sa propriété l'acte de vente[2].

Fait remarquable et contraire aux lois habituelles de l'évolution du droit, ce formalisme devint plus ordinaire dans la suite, au XVIe siècle par exemple[3].

p. 73.) — 16 août 1070. « De nostro jure tradimus in dominium et potestatem. » (Donation d'un domaine à Ayguetébia. *Ibid.*, p. 75.) — On trouve à chaque instant des exemples de cette formule.

[1] Série H, non classé.

[2] 12 février 1069. « Et est ipsa karta scripta vel tradita in presencia de Arnal Agela et de fratre suo Bernard, et de Ponc Arnal et de Bernard Guifret et de Pere Senfret et Ponc Pere et Enge de Pug et Ermenir. » (Vente d'un domaine sis à Alb. *Cartulaire roussillonnais*, p. 74.) — Il faut remarquer que la rédaction et la remise de l'instrument étaient des moyens de preuve et non des éléments constitutifs du contrat. L'obligation résultait parfois, surtout en matière de prêt, d'un contrat qui n'était pas rédigé par écrit. Les mentions de ces conventions *sine carta* sont assez fréquentes dans les registres de notaires du XIIIe siècle : 1261. Testament de dame Esclarmonde Fabresse de Cabestany : elle dispose de 27 sous de Melgueil, « quos mihi debet dictus S. Johannis, gener meus, sine carta ». (Notaires, n° 1, fol. 15 v°.) — Les notaires avaient même adopté une formule de style : « cum cartis vel sine », qu'ils abrégeaient parfois : « cum cartis, etc. » : 15 mai 1286. Remise par C. de Castellon à deux juifs de ce que ceux-ci lui devaient « cum cartis, etc. » (*Ibid.*, n° 16, fol. 34 r° et v°.) — La remise ou l'anéantissement du titre accompagnait quelquefois la libération du débiteur. Par exemple, le 31 août 1027, Géraud empruntant deux onces d'or au monastère de Cuxa, l'abbé s'engage à lui remettre le titre de la créance, « hanc cartam », lorsqu'il sera désintéressé. (*Histoire de*

Languedoc, t. V, c. 382.) — Le 23 août 1246, Frère Guillaume de Cardona, templier, remet aux habitants de Palau-del-Vidre une redevance qu'ils devaient pour l'entretien des remparts, « prout in instrumentis sive capibrevis inde factis plenius continetur, que vobis in presenti tradimus pro rumpere sive dilaniare ». (*Privilèges et titres*, p. 184.) — Novembre 1278. Prêt par Joseph de la Grasse, juif, à Cugulada ; le juif promet de déchirer les titres de créance quand il sera remboursé. (Notaires, n° 5, fol. 78 r° et v°.) — 17 mai 1286. Engagement pris par Samuel-Salomon Natan, juif de Perpignan, envers A. Salvet, forgeron de la même ville, « quod incontinenti cum tu hinc usque ad primum veniens festum Sancti Johannis de junio solveris mihi cct solidos melgur. bon., frangam in presentia tua et restituam tibi quoddam instrumentum debiti cccxii sol. vi denar. barchinonensium. » (*Ibid.*, n° 16, fol. 39.) — Je rattache à la même idée l'obligation pour le tenancier de rendre la charte de concession, lorsqu'il déguerpit la tenure : 1283. « En los locs empero, hon los homens no han acostumat de reembre, si mudan lur estatge als locs nostres, retudas las cartas, lexen a lurs senyors propris lurs possessions o que las alienen a personas no vedadas. » (Constitution du Roi aux Corts de Barcelone, dans les *Constitucions*, t. I, liv. IV, tit. XXIX, § 1.) — Le 26 mai 1204, un artisan de Palol, soumettant son manse à la directe des Templiers, leur livre son titre de propriété : « quam cartam vobis in presenti trado pro teuedone ipsius mansi ». (Cartulaire du Temple, fol. 139 v°-140.)

[3] Aujourd'hui encore l'ensaisinement est pratiqué en Andorre.

Lorsque les codes romains furent d'un usage courant et qu'ils inspirèrent les notaires, ces derniers se crurent obligés d'insérer dans leurs
actes une clause pour signaler la tradition; mais à cette clause ils ajou-
tèrent une restriction qui montre bien que là encore l'influence classique
fut plus apparente que réelle : «trado sive quasi trado [1]». Ainsi modifiée,
cette clause n'était plus qu'une formule vide de sens.

Il arrivait assez souvent, à partir du XIIIe siècle, que le vendeur gardait
provisoirement par devers lui le bien aliéné et déclarait le tenir en précaire pour l'acquéreur, jusqu'à ce qu'il plût à celui-ci d'en prendre
possession :

Inducens te in presenti in plenam et corporalem possessionem juris et facti de predictis tibi venditis [2], . . . constituens etiam me de predictis tibi venditis nomine tuo
precario possessorem donec possessio predictorum per te sit nacta corporaliter et adepta,
quàm possessionem licite accipere valeas et eam introire auctoritate tua propria quando
volueris, ut rem tuam propriam et sine curie querimonia [3].

Le payement était-il, plus que la tradition, nécessaire pour la perfec-
tion du contrat? On pourrait le croire, si l'on s'en tenait au libellé des
instruments de vente, qui mentionnent tous le payement comme effectué.
Mais nous savons qu'en fait le prix n'était pas toujours payé comptant. A
la suite d'un acte où le vendeur a, suivant le style, déclaré avoir perçu
l'argent, se trouve quelquefois une reconnaissance de l'acquéreur qui se
reconnaît débiteur de cette somme [4].

[1] Cette formule est si véritablement vide de sens qu'on la trouve employée à propos de biens qu'il était impossible de livrer : le 9 octobre 1273, un individu vend pour une période de six années les fruits de deux champs sis à Canamals, et le notaire insère dans l'acte la phrase sacramentelle: «vendimus et tradimus vel quasi tradimus vobis». (Notaires, n° 5, fol. 41.)

[2] 8 mai 1259. «Inducens te in plenam et corporalem possessionem et quasi possessionem juris et facti.» (Série H, non classé.)

[3] 25 mai 1298 Vente par Bernard Jean de Puycerda, à Perpignan Capdeville, de la même localité, pour 187 s. 6 d. valant trois marcs d'argent, d'un muid de seigle à percevoir sur un manse. (Série H, non classé.) — 1er septembre 1288. Vente par Bérenger Olomer, d'Elne, à Pierre Peyron, d'une terre sise à Elne; clause analogue. (G 118.) — 5 avril 1309. Concession d'une terre vague à Villeneuve-des-Escaldes; clause analogue. (Série H, non classé.) — 14 avril 1333. Concession à titre de donation viagère, par Gui Terrena, évêque d'Elne, à son neveu, de la baylie d'Elne; clause analogue. (G 78.)

[4] 4 septembre 1245. Bernard, abbé de Canigou, reconnaît devoir à Jaubert, d'Ille, pour un achat, 1,200 sous, bien que l'acte porte que le prix a été payé. (Série H, fonds de Canigou.) — Mai-juin 1273. Vente, pour 62 s. 6 d. de Barcelone valant un marc d'argent, d'un terrain vague à Perpignan, avec mention du payement : «de qua, etc., de quibus, etc.» (de qua per pacatum me teneo); dans l'acte suivant, l'acheteur déclare devoir encore la moitié de la somme, malgré la clause de quittance insérée dans le contrat de vente. (Notaires, n° 4, fol. 2 v°.) — 17 octobre 1278. Contrat de mariage de G. Fabre et de Saura; un acte additionnel constate que la dot de Saura n'a pas été payée; le fondé

Dans certaines provinces des Pyrénées, en Navarre [1], les garants figurent dans presque tous les contrats; en Roussillon, les cautions, les *fidejussores*, sont très fréquentes dans les affaires contentieuses; mais dans les contrats, les parties fournissent elles-mêmes la garantie, qui prend parfois le nom de *retorn* [2]. A titre d'exception, on peut citer l'acte inséré à la fin d'une vente de terres à Neffiach, le 4 janvier 1188, par lequel trois individus s'engagent envers l'acquéreur à obtenir du frère du vendeur et de la sœur du seigneur foncier la confirmation de la vente [3].

Lorsque le bien vendu était tenu pour un seigneur, il était indispensable que celui-ci donnât son approbation au contrat; cette approbation faisait l'objet d'un instrument spécial [4] ou seulement d'une clause insérée dans l'instrument de la vente. Très souvent, elle consiste simplement dans l'apposition de la signature du seigneur, avec ou sans formule spéciale, par exemple :

Signum Bernardi, abbatis [5],

ou bien :

Signum fratris Petri, abbatis Sancti Martini Canigonensis, qui hoc laudamus sine aliquo prejudicio ipsius monasterii et juribus ejus in omnibus [reservatis] [6].

---

de pouvoir des parents se déclare débiteur de la somme convenue «ratione dotis, etc., licet, etc.» (Notaires, n° 5, fol. 50 v°.)

[1] Voir Introduction, 2e partie.

[2] 21 décembre 1232. «Et de toto hoc habeas retorn in omnibus honoribus et rebus et bonis meis.» (Vente du tiers des dîmes de Bailleu et de Bardoil. B 85.)

[3] «Notum sit quod ego Felid de Barrera et ego Arnaldus Torrelanus et ego Petrus de Regulela, nos omnes predicti intramus fidejussores vobis emptoribus jussione Pontii Geraldi Insule ut, sicut superius dictum est, faciamus vobis et vestris laudare et firmare istam cartam ad Deussalvet, frater Raimundi Guillelmi (le vendeur) jamdicti, et ad Gualardam, soror Pontii Geraldi Insule, sine omni vestro enganno.» (Archives de l'hôpital d'Ille; non classé.)

[4] 8 février 1147 (?) Confirmation par le comte Gaufred de la vente de deux moulins. (Cartulaire du Temple, fol. 6-7.) — 17 juin 1155. Confirmation par le comte Gaufred et son fils, du legs fait au Temple par G. et Pierre Raymond. (*Ibid.*, fol. 95 v°-

96.) — 16 juin 1186. B. de Paracols confirme aux Templiers «honorem ag[r]arium vel laboracionem que feuodarii mei vobis dedissent». (B 83 et Cartulaire du Temple, fol. 61 v°.) — 9 février 1199. Confirmation par Pierre, abbé de Canigou, de l'engagement d'une vigne sise à Vernet. (Série H, fonds de Canigou.) — 19 avril 1266. Confirmation en faveur de Pierre Paladol, de Sainte-Léocadie, de la vente à lui faite d'une borde. (Série H, non classé.) — 26 août 1283. Confirmation par A., prieur d'Espira-de-l'Agly, de la vente d'un champ tenu à Villeneuve-de-la-Raho pour le monastère. (Notaires, n° 13, fol. 5 v°.)

[5] 16 décembre 1197. Vente d'un champ tenu, à Mailloles, pour l'abbé de Campredon. (Série H, fonds du Temple.) — 13 avril 1185. Vente, par Guillaume *de Marciano* à Saint-Martin-de-Canigou, d'une borde tenue pour l'abbaye de Saint-Michel-de-Cuxa; au fond, en tête des *signa* : «† Bernardus, abbas Coxanensis». (Série H, fonds de Canigou.)

[6] 7 juin 1267. Vente d'un jardin à Vernet. (Même fonds.)

Dans la plupart des cas, le seigneur n'était pas présent à la passation de l'acte; ainsi, dans le premier des deux exemples qui précèdent, Bernard était abbé de Campredon, et il s'agissait de la vente d'une terre à Mailloles, aux portes de Perpignan. On portait donc au seigneur l'instrument, sur lequel le notaire avait réservé un espace en blanc, en tête des *signa* des témoins. C'est ce qui explique pourquoi la plupart de ces confirmations sont écrites d'une autre main et avec une autre encre que le corps de l'acte [1].

L'acte de vente s'appelait très anciennement *scriptura vendicionis* [2]. La forme en a varié suivant les époques.

Il se compose essentiellement, outre les formules ordinaires de l'invocation et de la date, de l'indication des parties contractantes, de la désignation de l'objet vendu et du prix, de la souscription des parties et de celle des témoins, enfin de la signature du notaire.

Antérieurement à la fin du XIIᵉ siècle, les clauses de garantie et autres n'apparaissent pas, ou bien elles sont rédigées en termes très vagues : le vendeur formule le souhait que l'acheteur soit maintenu dans la tranquille possession de la propriété, et il accable de ses imprécations quiconque aurait l'audace de le troubler.

Pendant cette même période, la forme du dispositif offrait parfois une singularité digne d'être relevée. Tandis qu'en général les donateurs ont une tendance à revêtir leur donation des apparences d'une vente, afin de la rendre inattaquable, les ventes en faveur des églises étaient, dans nos pays, rédigées comme des donations [3]. Le vendeur ne disait plus : *vendimus*, mais *donamus* ou *donatores sumus*. A la fin du XIᵉ siècle, un pèlerin partant pour Saint-Jacques donna des terres à l'abbaye de la Grasse, afin qu'une lampe brûlât toujours devant l'autel de Notre-Dame de ce monastère; seulement, les immeubles qu'il *donnait* étaient engagés; les religieux

---

[1] 2 décembre 1253. Vente d'un enclos sis à Vernet et tenu pour l'abbaye de Canigou; au fond de l'acte, après la signature des parties et avant celle des témoins, d'une encre plus pâle : «Sig † num Bernardi abbatis». (Série H, fonds de Canigou.) — 7 juin 1267. Vente d'un jardin à Vernet; approbation par l'abbé de Saint-Martin, aux *signa*. (Note précédente.) — 28 octobre 1252. Donation par Étiennette d'un champ sis à Fillols; le nom du mari figure parmi les *signa*. (Série H, fonds de Corneilla.)

[2] 14 avril 1001. «In nomine Domini.

Ego, Poncio, et uxor mea, Gontfreda, vinditores sumus tibi, Bernardo comite, emptores, per hanc scriptura vindictionis nostre vindimus tibi...» (Vente d'une terre à Mailloles. *Cartulaire roussillonnais*, p. 33.) — On peut voir dans ce même volume des formules analogues employées en des actes de 1001 (p. 34 et 35), 1003 (p. 36), 1006 (p. 37 et 38), 1013 (p. 40), etc.

[3] Cette singularité n'était pas particulière au Roussillon; je vois dans une charte de 1050 transcrite dans le cartulaire de Saint-Victor de Marseille : «Hanc autem donationis

devaient les dégager et, de plus, ils payèrent au *donateur* vingt-trois onces d'or fin et des peaux de lapin [1]. Cette prétendue donation était une vente pure et simple.

Le prix portait quelquefois dans ce cas le nom d'*eleemosyna, aumône* [2].

On est tenté de se demander si les contractants ne cherchaient point par cet expédient à éviter le payement des droits de mutation; mais il est si facile de constater la nature vraie de l'acte, et la supercherie aurait été tellement grossière, qu'une pareille explication doit être écartée. Il semble préférable de penser que les fidèles modifiaient par respect les termes de leurs ventes, parce qu'il leur paraissait peu conforme à l'esprit de l'Évangile de traiter d'égal à égal avec les églises et d'exiger d'elles de l'argent.

Après la diffusion du droit romain, les actes de vente, comme tous les actes en général, s'accrurent d'un nombre invraisemblable de clauses, clauses de style pour la plupart, et qui trop souvent ne répondaient pas aux conditions réelles de la convention.

Le vendeur proteste d'abord qu'il agit librement et en pleine connaissance de cause, et non point par contrainte ou par surprise :

Notum [3] sit omnibus quod ego, Jacobus de Aragallo, gratis et ex certa scientia.

L'indication du prix et la mention du payement prennent souvent place avant la désignation du bien aliéné et sont suivies de la formule par laquelle le vendeur renonce à l'exception de l'argent non nombré :

Per me et meos, presentes et futuros, cum hoc publico instrumento firmiter vali-

---

immo venditionis, cartam... Si quis vero hanc donationem, immo venditionem...» (*Cartulaire de Saint-Victor*, t. I, p. 319.) — Cf. Lamprecht, *Étude sur l'état économique de la France*, traduit par Marignan, p. 286; M. Lamprecht me paraît n'avoir pas saisi le vrai motif de ces formules.

[2] *Cartulaire roussillonnais*, p. 109. — 2 avril 1095. Vente d'une part de la fontaine de Salses, à l'abbaye de la Grasse, moyennant un cheval, la moitié d'un autre cheval, 5 sous de Roussillon, une gonelle d'isembrum. «Donamus omnipotenti Deo et beate Marie que vocant Crassa... Quod si nos donatores vel venditores...» (*Ibid.*, p. 105-106.)— 6 mars 1101. Vente d'une autre portion de la même fontaine : «Totum relinquo et dono supradicto

monasterii et abbati et monachis ad alodem. Et propter hoc dedit mihi Petrus Gauzberti, prepositus, equm valde bonum et obtimum.» (*Ibid.*, p. 112.) — 23 mai 1141. Raymond et Pierre Bérenger «donatores sumus» au Temple d'un terrain sis à Perpignan «ad edificando orto»; «reddatis nobis donatoribus et successoribus nostris agrarium et de lino agrario et bracage». (Série H, fonds du Temple.)

[1] 25 mai 1184. Donation au Temple, moyennant 16 sous barcelonais d'aumône, d'une terre sise à Ponteilla. (Cartulaire du Temple, fol. 195.)

[3] L'acte dont je donne le texte est une charte, non encore classée, de la série H.

turo, vendo in perpetuum et trado tibi, Raimundo Clementis, filio Johannis Clementis quondam de Podioceritano, et omni tue proli et cui vel quibus volueris, pro cccc L solidis barchinonensium coronatorum de terno, quorum LXII solidi VI denarii valent unam marcham argenti et sic de aliis hac ratione, de quibus sum bene tui paccatus, renuncians excepcioni peccunie non numerate et doli.

Suit l'indication de l'objet du contrat; après quoi, le vendeur, de son côté, transfère à l'acquéreur ses pouvoirs et déclare ne retenir aucun droit sur le bien aliéné :

Quartam partem integre omnium decimarum ville de Villanova et tocius parrochie et terminorum ac decimalis et adjacencie Sancti Aiscli ejusdem ville et omnium expletorum, fructuum, reddituum et exituum earumdem decimarum, prout plenius et melius dici vel intelligi potest ad tuum et tuorum bonum et comodum; inducens te in presenti in plenam et corporalem et vacuam possessionem tam de jure quam de facto percipiendi, habendi et colligendi quartam partem predictam omnium dictarum decimarum, fructuum et expletorum earumdem; vendens et cedens tibi et tuis et cui volueris omnes acciones, peticiones, dominaciones et jura alia universa et singula michi competencia et competere debencia quolibet modo, usu vel consuetudine in predicta quarta parte dictarum decimarum et fructuum et expletorum earumdem et racione ejusdem contra quamlibet personam et bona ejus, jus meum totum et dominacionem et accionem in te et tuos et quos volueris penitus transferendo, nullo jure michi vel meis de cetero reservato in premissis tibi venditis.

Le vendeur répond sur ses biens de l'observation du contrat, même par les tiers, promettant quelquefois de solder les frais que pourrait entraîner pour l'acquéreur la défense de ses droits de propriété :

Promitens tibi stipulando quod ego et successores mei posteri et heredes faciemus semper te et tuos et quos volueris dictam quartam partem dictarum decimarum, fructuum, jurium et expletorum earundem tenere, habere, percipere et colligere integre et complete, libere et quiete ab omni persona cum suis omnibus pertinenciis pro libero et francho alodio tuo et tuorum successorum ad omnes tuas et tuorum voluntates inde licite faciendas. Salvo tamen et retento quod tu et tui successores facere ten[e]amini pro premissis tantum homagium domino episcopo Urgellensi nullumque alium censum, servicium et teremeritum facere teneamini tu vel tui pro predictis aliquo tempore domino episcopo supradicto nec etiam alicui alii, nisi tantum homagium eidem domino episcopo, ut predicitur. Et de eviccione et omni interesse eviccionis semper per me et meos tibi et tuis et cui volueris inde teneri promito et me [et] meos ponere, parare et juri offerre pro te et tuis ante vos et in deffensionem vestram ad mandatum vestrum, sine aliqua dilacione, si forte questio vel demanda contra te vel tuos ab aliquo vel aliquibus moveretur racione predictorum, et etiam causam vel causas in nos assumere ut nostras proprias et eas ducere sine tua vel tuorum missione a principio usque in finem; promitens nichilominus tibi et tuis restituere et emendare plano verbo vestro sine testibus, pena et sacramento, ad simplicem amonicionem tuam et tuorum omnes missiones et expensas, si quas vos facere contigerit racione predictorum in causa eviccionis, ducendo causam vel causas vel alio modo et etiam si per vos in eadem causa vel causis coram quolibet judice vel sub examine ejusdem obtentum fuerit. Pro quibus omnibus et singulis servandis et complendis firmiter et in pace obligo tibi et tuis et cui vel quibus volueris omnia bona ubique habita et habenda [1].

Le vendeur cède par donation entre vifs, au cas où le prix serait inférieur à la valeur réelle de l'objet, la plus-value de cet objet; il renonce à la faculté qu'il pourrait avoir de faire annuler le marché pour lésion d'outre moitié du juste prix et à tous autres moyens de droit et de fait dont il pourrait s'aider pour attaquer le contrat :

Et si plus predicto precio valet vel valebit hec venditio, totum illud et quicquid sit illa magis valencia tibi et tuis dono semper gratis inter vivos. Renuncians scienter et consulte illi juri quo subvenitur deceptis ultra dimidiam justi precii et omni alii juri et auxilio civili et canonico, scripto atque consuetudinario quo contra hec venire possem. Et est manifestum quod est actum anno Domini m°cc°lx° primo, die xvii° kalendas augusti. Sig † num Jacobi de Aragallo predicti, qui hec omnia laudo et firmo.

Enfin la femme du vendeur intervient à son tour et, par une clause généralement insérée à la suite de la date, elle renonce au bénéfice du sénatus-consulte Velléien, à la loi Julia sur l'aliénation du fonds dotal et au droit que lui conférait, sur les biens vendus, l'hypothèque destinée à assurer le payement de sa dot et de son douaire :

Sig † num domine Elissendis, uxoris ejusdem venditoris, que hec omnia et singula laudo et firmo et, tactis mea manu sanctis quatuor Dei evangeliis, sponte juro predicta

[1] A ces clauses de garantie, on en ajouta plus tard une nouvelle, la clause de terç, que MM. de Broca et Amell signalent dans une pragmatique de 1320 (Instituciones del derecho civil catalan, t. I, p. 60), et qui est encore aujourd'hui insérée dans les contrats en Andorre. Le mot terç, en catalan, désigne une amende en général, sans doute à cause de la répartition de ces peines pécuniaires, qui étaient attribuées : un tiers au dénonciateur, un tiers au juge, un tiers au Trésor. C'est ainsi qu'au siècle dernier, «la peine du tiers de la viguerie de Roussillon», c'est-à-dire le produit des amendes de cette juridiction, appartenait à M. de Campredon; celle de la baylie de Perpignan, à M. de Çagarriga.

(C 1499.) L'exécution des escriptures de terç, contrats de terç, pouvait donner lieu non seulement à une action civile de la part du créancier, mais encore à une action criminelle; la clausa de terç était donc une clause pénale; elle ne change pas, comme on paraît le croire en Andorre, la nature de l'acte. Les Corts de Monzon, en 1534, décidèrent que le terç serait prélevé seulement après que le créancier aurait été désintéressé. (Constitucions de Cathalunya, t. I, liv. VII, tit. X, § 20.) — Voir aussi les constitutions de 1422 (op. cit., liv. IV, tit. XVI, § 8), 1534 (liv. VII, tit. X, § 20), 1564 (liv. VII, tit. X, § 23), 1585 (liv. VII, tit. X, § 24, et liv. IV, tit. XVI, § 9).

IMPRIMERIE NATIONALE.

omnia et singula perpetuo et irrevocabiliter per me et meos observare et nuncquam contravenire in judicio sive extra, per me vel per aliquam interpositam personam, occulte vel etiam manifeste; renuncians per religionem prestiti sacramenti beneficio Velleiani et juri dotis mee et sponsalicii et omni alii juri et auxilio quibus mulieres juvantur vel possunt adjuvari [1].

Suit l'engagement pris par la caution du vendeur [2] :

Sig. † num Gaucerandi de Urgio, qui hec laudans et firmans, promito et teneor tibi emptori et tuis et quibus volueris quod cum dicto venditore et sine illo faciam semper te et tuos et quos volueris dictam quartam partem dictarum decimarum, fructuum et expletorum earumdem cum pertinenciis suis tenere et habere, colligere et percipere quiete et in pace et libere ab omni persona pro libero et francho alodio tuo et tuorum; salvo homagio quod tantum inde tu et tui inde facere teneamini domino episcopo Urgellensi, ut dictum est superius et expressum, ad omnes tuas et tuorum voluntates licite faciendas. Et de eviccione et omni interesse eviccionis per me et meos tibi et tuis teneri promito, contra quamlibet personam. Obligans tibi et tuis et cui volueris omnia bona mea, ubique sint et quecumque. Renuncians illi juri quo cautum est principalem prius esse conveniendum et omni alii juri quo contra hec venire possemus.

Après quoi, les parents du vendeur donnent leur consentement à l'aliénation :

Sig. † num Petri, filii Guillelmi de Aragallo quondam, nepotis dicti venditoris, qui hec omnia et singula gratis et ex certa sciencia laudo et confirmo, promitens eadem omnia et singula irrevocabiliter observare et nuncquam contravenire, in judicio sive extra, per me vel per aliquam interpositam personam, nichilo mihi vel meis in hac vendicione retento vel reservato. Renuncians omni juri et auxilio civili et canonico, scripto et non scripto, quo contra hec venire possem.

L'évêque d'Urgel, seigneur foncier, a approuvé la vente après coup; l'écriture est plus ténue et l'encre plus pâle que dans ce qui précède et ce qui suit :

Nos, Petrus, Dei gratia Urgellensis episcopus; sine juris prejudicio alieni firmamus, retento nobis uno pullo censuali.

[1] Cette partie de l'acte est parfois plus explicite : dans une vente du 25 septembre 1266, par exemple, on lit : «Juri ypothecarum dotis et donationis propter nupcias et legi Julie de fundo dotali.» (B 53.) — 3 janvier 1255. «Renuncians per virtutem prestiti juramenti juri ypothecarum mihi factarum pro dote mea et sponsalicio.» (Vente d'un manse, sis «in villa de Pedran». Série H, non classé.)

[2] L'acte dont je publie le texte est très complet; c'est pour ce motif que je l'ai choisi. Je crois devoir rappeler que, d'une manière générale, les cautions ne figurent pas dans les contrats roussillonnais. (Voir ci-dessus, p. 93.)

Enfin viennent les souscriptions des témoins et celle du notaire :

Sig ✝ na Jacobi Catelli, Bernardi Maurini, et Petri de Montelliano, testium.
Sig ✝ num Raimundi Maurini, publici Podiicerdani notarii, qui hoc scribi fecit.

IV. Il reste à parler d'un mode d'acquisition de la propriété qui aurait dû, dans l'ordre chronologique, prendre place en tête de cette étude, car il eut une importance considérable aux vııı⁰ et ıx⁰ siècles : c'est l'*aprision*, dont je n'ai encore rien dit dans ce chapitre parce qu'elle tient à la fois de la donation, de l'occupation et de la prescription, qu'il était utile de faire connaître d'abord.

Aprision vient indubitablement, ce me semble, non pas de *aperire*[1], mais de *apprehendere*, de même que *prison*, *prise* dérivent de *prehendere* et *porprision* de *porprendere*[2]. *Aprisio* est employé pour *apprehensio*, que l'on rencontre avec l'acception d'appropriation ou même avec la signification spéciale du mot *aprision*, que je vais tâcher de faire connaître[3].

On disait : occuper une terre «per adprisionem» et quelquefois, mais très rarement, «per rupturam[4]».

Si l'on s'en tenait au sens étymologique du mot qui sert à la désigner, l'aprision ne serait autre chose que l'occupation. En réalité, elle est beaucoup plus complexe.

En premier lieu, les terres qui en faisaient l'objet n'étaient pas des biens sans maître, *res nullius;* elles étaient la propriété du prince : «res quasdam nostræ proprietatis quas ipsi per aprisionis jus habuisse cognoscuntur[5]» dit Charles le Chauve dans un de ses diplômes.

Aussi l'aprision était-elle précédée d'une donation, d'une concession expresse : «per nostram datam licentiam erema loca sibi ad laboricandum

---

[1] C'est Ducange qui donne cette étymologie fautive, au mot *Aprisio*.

[2] «Cette sorte d'alleu estoit vulgairement appellée *Imprisio, Adprisio,* et *Purprisum,* qui se rapporte au mot *Adsumptus;* car *Sumere* estoit le même que *Prindere,* en langue latine barbare, d'où nous avons tiré le verbe *Prendre.*» (Casanova, *Le franc-alleu de la province de Languedoc,* liv. I, chap. x, édition de 1645, p. 93.)

[3] Ducange, au mot *Apprehensio,* 2.

[4] 10 février 879. «Nulla hereditas expertinere debebat per alode vel per ruptura...»

(Enquête sur la restauration d'Exalada. *Marca Hispanica,* c. 810.)

[5] 7 juillet 854. Confirmation, en faveur de Sumnold et de Riculfe, des terres par eux occupées en aprision. (Même ouvrage, c. 787.) — «Les terres ermes ou vacantes faisoient aussi partie du domaine. Nous avons déjà vu que Charlemagne en donna plusieurs à défricher, dans la Septimanie, à divers Espagnols qui se réfugièrent dans cette province.» (Dom Vaissete, *Histoire de Languedoc,* liv. X, chap. cxxii, éd. Privat, t. I, p. 1124.)

porpriserunt [1] ». Elle était quelquefois confirmée par le souverain ou par
ses comtes : ».. .les Espagnols qui, s'établissant avec notre permission
ou celle de notre comte dans des lieux déserts et incultes, ont bâti des
maisons et défriché des champs». C'est Louis le Débonnaire qui parle
ainsi dans un précepte du 1ᵉʳ janvier 815 [2]. Le 10 février de l'année suivante, Louis mentionne encore ces Espagnols venus dans la Septimanie,
qui ont occupé, pour les posséder, eux et leurs successeurs, des lieux déserts, avec la permission de son père et la sienne, et il enjoint de respecter les aprisions de ceux d'entre ces réfugiés qui ont obtenu une concession
de son père ou de lui-même [3]. En 854, Charles le Chauve confirme deux
Goths, Sumnold et Riculfe, dans la possession des terres que leur père et
leur grand-père avaient eues par aprision [4].

L'aprision carolingienne, même effectuée en vertu d'une concession, ne
produisait son entier effet que lorsque la terre avait été occupée pendant
trente ans, durant lesquels le possesseur devait rester fidèle à la cause
franque [5]; alors la terre était irrévocablement la propriété de qui l'avait
cultivée. «On voit, dit Fossa..., une pleine maintenue accordée, après
trente ans, aux possesseurs des alleux qui les avaient réduits à cultures,
per adprisionem [6]. » C'est par là surtout que l'aprision de cette époque dif-
fère de l'aprision germanique, à laquelle elle se rattache peut-être histo-
riquement [7].

En 812, les Espagnols se plaignent à l'Empereur qu'on leur enlève le
vêtement dont ils sont revêtus depuis plus de trente ans, et Charlemagne
défend de les inquiéter pour les aprisions après une possession trentenaire : «Quod per triginta annos habuerunt per aprisionem quieti possideant illi et posteritas eorum [8]. » C'était dire que la propriété leur était
acquise, qu'ils détenaient ces fonds, non pas en bénéfice, mais en alleu,

[1] 2 avril 812. (*Capitularia regum Francorum*, t. I, c. 500.) — En 950, l'abbaye de
Cuxa reçut encore de Louis d'Outremer une
concession d'aprisions : «Eremum quoque in
pagis prænominatis, in quantum voluerint
extirpare concedimus.» (*Marca Hispanica,*
c. 864.)

[2] *Capitularia regum Francorum*, t. I,
c. 551.

[3] *Ibid.*, c. 571.

[4] Voir ci-dessus, p. 99, note 5.

[5] 2 avril 812. «Quoad usque illi fideles
nobis aut filiis nostris fuerint, quod per triginta annos habuerunt per aprisionem quieti

possideant et illi et posteritas eorum.» (*Capitularia*, c. 500.)

[6] *Réponse pour le marquis d'Oms*, p. 12.

[7] Garsonnet, *Histoire des locations perpétuelles*, p. 201.

[8] *Capitularia regum Francorum*, loc. cit.
— 8-18 janvier 876. Plaid au sujet des possessions de l'abbaye d'Arles : «Vidimus ad
ipso jamdicto abbate et suprascriptos monachos ipso jamdicto palatio ad ipso abbate et
sæpe dictos monachos trahentes de eremo per
illorum adprisione per hos triginta annos
seu et amplius.» (*Marca Hispanica*, c. 798-
799.)

avec pouvoir de les léguer et de les vendre [1]. Nous savons que telle était, en effet, la condition de ces terres, sur lesquelles les comtes ne pouvaient même pas lever de cens [2].

[1] 18 décembre 833. Louis le Pieux confirme en faveur de Vuimar et de son frère une aprision à Villeneuve-de-la-Raho, afin qu'ils la possèdent «proprietario jure». (*Marca Hispanica*, c. 770-771.) — 11 juin 844. Permission aux Espagnols réfugiés de léguer, vendre, donner ou échanger leurs aprisions. (*Capitularia regum Francorum*, t. II, c. 28.) — Voir Casanova, *Le franc-alleu de la province de Languedoc*, liv. II, 2ᵉ édition, p. 95.

[2] 2 avril 812. (Précepte pour les Espagnols. *Capitularia regum Francorum*, t. I, c. 500.) — Il semblerait, d'après un plaid du 17 décembre 875, que, dans la pratique, les comtes levaient des redevances sur les aprisions. (*Histoire de Languedoc*, édit. Privat, t. II, Preuves, c. 382-384.)

CHAPITRE VII.

ALLEUX ET TENURES.

———

I. Erreur sur les origines de l'organisation de la propriété foncière en Roussillon : la propriété des terres conquises au viii⁰ siècle. — Les concessions royales : aprisions et bénéfices ; les rétrocessions. — Asservissement du sol par la violence. — Le sort des droits antérieurs à l'invasion musulmane. — Persistance durant le moyen âge des concessions et recommandations.

II. Alleu : significations diverses de ce mot et noms divers de l'alleu. — Éléments et décomposition de la propriété complète : domaine direct, domaine utile ; *dominium*.

III. Question du franc-alleu : théorie de la seigneurie universelle du Roi. — Examen des arguments pour et contre. — Situation de la terre à l'égard du seigneur local : examen de la thèse de l'allodialité des terres en Roussillon.

I. Pour comprendre avec quelque netteté les différences entre les modes de tenure, il faut, au préalable, se rendre compte des circonstances sous l'influence desquelles s'est formé et développé le régime de la propriété foncière dans nos contrées. « Avant de devenir cause, a dit Guizot, les institutions sont effet ; la société les produit avant d'en être modifiée [1]. »

Les historiens catalans sont trop portés à nous représenter les Francs de Pépin et de Charlemagne comme les alliés désintéressés des chrétiens indigènes, faisant la guerre au compte de ces derniers, sans autre but que la gloire, et abandonnant ensuite à la population du pays la possession des domaines qui n'avaient jamais cessé de lui appartenir. Ces mêmes historiens prétendant que les Musulmans ont été aussi tolérants que possible à l'égard des chrétiens soumis à leur pouvoir, il en résulterait que la domination des Arabes et leur expulsion seraient de simples incidents, qui n'auraient en rien influé sur le développement des institutions de la province ; la Catalogne ne devrait rien à la civilisation franque, de même qu'elle ne doit rien à la civilisation musulmane ; d'autre part, elle a fait peu ou point d'emprunts aux Visigoths. L'organisation de la propriété en Roussillon remonterait donc tout entière à l'antiquité classique.

[1] *Quatrième essai sur l'histoire de France.*

Une pareille théorie peut flatter le patriotisme local; mais elle ne s'accorde pas avec les données les plus certaines de l'histoire. Assurément, les documents nous font défaut pour reconstituer avec une précision absolue l'état du Roussillon pendant le vIIIᵉ siècle; je crois avoir prouvé cependant que l'invasion arabe fit table rase de l'état de choses antérieur; la Marche d'Espagne, quand elle fut définitivement occupée par l'armée chrétienne, était en grande partie déserte, et la propriété dut se former de nouveau.

Les Francs, loin de montrer le désintéressement qu'on leur suppose, s'emparèrent de domaines immenses; il est infiniment probable que, dans le principe, tout le territoire repris aux Maures appartint au Roi par droit de conquête.

On comprend aisément que le souverain ne pouvait pas garder longtemps ces terres, qui seraient restées improductives. Si le pouvoir central, avec les moyens de communication et de surveillance dont il dispose, ne peut tirer qu'un faible parti d'une exploitation quelconque, il se heurtait, au vIIIᵉ siècle, à des obstacles autrement puissants; il lui était impossible de faire valoir ces domaines éloignés que lui avait valus la guerre : il les distribua en grande partie; on usurpa le reste.

Les Francs ne paraissent pas être restés en nombre dans le Roussillon; la richesse du sol et la douceur du climat ne parvinrent pas à les retenir. La province fut surtout repeuplée par les anciens habitants et par les Espagnols réfugiés. A ceux de leurs fidèles qui se fixèrent dans la contrée, les Carolingiens donnèrent de vastes propriétés [1]; ils en concédèrent également aux églises, aux monastères, aux plus influents ou aux plus intrigants parmi les Espagnols.

Or, de ces concessions les unes comportaient un entier abandon, les autres réservaient au souverain certains services; les premières étaient définitives; les secondes pouvaient être à temps et révocables.

Il restait de grandes étendues de terres incultes; il fut permis aux habitants de les acquérir en les défrichant, par voie d'*aprision*.

Les concessions des souverains avaient souvent pour objet des territoires de l'étendue d'une commune ou plus; c'est dire que le concessionnaire devait, à son tour, les rétrocéder à des gens moins favorisés que lui; par le fait, c'est ainsi que les choses se passèrent. Les Francs ou les Goths

---

[1] La plus connue parmi ces concessions est celle qui fut faite, le 23 janvier 843, par Charles le Chauve à Sifred et qui comprenait certains droits en Andorre. Les historiens de ce petit pays ont dénaturé à plaisir la portée de cet acte. (Voir le texte dans *Marca Hispanica*, c. 778, dans l'*Histoire de Languedoc*, édit. Privat, t. II, Preuves, c. 217, etc.)

puissants attirèrent sur leurs terres des compagnons de guerre qu'ils voulaient récompenser [1] et des cultivateurs de bonne volonté, leur assignant une partie de leur domaine à exploiter [2]; les églises agissaient de même. Ainsi, nous savons que l'abbé de la Grasse s'y prit de cette façon pour peupler un lieu du nom de Mate, près de Prades : « Après que l'abbé eut reçu par une charte de donation ces villas, nous vîmes arriver l'abbé Élie, qui, par des concessions de bénéfices, attira des habitants au lieu dit Mate... et nous y fîmes des maisons, 'des fermes, des jardins plantés d'arbres, des moulins, grâce aux concessions ou bénéfices dudit abbé Élie et avec son aide; et nous qui recevions ces bénéfices, nous devions des services en retour au monastère de Notre-Dame [3]. »

Jusqu'ici l'organisation de la propriété est des plus régulières; elle repose entièrement sur des concessions successives. Mais dans une société en formation, composée d'éléments hétérogènes, d'aventuriers en quête de bonnes fortunes et de soudards vieillis dans le pillage, sous une administration où tous les pouvoirs étaient réunis dans la même main, il fallait compter avec l'arbitraire et la violence. Les comtes envoyaient des agents pour lever des redevances qui n'étaient pas dues [4]; et parmi les grands propriétaires, il s'en trouvait qui expulsaient les possesseurs d'aprisions, les chassaient des domaines que ceux-ci avaient arrachés au désert [5], ou réduisaient ces terres libres à la condition de bénéfices [6]. Quelquefois, pour revêtir ces spoliations d'une apparence de légalité, ils se rendaient à la Cour et ils obtenaient du souverain des concessions de terrains déjà exploités [7].

Que pouvaient, en face de ces puissants adversaires, les pauvres et les faibles? Ils se plaignirent à Louis le Débonnaire [8]; mais ce n'est pas une

---

[1] 10 février 816. « Ad habitandum atque excolendum deserta loca acceperunt, quæ ubi ab eis exculta sunt, ex quibuslibet occasionibus eos expellere, et ad opus proprium retinere aut aliis propter proemium dare voluerunt. » (*Capitularia regum Francorum*, t. I, c. 571.)

[2] 1er janvier 815. « Et si quispiam eorum in partem quam ille ad habitandum sibi occupaverat, alios homines undecunque venientes adtraxerit, et secum in portione sua, quam adprisionem vocant, habitare fecerit, utatur illorum servitio. » (Même volume, c. 551.)

[3] 22 mars 865. (Plaid relatif à Prades, dans le *Cartulaire roussillonnais*, p. 3.)

[4] 2 avril 812. « Dicunt etiam quod... beboranias illis superponatis et saiones qui per forcia super eos exactant. » (Diplôme adressé aux comtes en faveur des Espagnols réfugiés. *Capitularia*, t. I, c. 499.)

[5] 5 juin 858. Voir un exemple de ces dépossessions. (*Histoire de Languedoc*, édit. Privat, t. II, Preuves, c. 306-308.)

[6] 10 février 816 et 19 mai 844. (Diplômes pour les Espagnols. *Capitularia*, t. I, c. 571 et *Histoire de Languedoc*, loc. cit., c. 228.)

[7] *Ibidem*.

[8] *Ibidem*. — Les victimes étaient parfois réduites à porter leur cause au tribunal de celui-là même qui les dépossédait ou qui les opprimait : 5 juin 858. (Voir note 5.) —

charte, même impériale, qui pouvait arrêter ces excès; il eût fallu changer la nature humaine.

Les propriétaires d'aprisions plaidèrent parfois [1]; d'autres, plus avisés, transigèrent. C'est que, « déjà difficile à conserver à la fin de la première race, l'alleu ne fut plus tenable au milieu des violences de la seconde. Pour n'avoir point de seigneur, le maître de la terre avait une multitude d'ennemis, et s'il ne servait personne, personne non plus ne le protégeait [2]. » Il se résigna donc fort souvent à déclarer qu'il tenait en bénéfice d'un puissant voisin les terres qu'il possédait en propre; il échangea contre un droit plus étendu un droit un peu moins incertain.

Les propriétaires d'avant l'invasion musulmane avaient-ils conservé leur titre pendant l'occupation et à travers les secousses de la reconquête et le firent-ils valoir sous le régime franc? Il serait téméraire de se prononcer catégoriquement à cet égard; la négative paraît plus probable. Pas un document ne porte trace de cette persistance des droits acquis antérieurement à l'arrivée des Sarrasins. Les diplômes, qui nous apprennent combien peu étaient respectées les aprisions, ne disent rien du sort qui était fait aux droits plus anciens; et dans les plaids de cette époque, je ne crois pas que les parties invoquent jamais la possession immémoriale.

On est donc fondé à penser que le régime foncier se reconstitua entièrement à la fin du viiie siècle et au commencement du ixe : nous venons de voir dans quelles circonstances.

Ces conditions durèrent d'ailleurs, avec plus ou moins d'intensité, pendant tout le moyen âge. Il y eut jusqu'aux temps modernes, il existe encore dans le pays des terres incultes. A mesure que la population augmentait et que grandissaient les besoins, rois et seigneurs aliénèrent ces vacants, bois ou garigues, tantôt en toute propriété et tantôt à charge de services plus ou moins onéreux [3].

D'autre part, des individus, mus par un sentiment de piété qui n'était pas toujours absolument désintéressé, convertirent leurs alleux en fiefs relevant des églises et protégés par elles [4]. De même, jusqu'à la fin

18 août 868. (*Histoire de Languedoc, loc. cit.*, c. 346-347.) — 25 mars 874. (*Ibid.*, c. 373-375 et *Marca Hispanica*, c. 796-797.)

[1] 5 juin 858. (Plaid tenu à Elne par le vicomte Richelme. *Histoire de Languedoc*, t. II, Preuves, c. 306-308.)

[2] Guérard, *Prolégomènes du polyptyque d'Irminon*, p. 206.

[3] 3 décembre 1274. Concession à titre

d'acapte par l'évêque d'Elne à Pierre Vermell, de Palau, de treize ayminates de bois « ad rumpendum et excolendum et faciendum ibi rustica ». (G 22.) — 1276-1280. Nombreuses concessions de garigues à Salses. (B 39.)

[4] 19 juin 1063. Donation, en faveur de l'abbaye de Saint-Martin-de-Canigou, d'un immeuble sis à Ro, en Cerdagne : « in tali conventu ut dum vivent filii mei et nepti mei

du XIIIe siècle au moins, des possesseurs de terres franches cherchèrent dans la protection d'un homme plus riche ou plus énergique une garantie de sécurité, se *recommandèrent* à lui et se mirent, eux et leurs biens, sous sa dépendance [1]. Le cartulaire de la commanderie du Mas-Deu renferme plusieurs exemples de ces recommandations. Le 31 août 1214, Pierre de Llupia, voulant assurer à sa famille la bienveillance des Templiers, décida par testament que sa femme leur payerait annuellement un cens d'une oie [2]. Le 24 août 1273, les gens de Llauro, qui avaient racheté l'allodialité de leurs terres, les placèrent sous la suzeraineté de l'infant d'Aragon [3].

De petits propriétaires, qui ne tiraient de leur fonds qu'un revenu insuffisant, l'offraient à un voisin plus riche qui le leur rétrocédait en y ajoutant de nouveaux biens [4]. D'autres, pressés par un besoin d'argent, vendaient leur alleu à un seigneur, et celui-ci le leur rendait incontinent à charge d'un service déterminé [5].

II. En résumé, les terres se divisaient en deux catégories : les unes

teneant et possideant et donent per censum dinarios III in rem valentem per unumquemque annum, et est manifestum; post obitum vero eorum remaneat ad predictum locum et teneant propinqui et posteri mei per laboratione.» (*Cartulaire roussillonnais*, p. 68.) — Ces tenures portaient, en droit catalan, un nom particulier : «revesejats»; faits au rebours, parce que c'était le tenancier qui cédait le domaine direct en se réservant le domaine utile, tandis que, normalement, il recevait celui-ci et le seigneur retenait celui-là. (De Broca et Amell, *Instituciones del derecho civil catalan*, t. II, p. 84.)

[1] 28 juillet 976. «Ego Minimille, domina de Plano de Curtis, accipio per te Oliba, comitem, meum seniorem, ad feudam, propter hoc quod me et meos semper manuteneatis et deffendatis et meos.» (*Cartulaire roussillonnais*, p. 28.) — 4 mars 1148. Gaucelm de Leucate et les siens donnent à Gausbert de Saint-Hippolyte, à son frère et à son fils, la moitié de leurs biens-fonds de Saint-Hippolyte; Gausbert la leur rend en fief, leur promettant de les maintenir. (B 42.) — 15 février 1211. Les gens de Perpignan ont consulté le Roi au sujet des gens qui cherchent à se soustraire aux charges municipales;

dans la réponse du souverain, on lit entre autres : «Eodem modo, illi qui redimunt se a dominis suis et mittunt se in garda vel bajulia Hospitalis aut Templi, in seculo tamen remanent et proprium retinent, nolumus esse franchos.» (*Privilèges et titres*, p. 96.) — 3 août 1280. P. Cayron, de Cerbère, et Étiennette, sa femme, se font homme et femme du Temple. (*Cartulaire du Temple*, fol. 42.)

[2] *Ibid.*, fol. 46.

[3] *Privilèges et titres*, p. 326-327.

[4] 22 février 1075. Concession par Pierre, abbé de Saint-Martin-de-Canigou, à Gauzfred, d'un manse sis à Mirles, près Marinyans, en Conflent : «Donamus namque propter hoc ut de proprio tuo alode dones Sancto Martino de vineas tuas unde exeant VII somatas sine ullo engan, et si habueris filium masculum de legitimo conjugio teneat similiter sicut et tu, ita ut de supra nominatas vineas quas tu donas donet quarto post obitum tuum.» (*Cartulaire roussillonnais*, p. 87.)

[5] 30 avril 1236. Pierre de Mer vend au Temple, moyennant 2,000 sous de Melgueil, son *castrum* de Saint-Hippolyte, qui lui est rendu à charge de foi et hommage, de rendableté, etc. (*Cartulaire du Temple*, fol. 21.)

étaient la propriété de qui les cultivait; les autres étaient tenues par leur possesseur pour le compte d'un suzerain. On appelait celles-ci bénéfices, et plus tard, suivant les conditions de la tenure : fief, acapte, emphytéose, etc.; celles-là portaient le nom d'alleux [1], quelquefois de *franchedas* [2], qui doit avoir le même sens, mais qui est extrêmement rare.

Alleu emportait une idée d'indépendance; dans le principe, donner une terre en alleu, c'était la céder en pleine propriété, libre de toute charge autre que les contributions publiques. Par extension, certains fonds dégrevés des redevances les plus lourdes prirent ce nom; tel était le cas de ces alleux qui restaient assujettis au payement des droits de mutation [3]. Lorsque, dans le manse d'un emphytéote, un bien ne devait pas de redevances particulières, on disait qu'il était un alleu de ce manse ou simplement un alleu [4].

Dans la suite, on en vint à appliquer ce terme non plus à la condition de la terre, mais à la nature de la transaction qui avait cette terre pour objet. Dès lors, donner un immeuble en alleu ce fut aliéner tous les droits que l'on avait sur cet immeuble, qu'il s'agît d'une propriété ou d'un simple usufruit : céder en alleu fut synonyme de vendre.

Voici le tenancier d'une terre serve : il peut lui-même la sous-louer; mais s'il la vend telle qu'il la possède, avec les obligations et les redevances auxquelles elle est astreinte, il existe une réelle analogie entre cette

---

[1] 14 juillet 1007. «Alodem et fevum.» (Donation faite par le comte Guifred à l'abbaye de Canigou. *Marca Hispanica*, c. 964.) — 7 janvier 1027. Contestation entre les gens d'Ages et ceux de Pallerols au sujet des limites des deux territoires; les habitants de Pallerols, condamnés, s'engagent à ne réclamer les terrains contestés ni en toute propriété ni à titre de fief: «per alodem vel per fevum». (*Cartulaire roussillonnais*, p. 49-51.) — 3 octobre 1224. Testament de Guillaume Pons, de Ger; il laisse à sa sœur «omnem meum honorem, tam fevum quam alaudium». (Série H, non classé.) — 8 février 1294. Mention d'un champ sis à Millas, sur lequel le Roi ne perçoit que la dîme, «quia est alodium». (B 34, fol. 2.)

[2] 7 octobre 1095. «Dimitto almæ Mariæ Corniliani... ipsas meas franchesas quas habeo in villa Paladol... Et Sancto Laurencio Bargazain dimitto in Sanavastro tres mansos de mea frauchidia», etc. (Testament de Guil-

laume-Raymond de Cerdagne. *Marca Hispanica*, c. 1194.) — 4 mars 1097. «Si quis clericus aut laicus aliquid suæ franquitatis voluerit dimittere huic loco, fas illi sit, et inde nullum debeat facere servilium.» (Donation faite au monastère de Corneilla-de-Conflent par Guillaume Jorda, comte de Cerdagne. *Op. cit.*, c. 1197-1198.) — 13 avril 1101. «Et Sancto Laurentio dimitto medietatem de ipsa pignora in proprium alodium quam ei impignoravi, et franchedam unam quæ est ante Sanctum Laurentium.» (Testament du même Guillaume Jorda, partant pour la Terre-Sainte. *Op. cit.*, c. 1224-1226.)

[3] 8 février 1294. Reconnaissance féodale pour une borde sise à Millas : «Item quedam faxia terre loco vocato Viver... et est alodium ipsius borde; tamen dominus Rex recipit decimam in eadem et foriscapium.» (B 34, fol. 1.)

[4] Mars 1293. (*Capbreu* d'Argelès, B 30, passim.)

vente et la cession en alleu dont il a été parlé plus haut. Et, de fait, on disait que ce tenancier cédait sa tenure en alleu. Alleu ne signifie pas ici que la terre a changé de condition, mais simplement que l'acheteur n'est tenu à aucune rente ou à aucun service à l'égard du vendeur [1].

Cette observation a pour l'histoire de nos pays une portée pratique : elle restreint encore le nombre des documents où il est question d'alleux.

De bonne heure, on employa d'autres mots pour exprimer l'idée de l'allodialité : donner *ad proprium*, en propriété, est opposé à céder *per beneficium*, en bénéfice. On disait encore : *proprium alaudem* ou *alodium*, et *liberum alodium* [2].

Ces expressions n'indiquent pas d'ailleurs que l'individu qui tenait la terre *ad proprium* l'eût en son pouvoir : il pouvait s'en être dessaisi au profit d'un tenancier.

La propriété complète se décomposait, en effet, en deux sortes de droits : le domaine direct ou éminent, que l'on appelait la directe, *dreta senyoria*, appartenait au suzerain; le domaine utile était concédé au tenan-

---

[1] 6 mars 1101. Vente à l'abbaye de la Grasse d'une part de la fontaine de Salses. «Quantum visus sum abere vel possidere per alodem vel per fevum sine engano et malo ingenio, totum relinquo et dono supradicto monasterii et abbati et monachis ad alodem.» (*Cartulaire roussillonnais*, p. 112.) — 17 juin 1155. Confirmation, par le comte Gaufred et son fils Girard, en faveur du Temple, du legs d'un manse, à Palau-del-Vidre, lequel avait été légué *en alleu* par G. et P. Raymond. (Cartulaire du Temple, fol. 95 v°-96.) — 23 août 1242. Vente *en alleu* d'un manse sis à Bajanda, qui est grevé d'un cens de deux muids de seigle. (Série H, non classé.) — 23 juin 1243. Autorisation donnée par le roi d'Aragon à G. d'Atchiac, prieur de Corneilla, d'acquérir *en alleu* des revenus tenus en fief pour le Roi. (Série H, fonds de Corneilla.) — 17 juillet 1265. Confirmation, par Jacques d'Aragon, de l'acquisition du fief royal de Saint-Hippolyte : il autorise les acquéreurs à révoquer les cessions antérieurement consenties «per alodium». (B 10.)

[2] 22 mars 865. «Presentialiter obtulit ipsam cartam donationis, quod Suniefredus comes fecit cum sua uxore Ermesinda de jamdictas villas Prata et Mata ad proprium...

Ipsum proprium cum sua terminia... Per cartam donationis ad proprium.» (Plaid relatif à Prades. *Cartulaire roussillonnais*, p. 2 et 3.) — 10 février 1006. «Terra mea propria, qui mihi advenit per parentorum.» (*Ibid.*, p. 38.) — 3 mai 1007. «Alodem meum proprium.» (*Ibid.*, p. 39.) — 24 février 1018. «Pro illorum proprio alode... Per legitimum alodem, sine illum censum regalem.» (*Histoire de Languedoc*, édit. Privat, t. V, c. 367.) — 6 décembre 1024. (*Cartulaire roussillonnais*, p. 44.) — 23 avril 1036. (*Ibid.*, p. 55 et 56.) — 1043. (*Ibid.*, p. 58.) — 18 avril 1052 et 17 novembre 1069. (*Biographies carlovingiennes*, Preuves, p. 18-19 et 19-20.) — 20 mars 1128. Stella se donne à l'église Saint-Sauveur de Sira, près du Masdeu, avec tous ses biens «et cum omni meo manso et borda de Cereto quod est meum liberum alodium et cum omnibus habitatoribus eidem, quod mansum et bordam tenent et habent per me Petrus Porcelli de Cereto et Bernardus, filius ejus». (Henry, *Histoire du Roussillon*, t. I, p. 502 et 503.) — 23 juillet 1242. «Per liberum et franchum alodium et inmune.» (Série H, non classé.) — 30 mars 1246, 12 février 1261. «Pro libero et francho alodio et immuni.» (*Ibidem*.)

cier [1]. Certains avaient en toute propriété le domaine direct : ils possédaient les terres en alleu; d'autres détenaient le seul domaine utile : on disait qu'ils possédaient les terres en bénéfice, en fief, etc.; d'autres enfin réunissaient les deux domaines : la situation de la terre à leur égard prenait le nom de *dominium* [2]. L'article 72 des *Usages* de Barcelone, connu dans le pays sous le nom de loi *Stratæ*, porte que les vacants sont aux princes, mais que ceux-ci ne les garderont pas : «non ut... teneant in dominio [3] ».

De *dominium* viennent les mots *dominicus, mansus dominicus* [4], qui est le manse habité par le seigneur, *homo dominicus* [5] et *dominicatura*, en catalan *domenjadura* [6]. Les coutumes féodales de Catalogne prévoient le cas où le suzerain se serait réservé dans l'étendue du fief des *domenjaduras* [7]. En 1054, un nommé Bernard restitue à Saint-Michel-de-Cuxa un domaine; ce domaine est d'ores et déjà l'*alodium* de l'abbaye, mais Bernard et son fils continueront à le posséder au nom des moines, moyennant une rede-

[1] Juillet 1282. «Item, ponit quod dicta rupta fuit utiliter dicti G. de Montesquivo quondam. — Non credit, sed directe.» (Procès du Domaine, B 18, fol. 10 v°.)

[2] 15 juillet 1035. Le comte Guifred cède à Saint-Martin-de-Canigou tout ce qui lui appartient à Odeillo «per alodium sive per fevum atque dominium». (*Marca Hispanica*, c. 1060.)

[3] *Usatici*, édit. de 1544, fol. cxxv, Giraud, t. II, p. 479. — Le juriste qui a, au xiii° ou xiv° siècle, traduit en catalan la coutume de Perpignan, s'est trompé au sujet du mot *dominium*; à l'article xxv, il a rendu *dominium, dominus* par *senyoria, senyor*. (*Coutumes de Perpignan*, p. 16.)

[4] 7 avril 942. «Affrontat ipse mansus dominicus... Et ipsa vinea dominica.» (Donation faite à l'évêque d'Elne de terres sises à Boule. *Histoire de Languedoc*, édit. Privat, t. V, c. 189-190.) — 24 mars 1046. Donation faite par Girberga, fille de la vicomtesse Guilla, de l'église d'Ayguetébia, «cum ipsos alodes que ad ipsa pertinent de ipso manso dominico». (*Cartulaire roussillonnais*, p. 61.) — 13 avril 1101. Legs au prieuré de Corneilla-de-Conflent, par le comte Guillaume Jorda, d'un manse à Llo : «meum mansum dominicum de Allon»; à l'abbaye Saint-Michel de Cuxa : «meos molinos dominicos de Ribes». (*Marca Hispanica*,

c. 1224-1226.) — 3 juillet 1169. Testament de Curbo de Brouilla : il laisse à l'aîné de ses fils «meliorem mansum meum in quo habito, cum omni laboracione sua dominica». (*Cartulaire du Temple*, fol. 47.)

[5] 13 janvier 1072. «... ea omnia retinerc ad dominicaturam predicte canonice... sicut dominicum suum alodium.» (Plaid tenu à Corneilla-de-Conflent. *Cartulaire roussillonnais*, p. 78.) — Vers 1074? «Et iterum mittit in pignora... ipsam domenicaturam de Alamans.» (Projet de convention entre les comtes d'Ampouries et de Roussillon. *Ibid.*, p. 85.) — 5 octobre 1195. Pierre Mascharen de Nyls et sa femme Alissende se font «homines proprios et solidos» des Templiers, qui les reçoivent comme tels : «per homines proprios et dominicos et franchos». (Cartulaire du Temple, fol. 192 r° et v°.)

[6] 8 février 1134. Un accord entre l'évêque d'Elne et Arnaud, son bayle à La Tour-Bas-Elne, distingue les biens dans la mouvance de l'évêque, «honor episcopalis», des terres retenues par le prélat en sa possession, «dominicaturæ episcopi». (*Privilèges et titres*, p. 38 et 39.) — 1173. «Dominicaturas quoque canonicorum sub eadem pacis securitate constituo.» (Statuts de la paix de Dieu. Henry, *Histoire du Roussillon*, t. I, p. 510.)

[7] § 14. *Constitucions de Cathalunya*, t. I, liv. IV, titre XXVII, *in fine*.

vance annuelle, et il ne deviendra le *dominicum* du monastère qu'à la mort de ces deux individus [1].

On disait *tenere ad proprium vomerem* pour désigner la condition du bien sur lequel le propriétaire a retenu le *dominium*, qu'il exploite lui-même ou par des serviteurs à ses gages [2].

III. Les aperçus qui précèdent n'intéressent plus aujourd'hui que l'érudit curieux des usages anciens. Il n'en était pas de même au siècle dernier : un grand débat s'était engagé, peu après la mort de Louis XIV, entre les agents du Domaine et les seigneurs, sur la question du franc-alleu. Le Domaine prétendait que Charlemagne ayant acquis sur toute la province une seigneurie universelle, le Roi devait être présumé suzerain de tous les biens, sauf au possesseur à établir l'allodialité de sa tenure. Les adversaires répondaient que Charlemagne était venu dans le pays en allié, qu'il avait respecté les coutumes locales et les droits acquis, que la constitution catalane dérivait immédiatement et sans solution de continuité des codes antiques et ne pouvait point, par conséquent, donner la préférence à la *directité* féodale sur l'allodialité romaine [3].

Les prémisses posées par les Domanistes étaient exactes : il est vrai, nous le savons, que les Carolingiens possédèrent à l'origine cette seigneurie universelle que leurs successeurs réclamaient mille ans plus tard. Par contre, les conseils de la noblesse avaient tort de prétendre que les soldats de Charlemagne étaient arrivés dans le pays en amis et non pas en conquérants ; ils se trompaient non moins gravement quand ils affirmaient que le droit du Roussillon dérivait directement du droit romain. Et cependant, quant aux conclusions, la théorie des seigneurs était seule acceptable. C'est que les souverains avaient, en fait, perdu depuis de longs siècles leur seigneurie sur la plupart des terres ; le droit catalan s'était constitué sur ces entrefaites et il avait consacré le fait accompli, que le Domaine royal avait dans des actes nombreux sanctionné lui-même.

L'erreur des deux parties consistait en ce que, dans cette discussion

[1] *Histoire de Languedoc*, nouv. éd., t. V, p. 480 et 481. — Une disposition analogue et les mêmes termes se trouvent dans un testament au sujet duquel un plaid fut tenu à Corneilla-de-Conflent en 1072. (*Cartulaire roussillonnais*, p. 77-79.)

[2] 2 novembre 1276. « Totum honorem nostrum vocatum de Salà et honorem vocatum de Orden, in villa de Eler, quem nos tenemus ad proprium vomer nostrum. » (Contrat de mariage de Sibille, fille de Bernard de Figols, chevalier. B 89.) — 15 juillet 1265. (Voir plus loin, p. 113, note 1.)

[3] 1789. (Instructions particulières pour les députés de la noblesse. C 2117.) — Le marquis d'Oms suivait toutes les questions qui passionnaient l'opinion de la province au siècle dernier ; il a composé sur le franc-alleu un dossier fort intéressant qui est aux archives du département (E, fonds d'Oms.)

comme en bien d'autres, elles ne tenaient pas compte de la marche des idées juridiques; elles les supposaient immobiles et concluaient, par analogie, du droit du xviiie siècle à celui du viiie, alors que les lois étaient transformées et que l'analogie n'existait pas.

De ce débat, il ressort avec certitude que la seigneurie universelle du Roi en Roussillon était une utopie; le souverain n'était pas fondé à revendiquer l'hommage pour une terre par ce seul fait que cette terre se trouvait dans les limites du royaume.

En était-il de même des seigneurs locaux à l'égard des fonds sis dans leurs seigneuries? La présomption était-elle acquise pour ou contre l'allodialité? Devait-on adopter l'axiome méridional : *Nul seigneur sans titre*, ou le brocard du Nord : *Nulle terre sans seigneur?*

La réponse est embarrassante; cependant, pour la période sur laquelle porte cette étude, il paraît impossible de soutenir que le Roussillon fût un pays de franc-alleu. Merlin s'est prononcé en sens contraire, je ne l'ignore pas [1]; mais son opinion aurait été différente, sans doute, s'il avait étudié les documents originaux au lieu d'accepter les idées d'un collaborateur qui s'en est tenu lui-même à des analyses incomplètes et inexactes. Parmi les documents qu'il cite, les uns prouvent seulement, ce qui n'est pas en question, qu'il y avait des terres allodiales en Roussillon; quant aux autres pièces, nous allons les examiner rapidement.

Le 23 mai 1263, à Lérida, Jacques le Conquérant donna commission à Pons Guillem, de Villefranche, de rechercher en Conflent, Cerdagne, pays de Ripoll et viguerie de Campredon, les biens indûment soustraits à la mouvance royale; il déclara que l'on devait réputer fief royal, sauf la preuve du contraire, tout ce qui était situé dans les limites des villages, des *châteaux* tenus pour le souverain [2]. On a dit que ces instructions, arrachées à Jacques par surprise, avaient été révoquées par une charte de ce

---

[1] *Répertoire de jurisprudence*, art. *Franc-Alleu*. Tout le paragraphe du *Répertoire* relatif à l'allodialité en Roussillon, qui est signé d'un collaborateur de Merlin, est, il faut le dire, servilement copié sur un Mémoire présenté au Roi par le clergé et la noblesse du Roussillon et imprimé à Paris, chez P.-G. Simon, 1774 (156 pages in-4°, sans titre.) — La théorie et l'argumentation de Merlin ou plutôt de son collaborateur ont été reproduites par M. Émile Chénon dans son *Étude sur l'histoire des alleux en France*, p. 54, et par M. Pierre Lanéry d'Arc, au cours de son livre *Du Franc-Alleu*, p. 364-366.

[2] 23 mai 1263. «Dicimus et interpretamur omnia illa intelligere de feudo nostro esse que continentur infra terminos castrorum que a nobis in feudum tenentur et debent teneri, et illas villas, villaria, mansos et mansatas et honores in quibus vel de quibus nobis vel aliquibus feudatariis nostris ratione castrorum seu alterius cujuslibet feudi nostri aliqui census prestantur vel prestari consueverunt cum ratione dominationis hujusmodi illi census prestari debere videantur, nisi probabiliter (*sic*) alia ratione speciali illos census nos vel nostros feudatarios predictos debere recipere in eisdem. Item, intelligimus

même prince, en date du 4 avril 1265, ordonnant de suivre dans ces questions les *Usages* de Barcelone et le droit romain, qui étaient favorables au franc-alleu. Le texte de cette dernière pièce ne nous est point parvenu; mais nous en connaissons les dispositions par une analyse : le 17 juillet 1265, Bernard, prieur de Serrabone, assura que « l'illustrissime Jacques, par la grâce de Dieu, roi d'Aragon, avait concédé à lui et aux autres prélats, religieux et clercs du diocèse d'Elne, que, toute interprétation royale cessant, le juge, sur le fait des fiefs, jugerait conformément aux *Usages* de Barcelone et aux lois; or, les *Usages* de Barcelone et les lois romaines n'entraînaient pas de présomption en faveur des droits du Roi sur les biens en litige, quoiqu'ils fussent dans son royaume, à moins qu'il ne fût prouvé que ces biens étaient des fiefs... [1] ».

Ce privilège du 4 avril 1265 annule-t-il celui de 1263? Pas le moins du monde : il est accordé aux clercs et ne concerne en rien les laïques; cette simple observation en restreint déjà singulièrement la portée. Nous verrons que les rois avaient sur les églises de nos pays un droit de haute protection, qu'ils devaient fatalement chercher à convertir en une suzeraineté féodale; par sa charte du 4 avril 1265, Jacques reconnaît que cette prétention est inadmissible et qu'il ne suffit pas, pour qu'un bien ecclésiastique soit réputé fief royal, que ce bien soit dans les limites du royaume. Les prescriptions du 23 mai 1263 avaient d'ailleurs été si peu arrachées par surprise, qu'elles furent renouvelées dans un privilège octroyé à Villefranche-de-Conflent le 19 juillet 1264 [2], et que je les retrouve, formulées dans les mêmes termes, dans une commission pour la recherche des fiefs royaux au diocèse de Vich, qui est du 7 décembre 1266 [3].

---

illos honores, mansos et mansatas de feudo nostro esse qui sunt in villis, villariis seu locis de realenco, vel de quibus villis, villariis seu locis nos vel nostri antecessores majorem partem eorumdem dedimus vel distraximus monasteriis vel aliis quibuscumque. » (Dans un *vidimus* du 20 mai 1401, B 10.)

[1] B 15, fol. 64 v°. — Cette analyse se retrouve dans les pièces du procès en allodialité soutenu par l'abbaye de Saint-Martin-de-Canigou (même volume, fol. 63 r° et v°), et *passim* dans le même registre.

[2] 19 juillet 1264. « In primis enim intelligimus (quod) omnia que sunt infra terminos castrorum que pro nobis tenentur fore de feudo nostro. Hoc tamen excepto quod si aliquis homo noster vel quilibet alius emerit

aliquas possessiones vel hereditatem que sint infra terminos castri quod pro nobis tenetur, ab aliquo milite vel quolibet alio homine qui illam hereditatem vel possessionem tenuerit et habuerit pro alodio, excepto illo qui pro nobis teneat castrum, vel castlano vel bajulo, intelligimus quod dicti emptores habeant pro alodio suo francho dictas possessiones et hereditatem, ita quod non teneantur nobis laudimium seu foriscapium dare, *venditore tamen seu emptore probantibus quod pro alodio justo titulo tenuerint et habuerint illud ipse et sui antecessores.* » (Archives municipales de Vinça, BB 2; publié par Alart, *Privilèges et titres*, p. 256.)

[3] Dans un *vidimus* du 20 mai 1401. (B 10.) — Nous possédons une charte du

Quant aux jugements rendus à la suite de la charte du 4 avril 1265, ils comportent précisément des conclusions contraires à celles qu'on en a tirées : pour avoir gain de cause, en effet, les tenanciers qui figurent comme défendeurs dans ces affaires établissaient que leurs biens n'étaient pas englobés dans une seigneurie relevant du Roi, ou bien ils produisaient des titres d'allodialité [1]. Le procès au sujet des terres de Bernard de Glesia, à Nahuja, est particulièrement instructif [2] : le commissaire du Domaine s'attacha simplement à prouver que Nahuja était village royal et que les possessions de Bernard de Glesia étaient dans le territoire de ce village; il y réussit, et cela suffit pour que la *directité* de ces possessions fût déclarée.

La question du franc-alleu est l'une de celles où l'on perçoit le plus nettement l'influence du fait accompli sur la législation. Si, en droit, les fonds étaient *à priori* réputés engagés dans la mouvance d'un seigneur, c'est que, dans la réalité des choses, l'allodialité était une exception au

---

29 septembre 1265 qui n'est pas moins probante. Jacques d'Aragon, envoyant des instructions à son commissaire féodal, à Perpignan, lui manda qu'il avait décidé : «quod si alodia constituta intra muros Perpiniani venderentur et stabilirentur vel alio modo alienarentur aut vendita, stabilita vel alienata sint, de quantitate precii que racione vendicionis haberetur inde vel donaretur, nos habeamus inde nostrum foriscapium; si vero illi qui stabilirent, venderent vel alio modo alienarent censum sibi retentum *in proprio honore* vel jus quod in eo haberent, quod nos de precio vendicionis vel quantitatis que racione alicujus alienacionis haberetur inde vel donaretur, similiter accipiamus nostrum foriscapium et habeamus.» (*Privilèges et titres*, p. 274.) Ainsi donc, lorsque des biens-fonds, «allodia», sis dans la ville, étaient aliénés, le Roi intervenait pour percevoir des droits de mutation, que ces biens fussent ou non tenus à cens pour un tiers : c'est la négation absolue de l'allodialité présumée des biens. Or, ce document est relatif à la ville de Perpignan, pour laquelle les souverains réservaient les trésors de leur libéralisme. Que l'on juge par là si le Roussillon était un pays de franc-alleu !

[1] 15 juillet 1265. Guillaume de Valcebollère contre le Domaine, au sujet d'Alt, en Cerdagne. C'est Guillaume qui fait la preuve;

il expose que les biens contestés avaient été la propriété du comte de Cerdagne : «fuisse propria comitis Ceritanie, qui in dicta villa habebat mansos et honores et condeminas quas ad suum proprium vomerem excoli faciebat et in dicta villa de Alt, ut in propria, mansionem contrahebat et ecclesiam ipsius ville idem comes edificari fecerat ut capellam». Le juge donne raison à Guillaume. (B 15, fol. 65 et série H, non classé.) — 15 février 1266. Le commandeur de Capolleig, au sujet des biens des Hospitaliers à La Tour-de-Carol. (B 15, fol. 67 v°.)

[2] 21 novembre 1265. (B 15, f. 66 v°.) — En 1304, Jaubert des Fonts soutint que toutes les terres sises dans les limites de cette localité relevaient de lui; Arnaud Traver, juge royal et arbitre entre Jaubert et divers habitants de la localité, ne trancha pas cette difficulté; il donna tort plutôt à Jaubert. Mais on n'est pas fondé à invoquer sa sentence comme une preuve de l'allodialité des terres en Roussillon, parce qu'elle peut avoir été motivée par des considérations de fait : de l'exposé de l'affaire, que je n'ai plus sous les yeux, j'ai gardé cette impression, que Jaubert n'était peut-être pas seigneur de ce territoire. En somme, au point de vue qui nous occupe, la seule chose à retenir de ce procès est la théorie émise par Jaubert de Las Fonts. (B 375, fol. 169-172 v°.)

IMPRIMERIE NATIONALE.

moment où la législation catalane se forma [1]. Il m'est impossible de dire, même approximativement, dans quelles proportions étaient les terres libres par rapport aux terres non libres; mais si certains auteurs ont cru que ces dernières étaient les plus nombreuses, c'est qu'ils ont vu des alleux dans tous les biens qualifiés *alodis, alodium,* etc., tandis que d'ordinaire ces termes désignaient simplement des immeubles.

[1] Il est un fait qui me paraît probant contre le franc-alleu. Dans certains territoires, les fonds étaient soumis à des redevances uniformes; ainsi nous voyons par le *capbreu* d'Oms et de Taillet, qui est de 1754-1773, que les terres de ces localités devaient au seigneur un sol par ayminate, la dîme et les droits de mutation, ou bien simplement la dîme et les droits de mutation. Cette uniformité ne semble pouvoir s'expliquer que par une réglementation imposée par le seigneur à tous les fonds dont il avait été impossible de prouver l'allodialité.

CHAPITRE VIII.

DIFFÉRENTS MODES DE TENURES.

I. Tenures à temps : *violari*, usufruit viager. — Précaire.
II. Bail ordinaire : sa durée. — Baux à ferme et baux à portion de fruits. — Cheptel.
III. Bénéfice et fief; différentes espèces de fiefs. — Fief et censive. — Fief et emphytéose. — Noms des concessions roturières. — L'emphytéose : son importance; son introduction dans le droit roussillonnais.

I. A partir du jour où le bénéfice fut transformé en fief héréditaire, les tenures à temps autres que le bail ordinaire furent des expédients juridiques employés pour la solution de certaines difficultés plutôt que des institutions ayant quelque importance dans la constitution de la propriété foncière.

La plus fréquente de ces tenures à temps est le *violarium,* en catalan *violari,* qui est l'usufruit viager et non pas, comme l'a compris Ducange, le bail à cens [1]. Un donateur faisait-il à une église l'abandon d'un bien considérable [2], un usurpateur consentait-il à la restitution [3], l'un et

[1] 12 mars 1284. Cession par l'abbaye de Saint-André-de-Sorède d'une rente de cinquante sous de Melgueil à elle due par B. de Fourques, chevalier, «ratione loci Sancti Martini de Rippa quem tenet et tenere debet ad violarium in tota vita sua». (Notaires, n° 14, fol. 13.) — Septembre 1286. Quittance délivrée par les frères Draper à leur beau-frère pour la dot de leur sœur, soit 10 marcs d'argent : «violarium vero quod tu habebas in vita tua in dictis viii marchis dicte dotis, tu dedisti gratis dicto P., fratri nostro». (*Ibid.*, n° 17, fol. 35 v°.) — 1299. Constitutions des Corts de Barcelone interdisant de donner les offices royaux «a tots temps ne a violari ne a cert temps». (*Constitucions de Cathalunya,* t. I, liv. I, tit. LXI, § 1.)

[2] 2 novembre 878. Les moines d'Exalada, en retour d'une donation faite par Amarella, lui cèdent pour la vie la moitié d'une

vigne. (*Marca Hispanica,* c. 801-802.) — 6 décembre 1024. Donation au monastère de Canigou de propriétés sises à Molitg; le donateur en réserve la possession à ses enfants. (*Cartulaire roussillonnais,* p. 44-45.) — 23 avril 1036. Autre donation, en faveur de la même abbaye, d'une terre sise à Fuilla; le donateur réserve la jouissance à son fils et à l'un de ses petits-fils. (*Ibid.,* p. 55-56.) — 7 mai 1101. Mention d'un manse cédé à Gausbert par son père «per violarium» et, à la mort de Gausbert, à l'église d'Elne. (*Histoire de Languedoc,* éd. Privat, t. V, c. 768-769.) — Janvier 1173. Testament de Bernard de La Roque; il attribue à sa femme la jouissance viagère de la moitié des revenus de Villeclare. (Cartulaire du Temple, fol. 70 v°.)

[3] 31 mars 1054. Déguerpissement d'un domaine appartenant à Saint-Michel-de-Cuxa;

l'autre stipulaient quelquefois que le bien resterait à leur famille pendant une, deux, trois générations. Généralement, cet usufruit n'entraînait pas le payement d'une redevance quelconque; il pouvait arriver cependant que le donateur prît l'engagement d'acquitter, jusqu'à ce que la tradition s'effectuât, un cens destiné à affirmer annuellement les droits du donataire [1].

Quant aux concessions viagères librement consenties, on en trouve à peine de rares exemples [2]. Certaines étaient faites au profit des clercs [3]; les ecclésiastiques n'ayant pas d'héritiers naturels, il était rationnel de leur bailler à vie les biens qui étaient généralement l'objet d'une concession perpétuelle.

Le précaire révocable à la volonté du bailleur n'était usité que pour régler la situation d'un bien déjà vendu, mais non encore livré. Le vendeur déclarait dans l'acte qu'il détenait ce bien à titre de précaire pour l'acquéreur, jusqu'à ce qu'il plût à celui-ci d'en prendre possession [4]. Cette clause *de constitut* n'apparut dans les actes que lorsque les notaires s'inspirèrent, pour la rédaction de leurs instruments, du droit romain.

II. L'histoire de la location est la question dont l'étude m'a le mieux démontré l'utilité des anciennes minutes notariales et l'insuffisance des textes de coutumes pour la connaissance exacte et complète du droit. Avant de parcourir les *notules* et *manuels* des vieux notaires roussillonnais, je n'avais trouvé que deux exemples de baux antérieurs à 1300 [5] et deux autres du xive siècle [6] : ni les cartulaires, ni les *capbreus*, ni les textes de

l'usurpateur le possédera, sa vie durant, et après lui, son fils. (*Histoire de Languedoc*, éd. Privat, t. V, c. 480-481.)

[1] 25 avril 1069. Arnaud-Guillaume laisse à Saint-Michel la moitié des biens-fonds qu'il tient de ses parents : «in tali conventu ut ipsam medietatem fratres mei teneant propter violarium in vita mea (*sic pour* sua) et donent per unum quemque annum ad Sanctum Michaelem v libras cere; post obitum vero illorum remaneat ad Sanctum Michaelem ipsa medietas tota libera». (*Histoire de Languedoc*, éd. Privat, t. V, c. 560-561.)

[2] 23 janvier 1129, 12 juin 1142. Mention des condamines de Bages, «quas violario jure Dalmatius Berengarii, vicecomes de Rocabertini, solebat tenere», «quas pater meus, Dalmatius Berengarii, habuit consensu Ermengaudi Elenensis episcopi, tui predecessoris, tantum in vita sua jure usufructuario». (*Marca Hispanica*, c. 1268 et 1289.)

[3] 11 juillet 1084. Engagement, aux mains de l'abbé de Canigou, du village d'En, «qui fuit de Suniarii Arnalli, quam nos dudum adquisimus et est violare tui ipsius Petri, abbatis, filii ejus». (*Marca Hispanica*, c. 1174.) — 6 novembre 1286. Concession viagère d'un jardin sis à Elne : «tibi, Raymundo Bertrandi, presbytero dicti loci de Elna et quibus volueris in dicta vita tua». (G 171.)

[4] Voir ci-dessus, p. 92.

[5] Février ou 1er mars 1219. Bail à ferme par Raymond de Castel-Roussillon, pour l'espace de deux ans, de deux maisons et de biens sis à Torreilles. (B 48.) — 22 août 1245. Bail, pour trois récoltes, de la moitié d'un champ à Torreilles. (B 48.)

[6] 8 octobre 1367. Bail pour deux ans, moyennant 30 livres par an, de moulins appartenant à la communauté ecclésiastique d'Elne. (G 176.) — 19 août 1390. Bail au

la législation [1] ne fournissaient le moindre renseignement sur l'existence et les conditions de ce contrat, et j'étais arrivé à cette conclusion, que le bail était dans nos pays, au moyen âge, une très rare exception. Les registres notariaux m'ont convaincu, au contraire, que les baux étaient d'un usage courant.

Bailler à ferme ou à métayage se disait *locare :* «loco et ratione locationis trado [2]», ou *collocare* [3], et, quand il s'agissait d'immeubles à exploiter, *donare ad laborandum* [4], *ad laborandum sive excolendum* [5].

Il n'y avait pas de règle générale pour la durée des baux. On en trouve qui sont consentis pour deux ans [6], trois ans [7], quatre ans [8], six ans [9], ou bien pour une récolte [10], quatre récoltes [11], sept récoltes [12], huit récoltes [13].

---

tiers des fruits, pour une durée de six ans, du mas de Cavanach, appartenant à l'abbaye de Jau. (Alart, *Bulletin de la Société des Pyrénées-Orientales*, t. XI, p. 305-307.)

[1] à [13] Je parle des textes du moyen âge; le *Forum judicum* admet, sous le nom de précaire, un bail pour une durée déterminée. (X, 1, 12.) — [2] 1266. «J. de Serra, prior Sancti Asiscli, loco et ratione locationis trado.» (Bail à ferme, moyennant 87 s. 6 d., de deux jardins. Notaires, n° 2, fol. 7.) — [3] 1261. «... sac colloco tibi Maironé quendam mansum meum, cum solerio suo, qui est in podio Perpiniani». (Notaires, n° 1, fol. 16 v°.) — 1261. R. d'Arles «colloco et trado tibi G. de Barchinona, bracerio, l ortum meum cum omnibus arbori[bus]... usque ad III annos». (*Ibid.*, fol. 21.) — 1261. «Colloco et trado tibi.» Bail pour quatre ans et au prix de 15 livres par an, payables à Noël, d'une maison et d'un domaine à Torreilles. (*Ibid.*, fol. 33 v°.) — [4] 1261. F. Telera de Villemolaque, habitant de Perpignan, «dono ad laborandum» quatre champs à Nyls. (*Ibid.*, fol. 38.) — [5] Fin novembre 1278. P. Barbes de Cabestany, habitant de Perpignan, donne pour deux ans «ad laborandum sive excolendum» diverses terres sises à Cabestany et à Saleilles. (*Ibid.*, n° 5, fol. 88.) — [6] Fin novembre 1278. (Voir la note précédente.) — 10 novembre 1283. Bail à ferme pour deux ans, pour le prix de 62 s. 6 d. de Barcelone, d'une terre défrichée, *rupta*, sise à Castel-Roussillon. (Notaires, n° 15, fol. 18 v°.) — [7] 1261. (Voir ci-dessus,

note 3.) — 1261. Bail pour trois ans d'un jardin à Perpignan, moyennant 60 sous barcelonais «de lugerio». (Notaires, n° 1, fol. 38.) — 17 juin 1273. Bail pour trois ans, moyennant 42 aymines d'orge avec tournes, de champs et jardins sis à Villeneuve-de-la-Raho et Corneilla-del-Vercol. (*Ibid.*, n° 4, fol. 13 v°.) — [8] 1261. (Voir ci-dessus, note 3.) — 20 janvier 1284. Bail par Pons d'Alénya, habitant de Perpignan, à J. Ros, pour une durée de quatre ans, d'un domaine sis à Alénya, Villerase, Mosseillons, Boaça. (Notaires, n° 13, fol. 43.) — [9] 1261. Vente par Arnalde à un prêtre, pour une durée de six ans, des récoltes d'une terre sise à Villeneuve-de-la-Raho; Arnalde se charge du labour et aura trois aymines d'orge et la paille; le preneur fera moissonner et battre au reste. (*Ibid.*, n° 1, fol. 31 v°.) — 6 mars 1266. Bail, par les procureurs de l'œuvre du pont de la Tet, de deux jardins, pour six ans à courir de la Saint-Michel; le fermage est payable par semestre, à la Saint-Jean et à la Saint-Michel. (*Ibid.*, n° 2, fol. 32.) — 3 février 1286. Bail, pour six ans, d'une vigne à Vernet; pour la moitié de la vigne, les travaux seront faits par moitié; pour l'autre moitié, le métayer est seul chargé du labour; les fruits seront partagés par moitié; le bailleur pourra reprendre son bien, moyennant payement d'une indemnité de 18 s. 9 d. (*Ibid.*, n° 16, fol. 11 v°.) — [10] 11 novembre 1283. Bail pour une récolte, par Ermengaud Gros, de Perpignan, à trois individus de Théza, du domaine qu'il pos-

Les conditions des baux variaient à l'infini : les uns étaient des baux à ferme, et le fermage, *lugerium* [1], se payait annuellement [2] ou par semestre [3], en espèces [4] ou en nature [5]. Les autres étaient des baux de métayage ou à portion de fruits. Dans le cas du métayage, on peut dire que, d'une façon générale, le propriétaire contribuait aux frais d'exploitation et que les fruits étaient partagés par moitié; mais les exceptions étaient nombreuses : souvent, l'une ou l'autre des deux parties prenait à sa charge plus que sa part des travaux, et il lui était alloué une compensation [6]. Il en résultait une multitude de combinaisons.

Je crois pouvoir affirmer que la condition faite aux preneurs était extrêmement avantageuse et que leur portion des revenus du domaine était beaucoup plus considérable qu'elle ne l'était au xviii° siècle ou qu'elle ne l'est de nos jours [7]. La sous-ferme était admise [8].

Au métayage se rattache le bail à cheptel, dont il est fait mention dans les statuts de paix et trêve [9]. Raymond de Penyafort [10] condamne le cheptel

sède dans cette localité; les preneurs fourniront la semence; la dîme, la prémice et la *cossura* seront payées par moitié; le grain sera partagé; la paille appartiendra aux métayers, sauf dix charges de paille de froment et autant de paille d'orge. (Notaires, n° 13, fol. 26 v°.) — 3 février 1286. Bail «ad unum expletum annuale» de trois champs sis à Théza; le métayer est chargé du labour et prendra la paille; les fournitures de semailles et autres frais et la récolte seront partagés par moitié, mais le métayer prélèvera, avant le partage, cinq aymines rases et le propriétaire payera seul au seigneur foncier les «terremerita». (*Ibid.*, n° 16, fol. 12.) — [11] Décembre 1272. Sous-afferme par Jacques d'Alamany, pour quatre récoltes, de terres qu'il avait lui-même prises pour cinq récoltes. (*Ibid.*, n° 3, fol. 7.) — [12] 1261. Bail pour sept récoltes d'une vigne à Pia. (*Ibid.*, n° 1, fol. 36 v°.) — [13] Commencement de mars 1277. Bail pour huit récoltes d'un champ à semer de froment; les frais de semence, moisson, cens, etc., et la récolte, tant en paille qu'en grain, seront partagés par moitié. (*Ibid.*, n° 6, fol. 22 v°.)

[1] 1261. (Notaires, n° 1, *passim*.)
[2] 1261. (Voir p. 117, note 3.)
[3] 6 mars 1266. (Voir *ibid.*, note 9.)
[4] 1266. (Voir *ibid.*, note 2.) — 10 novembre 1288. (Voir *ibid.*, note 6.)

[5] 17 juin 1273. (Voir p. 117, note 7.)
[6] Cette compensation portait fréquemment sur la paille, qui souvent était partagée : 25 février 1277. Bail, jusqu'à la Saint-Jean de 1278, d'une terre défrichée, *rupta*, à Mosseillons; les frais de la moisson, du battage et du vannage sont supportés par moitié; le bailleur fournit la semence; le métayer est chargé de porter les gerbes à l'aire et de veiller à la récolte; le grain et la paille sont partagés par moitié. (Notaires, n° 6, fol. 19.) — Commencement de mars 1277. (Voir p. 117, note 13.) — 11 novembre 1288. (Voir *ibid.*, note 10.) — La paille était parfois attribuée au propriétaire (1261. Voir *ibid.*, note 9) ou au métayer : 30 novembre 1283. Bail pour deux ans par B. de Ternisella ou Terrasella, prieur de Saint-Estève-del-Monestir, des revenus du monastère; le métayer aura la moitié des récoltes et toute la paille. (Notaires, n° 8, fol. 56 v°.) — 3 février 1286. (Voir p. 117, note 10.)
[7] Voir, pour le xiii° siècle, les exemples donnés dans les notes précédentes, et pour le xviii° siècle, mes *Notes sur l'économie rurale du Roussillon*, p. 106 et suiv.
[8] Décembre 1272. (Voir p. 117, note 11.)
[9] 1200. (*Constitucions*, t. I, liv. X, tit. VIII, § 4, art. 17.)
[10] *Summa Sancti Raymundi de Peniafort Barcinonensis, ordinis Prædicatorum*, 234-235.

de fer, qu'il déclare illicite comme étant trop désavantageux pour le preneur.

Le cheptel de fer [1] et le cheptel simple [2] étaient pratiqués concurremment avec le cheptel à moitié [3]. La part du preneur variait; elle était de un tiers [3] ou de la moitié [5] du produit, plus quelquefois une portion du bétail baillé à cheptel.

III. Passons aux tenures perpétuelles.

Le bénéfice, que nous trouvons dans nos pays dès les premiers temps qui suivirent la reconquête [6] et dont le nom resta jusqu'aux xe et xie siècles [7], fit bientôt place au fief.

[1] 18 octobre 1283. Marc Cornabocz, de Pia, reconnaît avoir un bœuf jaune appartenant à J. Matfred, de Perpignan; il labourera trois terres appartenant au propriétaire du bœuf, pourra labourer ses propres biens et rendra le bœuf à la Toussaint 1284. (Notaires, n° 15, fol. 11.)

[2] Voir, plus bas, les notes 4 et 5.

[3] Fin octobre 1283. G. Bolet, de Saint-Cyprien, achète à P. Corneler, boucher de Perpignan, la moitié d'un bœuf et de deux vaches et reçoit l'autre moitié à cheptel, pour six ans; le croît sera partagé par moitié. (Notaires, n° 15, fol. 13.) — 19 mai 1286. P. d'Anglars, de Réal-en-Capcir, reconnaît à F. Berthomeu, boucher de Perpignan, «quod tu habes et habere debes medietatem pro indiviso in quadam vacha et in quodam junech et in quodam vitulo quos penes me habeo, quod quidem bestiare promito bene et fideliter custodire ad proficuum tuum meum [que] dehinc usque ad quinque annos completos cum fetu quod inde pervenerit, quam medietatem dicti bestiarii cum medietate fetus quod inde pervenerit infra dictum tempus promito tibi reddere, tradere, completis dictis quinque annis, si Deus nobis eum servaverit, cum per te vel tuos fuero amonitus». (Ibid., n° 16, fol. 34.)

[4] 8 février 1266. Vente par A. Pastor, de Bompas, à R. Bonet, boucher, de «totam partem meam scilicet terciam partem... lane ovium tuarum quas a te teneo ad tercium de fructibus». (Notaires, n° 1, fol. 17.)

[5] 28 février 1347. Bail «in comanda seu parceria» (la parceria est le cheptel), pour six ans, d'une vache; le croît et le produit de la vente du lait seront partagés par moitié; le huitième de la vache appartiendra au preneur. (Série H, fonds de Corneilla, Notule, fol. 236.) — On trouve aussi des sortes de cheptels consentis par des propriétaires en faveur de commerçants : le 18 octobre 1283, B. Marli de Tresserre reconnaît avoir pris ainsi un âne blanc pour commercer en Roussillon et Vallespir; il le nourrira et le ferrera et il donnera au propriétaire de l'âne la moitié des bénéfices nets. (Notaires, n° 15, fol. 11.) — Les contrats de ce genre sont nombreux.

[6] Il est question du bénéfice dans le précepte pour les Espagnols, en date du 1er janvier 815; mais je ne puis admettre avec M. Garsonnet (Histoire des locations perpétuelles, p. 245, note 2) que le régime des bénéfices a été introduit dans nos pays par le précepte cité ci-dessus; ce document suppose, tout au contraire, que le bénéfice était déjà connu et pratiqué : «Et si beneficium aliquod quisquam eorum ab eo cui se commendavit fuerit consecutus...» (Capitularia regum Francorum, t. I, p. 552.) — Cette phrase se retrouve, mot pour mot, dans le précepte du 11 juin 844. (Op. cit., t. II, p. 29.) — Pour les mentions de bénéfices, voir une donation à l'église d'Urgel, du 3 janvier 840 (Histoire de Languedoc, éd. Privat, t. II, Preuves, c. 213), un diplôme de Charles le Chauve, du 7 juillet 854 (ibid., c. 294-295), une vente faite à l'évêque d'Elne, le 29 avril 861 (ibid., c. 319-320), un plaid du 18 août 868 (ibid., c. 346-347), etc.

[7] 10 avril 930. Donation à l'église d'Elne. (Marca Hispanica, c. 845.) — 30 août 1065.

Le mot *fief* apparaît dans la contrée au xe siècle; il est employé sous la forme latine *fevo*, *fevos*, et catalane *feu*, dans un accord de 954 entre les vicomtes de Cerdagne et d'Urgel [1].

Fief désignait plusieurs tenures différant entre elles par leur objet et par leurs origines. Les coutumes féodales de Catalogne parlent de fiefs d'une valeur inférieure à 20 sous et dont les concessionnaires étaient dispensés de l'hommage [2]; on comprend que les relations du possesseur de l'un de ces fiefs avec son suzerain auraient été de tout autre nature s'il s'était agi d'une ville ou d'un comté. De même, un suzerain qui, de son plein gré, concédait un fief était plus exigeant que celui qui, se trouvant en face d'une usurpation, était réduit à subir les conditions d'un vassal rebelle.

En droit féodal pur, le fief était une tenure noble à charge de service militaire, de foi et d'hommage. Mais, en fait, même dans le Nord, il y eut des fiefs roturiers, grevés de cens ou de services non nobles; Guérard a cité un fief de cuisine ou emploi de cuisinier tenu en fief, des fiefs de pain quotidien ou rentes de nourriture également tenues en fief [3].

Le droit catalan distinguait, en théorie, le fief et la censive [4]; mais, dans la pratique, il les confondait constamment. On disait volontiers qu'une terre était fief royal pour exprimer l'idée qu'elle était dans la mouvance du Roi [5]. En réalité, des concessions dénommées fiefs étaient, au fond et quant à leur objet, de véritables censives [6] : c'est ainsi qu'une propriété composée d'une maison et d'une terre fut même, en 1183, concédée en fief honoré [7]. A chaque instant, il est donc fait mention dans les chartes

---

Démarche d'Ermengarde pour faire confirmer à son profit par l'abbaye de Canigou «donum benificii quod vir suus Guadallus tenuit ex praedicto cenobio». (*Histoire de Languedoc*, éd. Privat, t. V, c. 530.)

[1] *Ibid.*, t. II, Preuves, c. 421-423.

[2] *Constitucions de Cathalunya*, t. I, liv. IV, tit. XXVII, *Costumas de Cathalunya*, art. 12.

[3] Prolégomènes du *Cartulaire de Chartres*, p. xxv et xxvi.

[4] 7 février 1234. «Statuimus ut domus recipientium hæreticos scienter, si alodia fuerint diruantur; si feuda vel censualia suo domino applicentur.» (Constitution de Jacques le Conquérant. *Marca Hispanica*, c. 1425.) — 27 janvier 1292. Pierre-Guillaume, de Tautavel, reconnaît tenir en fief pour le Roi tous les biens et droits dont il jouit à Tautavel, à l'exception d'une vigne, qu'il tient pour le

Roi en emphytéose, à charge d'agrier. (B 16, fol. 24 v°-25.)

[5] 23 mai 1263. (Voir p. 111, note 2.)

[6] 18 janvier 1199. Vente aux Templiers, par Pons Bernard, pour 120 sous de Barcelone, du quart de certaines propriétés, lequel quart il tenait pour lesdits Templiers «in feuodo». (Cartulaire du Temple, fol. 138.)

[7] 1er mai 1183. «Dono et concedo per feudum honoratum absque ullo usatico et servicio quod inde mihi nec meis tu nec tui facias nec facere ullo modo teneamini, tamen ipsum ad honorem mei meorumque et ad fidelatem tu et tui imperpetuum teneatis.» (B 7.) — Le fief honoré est celui dont le concessionnaire est dispensé des conditions les plus onéreuses du fief ordinaire, mais reste néanmoins assujetti à l'hommage et à la rendableté. Le paréage de 1278 stipule que le comte de

de fiefs soumis à des cens; bien plus, nous en trouvons qui avaient donné lieu à des contrats de métayage [1], et la confusion était telle, que de vrais feudataires, des chevaliers, payaient pour des fiefs nobles une redevance pécuniaire [2].

Dans leur ouvrage sur le droit catalan, MM. Amell et de Broca ont opposé l'emphytéose au fief, celui-ci emportant la fidélité et l'hommage, tandis que celle-là n'entraînait pas d'obligations personnelles [3] et restait entièrement étrangère au monde féodal.

Il en est de cette distinction comme de la précédente : elle est purement théorique.

Des légistes imbus du droit romain ont pu insérer dans les constitutions de Catalogne un titre *de dret emphiteotic* [4] après le titre *de feus* et, dans ce titre, consacrer au droit emphytéotique des paragraphes qui ne font pas mention de l'hommage. Mais avant de déduire de ce fait la conclusion que je combats, il faut remarquer que les jurisconsultes catalans appellent emphytéose le contrat qui est ailleurs nommé bail à cens [5]; il convient donc d'appliquer à l'emphytéose ce qui a été dit plus haut des censives [6]. Il est certain en outre, ainsi que nous le verrons par la suite de ce travail, que, dans la pratique, un contrat féodal se greffait sur l'emphytéose, de sorte que l'emphytéote dépendait le plus souvent du propriétaire [7]. En d'autres termes, cette fois encore le monde féodal a emprunté

Foix tiendra en fief honoré de l'évêque d'Urgel tous les droits qui lui sont reconnus en Andorre.

[1] «Hec sunt nomina militum qui tenent fevum per seniorem de Sancto Laurencio... Filius de Ermengaldo Mage tenet fevum et de ipso fevo debet ipse abere tres partes et senior quartam.» (B 42.) — 19 octobre 1281. Guillaume Ferrer, de Salses, reconnaît tenir «in feudum» pour le roi de Majorque une vigne pour laquelle il doit le cinquième des fruits, rendu à Salses. (B 16, fol. 36 v°-37.)

[2] 7 avril 1489. Concession à titre de fief, par le chapitre d'Elne, du village de Taxo d'Amont avec les justices et revenus, moyennant une somme une fois payée de 40 livres et une redevance annuelle d'un florin. (G 104.)

[3] *Instituciones del derecho civil catalan*, 2e éd., t. II, p. 32-33.

[4] *Constitucions*, t. I, liv. IV, tit. XXVIII.

[5] Amell et de Broca, *op. cit.*, t. II, p. 30.

— Ces auteurs ne parlent pas du bail à cens; le *censal*, qu'ils étudient (*loc. cit.*), est la rente constituée. Les Constitutions n'ont pas de titre relatif au droit censuel.

[6] L'emphytéose catalane a de telles affinités avec le fief que, parmi les paragraphes du titre *de dret emphiteotic*, la plupart sont relatifs aux fiefs aussi bien qu'aux emphytéoses. — Sur la confusion de l'emphytéose et du fief, voir Giraud, *Essai sur l'histoire du droit français*, t. I, p. 208; Boutaric, cité par M. Garsonnet, *Histoire des locations perpétuelles*, p. 415; un arrêt de la cour de Toulouse du 25 mai 1814, cité par M. Garsonnet, *op. cit.*, p. 298, note 2. — Cf. également, pour l'emphytéose roussillonnaise au XVIIIe siècle, mes *Notes sur l'économie rurale du Roussillon*, p. 110.

[7] A la suite du décret de juillet 1793 prescrivant l'anéantissement des titres féodaux, les notaires firent disparaître de leurs registres les baux emphytéotiques; certains ont signalé ce fait sur la garde des volumes.

à l'antiquité classique un mot et une forme, mais sous ce mot et cette forme romains se cache une institution du moyen âge.

Assurément, l'emphytéose du droit catalan présente de nombreuses affinités avec l'emphytéose de Justinien : le payement d'une redevance annuelle, le droit de préemption accordé au bailleur, l'approbation qu'il donne à la vente et la perception à son profit d'une partie du prix de cette vente, enfin la déchéance du tenancier s'il se dérobe à ses obligations. Mais on n'est pas fondé à s'appuyer sur ces analogies pour opposer l'emphytéose catalane aux concessions du droit féodal; car on retrouve ces mêmes caractères dans les censives des provinces septentrionales qui personnifient le mieux la féodalité.

Les juristes catalans avaient un mot pour désigner la concession en général : *stabilire*, qui signifie concéder [1].

Ils se servaient aussi, suivant les cas, de diverses expressions qui faisaient connaître les conditions du contrat : bailler *ad quartum*, à quart [2], *ad miges*, à moitié fruits, *ad agrarium*, à champart [3]. A propos des concessions roturières, les rédacteurs des actes disaient encore *dare ad bajuliam*, donner en baylie [4]. Ce fut pendant la période de formation du droit local, aux xie et xiie siècles, le véritable nom de la tenure roturière, de la censive. De là vient, en partie, que la baylie est si fréquemment accolée au fief [5].

[1] «Nota... quod in Cathalonia verbum *stabilire* in concessionibus feudalibus vel emphiteoticalibus appositum accipitur pro verbo concedere.» (Calis, sur l'Usage *Si a vicecomitibus*, *Usatici*, édit. de 1544, fol. lxxx.)

[2] 7 mars 1202. Engagement d'une vigne sise à Saint-Hippolyte et tenue *ad quartum*. (B 42.)

[3] 6 novembre 1265. Reconnaissances par divers individus de Tura pour des terres qu'ils tiennent dans les garigues royales de Salses «ad agrarium». (B 37.)

[4] 30 août 1065. Confirmation en faveur d'Ermengarde du bénéfice reçu par son mari : «dederunt ei omnem fevum et bajoliam quod condam vir suus Guadallus tenuit». (*Histoire de Languedoc*, édit. Privat, t. V, c. 530.) — 1100. Concession d'une terre sise à Salses : «dono tibi prescripta ipsa terra a bajulia et a laboracione, volus a pane voluis a vino». (*Cartulaire roussillonnais*, p. 111.)

[5] 31 août 1027. «Tam per alaudem nostrum quam per fevum sive per bajoliam.»

(Engagement de la Tet à Baho. *Histoire de Languedoc*, édit. Privat, t. V, c. 382-383.) — Vers 1050. «Neque de suos fevos vel alodes vel bagües.» (Charte d'hommage. *Cartulaire roussillonnais*, p. 63.) — 13 avril 1091. «Alios meos alodios, feudos, bajulias qui remanent...» (Testament de Guillaume de Castelnou. *Marca Hispanica*, c. 1189.) — 17 septembre 1106. «Castrum meum et omnem meum honorem, alodem, fevum et bajulias.» (Testament du vicomte Hugues. Publié par le duc du Roussillon (Pi), dans les *Biographies carlovingiennes*, Preuves, p. 23-25.) — *Bajulia* désigne aussi, en droit catalan, de même qu'en droit français, la tutelle : 19 février 1077. «Et omnia qui desuper scriptum est concessit in bailia Domino Deo et Guillelmo, vicecomite Castellinovi.» (Testament d'un clerc. *Histoire de Languedoc*, édit. Privat, t. V, c. 631-633.) — 17 septembre 1106. Hugues laisse ses biens «in bajulia supradicti episcopi et aliorum manumissorum et meorum hominum qui per fidem bajulire voluerint». (*Biographies*

On appelait aussi les concessions roturières *pagesia* [1], *laboracio* [2], *complantatio* [3], *honor censualis* [4], *honor rusticalis* [5], peut-être *arengum* [6]. A partir du XIIIe siècle, le nom classique d'emphytéose prévalut : *dare ad emphyteosim;* mais on employait concurremment les termes d'*accapitum* [7], *tenedo, tenezo* [8]. La formule ordinaire était : *dare ad accapitum sive in emphyteosim* [9].

carlovingiennes, Preuves, p. 23-25.) — 24 janvier 1175. «Relinquo filios meos.. et omnes res eorum... in bajulia et in tuicione sive in deffensione matris eorum Marie et Guillelmi, fratris eorum, ita ut illos gubernent et nutriant.» (Testament d'Arnaud de Cabestany. Cartulaire du Temple, fol. 44 v°.) — Voir dans Ducange, verb. *Bajulus* 3, un passage des *Usages* de Barcelone. — Peut-être est-ce dans le même sens que *bajulia* est pris, dans l'expression *guarda et bajulia* : 29 juillet 1172. Bernard de Brouilla lègue à sa nièce son manse et tout ce qui en dépend : «fevos, alodia, census, usaticos, guardas atque bajulias». (Cartulaire du Temple, fol. 45.) — 1er novembre 1182. Guillaume de Montesquieu lègue conditionnellement aux Templiers son bien sis dans l'Albère : «fevos, alodia, census, usatica, gardas atque bajulias». (*Ibid.*, fol. 8 v°.)

[1] 24 septembre 1194. Guillaume Massot vend aux Templiers son domaine de Villeneuve-de-la-Raho «et omnes tenedones et fenoda et pagesias». (Cartulaire du Temple, fol. 74 v°.)

[2] 19 juin 1063. Donation d'un bien sis à Ro, en faveur de l'abbaye de Canigou; le donateur et ses fils en jouiront comme de leur propriété : «post obitum vero eorum remaneat ad predictum locum et teneant propinqui et posteri mei per laborationem». (Publié par Alart, *Cartulaire roussillonnais*, p. 68.) — 1100. (Voir ci-dessus, p. 122, note 4.)

[3] 28 août 1067. «Jubeo omnes meos alodios que habeo in cunctis que locis, qui michi advenerunt tam ex paterno quam ex materna voce, seu per comparationibus sive per complantationibus atque per qualisquecunque vocibus remanere ab integrum a jamdicta uxor mea, ... si viduitatem tenuerit.» (Testament d'Arnaud Bernard de Fuilla. *Cartulaire roussillonnais*, p. 70-72.)

[4] 7 décembre 1266. «Censum consuetum
de honoribus censualibus nobis solvant.» (Commission pour la recherche et la saisie des tenures relevant du Roi dans le diocèse de Vich. B 10.)

[5] 5 juin 1265. (Voir plus bas, p. 138, note 1.)

[6] 2 novembre 878. Mention d'une vigne «quem tenet Saurus in arengo». (Charte pour la restauration d'Exalada. *Marca Hispanica*, c. 801.)

[7] 21 janvier 1217. Adémar donne à sa fille, pour sa dot, «totum censum quem habeo in illis ortis quos in eadem trilia dedi ad acapten». (Série H, fonds de Corneilla.) — 13 septembre 1263. Bail en acapte par les Templiers de leur domaine de Saint-Hippolyte. (Cartulaire du Temple, fol. 24.)

[8] 27 septembre 1217. Concession d'une terre par Raymond de Castel-Roussillon, «pro tenezone». (B 48.) — 30 janvier 1236. Hommage de R. de Bas aux Templiers, pour une terre qu'il a reçue d'eux «ad acapitum et tenedonem». (Cartulaire du Temple, fol. 30 v°-31.) — 16 janvier 1253. Affranchissement d'une terre par Pons de Vernet, «ita quod ratione tenedonis, mansate neque borde nec ratione feudi nec ullo alio modo sive jure nichil in predictis ego nec mei habeamus». (G 226.) — 11 février 1257. Concession en acapte et «per tenedonem», par les Templiers, d'une terre sise à Saint-Laurent. (Cartulaire du Temple, fol. 37.)

[9] 22 octobre 1299. Commission du roi de Majorque à ses procureurs à l'effet de concéder une terre «ad accapitum sive in emphiteosim» à qui ils voudront, sauf aux clercs, aux chevaliers et aux religieux. (B 11.) — Cette formule est des plus fréquentes; elle est quelquefois plus compliquée : 4 août 1293. Concession par le chapitre d'Elne, «ad accapitum sive in emphiteosim et per tenedonem», d'un domaine sis à Ponteilla. (G 57.)

L'*accapitum* était proprement le prix payé par le preneur au moment du contrat [1]; on le désignait aussi sous le nom d'*intrata, intrata accapiti* [2].

On a déjà vu que le mot *emphytéose* désignait les concessions roturières en général, et qu'il était synonyme de bail à cens. L'introduction de l'emphytéose dans le droit de nos contrées se borna donc à un simple changement de mots. Il est de fait que les concessions auxquelles ce nom est donné ne ressemblent pas plus que les baux *ad accapitum* ou *ad tenedonem* à l'emphytéose classique.

Les concessions de ce genre ont tenu une grande place dans l'organisation de la propriété en Roussillon. Bofarull, dans son histoire de Catalogne [3], et, après lui, MM. de Broca et Amell [4], ont émis l'avis que cette importance doit être attribuée aux monarques carolingiens : les concessions octroyées par ces souverains et imitées par les comtes n'auraient été autre chose que des emphytéoses. Je ne crois pas que cette théorie résiste à un examen sérieux : parmi les concessions que nous font connaître les préceptes carolingiens relatifs à la Marche d'Espagne, les unes comprenaient l'abandon de la pleine propriété, c'étaient les aprisions [5]; les autres, les bénéfices, avaient précisément pour but de créer une hiérarchie sociale, pour effet d'établir des obligations personnelles [6] inconciliables avec la définition que MM. de Broca et Amell donnent du système emphytéotique.

[1] 22 mars 1290. Bail en acapte par Guillaume Nadal, de Villeneuve-de-la-Raho, d'un jardin sis à Elne, moyennant 10 sous de Melgueil «de accapito», 8 sous de cens et les droits de mutation. (G 118.) — 5 avril 1309. Concession «ad acapitum seu in emphyteosim» d'une terre vague à Villeneuve-des-Escaldes, moyennant 12 deniers barcelonais de cens et 8 sous de la même monnaie «pro acapito». (Série H, non classé.)

[2] 24 juillet 1336. (G 55.) — 24 janvier 1392. (G 99.)

[3] *Historia de Catalunya*, t. II, c. V, p. 100.

[4] «Les concessions de terre faites par Charlemagne et Louis le Pieux, imitées par les comtes, avaient un caractère emphytéotique; elles ne renfermaient rien qui créât le vasselage, qui établît une hiérarchie sociale, et un

historien a pu dire avec raison que de ces concessions découle la prépondérance du contrat emphytéotique en Catalogne, contrat qui subsista et s'étendit en dépit de la féodalité qui avait envahi la principauté.» (*Instituciones del derecho catalan*, 2ᵉ édit., t. II, p. 30-31.)

[5] Voir ci-dessus, p. 100.

[6] 1ᵉʳ janvier 815. «Noverint tamen iidem Hispani sibi licentiam a nobis esse concessam ut se in vassaticum comitibus nostris more solito commendent. Et si beneficium aliquod quisquam eorum ab eo cui se commendavit fuerit consecutus, sciat se de illo tale obsequium seniori suo exhibere debere quale nostrates homines de simili beneficio senioribus exhibere solent.» (Précepte pour les Espagnols réfugiés. *Capitularia regum Francorum*, t. I, p. 551.)

CHAPITRE IX.

CONDITIONS GÉNÉRALES DES TENURES.

I. Perpétuité; conséquence : rachat du domaine utile par le seigneur foncier. — Destination de la tenure : acaptes *ad panem et ad vinum.* — Aveu et dénombrement.

II. Origine des droits de mutation. — Aliénation par sous-acensement. — Succession en ligne directe. — Succession en ligne collatérale : *exorquia.* — *Intestia.*

III. Obligation en cas de vente, donation ou engagement : *fatica* ou retrait féodal. — Approbation : *laudimium, luisme, ferma.* — *Foriscapium, foriscapi;* taux de ce droit. — Indivisibilité des tenures. — Droit du seigneur foncier à l'aliénation. — Commise.

I. Le caractère le plus saillant des concessions, depuis la fin du xi° siècle au moins, est la perpétuité; elles étaient de droit irrévocables, même quand cette condition n'était pas explicitement formulée dans l'acte. La perpétuité était si bien établie, la possession du tenancier était si solide, qu'on voit fréquemment concéder des emplacements pour bâtir [1]. Les Templiers consentirent de nombreuses inféodations de ce genre vers 1265, lorsque la ville de Perpignan s'agrandit du côté de l'Ouest [2]. Que le fonds emportât ou non la propriété de l'édifice, il importait assez peu au concessionnaire, puisque la durée de son bail était illimitée. Bien souvent un tenancier déclara tenir pour un seigneur des maisons, alors qu'il avait seulement reçu de lui le sol qui les supportait; de son côté, le seigneur disait couramment qu'il avait inféodé un château, un moulin, tandis qu'en réalité il avait inféodé seulement l'emplacement et le droit d'y bâtir ce moulin ou ce château.

La conséquence de cette perpétuité était la nécessité pour le bailleur de racheter le bien dont il voulait reprendre la jouissance [3]. Il semble que

---

[1] 26 novembre 1193. Concession par Bérenger, prieur de Saint-Assiscle, d'un emplacement à Mailloles, à condition d'y élever une maison. (Série H, fonds de Saint-Assiscle.) — 24 février 1214. Concession analogue à Prades, par Pierre, abbé de Canigou. (Série H, fonds de Canigou.) — 23 janvier 1295. Autre concession par Raymond, prieur de Corneilla. (Série H, fonds de Corneilla.) —

16 novembre 1295. Confirmation par Jacques de Majorque à frère Guillaume de Abelars, commandeur du Masdeu, de la vente d'un emplacement déjà bâti par ledit commandeur et tenu pour le Roi. (B 11.)

[2] Cartulaire du Temple, fol. 306 v° et *passim.*

[3] 29 janvier 1172. Vente au Temple, par Foucher de Bages, d'une terre sise à Bages,

le tenancier fût, de son côté, obligé à l'observation perpétuelle du contrat; mais, à la longue, le droit se modifia sur ce point : une charte du 13 juin 1259 prévoit le délaissement du fonds par le preneur et l'autorise moyennant indemnité [1]. Le principe du déguerpissement était admis à Barcelone au XIIIe siècle; MM. Amell et de Broca ont fait justement remarquer qu'il s'est étendu à toutes les populations rurales soumises au droit catalan, en 1486, par suite d'une mesure dont il sera parlé plus loin [2].

Il reste bien entendu que le seigneur du fonds ne pouvait pas aggraver les charges de la tenure et modifier dans ce sens les conditions du bail.

Les chartes portant concession d'une terre inculte spécifiaient ordinairement à quel usage, à quelle culture cette terre devait être affectée [3], ou bien elles laissaient exceptionnellement à des experts le soin de décider à cet égard [4]. Le plus souvent, une propriété était cédée pour y semer du blé ou pour y planter de la vigne, ou encore pour l'une ou l'autre de ces cultures, au choix du preneur : c'étaient des acaptes *ad panem*, ou *ad panem et ad vinum* [5]. Parfois aussi, les instruments stipulaient que le tenan-

---

«qnam faxia (*sic*) tenebamus pro jamdicta milician. (Cartulaire du Temple, fol. 176.) — 18 janvier 1199. Vente aux Templiers, moyennant 120 sous de Barcelone, d'un bien que le vendeur tient pour eux en fief. (*Ibid.*, fol. 138.)

[1] 13 juin 1259. Les Templiers concèdent à perpétuité, «irrevocabiliter», deux ouvroirs à Perpignan. «Si vero tu vel tui volueritis desemparare dicta operatoria et recedere a dicto accapito, possitis facere, soluto tamen nobis et dicte domui nostre prius nostro censu predicto, ut dictum est, de toto tempore per quod illa tenueritis, et datis et solutis nobis vel successoribus nostris prius a te vel a tuis amplius ultra censum, racione illius desemparamenti, xxx solidis barch. coronat.» (*Ibid.*, fol. 282.)

[2] *Op. cit.*, t. II, p. 39. — Je ne puis pas citer d'exemple de déguerpissement par le tenancier, en Roussillon, avant le XVe siècle : le 5 juillet 1428, Guillaume Gramatge, de Laroque, remit au chapitre une terre sise à Elne, qu'il tenait pour ledit chapitre et que le Tech avait ravagée. (G 77.) — Je suis persuadé qu'on trouverait des faits analogues au XIVe siècle.

[3] 1261. Bail en acapte, par le monastère de Fontfroide, d'une vigne et de la garigue

adjacente : le preneur devra planter la garigue dans les trois ans, à peine de commise. (Notaires, n° 1, fol. 28.) — 15 octobre 1283. Bail «ad accapitum sive in emphiteosim», par le granger du même monastère, d'une autre garigue au terroir de Saint-Hippolyte, «ad plantandum et faciendum ibi vineam et olivas et omnes alias arbores fructiferas». (*Ibid.*, n° 12, fol. 26 v°-27.) — L'abbé approuve cette concession et stipule que la vigne devra être plantée dans les quatre ans. (*Ibid.*, fol. 27.) — Le 13 juin 1273, les Templiers de Perpignan concèdent un emplacement pour bâtir dans les deux ans : «quod nisi feceris, etc.» (*Ibid.*, n° 4, fol. 13.)

[4] 4 août 1293. Concession, par le chapitre d'Elne, d'un domaine sis à Ponteilla; les garigues devront être cultivées d'après les indications des laboureurs désignés à cet effet. (G 57.)

[5] 6 janvier 1145. Concession d'une terre située à Torreilles, «per acaptum ad panem et ad vinum». (B 45.) — 6 octobre 1150. Autre concession, à Torreilles, «per acaptum ad panem». (B 45.) — 27 novembre 1255. Concession, par les Templiers, d'une terre à Mailloles, pour y faire du pain ou du vin au choix; le preneur payera un sixième du raisin, l'agrier et le *brassage* du blé. (Cartulaire du

cier pourrait varier la culture à son gré et fixaient les redevances à payer pour chacun des modes d'exploitation [1].

Lorsque le contrat ne contenait pas ces clauses, il était sans doute interdit au tenancier, de même qu'à l'emphytéote du droit antique, de changer la destination du bien; il fallait un acte spécial pour autoriser, par exemple, la conversion d'une vigne en une emblavure. Mais, dans la pratique, on se dispensait de ces formalités, et les autorisations de ce genre sont extrêmement rares [2].

Puisque je fais connaître les obligations générales du tenancier, il convient d'ajouter, pour mémoire, qu'il devait reconnaître par l'aveu et le dénombrement les droits du seigneur foncier entre les mains des commissaires chargés de dresser les papiers-terriers ou *capbreus* [3], et qu'il était, pour l'objet du contrat, justiciable du concédant. Nous aurons l'occasion de revenir sur ce dernier point.

II. Parmi les obligations générales des tenures, les plus onéreuses étaient les restrictions auxquelles était soumise l'aliénation de ces biens.

Temple, fol. 243 v°-244.) — 4 juin 1259. Concession d'une terre à Salses; si l'on y plante de la vigne, la redevance sera de un septième; si l'on y sème du blé, on devra l'agrier. (B 37.) — 16 mai 1283. Concession, aux mêmes conditions, par le monastère de Corneilla, d'un vacant sis dans cette localité. (Série H, fonds de Corneilla.) — 6 février 1284. Bail en acapte d'une terre sise à Toulouges, « ad faciendum ibi panem vel vinum et ad plantandum ibi olivarios vel alios arbores quoscumque volueris». (Notaires, n° 15, fol. 35 v°.)

[1] 27 février 1261. Concession, par les Templiers, d'une terre à Salses, lieu dit *a la Strada*, « ad panem et ad vinum et arbores et ad omnem alium expletum quod ibi facere volueritis»; la redevance sera, pour la vigne et le blé, d'un onzième, les sarments et la paille restant à l'emphytéote; pour les fruits, d'un septième. (Cartulaire du Temple, fol. 36 v°.) — 23 mai 1269. Concession d'une ayminate et demie de garigue royale à Salses, « ad faciendum ibi panem et vinum vel quicquid ibi volueris». (B 38.) — 22 octobre 1278. Bail *ad accapitum* de terres à Belric, pour y faire de la vigne dans les trois ans; au bout de trente ans, le preneur pourra arracher la vigne et

semer du blé; il payera, pour la vigne, l'agrier; pour le blé, l'agrier, un tiers de la cossure, etc. (Notaires, n° 5, fol. 52 v°-53.)

[2] 15 avril 1260. Autorisation accordée par les Templiers d'arracher une vigne sise à Mailloles et de la convertir en champ de blé; le tenancier ne payera plus, au lieu du quart des fruits, que le septième des raisins, l'agrier et le *brassage* des céréales. (Cartulaire du Temple, fol. 239 v°-240.)

[3] 16 novembre 1235; «In terminis ville de Mosoll, sicud continetur in instrumento mihi ab eis facto de confessione predictarum terrarum et prati et predicti census.» (Série H, non classé.) — 16 mai 1304. Obligation imposée aux habitants des Fonts qui tiennent des terres pour Jaubert de reconnaître ces tenures. (B 375, fol. 169-172 v°.) — Il nous reste une série de terriers ou *capbreus* du Domaine royal, pour la fin du XIIIᵉ siècle: *capbreus* de Collioure (B 29), d'Argelès (B 30), de Tautavel (B 31), d'Estagel (B 32), de Saint-Laurent-de-la-Salanque (B 33), de Claira et de Millas (B 34). Ces registres, dont le texte est en lui-même très précieux, sont ornés de miniatures représentant la cérémonie de l'hommage.

Le bénéfice, on le sait, paraît avoir été, à l'origine, personnel et viager [1]; le concédant avait le droit de s'opposer à ce que sa terre changeât de mains; le bénéficiaire ne pouvait pas s'en dessaisir, et, à sa mort, elle revenait au maître. Mais on sait aussi que, de bonne heure, le régime des tenures perdit de sa rigueur : dans le cas de décès du tenancier, le seigneur transigeait et, moyennant une compensation, il donnait son consentement à ce que le bien passât à un nouveau possesseur. Telle est l'origine des droits de mutation.

Or, il y avait pour le tenancier plusieurs moyens d'aliéner le bien : il pouvait soit l'affermer à son tour, soit le léguer par testament ou le laisser en succession, soit enfin le donner, le vendre ou l'engager.

Dans la rigueur du droit, un bien ne pouvait pas être l'objet de deux concessions successives; le tenancier n'avait pas la faculté de le rétrocéder à une tierce personne. C'est le principe que les juristes français énonçaient dans cet axiome connu : *Cens sur cens n'a lieu.*

Il est permis de penser que cette règle n'a pas été admise dans nos pays; en droit, le sous-acensement y était autorisé, sauf l'approbation du seigneur et la perception, à son profit, d'un droit de mutation [2]; en fait, les tenanciers semblent avoir baillé à cens leurs tenures à peu près librement et sans guère s'inquiéter du seigneur foncier [3].

---

[1] M. Garsonnet prétend que la perpétuité était, dès l'origine, la condition de droit commun des bénéfices (*Histoire des locations perpétuelles*, p. 234 et suiv.); mais cette théorie ne me paraît pas bien solidement établie. Voir contre cette thèse l'acte du 30 août 1065, analysé plus haut, p. 119, note 7. — Voir aussi, dans l'*Histoire de Languedoc*, éd. Privat, t. II, Preuves, c. 212-213, un acte du 3 janvier 840, qui paraît être une donation faite par le comte d'Urgel de bénéfices dont les tenanciers sont décédés. — Cf. Fustel de Coulanges, *Les Origines du système féodal*, p. 177 et suiv.

[2] 1210. Constitution de Pierre d'Aragon défendant aux tenanciers de vendre, engager ou acenser «a censo a tribut stablir» leurs tenures, sans l'autorisation du droit seigneur. (*Constitucions*, t. I, liv. IV, tit. XXVIII, § 1.) — 26 mars 1266. Commission donnée à Bernard Farex, de Villefranche, à l'effet de régulariser la situation des terres de la mouvance royale en Cerdagne et Conflent, et notamment «de removendis censibus sine volun-

tate nostra impositis». (B 10.) — 17 mars 1284. Bail «ad accapitum sive in emphiteosim» de deux maisons sises à Perpignan, relevant du Roi; le bayle royal approuve. (Notaires, n° 5, fol. 42.) — 3 mai 1307. Bail à cens approuvé par les suzerains, qui reçoivent 38 sous, de deux terres sises à Flori. (Série H, non classé.)

[3] 23 octobre 1100. Bail «a bajulia et a laboracione, voluis a pane voluis a vino», par Arnal Ramon, d'une terre sise à Salses : «et venit mihi Arnal per feu». (B 35.) — 19 octobre 1283. Bail en acapte, par J. Sadoyl, procureur de l'aumône commune de Perpignan, du consentement des consuls, d'une terre sise dans le territoire de la ville, qui est grevée en faveur du Roi d'un cens d'une aymine d'orge. (Notaires, n° 15, fol. 12.) — 14 avril 1289. Bail emphytéotique d'un pâtis sis à Elne et tenu pour le grand archidiacre; le cens sera d'un sou pour l'archidiacre et de six sous pour le bailleur. (G 118.) — 22 mars 1290. Bail emphytéotique d'un jardin à Elne, tenu pour le même

On pourrait même croire, si l'on s'en tenait à un article de la coutume de Perpignan, que cette coutume interdit toute autre aliénation et autorise celle-là [1].

La succession en ligne directe ne donnait généralement pas lieu à l'exercice d'un droit quelconque de la part du suzerain. La famille possédait, en effet, bien plutôt que l'individu; celui-ci pouvait disparaître sans qu'il y eût changement de tenancier. Je parle, bien entendu, de l'époque où les concessions avaient cessé d'être viagères. En 1359, les Corts de Cervera dispensèrent de tout droit de mutation les enfants qui succédaient au père ou à la mère et réciproquement; elles fixèrent au dixième le droit de mutation à payer par le frère, l'aïeul ou tout autre parent [2].

Les actes permettent, il est vrai, de constater qu'il fut prélevé, à l'occasion de certaines successions, des droits considérables; mais ce devait être le prix d'un dégrèvement consenti par le seigneur en faveur de l'héritier [3] : le fait est constant pour quelques cas [4]. Nous savons bien encore qu'un juge prononça la confiscation du tiers du *castrum* de Saint-Hippolyte parce que le feudataire, après en avoir hérité de son père, avait négligé de demander l'investiture dans l'an et jour [5]; mais il s'agissait d'un fief

archidiacre; le cens sera de six sous pour celui-ci et de deux sous pour le bailleur. (G 118.) — 16 mars 1293. «Dominicus Bernardi de Cauquolibero... Item dixit quod facit et tenetur facere pro honore d'en Albera, quolibet anno, dicto domino Regi, in dicto festo tresdecim denarios Melg., de quo predicto honore fuit quedam domus quam ipse dedit ad accapitum sub censu duodecim denariorum Johanni Salamonis.» (*Capbreu* de Collioure, B 29, fol. 7 v°.)

[1] «Item quilibet potest adquirere quolibet titulo, a feudatariis dominorum, de rebus quas pro ipsis tenent in feudum, non requisita voluntate majoris domini, dum tamen feudatarius aliquid in re alienata retinuerit». Le catalan porte : «pus que l' feudatari alcun dret se retengua en la cosa alienada». (*Les Coutumes de Perpignan*, § xxxiv.) — 27 avril 1296. Les consuls de Perpignan décident qu'il est licite d'imposer un nouveau cens «carregar cens sobre possessions» sur les terres tenues pour les Perpignanais, à moins qu'elles ne soient «de mansata vel de borda». (Archives municipales de Perpignan, Livre des ordinations, t. I, fol. 29 v°.)

[2] *Constitucions*, t. I, liv. IV, tit. XXVIII,

§ 2. — Le 21 mai 1343, le chapitre d'Elne, qui avait fait de grands frais dans divers procès, vendit aux gens de Baixas, pour 500 livres barcelonaises de tern, divers privilèges, notamment l'exemption des droits de mutation en cas de succession de parents au troisième degré. (G 92.)

[3] 20 janvier 1246. Concession en acapte par les Templiers, à Ricsende, d'un manse à Saint-Hippolyte, qui était antérieurement tenu par le père de ladite Ricsende; celle-ci paye 135 sous d'acapte. (Cartulaire du Temple, fol. 30.) — 12 août 1295. Confirmation, en faveur de Raymonde, de la possession d'un domaine, jadis acheté par son aïeul, et du manse de Puig, le tout tenu pour Guillaume Cebolera, qui perçoit 18 sous 9 deniers pour les lods et ventes. (Série H, non classé.)

[4] 28 mai 1308. (Voir p. 27, note 2.) Cette conversion de redevances proportionnelles en un cens fixe fut consentie à l'occasion du remplacement du tenancier, décédé, par sa veuve.

[5] 16 septembre 1264. (Cartulaire du Temple, fol. 23.) — 10 mars 1242. Gausbert d'Ille et Guillaume de Palol obtiennent de Pons de Vernet l'investiture du fief tenu précédemment par leur oncle paternel. (B 48.)

noble et cet exemple est d'une rigueur exceptionnelle. L'investiture était très rare.

Dans les successions en ligne collatérale, les règles étaient différentes.

Il s'était formé sur ce point un de ces mauvais usages, *mals usos*, qui donnèrent lieu à de nombreuses réclamations et, au xvᵉ siècle, à des troubles sérieux. Le vassal qui mourait sans enfant était dit *exorch* [1], stérile. Or, en vertu de l'*exorquia*, le suzerain reprenait une partie des biens; la part qui lui revenait était, d'après les *Usages*, égale à la légitime à laquelle auraient eu droit les enfants [2]. L'*exorquia*, nous le verrons plus loin, fut successivement abolie dans un grand nombre de localités, pour disparaître entièrement au xvᵉ siècle. Je ferai remarquer qu'elle s'exerçait contre les nobles de même que contre les roturiers, en matière de fief, avec autant de rigueur qu'à propos de censives [3].

Le tenancier, homme ou femme, devait faire un testament; faute de

---

Il s'agit encore d'un fief noble. — La grande enquête au sujet des fiefs royaux a donné lieu, de 1265 à 1304, à des transactions dont un grand nombre nous sont parvenues; dans certains de ces accords on trouve, insérée à la fin de l'acte, la clause suivante : «Et non possit vobis vel vestris obesse vel prejudicare licet vos vel vestri cessaretis a domino Rege vel suis successoribus petere vel obtinere investituram predicti feudi juxta usaticum Barchinone, cum de uno in alium pervenerint successive.» (B 15, fol. 2 et *passim*.)

[1] 25 juin 1165. «Et nunquam in hac villa laicus homo vel femina de ista hora in antea sterilis vocetur, quod vulgo dicitur *exorch*, ut hac occasione maligno seculari more aliquid de suo amittat.» (Charte pour La Séo-d'Urgel. *Privilèges et titres*, p. 46.) — 17 juillet 1338. Affranchissement des gens de Llo, en Cerdagne, «ab intestiis, arssinis, cuguciæ, exorquiis et hominum redemptionibus, id est præstationibus quæ nobis debebantur, si ab intestato decedens et ratione casualis incendii, adulterii, sterilitatis, et si ad loca alia vestra domicilia mutaretis.» (Publié par Henry, *Histoire du Roussillon*, t. I, Preuve nᵒ XX, p. 532.)

[2] «De rebus et facultatibus de pagensibus sterilibus et exorquis ab hoc seculo decessis eorum seniores habeant partem illam quam deberent habere insimul filii, si ibi remansissent ab exorquis procreati.» (*Usatici*, éd.

de 1544, fol. cxlii vᵒ; Ducange, verb. *Exorquia; Constitucions*, t. III, liv. IV, tit. XI, § 1; Giraud, *loc. cit.*, p. 488.) — Les glossateurs Jacques de Monjuich et Guillaume de Vallsecca estiment au tiers des biens la part revenant au seigneur. (*Usatici, loc. cit.*)

[3] «Item statuerunt siquidem predicti principes ut exorquiæ nobilium videlicet et magnatum, tam militum quam burgensium, omni tempore in principum potestatem deveniant, videlicet omnia illorum alodia, quia quod principi placuit legis habet vigorem. De mobilibus vero illorum faciant ipsi exorqui quodcumque voluerint.» (*Usatici*, fol. cxxiv; Giraud, *loc. cit.*, p. 478; Ducange, verbo *Exorquia; Constitucions*, t. III, liv. X, tit. I, § 1.) — Fossa et Laferrière ont compris que l'*exorquia* des nobles ne s'exerçait que sur les alleux (*Mémoire pour les avocats*, p. 149; *Histoire du droit français*, t. V, p. 533); c'est l'une des nombreuses erreurs qu'a causées le double sens du mot *allodium*, qui, dans le cas présent, signifie incontestablement *immeuble*. Nous avons d'ailleurs une glose de cet usage dans la charte du 13 septembre 1207, par laquelle Pierre d'Aragon abolit le droit d'*exorquia* à Villefranche : «Certum est enim quod, secundum usaticum Barchinone, jus proprium est potestatis quod si quis ex hominibus suis sine prole decesserit, potestas in rebus immobilibus in locum debet succedere filiorum.» (*Privilèges et titres*, p. 91.)

quoi le seigneur intervenait encore, en vertu de l'*intestia*, pour prélever un tiers ou la moitié des biens, selon que le défunt laissait un conjoint et des enfants, ou bien le conjoint seul ou les enfants orphelins [1]. C'était, du moins, la règle fixée par les *Usages*. L'*intestia*, qui n'était pas admise, non plus que l'*exorquia*, à Perpignan [2], fut mitigée avec le temps. En 1165, par exemple, dans une ville voisine de la Cerdagne, à La Seo de Urgel, l'évêque accorda aux habitants qu'il n'aurait plus droit, à l'avenir, qu'aux meubles du vassal mort intestat [3]. Aux xive et xve siècles, cette restriction était générale : l'*intestia* n'attribuait plus au suzerain qu'une part des meubles [4].

Telles étaient les règles courantes, le droit commun; mais dans le contrat de concession des terres, on pouvait introduire des modifications : le bailleur fixait parfois l'ordre des successions, ou bien il restreignait la liberté de tester [5].

[1] Us. *De intestatis ab hoc seculo decessis.* (*Usatici*, fol. clvi vº; Giraud, *loc. cit.*, p. 494; Ducange, verbo *Intestatio; Constitucions*, t. III, liv. IV, tit. XI, § 2.)

[2] *Les Coutumes de Perpignan*, publiées par Massot-Regnier, § 5. — Par contre, l'*intestia* était pratiquée à Elne; dans l'accord du 24 mars 1156, entre l'évêque et le chapitre, je lis : «Et prepositus istius ville non stabiliat ipsos mansos clericis quos habuerit ab intestato, [nisi] in capitulo plenario, communi assensu omnium.» (*Privilèges et titres*, p. 43.)

[3] *Privilèges et titres*, p. 46. — 3 janvier 1245. Abolition de l'*intestia*, de la *cugucia* et de l'*exorquia* en faveur des habitants de Livia. (Publié par Luis Cutxet, *Cataluña vindicada* [Barcelone, 1858], p. 190.)

[4] On peut se référer notamment, sur ce point, à deux actes portant remise de l'*intestia*, l'un du 20 avril 1378, reçu par Jacques Molines, l'autre du 8 août 1409, reçu par Siméon Decamps. La copie de ces deux documents m'a été communiquée par M. le colonel Puiggari. — Pour les fiefs des nobles, l'*intestia* était moins onéreuse; le suzerain gardait néanmoins le pouvoir de se substituer au défunt, de suppléer par un acte de sa volonté le testament de son vassal et de concéder le fief à l'un quelconque des enfants. (Usage *Si a vicecomitibus usque ad inferiores milites. Usatici*, fol. lxxix; Giraud, *loc. cit.*, p. 471;

Ducange, verbo *Stabilire; Constitucions*, t. I, liv. VI, tit. IV, § 1.) — 13 novembre 1225. Nunyo-Sanche, rendant à Raymond de Canet, fils de Cerdane de Rodès, les fiefs tenus par sa mère, invoque nommément l'usage *Si a vicecomitibus.* (B 15, fol. 15 vº-16; analysé par Alart, *Privilèges et titres*, p. 121.) — Au cours de son *Histoire de la Novelle 118 dans les pays de droit écrit*, M. Jarriand consacre quelques pages au régime des successions en Roussillon et Conflent (p. 291-296). M. Jarriand a relevé dans les coutumes locales deux ou trois dispositions; à Perpignan, accession des parents, à quelque degré que ce soit, à l'hérédité; en Conflent, la règle *paterna paternis* appliquée à la succession des impubères; sur tous les autres points, le droit de Perpignan serait romain et le droit du reste du pays, gothique. Il est à peine utile de faire observer que c'est là une erreur. Je me permets de renvoyer à ce que j'ai dit sur l'existence des coutumes locales non écrites et sur le peu de place que tenaient, dans le droit du pays, les codes romain et gothique.

[5] 21 février 1075. Concession, par l'abbé de Saint-Martin-de-Canigou, d'un manse sis près de Marinyans, en Conflent : «et si habueris filium masculum de legitimo conjugio teneat similiter sicut et tu». (*Cartulaire roussillonnais*, p. 87.) — 28 février 1147. Concession par le camérier de l'abbaye de la Grasse de la garde, *bajulivum*, de la fontaine

III. En principe, il était interdit d'aliéner sa tenure par vente, donation, engagement, sans préalablement prévenir le seigneur foncier[1].

Lors donc que celui-ci était saisi de ce projet, il lui était loisible de
se substituer à l'acquéreur pendant un délai déterminé, qui était habituellement de trente jours, et de prendre le marché à son compte[2]; c'est
l'une des significations attachées dans la langue juridique du pays au
mot *fatica*[3]. Les Templiers surtout paraissent avoir tenu à cette prérogative du retrait féodal[4], dont l'usage était particulièrement répandu
dans la plaine, et notamment du côté de la Salanque, où le Temple
possédait des propriétés importantes.

Le droit de *retrait féodal* donnait quelquefois lieu à des abus; le seigneur prêtait son nom à des tiers au profit desquels il achetait; le 3 août

de Salses; après le concessionnaire, son fils
Étienne jouira de cette concession, et après
Étienne, s'il n'a pas d'enfant légitime, son
frère Jacques. (B 35.) — 18 juillet 1253.
Bail en acapte, par les Templiers, à Arnaud Othon, d'un manse sis à Orle, Toulonges et Sainte-Eugénie; Arnaud pourra
laisser ce manse à un de ses frères, mais
ses successeurs ne le pourront pas. (Cartulaire du Temple, fol. 273.) — 1359. Il
fut décidé aux Corts de Cervera que le vassal
pourrait donner entre vifs ou léguer son fief
à toute personne apte et que le plus proche
parent du vassal mort intestat lui succéderait
dans le fief, pourvu qu'il fût apte et que le fief
ne fût point partagé. (*Constitucions*, t. I,
liv. IV, tit. XXVIII, § 2.)

[1] Us. *Si quis suum feudum.* (*Usatici*,
fol. LXXXV; Giraud, *loc. cit.*, p. 471; *Constitucions*, t. I, liv. IV, tit. XXVII, § 4.)

[2] 15 avril 1139. Accord au sujet d'une
vigne à Peyrestortes; le délai pour le retrait
sera de trente jours. (B 56.) — 6 janvier
1145. Concession en acapte d'une terre à
Torreilles; faculté de retrait pendant trente
jours. (B 45.) — 6 octobre 1150. Autre concession à Torreilles; même délai. (*Ibid.*) —
4 mai 1194. Concession à Torreilles. (B 46.) —
24 mai 1212. *Idem.* (B 47.) — 27 septembre
1217, 30 mars 1226, 10 mai 1230. *Idem.*
(B 48.) — 22 juin 1254. Concession d'immeubles sis à Pi, mais faite par Pons de
Vernet en faveur d'habitants de Torreilles.
(B 49.) — Une concession de maison à Perpignan, le 20 octobre 1134, stipule que le

retrait pourra être exercé pendant quinze
jours. (B 59.)

[3] «Item es costuma de Cathalunya que
aquell per loqual se te lo feu sens mija, si es
venut, pot lo s' retenir, per tant de preu com
altre hi vol dar...; car natura del feu es
que aquell per loqual se te lo puga retenir
per fadiga. E en aquest cas deu fer la ferma
aquell altre per loqual se te sens mija e prendre lo terç...» (*Costumas de Cathalunya*,
S v, dans les *Constitucions*, t. I, liv. IV,
tit. XXVII.) — «Laudimium proprie est decima
pars pretii, sed foriscapium proprie est tertia
pars pretii, sed largo modo totum est laudimium quod solvitur ratione laudi seu firmæ
domini directi, qui habet faticham triginta
dierum, an velit laudare, an vero retinere.»
(Mieres, *Apparatus super constitutionibus curiarum generalium Cathaloniæ*, t. I, p. 386,
n° 7.)

[4] 14 décembre 1215. Cession, par les
Templiers, d'un emplacement pour bâtir dans
une vigne près de la porte de Mailloles à Perpignan; les Templiers se réservent le retrait
pendant trente jours. (Cartulaire du Temple,
fol. 263.) — Même jour. Autres concessions
par les mêmes avec les mêmes conditions.
(*Ibid.*, fol. 263 v° et 285 v°.) — 11 février 1257. Concession, par les Templiers,
d'une terre à Saint-Laurent-de-la-Salanque;
le tenancier devra prévenir les seigneurs,
en cas de vente ou d'engagement, trente
jours et trente nuits à l'avance, et les seigneurs pourront retraire, «retinere». (*Ibid.*,
fol. 37.)

1273, Jacques d'Aragon s'engagea envers les bourgeois de Perpignan à n'user que pour lui de cette faculté de préemption [1].

Dans le cas où il ne se portait pas acquéreur, le seigneur approuvait la vente [2].

Lorsque le bien avait été successivement baillé à cens par deux ou plusieurs individus, c'est au suzerain supérieur qu'il appartenait d'approuver l'aliénation. Telle était, du moins, la théorie des agents du Domaine [3].

Approuver l'aliénation se disait *laudare*, d'où les mots de *laudemium, laudimium,* en catalan *luysme,* par lesquels on désignait cette confirmation. Plus tard, *luysme* désigna plus spécialement le droit pécuniaire à la perception duquel donnait lieu l'intervention du seigneur foncier; l'approbation se nommait *ferma* [4].

Quelques chartes d'inféodation rappelaient la nécessité d'obtenir, en cas de vente, cette autorisation préalable [5].

En 1264, par une conséquence vraiment abusive de ce principe, le Roi permit aux seigneurs de Saint-Hippolyte de révoquer toute aliénation de terres *realenches* consentie par eux ou leurs prédécesseurs et qu'il n'avait pas ratifiée en qualité de suzerain [6]. En 1265-1266, le commis-

---

[1] *Privilèges et titres,* p. 324.

[2] Voir ci-dessus, p. 71 et 93.

[3] 23 mai 1263. Ordre de saisir les terres tenues pour le Roi et aliénées sans son autorisation, «non obstante prescripcione aliqua vel eciam laudimio aliquorum dominorum mediorum in dictis feudis, qui sint inter nos et illos qui ipsa feuda teneant ad manus suas, cum laudimia feudorum ad majorem dominum debeant, ut jura innuunt, pertinere». (B 10.) — Cf. 5 juin 1265. (Voir p. 138, note 1.) — 29 septembre 1265. (Voir p. 112, note 3.) — 22 mars 1290. Sous-acensement d'un jardin déjà tenu pour l'archidiacre d'Elne; c'est à lui que sera payé le *foriscapi.* (G 118.) — 25 février 1301. Bail en acapte d'un jardin sis à Elne et tenu pour le grand archidiacre; les droits de mutation seront acquis à celui-ci. (*Ibid.*) — Pierre III décida, en 1359, aux Corts de Cervera, que les droits de mutation seraient partagés entre les seigneurs successifs; s'ils étaient plus de trois, le seigneur éminent gardait le tiers de ces droits et les autres se partageaient le reste. (*Constitucions,* t. I, liv. IV, tit. XXVIII, § 2; *Recollecta de tots los privilegis de Perpinya,* fol. 47 v°.) — Les Corts de 1520 réglèrent

de nouveau la question pour les villes et territoires où il n'existait pas de coutume à ce sujet : désormais l'emphytéote qui baillait à cens sa tenure ne devait avoir nulle part au droit de mutation, «luysme o terç o foriscapi»; il ne lui était attribué que la faculté d'approuver la vente ou de retraire : «ferma, per conservar lur dret, e fadiga per retenir, tant solament». (*Constitucions,* t. I, liv. IV, tit. XXVIII, § 5.)

[4] Voir la note précédente.

[5] 26 juillet 1298. Reconnaissance par Pierre de Marenges, qui déclare tenir en fief les terres, vignes, cens et autres biens possédés à Alop par feu Za Ila; il paye un tiers de la valeur de ces biens, promet de ne pas les aliéner sans l'approbation «laudimio» du seigneur foncier et prête hommage *ore et manibus.* (Série H, non classé.) — 18 février 1303. Reconnaissance pour un manse sis à La Tour-de-Carol; les tenanciers s'engagent à ne pas s'en défaire sans l'approbation du seigneur, «absque laudimio et voluntate». (*Ibid.*) — 22 septembre 1308. Condition analogue expressément stipulée dans l'approbation de la vente de certaines terres. (*Ibid.*)

[6] B 10; B 15, fol. 63.

saire du Domaine requit la confiscation de plusieurs biens tenus pour le Roi et aliénés sans autorisation [1].

La règle est donc bien établie, mais il y était fréquemment contrevenu. La coutume de Perpignan nous apprend que, dans cette ville, on pouvoit se passer de l'approbation du seigneur [2]. Cette exception s'étendit peu à peu, au XIIIe siècle surtout [3], à un très grand nombre de tenures et fut fréquemment introduite dans les baux emphytéotiques. Le tenancier disposait librement du bien, à condition toutefois de ne pas le rétrocéder aux églises et aux chevaliers, aux clercs, car les clercs étaient inhabiles à posséder les tenures roturières, et, lorsqu'il s'agissait de fonds autres que les fonds *realenchs* ou de la mouvance royale, aux hommes du Roi [4]. Sauf ces restrictions, la cessibilité devint donc de droit, à charge pour l'emphytéote de réserver la directe du seigneur et de payer le *foriscapium*, en catalan *foriscapi* [5].

[1] B 15, *passim*. — 13 mars 1268. (Voir p. 140, note 4.)

[2] S XXVII. *Les Coutumes de Perpignan*; publiées par Massot-Reynier, p. 17. — 7 juillet 1162 et 17 juillet 1172. «Omnes autem honores eorum, quos modo habent vel in antea acquirere poterint, sint sui ad eorum voluntates faciendas in perpetuum, salvo censu et usatico domini, in villa Perpiniani et in suis terminis.» (*Privilèges et titres*, p. 46 et 54.) — Voir également les chartes de 1213 pour Salses et Saint-Laurent. (*Ibid.*, p. 101 et 103.)

[3] Le 21 mai 1343, le chapitre d'Elne vendit cette exemption à la population du village de Baixas, dont ledit chapitre avait la seigneurie. (G 92.)

[4] 13 juin 1259. Concession par les Templiers de deux ouvroirs sis à Perpignan, avec défense de les rétrocéder aux églises et aux chevaliers. (Cartulaire du Temple, fol. 282.) — 23 mai 1263. Commission donnée pour la régularisation des fiefs royaux : les tenanciers devront prendre l'engagement de ne pas les céder sans autorisation aux chevaliers, aux monastères et aux clercs. (B 10.) — 22 mars 1265. Concession par les Templiers d'un manse à Saint-Hippolyte : le concessionnaire ne pourra le céder aux églises, aux chevaliers ou à leurs femmes et aux hommes du Roi. (Cartul. du Temple, fol. 25.) — 31 janvier 1287. Vente d'une terre sise à Elne,

dépendant du grand archidiacre, avec interdiction de la revendre aux chevaliers, aux églises, aux hommes du Roi et à tous autres individus n'habitant pas Elne. (G 128.) — 1er février 1297. Vente du quart d'un moulin sis à Palol et tenu par l'évêque d'Elne, avec défense de le céder aux églises, chevaliers et hommes du Roi; l'acquéreur s'engage à habiter Elne ou un village appartenant à l'église d'Elne; s'il s'absente plus d'un mois, sa part de moulin reviendra à l'évêque. (G 99.) — Sur l'inhabileté des clercs à posséder une tenure, voir Guillaume de Vallseca, dans son commentaire des *Usatici*, fol. CLVII v°.

[5] Il ne faut pas confondre les restrictions dont il vient d'être parlé et les entraves apportées à l'*amortissement* des biens, à leur acquisition par les gens de mainmorte : les premières avaient pour but d'assurer la conservation de la directe seigneurie, d'empêcher que le tenancier ne devînt le vassal d'un suzerain puissant dont le pouvoir aurait mis en péril les droits du seigneur foncier; l'interdiction d'amortir les biens était une mesure d'ordre social, destinée à modérer l'accroissement excessif des biens d'église; aussi cette interdiction s'appliquait-elle aux alleux. Sur cette mesure, voir Socarrats, *In consuetudines Cathaloniæ*, fol. 128, n° 75, et, dans le Livre vert mineur des archives municipales de Perpignan, fol. 183-184, une charte du 20 juin 1324. La plus ancienne lettre royale dont

Le *foriscapium*, dont le nom paraît dériver de *fora*, dehors, et *scapar*, échapper, s'appelait aussi quelquefois *exita* [1]. Il se confondait, dans la pratique, avec le *laudimium* [2], bien que certains notaires plus subtils les aient distingués [3]. L'une et l'autre redevance étaient payées soit par le vendeur [4], soit par l'acheteur [5], ce qui était la règle. Le *foriscapium* était bien supérieur au droit analogue acquitté par l'emphytéote des textes de Justinien; il était égal au tiers de la valeur de la tenure [6]. Ce taux fut confirmé encore en 1359 pour les aliénations à titre onéreux par les Corts de Cervera, qui fixèrent à un dixième le taux du *foriscapium* pour les cessions gratuites, et à un vingtième pour les engagements [7].

j'aie trouvé mention à ce sujet était de 1226; elle a été enlevée du registre B 138, où elle était. On peut voir dans les *Constitucions* une loi des Corts de 1234 autorisant les legs, dons et aliénations quelconques au profit des églises, «sauf le droit du Roi et sa seigneurie générale». (Tome I, liv. I, tit. III, S 2.)

[1] 31 octobre 1168. «Omnes exidas, preter defunctorum.» (Convention au sujet de Coustouges, B 79.) Il s'agit vraisemblablement de «tous les droits de mutation, à l'exception de ceux qui sont dus pour succession». — 25 mai 1196. Vente de deux terres; l'une, tenue pour l'abbé d'Arles, est payée 50 sous, et il est donné 8 s. 4 d. (1/6) «de exitan»; l'autre, qui relève de Dalmau de Cantallops, est payée 80 sous, et l'exita est de 13 s. 4 d. (1/6). (Série H, fonds de l'abbaye d'Arles.)

[2] Voir ci-dessus, p. 132, note 3, un extrait de l'ouvrage de Miérès.

[3] 22 septembre 1308. Approbation donnée par les seigneurs fonciers à la vente de deux terres sises à Ur; les seigneurs reçoivent 64 sous pour le *laudimium* et autant pour le *foriscapium*. (Série H, non classé.)

[4] 26 juillet 1298. Hommage pour un manse sis à Alop : le *foriscapi* est fixé au tiers du prix de vente payé par le vendeur. (Série H, non classé.)

[5] 4 juin 1308. Vente d'une terre sise à Ventajola; le vendeur payera le *foriscapi*. (Série H, non classé.) — 9 février 1199. Raymond d'Aviza, clerc de Corneilla, a fourni 80 sous pour la dot de sa sœur; son beau-frère lui a donné en gage une vigne tenue à Vernet pour l'abbé de Canigou; celui-ci approuve et Raymond lui paye 10 sous.

(Série H, fonds de Canigou.) — 6 mai 1273. A. Llanza se présente devant le bayle de Perpignan, Martin de Trilla, et lui offre un sac contenant, dit-il, 25 livres de Barcelone, demandant que le bayle approuve la vente faite audit Llanza de maisons situées à Perpignan. (Notaires, n° 3, fol. 29 v°.) — 1359. «... Si aquell al qual lodit feu per alguna de lasditas maneras pervendra (lo qual a paga deldit luysme o foriscapi volem esser tengut) aquell pagar rebujara... sie licit a senyor del feu... aquell feu realment emparar.» (*Constitucions*, t. I, liv. IV, tit. XXVIII, S 2.)

[6] 19 octobre 1281. Reconnaissances pour deux vignes relevant du Roi et sises à Salses : «quandocumque et quocienscumque alienabuntur dicte terre in extraneis personis, dominus Rex et successores sui habeant inde terciam partem precii pro foriscapio, ut moris est dari foriscapium cum feudum alienatur.» (B 40.) — Il reste d'octobre 1281 un certain nombre de reconnaissances pour des terres à Salses; elles sont conçues dans les mêmes termes. (B 16, fol. 33 v°-38 v°, et B 40.) — Jacques II de Majorque (1324-1344) donna une pragmatique fixant au tiers ou au quart le taux des lods et ventes en Roussillon. (B 367, Inventaire.) — Nous savons, par une sentence de l'Audience royale de Barcelone, en date du 16 novembre 1612, que les tenures féodales et emphytéotiques en Roussillon et en Cerdagne étaient soumises à un *foriscapi* égal au tiers de leur valeur. (B 380, fol. 257-260 v°.)

[7] *Constitucions*, t. I, liv. IV, tit. XXVIII, S 2. — L'hypothèque donnée par le mari pour la sûreté de la dot de sa femme, l'apport de

Il est bien entendu, d'ailleurs, qu'en cette matière comme en tant d'autres, les circonstances avaient créé à la loi générale de nombreuses dérogations : des tenanciers avaient obtenu des dégrèvements[1]. A Prats-de-Mollo, le *foriscapium* fut réduit à un quart[2]. Certaines terres ne devaient que le sixième[3]. A Codalet, on payait les droits de mutation à raison de un denier par sou, soit un douzième[4].

Les immeubles situés dans la banlieue de Perpignan jouissaient d'une dispense totale[5] et, dans la ville même, nous savons qu'une exemption avait été accordée aux juifs lorsqu'ils vendaient entre eux les terres de

la dot par la femme à son mari, la constitution d'une dot, ne devaient plus donner lieu à la perception de droits de mutation. (*Constitucions*, t. I, liv. IV, tit. XXVIII, § 2.) — Le 15 janvier 1277, B. Berthomeu, de Pollestres, qui venait d'acheter à son frère pour 625 sous barcelonais une maison tenue pour le Temple, reconnut devoir aux Templiers un droit de *foriscapi* de 104 s. 6 d., soit le sixième. (Notaires, n° 6, fol. 9.)

[1] 7 février 1308. Les gens de Salses prétendaient être dispensés de la totalité des lods et ventes; le Roi déclara que les frères et sœurs venant au partage de la succession d'un ascendant ne payeraient point de *foriscapi*; en cas de vente ou d'engagement entre habitants de la ville, le *foriscapi* était réduit au dixième; il devait être payé intégralement si l'acquéreur était un étranger; remise fut accordée des *foriscapis* déjà dus. (B 138, fol. 79-80.) — 11 novembre 1307. Le roi de Majorque déclare que les habitants d'Eus sont dispensés des droits de mutation dans le cas d'acquisition par succession. (*Ibid.*, fol. 67 v°.) — 1382. «Affranquimènt fet als homens de Livia de no pagar foriscapis.» (B 190, fol. 25.)

[2] 3 septembre 1292. (Archives de Prats-de-Mollo.) — Une enquête de novembre 1324 permet de constater qu'il n'était dû que la moitié du *foriscapi* en cas d'échange entre habitants de cette ville (*Ibid.*, Livre vert, fol. 22-23.)

[3] 25 mai 1196. (Voir p. 135, note 1.) — 1300. A Collioure, le *foriscapi* est de 2 deniers par sou du prix de vente. (B 69, fol. 45.) — Divers tenanciers payèrent, en 1518, les lods et ventes au sixième, pour des terres relevant de la communauté ecclésiastique d'Elne à

Saint-Féliu. (G 181.) — C'était le taux habituel dans la province au XVIII° siècle. (Voir mes *Notes sur l'Économie rurale du Roussillon*, p. 160 et suiv.)

[4] 3 février 1142. (*Privilèges et titres*, p. 40.)

[5] En 1282, un individu, dont les biens avaient été saisis, formula et demanda que l'on mit à l'enquête les propositions suivantes : «Item ponit et protestatur quod consuetudo est ville Perpiniani quod si aliquis dederit ad accapitum aliquam rem infra terminos Perpiniani extra muros dicte ville, quod de alienacionibus que fiant post modum de dicta re non datur nec debet dari foriscapium, nisi tempore dicti accapiti retinuerit sibi in dicta re dictum foriscapium. — Item, ponit et protestatur quod consuetudo est Perpiniani quod si aliquis recipiat terremerita in aliqua possessione que sit infra terminos Perpiniani extra muros ejusdem ville, quod de alienacionibus que fiunt de ipsa possessione nullum inde datur foriscapium, nisi specialiter pactum fuerit factum de recipiendo dicto foriscapio.» (B 17.) — La coutume de Perpignan porte, en effet : «Et si voluerint, possunt eas omnes vel partem alienare, ubicumque steterint, salvo foriscapio solummodo in venditione de possessionibus que infra muros Perpinyani possidentur dominis pro quibus tenentur.» (*Les Coutumes de Perpignan*, § XXVII, p. 17.) — Rigau, dans sa *Recollecta de tots los privilegis de Perpinya*, fol. 47 v°, a compris que Jacques d'Aragon avait, le 13 février 1266, aboli les droits de mutation dans la ville. Le texte du document, qu'Alart a publié (*Privilèges et titres*, p. 277), ne peut s'accommoder de cette interprétation: Jacques avait ordonné d'appliquer son règlement du 29 septembre 1265 aux aliénations

leur quartier [1]. Pareil avantage était concédé dans certains baux [2]. C'était chose rare cependant; car, de toutes les redevances, le *foriscapium* semble avoir été la plus durable. Certaines tenures n'étaient pas grevées d'autres charges [3].

Quels que fussent le mode et les conditions de l'aliénation, le possesseur ne pouvait pas démembrer la tenure et diviser entre plusieurs acquéreurs le bien qui avait fait l'objet d'une concession [4].

L'application de cette règle aux manses et aux bordes avait une importance extrême : manse ou borde formaient une unité territoriale, inséparablement unie, et dont la maison était le chef-lieu [5]. On disait des fonds qui en dépendaient qu'ils étaient *de mansata vel borda* [6]. Dans les propriétés des gens de Perpignan, par exemple, la règle autorisant les sous-inféodations cessait d'être admise quand il s'agissait de terres *de mansata vel borda* [7].

On comprend combien onéreuse était une pareille coutume : le tenancier ne pouvait plus prendre sur les biens du manse pour constituer une dot à sa fille, pour emprunter sur gage, pour se créer, par la vente, des ressources dans un moment de gêne [8].

faites depuis soixante ans; il revient sur cette mesure et décide que le règlement précité n'aura pas d'effet rétroactif; la charte de février 1266 n'est pas un privilège, c'est simplement une transaction.

[1] Voir p. 75.

[2] 13 mars 1307. Bail emphytéotique de maisons, aire et colombiers, en Cerdagne; le tenancier payera un cens de 60 sous barcelonais; mais il ne doit ni *laudimium* ni *foriscapium*. (Série H, non classé.)

[3] Septembre 1292. (*Capbreu* de Saint-Laurent-de-la-Salanque, *passim*.) — De même, en 1465-1466, la formule générale des reconnaissances au grand archidiacre est la suivante : «Ego recognosco me tenere et possidere jure directi dominii et sub prestacione foriscapii, pro honorabili domino», etc. (G 119.)

[4] § ix des Coutumes de Catalogne dans les *Constitucions*, t. I, liv. IV, tit. XXVII.—Le 13 septembre 1263, les Templiers baillèrent à titre d'acapte à trois individus leur domaine de Saint-Hippolyte; il était interdit aux concessionnaires de vendre ces terres, sauf à l'un d'entre eux, et chacun d'eux ne pouvait les léguer «nisi unico heredi suo, homini pro-

prio et solido domus prefate Mansi-Dei». (Cartulaire du Temple, fol. 24.)

[5] 24 mars 1046. Donation de l'église d'Ayguetébia et des manses qui lui appartiennent, notamment «de ipso manso dominico, cum ipsos duos orreos et cum ipsis alodis et res que ad ipsum mansum pertinent, et ipsum mansum ubi Ermemir Petrus habitat cum alodis et res que ad ipsum mansum pertinent». (*Cartulaire roussillonnais*, p. 61.)—22 septembre 1308. Approbation, par les procureurs des seigneurs fonciers d'une masade, de la vente de terres sises à Ur et dépendant de cette masade, «nech etiam possitis dictas terras addere vel aplicare alicui mansso seu borde vel eorum pertinentiis, nam volumus quod dicte terre remaneant et sint semper sub jure et dominio dictorum dominorum». (Série H, non classé.)

[6] 2 octobre 1292. Vente de trois pièces de terre sises à Elne; les vendeurs attestent qu'elles ne sont point «de mansata nec de borda». (G 221.)

[7] Voir p. 129, note 1.

[8] Ces inconvénients sont exposés tout au long dans l'acte du 24 septembre 1405,

Il est vrai que la pratique corrigeait comme toujours et atténuait la rigueur du droit pur. En fait, le manse n'était pas aussi solidement organisé : les tenanciers le morcelaient parfois au su du seigneur[1] ; inversement, leurs acquêts se fondaient, avec le temps, dans le manse et faisaient corps avec lui [2].

Les laboureurs reconnaissaient fréquemment tenir une demi-borde[3], une demi-cabane [4], un huitième de manse [5], etc. A Estagel, un même individu possédait des fractions de plusieurs masades; le cas est fréquent dans le *capbreu* de 1293 [6]. Au surplus, certaines tenures étaient assujetties à des redevances qui ne peuvent pas s'expliquer autrement que par un fractionnement : tel est le cas de la borde pour laquelle il était dû la moitié d'un œuf chaque vendredi, du vendredi saint à la Pentecôte [7],

par lequel le fondé de pouvoir du chapitre d'Elne affranchit les tenanciers du chapitre à Saleilles. (G 103.)

[1] 1173. «Borda Bernardi Onofre et Bernardi Gotsen, de qua tenet medietatem Arnallus, filius Petri Arnalli.» (Pouillé sur une bande de parchemin. Série H, fonds de Canigou.) — 5 juin 1265. B. Geli, commissaire du Roi, a saisi, à Joch, divers biens démembrés «de mansatis rusticalibus ipsius termini»; «unde attendens questionem feudorum non esse de honoribus rusticalibus, quorum laudimium dinoscitur pertinere ad dominos medios castrorum et locorum feudodorum domini Regis», il donne mainlevée. (B 15, fol. 5 v°.) — 15 mars 1279. Vente par Saurine Narbona, de Vernet, et son fils, d'une terre sise à Vernet : «unam terram de manso nostro». (Série H, fonds de Saint-Martin-de-Canigou.) — Janvier 1284. Testament de Martin Blanchet, de Thèza; il lègue à un de ses fils une maison, une terre et une vigne par lui achetées : «que omnia que dimitto dicto J., filio meo, eicio a servitute borde quam teneo pro Ermengaldo Gros, et volo quod predicta que dimitto dicto J., filio meo, non sint de predicta borda nec de servitute ejusdem». (Notaires, n° 13, fol. 40.) — 22 septembre 1308. (Voir p. 137, note 5.) — 14 mars 1309. Approbation, par les seigneurs fonciers d'un manse sis à Aravo, de la vente d'une terre dépendant de ce manse. (Série H, non classé.)

[2] 8 novembre 1306. Jean Marty, d'Ortafa, consent à faire hommage à la communauté d'Elne pour le manse que son père tenait de cette dernière, mais il refuse de faire hommage pour les acquêts; le manse est saisi; Marty promet de se soumettre au jugement à intervenir. (G 209.)

[3] 13 mai 1281. Reconnaissance de G. Bocalaurs pour une demi-borde qu'il tient du Temple à Saint-Hippolyte. (Cartulaire du Temple, fol. 29.) — 19 mars 1293. (Reconnaissance de Jean Verdera, à Argelès. B 30, fol. 1 v°.)

[4] 27 janvier 1293. Reconnaissances de Jean Beatrix, de Jean Pastor, etc., pour des demi-cabanes sises à Estagel et relevant du Roi. (B 32, fol. 4 et passim.)

[5] 27 janvier 1293. Raymond Amalrich et Bérenger, son frère, déclarent tenir pour le Roi à Estagel une demi-borde et un huitième de cabane, plus une demi-borde qu'ils possèdent «ratione docium uxorum suarum». (B 32, fol. 2.) — 30 janvier 1293. Pierre Griffe, de Tautavel, déclare un quart de masade. (B 31, fol. 4.)

[6] Voir la note précédente. — Le *capbreu* de Prats-de-Mollo, qui est de 1327-1331, contient des preuves nombreuses de ce fractionnement des manses. (B 82, fol. 12, 16, 23, 55, etc.)

[7] 19 mars 1293. (*Capbreu* d'Argelès, B 30.) — 9 février 1294. Guillaume Ros, de Millas, déclare une borde «pro qua facit predicto domino Regi quolibet anno albergam de uno milite et tercia parte alterius militis». (B 34, fol. 9.) Cette prétendue borde doit être le tiers d'une ancienne borde qui devait

Au contraire, dans le *capbreu* de Saint-Laurent-de-la-Salanque, dressé en 1292 par les agents du domaine royal, chaque vassal déclare généralement une masade entière, dans laquelle sont souvent compris des alleux et même des terres relevant de seigneurs autres que le Roi[1]. Une telle régularité dans l'organisation de la propriété était purement fictive; elle provenait de ce que les habitants avaient librement trafiqué de leurs possessions, vendant des parcelles de leurs manses ou l'agrandissant, comme s'il se fût agi d'un bien leur appartenant en propre. Lorsque le jour vint où il leur fallut déclarer leur masade et ses dépendances, ils la déclarèrent en l'état où elle était, telle que les acquisitions ou les ventes l'avaient faite[2].

Il n'en est pas moins vrai que la règle de l'indivisibilité des manses subsistait en droit et qu'elle pouvait donner lieu à des confiscations. Quelques villes sollicitèrent donc et obtinrent à ce sujet des privilèges, par exemple Millas, en 1272[3].

J'ai tâché d'exposer les obligations qui incombaient au vassal lorsqu'il voulait se dessaisir du bien qui lui avait été concédé. On pourrait se demander si le suzerain avait la faculté d'aliéner sa directe seigneurie, sans le consentement du tenancier. La réponse est affirmative, du moins en tant qu'il s'agit de droits réels[4].

l'albergue à quatre chevaliers. — Dans le cas du partage d'un manse, la quotité de redevances due par chaque tenancier était proportionnelle à l'importance de son lot; les individus d'Estagel dont il a été parlé dans la note 5, et qui possédaient un huitième de cabane, devaient un huitième de quartière de vin, un huitième de la moitié d'un jambon, un huitième de dix œufs, etc.

[1] 15 septembre 1292. Bernard Guillem déclare une borde comprenant deux terres tenues pour les Templiers, une pour l'abbaye d'Arles, une qui est un alleu, trois autres et une maison qui payent des redevances et les droits de mutation au Roi. (*Capbreu* de Saint-Laurent, B 33, fol. 1.)

[2] De là vient l'inégalité des masades, dont certaines étaient d'une étendue excessive, tandis que d'autres étaient réduites à presque rien; d'une d'elles, à Saint-Laurent même, n'avait que deux terres. (B 33.)

[3] 1er février 1272. «Honores bordarum vel mansatarum que per nos tenentur possint alienari in totum vel particulariter, inter homines tantum nostros in dicto castro et villa de Milariis habitantes, salvo tamen semper censu jure, dominio et foriscapio nostro.» (*Privilèges et titres*, p. 314.) — Voir pour Saleilles, p. 137, note 8.

[4] 13 septembre 1194. Donation aux Templiers, par Raymond de Castel-Roussillon, des biens que Guillaume Massot tient pour lui en fief à Villeneuve-de-la-Raho. (Cartulaire du Temple, fol. 59 v°-60.) — 9 octobre 1261. Bail en acapte, par le tuteur des enfants de G. Rocher, de terres sises à Aravo : «et insuper dono tibi et tuis in acapitum semper tercium quod dictus G. Rocher accipiebat in expletis unius terre quam Michael de Vita tenet». (Série H, non classé.) — 29 septembre 1265. Dans ses instructions sur la perception des droits de mutation à Perpignan, le roi Jacques prévoit l'aliénation des cens. (Voir p. 112, note 3.) — 24 avril 1265. Vente par B. Massanet, tailleur à Perpignan, à Jean de Serra, curé de Saint-Assiscle, de deux cens et des *foriscapis* à percevoir sur certaines terres. (Série H, fonds de Saint-Assiscle.) — Pour les droits personnels, voir le chapitre XI.

La sanction de ces obligations des tenanciers était la commise, *emparament* [1], confiscation du fonds au profit du seigneur [2]. La commise n'était, en somme, que la résolution du contrat. Il était naturel, si le concessionnaire manquait à ses engagements, que le bail fût résilié et que le concédant reprît son bien.

Comme si la commise n'eût pas suffi, les preneurs donnaient assez fréquemment, en garantie de l'observation du contrat, l'immeuble même qui en faisait l'objet; de la sorte, le bailleur pouvait le saisir, comme il eût saisi tout autre gage [3].

En fait, la commise s'exerça fréquemment [4]; c'était le procédé ordinaire des agents du domaine royal pour contraindre les récalcitrants; il est vrai que la confiscation était ordinairement suivie d'une transaction et de la restitution du bien [5]. En 1296, le roi de Majorque décida, sans

[1] «Los casos en los quals lo senyor no es tengut, segons los usatges de Barcelona e observancia de Cathalunya, retre la postat presa de castell ne emparament de feu a son castla o vassall, compilats per dit Pere Albert.» (*Constitucions*, t. I, liv. IV, tit. XXVII.)

[2] 25 octobre 1227. Confirmation par Pierre d'Espira, abbé de Canigou, en faveur d'Adalaïs, veuve de Raymond d'Odeillo, de la concession d'un moulin faite au père dudit Raymond par l'abbé Pierre d'Estoher; si les cens ne sont pas payés, l'abbé pourra saisir «emparare» le moulin. (Série H, fonds de Canigou.) — 6 février 1278. Clause analogue pour une vigne relevant du Temple. (Cartulaire du Temple, fol. 265 v°-266.) — «Item si quis tenet possessionem pro aliquo infra muros ville et vendatur, sicut dictum est, debet is pro quo tenetur habere forescapium solummodo in venditione; et si, amonitus, non solverit foriscapium domino, vel noluerit facere directum de foriscapio in posse suo, ita quod tantum ab eo petat foriscapium et noluit expellere de possessione illius rei, tunc is pro quo tenetur potest. rem illam emparare quousque ei solvatur foriscapium vel directum sit ei firmatum de foriscapio quantum debet solvi; quo facto, emparamentum solvitur ipso jure. Si vero censum non solverit, potest dominus pro quo tenetur, portas de domo extrahere, sine pena.» (*Les Coutumes de Perpignan*, § LIII, p. 29.)

[3] 1078 environ. Hommage de Raymond-Bernard, vicomte de Cerdagne, à Guillaume,

comte de Cerdagne; il oblige «omnem fevum et honorem et alodium quod habeo vel habere debeo in totam terram tuam». (*Cartulaire roussillonnais*, p. 89-91.) — 9 mars 1303. Achat du domaine direct d'un manse et d'une borde en Cerdagne; le tenancier fait hommage et donne garantie au nouveau seigneur foncier sur lesdits manse et borde et sur tous ses autres biens. (Série H, non classé.)

[4] 23 octobre 1182. Bail à cens par Pierre, abbé de Canigou, de la moitié d'un manse sis à Marquixanes, «quam... Pontius Bernardi tenebat et que Sancto Martino accidit pro censu et usatico quem inde diu amiserat». (Série H, fonds de Canigou.) — 13 mars 1268. Concession d'un manse sis à Saint-Hippolyte, confisqué par les Templiers pour avoir été aliéné sans leur autorisation. (Cartulaire du Temple, fol. 37.) — 26 août 1284. Saisie opérée à Villeneuve-de-la-Rivière par ordre d'A., prieur d'Espira, «ratione terremeritorum et censuum non solutorum». (Notaires, n° 13, fol. 6.)

[5] 23 mai 1263. Commission donnée par le Roi à Pons Guillem de saisir en Conflent et Cerdagne les biens tenus pour lui et aliénés sans son autorisation; Pons Guillem transigera et rendra les biens en retenant le cinquième de leur valeur. (B 10.) — 17 janvier 1265. Transaction consentie, à ces conditions, par Bertrand Geli, commissaire du Domaine en Roussillon, avec le commandeur du Col d'Ares. (B 15, fol. 1.) — 22 avril 1265. Transaction semblable du

qu'il me soit posssible de dire si cette mesure était applicable à tout son royaume ou seulement à la ville de Perpignan, que si un emphytéote n'acquittait pas un cens, ce manquement n'entraînait pas la commise, mais seulement le payement d'un double cens; si cependant l'emphytéote se refusait à subir cette peine, alors la justice devait suivre son cours [1].

même B. Geli pour un manse à Prats, en Cerdagne. (B 15, fol. 5.) — *Id.*, pour deux manses. (*Ibid.*, fol. 3 v°.) — 23 avril 1265. *Id.*, pour deux manses à Villeneuve, paroisse de Formiguère. (*Ibid.*, fol. 4 v°.) — 7 août 1264. Transaction conclue entre Salvador, fondé de pouvoir du Roi, et un individu de Salses, qui donne 50 sous de Melgueil pour obtenir levée de la mainmise sur deux terres estimées 540 sous de la même monnaie. (B 37.)

[1] Archives municipales de Perpignan, Livre des Ordinations, fol. 29 v°.

CHAPITRE X.

REDEVANCES DUES POUR LES TENURES.

———

I.   Agrier : définition. — Quotité : moitié des fruits, tiers, quart, cinquième, sixième ou
     agrier proprement dit, etc. — Attribution de la paille et des sarments.
II. Cens : définition, origine. — Payement en nature. — Conversion des agriers en cens.
III. *Usages :* leur prélèvement sur la totalité de la récolte et leur attribution soit au seigneur
     du fonds, soit au tenancier. — *Balliu; botatge; brassatge; casalatge; cossura; espigo-
     latge; lenguatge,* etc.
IV. Termes de payement des redevances : redevances payables à jour fixe. — Redevances
     payables pendant une période.

I. Suivant qu'on envisage dans les redevances la manière de fixer leur valeur ou leur mode de perception, on les divise : d'abord en redevances fixes et en redevances proportionnelles aux produits du sol, ensuite en redevances payables en nature et en rentes payables en argent.

Les redevances proportionnelles ou de quotité étaient désignées sous un nom générique : on les appelait *agrarium*[1], *agrer, agrier,* par opposition au cens, qui était la rente fixe.

L'agrier du Midi correspond au champart du droit français[2] et se disait aussi *tascha*[3], peut-être *terre merita*[4].

[1] Ducange, verbo *Agrarium.*

[2] Garsonnet, *Hist. des locations perpé-tuelles,* p. 389.

[3] 26 juin 1243. Vente par Bérenger d'Orle à Guillaume, prieur de Corneilla, de «omnes taschas sive agrarios» qu'il lève à Corneilla et à Py. (Série H, fonds de Cor-neilla.) — 31 mars 1054. Restitution à l'ab-baye de Cuxa d'un domaine; l'occupant le gar-dera cependant, sa vie durant, et son fils après lui : «et donemus per singulos annos de utroque alode tascham prefato cenobio». (*Histoire de Languedoc,* éd. Privat, t. V, c. 480-482.) — 24 février 1212. Guillaume de Py donne à l'église de ce lieu «partem tascharum ejusdem honoris de Brug». (*Bio-graphies carlovingiennes,* Preuves, p. 36.) —

11 février 1294. Hommage au Roi pour di-vers droits dans la vallée de Carol, notam-ment des tasques. (B 16, fol. 21 v°.) — Tous ces termes avaient, semble-t-il, deux significations : l'une précise, qui nous échappe; l'autre plus vague, que j'ai fait connaître : c'est ainsi qu'un règlement du 18 juillet 1320 sur la quotité des diverses redevances dues par les gens d'Ille distingue l'agrier de la tasque; le premier devait être de 1/19 du grain, de 1/12 du raisin; la seconde, de 1/11. (Archives municipales d'Ille, Livre vert, fol. 15 v°.)

[4] 26 août 1284. Saisie par A., prieur d'Espira-de-l'Agly, des biens tenus pour le monastère par Ricsende Traginera, veuve de G. Traginer, et ce «ratione terremitorum et

Quelques textes permettent de supposer que l'agrier était, à l'origine, particulièrement affecté à payer la location de la terre, l'intérêt du capital représenté par le sol. En 1201, un jardin en partie planté d'oliviers est vendu au territoire de Saint-Féliu-d'Avail; le vendeur prévient l'acquéreur qu'il a droit à l'agrier *du sol* dudit jardin, à la moitié des olives et à un cens annuel [1]. Un règlement intervenu en 1320 [2] fixa au dix-neuvième le taux de l'agrier à percevoir sur les grains au territoire d'Ille; «mais si les possessions sont allodiales ou grevées d'une rente constituée, que le paysan ou le laboureur puisse retenir le dix-neuvième *pour son agrier* [3]». Si l'hypothèse que j'ai émise ci-dessus est exacte, le *solagium, solagge,* devait vraisemblablement se rapprocher, à l'origine, de l'agrier [4].

L'agrier ou champart était prélevé sur toutes les cultures : vignes [5], jardins [6], champs [7], etc. Dans la concession d'un enclos sis à Py, le bailleur se réserve, entre autres, la tasque des navets [8]. Les garigues ou landes que le domaine royal possédait à Salses furent en partie inféodées dans la seconde moitié du XIIIᵉ siècle, à charge pour le preneur de payer le champart [9].

censuum non solutorum». (Notaires, nᵒ 13, fol. 6.) — 22 octobre 1260. Vente par Bonmacip à son frère Mathieu d'un manse sis à Aravò, «cum hominibus et feminis, censibus, usaticis, terremeritis, agrariis», etc. (Série H, charte non classée.) — 6 décembre 1265. Conversion, par le sous-précepteur des Templiers du Masdeu, en un cens fixe, de «totum censum et terremerita et taschas» dus par un manse sis à Bellpuig. (Cartulaire du Temple, fol. 155.) — Même jour. Charte analogue pour la borde de Fanjaus, à Saint-Marsal. (*Ibid.*, fol. 155 vᵒ.)

[1] 18 février 1201. (Archives de l'hôpital d'Ille.)

[2] Voir ci-dessus, p. 142, note 3.

[3] 13 février 1157. (Voir p. 144, note 2.) — Le 5 septembre 1193, Raymond de Pallerols concède une terre sise à Fillols, moyennant une somme, une fois donnée, de 10 sous, et «salva mea meorumque tascha». (B 84.) Sans attacher plus d'importance qu'il ne faut à une formule, ne semble-t-il pas résulter de celle que je viens de citer que la *tascha* était acquise de droit au propriétaire du sol?

[4] 31 octobre 1168. «De ordeo tascharum 1 sestarium currentem pro braciatico, de se-

gle alium, de milio alium, de avena alium, et de his quatuor rebus solagge.» (Convention au sujet du fief de Coustouge. B 79.)

[5] Décembre 1282. Mention de vignes et de champs sis à Salses, qui doivent au Roi l'agrier et les droits de mutation. (B 40.) — 24 octobre 1283. Concession en acapte d'une vigne à Vernet, à charge de payer annuellement l'agrier. (B 54.) — 1320. (Voir ci-dessus, p. 142, note 3.)

[6] 4 juillet 1173. Testament du comte de Roussillon Girard; il dispose de l'agrier d'un jardin. (B 5.) — Mars 1293. Mention de jardins grevés de l'agrier. (*Capbreu* de Collioure, B 29.) — 8 février 1294. *Idem.* (*Capbreu* de Millas, B 34, fol. 3.)

[7] Janvier 1293. (*Capbreu* d'Estagel et de Tautavel, B 32, *passim.*) — 1320. (Voir ci-dessus, p. 142, note 3.)

[8] 6 novembre 1240. (Série H, fonds de Corneilla.)

[9] 6 novembre 1265. Reconnaissances par Verdale, de Tura, et autres tananciers. (B 37.) — 25 septembre 1267. Concession par Pierre Toache, bayle de Salses, à Guil. Gasay, de Rivesaltes. (B 37.) — Mai 1269. Concessions nombreuses par le même Pierre

Les redevances supérieures à la moitié des fruits étaient tout à fait exceptionnelles; j'en ai recueilli seulement, dans les très nombreuses chartes qui me sont passées sous les yeux, deux ou trois exemples. Encore faut-il observer que dans l'un d'eux il ne s'agit pas de l'ensemble d'une exploitation rurale, mais de partie d'un champ qui était compris dans une masade [1].

Il était encore bien rare que le bailleur exigeât la moitié des fruits de la terre. Cependant le cas se présentait [2]; on disait alors que la terre était tenue *ad miges* [3], de compte à demi.

Plus souvent le tenancier donnait le tiers de la récolte [4], notamment des olives [5]. Les sauniers de Saint-Laurent-de-la-Salanque devaient au

Toache, au nom du Roi, et par Guillaume de Castelnou, en son nom. (B 38.) — Décembre 1270. Nouvelles concessions par Pierre Toache et par Dalmau de Castelnou. (B 38.) — Février 1272. Concessions par Pierre Toache de terres sises « ad planam de Salsis. » (B 38.)

[1] 13 mai 1281. Reconnaissance par G. Bocalaurs, héritier de moitié des biens de son père, aux Templiers du Masdeu; dans le manse est comprise une terre divisée en deux parties : l'une doit le quart et les usages, et l'olivette qui s'y trouve doit les trois quarts des fruits; l'autre partie doit le huitième et les usages. (Cartulaire du Temple, fol. 29.) — Septembre 1197. Concession par Alissende d'une vigne délaissée, *heremam*, sise à Vernet; le preneur payera « medietatem de blado et vindemie quod inde exierit annuatim et pernam censualem et nichil aliud ». (Série H, fonds de l'abbaye de Canigou.) — 1172-1292. Charges d'un manse sis à Vernet et tenu pour l'abbaye de Canigou; certaines terres doivent la moitié et l'agrier. (Série H, même fonds.)

[2] 6 février 1026. Donation par l'abbé Scloa à son abbaye de Saint-Martin-de-Canigou : « in tali conventu ut dum vivit Guillelmus, filius Salomoni suprascripti, teneat et possideat et donet de ipsa terra ipsum tercium et de vinea ipsam medietatem ». (Cartulaire roussillonnais, p. 8.) — 13 février 1157. Concession d'un jardin à Saint-Féliu-d'Avail : « et accipio te te quartam partem multonis et per unumquemque annum dabis 1 gallinam et agrer de terra et medietatem de olivariis

quos ibi plantaveris ». (Archives de l'hôpital d'Ille.) — 7 juillet 1170. Concession de diverses terres à Torreilles, l'une moyennant la moitié des fruits. (B 45.) — 1172-1212. Mention d'une treille et de champs tenus à Vernet pour l'abbaye de Cuxa et passés sous la seigneurie de l'abbaye de Canigou, et qui doivent la moitié des fruits. (Série H, fonds de Canigou.) — Septembre 1292. Mention de jardins et de champs sis à Saint-Laurent-de-la-Salanque, grevés d'une redevance de la moitié des fruits; l'un doit la moitié, « levatis avariis ». (Capbreu de Saint-Laurent, B 33.)

[3] 5 septembre 1180. « Laborabamus istum predictum honorem *ad miges* pro milicia et habebamus medietatem de campo predicto et de vinea et de olivariis pro laboracione et tres partes vinee. » (Échange entre Bernard-Guillem de Saint-Féliu-d'Avail et le Temple. Cartulaire du Temple, fol. 96 r° et v°.)

[4] Concession en acapte de pièces de terre sises à Aravo : « et insuper dono tibi et tuis in accapitum semper tercium quod dictus G. Rocher accipiebat in expletis unius terre quam Michael de Vila tenet ». (Série H, non classé.) — 27 avril 1270. Concession par les Templiers des bords d'un étang à Nyls, moyennant le tiers du grain, de la paille et des fruits. (Série H, fonds du Temple.) — Septembre 1292. Mention de terres sises à Saint-Laurent-de-la-Salanque, qui doivent le tiers. (B 33.)

[5] 7 décembre 1281. Reconnaissance pour un manse sis à Saint-Hippolyte, dans lequel un jardin doit le tiers des olives. (Cartulaire du Temple, fol. 85 v°-86.)

Roi un tiers de leur sel[1]. C'était le taux de la redevance due à Unzès, en Cerdagne, pour le manse de Ribes, dont le domaine direct fut acheté par Pierre, abbé de Saint-Martin-de-Canigou[2]. On appelait *terra tercialis* le fonds pour lequel le colon payait le tiers des fruits[3].

Avec le quart commencent les redevances ordinaires. Lorsqu'un seigneur cédait ses droits sur un manse ou un village, il comprenait dans l'énumération : «les tasques ou agriers et tous les cens, usages, quarts et quints, hommes et femmes... [4]», «les quarts, les quints et les agriers et tous autres droits[5]».

Il serait fastidieux autant qu'inutile de relever les contrats aux termes desquels le bailleur a droit au quart. On en trouve à toutes les époques, au xi⁰ siècle[6] aussi bien qu'au xii⁰ siècle[7] et au xiii⁰[8], à propos de moulins[9] comme pour les bordes[10]. Beaucoup de vignes étaient assujetties à cette redevance[11]. Les olivettes la payaient fréquemment[12]; car il faut

[1] Septembre 1292. (*Capbreu* de Saint-Laurent. B 33.)

[2] 1172-1212. (Série H, fonds de Canigou.)

[3] 11 décembre 1260. «Et illud jus quod habemus in quadam terra terciali quam tenent pro nobis in terminis de Ur Petrus de Podio, de Ur, et Saurina de Podio, de Ur, socrus ejus.» (Vente par l'abbé de Saint-Michel-de-Cuxa, Jausbert. Série H, non classé.)

[4] 26 juin 1243. Vente par Bérenger d'Orle, au prieur de Corneilla, de ses droits à Corneilla et à Py. (Série H, fonds de Corneilla.)

[5] 31 janvier 1231. Vente par Bernard Favel de Ruffia à Guiraud, prieur d'Espira, de ses droits à Peyrestortes et à Calce. (Série H, fonds d'Espira.)

[6] 6 décembre 1024. Don au monastère de Canigou de terres à Molitg; le donateur et ses enfants se réservent la possession, sauf à donner le quart des fruits. (*Cartulaire roussillonnais*, p. 44-45.)

[7] 23 octobre 1100. Concession d'une terre sise à Salses, moyennant le quart des fruits. (B 35.)

[8] Janvier 1293. (*Capbreu* de Tautavel, B 31, fol. 29 v°-30.)

[9] 1er février 1297. Vente d'un moulin sis à Palol et tenu pour l'évêque d'Elne, auquel il donne le quart, la «foresteria» et les droits de mutation. (G 99.)

[10] 1173. «Borda Bernardi Onofre et Bernardi Gotsen, de qua tenet medietatem Arnallus, filius Petri Arnalli, donat quartum.» (Pouillé de Saint-Martin-de-Canigou, série H, fonds de cette abbaye.)

[11] 11 juin 1174. Testament de Guillaume, chevalier; il lègue au Temple des vignes et un champ qui doivent le quart. (Cartulaire du Temple, fol. 100 v°.) — Fin xii⁰ siècle. Mention de vignes à Saint-Hippolyte, qui payent le quart. (Série H, fonds du Temple.) — 2 mai 1214. Concession d'un enclos à Vernet, «et de ipsa clausa nobis in perpetuum tascam de blado et quartum de vindemia fideliter donetis». (Série H, fonds de Canigou.) — 5 mars 1219. Mention de plusieurs vignes sises à Palau-del-Vidre, qui doivent le quart. (Cartulaire du Temple, fol. 90-91.)

[12] 12 avril 1205. Concession à titre d'acapte, par le prévôt de Trouillas à la maison Saint-Sauveur de Sira, d'un bien-fonds moyennant diverses redevances, notamment, après la mise en culture, les *terremerita* et le quart des olives, si l'on en recueille. (Cartulaire du Temple, fol. 13 v°-14.) — Janvier 1293. «Item tenet iii olivarios in orto Regis, in quibus dictus dominus Rex recipit et recipere debet quartum.» (*Capbreu* de Tautavel, B 31, fol. 12 v°.) — Le même registre mentionne d'autres plantations d'oliviers pour lesquelles le Roi perçoit un quart des fruits.

IMPRIMERIE NATIONALE.

observer que le prix du bail des olivettes était toujours élevé. A Prats-de-Mollo, les gens qui tenaient des vignes ou des treilles pour le Roi livraient un quart des fruits jusqu'en 1292; cette année-là, le taux fut réduit[1]. On donnait aux terres soumises à ces conditions le nom de *terra quartalis*[2].

Le cinquième était un peu plus rare. Cela tient peut-être à ce que le quart est, au moyen âge, la fraction par excellence : trois parts, deux parts signifient, lorsque le dénominateur n'est pas autrement énoncé, trois quarts, la moitié[3]. Cependant j'ai relevé quelques mentions du cinquième, surtout à Salses et à propos de vignes[4].

Le sixième est, de toutes les redevances de quotité, celle qui se présente le plus fréquemment. On l'appelait l'*agrier;* c'est du moins la conclusion à laquelle on arrive en rapprochant les termes de différents actes. Quelques-uns distinguent l'agrier du septième[5]; d'autres nous apprennent que l'agrier est inférieur au quart[6]; d'autres enfin signalent le septième, le cinquième, le quart, l'agrier, mais ne disent rien du sixième[7]. C'est le cas

---

[1] 3 septembre 1292. Dans un *vidimus* de 1324. (Archives de Prats-de-Mollo.)

[2] 1172-1212. «Arnallus de Biania tenet de ista borda vineam unam ad Escrit et est quartalis... Mir Guillem et Guillelmus de Pere Mir tenent de ista borda vineas quartales.» (Série H, fonds de Canigon.)

[3] 5 septembre 1180. (Voir ci-dessus, p. 144, note 3.)

[4] 7 juillet 1170. Donation au Temple d'une borde sise à Montbolo; les champs payent la tasque, et les vignes le cinquième. (Cartulaire du Temple, fol. 116.) — 21 juillet 1281. Raymond Palasol, de Saint-Hippolyte, qui a distrait de sa masade deux pièces de terre, réunit à cette masade une vigne, qui devra le cinquième. (*Ibid.*, fol. 31 v°-32 r°.) — 30 octobre 1281. Reconnaissance pour une vigne sise à Salses, au lieu-dit Barla; le tenancier s'engage à payer «de omnibus expletis que Deus dederit in dicta vinea fideliter quintam partem omnium expletorum ejusdem vinee, aportatam intus villam de Salsis in tinam dicti domini Regis». (B 16, fol. 33 v°-34.) — Le même volume renferme des reconnaissances analogues pour d'autres vignes sises à Salses : 19 octobre 1281, fol. 35-35 r° et 36 v°-37; 28 octobre, fol. 34 r°-35, 35 v°-36, 38 r° et v°.) — Du même mois, reconnaissances analogues pour d'autres vignes à Salses. (B 40.) — Février

1294. Mentions de vignes à Millas, grevées de la redevance du cinquième des fruits. (B 34.)

[5] 4 juin 1259. Concession d'une terre située à Salses; le tenancier payera, suivant qu'il récoltera du raisin ou du blé, le septième ou l'agrier. (B 37.) — 15 avril 1260. Dégrèvement accordé par les Templiers à un tenancier de Mailloles; au lieu du quart qu'il payait, il ne devra que le septième pour la vigne, l'agrier et le brassage pour le grain. (Cartulaire du Temple, fol. 239 v°-240.) — 16 mai 1283. Concession, par le fondé de pouvoir du monastère de Corneilla, d'une terre qui devra le septième des raisins ou l'agrier du blé. (Série H, fonds de Corneilla.)

[6] 15 avril 1260. (Voir la note précédente.) — 12 mars 1285. Réduction par l'abbé de Canigou, Pierre, de la redevance du quart à percevoir sur deux terres, qui ne devront plus que la tasque. (Série H, fonds de Canigou.) — 3 septembre 1292. Conversion analogue en faveur des tenanciers de vignes royales à Prats-de-Mollo. (Archives communales de Prats-de-Mollo.)

[7] 9 juillet 1208. (Vente de Terrats. Cartulaire du Temple, fol. 73 v°.) — 22 avril 1237. Cession par Arnaud, abbé d'Arles, à Nunyo-Sanche, des Bains d'Arles (Amélie-les-Bains), «cum terminis et pertinentiis suis, cum tasquis, setenis, quintis, quartis, mi-

d'une longue charte où sont détaillés les droits que Pierre Toache possédait à Salses au nom du Roi; il y est fait mention de l'agrier en maint passage, jamais du sixième [1].

Cette identification de l'agrier et du sixième n'est pourtant pas absolue. L'agrier a quelquefois valu beaucoup moins [2], surtout à partir du XIV° siècle [3]. Ainsi, à Elne et dans les environs, vers 1340, il équivalait, semble-t-il, au huitième ou au quatorzième [4]. A Ille, il valait deux vingt-troisièmes; il fut fixé en 1320 à un dix-neuvième pour le grain, à un douzième pour le raisin [5].

Le septième était assez fréquemment exigé [6].

Les redevances inférieures étaient rares. On rencontre néanmoins le huitième [7], le neuvième, le dixième, le onzième [8], le douzième, le treizième, le quatorzième [9], le vingt-cinquième [10].

gariis», etc. (*Privilèges et titres*, p. 149-154.) — 1er septembre 1281. Vente au domaine royal, par Pierre Toache, de Salses, des droits que son aïeul avait dans cette localité : «omnes quartos et quintos, agraria, census et usatica, et septenas et terremerita et omnia omnino alia jura». (B 41.)

[1] 20 décembre 1264. (B 41.) — M. Laurent, dans son Introduction au *Livre vert de l'archevêché de Narbonne*, arrive aux mêmes conclusions pour la quotité de l'agrier. (*Loc. cit.*, p. XXXVII.)

[2] 28 septembre 1277. Vente d'une vigne sise à Vernet, qui doit un agrier d'un vingtième. (B 54.) — 7 novembre 1283. Conversion en agrier, moyennant 45 sous de Barcelone payés par le tenancier, du septième que doit une vigne. (Notaires, n° 13, fol. 25 v°.) — 27 décembre 1285. Bail en acapte par frère B. Gasc, précepteur de l'hôpital des pauvres d'Orle, d'une pièce qui devra l'agrier au onzième : «agrarium scilicet XI saumata aportatum in meo intus villam de Orulon». (*Ibid.*, n° 16, fol. 9.)

[3] 21 mai 1435. Aveu au chapitre d'Elne par le tenancier d'une terre sise à Trouillas, qui paye le huitième «pro decima, agrario, cavallagio et cossura et aliis juribus». (G 105.)

[4] G 118.

[5] 18 juillet 1320. (Archives municipales d'Ille. Livre vert, fol. 15 v°.)

[6] Voir p. 146, note 7 et p. 147, note 2. — 21 janvier 1235. Concession en acapte par Guillaume, prieur d'Espira-de-l'Agly, d'une vigne léguée au monastère par le père du concessionnaire, qui payera «septenam saumatam similiter et decimam et primiciam, et quod dictum jus vindemie defferas cum tua bestia ad nostram cubam de Parietibus Tortis» (Peyrestortes). (Série H, fonds d'Espira.)

— 19 août 1278. Vente aux Templiers par Jausbert, fils de feu Guillaume, chevalier, habitant du Soler, de droits possédés par ledit Jausbert à Orle, notamment sur plusieurs vignes, les unes soumises au septième, les autres qui devaient le septième et qui ne doivent plus que l'agrier ou un cens. (Cartulaire du Temple, fol. 65-66.)

[7] Janvier 1293. Mention de vignes pour lesquelles le tenancier doit le huitième de la vendange. (*Capbreu* de Tautavel, B 31.)

[8] 27 février 1261. Concession par les Templiers d'une terre sise à Salses; le preneur pourra y faire telle culture qu'il voudra; il payera le septième des fruits, le onzième du raisin ou du grain et gardera pour lui les sarments et la paille. (Cartulaire du Temple, fol. 36 v°.)

[9] Mars 1293. Mention de terres à Argelès et à Collioure, pour lesquelles il est dû le douzième du grain, de vignes qui doivent le neuvième, le dixième, le onzième, le treizième, le quatorzième. (B 29 et 30.)

[10] 16 mai 1304. Sentence arbitrale attribuant à Jaubert de las Fonts le vingt-cinquième des olives recueillies dans le territoire de las Fonts. (B 375, fol. 169-172 v°.)

10.

Ce partage portait-il exclusivement sur le grain et le vin, ou bien doit-il s'entendre en ce sens que l'on divisait aussi la paille, les sarments, etc. ? Quelques rares documents signalent des rentes de paille ou bien la livraison de gerbes entières [1]; d'autres attribuent explicitement au seigneur une partie de la paille [2]; d'autres, plus nombreux, spécifient que la paille [3], la paille et les sarments [4] resteront au colon. Je n'hésite pas à croire que cette disposition était générale : la paille ne peut guère être considérée comme une récolte; le cultivateur en trouve l'emploi dans la ferme et la rend à la terre pour l'engrais [5]. D'ailleurs, les redevances étaient prélevées à l'aire même, suivant toute apparence, et après le battage [6]. C'était la règle pour les cens, dont la quantité était régulièrement exprimée en mesures de capacité : setiers, quartières, etc., et, autant qu'on puisse en juger, pour les champarts [7].

II. Sous le terme de cens, on comprenait quelquefois toutes sortes de redevances [8]; mais, dans son acception vraie, ce mot désigne les rentes fixes, par opposition aux redevances de quotité.

---

[1] 31 octobre 1168. Convention entre l'abbé d'Arles et le seigneur de Coustouges, son feudataire : celui-ci aura, entre autres, «iiii°° garbas de civada et i fex de palea»; «borda de Tarter, que est cabania, ii garbas», etc. (B 79.)

[2] 27 avril 1270. (Voir ci-dessus, p. 144, note 4.) — 24 mai 1303. Conversion en un cens fixe des redevances de quotité dues par un manse qui payait «tercium et tascham in garba de fructibus et expletis aliquarum terrarum». (Série H, non classé.)

[3] 6 octobre 1150. Concession en acapte d'une terre sise à Torreilles : «in tali conventu quod de omni expleto quod inde exierit dones nobis senioribus quartum et usaticos et tu habeas tres partes et agrarium per lo segar et totam paleam». (B 45.) — 27 septembre 1217. Concession d'une terre; le tenancier aura la paille. (B 48.) — 22 juin 1254. Condition pareille dans l'acensement d'une terre à Py. (B 49.)

[4] 5 mars 1214. Concession par Raymond de Castel-Roussillon d'une terre située à Torreilles : le preneur aura la paille, les sarments et les bois. (B 47.) — 27 février 1261. (Voir p. 147, note 8.)

[5] 16 mai 1304. Sentence arbitrale portant que les gens de las Fonts, tenanciers de fermes relevant de Jausbert, ne pourront utiliser ailleurs plus de la moitié du fumier recueilli dans ces fermes. (B 375, fol. 169-172 v°.)

[6] 31 octobre 1168. «Borda Laurencii de Manso, quam tenet per Sanctam Mariam dabit mangar soli tascario quando levabit aream... Tascharii et decimarii non querent aliquid aliud ad manducare, quando levent areas, nisi quod rusticis dare placuerit.» (B 79.) — Commencement de mars 1277. Bail d'un champ pour une période de huit années; le cens sera payé par moitié, «antequam expletum extrahamus de area in qua triturabitur». (Notaires, n° 6, fol. 22 v°.)

[7] Il était perçu, entre autres, un droit dit bajulivum, pour lequel les actes renferment généralement la formule suivante : «unam mensuram bajulivi cum qua mons mensurabitur», ou «unam mensuram ad bajulum cum qua», etc. 27 septembre 1217. (B 48.) — Py, 22 juin 1254. (B 49.) — Torreilles, 30 août 1255. (B 49.)

[8] 9 mars 1303. Étiennette, veuve de Bernard de Cheroll, de Puycerda, approuve la vente faite par son fils du mas dez Soler, de la borde d'Aragall et de ce qui en dépend,

Le cens existait comme impôt public dès l'époque romaine; les préceptes pour les Espagnols en parlent également [1], mais il faut apparemment rapprocher le *census* dont il est fait mention dans ces diplômes des redevances que les tenanciers de l'Espagne visigothique payaient sous le nom de *canon* [2] et les emphytéotes romains sous le nom de *vectigal*.

Le cens était, avec le droit de mutation, la redevance par excellence, celle qui symbolisait le plus complètement la sujétion de la terre [3].

Le cens en nature consistait ordinairement en une quantité des fruits produits par la terre dont il payait le bail : dans la montagne, le seigle surtout [4], et dans la plaine, l'orge et quelquefois le froment [5], l'avoine [6], le vin [7].

Quand les hommes des manses élevaient des porcs, il était d'usage qu'ils donnassent un jambon ou même un animal entier [8]. De même, le

«et de omnibus censibus, redditibus, taschis, terciis, quartis, questiis et etiam de quibusdam aliis censibus que accipiebat», etc. (Série H, non classé.) — Cf. un texte du 7 janvier 1027, ci-dessous, p. 163, note 3.

[1] 2 avril 812. Défense de faire payer aux Espagnols réfugiés le cens pour les aprisions. (*Capitularia regum Francorum*, t. I, c. 500.)

[2] «Ut qui terras ad canonem acceperit, placitum servet. — Terras quæ ad placitum canonis datæ sunt quicunque suscepit ipse possideat, et canonem domino singulis annis qui fuerit defunctus exsolvat.» (*Forum judicum*, X, 1, 11.)

[3] 24 février 1018. Plaid devant le comte de Bésalu au sujet de l'allodialité d'une terre; le juge demande aux témoins s'ils ont vu percevoir un cens, «quod ullum censum vidissent exinde acciperе». (*Histoire de Languedoc*, éd. Privat, t. V, c. 366-368.)

[4] 18 février 1303. Reconnaissance pour un manse sis à La Tour-de-Carol : les tenanciers doivent deux muids de seigle «cum suis turnis», une paire de poules domestiques, deux setiers de vin, deux fougaces de froment, etc. (Série H, non classé.)

[5] 4 août 1137. Reconnaissance pour un manse à Saint-Féliu-d'Avail : «Sensum vero hujus mansi est medio moltone recipiente et sestar. 1 de ordeo current et tres fogacias et pario 1 de galines et tercera 1 de vino.» (Cartulaire du Temple, fol. 119 v°.) — 30 janvier 1293. Reconnaissance pour un quart de masade, à Tautavel; le tenancier doit 6 de-

niers de Melgueil, une quartière d'orge, une migère de vin, un œuf et demi; en mai, des fromages, etc. (*Capbreu* de Tautavel, B 31, fol. 4.) — Même jour. Redevances pour la moitié d'une masade : un quarton d'orge, 6 deniers de Melgueil, une quartière de froment, un jambon si le tenancier tue un porc, un quarton de vin «pro musto», etc. (*Ibid.*) — Même jour. Cinq individus de Tautavel reconnaissent devoir au Roi une poule, une fougace, une quartière d'orge, une brassée de jonc. (*Ibid.*, fol. 30 v°.)

[6] Vers 1200. Bernard de Riu a donné à Saint-Martin-de-Canigou un manse en Cerdagne, qui doit «quartum 1 de molto et fogaces et migeram 1 de Vilafranca vini, sextarios rasos de civada». (Série H, fonds de Canigou.)

[7] Voir les notes précédentes. Il est inutile de multiplier ces exemples, que je pourrais donner en très grand nombre.

[8] Voir p. 26, notes 4 et 5. — 1173. Petit polyptyque de l'abbaye de Saint-Martin-de-Canigou; elle a deux manses et cinq bordes à Targasone; l'un des manses doit trois muids «de parada» (pour droit d'alberguе?), autant «de taverna», trois jambons, un quartier de mouton, un demi-quartier d'avoine. (Série H, fonds de Canigou.) — 19 mars 1293. Jean Verdera, tenancier d'une demi-masade, déclare devoir : un jambon, s'il tue un porc, une demi-fougace de trois oboles, une poule, une perdrix, une demi-livre de poivre, etc. (*Capbreu* d'Argelès, B 30, fol. 1 v°.)

cens était payé fréquemment en un quartier de mouton ou en un mouton entier [1].

Il pouvait être acquitté encore en bois [2], jonc [3], cire [4] ou bien en mets délicats analogues aux *regards* que payaient les paysans de Normandie [5] : poules [6], perdrix [7], fougaces, dont le prix était quelquefois fixé [8]. Alart cite un manse à La Tour, près du Sègre de Carol, qui servait au suzerain, en 1293, une redevance de soixante-dix truites [9]. Une charte de 1257 a pour but la conversion en une rente de sel, de deux cens, de cinquante anguilles chacun, assis sur deux terres de Torreilles [10].

Il est remarquable que, pour un grand nombre de maisons, le cens n'était autre chose qu'une certaine quantité de poivre, généralement payable à la Noël [11].

Certains cens perçus par l'abbaye de Saint-Martin-de-Canigou étaient d'une ou de deux paires de fers de mule ou de cheval [12].

---

[1] Voir les notes précédentes. — 23 octobre 1182. Concession par Pierre, abbé de Canigou, d'un moulin et d'une demi-masade sis à Marquixanes; cens : trois quartons de froment, autant d'orge, alternativement un mouton et un jambon, l'agrier des terres, le quart des vignes, etc. (Série H, fonds de Canigou.) — 16 août 1265. Conversion en une redevance de deux quartals de seigle, des droits d'albergue et des «juntols multoni» dus pour un manse en Cerdagne. (Série H, non classé.)

[2] 11 octobre 1265. Reconnaissance au sujet d'un manse tenu à Salses pour le Roi; cens : 7 sous, un quarton d'orge, une charge de bois. (B 37.)

[3] Voir p. 149, note 5. — Cette redevance était fréquente à Tautavel; le *capbreu* de 1293 signale plusieurs tenanciers qui doivent «1 feys de jonco», une charge de jonc. (B 31, fol. 13 v° et *passim*.)

[4] 14 décembre 1215. Concession par le Temple, «per accapitum et teuedonem», d'un emplacement à bâtir près de la porte de Mailloles; cens : deux livres de cire à la Saint-Jean. (Cartulaire du Temple, fol. 263.) — 6 février 1243. Concession à titre d'acapte par Guillaume, prieur de Corneilla, moyennant un cens de quatre livres de cire, de la redevance du quart perçue par le monastère sur une vigne du concessionnaire; c'est la conversion

de cette redevance de quotité en un cens fixe. (Série H, fonds de Corneilla.)

[5] Delisle, *Condition de la classe agricole en Normandie*, p. 57.

[6] 4 août 1137. (Voir ci-dessus, p. 149, note 5.) — Voir p. 27, notes 1 et 2, et p. 98.

[7] 19 mars 1293. (Voir p. 149, note 8.)

[8] Voir *passim*, dans les notes précédentes.

[9] *Notices historiques*, t. I, p. 151.

[10] 7 août 1257. (B. 49.)

[11] 19 mars 1293. Argelès. (Voir ci-dessus, p. 149, note 8.) — Mars 1293. Argelès. Cens d'une livre de poivre pour diverses maisons. (B 30.) — Mars 1293. Collioure. Cens d'une livre de poivre et 2 deniers de Melgueil; cens d'un quarton de poivre, une poule et quatre deniers; cens d'un quarton de poivre, le tout pour des maisons. (*Capbreu* de Collioure, B 29.) — 10 janvier 1296. Reconnaissance pour le manse d'un Escuder à Nahuja; cens de deux livres de poivre. (B 15, fol. 116 v°.)

[12] 1172-1212. Charges du manse tenu pour Saint-Martin-de-Canigou par Bertrand de Port; le jardin doit «unam parile de ferrs muli et unam gallinam»; la maison : «duo parilia de ferrs de cavallon»; une borde : «medium quarto de civada et unum parile de ferrs de cavallo». (Série H, fonds de Canigou.) — 28 octobre 1252. Donation d'un champ sis à

Quelques rentes, en effet, étaient symboliques : un cierge [1], une paire d'éperons [2], etc.

« Le métayage paraît avoir été la condition ordinaire du colonat libre sous les rois goths de Tolède [3]. » Les redevances de quotité furent aussi très répandues dans nos pays pendant le haut moyen âge, et peut-être y a-t-il dans cette analogie autre chose qu'une coïncidence. Ce sont surtout, en effet, ces usages d'ordre privé, ces conditions entre propriétaire et colon, qui survivent aux révolutions les plus profondes du droit [4].

Les rentes fixes n'étaient pourtant pas rares; on les trouve combinées avec le champart [5].

Vers le XIIIe siècle, il se manifesta une tendance générale à la conversion des redevances proportionnelles en rentes fixes, payables en argent; le métayage reculait peu à peu devant le fermage. Je pourrais citer un grand nombre de faits dans ce sens [6]; je n'ai pas trouvé un seul exemple du fait contraire.

D'habitude, cette modification était consentie par le seigneur à l'occasion des changements de tenanciers par vente ou héritage [7]. On l'appelait :

Fillols, qui doit au comte de Cerdagne un fer de cheval à la Saint-Michel. (Série H, fonds de Corneilla.)

[1] 10 mai 1087. Plaid à Saint-Martin-de-Ribe au sujet d'un domaine donné aux clercs d'Elne : «praedicta Chixulo accepit jamdicto alodio per mortem praedicti Vulveradi per illorum manus et beneficium et dedit eis pro praedicto alodio recognitionem et censum quandiu vixit candelam unam optimam per unnm quemque annum». (Histoire de Languedoc, éd. Privat, t. V, c. 703-706.)

[2] 26 juillet 1298. Reconnaissance pour des terres tenues en fief à Alop; le feudataire doit : «unum par calcariorum bonorum deauratorum et de bona taylla et ydonea». (Série H, non classé.)

[3] P. Tailhan, Revue des Questions historiques, 1er juillet 1884, p. 19.

[4] On retrouve actuellement dans les baux roussillonnais un grand nombre de conventions qui étaient insérées dans les actes analogues avant la Révolution. (Voir mes Notes sur l'économie rurale du Roussillon, p. 135-136.)

[5] 20 juillet 1262. Conversion en un cens de 7 sous des redevances payables pour un manse à Bellpuig. (Cartulaire du Temple, fol. 156.) — Même jour. Conversion en un cens de 6 sous, pour un autre manse au même territoire. (Cartulaire du Temple, fol. 156 v°.) — 6 décembre 1265. Réductions analogues, à des cens de 25 et de 3 sous en faveur de manses sis à Bellpuig et à Saint-Marsal. (Ibid., fol. 155 et 155 v°.) — 11 juillet 1323. Conversion pareille, en un cens de 14 deniers, du sixième jusqu'alors payé par deux terres sises à Palau-del-Vidre et relevant de la communauté d'Elne. (G 210.)

[6] 2 septembre 1235. Conversion, en un cens de deux muids de seigle, des redevances dues par une masade récemment acquise à Balamda. (Série H, non classé.) — 6 février 1278. Remise par les Templiers de la redevance du quart payée par une vigne que vient d'acheter Jean Cicard, jurisconsulte de Perpignan; il payera dorénavant 16 deniers de Barcelone valant 3 sterlings d'argent fin. (Cartulaire du Temple, fol. 265 v°-266.) — 24 mai 1303. Renouvellement, en faveur de l'acquéreur du manse du Soler, du bail dont jouissaient les précédents tenanciers; au lieu des redevances, il payera un cens de sept muids de seigle et 15 sous de Melgueil. (Série H, non classé.)

[7] 15 mai 1249. Concession par l'abbé de Canigou, Bernard, d'un manse sis à Unzès :

réduire à un cens fixe, « ad certum censum, notum et manifestum reducimus [1] », « ad certum censum reducimus ».

III. D'autres redevances s'étaient établies à côté des cens et des champarts et sur les mêmes fonds. Les seigneurs avaient mis à profit les circonstances et tiré parti de services par eux rendus pour se créer de nouveaux revenus. Des documents, fort rares, il est vrai, autorisent à croire que ces charges supplémentaires s'appelaient les *usages* [2]. En 1212, le bail en acapte d'un fonds sis au territoire de Torreilles attribue au propriétaire : « de toute la récolte le tiers, le brassage, le mesurage, l'avoine, le droit de garde, savoir : pour tout le champ, un demi-carton, mesure courante », et au preneur, « deux tiers, après déduction *desdits usages,* mais ni le glanage ni l'agrier [3] ».

On voit par cet extrait que le partage entre le maître et l'emphytéote métayer pouvait n'avoir lieu qu'après le prélèvement des usages. C'était la marche habituelle; nombre de documents seraient incompréhensibles sans cela, car ils disposent, outre les usages, de fractions de la récolte dont le total est égal à l'unité : au seigneur du fonds, le quart et les usages, plus une mesure de droit de baylie; au tenancier, les trois autres quarts et la paille [4]; ou encore : au premier, le quart, les usages, etc.; au

« damus et laudamus et concedimus in perpetuum et ad censum certum et manifestum ». (Série H, fonds de Canigou.) — 28 mai 1308. Confirmation en faveur de Douce, de Villeneuve, en Cerdagne, de la possession du manse de son défunt mari et conversion des redevances dues par ce manse en un cens. (Série H, non classé.)

[1] 30 juillet 1304. Conversion en faveur d'un manse sis à Villeneuve. (Même série, non classé.)

[2] XIIᵉ siècle. « Hec est rememoracio de onore et usaticis et de censibus quos Arnaldus Sigfredii de Mallolis habet in terminio Sancti Andree de Bagis. » (B 68.) — 24 mai 1212. (Voir la note suivante.) — Plusieurs textes séparent nettement les usages des redevances principales dues par les tenanciers : 5 septembre 1180. Échange, entre le Temple et un habitant de Saint-Féliu-d'Avail, de diverses terres; l'une doit le quart, excepté quand on y recueille des légumes, « de fabas et de peses, quorum dat tascha et 1 mensura de usatico »; un jardin doit « tascham et 1 mensura de husatico ». (Cartulaire du Temple, fol. 96 rº et vº.) — 5 février 1196. Vente d'un champ à Saint-Hippolyte, « salvis directis dictorum dominorum qui ibi accipiunt quartum et usaticos et unam aucam ad aream ». (B 42.) — 26 juin 1243. Vente au prieur de Corneilla de « omnes census, usaticos, quartos et quintos », etc., à Corneilla et à Py. (Série H, fonds de Corneilla.) — 13 avril 1278. Reconnaissance pour une masade tenue à Saint-Hippolyte pour les Templiers; un champ paye « quartam et usatica et de olivis cartam »; un autre, « medietatem quarti et usaticorum ». (Cartulaire du Temple, fol. 26-27.)

[3] 24 mai 1212. « De omni expleto quod inde exierit donetis nobis et nostris successoribus fideliter terciam partem et brascaticum et mensuraticum et civatam et gardiam, de toto campo unum mig quartonem currentem, et vos habeatis duas partes, solutis dictis usaticis, et non habeatis spiculaticum neque agrarium. » (B 47.)

[4] 22 juin 1254. (Bail à cens d'une terre au terroir de Py. B 49.)

second, les trois quarts restants et les usages qui lui reviennent d'après la coutume à laquelle ces biens sont soumis [1].

Le tenancier pouvait donc avoir droit à des usages, destinés sans doute à payer les services rendus au seigneur, le battage, le vannage, le port de sa part de récolte. La valeur de chacun de ces usages et leur répartition entre le maître et le colon étaient réglées par la coutume locale, du moins dans certains territoires. Dans une série de concessions de terres à Torreilles, le bailleur se réserve la moitié ou le quart et les usages, laissant au preneur la moitié ou les trois quarts et les usages, « comme les ont les autres cultivateurs de Torreilles [2] ».

Celui de ces usages dont le nom revient le plus fréquemment est le *bajulivum, balliu* [3], qui était acquis, ainsi que son nom l'indique, au bayle [4], peut-être pour le payer de la surveillance qu'il exerçait. Ce droit, auquel il faudrait dans cette hypothèse assimiler la *gardia* [5], était fixe, au moins dans la plupart des cas. Nous le trouvons, entre autres localités, à Mailloles [6], à Torreilles [7], à Tautavel [8], à Py [9], à Bajoles [10],

[1] 20 avril 1229. Bail en acapte, par le Temple, d'une terre sise à Saint-Hippolyte. (Série H, fonds du Temple.) — 6 octobre 1150. (Voir p. 148, note 3.) — 5 mars 1214. Concession par Raymond de Castel-Roussillon d'un bien sis à Torreilles : « Dabitis semper nobis et nostris de omni expleto quod ibi habueritis fideliter tercium cum usaticis ad consuetudinem ville de Turrillis et 1 mensuram nostro bayulo et vos habeatis duas partes et totum panem et medium vinum et agrarium et vites et ligna cum omni palea et qui triverit expletum habeat cussuram. » (B 47.) — 27 septembre 1217. Autre concession par le même : « sub tali condicione ut dones nobis senioribus et nostris semper fideliter de omni expleto quod ibi habueris tercium cum v mensuris de usaticis et medium vinum et unam mensuram ad bayulum qua montem levaveris; tu autem laborator habeas duas partes et panem et medium vinum et agrarium ad aream et vestram cussuram pro balezone et totam paleam ». (B 48.)

[1] 7 juillet 1170. Concessions de fonds situés à Torreilles : « de fructu qui inde exierit donetis nobis medietatem et usaticos, et vos laboratores habeatis aliam medietatem et usaticos sicut alii laboratores du Turreliis ». — « De fructu quod inde exierit donetis nobis quartum et usaticos, et vos laboratores habeatis

tres partes et usaticos sicut alii laboratores de Turreliis. » (B 45.) — Voir la note précédente.

[3] Ce mot se trouve sous cette forme dans des aveux au profit de l'archidiacre d'Elne, de juin 1340 : « agre ad octavam et balliu consuetum », « octavam partem et bajulivum consuetum ». (G 118.)

[4] 5 mars 1214 et 27 septembre 1217. (Voir même page, note 1.) — Dans les pâturages, il était aussi perçu un droit de *bajulivum*. (Voir *Privilèges et titres*, p. 192, note 1, et p. 193.)

[5] 24 mai 1212. (Voir p. 152, note 3.)

[6] 11 juin 1174. Testament de Guillaume, chevalier, qui lègue au Temple, entre autres, ses terres de Mailloles; l'une doit l'agrier et une mesure de *balliu*. (Cartulaire du Temple, fol. 100 v°.)

[7] 30 août 1255. Vente à Pons de Vernet d'une terre située au territoire de Torreilles et tenue pour lui, « que terra dabat tibi quartum et usatica et medium vinum et unam mensuram bajulivi cum qua mons mensurabatur ». (B 49.)

[8] Janvier 1293. Mentions nombreuses de tenanciers qui payent l'agrier, le *bajulivum* et les droits de mutation. (B 31 et 32.)

[9] 22 juin 1254. (Voir ci-dessus, p. 152, note 4.)

[10] 6 novembre 1286. Bail, à titre d'acapte,

à Belric [1], à Villeneuve [2], à Argelès, sur les terres ensemencées de mil [3], etc.

Sur les vins, on levait le droit de *botatge,* qui pouvait bien n'être que le nom particulier du cens perçu sur ce genre de produit [4].

Les documents roussillonnais ne m'ont pas appris grand chose au sujet du *brassatge, brassiaticum, brascatge* [5], dont le nom revient pourtant très fréquemment. Le brassage était payé pour différentes cultures : jardinage [6], blé [7], lin [8], vignes [9], même pour les troupeaux [10]. Le *capbreu* de Saint-Féliu, qui date de 1326, signale de très nombreuses terres soumises à l'agrier, au brassage et au droit de mutation [11]. Le brassage paraît avoir été une redevance fixe ; on l'acquittait parfois en céréales [12].

d'une terre défrichée à Bajoles, moyennant l'agrier, une mesure de *bajulivum,* «cum mensura qua mons mensarabitur», la dîme et la prémice rendues à Bajoles. (Notaires, n° 16, feuille volante après le feuillet 1.)

[1] 22 octobre 1278. Bail, à titre d'acapte, d'un fonds sis à Belric, pour y planter la vigne ; au bout de trente ans, le preneur pourra substituer à la vigne du blé, moyennant l'agrier, le tiers de la *cossura* et «tres mensuras bajulivi cum mensura qua mons levabitur». (Notaires, n° 5, fol. 52 v°-53.)

[2] Mars 1266. Concession, à titre d'acapte, d'une terre à Villeneuve, «ad faciendum ibi panem et vinum» ; si l'on y sème du blé, les redevances seront l'agrier, le tiers de la cossure, «et 11 m[ensuras] bajulivi cum qua mons levabitur». (*Ibid.,* n° 2, fol. 33.)

[3] 19 mars 1293. Reconnaissances au sujet de terres tenues à Argelès pour l'abbé de Saint-Genis ; le Roi reçoit «cossuram et bajulivum», (*Capbreu* d'Argelès, B 30, fol. 1 v° et 4.) — Mars 1293. Mention d'autres terres qui payent le *bajulivum.* (Même registre, *passim.*)

[4] 19 mars 1293. Reconnaissance pour une masade à Argelès, qui paye à la Saint-Michel une certaine quantité de vin «pro botatge». (B 30, fol. 1 v°.) — 24 avril 1086. Cession par le comte de Cerdagne à l'église d'Elne de «omne binnum quod censualiter juste et injuste habemus et habere debemus de villa Aniano, videlicet quod plebeico more vocatur *betage».* (*Marca Hispanica, Appendix,* c. 1179.)

[5] 25 mai 1196. Vente de deux terres à Nyls, qui doivent, l'une «tascam et brascatge», l'autre «tascam et brascatge et terciam partem cossure». (Série H, fonds d'Arles.) — 24 mai 1212. (Voir ci-dessus, p. 152, note 3.)

[6] Février 1294. Jardin à Millas ; le tenancier doit le quart des olives, des choux et des poireaux ; pour le reste, il doit «agrarium, braciaticum et decimam et foriscapium». (*Capbreu* de Millas, B 34.)

[7] 27 novembre 1255. Concession d'une terre au terroir de Mailloles, pour y faire du blé ou de la vigne au choix du preneur ; s'il y fait du blé, il devra l'agrier, le brassage et les droits de mutation. (Cartulaire du Temple, f. 243 v°-244.) — 15 avril 1260. (Voir p. 146, note 5.) — Février 1294. (*Capbreu* de Millas, B 34, *passim.*)

[8] 23 mai 1141. Cession aux Templiers d'un terrain pour y faire un jardin ; «reddalis nobis donatoribus et successoribus nostris agrarium et de lino agrario et bracage». (Série H, fonds du Temple.)

[9] Février 1294. Vigne à Millas, qui doit la moitié de l'agrier, du brassage et des droits de mutation et la dîme. (*Capbreu* de Millas, B 34.)

[10] 17 novembre 1254. «Dame Sebilia de Paracols... renonçait à la redevance d'un agneau que ses prédécesseurs recevaient tous les ans, en raison du brassage, sur le bétail de l'hôpital d'Ille.» (Alart, *Notices historiques,* t. I, p. 36.)

[11] B 76.

[12] 16 mai 1298 : «1 sestarium segalis merchatalem pro braciatico». (Accord au sujet de terres sises à Mosoll. Série H, non classé.)

Lors même que les terres dépendant d'un manse étaient grevées de redevances spéciales à chacune d'elles, l'ensemble de ce manse n'en avait pas moins des charges générales consistant en un cens et en des services fixes [1]. Parmi ces obligations, que les *capbreus* énumèrent à part, on classait le cens pour la maison et ses dépendances immédiates, comme le jardin, les corvées et l'albergue, les redevances pour les animaux de basse-cour, jambon du porc, œufs [2], quelquefois même le cens personnel dû par le tenancier. Je suis porté à croire que l'ensemble de ces redevances portait le nom de *casalatge* [3], qui se rencontre notamment dans l'énoncé des revenus de l'abbaye Saint-Martin-de-Canigou. Un jardin tenu *pro casalatge* serait donc un jardin pour lequel il n'est pas payé de redevance spéciale [4].

Je ne puis que citer le *cavalatge* [5], la *civata* [6], qui devait être une redevance d'avoine ou peut-être l'albergue due au cheval du seigneur, la *collectura* [7], qui paraît avoir été perçue au profit du collecteur des redevances.

Quant à la *cossura*, qu'Alart a cru être « un droit de mesurage pris ordinairement par les baillis » [8], elle se disait aussi *cursura* et était, en réalité, le prix du battage de la moisson [9]. « Le 8 septembre 1781, le

— 16 novembre 1235. Vente de cinq quartals de seigle à percevoir annuellement sur une propriété « pro braciatico ». (Série H, non classé.)

[1] 7 juillet 1170. Donation en faveur du Temple d'une borde à Montbolo; elle doit 3 sous de cens; les « terres » payent l'agrier; les vignes, le cinquième. (Cartulaire du Temple, fol. 116.)

[2] Il faut voir surtout à ce sujet les *capbreus* dressés par les commissaires du Domaine à la fin du xiiie siècle, pour Collioure (1293, B 29), Argelès (1293, B 30), Tautavel (1293, B 31), Estagel (1293, B 32), Saint-Laurent-de-la-Salanque (1292, B 33), Claira et Millas (1294, B 34).

[3] Commencement du xiiie siècle. « Memoria de honore de Joc. » Article relatif à R. Petrona : « et pro domibus et persona facit censum annuatim 1 canadam vini puri et 11as fogazcas et 11 galinas ». (Série H, fonds de Corneilla.)

[4] 1172-1212. « Et ortum tenet pro casalage. » « Et habet terram pro casalatico. » (Petits *capbreus* en rouleaux de l'abbaye de Canigou, série H.)

[5] Février 1294. Reconnaissance pour une terre qui doit la dîme, le tiers de la cossure et une mesure de *cavalatge*. (*Capbreu* de Millas, B 34.) — Je retrouve ce mot dans un aveu du 21 mai 1435, pour une terre sise à Trouillas, qui doit au chapitre d'Elne le huitième des fruits « pro decima, agrario, cavallagio et cossura et aliis juribus ». (G 105.)

[6] 24 mai 1212. (Voir p. 152, note 3.)

[7] 24 octobre 1283. Concession en acapte d'une vigne sise au terroir de Vernet; elle doit l'agrier, « levatis inde primo duabus saumatis, una pro musto et alia pro collecturis ». (B 54.)

[8] *Documents sur la langue catalane*, p. 41, note 2.

[9] 8 février 1134. « Et de cursuris masadarum jamdicte ville in honore episcopali, exceptis dominicaturis episcopi que hodie sunt, habeat jamdictus Arnaldus medietatem per dominum suum episcopum, et dominus episcopus habeat aliam medietatem in suo dominio. » (Accord entre l'évêque d'Elne et Arnaud de La Tour-bas-Elne, *Privilèges et titres*, p. 38.) — J'ai eu l'occasion de citer

sieur Godine m'a déclaré que mon haras lui avait dépiqué dans sept
journées cent trente-quatre charges de blé, à raison de quoi il doit
remettre quatre charges quatre mesures huit picotins pour le droit dit *de
cossure* [1]. » Ce texte, que j'ai tiré des comptes si instructifs du marquis
d'Oms, est récent, il est vrai; mais il facilite l'intelligence de documents
anciens. En 1214, une charte porte : «qui triverit expletum habeat
cussuram»; celui qui aura dépiqué la récolte prendra le droit de cossure [2]. En 1217, une autre concession attribue au preneur «vestram
cussuram pro batezone [3]», le droit de cossure pour le battage. Le battage, *batezo*, était donc synonyme de *cossura* : en 1180, Arnaud Gauzbert
engage «totam batezonem ville de Buassano et de ejus terminis», le droit
de battage à Boaça et dans son territoire [4].

La cossure n'était prélevée que sur les céréales; si certaines vignes [5]
et certains jardins [6] étaient assujettis à cette redevance, c'est qu'on y
recueillait du blé.

L'*espigolatge* [7], *spiculaticum*, était le droit de glanage; mais je ne puis
dire s'il consistait en la faculté de glaner, ou en une taxe perçue sur les
glaneurs, ce qui est plus probable.

souvent déjà la cossure : voir notamment
25 mai 1196, p. 154, note 5; février 1294,
p. 155, note 5. — A Tautavel, le *capbreu*
de janvier 1293 signale de nombreuses terres
qui doivent «agrarium, mediam cossuram et
foriscapium». (B 31.) — De même, dans le
capbreu d'Argelès, les charges indiquées pour
les champs de mil sont, en général, la *cossure*
et une mesure de *bajulivum*. (B 30.)

[1] Comptes du marquis d'Oms. E, fonds
d'Oms.

[2] 5 mars 1214. (Voir p. 153, note 1.) —
Avril 1195. Alphonse d'Aragon concède aux
Templiers l'autorisation de dessécher son
étang de Bages : «preterea si ad triturandum
ego aut mei successores partem equarum juxta
partem quam in eodem honore et fructibus
habemus non mitteremus, liceat ipsis fratribus cursuram pro suis equabus et bestiis
accipere, sicut mos est in terra Rossilionis».
(B 7 et Cartulaire du Temple, fol. 8.) —
11 novembre 1283. Bail à ferme d'un bien
à Théza; la «cossura equarum» sera payée
par le bailleur et le preneur. (Notaires, n° 13,
fol. 26 v°.)

[3] 27 septembre 1217. (Voir p. 153,
note 1.)

[4] 25 novembre 1180. Arnaud Gauzbert
engage à Pierre Andreu «totam batezonem
ville de Buassano et de ejus terminis et VI
sextarios de mafage quos ibi habeo, videlicet
in unoquoque manso ipsius ville 1 s[extarium]
ordei et in unaquaque borda dimidium s[exta-
rium]». (B 68.) — Ce n'était pas toujours le
seigneur foncier qui percevait la cossure et le
bajulivum, mais le seigneur de la localité,
parce que c'était son bayle qui gardait les
récoltes, ses juments qui les dépiquaient; en
mars 1293, divers individus d'Argelès, Jean
Verdera, Arnaud de Glesia et autres tenaient
des terres pour l'abbé de Saint-Genis ou pour
Raymond Strader; ils payaient au Roi, seigneur
d'Argelès, les redevances dont je m'occupe.
(B 30, fol. 1 v°, 4 et *passim*.)

[5] Janvier 1293. Vigne à Tautavel, qui
doit le huitième des raisins, l'agrier et la
moitié de la cossure des blés. (*Capbreu*, B 31,
fol. 2.)

[6] Janvier 1293. Jardin à Tautavel, «in
quo dictus dominus Rex recipit et recipere
debet quintum de olivis et de blado agrarium
et mediam cossuram». (*Ibid.*, fol. 5.)

[7] 24 mai 1212. (Voir p. 152, note 3.)

Les renseignements me manquent sur la *fenoria*[1], le *mafatge*[2], le *mesuratge*, *mensuraticum*[3], le moût, *mustum*[4], le *vinyogolia*[5]. La *vernella* était une redevance de fromages[6].

Au pied de la montagne des Albères, à Banyuls, à Collioure, à Argelès, il existait une coutume assez bizarre, d'après laquelle le seigneur avait droit aux langues et aux poitrines des bœufs et vaches qui mouraient de maladie ou qui étaient tués[7]. Ce même usage se retrouve à Perpignan, où le seigneur pouvait réclamer les langues des animaux de boucherie; à Villaroja, il prélevait les poitrines des bêtes bovines[8]; à Coustouges, une cuisse[9]; à Millas, Ille et Céret, au siècle dernier, les langues[10].

En vertu d'une coutume non moins singulière, le tenancier de quelques manses de Coustouges[11] était tenu à des redevances envers le seigneur ou son bayle, qui lui donnait en retour une certaine quantité de vin. Il m'est impossible de citer dans la province[12] d'autres exemples de cet échange.

IV. Il était utile, pour ne pas laisser péricliter les droits du seigneur foncier, de fixer une époque pour le payement des cens en argent; cette précaution n'était pas aussi nécessaire pour les champarts, qui étaient acquittés au moment de la récolte.

· Les termes de payement étaient des fêtes, dont quelques-unes empruntaient à la dévotion locale une solennité particulière : Noël, Pâques, la Saint-Jean, saints Pierre et Félix (1ᵉʳ août ?), saint Vincent (22 janvier?),

[1] 20 avril 1229. Bail à titre d'acapte, par les Templiers, d'une terre située à Saint-Hippolyte : «De omni expleto quod inde habebis dabis tu vel tui fideliter quartum et usaticos et fenoriam ad consuetudinem aliarum terrarum nostras ibi juxta militia habens (*sic*).» (Série H, fonds du Temple.)

[2] 25 novembre 1180.(Voir p. 156, note 4.)

[3] 24 mai 1212. (Voir p. 152, note 3.)

[4] 15 avril 1139. Accord au sujet d'une vigne sise au terroir de Peyrestortes; le concessionnaire aura (?) une charge de moût, chaque année. (B 56.) — 24 octobre 1283. (Voir p. 155, note 7.)

[5] 16 mai 1304. Sentence arbitrale abolissant dans un vignoble sis à las Fonts «vinyogoliam sive corbeyls pro vinogolia». (B 375, fol. 169-172 v°.) — S'agit-il d'une redevance de corbeilles à l'occasion de la cueillette du raisin? Voir cependant Ducange, qui traduit *vinyogoll* par gardien des vignes, v° *vinyogalarii*.

[6] 24 août 1207. «Vernella, id est servicia caseorum.» (Charte pour Collioure. Publiée par Alart, *Privilèges et titres*, p. 89.)

[7] Alart, *Notices historiques*, t. I, p. 201 et 241, et B 16, fol. 13 (pour Argelès), ainsi que B 69, fol. 13 (pour Collioure).

[8] 31 octobre 1168. (Accord au sujet du fief de Coustouges. B 79.)

[9] *Ibid.*

[10] Voir mes *Notes sur l'économie rurale du Roussillon*, p. 155-156 et C 1794.

[11] 31 octobre 1168. (B 79.)

[12] M. Pella y Forgas a retrouvé cette même coutume dans le *capbreu* de Ragur, en Ampourdan, établi en 1407. (*Historia del Ampurdan*, p. 649.)

saint Michel et enfin saint Geniès (25 août?); ce dernier terme était extrêmement rare [1].

Le colon payait le seigle à la Saint-Michel, l'orge à la fête des saints Pierre et Félix, le vin à la Saint-Michel ou à la Saint-Vincent, les poules et les jambons à la Noël. C'est à la Saint-Jean qu'il donnait les oies; à Pâques, les œufs. Quelques colons étaient tenus pendant une certaine période, qui commençait le vendredi saint pour finir à la Pentecôte ou à la Saint-Jean, de fournir chaque vendredi une quantité déterminée d'œufs [2]. A Coustouges, il était fait annuellement trois *acaptes* d'œufs et de fromages pour l'abbaye d'Arles, qui était le seigneur éminent du territoire : à Pâques, à la Pentecôte, à la Noël [3].

Certaines redevances n'étaient pas dues à jour fixe; il suffisait qu'elles fussent acquittées dans un délai que les chartes font connaître : le temps pascal, par exemple. Le 24 décembre 1203, un individu de Collioure s'engagea, les années où il tuerait un porc, à payer un jambon, entre la Saint-Michel et les Cendres, et un bélier en mai [4]. C'est en mai aussi que les habitants de certaines bordes offraient des fromages [5]. Il pouvait arriver que le cens fût payable chaque année, soit en deux termes [6], soit tous les ans, qu'il y eût ou non une récolte [7], ou encore de deux en deux ans [8], ou enfin que le cens variât une année entre autres [9].

---

[1] 30 janvier 1293. Mentions de cens payables à la Saint-Geniès par des tenanciers de Tautavel. (*Capbreu* de Tautavel, B 31, fol. 4, 30 v° et *passim*.)

[2] 19 mars 1293. Aveu et dénombrement par Jean Verdera, d'Argelès, qui doit, du vendredi saint à la Saint-Jean, un œuf chaque vendredi. (B 30, fol. 1 v°.)

[3] 31 octobre 1168. (Accord au sujet du fief de Coustouges. B 79.)

[4] Cartulaire du Temple, fol. 108 r° et v°.

[5] Janvier 1293. Parmi les tenanciers de Tautavel, ceux qui payent le jambon doivent aussi les fromages de mai. (B 31, fol. 30.)

[6] 13 mars 1307. Bail à titre d'emphytéose de maisons, aire et colombier, à Puycerda, moyennant un cens annuel de 60 sous, payables moitié à la Saint-Jean, moitié à la Noël. (Série H, non classé.)

[7] 10 mai 1230. Concession par Raymond de Castel-Roussillon d'un bien au terroir de Torreilles; cens d'une aymine d'orge, payable chaque année, «cum expleto et sine expleto». (B 48.)

[8] 3 mai 1307. Vente de deux terres sises à Flori et grevées d'un cens d'une demi-aymine de seigle, payable tous les deux ans. (Série H, non classé.)

[9] 23 octobre 1182. Concession par Pierre, abbé de Canigou, d'un demi-manse sis à Marquixanes, qui doit, entre autres redevances, alternativement un jambon et un mouton. (Série H, fonds de Canigou.) — Commencement du XIII° siècle. Polyptyque des possessions du prieuré de Corneilla à Joch; une femme du nom de Cerdoana doit payer de cens une poule une année, et une fougace l'autre. (Série H, fonds de Corneilla.)

CHAPITRE XI.

SERVICES DUS POUR LES TENURES.

I.. Albergue : noms, origine, nature. — Étendue de cette obligation.

II. Corvées : origine. — *Tragin* ou charroi. — *Jova* ou labour; corvées diverses. — Corvées dans l'intérêt de la communauté. — Importance de la corvée.

III. Importance de l'ensemble des redevances et des services. — Extrême variété de la quotité des *agriers*. — Proportionnalité inverse du droit d'entrée et de la redevance. — Exemple de concessions. — Les tenures perpétuelles, principale cause de la ruine des seigneuries foncières.

I. Le droit d'albergue : *alberga*[1], *heberga*[2], *receptum*[3], *pascharium*[4], *menjar*[5], pouvait être un débris de l'antiquité, une de ces prérogatives que les seigneurs féodaux n'avaient pas créées, mais dont ils avaient changé la destination et qu'ils exerçaient à leur profit. Les préceptes carolingiens pour les Espagnols mentionnent l'albergue sous le nom de *pa*-

---

[1] Juin 1192. «Dono etiam tibi de vita tua illam albergam quam accipio et accipere debeo, in castello Sancti Ypoliti, a Clara, uxore Guillelmi de Castello.» (Concession du commandement de Salses. *Priviléges et titres*, p. 73.)

[2] 25 janvier 1169. Le comte de Roussillon baille en fief à Bérenger de Villarmila «omnes justicias et omnes pasturas et omnes cultus et omnes herbergas quas habes in pignore propter LXXXI morabatinos mercatorios bonos». (B 16, fol. 14 v°.)

[3] 7 mai 1101. Remise à l'église d'Elne d'un manse qui lui avait été donné; l'usurpateur ne retient qu'une albergue, «uno recepto per singulos annos ad XII caballariis, scilicet porchum unum qui sufficiat jamdictis XII caballariis cum totidem scutariis et duos sextarios vini ad rectam mensuram ejusdem villae et unum sextarium frumenti ad panem et IV sextarios currentes vilanas pro cibariis. Et ipsum vero receptum inviguero ego praelibatus Poncius jamdictae beatae Eulaliae...» (*Histoire de Languedoc*, éd. Privat, t. V, c. 769.)

[4] 1052. «Instrumentum remissionis et diffinitionis factum per Mironem, abbatem, de tragina censuali et paschario hominibus de Verneto.» (Inventaire rédigé au XVI° siècle des titres de Saint-Martin-de-Canigou. Cité par Alart, *Priviléges et titres*, p. 33, note 2.)

[5] 8 février 1134. «Et in unaquaque masada jamdicte ville in honore episcopi, scilicet in quinque, habeat jamdictus Arnaldus semel in anno manducare ad duos milites et tercium bajulum, sine civada.» (Accord au sujet de La Tour-bas-Elne. *Priviléges et titres*, p. 39.) — 31 octobre 1168. «In manso de Budac habeas III migeras de segali et I mengar cum duobus sociis, sine civata, quando meñsurabis expleta... Borda Laurencii de Manso quam tenet per Sanctam Mariam dabit mangar soli tascario quando levabit aream.» (Accord au sujet du fief de Coustouges. B 79.) — Le même document dit aussi *convivium* : «I convivium cum uno socio vel XII denarios rossilionenses... Ipse tascharius habeat in unoquoque manso unum convivium sibi soli».

rata, mansionaticus [1], *pascuale* [2]. Il en est question dans une charte du 5 mars 833 [3] pour la cathédrale d'Elne et dans les diplômes d'immunité octroyés à diverses églises [4].

On sait qu'en vertu de ce droit, le suzerain ou ses officiers [5], collecteurs de redevances, bayles, etc., seuls ou avec une suite, prenaient un ou plusieurs repas ou logeaient chez le vassal.

Lorsqu'on est appelé à parcourir certaines vallées reculées du Vallespir ou du Conflent, on se rend compte, très vivement, de l'utilité de cette institution et on ne s'étonne plus ni du nombre des documents qui mentionnent l'albergue ni de l'importance qu'on y attachait; car on léguait [6], on vendait, on inféodait [7] le droit d'albergue dans une masade, on le donnait même quelquefois en gage [8]. A mesure que le commerce ouvrit

[1] 1er janvier 815. «Mansionaticos parare... Missis nostris aut filii nostri... paratas faciant.» (*Capitularia regum Francorum*, t. I, c. 549 et suiv.)

[2] 11 juin 844. «Ecclesiarum vero census, id est nec pascualia infra eorum terminos vel eorum villas... deinceps ab illis ullatenus exigatur.» (*Op. cit.*, t. II, c. 27.)

[3] «Praecipientes ergo jubemus ut nullus judex publicus vel quislibet ex judiciaria potestate in ecclesias, villas, loca vel agros seu reliquas possessiones memoratae ecclesiae... ad causas judiciario more audiendas vel discutiendas vel freda exigenda aut mansiones vel paratas faciendas... ingredi audeat.» (*Histoire de Languedoc*, t. II, Preuves, c. 180-181.) — Ce diplôme a été renouvelé dans les mêmes termes, en ce qui concerne ce passage, le 3 mars 836. (*Ibid.*, c. 193-194.)

[4] 17 septembre 820. (Diplôme pour l'abbaye d'Arles. *Histoire de Languedoc*, t. II, Preuves, c. 132-133, et *Marca Hispanica*, Appendix, c. 766-767.) — Vers 825. (Diplôme pour Saint-André-de-Sorède. *Histoire de Languedoc*, éd. Privat, t. II, Preuves, c. 158-160.) — 5 août 871. Diplôme pour Saint-André-d'Exalada : «Ut nullus paraveredum aut pascuarium vel mansionaticum aut aliquam indebitam exactionem... exigat.» (*Ibid.*, c. 366.)

[5] Un document de la série H (non classé), en date du 11 décembre 1260, nous apprend que le prévôt de Saint-Michel-de-Cuxa percevait une albergue chez Barthélemy Ferrer, de Flori. — 10 février 1304. Reconnaissance à l'hôpital de Puycerda, par les tenanciers de moulins sis sur la rivière d'Aravo, qui doivent 4 sous de Melgueil, dix œufs de poule domestique et 3 deniers de Melgueil «ratione unius comestionis bajuli». (Série H, non classé.)

[6] 4 juillet 1173. «Relinquo monasterio Sancti Genesii albergam quam in eo habeo». — Relinquo monasterio Sancti Andree... albergam suam quam habeo in predicto monasterio. — Relinquo Guillelmo Sancti Laurentii et Petro Sancti Hippoliti albergas quas mihi faciebant.» (Testament du comte de Roussillon, Guinard. B 5 et Henry, *Histoire du Roussillon*, t. I, p. 505-506.)

[7] 7 mai 1101, 8 février 1134, juin 1192. (Voir p. 159, notes 1, 3 et 5.)

[8] 1075 environ. Udalgar de Castelnau avait engagé, pour 6 onces d'or, l'*albergariam* de Baho; le monastère de Cuxa lui prêtant cette somme, il dégage l'albergue et fixe ce qu'il doit exiger de chaque manse : il promet de ne pas l'aggraver et de ne plus l'engager, faute de quoi il rendra les six onces d'or. (*Histoire de Languedoc*, éd. Privat, t. V, c. 614-615.) — 24 mars 1142. Gaufred, comte de Roussillon, reçoit de Pons-Bernard de Villeclare, en échange de la concession d'un fief «illam albergam quam in pignore habemus (c'est Pons-Bernard qui parle) per lxxx° solidos rossilionensis monete, et insuper damus tibi xxii solidos rossilionensis monete et illa alberga de tres milites et de tribus armigeris et ex iies sextarios de ordeon.» (B 4.) — 25 janvier 1169. (Voir p. 159, note 2.)

des voies de communication et créa des hôtelleries, l'albergue perdit sa raison d'être : les tenanciers s'affranchirent donc de cette obligation, moyennant une somme une fois donnée [1] ou une rente [2]. Déjà le très curieux accord de 1168 relatif aux droits seigneuriaux à Coustouges renferme de nombreuses mentions d'albergues pour lesquelles il est dû des rentes de jambon, avoine, etc. [3].

Les officiers, les bayles notamment, et les chevaliers s'imposaient chez les gens des campagnes et se faisaient loger de force [4]. Les statuts de paix et trêve de 1234 s'occupent de mettre à l'abri de ces abus les manses des clercs et de leurs vassaux [5]. Mais il était plus facile de prohiber de pareils excès que de les empêcher et, en 1265, le Roi essaya encore de réglementer l'exercice du droit d'albergue qui lui était dû, ainsi qu'aux officiers royaux, par les églises du diocèse d'Elne et par leurs hommes [6].

L'albergue était donc souvent établie sans autre droit que la violence, perçue sans autre titre que l'usage. Mais elle pouvait aussi entrer dans les conditions d'un contrat de tenure. Certaines concessions semblent même

[1] 14 juin 1279. Reconnaissance, par les habitants de Prades, en faveur d'A. de Codalet, qui a payé au roi Jacques de Majorque les 2,000 sous de Melgueil à lui dus par ladite ville, «pro eo quod dictus dominus Rex laudavit hominibus de Prata pro francho alodio albergas quas Xalbertus de Barbazrano vendidit hominibus de Prata». (Notaires, n° 10, fol. 71.)

[2] Voir ci-dessous, p. 162, note 2.—15 mai 1246. Conversion en un cens de 10 ou 8 deniers de Melgueil par an des albergues dues par les habitants d'Opoul. (Privilèges et titres, p. 182.) — 20 septembre 1282. Reconnaissance pour une borde; le tenancier doit notamment 20 deniers de Melgueil «pro alberga». (Série H, non classé.) — 30 mai 1298. Reconnaissance au Roi pour une maison et une olivette tenues en fief à Villelongue par Raymond de Crexelles, fils de feu Bérenger, chevalier; le cens est de 8 sous de Melgueil, «loco et vice alberge quam dominus de Montesquivo recipere consuevit in dicto feudo, que alberga fuit redacta ad dictum censum». (B 16, fol. 52.)

[3] B 79.

[4] Décembre 1228. «Quod vicarii non albergent in mansis ecclesiarum vel locorum religiosorum, nec accipiant ibi aliquid, nec

forciam faciant in eisdem.» (Constitutions des Corts de Barcelone, S xv. Marca Hispanica, Appendix, c. 1416.) — 9 janvier 1254. Le roi Jacques accorde à Arnaud de Montescot que les officiers royaux ne pourront «albergare nec acaptare» dans les villages d'Oms et Calmeilles, relevant dudit Arnaud, non plus que dans les manses qui lui appartiennent en Vallespir. (Privilèges et titres, p. 213.)

[5] S XXI. «Item statuimus quod bajuli, vicarii vel milites totius Cathalonie et Aragonie non hospitentur per violentiam in monasteriis, ecclesiis et domibus Templi et Hospitalis et aliis locis religiosis et dominicaturis eorum, nec mansis eorum nec rusticorum suorum.» (Marca Hispanica, Appendix, c. 1427, et Constitucions, t. I, liv. I, tit. III, S 3.)

[6] 27 mars 1265. Le Roi déclare que ni lui, ni ses officiers, viguiers, sous-viguiers et saigs, n'exerceront le droit d'albergue dans les églises du diocèse et chez leurs vassaux que dans le cas de nécessité. (Le texte de ce «privilegi sobre l'fet de les censes» est dans les Privilèges et titres, p. 267-268.) — Aux Corts de 1283, le Roi promet encore de ne rien innover en matière d'albergue et de s'en tenir aux usages établis. (Constitucions de Cathalunya, t. I, liv. X, t. V, S 2.)

LE ROUSSILLON.   11

avoir eu pour but principal d'assurer au seigneur le gîte et la nourriture, de lui créer une sorte d'hôtellerie en un lieu d'étape où il devait fréquemment s'arrêter [1].

Il existe une vague analogie entre l'albergue et la rendableté : dans l'un et l'autre cas, le suzerain s'installe dans la demeure de son vassal. On aurait tort d'ailleurs de pousser plus loin l'assimilation et de croire que l'albergue est une rendableté roturière; elle était, en effet, exigée pour les fiefs comme pour les censives [2], et je puis citer tel château qui devait simultanément l'albergue et la rendableté [3].

Alart parle d'une sentence de 1215 qui aurait confirmé un droit d'albergue exigible dans certaines localités du Roussillon par le seigneur de Termes « avec toute sa suite et toutes les fois qu'il le voudrait [4] ». Cette albergue à volonté, illimitée, est tout à fait exceptionnelle, et je n'en connais pas d'autre exemple. Le nombre de compagnons que le seigneur pouvait amener avec lui est soigneusement fixé : tant de chevaliers, tant d'écuyers [5]. Il est des chartes qui règlent jusqu'au menu du repas; d'autres laissent sur ce point toute liberté au tenancier [6]. Pons Albert de Saint-Laurent-de-la-Salanque, renonçant à ses exactions sur le manse de Juhègues, y retint une albergue d'un porc assez gros pour douze chevaliers et pour autant d'écuyers, deux setiers de vin, un de froment et quatre d'avoine [7].

---

[1] 24 décembre 1203. Concession, par les Templiers, d'un manse à Collioure; le preneur devra le tenir en état de recevoir deux, trois ou quatre frères avec leurs montures. (Cartulaire du Temple, fol. 108 r° et v°.)

[2] 29 juillet 1234. Concession à titre de fief, in feudum, par les Templiers à Arnaud Bénezet, des droits seigneuriaux que tenait précédemment feu Bernard de Nyls, chevalier; Arnaud payera 9 sous de cens entre Noël et le Carême, au lieu de l'albergue due à douze personnes et dix montures. (Ibid., fol. 181 v°-182.)

[3] 31 mai 1236. Vente, par Pierre de Castell aux Templiers, de son castrum de Saint-Hippolyte; les Templiers le lui rendent en fief; Pierre de Castell devra livrer le château à toute réquisition, et spécialement « pro servicio dicti feudi, albergam duobus militibus quolibet anno, a festo Natalis Domini usque ad Carniprivium, in illo intermedio ». (Ibid., fol. 18 v°-19 v°.)

[4] Notices historiques, t. I, p. 97.

[5] Voir ci-dessus, 7 mai 1201, p. 159, note 3; 8 février 1434, p. 159, note 4; 24 mars 1142, p. 160, note 8; 31 octobre 1168, p. 159, note 5; 24 décembre 1203, ci-dessus, note 1; 29 juillet 1234, ci-dessus, note 2; 1236, ci-dessus, note 3. — 8 février 1294. Aveu et dénombrement d'un manse tenu à Millas pour le Roi par Esclarmonde, veuve de Jean Seguer, laquelle doit entre autres l'albergue de quatre chevaliers. (Capbreu de Millas, B 34, fol. 1.) — 9 février 1294. Aveu pour une demi-borde, qui doit annuellement l'albergue à un chevalier et demi, « albergam unius militis et medii quolibet anno ». (Ibid., fol. 7 v°.) — Même jour. Aveu pour une borde, « pro qua borda facit predicto domino Regi quolibet anno albergam de uno milite et tercia parte alterius militis ». (Ibid., fol. 9.)

[6] 7 mai 1101. (Voir p. 159, note 3.) — 31 octobre 1168. (Voir ci-dessus, p. 159, note 5.)

[7] 7 mai 1101. (Voir p. 159, note 3.)

II. Parmi les corvées, les unes étaient des contributions à des travaux d'intérêt commun; les autres, des services exigés pour le profit du seigneur.

De même que l'albergue, la corvée existait dans le pays avant la formation de la féodalité : les Carolingiens avaient fixé les cas où il serait permis de réquisitionner les Espagnols pour les transports [1], et leurs diplômes laissent entendre que les comtes abusaient de leur pouvoir pour imposer aux populations, dans un but d'intérêt personnel, des travaux de ce genre. Les seigneurs féodaux ne pouvaient pas manquer de suivre un tel exemple.

Mais, de même encore que l'albergue, la corvée était souvent une forme sous laquelle le tenancier payait son bail. Aussi ce service était-il parfois attaché à la possession d'un bien-fonds [2], ou stipulé dans l'acte de concession [3].

Il n'en est pas moins vrai qu'en général la corvée est une redevance mi-personnelle, mi-réelle, payée par les roturiers autant parce qu'ils habitaient telle localité que parce qu'ils y possédaient telle ou telle terre; de sorte qu'il n'y avait pas de relation entre la valeur de la tenure et l'importance du service qu'elle entraînait. Tous les hommes de Millas, par exemple, étaient soumis aux mêmes corvées [4]; à Saint-Laurent-de-la-Salanque, une masade de deux terres devait quatre journées pour la moisson, absolument comme une exploitation beaucoup plus étendue [5]. C'est pour

---

[1] 11 juin 844. «Si autem illi propter lenitatem et mansuetudinem comitis sui, eidem comiti honoris et obsequii gratia, quippiam de rebus suis exhibuerint, non hoc eis pro tributo vel censu aliquo computetur..., aut ullum censum vel tributum aut servicium praeter id, quod jam superius comprehensum est, praestare cogat.» (Histoire de Languedoc, éd. Privat, t. II, Preuves, c. 245.)

[2] 24 septembre 1248. Vente d'un enclos sis à Vernet, «salvo uno jornale quod facias annuatim in vineis Sancti Martini ad cavar pro dicta borda». (Série H, fonds de Canigou.)

[3] 7 janvier 1027. L'abbé de Ripoll décide que les gens de Pallerols qui feront paître dans les pacages sur la rive du Sègre payeront une certaine quantité de grain et devront la corvée : «daret unusquisque pro duobus bubus quartam an., pro uno vero sextarios duos, similiter et de equabus, et faccrent jovam. Igitur ego prefatus Oliba, episcopus et abbas,

hanc cessionem pro hoc censu habitatoribus Palierolis facio.» (Cartulaire roussillonnais, p. 51.) — 2 octobre 1207. La corvée est stipulée dans une concession de terres à Torreilles. (B 47.) — Février 1209. De même dans une autre concession, également à Torreilles. (B 48.)—13 mars 1268. Concession à titre d'acapte, par les Templiers, d'une masade tombée en commise pour avoir été aliénée sans leur autorisation; le concessionnaire devra «jovas, operam», etc. (Cartulaire du Temple, fol. 37.)

[4] 9 février 1294. Aveu et reconnaissance par Guillaume Genis : «Facit domino Regi quolibet anno, in festo Natalis Domini, pro hominatico duodecim denarios Melguriensium censuales et illas operas quas alii homines de Miliariis faciunt.» (Capbreu de Millas, B 34, fol. 4.)

[5] 17 septembre 1292. (Capbreu de Saint-Laurent, B 33, fol. 18.) — 15 septembre 1292. Même obligation pour le tenancier

ce même motif que la corvée grève généralement non pas tel champ en particulier, mais le manse tout entier et que, dans les *capbreus*, elle est énoncée à part, avec le cens dû par l'ensemble de la tenure.

La plus fréquente des corvées était le *tragi* ou charroi [1]. Les redevances en nature étaient fréquemment livrables au grenier du suzerain, dans sa cave, à sa cuve [2]. Il est à remarquer que ce transport donnait lieu le plus ordinairement à une indemnité [3].

Le *tragi* s'appelait aussi *trassa* [4]. Il n'était dû que dans le cas où le tenancier avait une bête de somme [5]. Il était employé à porter les gerbes ou le fumier [6], porter le blé au moulin [7] ou aux silos [8], le bois [9], le sel [10], les meules du moulin [11].

---

d'une borde de sept terres. (*Capbreu* de Saint-Laurent, B 33, fol. 1.) — A Saint-Laurent, les corvées de charroi et labour étaient constamment les mêmes : «Et si bestia (*sic*) habuerit, duas trassas et unam jovam». (*Ibid.*, fol. 1.) — «Et unam jovam cum homine et duas trassas sine homine, si animalia habuerit.» (*Ibid.*, fol. 21.)

[1] *Traginer* est un terme catalan qui désigne le muletier : *Nyerro lo traginer*, Nyerro le muletier. — 24 août 1207. «Traginum, id est servicium asinorum aliarumque bestiarum.» (Charte pour Collioure. *Privilèges et titres*, p. 89.) — Février 1294. «Item, tenetur facere jovam et tragi et opera ville et aque molendinorum, ut consuetum est fieri.» (*Capbreu* de Millas, B 34, fol. 47.)

[2] 24 février 1214. Concession par Pierre, abbé de Canigou, d'un emplacement pour bâtir ; cens, un quartier de bélier ou douze deniers, «et predicte domui Sancti Martini annuatim unum modium vini pro censu, et pro tragino portetis vos et vestri in perpetuum pro predicto solo». (Série H, fonds de Canigou.) — 30 octobre 1281. (Voir p. 146, note 4.)

[3] 24 octobre 1283. Concession d'une vigne à Vernet ; le preneur payera l'agrier, rendu à Perpignan, et recevra pour le port trois deniers et trois pictes. (B 54.) — 30 juillet 1304. Conversion en un cens fixe des redevances de quotité dues par Stoner, de Villeneuve en Cerdagne ; il payera un muid de seigle avec tournes, rendu à Puycerda, et recevra pour le port trois oboles ; il devra, en outre, trois corvées de charroi. (Série H, non classé.) — 28 mai 1308. Conversion analogue

en faveur de Douce, du même lieu ; elle portera le seigle à Puycerda, moyennant trois oboles par muid. (Série H, non classé.)

[4] De *trahere*, très vraisemblablement. Ducange n'a pas saisi le sens exact de cette expression ; la signification me paraît indiscutable : «unam jovam cum homine et duas trassas sine homine, si animalia habuerit». (Voir p. 163, note 5.)

[5] 5 mai 1272. Concession d'un manse situé à Mosoll, moyennant un cens d'un muid et une aymine de seigle et un quartal d'avoine, le tout livrable à Puycerda ; «et si forte animal aliquod non habueritis, asinum videlicet vel asinam, mulum sive mulam, dictum bladum mihi vel meis aportare non teneamini in Podioceritano». (Série H, non classé.)

[6] 7 décembre 1281. Reconnaissance aux Templiers, par le tenancier d'une borde à Saint-Hippolyte ; il doit une demi-journée à la moisson, autant à l'aire et une demi-journée de bête de somme pour porter les gerbes, s'il a une bête. (Cartulaire du Temple, fol. 85 v°-86 v°.)

[7] [à] [11] 13 mai 1281. Reconnaissance au Temple pour la moitié d'une borde sise à Saint-Hippolyte : les corvées sont de un quart de journée pour la moisson, autant à l'aire, et si le tenancier a une bête, un quart de journée de bête de somme pour le bois, autant pour le fumier, autant pour porter le blé au moulin ; le conducteur et l'avoine seront fournis par les Templiers. (Cartulaire du Temple, fol. 29.) — 29 mars 1278. Autre reconnaissance aux mêmes par un habitant de la même localité, qui doit : une demi-journée pour moissonner,

Il se pouvait qu'on ne prît au vassal que la bête sans conducteur, qu'on fournît la nourriture du cheval ou mulet [1], ou qu'on pourvût également à la subsistance du conducteur [2]. Je crois même que c'étaient les conditions les plus fréquentes, en sorte que la corvée était un service obligatoire, mais pas absolument gratuit.

La corvée de labour avait nom *jova* [3]. De même que le charroi, le labour n'était demandé qu'aux gens qui avaient des bêtes de trait [4]; quelque pittoresque que soit d'ailleurs le tableau, je dois à la vérité de dire que l'histoire ne nous représente pas le paysan roussillonnais du moyen âge attelé à la charrue du seigneur.

autant pour vanner, et s'il a une bête, une demi-journée de cette bête pour porter les gerbes, sans conducteur et à la charge pour le Temple de fournir l'avoine, autant pour le port du blé au moulin, autant pour le fumier, autant pour le bois. (Cartulaire du Temple, fol. 87 v°-88 v°.) — [8] 1326. (*Capbreu* de Saint-Féliu, B 76, *passim*.) — [9] Voir note 7. — [10] Septembre 1292. (*Capbreu* de Saint-Laurent-de-la-Salanque, B 33.) — [11] Janvier 1293. (*Capbreu* de Tautavel, B 31, fol. 30.)

[1] XIIᵉ siècle. «Poncius Guitardi dedit fevum ad Gillelmum Raimundi de Judeges, et retinuit sibi ut homines qui sunt de eodem fevo operent in ipso castro et gueitent, sicut alii homines qui sunt de castro et quando opus fuerit prestent asinos et boves.» (B 42.) — Voir ci-dessus, p. 164, note 7.

[2] 11 novembre 1283. Ermengaud Gros, cédant à son fermier, pour l'espace d'une année, les corvées de charroi et de labour auxquelles il a droit à Théza, spécifie que ce fermier devra payer à ses frais l'entretien des corvéables. (Notaires, n° 13, fol. 26 v°.) — 1326. Ce sont les conditions faites par le *capbreu* de Saint-Féliu aux gens qui doivent la corvée. (B 76, *passim*.) — Aux termes de la convention pour le fief de Constouges, divers manses doivent : «1 jova cum 11 panibus et 1 jornal a segada, 1 jova cum 11 panibus et 1 jornar (*sic*) assegar», une corvée de labour avec deux pains (pour le laboureur) et une journée de moisson. (B 79.)

[3] 9 juillet 1208. Arnaud de Lers vend au Temple le lieu de Terrats, «joas et terras et operas, census et usaticos». (Cartulaire du Temple, fol. 73 v°.) — 20 janvier 1246.

Concession, par les Templiers, d'une masade à Saint-Hippolyte; le preneur devra diverses redevances, «unum hominem ad segatam quolibet anno... et jovam quando habueritis boves». (Cartulaire du Temple, fol. 20.) — C'est encore une de ces expressions locales que Ducange n'a pas toujours comprises. (Voir le Glossaire, verbo *jova*.) Je ferai observer à ce sujet que le passage de la charte de 1165 citée par cet auteur d'après Baluze doit être rétabli comme il suit : «jovas, tragins», les corvées de labour et de charroi.

[4] 20 janvier 1246. (Voir la note précédente.) — Septembre 1292. (Voir p. 163, note 5.) — Argelès, mars 1293. (B 30, *passim*.) — Tautavel, janvier 1293. Je crois utile de reproduire en entier le passage du *capbreu* de Tautavel relatif aux corvées : «Hec sunt consuetudines castri de Taltavolio que sunt inter omnes homines predicti castri et domini regis Majoricarum, scilicet quod homines qui non sunt domini Regis qui manent in predicto castro faciunt dicto domino Regi duas jovas quolibet anno, scilicet unam jovam in ciminterio et aliam in stivo, tamen si habent animalia cum quibus possint laborare.

«Item, homines qui sunt dicti domini Regis qui laborant cum animalibus faciunt dicto domino Regi in ciminterio et in estate et juvant seminare bladum castri quousque sit seminatum ; tamen in istis non intelligimus illos qui sunt avenidissi.

«Item, omnes homines dicti domini Regis debent triturare bladum castri de Taltavolio in area et debent eum mundare quousque sit pulcrum et debent eum deferre cum suis

Les corvées avaient encore pour objet des travaux agricoles : semailles et soins à la vigne [1], moisson [2], battage et vannage du blé [3], etc.

Les corvées faites pour l'intérêt commun consistaient à réparer les murs des villages fortifiés [4], à faire le guet [5], à entretenir les canaux d'arrosage [6], etc. Le seigneur, qui retirait de ces travaux plus de profit qu'aucun des habitants, nourrissait parfois les corvéables [7].

bestiis ad castrum predictum, cum pane et vino tantum dicti castri.

«Item, debent amenar molas molendinorum dicti castri de Taltavolio, cum pane et vino dicti castri.

«Item, debent facere muros foris castri de Taltavolio ad panem et vinum castri et totam operam ad deffentionem castri, et dictus dominus Rex debet habere tamen magistros.

«Item, debent facere opera in barrio cum missione eorum, et dictus dominus Rex debet habere magistros et calcem et panem et vinum cum abtabunt barrium et ipsi debent habere omnia alia necessaria ad operam predictam.

«Item, illi, cum faciunt pernam, faciunt similiter caseos de madio sicut est consuetum, si habent animalia.

«Item, predicti homines dicti castri debent esse in opere predicti castri de Taltavolio et dictus dominus Rex debet habere magistrum, sicut dictum est, et debet habere calcem et arenam et aquam.

«Item, omnes homines castri de Taltavolio debent gaytare in barrio de Taltavolio, exceptis illis de Turre, et tenentur in aqua molendinorum, sicut est consuetum, et illi debent facere spadada et curada et plantada, sicut est consuetum.» (B 31, fol. 3o.)

En résumé, les gens de Tautavel sont, au point de vue des corvées, divisés en deux catégories : ceux qui ne sont pas hommes du Roi doivent deux corvées de labour : «scilicet unam jovam in ciminterio (les semailles) et aliam in slivon; les hommes du Roi doivent une corvée à la saison des semailles, une à la moisson; ils battent le blé du Roi, le vannent, le portent au château et transportent les meules des moulins, mais sont nourris et abreuvés par le Roi; ils travaillent aux murs du village sous la direction de maîtres d'œuvres payés par le Roi et soignent les vignes de celui-ci.

[1] 24 septembre 1248. (Voir p. 163,

note 2.) — Janvier 1293. (Voir la note précédente.)

[2] 31 octobre 1168. (Voir p. 165, note 2.) — 20 janvier 1246. (Voir ci-dessus, p. 165, note 3.) — 15 septembre 1292. Reconnaissance par Bernard Guillem, de Saint-Laurent-de-la-Salanque, lequel doit quatre journées à la moisson. (Capbreu, B 33, fol. 1.) — Ces corvées sont fréquemment signalées au cours du même registre, passim.

[3] 29 mars 1278 et 13 mai 1281. (Voir p. 164, note 7.) — 7 décembre 1281. (Voir p. 164, note 6.) — Janvier 1293. (Voir p. 165, note 4.)

[4] 13 mai 1281. Reconnaissance aux Templiers pour la moitié d'une borde relevant d'eux à Saint-Hippolyte; le tenancier doit un quart de journée pour la réparation des murailles, tous les jours que dureront ces travaux. (Cartulaire du Temple, fol. 29.) — Janvier 1293. (Voir p. 165, note 4.)

[5] Cette corvée est mentionnée dans tous les diplômes pour les Espagnols réfugiés : 1er janvier 815. «Et in marcha nostra, juxta rationabilem ejusdem Comitis ordinationem atque admonicionem, explorationes et excubias, quod usitato vocabulo wactas dicunt, facere non negligant.» (Capitularia regum Francorum, t. I, c. 549-550.) — xiie siècle. (Voir p. 165, n. 1.) — Au commencement du xive siècle, les gens de Fourques, forcés d'assurer le service du guet, préféraient veiller, chacun à son tour, que payer un veilleur; mais il y avait des abus; certains se faisaient remplacer par leurs filles. (Procès en la possession de Me Julia, notaire à Arles-sur-Tech.)

[6] Février 1294. Les habitants de Millas notamment étaient astreints à cette corvée. (B 34, passim.)

[7] 29 mars 1278. (Reconnaissance de Guillaume Gaucelm, de Saint-Hippolyte, qui est l'homme du Temple. Cartulaire du Temple, fol. 87 v°-88 v°.) — Voir aussi p. 165, note 4.

On pourrait croire, après cette énumération, que les tenanciers passaient la plus grande partie de leur vie à la corvée. Ce serait une erreur.

Je ne pense pas qu'il y ait eu dans nos pays de corvéables à *merci*. La corvée était plus ou moins lourde suivant les cantons : rare dans la montagne, où elle ne paraît pas avoir jamais acquis une importance appréciable, plus fréquente dans la plaine, surtout dans la Salanque. Mais, même en Salanque, il s'en fallait bien que chaque tenancier fût astreint à tous les services que j'ai signalés; le nombre de jours pendant lesquels il avait à travailler était fixé d'avance [1]. Tel individu devait un quart de journée de moissonneur, un quart de journée de travail à l'aire, un quart de journée de bête sans conducteur pour porter le bois, autant pour porter le blé. Très souvent les gens des manses étaient occupés pendant une demi-journée pour chacun des grands travaux de la terre. En résumé, les tenanciers les moins favorisés que je puisse citer sont ces habitants de Fillols qui, à la fin du xi⁰ siècle, devaient huit jours par an au monastère de Corneilla [2]. Parmi les corvéables de Saint-Laurent-de-la-Salanque, dont la condition paraît avoir été exceptionnellement mal-heureuse, certains fournissaient quatre journées pour la moisson et, lorsqu'ils avaient des bêtes, deux journées de charroi et une de labour [3].

C'était peu; et cependant la corvée devait être onéreuse. Je ne dis pas qu'elle fût humiliante : ceci est une question d'habitude et de préjugés ; mais elle enlevait l'agriculteur à ses champs, au moment où les travaux étaient le plus urgents, où l'on avait le plus besoin de bras.

J'ajouterai, en terminant, que le seigneur pouvait librement céder le droit qu'il avait aux services de ses hommes : ainsi les Templiers, en affermant leurs propriétés de Saint-Hippolyte, affermèrent en même temps les corvées de labour dues par les habitants [4].

---

[1] Voir notamment 13 mai 1281. (P. 164, note 3.)

[2] 4 mars 1097. (Donation par le comte Guillaume Jorda pour la fondation du prieuré de Corneilla. B 3 et *Marca Hispanica, Appendix*, c. 1197-1198.)

[3] 15 septembre 1292. (Reconnaissance de Bernard Guillem. *Capbreu* de Saint-Laurent, B 33, fol. 1.) — Les corvées dues par les habitants de Canet à leur seigneur furent fixées, le 31 mai 1238, à trois charrois et un labour par an. (*Privilèges et titres*, p. 156.) — Le 28 septembre 1104, il fut décidé que les gens des Fonts devraient au bayle, qui était

en fait leur seigneur, une journée de charroi avec leurs ânes. (*Cartulaire roussillonnais*, p. 116.)

[4] 13 septembre 1263. (Cartulaire du Temple, fol. 24.) — 11 novembre 1283. Bail pour une année par Ermengaud Gros, de Perpignan, de son bien de Théza : «vos habeatis et recipiatis omnes jovas et traces per dictum tempus, sicut ego eas habeo et habere et recipere [debeo] in villa et castro de Tesano, et quod vos teneanimi facere suum opus hominibus qui facient dictas traces et jovas, de vestro proprio, sicut consuetum est.» (Notaires, n° 13, fol. 26 v°.)

III. Est-il possible de déterminer quelle part des récoltes était prélevée sous forme de redevances par le seigneur foncier ? Je ne crois pas qu'on puisse répondre à cette question avec quelque précision. Nous avons constaté, il est vrai, que l'importance de certaines rentes était réglée par les usages locaux [1]; nous voyons bien, par exemple, en 1174, concéder une terre «in foro de Tuir», c'est-à-dire sans doute conformément aux conditions établies par la coutume de Thuir [2]; mais, en général, pour les mêmes cultures, la quotité des redevances variait dans des proportions invraisemblables d'un territoire au territoire voisin, d'une pièce de terre à la pièce adjacente. A Saint-Laurent-de-la-Salanque, les charges étaient beaucoup plus lourdes que dans la banlieue de Perpignan [3]; à Tautavel, en janvier 1293, certaines vignes payaient un cinquième, tandis que d'autres payaient un sixième, un septième, un huitième, un onzième [4]; à Collioure, la redevance ordinaire est d'un quatorzième [5]. A Argelès, dans une demi-masade, une vigne doit une poule; une seconde, un onzième des fruits; une troisième, un quart; une dernière ne doit rien [6]. Le 13 mai 1281, un individu de Saint-Hippolyte reconnaissait tenir pour le Temple la moitié d'une borde, dans laquelle se trouvait, entre autres, un champ; or, ce champ était divisé en deux parties, dont l'une devait le quart et les usages et les trois quarts de l'huile, tandis que l'autre moitié ne payait que le huitième et la moitié des usages [7].

Ces exemples suffisent à prouver la très grande variété des redevances qui frappaient les produits du sol.

Nous savons d'ailleurs que le prix de la concession ne consistait pas seulement en redevances, mais qu'il comprenait encore le plus souvent un droit d'entrée, l'*acapitum*. Or, tantôt ce droit d'entrée était fort élevé et alors le cens avait principalement pour but d'empêcher le domaine direct de se perdre avec le temps; tantôt, au contraire, l'*acapitum* était de peu de valeur et les redevances servaient à solder véritablement la concession. L'usage s'établit au XIVe siècle et surtout aux siècles suivants d'acquitter en nature le droit d'entrée : gibier, perdrix et autres présents ne

---

[1] 20 avril 1229. (Voir p. 157, note 1.) — 18 juillet 1320. Règlement fixant le taux des dimes, prémices et champarts à Ille. (Archives municipales d'Ille, Livre vert, fol. 15 v°.)

[2] 21 décembre 1174. «Junctis manibus Petri, suscepit eum Berengarius de Avinione in hominem, et dedit ei hanc condaminam de Lacuna ad fevum in foro de Tuir, cum alio fevo quod tenebat pro eo.» (B 66.)

[3] *Capbreu* de Saint-Laurent, B 33.

[4] Janvier 1293. (*Capbreu* de Tautavel, B 31.)

[5] Mars 1293. (*Capbreu* de Collioure, B 29.)

[6] Mars 1293. (*Capbreu* d'Argelès, B 30, fol. 8 v°.)

[7] Cartulaire du Temple, fol. 29. — Voir aussi une reconnaissance de 1278. (*Ibid.*, fol. 86 v°-87 v°.)

constituaient pas le prix du contrat [1]. Les redevances étaient donc parfois considérables : en 1263, les Templiers affermèrent leurs propriétés de Saint-Hippolyte, moyennant un cens de neuf cents aymines d'orge [2]. En 1259, ils avaient baillé à cens deux ouvroirs à Perpignan, au prix de 5 sous, tandis que le fermage annuel était de 30 sous [3]. Par contre, il n'est pas rare que le droit d'entrée soit fort élevé : un tenancier donne 250 sous de Barcelone pour être mis en possession d'un immeuble qui n'est grevé que d'un cens de 1 sou [4]; un autre paye 500 sous de la même monnaie la concession d'un jardin à Elne [5]. On comprend que, dans ces conditions, les redevances devaient être bien moins importantes que si les acquéreurs avaient livré, pour droit d'entrée, une paire de poulets.

En d'autres termes, le prix du bail était la somme de deux chiffres, droit d'entrée et redevances, dont le premier devait diminuer dans les proportions où le second augmentait, et réciproquement [6]. Cette considération nous donne la raison d'être de cens purement symboliques [7], dont il a été déjà parlé et qui consistaient en un fer à cheval, en une paire d'éperons, ou en objets de moindre valeur.

Parmi les actes très rares qui nous fournissent les deux éléments de ce calcul et qui nous permettent de nous rendre compte du prix des concessions perpétuelles, on doit placer les baux des garigues royales de Salses, vers 1270 [8] : l'ayminate de terre vague pouvant être réduite en culture était

---

[1] 18 novembre 1389. Bail emphytéotique d'une terre sise à Saint-Martin-de-Ribe; le droit d'entrée est de deux paires de palombes. (G 130.) — 24 janvier 1392. Bail en acapte ou emphytéose d'une terre sise à Palol et appartenant au chapitre d'Elne; le droit d'entrée est de deux poules. (G 99.) — Octobre 1395. Concessions à divers de terres appartenant au prévôt de Bages; le droit d'entrée est une somme d'argent, ou une poule, ou bien un ou deux pourceaux, et le cens est payable en blé. (G 88.)

[2] Cartulaire du Temple, fol. 24.

[3] Ibid., fol. 282 r° et v°.

[4] 11 février 1257. Bail en acapte et per tenedonem d'une terre à Saint-Laurent-de-la-Salanque, par les Templiers. (Ibid., fol. 37.)

[5] 25 février 1301. (G 118.)

[6] Certains actes de concession permettent au tenancier, en augmentant le droit d'entrée, de se libérer de la redevance. Le 20 décembre 1283, un individu cède une maison sise à Perpignan, moyennant une somme de 125 sous et un cens de 25 sous; il s'engage à convertir le bail en une vente le jour où le preneur payera 250 sous, ou à diminuer le cens de moitié si ledit preneur verse 125 sous. (Notaires, n° 13, fol. 36.)

[7] 24 avril 1285. Vente par Bernard Massanet, tailleur de Perpignan, à Jean de Serra, curé de Saint-Assiscle, de deux cens, dont l'un d'une obole de Melgueil. (Série H, fonds de Saint-Assiscle.) — 16 novembre 1295. Confirmation, par le roi de Majorque, de la vente faite au Temple d'un emplacement sujet à un cens de 1 denier de Melgueil. (B 11.) — 24 juillet 1336. Concession par les bénéficiers et le chapitre d'Elne d'une pièce de terre sise à Elne, moyennant un droit d'entrée de 108 livres barcelonaises de tern et un cens d'une obole, «obolum minutum». (G 55.)

[8] 25 septembre 1267. Concession de deux ayminates pour 9 deniers à charge de

vendue depuis 4 deniers obole jusqu'à 2 s. 6 d. de Barcelone. Ces deux prix extrêmes sont exceptionnels, le dernier surtout; le prix ordinaire est 1 s. 3 d. Les redevances se réduisent à l'agrier, soit le sixième des fruits. Ainsi donc, pour posséder un hectare de terre, il fallait débourser 2 s. 1 d. et s'engager à payer au seigneur foncier le sixième de la récolte.

Il est bien entendu que je donne cet exemple pour ce qu'il vaut : c'est un fait; je ne prétends pas que ce soit une loi générale ni même une moyenne.

Je crois pouvoir affirmer néanmoins que la moyenne des redevances était loin de représenter la valeur locative des terres qui en étaient grevées. Un légiste du xvie siècle nous apprend que le droit de seigneurie foncière était évalué, en Catalogne, à un tiers de la valeur totale du fonds [1]. Cette évaluation serait excessive, ce me semble, si on l'appliquait au Roussillon. Les aliénations d'immeubles étaient trop rares pour que les droits perçus de ce chef par le seigneur eussent une grande importance; en ce qui concerne les cens et les champarts, il s'en fallait bien qu'ils fussent, dans l'ensemble, égaux à un tiers du produit du sol.

Leur importance allait d'ailleurs s'affaiblissant tous les jours. Les cens fixes payables en argent perdaient de siècle en siècle de leur valeur. De plus, certains immeubles étaient, ainsi que nous l'avons vu, affranchis moyennant finances [2]; d'autres s'affranchissaient par suite de l'oubli des seigneurs [3]. La perception régulière des redevances était, en effet, chose impossible au milieu de cette incroyable diversité et en un temps où chaque lopin de terre était soumis à un régime spécial. Dans les villes royales notamment, où l'administration du Domaine était confiée à des officiers qui bien souvent n'étaient pas fondés à se montrer sévères, les documents nous permettent d'assister à la disparition progressive des droits du suzerain : les commissaires enquêteurs chargés de la recherche

payer le champart. (B 37.) — Mai 1269. Concessions diverses : l'ayminate est payée 15 deniers; la redevance est le champart. (B 38.) — 23 mai 1269. Concession d'une ayminate et demie : 21 deniers et l'agrier. (B 38.) — Décembre 1270. Concessions diverses; trois ayminates : 7 s. 6 d. ou 3 s. 9 d.; deux ayminates : 5 s. ou 2 s. 6 d.; la redevance est l'agrier. (B 38.)

[1] Fontanella, *De pactis nupcialibus*, claus. IIII, glos. XVIII, pars I, 81, t. I, fol. 263 v°.

[2] 30 octobre 1278. Affranchissement par A. de Serralongue, archidiacre de Conflent,

prévôt de Saleilles, d'une terre pour laquelle il est dû le quart des récoltes. (Notaires, n° 5, fol. 62.) — 27 mars 1284. Affranchissement par Ar. Rayner, de Perpignan, moyennant 22 s. 6 d., d'une terre à Mailloles, qui doit un cens d'une poule. (*Ibid.*, n° 15, fol. 44.)

[3] 7 octobre 1283. Quittance donnée par R. Pelegri, forgeron de Perpignan, à R. Cos, de Saint-Hippolyte, du payement de toutes les annuités du cinquième dû par une vigne et de tous les droits de mutation dus pour une raison quelconque par cette même vigne. (*Ibid.*, n° 12, fol. 21.)

des fiefs royaux étaient réduits à se contenter souvent de la reconnaissance d'une seigneurie nominale; après avoir saisi les tenures, ils les rendaient à titre de fief honoré; plus fréquemment ils exigeaient le payement des droits de mutation; rarement ils demandaient le cens [1].

Ainsi les terres s'exonéraient, à la longue, de leurs charges. Au xviiie siècle, les redevances étaient réduites, dans leur ensemble, à une valeur négligeable, et la féodalité n'était guère plus qu'un souvenir [2].

Nulle part ce phénomène de l'épuisement de la seigneurie foncière n'apparaît aussi sensible que dans l'histoire des établissements religieux. Ces abbayes roussillonnaises, si puissamment riches pendant le haut moyen âge, tombèrent successivement dans la gêne et la misère : Cuxa, qui avait eu trente seigneuries et « des possessions dans plus de deux cents villages énumérés, au xie siècle, dans une bulle du pape Sergius » [3], Cuxa pouvait à peine, à la fin de l'ancien régime, nourrir quelques moines; moins heureuse, l'abbaye de Canigou avait dû être sécularisée en 1787; Saint-André-de-Sorède fut réuni à l'abbaye d'Arles; l'abbaye d'Arles, dont les territoires étaient immenses à l'origine, fut elle-même réunie à la cathédrale de Perpignan; Saint-Genis-des-Fontaines, à Montserrat; Espira-de-l'Agli, à la Réal; Serrabone, au chapitre de Solsone. L'abbaye de Jau, en 1549, était affermée 35 livres [4]; elle disparut peu après.

Assurément, les vices d'organisation de ces églises, l'abus de la commende contribuèrent à leur chute; mais je pense que le système des concessions perpétuelles fut le principal instrument de la décadence des seigneuries ecclésiastiques, sur les ruines desquelles s'éleva la propriété rurale.

Ce système des concessions perpétuelles était donc doublement avantageux aux preneurs : en droit, il leur assurait une possession qui ressemblait singulièrement à la propriété; en fait, il entraînait leur libération et la conversion de cette quasi-propriété en une propriété véritable.

Il est permis de douter que l'abolition des baux à durée illimitée ait été un progrès vers cet idéal démocratique qui passe pour avoir inspiré l'œuvre législative de la Révolution.

---

[1] 1265-1304. (B 15, passim.)

[2] Voir mes Notes sur l'économie rurale du Roussillon, p. 162.

[3] Alart, Suppression de l'ordre du Temple en Roussillon, dans le Bulletin de la Société des Pyrénées-Orientales, t. XV, p. 108.

[4] Alart, Bulletin de la Société des Pyrénées-Orientales, t. XI, p. 302, note.

CHAPITRE XII.

REDEVANCES ET SERVICES PERSONNELS.

I. Confusion entre les droits réels et les droits personnels. — Homme *propri*. — Comment on devenait et comment on cessait d'être l'homme d'un seigneur. — Hommage; cens personnel.

II. Justice personnelle et obligation de servir de caution. — *Questa, tolta, forsa.* — La résidence, *statica :* son origine. — Adoucissement de cette obligation : la *remensa.* — Mesures pour empêcher les infractions.

III. *Cugucia.* — *Arsia.* — *Ferma de spoli forsada.* — Le droit du seigneur. — Origine et disparition des *mals usos.*

I. Il ne me paraît pas possible d'établir sérieusement une distinction entre les redevances réelles et les obligations personnelles des tenanciers au moyen âge. Il se trouve bien, de loin en loin, un document qui sépare ces deux sortes de droits : ainsi, en 1277, Pauquet de Belcastell et Alissende, sa femme, renonçant en faveur du Roi à leur pouvoir sur la personne de Bernard Isarn, de Villelongue-de-la-Salanque, retinrent tout droit sur ses biens et sur ses enfants[1]. Mais, dans la réalité, toutes ces obligations se confondaient : un même cens était payé pour la personne du colon et pour son manse[2]. Quand un individu libre se faisait l'homme d'un seigneur, ses biens le suivaient dans sa sujétion[3].

[1] 8 mai 1277. (B 44.) — 18 juillet 1258. Vente d'un domaine sis à Py, «cum... jurisdictionibus realibus et personalibus». (Duc de Roussillon (Pi), *Biographies carlovingiennes,* Preuves, p. 40-41.) — 4 mai 1269. Vente, par le comte d'Ampouries à l'abbé de Saint-Genis, du lieu de Brouilla, avec les justices, forêts, chasses, pacages, etc.; le comte se réserve un fief tenu par Adalbert de Brouilla, un cens reçu par Jean Conill sur certaines bordes : «non tamen retinemus nec excipimus jus aliquod personale quoad nos de cetero nec quoad eum, cum nullum jus habeat in personis». (*Privilèges et titres,* p. 295.)

[2] Commencement du XIIIᵉ siècle. «Memoria de honore de Joc» : R. Petrona, homme du monastère de Corneilla, «pro domibus et persona facit censum annuatim 1 canadam vini puri et II fogaceas et II galinas.» (Série H, fonds de Corneilla.) — Dans la plupart des documents, il n'est pas fait mention du cens personnel, qui se confondait avec la redevance due pour le manse.

[3] 11 novembre 1187. Guil. de Montpellier donne au Temple son homme, Raymond Pons de Teled, de Prats-de-Mollo, et la directe des biens dudit Raymond. (Cartulaire du Temple, fol. 99.) — 27 avril 1243. Hommage de Raymond Bonnet, de Callascre, pour le manse de Vilar : «damus semper nos et omnes nostros cum omnibus bonis nostris». (Série H, non classé.) — 15 novembre 1258.

Aussi, lorsque les Corts de 1291 voulurent défendre aux roturiers de se soustraire à leurs charges personnelles, elles déclarèrent que « nul tenancier qui possède et qui habite manse ou borde relevant de quelqu'un ne peut se faire l'homme d'un autre sans la permission de son seigneur [1] »; tant il est vrai que, dans la pratique, le fait de tenir un manse entraînait la dépendance du colon à l'égard du propriétaire. Inversement, l'affranchissement d'un vassal avait pour conséquence l'affranchissement de sa tenure : le 29 novembre 1281, Jean Rocalaurs, de Saint-Hippolyte, fut délié par le Temple « ab omni servitute et mansata »; or, en comparant les obligations de cet individu et celles de son frère qui n'avait pas obtenu de privilège semblable, on arrive à cette conclusion, que son affranchissement consistait dans l'exemption de la résidence continuelle, de certaines corvées et enfin des redevances qui grevaient l'ensemble de sa masade [2]. Les exemples de baux emphytéotiques entraînant la dépendance personnelle du tenancier ne se comptent pas [3]; j'ai déjà eu l'occasion d'en analyser dans mes notes un certain nombre.

C'est, à mon sens, une erreur que de prendre une à une les obligations mentionnées dans les documents de l'époque féodale et de prétendre déterminer la nature et découvrir l'origine de chacune d'elles; il n'est pas possible de dire : ceci est une redevance réelle qui découle d'une concession; cela est un service personnel résultant d'un contrat de vassalité, ou un impôt public perçu par le seigneur en vertu des droits de justice. La célèbre maxime : *fief et justice n'ont rien de commun* est d'un jurisconsulte, non pas d'un historien. Elle est l'expression d'une théorie abstraite; elle ne répond pas à un fait concret. Il est advenu, en effet, des éléments de la féodalité ce qui advient des corps dans les compositions chimiques,

---

(Voir plus bas, p. 176, note 3.) — 27 décembre 1261. Guillaume Massot, de Camélas, et son fils Raymond, affranchis quatre jours auparavant par Gaucerand d'Urg (Cartulaire du Temple, fol. 154), se font hommes propres du Temple; ils ne pourront aliéner aucun de leurs biens sans l'autorisation des Templiers et payeront à ceux-ci un cens annuel. (*Ibid.*, fol. 148 v°.) — La sujétion de la personne entraînait si bien la dépendance des propriétés, que le seigneur se réservait parfois un droit de *foriscapi* en cas de vente des alleux ou des censives ne dépendant pas de lui : 1278. (Reconnaissance par Jean Pocoll, de Saint-Hippolyte. *Ibid.*, fol. 86 v°-87 v°.)

[1] *Constitucions de Cathalunya*, t. I, liv. IV, tit. XXIX, § III.

[2] Cartulaire du Temple, fol. 29 v°-30.

[3] 30 janvier 1236. (Voir p. 179, note 3.) — 27 avril 1243. Concession d'un manse à Callascre en Cerdagne : « mei proprii homines et solidi inde sitis ». (Série H, non classé.) — 6 novembre 1286. Bail « ad accapitum » par frère « R. de Crebesino », précepteur de Bajoles, à B. Jaubert, de Cabestany, d'une terre défrichée : « quam ruptam tibi damus sub tali condicione quod sitis tu et tui, qui dictam ruptam tenueritis, homines proprii dicti hospitalis et habitatores [de] Bajolis vel Capitestagnin ». (Notaires, n° 16, feuille volante après le folio 1.)

où chacun d'eux perd son entité propre pour concourir à la formation d'une substance nouvelle.

Ces observations m'amènent à rappeler une loi générale dans la société féodale, qui lie intimement la terre et celui qui la détient, qui accorde à la propriété foncière une si large importance et une si puissante influence sur l'état juridique et social de son possesseur. « La condition d'un individu se détermine bien moins par l'éducation, par le mérite, par la naissance même, que par la propriété [1] ». Tandis que la terre a perdu son rôle social dans nos pays, qui la délaissent pour l'argent et pour le crédit et qui ne sont pas plus stables pour cela, elle a gardé intacte sa prédominance dans l'organisation de l'Andorre; cette idée et celle de l'annihilation de l'individu par la famille ont peut-être inspiré la plupart des usages qui frappent l'étranger dans l'étude de la coutume andorrane.

On se servait, pour exprimer la sujétion féodale du vassal envers le suzerain, de différents termes. Généralement, on disait que le premier était l'homme *propri et soliu*, *homo proprius et solidus*, du second [2]. *Vassallus* s'employait plutôt à propos du vassal noble [3].

Cette expression d'homme *propri et soliu* a souvent été, dans ces derniers temps surtout, détournée de sa véritable acception : on en a fait un synonyme de serf [4]. Cependant ces mots n'indiquent pas absolument un état social: ils expriment simplement l'idée de vassalité; un chevalier faisant hommage pour un fief noble pouvait se déclarer « proprius homo et fidelis et solidus vassalus » [5], « hominem proprium et vassallum » [6]. C'est que « un homme libre pouvait. . . aussi bien qu'un serf être l'homme

(1) Guérard, Introduction au *Cartulaire de Saint-Père de Chartres*, p. cxiv.

(2) On disait aussi *appropriare sibi hominem*: le 30 août 1271, Bernard de Montesquieu vendit le village de Nidolères à l'abbé de Saint-Hilaire; il fut convenu que si un vassal de Bernard venait à Nidolères, à moins que ce vassal ne fût originaire de cette localité, l'abbé ne pourrait pas en faire son homme, « vobis apropriare ut hominem vestrum ». (B 83.)

(3) 29 juillet 1234. Bail en fief, par les Templiers à Arnaud Bénezet, des biens de feu Bernard de Nyls, « vasalli » du Temple; Arnaud promet d'être « fidelis homo et vasallus » des Templiers. (Cartulaire du Temple, fol. 181 v°-182.)

(4) Atart a souvent commis cette méprise. (Voir notamment *Notices historiques*, t. I,

p. 187.) — « Hombre *proprio* valia tanto como hombre de propiedad del señor. » (Luis Cutxet, *Cataluña vindicada*, p. 193, note.)

(5) 31 mai 1236. Bail à titre de fief, par les Templiers à Pierre de Castell, du *castrum* de Saint-Hippolyte, que celui-ci vient de leur donner. (Cartulaire du Temple, fol. 18 v°-19 v°.)

(6) 4 mars 1318. Hommage de Jaspert, vicomte de Castelnou, à l'évêque d'Elne. (G 23.) — 26 avril 1194. Gui, abbé de Campredon, ayant concédé à Guillaume de Py, curé, et à son frère Arnaud, bayle, le droit de bâtir une enceinte fortifiée à Py, les concessionnaires s'engagent à être « vestros solidos et proprios ». (Duc de Roussillon (Pi), *Biographies carlovingiennes*, Preuves, p. 35.) — « Nedum vassalli feudatarii hodie ratione feudorum sunt homines solidi, immo etiam rustici

de quelqu'un »; « la liberté. . . n'empêchait pas la dépendance »[1]. Lorsque fut abolie la condition des gens *de remensa*, dont l'état se rapprochait le plus du servage, le Roi déclara que, fussent-ils *homens propris*, les paysans ne devaient pas être forcés de payer quoi que ce fût pour le rachat des mauvais usages, s'il n'était pas démontré qu'ils y fussent astreints[2] : cette disposition prouve bien que l'*homen propri* n'était pas nécessairement soumis aux mauvais usages.

Les commentateurs pensaient que *solidus* était synonyme de *ligius*, que le vassal *soliu* devait la fidélité à son suzerain contre tous ses ennemis, le prince excepté[3]. Telle était l'opinion des feudistes catalans au XIIIe siècle[4], et l'article *Qui solidus*[5], des *Usages*, leur donne peut-être raison : après avoir dit que l'homme *soliu* est tenu au service de son seigneur, il ajoute : « nul ne doit faire *solidantia* qu'à un seul suzerain, sauf le consentement du premier dont il a été *soliu* ». De même, certains actes, après avoir constaté qu'un homme est *soliu* d'un autre, ajoutent qu'il ne doit pas avoir d'autre suzerain[6], et cette remarque autorise à supposer qu'il s'agit de la ligesse et non pas du contrat féodal ordinaire.

Quoi qu'il en soit du sens précis de ce mot *soliu*, il nous importe surtout de retenir qu'il était employé couramment pour exprimer une idée de vassalité.

On était l'homme d'un suzerain : par la naissance, le contrat féodal étant perpétuel et les obligations qu'il créait étant héréditaires[7]; par la recommandation : des gens libres se mettaient sous la dépendance d'un seigneur puissant, duquel ils espéraient aide et protection[8]; on disait alors

seu agricolæ glebæ seu mansorum et bordarum sunt homines solidi dominorum suorum. » (Calis, sur l'us. *Qui solidus, Usatici*, édition de 1544, fol. civ.)

[1] Guérard, Prolégomènes du *Polyptyque d'Irminon*, p. 421, note, et p. 423.

[2] *Constitucions*, t. II, liv. IV, tit. XIII, § 3.

[3] Calis, sur l'us. *Placitare vero*. (*Usatici*, édit. de 1544, fol. xlviii v°.)

[4] P. Albert dans les *Costumas de Cathalunya*, § 31. (*Constitucions*, t. I, liv. IV.)

[5] *Usatici*, édit. de 1544, fol. ciii; dans Giraud, p. 472; *Constitucions*, t. I, liv. IV, tit. XXVII, § 7.

[6] 4 novembre 1105. Concession par l'évêque d'Urgel des dîmes de Saillagouse, Angoustrine et Les Cortals, en faveur de Raymond Ermengand, d'Ille, « in tali modo ut predictus Raimundus propter hoc sit solidus

de predicto episcopo, sine alio seniore, cum tribus cavallariis». (*Marca Hispanica*, c. 1230.) — Sur le sens de ce mot en droit catalan, voir aussi Ducange, verbo *solidus* 1.

[7] 3 août 1280. P. Cayron et sa femme, de Corbère, se font homme et femme du Temple; ils s'engagent à payer un cens de 2 sous; si un de leurs descendants veut quitter le manse, il le pourra, en payant 12 sous de Melgueil, pourvu qu'il ne soit pas leur héritier; la femme qui viendra habiter le manse sera femme propre du Temple. (Cartulaire du Temple, fol. 42.)

[8] 20 mars 1128. Estella, de Maureillas, se donne, elle et les siens, à l'église Saint-Sauveur de Sira. (Henry, *Histoire du Roussillon*, t. I, Preuve V, p. 502-503.) — 29 octobre 1255. Jacques Castelo, de Canohès, se fait, lui et les siens, homme propre du

que le protégé était « in guardia et bajulia »[1] ; à la suite d'un contrat d'afferme : les baux perpétuels entraînaient, nous l'avons vu, la vassalité du preneur à l'égard du bailleur[2] ; par le mariage : un individu libre ou simplement étranger qui venait s'établir dans un manse se faisait l'homme du seigneur[3] ; enfin, surtout dans les premiers temps, par le fait d'une oppression violente[4].

Le lien de la vassalité pouvait être brisé de plusieurs manières : par l'affranchissement, qui était le plus souvent acheté à prix d'argent[5] ; par l'aliénation, lorsque le suzerain cédait ses droits à un tiers, à titre gratuit ou onéreux. Il n'est pas vraisemblable qu'en théorie cette cession fût licite ;

Temple, auquel il payera 1 sou de cens et qui promet de le défendre et de ne pas l'aliéner malgré lui. (Cartulaire du Temple, fol. 191.) — 23 juillet 1268. Argense, femme de Bernard Bosch, de Nyls, se fait femme du Temple. (Série H, fonds du Temple.)

[1] Ces mots expriment l'idée de protection : le 13 septembre 1175, divers chevaliers concédant des pacages à l'abbaye de Poblet, ajoutent : « Insuper recipimus vos et omne vestrum bestiar in nostra bajulia et nostra custodia et deffensione, sicut nostrum proprium, dum venerit ibi. » (Privilèges et titres, p. 58.) — 13. septembre 1217. Promesse analogue de Roger-Bernard de Foix à l'hôpital de Perpignan. (Ibid., p. 112.) — Us. In bajulia vel guarda, dans les Usatici, édit. de 1544, fol. cı.; Giraud, loc. cit., p. 490; Ducange, verbo adempramentum. — La recommandation était très fréquente dans nos pays; c'est la conséquence de ce besoin général de protection que M. Flach a si bien mis en lumière dans son livre sur les Origines de l'ancienne France.

[2] 30 janvier 1236. R. de Bas, qui a reçu du Temple « ad acapitum et tenedonem » une terre sise à Saint-Hippolyte, prête serment d'hommage aux Templiers. (Cartulaire du Temple, fol. 30 v°-31.) — Le précepte du 1er janvier 815 prouve que la dépendance personnelle du tenancier, obsequium, résultait, dès cette époque, de la concession du bénéfice. (Capitularia regum Francorum, t. I, c. 552.)

[3] 15 novembre 1258. « Notum sit omnibus quod ego Raimundus Ponterius, qui fui de Berga, atendens et recognoscens vobis, Raimundo de Ysavals, me matrimonialiter esse collocatum in vestro manso de Callascre qui fuit Rⁱ Boneti, cum Cerdana, uxore mea, femina vestra, dono vobis et vestris me ipsum cum decendentibus meis et bonis ubique sint et quecunque, et facio vobis homagium manuale in presenti; promitens vobis sub fide prestiti homagii quod sim vobis bonus, rectus et fidelis ru[r]alis in omnibus, et census vestros et jura vobis et vestris et cui volueritis integre solvam et prestabo et dictum mansum vobis meliorabo et vos in hiis non defraudabor, obligando vobis omnia bona mea ubique sint et quecumque. » (Série H, non classé.) — 16 janvier 1273. Guillaume Mata, qui s'est racheté de la vassalité du prieuré de Serrabone, reconnaît s'être marié dans le mas d'en Vidal, de Joncet, tenu pour Saint-Martin-de-Canigou, et se déclare l'homme de ce dernier monastère. (Série H, fonds de Canigou.)

[4] 816. (Capitularia regum Francorum, t. I, c. 483.)

[5] 2 septembre 1235. Les acquéreurs du manse de Calascre, près Balanda, payent au suzerain pour lequel ce manse est tenu 20 sous de Melgueil; ils obtiennent la réduction en un cens fixe de tous les droits réels, « terremerita, questias, toltas, forcias », et l'abolition des droits personnels : « diffiniendo, inquam, vobis et vestris homenaticum et firmamentum juris et ignem », etc. (Série H, non classé.) — 29 novembre 1281. Affranchissement « ab omni servitute et mansata » accordé à Jean Bocalaurs par les Templiers, moyennant 125 sous de Barcelone. (Cartulaire du Temple, fol. 29 v°-30.)

la faculté laissée au seigneur de vendre à n'importe qui sa suzeraineté aurait singulièrement aggravé la situation du vassal, et celui-ci faisait quelquefois insérer dans l'acte d'hommage une clause par laquelle étaient interdites les donations et ventes de ce genre [1].

L'idée de la vente d'un homme qui n'était pas esclave répugnait aux rédacteurs des actes, et certains d'entre eux l'exprimaient à l'aide d'un euphémisme : ils ne vendaient pas, ils affranchissaient au profit de l'acquéreur [2]; ils renonçaient en sa faveur à leurs droits. Au fond, le contrat était à peu près le même; la forme seule était adoucie. Quelquefois, cependant, l'homme vendu intervenait dans l'acte pour donner son adhésion [3] ou même pour payer cet échange [4]; par une procédure fictive, son ancien maître le déclarait indépendant, et tout aussitôt l'affranchi prêtait hommage à son nouveau seigneur [5].

Dans la pratique, on négligeait souvent ces formalités : on vendait [6],

[1] 29 octobre 1255. (Voir p. 175, note 8.) — 12 août 1295. Hommage de Raymonde Puig, à Guil. Cebolera, qui promet de ne pas la céder. (Série H, non classé.)

[2] 15 mai 1169. Bérenger de Vilar-Milar affranchit «Deo et milicie Templi», moyennant 60 sous de Roussillon, Jean, fils d'Emète. (Cartulaire du Temple, fol. 173.) — 20 septembre 1242. Raymond Adhémar «delinquo, solvo et diffinio atque affranquisco» à Raymond d'Isavals, de Puycerda, Raymond Bonel de Callascre, ses descendants et ses biens, «excepta tantum Bartolomea, filia ejus, que jam nupciali copula collocata est». (Série H, non classé.) — 19 mai 1227. Guillaume de Castell affranchit les trois frères Cardon, leur descendance et leurs biens, de telle sorte qu'ils soient «sicut quilibet cives romani»; «hanc autem affranchitionem, solutionem et diffinitionem quam facio supradictis fratribus facio vobis Nunioni Sancio et successoribus»; les trois frères prêtent hommage à Nunyo Sanche. (B 9.) — N'est-ce pas dans cet ordre d'idées qu'il faudrait chercher l'explication des termes «cartæ libertatis, cartæ ingenuitatis», employés pour désigner des ventes de serfs? (Voir J. Flach, *Les Origines de l'ancienne France*, t. I, p. 460.)

[3] 9 mars 1303. Vente d'un manse et d'une borde en Cerdagne, tenus par Raymond de Soler, qui intervient en ces termes: «recipio et eligo in verum dominum meum et meorum vos, predictum dominum Petrum dez Prat (l'acquéreur), subdens me et prolem meam»; il promet de ne pas choisir un autre maître et fait hommage, «homagium manibus et obsculo confirmatum»; Pierre dez Prat, de son côté, s'engage à ne pas le vendre. (Série H, non classé.)

[4] 26 avril 1210. Pierre Sinfred et sa femme cèdent au Temple Guillaume Tort, d'Orle, et ses enfants, à l'exception d'une fille, Tiburgs, qui sera l'héritière de la masade; le vendeur reconnaît avoir reçu 300 sous barcelonais de Guillaume Tort. (Série H, fonds du Temple.)

[5] 19 mai 1227. (Voir ci-dessus, note 2.)

[6] 25 juin 1236. Vente par Pons de Vernet aux Templiers, pour 850 sous de Melgueil, de Martin Izarn, d'Ortafa, sa mère et leur descendance, avec tous leurs biens : «omnia omnino jura et dominia, reales et personales justicias et civiles». (Cartulaire du Temple, fol. 92 v°.) — 31 mai 1243. «Notum sit omnibus quod ego, Berengarius Sicardi, de Tolo, per me et per omnes meos presentes et futuros, vendo semper et cominus trado tibi, Bernardo de Casis, de Podio Cerdano et omni tue proli et cui volueris, pro CLX solidis melguriensium... Petrum Castel de Pedra et cunctos filios suos et Berengarium, nelum ejus, homines meos, et cunctam prolem ab eis procreatam et procreandam et totum honorem heremum et

on léguait [1], on donnait [2] ses vassaux, simplement et sans phrases, en même temps que leur tenure, de même qu'au Nord on aliénait les serfs avec la glèbe à laquelle ils étaient attachés. Ce n'était d'ailleurs pas l'homme même qui faisait l'objet du contrat, mais bien les droits de suprématie sur cet homme; aussi ces ventes n'avaient-elles rien de dégradant, et les nobles, les chevaliers en étaient quelquefois l'objet [3].

La reconnaissance de la suzeraineté se faisait par l'hommage, dont le nom a servi de bonne heure à désigner les promesses en général, quelles qu'elles fussent [4].

condirectum et ortos et prata cum possessionibus et pertinentiis ad hec pertinentibus vel pertinere debentibus que hii predicti pro me tenent et tenere debent in villa de Pedra et in terminis et adjacentia Sancti Juliani ejusdem et focum que in predicto honore et staticam continuam que mihi facere tenentur ibidem et omnes census et usaticos et terre merita et dominaciones et jura universa quecumque mihi facere tenentur et solvere quocumque jure vel modo pro predictis.» (Série H, non classé.) — 3o mars 1246. Vente du manse de Bederrs, que tient Bernard Mainaud, «homo noster proprius et solidus et afocatus in eo», avec le tenancier, sa descendance née et à naître «et cunctas alias personas quas ratione predicti mansi habemus». (Série H, non classé.) — 18 juillet 1258. Vente de terres sises à Py, «cum... placitis et firmantiis et cum hominibus et feminis in dictis honoribus commorantibus vel alibi ad dictum honorem pertenentibus, et redemptionibus eorumdem et cum questiis, toltis, forciis», etc. (Duc de Roussillon (Pi), Biographies carlovingiennes, Preuves, p. 4o-41.) — 23 avril 1265. Perception, par le commissaire royal, du cinquième de deux masades sises à Villeneuve-en-Capcir, et vendues «cum hominibus, mulieribus, honoribus et pertinenciis suis». (B 15, fol. 4 v°.) — 27 novembre 1265. Vente par Bonmacip, de Puycerda, pour 9oo sous barcelonais, d'un manse: «mansum Poncii Clementis de Sancto Martino de Aravo, hominis mei, cum omnibus honoribus, possessionibus, tenedonibus et hominibus et mulieribus, presentibus et futuris, et prole eorum nata et nascitura, et cum censibus, usaticis, terremeritis... hominum redempcionibus... et pratis, plantis, pascuis, arboribus, devesiis», etc. (Série H, non classé.)

[1] 29 juillet 1172. Bernard de Brouilla lègue à sa nièce son manse et les droits en dépendant, «videlicet homines, feminas, hominiaticos vel dominaciones, campos, vineas», etc. (Cartulaire du Temple, fol. 45.) — 24 février 1212. «Bernardono, nutrito meo, do et lego Bernardum Heschanerii, de Pinu, et Nicholaum, fratrem ejus, et Petrum Michaelis, homines meos cum omnibus que per me tenent... Usumfructum vero predictorum hominum et prefati curtalis lego Luciane, matri mee, in tota vita sua.» (Testament de Guillaume de Py. Duc de Roussillon (Pi), Biographies carlovingiennes, Preuves, p. 36-37.)

[2] 9 septembre 1229. Étienne Pons de Nyls donne aux Templiers «duos homines meos, scilicet Petrum de Bagis, de Auilis, et Vallispirium, qui mecum manet», avec leurs biens. (Cartulaire du Temple, fol. 189 v°-190.) — 1o novembre 1249. Bertrand, abbé de Ripoll, donne aux Templiers un homme appelé Ferrer de Lobatera. (Ibid., fol. 144 v°-145.)

[3] 5 août 1246. Vente, par Pons de Vernet aux Templiers, du territoire de Saint-Hippolyte, «cum hominibus et feminis et vassalis et fendis et mansis... et cum omnibus justiciis civilibus et criminalibus..., que omnia predicta Raymundus de Cabarecz tenet pro nobis in feudum, et est nobis homo et vassallus noster». (Cartulaire du Temple, fol. 1o4.) — 2o mai 1248. Cession, par le roi d'Aragon au comte d'Ampuries, de la vallée de Banyuls, avec les hommages des chevaliers. (Privilèges et titres, p. 190.)

[4] Voir Ducange, verbo hominium.

C'est pour cette raison peut-être que l'hommage proprement dit était appelé dans quelques chartes « hommage et fidélité [1] ».

L'hommage doit être distingué de l'aveu et dénombrement, qui avait nom, en droit catalan, *capbreu, capibrevium*. Le *capbreu* avait pour but la reconnaissance des droits du seigneur sur les biens du tenancier et non pas sur sa personne. Il est vrai qu'en fait le *capbreu* et l'hommage se confondaient en une seule charte, parce qu'on se faisait l'homme d'un propriétaire duquel on recevait une tenure; mais il se pouvait aussi que certains missent leur personne sous la dépendance d'un seigneur ou d'une église, sans engager leurs biens : ces gens étaient tenus à l'hommage, mais non pas au *capbreu*. Le contraire était encore rigoureusement possible.

En droit catalan, l'hommage féodal était prêté à l'occasion des censives, des tenures roturières, aussi bien que pour les fiefs nobles. Le vassal, à genoux, mettait ses mains jointes entre celles du suzerain; après quoi, il baisait les mains de celui-ci [2], ou bien la croix de son manteau, si le serment était reçu par un Templier [3]. Cette cérémonie s'appelait hommage

[1] 3 septembre 1294. Semonce à Guillaume dez Cap, de Prats, d'avoir à faire hommage, « homagium et fidelitatem », à Raymond Ferrand, comme héritier universel de son père, pour le manse qu'il tient dudit Raymond Ferrand, « et quod firmaret jus in posse dicti Raimundi Ferrandi pro dicto manso et pertinentiis ejus, alias quod ipse Raimundus Ferrandi emparabat eidem Guillelmo dictum mansum ». (Série H, non classé.)

[2] 19 mai 1227. Hommage des trois frères Cardon, de Torreilles, à Nunyo Sanche, « osculando manus vestras, flectis genibus nostris, faciendo vobis homagium ». (B 9.) — 8 février 1229. Raymond Desiljat, de Torreilles, se fait l'homme de Nunyo Sanche, représenté par son viguier Ferrand de Norvaix, « mittendo manus nostras inter tuas, tui dicti Ferrandi de Norvaix, nomine dicti domini Nunonis, et ipsas osculando, flexis genibus meis, et etiam tibi dando osculum fidelitatis et hominatici, faciendo in presenti homagium ». Il donne « pro intrada » 10 sous de Melgueil et un cens annuel de 12 deniers. (B 9.) — Même jour. Charte pareille pour l'hommage d'Arnaud Corbera, aussi de Torreilles. (*Ibid.*) — 27 avril 1243. Hommage de Raymond Bonet de Callascre, pour le manse qu'il vient de recevoir en acapte; il pro-

met la résidence continuelle, un cens annuel et une albergue : « damus semper nos et omnes nostros cum omnibus bonis nostris, habitis et habendis, tibi et omni tui proli et successoribus, faciendo tibi in presenti homagium de corporibus nostris, junctis manibus nostris missis inter manus tuas, osculo interveniente ». (Série H, non classé.) — 8 septembre 1283. B. Payxas, de Corneilla-del-Vercol, se fait homme de P. Adalbert, de Perpignan, et lui promet un cens annuel de 15 deniers : « in signum cujus homagii facio incontinenti vobis homagium, flexis genibus, mittendo manus meas inter tuas, obsculando eas ». (Notaires, n° 13, fol. 11.)

[3] 30 janvier 1236. Hommage de R. de Bas à un Templier : « unde gratis pono manus meas inter vestras pro hominio in signum possessionis corporalis, dando osculum fidelitatis et cruci quam vos defertis pro habitu vestre religionis ». (Cartulaire du Temple, fol. 30 v°-31.) — Août 1273. Recommandation de Geli, de Ropidère, aux Templiers du Masdeu; il promet de ne pas prendre un autre maître, de ne pas habiter une ville royale, ou bien de continuer à payer le cens de 15 deniers; il prête hommage en baisant la croix du manteau de frère P. de Campredon, qui s'engage à ne pas l'aliéner et à le

par la bouche et les mains [1], hommage manuel [2]. Quelquefois le vassal prêtait, en outre, serment sur les quatre Évangiles [3]; d'autres fois encore il se contentait de ce dernier serment [4].

Quelle que fût la forme extérieure de l'hommage, le vassal se déclarait l'homme du seigneur, s'engageait à lui être en toutes occasions «bon, fidèle, loyal et utile» [5]; de son côté, le suzerain lui promettait aide et protection [6].

L'hommage était dû théoriquement à chaque changement de suzerain [7].

On se rend compte que l'hommage coûtait à la fierté de bien des vassaux. Aussi était-il accordé des dispenses fréquentes : le paréage d'Andorre, conclu en 1278, porte que le comte de Foix ne pourra, sa vie durant, être obligé à l'hommage pour le fief qu'il reçoit de l'évêque d'Urgel. Pons de Na Roucadour, qui n'était pas, comme le comte de Foix, un puissant baron, mais un simple intendant de Raymond de Castel-Roussillon, jouissait d'une exemption analogue [8].

En retour de la protection qu'il recevait, et surtout dans le but d'affirmer sa sujétion, le vassal roturier payait tantôt un cens annuel [9] et tan-

---

défendre «ad bonas consuetudines Templi». (Notaires, n° 4, fol. 36.) — 3o avril 1282. Bernard Xatmar, de Mailloles, se recommande au Temple, promettant de payer un sou de Barcelone par an et prête hommage entre les mains de frère Pierre de Campredon, précepteur de Perpignan, «mitendo manus meas inter vestras et osculando venerabilem signum crucis quam in chlamyde vestra portatis... Et nos, frater Petrus de Camporotundo, promittimus tibi, dicto Bernardo Xatmar, quod nos et fratres Templi deffendemus te et tuos et bona tua, secundum bonas mores Templi.» (Henry, *Histoire du Roussillon*, t. I, Preuve n° 5, p. 5oo-5o1.)

[1] 16 janvier 1273. Hommage de Guil. Mata aux moines de Canigou, «faciendo vobis in presenti homagium ore et manibus comendatum». (Série H, fonds de Canigou.)

[2] 7 février 1295. «Homagium manualis» d'Ave, veuve de Guillaume de Castelnou, au roi de Majorque, pour les droits qu'elle tient à Vernet, près Perpignan. (B 16, fol. 28.)

[3] 9 mars 1303. Hommage de Raymond dez Soler à Pierre dez Prat, de Puycerda. (Série H, non classé.)

[4] 5 mai 1300. Hommage de Raymond

Clémens, de Puycerda, à l'évêque d'Urgel, pour le quart des dîmes de Villeneuve-des-Escaldes. (Série H, non classé.)

[5] 8 février 1229. Hommage de Raymond Desitjat à Ferrand de Norvaix, représentant de Nunyo Sanche. (Voir p. 179, note 2.)

[6] Août 1273 et 3o avril 1282. (Voir p. 179, note 3.)

[7] 3 septembre 1294. (Voir p. 179, n. 1.)

[8] 1218. Concession à vie, à Pons de Na Roucadoran, de Torreilles, de la baylie des biens que possède à Torreilles Raymond de Castel-Roussillon; Pons, sa mère et sa sœur seront homme et femmes de Raymond, mais dispensés de l'hommage; la sœur, si elle se marie, pourra se racheter pour 1o5 sous. (B 48.)

[9] 29 octobre 1255. (Voir p. 175, note 8.) — 28 janvier 1259. Alenhora, habitante d'Elne, se donne au chapitre d'Elne pour lui être soumise comme «feminam propriam et solidam» et promet de lui payer un denier par an. (G 55.) — 3o avril 1282. (Voir p. 179, note 3.) — 24 novembre 1283. B. Grep, de Saint-Cyprien, se déclare l'homme propre de Bn., abbé de Valbone, et tenu à une redevance annuelle d'une demi-livre de cire. (Notaires, n° 15, fol. 22 v°.)

tôt, avec cette redevance, une somme une fois donnée [1]. Le cens personnel portait peut-être le nom d'hommage [2], et il était quelquefois soldé en nature [3]; la somme une fois donnée s'appelait *intrada*, droit d'entrée [4].

II. La suzeraineté conférait un droit de justice, un pouvoir juridictionnel sur le vassal. Il faut distinguer ici la justice réelle et la justice personnelle, l'une s'exerçant à propos de la tenure et l'autre sur l'individu. Le propriétaire qui concédait à titre de fief ou de censive un bien quelconque retenait sur ce bien une autorité et connaissait de certains litiges y relatifs [5]; c'est le résultat de la confusion qui existait, au moyen âge, entre les droits privés et l'autorité d'ordre public : la propriété impliquait une sorte de magistrature [6]. Aussi les exemples sont-ils nombreux d'inféoda-

[1] 5 octobre 1195. Pierre Mascaron, de Nyls, et Alissende, sa femme, se recommandent au Temple, dont ils se font «homines proprios et solidos», ils lui donnent 15 sous et s'engagent à payer un cens de 2 sous à la Toussaint; frère G. de Serra, précepteur du Masdeu, les reçoit «per homines proprios et dominicos et francos». (*Cartulaire du Temple*, fol. 192.)

[2] 9 février 1294. Guil. Genis, de Millas, «facit domino Regi quolibet anno in festo Natalis Domini pro hominatico duodecim denarios Melg. censuales et illas operas quas alii homines de Miliariis faciunt». (*Capbreu de Millas*, B 34, fol. 4.)

[3] 22 septembre 1208. Castillon d'Abelles se recommande au chapitre d'Elne et promet de payer annuellement une oie ou douze deniers. (G 55.) — 30 juin 1229. Raymond de Mudahons, cordonnier, se fait l'homme «proprium et solidum» de Pierre d'Ortafa, archidiacre et prévôt d'Elne, et de ses successeurs; il leur payera annuellement à la Noël une demi-livre de cire; Pierre d'Ortafa lui promet aide et protection. (G 115.) — 28 janvier 1259. (Voir p. 180, note 9.) — 20 août 1280. «Quod ego, G...leu, habitator de Villanova de Ratione, per me et per omnes meos natos et nascituros, facio me hominem proprium et solidum vestri, domini A. de Codaleto, de Ripisaltis..., promittens vobis fidelitatem et homagium, et etiam promitto tibi quod deffendam vos et omnia bona vestra (in) pro posse meo, et etiam promitto

vobis quod ego et mei dabimus vobis et vestris in [signum] homagii unum ancerem bonum et recipiendum in festo Sancti Johannis Baptiste de junio.» (Notaires, n° 8, fol. 25.)

[4] 8 février 1229. (Voir p. 179, note 2.) — On disait aussi «introitus» : 26 mai 1204. Recommandation au Temple, par Palazol, *menestral* (artisan) de Palol : «trado et offero me ipsum per donatum et per devotum conservum et per fidelem servitorem et per hominem proprium et solidum et omnem [progeniem] que ex me egressa sive egressura est, et omnes res meas mobiles et immobiles»; il donne, «pro introitu et per noticiam et confirmacionem hujus mei hominatici», 50 sous de Barcelone et la propriété d'une maison qu'il a achetée à Palol. (Cartulaire du Temple, fol. 139 v°-140.)

[5] «Quid de emphiteota. Respondeo : ille de realibus et etiam de censibus habet coram domino vel ejus judice respondere, de personalibus coram suo ordinario.» (Jacques de Monjuich, *Usatici*, éd. de 1544, fol. xxxvii v°.) — «Item, si aliquis tenet pro aliquo alium aliquam et contentio fit de dominio illius rei inter possessorem et alium, debet in posse domini pro quo tenetur firmare et placitare.» (*Coutumes de Perpignan*, § 7.) — 1291. «Negun home no sie destret de pledejar per honor que tenga, sino en poder de aquell per qui lo tendra.» (*Constitucions*, t. I, liv. III, tit. II, § 6.)

[6] Voir à ce sujet Guérard, Prolégomènes du *Polyptyque d'Irminon*, p. 205-206.

tions où il est stipulé que le concessionnaire devra, pour le fonds qui fait la matière du contrat, plaider par-devant le concédant [1]. Quant à la juridiction personnelle, elle appartenait au seigneur qui recevait l'hommage [2]; elle était l'une des conséquences ou plutôt l'un des éléments constitutifs de la suzeraineté.

Partant de ce principe, la coutume de Perpignan distingue les causes relatives à la propriété d'un bien de celles qui ont pour objet ce même bien considéré comme gage : pour ces dernières, ce n'est pas le seigneur du fonds qui est compétent, mais bien le seigneur de Perpignan, « parce qu'il y est question non de propriété, mais d'obligation [3] ».

Il est utile d'ajouter, dès à présent, que les seigneurs des villages et des villes détenaient encore un droit de police, de juridiction territoriale, en vertu duquel ils punissaient les méfaits commis dans l'étendue de leur baronnie. Cependant la juridiction personnelle du Roi sur ses hommes primait généralement cette juridiction territoriale : les seigneurs ne pouvaient que saisir les hommes du Roi pour les livrer aux officiers de la justice royale [4].

Le vassal était tenu à certains devoirs généraux, au nombre desquels l'obligation de servir de caution au seigneur. Les cautions jouaient un rôle important dans la procédure catalane; or, servir de caution était une

---

[1] 5 mai 1272. Raymond Mauri, de Puycerda, baille en acapte à Bérenger Canall une borde sise à Mosoll : « et pro borda predicta seu honoribus et possessionibus et censu predicto teneamini tu et tui mihi et meis jus firmare et facere, quandocumque et quotienscumque inde a me vel a meis fueritis requisiti ». (Série H, non classé.) — 3 septembre 1294. (Voir p. 179, note 1.) — On trouve une obligation analogue dans les hommages dus pour les fiefs proprement dits, notamment dans l'hommage prêté, le 7 février 1295, par Ave de Castelnou au roi de Majorque pour les droits qu'elle tenait de lui en fief honoré à Vernet. (B 16, fol. 28.) — La conséquence de ce qui précède est une distinction entre la juridiction personnelle et la juridiction réelle et féodale : en 1271, des arbitres attribuent aux Templiers le droit de haute justice à Orle, Saint-Hippolyte, Terrats et Nyls : « Item dicimus et ordinamus quod in aliis locis et hominibus et feminis in compromisso compensis militiæ Templi in terra Rossilionis, Vallespirii, Geritaniæ et Confluentis, dictus

dominus Rex et successores sui... habeant omnimodam jurisdictionem personalem, civilem et criminalem, et merum imperium et pacem et treugam..., salvo dicto magistro et fratribus domus dictæ militiæ Templi omni jurisdictione reali et feudali. » (Henry, Histoire du Roussillon, t. I, Preuve XVII, p. 530-531.)

[1] Même pour les affaires réelles, la compétence du seigneur, qui était à la fois seigneur du bien et seigneur du tenancier, était plus étendue. D'après la coutume de Perpignan, si le seigneur foncier voulait exercer la commise, le différend était porté devant le bayle, « nisi forte ille dominus pro quo tenet terras habeat in eo jurisdictionem generalem vel sit homo suus; et tunc ratione jurisdictionis generalis quam in eo habet vel hominatici debet firmare et placitare in posse illius pro quo tenet terras de expellendo vel non expellendo de terris ». (Coutumes de Perpignan, § 6.)

[3] Ibid., § 64.

[4] Voir plus loin les deux chapitres sur la seigneurie et sur l'État.

lourde charge : les seigneurs trouvèrent ingénieux de l'imposer à leurs hommes [1].

Dans l'état où se trouvait la société aux xe et xie siècles, sans une autorité suffisamment forte pour refréner la violence et la cupidité de ces caractères indomptés, les pauvres et les faibles étaient fatalement voués à l'oppression. Trop souvent un seigneur exigea de ses vassaux des contributions qui n'avaient de limite que son bon vouloir. Plus tard, ces contributions se régularisèrent et furent légalement reconnues; mais leur nom garda le souvenir de l'arbitraire qui avait originairement présidé à leur perception : *questia, tolta, forcia.*

La *questia* correspondait à la taille du droit français; les colons des masades y étaient soumis [2].

La *questia* existe encore, avec ce nom et sous cette forme, dans les vallées d'Andorre : en vertu du paréage de 1278, les deux coseigneurs la percevaient alternativement; l'évêque d'Urgel avait droit à 4,000 sous de Melgueil; le comte de Foix pouvait lever une taille à volonté, *à merci.*

Au xiiie siècle, la *questia* avait perdu tout caractère illégal et vexatoire : l'abus seul en était illégitime. Dans son testament, Pons de Vernet n'abolit pas cette redevance; il se borne à en dispenser ses hommes pour une période de sept années et il ordonne de distribuer des sommes considérables à ceux de ses vassaux desquels il avait exigé ce tribut : 2,000 sous aux gens de Millas, 1,500 à ceux de Céret, etc. [3]. Ces dispositions indiquent clairement que, si le testateur reconnaît avoir abusé de la *questia,* le principe de cette redevance était juste à ses yeux.

[1] 21 décembre 1228. «Los rustics ne lur companyia per deutes de lurs senyors ne per propris deutes ne per fermanças en neguna manera personalment sien presos.» (*Constitucions,* t. I, liv. X, tit. VIII, § 7, art. 10.) — 31 mai 1238. «Item, lo senyor Ramon de Canet y la senyora Ramona, sa mulier, affranqueeixen als homens de Canet de no esser ells compellits de pagar questia, toltes, ni de prestar contra lur voluntat, ni los faran obligar a esser principals ni en prestar lur cosa, ni en fer ells fermansa.» (Privilège pour les gens de Canet, analysé par le notaire Puignau. *Privilèges et titres,* p. 155-156.) — 14 août 1246. Pons de Vernet affranchit Pierre Bonet de toute taille, corvée, «questia, tolta, forcia, jova, trassa», et mauvais usage, «et ab omni malo adempra-

mento... et quod non teneamini facere pro me nec meis fidejussionem alicui persone nec vos nec bona vestra obligare pro me nec meis alicui persone»; Pierre s'avoue l'homme de Pons et s'engage à résider à Torreilles. (B 48.) — 7 mars 1253. Arnaud de Sauto, doyen de Roussillon, promet à Pierre Divi de Millas que «nec mitemus [vos] in firmancia pro aliqua necessitate nisi cum vestra voluntate». (G 122.)

[2] 2 septembre 1235. (Voir p. 176, n. 5.) — 14 août 1246. (Voir la note précédente.) — 10 décembre 1260. Vente de deux manses sis à Saint-Martin-d'Aravo, «cum... jurisdictionibus, questiis, toltis, forciis, justiciis», etc. (Série H, non classé.)

[3] 26 avril 1211. (Cartulaire du Temple, fol. 16-17.)

Les Corts réglementèrent l'exercice de ce droit; elles interdirent aux chevaliers et aux officiers de tailler d'autres hommes que leurs vassaux [1] et dispensèrent de cette contribution les clercs [2]. Pareille immunité était généralement insérée dans les chartes des villes privilégiées [3].

Il y avait aussi une *questia* perçue au profit de l'État, une *questia* royale que les documents opposent aux tailles locales et dont je parlerai plus loin.

La *questia* étant parfois exigée en nature [4], elle se confondait dans certains cas avec la *tolta* et la *forcia*, qui étaient apparemment des réquisitions faites par les seigneurs [5].

Les documents signalent encore d'autres exactions, ne différant guère des précédentes que par les circonstances qui servaient de prétexte à leur levée, ou même par leur nom seul : *peyta*, qui désignait aussi la taille dans quelques contrées de l'Espagne (*pecha*); *paria* et *ademprivum*, qui paraissent être des termes génériques s'appliquant à toutes les redevances; *prestitum*, qui pourrait bien être l'emprunt forcé; *adjutorium* et *succursus*, l'aide; etc. [6].

L'une des obligations les plus onéreuses qui pussent peser sur les

[1] 26 avril 1225. (*Constitucions*, t. III, liv. X, tit. III, § 2.)

[2] Corts de 1234. (*Constitucions*, t. I, liv. I, tit. IV, § 2.)

[3] 2 février 1142. Privilège pour Codalet. (*Privilèges et titres*, p. 39-40.) — 31 octobre 1181. Charte pour Puycerda. (*Ibid.*, p. 66.) — 24 août 1207. Charte pour Collioure. (*Ibid.*, p. 89.) — 21 février 1211. Charte pour Salses. (*Ibid.*, p. 101.) — 22 février 1211. Charte pour Saint-Laurent-de-la-Salanque. (*Ibid.*, p. 103.) — 22 octobre 1245. Charte pour Prats-de-Mollo. (*Ibid.*, p. 178.)

[4] La paix et trêve du 26 avril 1225, citée plus haut, se réfère aux *questias* de blé. — La convention du 31 octobre 1168, pour le fief de Coustouges, attribue au feudataire «questiam de ovis et caseis». (B 79.)

[5] 1075 environ. Accord au sujet de Baho : «Et ego jamdictus Guillelmus Bernardi, de ista hora in antea in ipsa villa Basonis, in hoc Sancti Michahel, amplius non accipiam neque tollam neque forcem neque ullum sensum nisi hoc quod superius scriptum est.» (*Histoire de Languedoc*, éd. Privat, t. V, c. 615-617.) — 18 décembre 1103. Aban-

don par Guillaume-Udalgar, vicomte de Castelnou, à l'abbaye de la Grasse, d'une albergue, de *toltas* et d'usages. (*Cartulaire roussillonnais*, p. 125.) — Alart est d'avis que la *tolta* ou *forcia* «n'était autre chose qu'un emprunt forcé, levé sans le consentement des contribuables». (*Privilèges et titres*, p. 55, note 1.)

[6] 22 février 1213. Pierre d'Aragon affranchit les gens de Salses «ab omni questia, peyta, paria, tolta, forcia, prestito, ademprivo, succursu, adjutorio, vicinitate, servitute, ... et ab omni servicio ac demanda et exaccione qualibet regali et vicinali». (*Privilèges et titres*, p. 103.) — En général, les chartes énumèrent successivement plusieurs droits : la *questia*, la *tolta* et la *forcia* vont assez souvent ensemble : 11 novembre 1187. Cession au Temple, par Guillaume de Montpellier, de ses droits sur Raymond Pons, ses descendants et leurs biens; Guillaume s'engage à ne plus lever sur ledit Raymond «censum nec usaticum... nec tollam, nec forciam nec aliquod ademprramentum». (*Cartulaire du Temple*, fol. 99.) — 18 juillet 1258. (Voir p. 177, note 6.)

tenanciers était la résidence continuelle, *continua statica*[1]. On disait d'un homme qui y était astreint qu'il était *affocatus* [2], du nom de l'âtre, *focus*, où la famille préparait ses repas, où elle se réunissait durant les longues soirées de l'hiver, et qui occupe dans toutes les civilisations primitives une place si considérable.

Les hommes *affocati* étant admis à se racheter, on donna à leur condition le nom de *remensa personal*, rachat de la personne; eux-mêmes furent appelés hommes de *remensa*.

La résidence continuelle était le résultat de causes diverses, au premier rang desquelles il faut placer les nécessités de la culture et la perpétuité des tenures. Lorsqu'un bail est conclu pour six ans, dix ans, le fermier s'engage à exploiter pendant six ans, dix ans, la propriété qu'on lui confie [3]; si la concession est perpétuelle, il est assez naturel, par voie de de conséquence, qu'il soit pour toujours soumis, lui et les siens, à cette obligation. Cette raison économique est la même sans doute qui attachait le colon romain à la terre.

Si l'on se place à un autre point de vue, on ne manquera pas de constater que les tenanciers ayant des ressources assurées dans leur manse ne devaient guère songer à le quitter. Pourquoi d'ailleurs l'auraient-ils abandonné? L'industrie, le commerce ne les appelaient pas dans les villes; les voyages étaient coûteux, difficiles et périlleux; en fait, les gens des campagnes étaient attachés à la glèbe. Or, à la longue, cet état de fait devint leur condition juridique; le suzerain était si bien habitué à les voir naître, vivre et mourir sur ses terres, qu'il ne comprenait pas qu'il leur fût permis d'en sortir, et comme il était fort, la *statica* était établie.

Au surplus, le vassal qui allait vivre au loin se dérobait à la suzeraineté effective de son seigneur : celui-ci était logique, il tirait la conclusion rigoureuse des principes du droit alors en cours, en s'opposant à ces

---

[1] 27 avril 1243. Concession d'un manse à Raymond Bonet, de Callascre : «mei proprii homines et solidi inde siti et focum et staticam continuam in domibus ipsius mansi facialis». (Série H, non classé.)

[2] 30 mars 1246. Vente d'un manse sis en Cerdagne, que tient Bernard Mainaud, «homo noster proprius et solidus et afocatus in eo». (Série H, non classé.) — 26 septembre 1282. «Et ego, Raimundus de Podio Ceritano, recognosco vobis, dicto Guillelmo Czebolera, domino meo, quod sum et esse debeo cum tota prole mea, nata et nascitura,

homo proprius, solidus et affocatus vestri et successorum vestrorum»; il tient pour ledit Guillaume la moitié d'une borde. (Vidimé le 12 mars 1333. Série H, non classé.)

[3] 19 août 1390. Bail à ferme par Raymond, abbé de Jau, de la grange de Cavanach pour une durée de six ans : «tu et tui, per tempus dictorum vi annorum, teneamini facere in dicta grangia residenciam personalem cum tota familia tua, et facere fochum et locum, prout in mansis est consuetum». (Publié par Alart, *Bull. de la Société agricole des Pyrénées-Orientales*, t. XI, p. 305-307.)

déplacements. Ce calcul est dans nombre de chartes facilement saisissable : le clergé d'Elne, par exemple, a souvent inséré dans ses baux à durée indéfinie une clause obligeant le concessionnaire à résider dans les villes de l'église d'Elne et à se soumettre à la juridiction de l'official[1].

Les Corts qui ont interdit aux tenanciers de se faire hommes d'un nouveau seigneur[2] et celles qui leur ont défendu de quitter leurs tenures sans se racheter[3] avaient un seul et même but.

Il n'est donc pas étonnant qu'un individu affranchi de tout autre *mauvais usage* restât soumis à la *remensa*[4], qu'on retrouve jusque dans les villes royales : à Thuir, par exemple, dont les bourgeois n'avaient pas le droit de transporter leur résidence dans une seigneurie baroniale ou ecclésiastique[5].

A l'origine, l'homme *affocatus* était rivé au foyer, qu'il ne pouvait plus quitter ; mais cette rigueur ne tarda pas à s'atténuer : il lui fut permis de se racheter, de recouvrer à prix d'argent son indépendance. C'est dans ce second état qu'il nous est possible d'étudier la résidence ; le droit antérieur n'apparaît plus que comme une rare exception[6].

La *remensa* n'était pas admise dans toutes les coutumes locales de la province. Les constitutions élaborées aux Corts de 1283[7] distinguent, à ce point de vue, deux sortes de localités : les unes, dont les habitants pouvaient librement changer de domicile, à condition de vendre leur tenure ou de la remettre au seigneur foncier avec les chartes de concession ; les autres, où la *remensa* était en vigueur, et dont les habitants étaient

---

[1] 31 janvier 1287. Cession de droits sur deux jardins relevant de la prévôté d'Elne ; le tenancier doit résider dans une seigneurie de l'église d'Elne et être justiciable de l'official. (G 128.) — 14 avril 1289. Bail emphytéotique d'un terrain tenu à Elne pour le grand archidiacre ; le preneur sera justiciable de l'officialité et devra résider sur les terres de l'église d'Elne, sous peine de commise au bout d'un mois d'absence. (G 118.) — 1er février 1297. (Voir p. 134, note 4.)

[2] Corts de Barcelone, en 1291. (*Constitucions*, t. I, liv. IV, tit. XXIX, § 3.)

[3] Corts de Monzon en 1289. (*Ibid.*, § 2.)

[4] 14 août 1246. (Voir p. 183, note 1.) — 7 mars 1253. Arnaud de Sauto, doyen de Roussillon, relevant Pierre Divi, de Millas, d'un grand nombre d'obligations, s'oblige à ne pas l'envoyer ailleurs : «nec ponam te et

tuos ego vel mei in aliquo loco pro stablida». (G 122 ; Henry a publié assez incorrectement cette pièce dans son *Histoire du Roussillon*, t. I, Preuve IV, p. 500.)

[5] Février 1197. Charte pour Thuir. (*Privilèges et titres*, p. 86.)

[6] 3 août 1280. (Voir p. 175, note 7.)

[7] *Constitucions*, t. I, liv. IV, tit. XXIX, § 1. — M. Garsonnet dit, dans son *Histoire des locations perpétuelles*, p. 476, que «les pecheros catalans... pouvaient, depuis 1283, quitter librement les terres du Roi». J'ai lieu de croire que M. de Cardenas, à qui M. Garsonnet a emprunté ce renseignement, a commis une méprise : le but des Corts de 1283, ainsi qu'on peut le voir par le préambule de leurs constitutions, était de rétablir l'ancien état de choses et non pas d'innover. (Voir les *Constitucions*, t. I, liv. I, tit. XVII, § 1, et mon *Étude sur la loi Stratæ*, p. 13.)

obligés, avant toute émigration, de racheter leur personne[1]; dans ces dernières localités, les jeunes filles ne pouvaient pas, sans cette rançon, quitter la seigneurie pour épouser un étranger[2] : c'était le droit de formariage.

Quel était le prix de ce rachat et que devait donner le paysan de *remensa* pour se libérer? Pujades prétend que le paysan était tenu d'abandonner le tiers de ses biens au seigneur; quant au droit du formariage, il était, d'après le même auteur, de 2 sous pour les jeunes filles, et du tiers des biens pour celles qui avaient hérité[3]. Pujades ne mérite pas une confiance illimitée; mais ses assertions semblent confirmées par un règlement du xiie siècle[4].

La *remensa* paraît avoir été générale parmi les populations agricoles de la Cerdagne[5]; lorsque les propriétaires vendaient les manses, ils y comprenaient les rachats, *hominum redempciones*. Peut-être était-ce au xiiie siècle la condition de droit des tenanciers *amansati* du bas pays roussillonnais[6].

[1] L'une ou l'autre de ces conditions pouvait être insérée dans les concessions des manses : le 1er mai 1271, Pierre, abbé de Canigou, concède un emplacement à bâtir, sis à Vernet ; si le concessionnaire quitte cette localité et se fait l'homme d'un autre seigneur, il devra céder l'emplacement à un habitant de Vernet. (Série H, fonds de Canigou.)

[2] 31 octobre 1168. (Accord au sujet de Coustouges. B 79.) — 1218. (Voir p. 180, note 8.) — 27 décembre 1261. Recommandation de Guillaume Massot, de Camélas, aux Templiers; frère Pierre de Campredon lui fait remise du formariage : «cedendo vobis et successoribus vestris, laudando et approbando bonas consuetudines quas homines de parrochia beati Fructuosi de Camelis huc usque habuerunt, maritando videlicet filias suas, sorores, neptes vel quascumque alias consanguineas sine aliqua redempcione nobis vel nostris successoribus danda». (Cartulaire du Temple, fol. 148 v°.)

[3] *Cronica universal*, fol. 360.

[4] Ce règlement n'est autre que l'accord, souvent cité dans les pages précédentes, intervenu le 31 octobre 1168, relativement à Coustouges. (B 79.) Le tarif qu'il renferme est exactement le même que fait connaître Pujades. — Il est à remarquer que l'homme

de *remensa* ne pouvait pas voyager librement : les chemins, asile inviolable pour tout autre, ne l'étaient pas pour lui : le seigneur pouvait l'y saisir impunément. (Statuts de paix et trêve du 24 juin 1218. *Constitucions de Cathalunya*, t. III, liv. X, tit. III, § 1, art. 8.) — 1299. Statuts des Corts de Barcelone portant que tout homme pourra voyager par les chemins, «exceptats pagesos e fills de pagesos de las terras hont se acostuman de reembre». (*Ibid.*, t. I, liv. IV, tit. XXII, § 3.)

[5] 30 mars 1246. Vente d'un manse en Cerdagne, y compris tercios et quartos et braciatica et census : .. et hominum redempciones et stabilimenta», etc. (Série H, non classé.)

[6] 23 décembre 1276. «B. de Cambrosil, de Fitorio, per me, etc., promitto et pactum facio tibi, P. Ynardi, procuratori nobilis domini Amalrici de Narbona, quod ego ad amonitionem et requisitionem vestram me et omnia bona mea, mobilia et immobilia, que abstraxi de dicto castro de Fitorio transportem ad castrum de..., dicti domini Amalrici, et ibi domicilium et continuam residentiam faciam, sicut quilibet homo de mansala, qui sum et esse profiteor in presenti dicti domini Amalrici», etc. (Notaires, n° 7, fol. 38 v°.)

Le *remensa* était cependant fortement battue en brèche; les paysans en étaient dispensés quelquefois moyennant un cens annuel [1]; plus souvent on les autorisait à se substituer un de leurs fils [2] ou un étranger [3]. Les habitants de la plupart des villes privilégiées en étaient entièrement exemptés [4].

Les seigneurs se préoccupèrent souvent des infractions possibles aux règles de la *remensa*. Lorsque Alfonse d'Aragon céda Puyvalador à Pons de Lillet, il fut convenu entre eux que les hommes du Roi qui viendraient dans cette ville ne seraient soumis à aucune charge personnelle [5]. En 1271, l'abbé de Saint-Hilaire acquit de Bernard de Montesquieu le village de Nidolères; mais si les hommes de Bernard venaient à Nidolères, l'abbé ne pourrait pas, à moins qu'ils ne fussent originaires de cette localité, en faire ses vassaux [6]. Nunyo Sanche avait pris de même, en 1237, l'engagement de ne point admettre aux Bains d'Arles les hommes de l'abbé [7]. C'est qu'en effet, si, dans la pratique, la résidence entraînait habituelle-

---

[1] 14 novembre 1258. Hommage de Raymond Paschal, d'Egat, à l'abbé de Canigou : « et promito vobis dare et successoribus vestris annuatim, in tota vita mea, unam libram cere vel xv denarios in festo Sancte Marie augusti, nisi in vestro honore facerem continuam residenciam». (Série H, fonds de Saint-Martin-de-Canigou.) — 23 juillet 1271. Arnaud Pinos, camérier de Canigou, approuvant la vente d'un manse, dispense l'acquéreur de la résidence, à condition qu'il payera annuellement un muid de seigle. (Série H, non classé.)

[2] 18 août 1275. Concession à Mercer de Vivès, par les Templiers de Perpignan, d'une borde sise à Saint-Jean-Pla-de-Corts; au bout de douze ans, Mercer pourra se substituer un de ses fils, qui sera l'homme propre et *soliu* des Templiers et astreint à la résidence dans ladite borde. (Cartulaire du Temple, fol. 64 v°.)

[3] 13 mars 1268. Bail à titre d'acapte, par les Templiers, d'une masade sise à Saint-Hippolyte; les héritiers du concessionnaire devront y tenir un colon qui sera l'homme propre et *soliu* du Temple. (*Ibid.*, fol. 37.) — 4 septembre 1280. Hommage de Guillaume Gaucelm, de Saint-Hippolyte, aux Templiers, dont il est l'homme *abordatus*, « cum sim heres universalis cum testamento; ... et assignabo unum hominem ydoneum qui

faciet se hominem vestrum proprium et soli dum, abordatum». (Cartulaire du Temple, fol. 27.) — Cette substitution était nécessaire lorsque le tenancier avait plusieurs tenures; tel était le cas de Raymonde Puig, qui, le 12 août 1295, déclare : 1° tenir pour Guil. Cebolera certaines terres, « pro illis sum et esse debeo femina propria solida et affocata et debeo tibi tenere hominem proprium, solidum et affocatum et pro eisdem debet tibi et tuis fieri focus»; 2° tenir pour le même Guillaume son manse du Puig à All, pour lequel elle est «femina propria, solida et affocata»; elle prête hommage «ore et manibus commendatum». (Série H, non classé.) — 29 mai 1255. Guil. d'en March approuve l'acquisition faite de biens relevant de lui, à condition que l'acquéreur y établira un de ses enfants : « unum de tuis infantibus qui sit mei et meorum homo proprius cum prole sua et faciat ibidem focum et continuam staticam». (*Ibid.*)

[4] 31 octobre 1181. (Charte pour Puycerda. *Privilèges et titres*, p. 66.) — 21 février 1213. (Charte pour Salses. *Ibid.*, p. 101.) — 22 octobre 1275. (Charte pour Prats-de-Mollo. *Ibid.*, p. 178.)

[5] Juin 1192. (*Ibid.*, p. 74.)

[6] 30 août 1271. (B 83.)

[7] 22 avril 1237. (*Privilèges et titres*, p. 159.)

ment la sujétion au seigneur du lieu, on pouvait néanmoins habiter un territoire sans cesser d'être l'homme d'un suzerain étranger à ce territoire; dans l'acte de cession des Bains d'Arles dont je viens de parler, l'abbé donne à Nunyo Sanche la ville des Bains et tous les hommes qui lui appartiennent « par suite de ses droits sur ladite ville », mais il reçoit en échange un homme à Perpignan et les descendants de cet homme. à perpétuité.

Les villes privilégiées offraient-elles, du moins, un refuge aux tenanciers échappés des manses? On pourrait le croire, si l'on s'en tenait à la lettre des chartes de quelques-unes d'entre elles, par exemple de Claira[1]; mais la coutume de Perpignan, qui est plus détaillée, nous apprend que les bourgeois ne pouvaient défendre contre son seigneur ni la personne ni la masade du colon qui, étant chef de manse, était venu s'installer dans la ville[2], et il n'est pas probable que Claira eût des immunités plus étendues que Perpignan.

D'ailleurs, dans le but d'empêcher que tous les gens des campagnes ne se fissent bourgeois des villes franches, on avait mis, comme nous aurons lieu de le voir, à l'obtention du titre de bourgeoisie, des conditions de résidence assez sévères.

Je crois devoir mentionner de nouveau l'*exorquia* et l'*intestia*, qui étaient des droits personnels plutôt que des droits réels, en ce sens qu'ils frappaient non seulement les immeubles qui formaient l'objet de la tenure, mais tous les biens quelconques du vassal : censive, fief ou alleu.

III. L'un des mauvais usages dont le nom revient le plus souvent dans les documents du pays est la *cugucia* ou *cogocia*, littéralement adultère. Les Usages de Barcelone ne sont pas très explicites au sujet de la *cugucia* : tantôt ils disent que l'adultère est puni suivant les lois et les coutumes[3]; tantôt ils attribuent au mari les biens de la femme infidèle[4], et tantôt enfin ils distinguent dans l'adultère de la femme plusieurs cas, suivant qu'il a été commis à l'insu du mari, avec le consentement de celui-ci ou par son ordre; dans le premier cas, les biens des deux complices sont

---

[1] 12 décembre 1233. (*Privilèges et titres*, p. 135.) — La charte de Codalet, du 2 février 1142, paraît bien avoir ouvert un asile aux fugitifs des manses : « Sit eadem villa salutare reffugium omnium ibi venientium sive manentium. » (*Ibid.*, p. 40.)

[2] *Coutumes de Perpignan*, art. XLV.

[3] Us. *Homicidium et cugucia.* (*Usatici*, éd.

de 1544, fol. 11; Giraud, *op. cit.*, p. 465; *Constitucions*, t. III, liv. X, tit. VI, § 1.)

[4] Us. *Mariti uxores.* (*Usatici*, fol. cxliv; Giraud, *loc. cit.*, p. 488; *Constitucions*, t. I, liv. IX, tit. VIII, § 2.) — Us. *Similiter de rebus.* (*Usatici*, fol. cxliii v°; Giraud, *loc. cit.*, p. 488; *Constitucions*, t. I, liv. IV, tit. XXIX, § 1.)

acquis au seigneur et au mari; dans le second cas, les biens des coupables sont confisqués, de même que ceux du mari, au profit du seigneur; dans le troisième cas, la femme garde sa dot et son douaire et peut se séparer du mari[1].

La *cugucia* ou *cogocia* a été pendant tout le moyen âge de la part des populations roussillonnaises l'objet de réclamations très vives, qui laisseraient croire que les justiciers avaient fréquemment l'occasion de l'exercer.

L'*arsia* est moins connue. Pujades a prétendu que l'*arsia* donnait au seigneur le droit de prendre comme nourrice la femme de son vassal[2]; mais l'étymologie du mot par lequel on désignait cet usage (*arsum*, de *ardere*, brûler) et son analogie avec *arsin* auraient dû mettre en garde contre une pareille interprétation[3]. L'*arsia*, *arsina*, était l'amende infligée au tenancier dans le cas d'incendie de sa ferme[4].

Nous arrivons à l'*espoli forsat*, *ferma de spoli forsada*, qui a donné lieu à plusieurs dissertations. Celles-ci n'ont pas toujours élucidé la question, et les auteurs ont souvent donné du terme qu'il s'agissait d'expliquer des définitions inacceptables. On ne pouvait pas manquer de chercher dans ces expressions mystérieuses le nom de l'abus le plus révoltant, le droit du seigneur.

Je crois que la *ferma de spoli forsada* est simplement le droit de mutation perçu par le suzerain sur le douaire constitué par les vassaux en faveur de leur femme. Nous savons, en effet, que *ferma* est parfois synonyme de *laudimium*, approbation du seigneur en cas de vente[5]; nous apprenons, d'autre part, que le catalan *spoli* est la traduction de *sponsalicium*, donation *propter nuptias*[6]; nous voyons enfin que le seigneur intervenait pour confirmer cette donation[7] et nous sommes fondés à croire

---

[1] Us. *Si autem mulieres*. (*Usatici*, f. CXLIII v°-CXLIV; Giraud, *loc. cit.*, p. 488; *Constitucions*, t. I, liv. IV, tit. XXIX, § 1.)

[2] *Cronica universeal*, fol. 361.

[3] Ducange, *verbo arsina* 1.

[4] 17 juillet 1338. Remise aux gens de Llo (?), en Cerdagne, des mauvais usages : « ab intestiis, arssinis... id est præstationibus que nobis debebantur si ab intestato decedens et ratione casualis incendii ». (Henry, *Histoire du Roussillon*, t. I, Preuve XX, p. 532.) — Cf. Karl Schmidt, *Jus primæ noctis*, p. 296.

[5] Voir ci-dessus, p. 133.

[6] Le contrat de mariage avec augment et douaire était dit « ab creix y espoli ». (Massot-Reynier, *Les coutumes de Perpignan*, Introduction, p. XXXIV.)

[7] 29 janvier 1322. Sentence arbitrale au sujet de certains droits à percevoir dans la paroisse de Granollers : « Item dixerunt dicti arbitri quod quandocumque intraverit causa nubendi homo vel femina in aliqua predictarum masoveriarum, quod dominus abbas vel sui successores non debeant firmare eis suum sponsalitium donec primo ostendent quod redempti ab omni dominio fuerint. » (Publié par le duc de Roussillon (Pi), *Biographies carlovingiennes*, Preuves, p. 156. Granollers est en Catalogne.)

que cette intervention n'était pas gratuite[1]. Je ne vois pas pourquoi on ne s'en tiendrait pas à une explication résultant à la fois du sens des mots et de la nature des choses[2].

Il m'est d'ailleurs impossible de citer un exemple de la *ferma de spoli forsada* en Roussillon, et rien ne permet de dire si cet usage a existé dans la province.

Si l'explication qui précède de la *ferma de spoli* est certainement acceptable au double point de vue philologique et juridique, par contre, rien n'autorise à la confondre avec le droit du seigneur.

Cette confusion a été commise cependant au cours d'une *Histoire du droit dans les Pyrénées*, ainsi intitulée parce qu'elle retrace, de la façon qu'on va le voir, quelques institutions de l'une des innombrables baronnies pyrénéennes. Une précédente brochure de l'auteur sur le droit du seigneur ayant été traduite et commentée en espagnol et gratifiée d'épithètes aussi sonores qu'élogieuses, notre écrivain traduit et commente ce commentaire, auquel il décerne, à son tour, des compliments non moins dithyrambiques et tout aussi mérités. Jusque-là rien que très ordinaire; mais le traducteur espagnol, trop érudit, a jugé à propos de donner comme une preuve de l'existence du droit du seigneur un passage de la chronique de Pujades. Citer comme une autorité la compilation où Pujades a amassé tant d'ineptes rêveries est déjà chose étonnante. Il y a mieux cependant : on l'a dénaturée. L'un de nos deux savants a trouvé que le terme de *ferma de spoli forsada* n'était pas décisif pour sa thèse, et dans sa citation il l'a changé en *firma de esposa forzada*. On m'excusera d'avoir laissé percer dans ces lignes l'indignation que cause un pareil procédé.

Le *spoli forsat* est donc bien distinct du droit du seigneur : la sentence de 1486, qui signale le premier, parle également du second, mais dans un autre article et en des termes tout différents, et il faut avoir, pour s'y méprendre, une forte dose de bonne volonté.

Je viens de mentionner une sentence arbitrale du xv⁰ siècle où le droit du seigneur est nommé. Est-ce à dire que cet abus ait existé dans le pays? Je pense, au contraire, que le droit du seigneur n'a jamais été en vigueur dans les provinces de Roussillon et de Cerdagne. On a cru pouvoir tirer argument, en faveur de l'opinion contraire, des articles ix et x de la sen-

---

[1] L'approbation aurait dû être gratuite, aux termes d'une constitution de 1359. (*Constitucions*, t. I, liv. IV, tit. XXXVIII, § 2.)

[2] Voir Karl Schmidt, *Jus primæ noctis*, p. 297. — Solsona prétend que la *ferma de spoli forsada* est le droit de mutation perçu à l'occasion de l'hypothèque donnée par le mari à sa femme. (*Id.*, *ibid.*, note 2.) Cette explication ne peut pas être admise.

tence qui porte abolition des mauvais usages. Examinons donc ce document[1].

Mais d'abord rappelons-nous que nous nous occupons, non pas de la Catalogne en général, mais du Roussillon et de la Cerdagne, et que la sentence dont il s'agit ne s'applique pas directement à ces comtés, lesquels étaient français au moment où cette charte fut rédigée (1486). Il aurait suffi que quelques villages du fond de la Catalogne fussent soumis à la coutume honteuse dont nous cherchons la trace, pour que l'acte de 1486 eût à faire disparaître cet abus, sans qu'il soit permis d'en inférer que le droit du seigneur s'était étendu sur la région tout entière.

Cette observation préliminaire étant faite, si nous examinons les termes mêmes de la sentence, il ne résulte pas de notre examen que ce *mauvais usage* ait été en vigueur sur un point quelconque de la Catalogne. Il faut, en effet, distinguer dans le document deux parties : l'une abolit des redevances et des services qui étaient réellement exigés ; l'autre prohibe des exactions et des abus possibles, mais que rien ne prouve avoir existé ; on ne peut pas dire qu'elle les détruise ; elle les prévoit et les interdit[2]. Je traduis littéralement :

« Item, nous prononçons, jugeons et déclarons que lesdits seigneurs ne puissent pas prendre comme nourrices pour leurs fils ou tous autres enfants les femmes desdits paysans de *remensa,* avec ou sans indemnité, malgré leur volonté ;... qu'ils ne puissent pas contraindre lesdits paysans à leur payer le droit de couverture du chef de maison, laquelle on prétend que le seigneur prenait lorsque le paysan mourait, ne le laissant enterrer que lorsqu'il avait saisi la meilleure couverture de la maison[3] ».

C'est dans ce même article qu'il est fait mention du droit du seigneur, en des termes sur lesquels je voudrais n'avoir pas à insister[4].

---

[1] *Constitucions*, t. II, liv. IV, tit. XIII, § 2. — M. Karl Schmidt a reproduit les passages essentiels de ce document. (*Op. cit.,* p. 298 et suiv.)

[2] M. Schmidt a fait observer avec raison que les abus prohibés par cet article ne sont pas rachetés comme les *mauvais usages;* leur abolition ne donne lieu, au profit du seigneur, à aucune compensation. (*Op. cit.,* p. 303.)

[3] Art. 9 de la sentence susindiquée.

[4] Il faut bien cependant que je reproduise ce passage, afin de montrer avec quelle légèreté certains auteurs ont traité une question aussi délicate : « Item, sententiam, arbitram e declaram que losdits senyors no pugan pendre per didas pera sos fills o altres qualsevol creaturas las mullers delsdits pagesos de remença, ab paga ne sens paga, menys de lur voluntat, ni tampoc pugan, la primera nit que lo pages pren muller, dormir ab ella o en senyal de senyoria, la nit de las bodas, apres que la muller sera colgada en lo lit, passar sobre aquell, sobre ladita muller; ni pugan losdits senyors », etc. « Item, nous jugeons arbitralement et déclarons que lesdits seigneurs ne pourront pas prendre comme nourrices pour leurs fils ou autres enfants les femmes desdits paysans de *remença,* avec ou sans indemnité, contre la volonté desdites femmes; qu'ils ne puissent pas non plus, la

Eh bien, je le demande, peut-on de bonne foi se contenter d'une preuve semblable pour porter contre un pays, contre une époque, un jugement aussi avilissant? Est-on fondé à affirmer, en se basant sur ce texte unique, que, dans une contrée auquel ce texte s'applique très indirectement, ce tribut honteux était exigé? Non assurément, étant donné surtout qu'il n'en est fait par ailleurs nulle mention dans les constitutions synodales, dans les chartes de coutumes, dans les actes de rachat des droits féodaux, dans les pièces plus spécialement consacrées aux mauvais usages, dans les chroniques, dans les milliers de documents qui nous sont parvenus sur l'état des populations rurales de la province.

Je conclus: rien ne prouve que le droit du seigneur ait existé en Cerdagne et en Roussillon.

Le docteur Schmidt estime que, si le droit du seigneur avait réellement existé, ce grief des paysans tiendrait dans la sentence de 1486, qui est fort longue, une place autrement importante. La remarque est très judicieuse. Cet auteur ajoute qu'il y a disproportion frappante entre la gravité des deux abus reprochés aux seigneurs (dormir avec la jeune femme ou passer sur le lit), et que le texte a peut-être été altéré; que si, néanmoins, cet article de la sentence est fidèlement reproduit, le second de ces deux abus a été pratiqué, et qu'il constituait une cérémonie symbolique, par laquelle le seigneur affirmait sa suzeraineté sur l'épousée, « en senyal de senyoria »; ce symbole aurait, à la longue, cessé d'être compris, et c'est d'une erreur d'interprétation que serait née la crainte de l'autre abus [1].

Ces propositions sont au moins contestables. C'est un procédé très commode que de supposer des altérations de documents; mais il est nécessaire, pour y recourir, de s'appuyer sur de sérieux arguments. En l'espèce, la phrase, logique au fond, correcte dans la forme, ne présente pas d'anomalie qui puisse autoriser une pareille hypothèse. L'authencité du passage controversé me paraît inattaquable. Quant aux explications que M. Schmidt en donne subsidiairement, il ne me semble pas raisonnable d'y souscrire. Il est absolument invraisemblable que la cérémonie lubrique dont il s'agit fût une simple affirmation de la suzeraineté;

première nuit après que le paysan aura pris femme, dormir avec elle, ou, en signe de seigneurie, quand la femme sera couchée dans le lit, passer sur le lit au-dessus de ladite femme. » L'auteur du *Droit dans les Pyrénées*, qui joue vraiment de malheur, traduit ainsi : « Le paysan qui prendra femme ne pourra dormir la première nuit avec elle; et, en signe de seigneurie, la nuit des noces, lorsque la femme sera entrée dans son lit, le seigneur pourra passer sur elle. » C'est précisément le contraire de ce que porte la sentence.

[1] *Jus primæ noctis*, p. 305-306.

s'il y avait là un symbole, le sens en serait tout autre. Au surplus, la reconnaissance de la vassalité se faisait par l'hommage, et le mariage du vassal ne pouvait donner lieu à cette reconnaissance que si la jeune femme entrait dans la dépendance du seigneur; elle n'avait pas de raison d'être quand le vassal se mariait dans la seigneurie : de là, si l'explication de M. Schmidt était exacte, une importante restriction dont la sentence de Ferdinand n'aurait pas manqué de parler.

Il est donc rationnel de penser que l'article IX de cette sentence ne vise pas des usages, mais qu'il se réfère à des abus simplement possibles, tout au plus à des faits exceptionnels dont il importait de prévenir le retour.

Je résume la discussion : il ne s'agit pas de rechercher si certains seigneurs ont mis leur pouvoir au service de leur passion; l'affirmative est certaine, encore que notre génération n'ait pas le droit de s'en indigner. La question est de savoir si la coutume ignominieuse du droit du seigneur a été pratiquée dans nos pays. Pour la Catalogne, les textes produits ne sont pas probants. En ce qui concerne spécialement le Roussillon et la Cerdagne, on n'a pas fourni une pièce, pas l'ombre d'une preuve [1]. De ce silence général des documents anciens il résulte, avec une très grande probabilité, sinon avec une certitude absolue, que ce droit n'a pas existé dans notre province.

On comprenait sous le nom de *mauvais usages, mals usos* : la *remensa*, l'*intestia*, la *cugucia*, l'*exorquia*, l'*arsia* et le *spoli forsat*. Les auteurs se sont demandé d'où venaient ces *mals usos* : les uns les ont attribués aux Arabes [2]; d'autres, aux Visigoths. Le fait est que les mauvais usages ont diverses origines.

Je me suis efforcé d'exposer les causes d'où venait l'obligation à la résidence, qui, dans tous les cas, se rattacherait plutôt au colonat romain qu'au droit visigothique. L'*exorquia* s'expliquerait suffisamment par des considérations d'ordre social; en fait, elle paraît être un reste du caractère viager des bénéfices carolingiens : on permit au tenancier de laisser sa tenure à ses enfants, mais s'il n'avait pas d'enfant, le seigneur intervenait pour reprendre tout ou partie des biens [3]. L'*intestia* provenait sans

---

[1] Dans son *Historia del Ampurdan*, M. Pella y Forgas constate que, pour ce pays, limitrophe du Roussillon, rien ne constate l'existence de cet abus. (*Op. cit.*, p. 656.)

[2] Pujades, *Cronica universal*, fol. 359-360.

[3] Dans tous les cas, l'*exorquia* n'était pas visigothique. Voir l'article : «Ut qui filios non reliquerit, faciendi de rebus suis quod voluerit, habeat potestatem.» (*Forum judicum*, IV, 11, 20.) — Voir aussi le diplôme du 11 juin 844, dans les *Capitularia* de Baluze, t. II, p. 28.

doute des préjugés autrefois admis contre les gens mourant sans laisser de testament et qui étaient réputés damnés[1] ; dans un autre ordre d'idées, l'*intestia* pouvait dériver, comme l'*exorquia*, des conditions du bénéfice primitif : le vassal ayant négligé d'instituer un héritier, le suzerain reprenait la tenure. Il est tout à fait remarquable que des dispositions analogues à ces deux usages ont été introduites dans le droit romain, par des considérations d'ailleurs toutes différentes. La *cugucia*[2] était un droit de justice, une amende, qui a sa raison d'être en dehors des Maures et des Visigoths[3]. L'*arsia*, que je retrouve avec la *cugucia* dans un document de 959[4], s'explique, de même, par la nécessité d'intéresser le vassal à la conservation du mas et d'empêcher qu'il ne brûlât lui-même sa maison.

Parmi les mauvais usages, la *remensa* seule aggravait réellement le sort des paysans ; l'*exorquia*, l'*intestia* et la *cugucia* n'étaient pas, en somme, très onéreuses : les époux adultères peuvent bien exciter la pitié des romanciers, mais l'histoire doit leur être sévère ; la stérilité des mariages était une exception, et il était facile d'échapper aux effets de l'*intestia*. Or, ces trois usages occupent précisément une grande place dans le passé de l'ancien Roussillon : les privilèges municipaux en dispensent expressément les bourgeois de Perpignan[5], de Vinça[6], de Villefranche[7], de

---

[1] Voir Ducange, verbo *intestatio*. — Voici un passage assez curieux de la *Summa ruralis* de Raimond de Penyafort : «Item, debet inquirere utrum aliqui intestati ibi decesserint, et utrum aliquid de bonis ipsorum pro animabus suis sit ordinatum.» (Publié par Ravaisson, *Catalogue des manuscrits des bibliothèques des départements*, p. 626.) — L'*intestia* n'était pas connue des Visigoths. (Voir *Forum judicum*, IV, II, 1.)

[2] Divers documents relatifs aux droits de justice à Elne et à La Tour-Bas-Elne rangent la *cogocia* avec les meurtres, les vols, etc. : 8 février 1134. (*Privilèges et titres*, p. 38.) — 14 novembre 1155. «Omnia regalia et omnes batalas et omnes justicias, scilicet cogocias, homicidia, adulteria, furta et fures.» (*Histoire de Languedoc*, éd. Privat, t. V, c. 1184-1185 ; *Marca Hispanica*, c. 1318.) — 6 février 1156. «Omnes justitias et omnes batalas et omnes cogocias et omnia homicidia et omnes latrones.» (*Privilèges et titres*, p. 41.) — 13 novembre 1171. Bail à fief, par le comte de Roussillon à Grimaud d'Ortafa, «de honore meo, scilicet de pascheriis de

Ortafano et de suis terminis ut teneas tu et posteritas tua per me et per omnem posteritatem meam ad feudum, et dono tibi cogocias et homicidia de omnibus hominibus et feminis que modo sunt vel in antea [erunt] in villa de Ortafano ad feum». (Vidimé. B 16, fol. 25 v°-26.)

[3] *Cugucia* ne se trouve pas dans le glossaire du *Forum judicum*, éd. de 1815 ; d'où je crois pouvoir conclure que le terme n'est pas dans ce code.

[4] Septembre 959. Seniofred, comte de Cerdagne, cède à Saint-Michel-de-Cuxa son domaine de Fillols, «cum firmanciis et justiciis omnium hominum in eis habitantes et arsinas et homicidias et cugucias [et placitos]». (Vidimé. B 3 ; les mots entre crochets sont restitués d'après une copie du XVIe siècle. *Ibid.*)

[5] *Coutumes de Perpignan*, § 1.

[6] 22 octobre 1245. (*Privilèges et titres*, p. 177.)

[7] 19 février 1236. (*Ibid.*, p. 143.) — 6 janvier 1243. (*Ibid.*, p. 168.) — 1er février 1270. (*Ibid.*, p. 303.)

Canet[1], etc. Au xive et au xve siècle, sous le règne d'Alphonse V surtout, ces usages furent abolis sur un grand nombre de points[2]. Peut-être cette abolition fut-elle le but de la seule révolution communale dont l'histoire de la province ait gardé le souvenir[3]. En Catalogne, les *mals usos* donnèrent lieu, au xve siècle, à des soulèvements sérieux terminés par une sentence arbitrale du roi Ferdinand qui autorisa leur rachat à raison de 60 sous par *capmas*, par manse[4].

L'importance historique des mauvais usages est un phénomène singulier et qui serait presque inexplicable, si l'on ne savait combien factices sont, en général, les prétextes des mouvements populaires.

---

[1] 31 mai 1238. (*Privilèges et titres*, p. 155-156.) — Pour Corneilla-de-Conflent : 16 juillet 1230. Nunyo Sanche remet aux habitants, moyennant 300 sous, «omnem querimoniam et questionem exorquie quam a vobis faciebant bajuli nostri pro nomine nostro et facere poterant super sterilitate». (*Ibid.*, p. 130.) — Millas : 1er février 1272. (*Ibid.*, p. 314.) — Prats-de-Mollo : 21 janvier 1242. (*Ibid.*, p. 165.) — Thuir : 26 mai 1243. (*Privilèges et titres*, p. 173.) — Llivia : 3 janvier 1246. (Publié par Luis Cutxel, *Cataluña vindicada*, p. 190.)

[2] Alart, Rapport au Préfet, 1871.

[3] 1235. Révolte des habitants d'Arles-sur-Tech contre l'abbé. (Alart, *Privilèges et titres*, p. 139.)

[4] 21 avril 1486. Sentence de Ferdinand. (*Constitucions*, t. II, liv. IV, tit. XIII, § 2, art. 1.)

CHAPITRE XIII.

CONDITION DES PERSONNES.

I. **Variété** de la condition des personnes. — Bayles. — Nobles : ce qu'était la noblesse. — La question de la noblesse en Roussillon au siècle dernier; distinction essentielle. — Bourgeois. — *Pagesos* : sens de ce mot; leur condition. — Les serfs : y avait-il des serfs en Roussillon?

II. **Famille** : les mœurs. — Contrat de mariage : date; dispositions. — Dot et douaire : proportion ordinaire; hypothèque. — Noms des individus. — Autorité paternelle : majorité. — Testament : modes de testament; la part des enfants, de la femme. — Solidarité de la famille et ses effets : communautés familiales.

I. Dans le chapitre qui précède, j'ai essayé d'étudier successivement et en elles-mêmes les redevances personnelles, recherchant en quoi consistait chacune d'elles. Après ce travail d'analyse, il reste à voir auxquelles de ces obligations étaient, en réalité, assujetties les populations du pays roussillonnais.

L'opinion publique, qui ramène toute science à des notions extrêmement simples, mais souvent inexactes, n'admet dans la société du moyen âge que deux catégories d'individus : l'aristocratie militaire et religieuse, «riche, puissante, active», d'une part; de l'autre, la masse des serfs, «opprimée et misérable»; elle considère les seigneurs et les prêtres comme seuls capables de concéder les terres, seuls appelés à jouir de l'existence; pour eux, le peuple, «les serfs» travaillaient; il était leur serviteur, leur propriété. Cette division de la société en deux castes est absolument erronée.

La propriété du sol, la *directe* appartenait très souvent à d'autres qu'aux nobles; les juifs même pouvaient être seigneurs fonciers.

La condition des personnes, aussi bien que celle des terres, présentait au moyen âge une extrême variété non seulement entre les classes de la société, mais entre les individus d'une même classe [1]. On a justement re-

---

[1] 9 janvier 1488. Déclaration royale sur l'application de la sentence de 1486 portant abolition des mauvais usages : «Plau al senyor Rey declarar e declara que, encara que los pagesos sien homens propris, que per aço no sien compellits pagar cosa alguna per re-

marqué que si l'égalité est la tendance caractéristique de notre époque, l'inégalité était la passion de l'ancien régime, où chacun voulait obtenir le plus grand nombre possible de privilèges.

La société catalane comprenait des nobles, des hommes libres non nobles et des esclaves; les deux premières catégories se subdivisaient à l'infini.

La distinction entre nobles et non nobles est un fait certain [1], mais il est bien difficile de dire en quoi consistait la noblesse.

Parmi les nobles, de même que parmi les hommes simplement libres, il était des individus plus ou moins puissants, plus ou moins privilégiés; il y avait, qu'on me passe cette image banale, mais très claire, il y avait dans l'échelle sociale un échelon commun où se rencontraient les deux ordres.

Cet état intermédiaire était, je crois, celui des bayles. Les bayles, en effet, étaient rangés à part dans l'énumération des classes de la société : « chevaliers, bourgeois, bayles et paysans », disent les *Usages* de 1068 [2]; « s'il s'agit des chevaliers, des fils de chevaliers ou des bayles nobles », porte un statut de la paix de Dieu qui est du xiiiᵉ siècle [3]. Or, qu'était-ce que ces bayles nobles? C'étaient, sans nul doute, les bayles vivant noblement, mangeant du pain de froment et possédant un cheval; c'étaient ces bayles jouissant d'une position aisée, auxquels les *Usages* accordent le même *wergeld* qu'aux chevaliers [4]; car la baylie n'était pas une cause de dérogeance et, de fait, certains bayles étaient chevaliers [5].

On peut déjà se rendre compte de l'influence qu'exerçaient sur la condition juridique d'une personne sa situation de fortune, sa manière de vivre, ses fonctions.

---

mença dels dits sis mals usos si doncs altrament no mostravan façan aquells o algu de aquells e si s' mostrara que no façan sino hu o dos, tres, quatre o sinc, que per aquells que faran paguen tant solament. » (*Constitucions*, t. II, liv. IV, tit. XIII, § 3.)

[1] 2 avril 1095. Vente d'une part de la fontaine de Salses : « et si quis homo aud femina, nobilis vel ignobilis, prescriptum alodium de fonte majore Salsinis tulerit aut invaserit », etc. (*Cart. roussillonnais*, p. 105 et 106.)

[2] « De omnibus hominibus exceptis militibus, scilicet de burgensibus et bajulis atque de rusticis, constituerunt sepedicti principes habere de emenda tertiam partem seniores eorum in quorum honore steterint, quando interfecti

fuerint. » (*Usatici*, éd. de 1544, fol. cxxxix vˀ; *Constitucions*, t. I, liv. IX, tit. XV, § 23; Giraud, *loc. cit.*, p. 486.)

[3] D'Achery, *Spicilegium*, t. III, p. 587-588.

[4] « Bajulus interfectus vel debilitatus sive cesus vel captus, si nobilis est et panem frumenti comedit quotidie et equitat, emendetur sicut miles; ignobilis vero bajulus medietatem hujus compositionis habeat. » (*Usatici*, fol. xxi; *Constitucions*, t. I, liv. XV, tit. IX, § 9; Giraud, p. 467.)

[5] 16 mars 1284. Accord consenti par A. de Tordères, chevalier, bayle de Tordères et de Fourques, pour l'abbé d'Arles. (Notaires, nˀ 14, fol. 15.)

Voici un homme qui cultive sa terre : il est classé parmi les paysans ; qu'un seigneur le choisisse comme bayle : le paysan d'hier est élevé, par sa magistrature, au-dessus de ses anciens pairs ; s'il lui échoit un héritage, s'il achète un cheval et qu'il se nourrisse de pain blanc, la loi le range parmi les nobles. Qu'est-ce donc qui constituait la noblesse ? On ne peut pas dire que ce fût la richesse, car bien des bourgeois étaient plus riches que la majorité des nobles. Ce n'était pas davantage le pouvoir de justice, et, en effet, un très grand nombre de roturiers acquéraient la seigneurie sur des fonds ou sur des personnes sans cesser d'être roturiers. La noblesse ne se confondait pas non plus absolument avec la chevalerie, puisque le fils du chevalier était noble avant d'être armé chevalier, et puisqu'il y avait peut-être des chevaliers plébéiens [1] et assurément des gentilshommes non chevaliers [2]. Mais, en réalité, c'est bien tout cela qui faisait la noblesse : la loi accordait à l'homme riche une situation privilégiée [3] ; le roturier investi de droits de justice territoriale ou, pour parler

---

[1] Fossa, *Mémoire pour les avocats*, p. 18, p. 159, note, et p. 161, note 4. — Fossa renvoie à Ducange, verbo *miles*, dont l'argumentation ne me paraît pas probante. — Guérard cite des chevaliers serfs. (Prolégomènes du *Cartulaire de Chartres*, p. xxxii.) — Cf. Léon Gautier, *La Chevalerie*, p. 21, note, et p. 148-149.

[2] Constitution de 1363, ordonnant aux *généreux*, sous peine de déchéance, de se faire armer chevaliers dans l'année. (*Constitucions*, t. I, liv. I, tit. XVII, S 2 ; Fossa, *op. cit.*, p. 42.)

[3] D'après la charte octroyée en juin-juillet 1182 à Puycerda, l'habitant propriétaire de meubles ou immeubles valant mille sous est cru sur serment quand l'objet du procès n'est pas supérieur à 100 sous. (*Priviléges et titres*, p. 68.) — Les *Usages* accordent la même portée au serment du bourgeois et du noble jusqu'à concurrence de cinq onces, du paysan possesseur d'un manse et d'un attelage de bœufs pour le labour jusqu'à concurrence de 7 sous d'argent, des autres paysans dits *baccallarii* jusqu'à concurrence de quatre mancuses d'or ; au delà de ces sommes, ils devaient soutenir leurs allégations, le noble les armes à la main, le bourgeois au moyen d'un champion, le paysan par l'épreuve de la chaudière. (Usages *Sacramenta burgensium* et *Sacramenta rustici. Usatici*, fol. cxiv et cxiii v° ;

Constitucions, t. I, liv. IV, tit. I, S 6, et t. III, liv. IV, tit. I, S 2 ; Giraud, p. 474.) — Ce n'était pas l'importance seule de la propriété, mais encore sa condition légale qui réagissait sur l'état du propriétaire. Le possesseur d'une *cavalleria*, *milicia*, était, du moins à l'origine, réputé noble : en 986, le comte Borrel, pour anoblir neuf cents de ses soldats, convertit en *cavallerias* les manses qu'ils détenaient. (Fossa, *Mémoire pour les avocats*, p. 39.) La *cavalleria* ou *milicia* était le fief noble, qui devait se distinguer en ce que le concessionnaire était obligé d'entretenir pour le service du suzerain un cheval et des armes, comme ces fiefs sis à Majorque dont il est question dans le testament de Nunyo Sanche et pour lesquels les feudataires devaient entretenir «equos et garnimentan». (17 décembre 1241, B 9.) Cette explication est celle que donnent les commentateurs, notamment Calis. (*Usatici*, fol. xli.) Les documents font parfois mention des *cavallerias*, comme le testament d'Ermengaud de Son, qui lègue à son frère «ipsam cavalleriam quem tenet pro me iste Bernardus Guillelmi» (23 mai 1137, *Cartulaire du Temple*, fol. 118 v°), l'hommage de Raymond de Taxo à l'évêque d'Elne pour les fiefs qu'il tient de lui : «v caballarias... et 1 caballariam de Arnallo de Elna» (19 avril 1205, G 23) et diverses chartes de lods accordées par le com-

le langage des anciens jurisconsultes, le possesseur de terres en justice prenait rang aux Corts ou États du royaume dans l'ordre de la noblesse [1], et les vassaux de sa seigneurie étaient tenus envers lui aux mêmes devoirs qu'envers son prédécesseur noble [2]; quant aux rapports de la noblesse et de la chevalerie, ils ne sont pas contestables. *Militare genus,* la race des chevaliers, est le nom de la noblesse; *miles,* chevalier, désigne le noble dans les *Usages;* le fils du chevalier, qui est assimilé aux chevaliers pour le *wergeld* jusqu'à l'âge de trente ans, est déchu de ses droits si, à cet âge, il n'est pas armé [3]; il en est de même du chevalier qui n'a pas de cheval et d'armure, ne va pas à la guerre et ne tient pas fief de chevalier [4]. En somme, c'est la chevalerie, réservée à certaines familles [5], qui est d'abord et par-dessus tout caractéristique de la noblesse. Nous sommes donc conduits à retrouver dans les origines de la noblesse catalane ce qu'il y a aux débuts de la noblesse de tous les pays : la prééminence du soldat, du cavalier, qui vit en armes, dont c'est le métier de faire la guerre et qui jouit de certaines immunités en compensation des charges qu'entraîne pour lui l'entretien d'un cheval, en rémunération des services qu'il rend à la société. «Le noble alors c'est le brave, l'homme fort et expert aux armes qui, à la tête d'une troupe, au lieu de s'enfuir et de payer rançon, présente sa poitrine, tient ferme et protège un coin du sol. Pour faire cet office, il n'a pas besoin d'ancêtres, il ne lui faut que du cœur [6].» Ce caractère militaire de l'aristocratie laïque s'altéra et disparut avec le temps : on prit pour la noblesse ce qui en était la conséquence ou l'attribut, telle exemption d'impôts, telle prérogative d'ordre politique ou privé, accordées aux gens des conditions les plus pacifiques; mais, comme il arrive souvent, les mots gardèrent longtemps le souvenir de

missaire royal : pour des terres à Salses, «que omnia fuerunt de milicia Arnaldi Rubei, que erat de feudo dicti domini Regis» (31 mai 1264, B 37), «que fuit de milicia Raymundi Berengarii quondam» (12 juin 1234, B 37), «qui et que fuerunt de cavalairia Raimundi Berengarii et Arnaldi Rubey» (7 août 1264, B 37), «de milician» d'Hugues de Barrès (20 décembre 1264, B 41), «de milicia viccarie de Encion (15 juillet 1265, B 15, fol. 25-26; ces derniers biens ne sont pas à Salses). Le chef-lieu de ces fiefs était dit *sala* ou *casa.* (Alart, *Notices historiques,* t. I, p. 69.) — Cf. 2 novembre 1276. (Ci-dessus, p. 110, note 2.)

[1] Cancer, *Variarum resolutionum,* t. II,

p. 229; Fossa, *Mémoire pour les avocats,* p. 44 et p. 156, note 3.

[2] Constitution des Corts de Barcelone en 1311. (*Constitucions,* t. I, liv. IV, tit. XXVII, § 4.)

[3] Us. *Filius militis.* (Dans les *Usatici,* éd. de 1544, fol. xvi v°; *Constitucions,* t. 1, liv. IX, tit. XV, § 6; Giraud, p. 467.)

[4] Us. *Miles vero si cavallariam.* (*Usatici,* fol. xvi v°; *Constitucions,* t. 1, liv. IX, tit. XV, § 7; Giraud, p. 467.)

[5] 17 mars 1235. «Item, statuimus quod nullus faciat aliquem militem nisi filium militis.» (Constitucion de paix. *Marca Hispanica,* c. 1430.)

[6] Taine, *L'ancien régime,* 4° éd., p. 10.

l'ancien état de choses et, jusqu'au XIIIe siècle au moins, on appelait *hommes de pied* les roturiers [1].

Telle qu'elle était, la noblesse entraînait cependant encore de véritables avantages; mais elle perdait tous les jours de sa réalité et elle finit par devenir affaire de pure convention. C'est alors qu'elle excita le plus de passions et de convoitises.

La question de la noblesse a donné lieu, au siècle dernier, à une lutte mémorable des bourgeois de Perpignan contre les avocats et les gentils-hommes de la province. La capitale du Roussillon émettait la prétention de créer des nobles; elle délivrait des brevets de bourgeois honorés : avec un peu de bonne volonté, de bourgeois honoré à bourgeois noble il n'y a pas loin, et de bourgeois noble à noble il n'y a qu'un pas. Quand nos bourgeois eurent franchi ces étapes, la noblesse protesta, et elle eut peut-être raison; le barreau se joignit à elle et, franchement, il eut tort. Fossa, qui personnifiait dans le pays la science historique, fut chargé de prouver qu'il n'y avait pas d'autres nobles en Roussillon que les gentils-hommes et les avocats. Il écrivit de gros livres sur cette belle question, avec plus d'érudition que de conviction peut-être, car lui, avocat, bâton-nier, ne dédaigna pas une lettre d'anoblissement; ce titre fut d'ailleurs la juste récompense de la science remarquable qu'il avait déployée pour dé-montrer qu'il n'en avait pas besoin.

On n'attend pas de moi que j'analyse, même sommairement, les volu-mineux ouvrages et bien lourds, hélas! que les adversaires se jetèrent à la tête. A mon humble avis, on a oublié dans cette discussion, qui pas-sionne encore bien des gens, une distinction, et cette distinction, si je ne m'abuse, est essentielle. On peut, en effet, examiner le débat à un double point de vue : historique et juridique. Au point de vue de l'his-toire, je veux dire si l'on considère les titres produits, qui correspondent à un état social entièrement différent de celui du XVIIIe siècle, si l'on s'en tient aux lois et aux idées qui régissaient la vieille société catalane du moyen âge, il n'y a pas place dans la noblesse pour les bourgeois, même hono-rés. Ces deux classes n'étaient pas seulement distinctes, elles étaient op-posées : les nobles étaient hors des communes et communautés d'habitants; ils n'en supportaient pas les charges, n'en reconnaissaient pas le magis-trat, le bayle [2].

---

[1] 17 mars 1235. (Constitution de paix. *Marca Hispanica*, c. 1429, et *Constitucions de Cathalunya*, t. I, liv. X, tit. VIII, S 11.)

[2] Fossa, *Mémoire pour les avocats*, p. 43

et 154; Alart, *Notices historiques*, t. 1, p. 234, et *Privilèges et titres*, p. 253. «Ille... son passé municipal offre l'exemple unique en Roussillon de l'intervention de la classe nobi-

Mais, au point de vue du droit, la solution est tout autre : il paraît incontestable qu'au siècle dernier les bourgeois honorés avaient acquis des privilèges exclusivement réservés à la noblesse [1]. C'était une usurpation, a-t-on dit. Soit; mais l'histoire du droit est faite d'usurpations reconnues, et l'usurpation dont il s'agit ici était toute naturelle.

La noblesse, en effet, telle que la concevait le haut moyen âge, n'avait plus de raison d'être au xviiie siècle; elle ne pouvait pas former un corps de l'État avec une mission spéciale et une fonction déterminée; elle ne représentait plus que l'élément aristocratique nécessaire dans la monarchie. Or, la haute bourgeoisie de Perpignan avait pour le moins autant de titres à ce rôle que les pauvres hobereaux de la province. Au surplus, le souverain, à qui personne ne conteste le pouvoir d'anoblir, a tranché le différend en faveur des bourgeois et les a expressément déclarés nobles [2]; de telle sorte que, lors bien même qu'ils n'auraient pour eux que ce succès, il serait permis de dire, sans paradoxe, que les bourgeois de Perpignan ont raison, parce qu'ils ont gagné leur procès.

Tandis que les gens des campagnes étaient disséminés, tandis qu'ils formaient tout au plus des villages sans importance, les habitants des

---

liaire dans l'administration de certaines affaires communales.» (Alart, *Privilèges et titres*, p. 7.) — Une constitution des Corts tenues à Monzon en 1363 nous apprend que certains bourgeois sollicitaient des lettres de noblesse pour s'exonérer des impositions municipales. (*Constitucions*, t. I, liv. I, tit. XVII, § 2.) — Il a pu arriver exceptionnellement que les intérêts des nobles et ceux des bourgeois fussent communs et que les deux classes s'entendissent pour les défendre; ainsi, le 30 octobre 1344, une ordonnance royale fut rendue à la requête de trois envoyés de la ville de Perpignan : le nom de ces envoyés nous a été conservé; l'un était Guillaume Roig, chevalier. (Archives municipales de Perpignan, Livre vert mineur, fol. 195.)

[1] Voir abbé Xaupi, *Recherches historiques sur la noblesse des citoyens honorés de Perpignan et de Barcelone* : pour l'admission dans l'ordre de Malte, t. II, p. 305, 510 et 698; pour l'exemption du droit de franc-fief, t. II, p. 19-26; pour l'admission dans l'ordre de Saint-Michel, t. II, p. 344, 540, 580, 780-802; pour l'admission à l'École militaire, t. II, p. 436 et 615. Dans sa *Réfutation abrégée*, Fossa s'est efforcé d'atténuer ces ar-

guments; mais les faits n'en subsistent pas moins.

[2] Février 1789. Lettres patentes ainsi conçues : «... Après avoir examiné ces diverses pièces, nous avons reconnu qu'il était indispensable de maintenir lesdits citoyens nobles dans la noblesse transmissible et dans les droits qui y sont attribués... Déclarons même que s'il était possible que ces titres laissassent l'ombre d'un doute sur la noblesse desdits citoyens, Nous suppléons en tant que de besoin par la plénitude de notre pouvoir à ce qui pourrait manquer à iceux. Maintenons en conséquence lesdits citoyens immatriculés de Perpignan et ceux de Barcelone qui sont établis dans notre royaume, ensemble leurs descendants, tant de l'un que de l'autre sexe, en ligne directe et masculine, dans la noblesse transmissible et dans tous les droits, privilèges et prérogatives qui y sont attribués...» (Enregistrées au Conseil souverain de Roussillon, le 23 mars 1789.) — Je regrette de ne pouvoir pas, sous peine d'allonger outre mesure l'étude de ce problème historique, reproduire les notes précieuses que M. le général Miquel de Riu m'a communiquées avec la plus parfaite bienveillance.

villes, déjà individuellement puissants par leur fortune, étaient réunis en des masses compactes avec lesquelles les pouvoirs féodaux devaient compter. De là les avantages accordés aux bourgeois, que les *Usages* font participer à quelques-uns des privilèges de la noblesse [1], tandis qu'ils les assimilent, sur d'autres points, aux paysans [2].

Nous aurons l'occasion de revenir, à propos des communes, sur la condition privilégiée qui était faite aux bourgeois.

L'habitant de la campagne était dit paysan, *rusticus*, en catalan *pages* [3]. La condition des *pagesos* a varié, dans un même canton, suivant les époques. Peut-être une partie de ces populations rurales avait-elle été très anciennement soumise à un véritable esclavage. Du moins, certains actes du ix⁰ siècle, où il est question des hommes libres de nos pays, sont une preuve que d'autres hommes existaient qui n'étaient pas libres [4]. Il y avait, en effet, une classe de *mancipia*, *servi* [5], qui disparut, semble-t-il, vers le xi⁰ siècle, et dont la condition devait se rapprocher de l'esclavage, sans qu'il me soit possible de fournir aucun renseignement nouveau sur l'état de ces individus.

L'esclavage proprement dit se retrouvait en Roussillon [6]; mais les

---

[1] Usages *Cives autem*, *Item statuerunt*, *Mariti uxores*. (*Usatici*, fol. xvii, cxxiv et cxliv; *Constitucions*, t. I, liv. IX, tit. XV, § 8; t. III, liv. X, tit. I, § 1; t. I, liv. IX, tit. VIII, § 2; Giraud, p. 467, 478 et 488.)

[2] Us. *De omnibus hominibus*. (*Usatici*, fol. cxxxix v⁰; *Constitucions*, t. I, liv. IX, tit. XV, § 23; Giraud, p. 486.) — Voir Fossa, *Mémoire pour les avocats*, p. 94.

[3] Les Constitutions de Catalogne traduisent par *pages* le mot *rusticus* des *Usages*; Alart s'est donc mépris en donnant au mot *pages* dans les anciens documents la signification qu'il a aujourd'hui, de propriétaire cultivateur. (*Notices historiques*, t. I, p. 236.)

[4] 1ᵉʳ janvier 815. «Sicut cæteri liberi homines cum comite suo in exercitum pergant.» (Précepte pour les Espagnols réfugiés. *Capitularia regum Francorum*, t. I, c. 549.) — 850 environ. «Commutationes et vinditiones quibuscumque liberis hominibus de rebus supradicti monasterii...» (*Marca Hispanica*, c. 784-785.)

[5] 23 janvier 843. Donation par Charles le Chauve, à son fidèle Sicfrid, de terres domaniales, «cum mancipiis utriusque sexus».

(*Marca Hispanica*, c. 778.) — 20 avril 888. Consécration de l'église de Ripoll. «Et tradimus ibi servum nostrum nomine Aigfredo.» «Et in pago Bergitano... ipso alode et fines et terminos suos, sicut in ipso judicio resonat, quem adquisivit per vocem liberto suo nomine Serracino.» (*Ibid.*, c. 817-818.) — 1ᵉʳ octobre 966. «Et de ipsos servos meos et ancillas illi qui traditi fuerunt faciatis illos liberos propter remedium animæ meæ, et alii qui fuerunt de parentum meorum remaneant ad fratres meos, exceptus istos duos, id est Stephanum et Amalaricum, qui mecum fuerunt ad Romam.» (Testament du comte Seniofred. *Ibid.*, c. 887.) — Décembre 1036. «Servi vero et ancille qui in domo mea inventi sunt, omnes fiant ingenui, præter Arsindis et Ledgardis, Guilla atque Sicardis sive Elliardis, feminas, Reiamballum et Godmarum, cocos, Guifredum et Bernardum, pistores; istis vero jam supradictis relinquo uxori mee.» (Testament de Guifred, comte de Cerdagne. D'Achery, *Spicilegium*, t. III, p. 393.)

[6] Voir mon *Étude sur l'esclavage en Roussillon*, dans la *Revue historique de droit*, juillet-août 1886, p. 388 et suiv.

esclaves étaient des étrangers, des infidèles, et ils vivaient dans les villes; si l'on en rencontre dans les campagnes, c'est un fait tout exceptionnel[1].

En ce qui concerne les populations rurales proprement dites, les cultivateurs, il est à remarquer que les documents de nos archives sont rares, où il est question de leur condition : c'est le sol, ce sont les redevances dues par le sol, qui occupent la plus grande place dans les préoccupations des générations du moyen âge et dans les chartes qu'elles nous ont laissées.

On est trop porté à se figurer les paysans de cette époque frémissants sous le joug de fer de la féodalité : c'est prêter aux populations de ces temps reculés nos idées et nos passions modernes. La vassalité, la sujétion au seigneur étaient passées dans les mœurs; on les acceptait, je suis tenté de dire qu'on les recherchait. C'est l'un des traits frappants de l'histoire du Roussillon au xiiie siècle que la fréquence des recommandations et le petit nombre des communes : des individus et des villages qu'aucune nécessité juridique ne forçait d'abdiquer leur indépendance se soumettaient volontairement au pouvoir d'un personnage ou d'une église puissants.

De l'étude des pièces nombreuses que j'ai dû consulter pour le présent travail, il m'est resté la conviction que les populations agricoles du Roussillon et de la Cerdagne n'étaient pas malheureuses : les documents, je viens de le dire, mentionnent rarement les redevances personnelles; les mauvais usages eux-mêmes, ces *mals usos* dont le nom excite la trop facile indignation de certains auteurs, sont surtout connus par les titres qui nous apprennent leur abolition. J'ai eu déjà l'occasion de constater qu'une certaine agitation s'était faite autour de certains d'entre eux qui n'étaient pas, en somme, bien onéreux[2] : c'est sans doute que les Roussillonnais n'avaient pas de motif plus sérieux à faire valoir pour donner cours à leur impatience naturelle. Un peuple qui fait une émeute à propos de la *cugucia* n'est pas un peuple à plaindre.

Il me reste à examiner une difficulté qui n'a peut-être pas été résolue avec toute la prudence désirable. Y avait-il des serfs en Roussillon? Avant de répondre à cette question, il aurait fallu savoir ce qu'était un serf : c'est à quoi on ne paraît pas avoir songé.

Servus se rencontre souvent, beaucoup trop souvent, dans les actes de la province, où il désigne l'esclave; mais cet homme-marchandise n'était pas un serf.

---

[1] 19 février 1271. Acte par lequel sont vendus *mansos* et *fumus* et *ortus* cum pertinenciis eorum et sarracenus et asinus et census denariorum et aliarum rerum.» (B 44.)

[2] Voir ci-dessus, p. 195.

Le servage français est défini par des documents du temps : dans le Parisis, au XIII° siècle, quiconque pouvait se marier sans le congé du seigneur, quiconque avait la liberté de disposer de ses biens, était placé en dehors du servage [1]. Or, les hommes *amansats* de nos pays se mariaient sans avoir à solliciter la permission du seigneur, et non seulement ils pouvaient, mais encore ils devaient tester.

Je sais bien que la condition des serfs variait d'une province à l'autre, et qu'il existait dans une même province diverses catégories de serfs. « Cette manière de gent, a dit Beaumanoir [2], ne sont pas tout d'une condition. » Mais je crois percevoir entre le servage le plus adouci dont parle Beaumanoir et l'état de nos hommes de *remensa* de trop grandes différences et trop essentielles pour qu'il soit possible de désigner par un même mot ces deux conditions.

D'où je conclus que le servage n'était pas connu en Roussillon : il y avait des nobles, des clercs, des bourgeois, des vilains libres ou soumis à des obligations plus ou moins dures, des esclaves, mais il n'y avait pas de serfs.

II. L'étendue des droits dont jouissait l'individu ne dépendait pas seulement de sa situation dans la société; elle dérivait aussi de la place qu'il occupait dans la famille. La famille, en effet, était très fortement constituée dans nos pays, où l'autorité paternelle restreignait considérablement les droits de quiconque y était soumis.

On ne trouve pas, dans les institutions essentielles du droit catalan pour l'organisation de la famille, de traces appréciables du droit romain. La distinction entre *agnats* et *cognats* était connue des rédacteurs de certaines chartes; ils en parlent pour faire montre de leur érudition [3]; mais cette distinction ne fut pas admise dans la pratique. A la conception quelque peu inhumaine de la famille antique, le christianisme avait substitué des idées plus naturelles et plus saintes.

Il faut bien dire cependant que l'on s'abuse trop souvent au sujet du respect que les hommes du moyen âge auraient professé pour les liens du mariage : la bigamie, si l'on en croit un statut épiscopal de 1327, n'était pas rare dans le diocèse d'Elne [4]; l'importance attachée par les popula-

---

[1] Viollet, *Précis de l'histoire du droit français*, p. 268.

[2] XLV, S 31. Éd. de la Société d'histoire de France, t. II, p. 233.

[3] 6 octobre 1260. Restitution des biens

de Pons de Vernet à son fils. (Henry, *Histoire du Roussillon*, t. I, Preuve XI, p. 520.)

[4] 23 avril 1327. « Cum... multi de nostra diocesi, ut facto non est diu vidimus, quamvis aliquando cum una legitima con-

tions au droit de *cugucia* donne à penser que l'adultère était fréquent; les enfants naturels et adultérins n'étaient pas en si petit nombre que l'histoire n'ait gardé le souvenir de certains d'entre eux [1].

Le mariage était avant tout, aux yeux de nos pères, un sacrement : c'est assez dire quel rôle le droit canonique a joué en ces matières. Cependant l'autorité civile les a réglementées et, d'autre part, des coutumes se sont formées au sujet du régime des biens des époux.

Une pragmatique de Jacques d'Aragon prononce l'exhérédation des filles mineures de 25 ans qui se laisseraient enlever ou qui se marieraient sans le consentement de leurs parents [2]. En général, le contrat de mariage porte que la jeune fille agit avec l'autorisation des siens, du conseil et avec l'approbation de sa famille et de ses amis [3].

Le contrat intervenait habituellement à l'époque de la célébration du mariage. Il arrivait néanmoins fréquemment qu'il était rédigé un certain temps après que l'union était consommée [4].

Le contrat [5] se borne quelquefois à une société d'acquêts, mais presque

---

traxerint, aliam ducant.» (G 234.) — En 1408 (?) l'official de Perpignan prononça l'annulation d'un mariage, parce que la femme avait un premier mari encore vivant. (G 153.) — En 1027, diverses prescriptions furent ajoutées aux statuts qui venaient d'être promulgués pour la trêve de Dieu; l'une d'elles interdisait aux hommes mariés d'abandonner leur femme pour une concubine. (Baluze, *De concordantia*, p. 436; Labbe, *Concilia*, t. IX, c. 1249.)

[1] S'il est un pays qui passe pour être le berceau des mœurs patriarcales, c'est l'Andorre; or, dans l'étude des archives judiciaires andorranes, il est deux sortes d'affaires dont la fréquence m'a vivement frappé : les procès de sorcellerie, les procès de mœurs.

[2] *Constitucions*, t. II, liv. V, tit. I, § 1.

[3] 30 décembre 1283. Contrat de mariage de Tiborcz, de Corsavy, du consentement de sa sœur, avec Bérenger Frànces, du même lieu. (Notaires, n° 13, fol. 38.) — 23 janvier 1284. Contrat de mariage entre Bérengère, fille de feu Vesian, de Serrabone, «voluntate, consilio et voluntate (*sic*) amicorum meorum», et A. Genis, de Perpignan. (*Ibid.*, n° 15, fol. 32 v°.) — Même jour. Contrat entre Étiennette, de Saint-Hippolyte, «consilio ac laudamento dicti patris mei et aliorum ami-

corum meorum», et J. Matfred, peaussier, de Perpignan. (Notaires, n° 15, fol. 33.) — 28 janvier 1284. Contrat de mariage de Marie, de Corneilla-de-la-Rivière, du consentement de ses frère et sœur, avec un habitant de Perpignan. (*Ibid.*, n° 13, fol. 45 v°.) — 4 février 1284. Contrat entre Marie, fille de feu P. de Sesloses, de Prats-de-Mollo, et de défunte R., «consilio et laudamento P. de Sesloses et G. de Sesloses et Johannis de Campoplano, fratrum meorum», d'une part, et B. P., laboureur, de Vernet, d'autre part. (*Ibid.*, n° 15, fol. 35.)

[4] 30 octobre 1283. (Contrat de mariage à Perpignan. Notaires, n° 13, fol. 23.) — 5 mars 1284. (Contrat, à Toulouges. *Ibid.*, n° 15, fol. 40 v°.) — 26 avril 1286. Contrat entre Perpignane et R. de Serrabone; Perpignane reconnaît à son mari «me tecum contraxisse matrimonium per verba de presenti et per carnalem copulam diu est consumasse, et cum tempore matrimonii inter me et te contracti dos nec donatio propter nupcias non fuerit constituta...». (*Ibid.*, n° 16, fol. 29 v°.) — 6 septembre 1286. Autre contrat dans les mêmes conditions. (*Ibid.*, n° 17, fol. 29.)

[5] Mars 1266. Contrat de mariage : «Quicquid lucrari potuerimus, Domino mediante, sit medium.» (Notaires, n° 2, fol. 43.)

toujours il comprend la constitution d'une dot par la femme ou sa famille, la constitution d'un douaire par le mari. La dot s'appelait *dos*, rarement *exovarium* [1]; l'apport du mari portait — nous le savons déjà — le nom de *sponsalicium*, en catalan *spoli*, et de *donum propter nupcias* [2].

Il n'y avait pas entre la dot et le douaire une proportion rigoureusement nécessaire : les deux époux se faisaient parfois donation mutuelle de tout ou partie de leurs biens [3], avec cette réserve, d'ailleurs admise pour la dot et le douaire, qu'à la mort du conjoint survivant, les biens de l'autre reviendront aux enfants ou, à défaut d'héritier naturel, à la famille du conjoint prédécédé [4]. Toutefois, dans la pratique, un usage s'établit en vertu duquel le douaire était égal à la moitié de la dot. On disait, paraît-il, des contrats où cette proportion était observée, qu'ils étaient faits « a us y costum de Perpinya », suivant l'usage et la coutume de Perpignan [5].

---

[1] 9 février 1199. Approbation par l'abbé de Canigou de l'engagement d'une terre tenue pour lui et donnée à Raymond, clerc de Corneilla, en nantissement des 80 sous par lui fournis à sa sœur « in exovario ». (Série H, fonds de Canigou.)

[2] Il arrivait parfois que, le jour du contrat, les parents des conjoints leur faisaient une donation, par acte séparé : 8 octobre 1283. R., veuve remariée, donne à sa fille Frescha deux terres; le même jour, Frescha se constitue en dot ces deux terres et 20 marcs d'argent; le *sponsalicium* est de 6 marcs. (Notaires, n° 13, fol. 17 v°-18.) — 30 octobre 1283. Les parents d'Ava, de Perpignan, lui cèdent, pour sa part d'héritage, une jeune vigne et 12 marcs d'argent; même jour : contrat d'Ava, qui est déjà mariée; la dot comprend les 12 marcs et la jeune vigne; le douaire est de 11 marcs. (*Ibid.*, fol. 22 v°-23.) — Quelquefois aussi les parents du jeune homme l'émancipaient à l'occasion du mariage : 31 janvier 1284. G. Domenech, négociant de Perpignan, émancipe son fils, du consentement du juge royal; même jour : le même et sa femme font donation de leurs biens à leur fils; même jour : le fils se marie. (*Ibid.*, fol. 47.)

[3] Février 1286. Contrat de mariage; mari et femme se font donation de tous leurs biens. (Notaires, n° 16, fol. 13 v°.) — On rencontre aussi, du moins à des époques plus rapprochées, des donations de ce genre entre époux dont l'union était restée stérile; c'était la substitution de la communauté au régime dotal; on donnait à cet acte le nom d'« agermanamentum » : 7 mai 1484. « Agermanamentum » entre Guillaume Castello et Antoinette, sa femme, de Collioure. (Notaires, n° 1980, *in fine*.) — Sur l'*agermanament*, voir de Broca et Amell, *op. cit.*, t. I, p. 362.

[4] 15 juillet 1179. Contrat d'Adaled, d'Ages, et Bérenger : le douaire, de 100 sous de Barcelone, retournera à la famille de Bérenger s'il meurt sans enfant. (Série H, fonds de Canigou.) — 26 mars 1197. Clause analogue pour la dot et le douaire de Saurimonde et de Raymond de Castel-Roussillon. (Publié par le duc de Roussillon [Pi], *Biographies carlovingiennes*, Preuves, p. 147.) — 17 juillet 1273. Contrat de Grasida et de Barthélemy Ribesautes, qui se donnent tous leurs biens : si Grasida meurt la première, le mari aura la jouissance de trois terres qui passeront aux enfants ou, à défaut, aux proches parents de la femme; si Barthélemy prédécède, la femme reprendra sa dot et jouira, sa vie durant, d'une vigne qui passera aux enfants ou aux parents du mari. (Notaires, n° 4, fol. 19 v°-20 v°.) — 15 juin 1286. P. Sastre donne quittance à son gendre de la dot (36 marcs d'argent) et du trousseau, « de indumentis nupcialibus et pannis aliis tibi extra dotem datis », de sa fille décédée. (*Ibid.* n° 16, fol. 43.)

[5] Bosch, *Titols de honor*, p. 519. — Dans

Les contrats de ce genre étaient .les plus nombreux, du moins au xiiie siècle [1], et je ne serais pas éloigné de penser que c'est le motif pour lequel la femme figure généralement la première dans le contrat, parce que le chiffre de sa dot détermine la valeur du *donum propter nupcias*.

A la même coutume je rattache les contrats par lesquels la femme apporte la totalité de ses biens et le mari la moitié des siens [2].

D'une façon générale, le mari garantit les droits de la femme sur la dot et le *donum*, tantôt au moyen d'une obligation générale de l'ensemble de ses propriétés, tantôt par une hypothèque spéciale sur un bien déterminé [3].

le droit gréco-romain, l'apport du mari est présumé égal à la moitié de la dot. (*Histoire du droit gréco-romain*, par Charles-Édouard Zachariæ, trad. par Eugène Lauth, Paris, 1870, p. 36.)

[1] 5 mai 1273. Renonciation par Barthélemie, femme de P. d'Argelès, à 12 marcs d'argent auxquels elle a droit : «viii videlicet quos ego dedi in dotem dicto viro meo et iiii^{or} quos ipse mihi constituit in donationem propter nuptias». (Notaires, n° 3, fol. 29 v°.) — Mai-juin 1273. Contrat de mariage; dot : «D solidos barch. valentes viii marchas argenti»; douaire : 250 sous valant 4 marcs. (*Ibid.*, n° 4, fol. 2 v°-3.) — 25 novembre 1283. Dot : 10 marcs d'argent; douaire : 5 marcs. (*Ibid.*, n° 15, fol. 22 v°.) — 23 janvier 1284. Contrat; dot : 4 marcs d'argent; douaire : 2 marcs; le mari donne hypothèque sur un jardin sis à Perpignan. (*Ibid.*, fol. 32 v°.) — Même jour. Dot : 36 marcs d'argent; douaire : 18 marcs; hypothèque sur tous les biens du mari. (*Ibid.*, fol. 33.) — 6 septembre 1286. Dot : 12 m.; douaire : 6 marcs; hypothèque sur les biens du mari. (*Ibid.*, n° 17, fol. 29.) — Le 22 septembre 1286, Arnalde, de Sainte-Marie-la-Mer, donne en complément de sa dot 4 marcs d'argent; le mari délivre quittance et ajoute : «Ego vero, ratione carumdem iiii marcharum argenti, dono et constituo tibi, dicte uxori mee, de meo in donationem propter nupcias ii marchas argenti fini.» (*Ibid.*, fol. 42.)

[2] 26 novembre 1283. Contrat de mariage entre Marguerite, de Villemolaque, et B. Corredor, tailleur de Perpignan. (Notaires, n° 13,

fol. 30 v°.) — 30 décembre 1283. (Contrat de deux individus de Corsavy. Notaires, n° 13, fol. 38.) — 22 janvier 1284. (Contrat d'une jeune fille et d'un travailleur de terre de Perpignan. *Ibid.*, fol. 43 v°-44.)

[3] 17 octobre 1278. Contrat; dot : 14 m.; douaire : 7 marcs; quittance pour la dot et hypothèque sur les biens du mari. (Notaires, n° 5, fol. 50 v°.) — 12 octobre 1282. Quittance par Guillaume de Vernet à sa femme, pour les 1,500 sous, valant 30 marcs, de la dot, et hypothèque sur ses propres biens. (Série H, fonds de Canigou.) — 23 janvier 1284. (Voir note 1.) — 4 février 1284. Contrat; dot : 2 marcs; douaire : 1 marc; hypothèque sur les biens du mari. (Notaires, n° 15, fol. 35.) — Nous avons déjà vu que la femme intervient, dans les actes de vente, pour renoncer aux droits que lui confère cette hypothèque. (Voir p. 97.) Par une pragmatique de septembre 1241, Jacques d'Aragon décida que les meubles et, en cas d'insuffisance des meubles, les immeubles du mari seraient attribués au payement de la dot et du douaire de la femme, préférablement aux autres dettes. (*Constitucions*, t. II, liv. V, tit. II, § 1; de Broca et Amell, *Historia del derecho catalan*, t. I, p. 318; texte altéré, B 146, fol. 11.) — On trouve dans quelques registres de notaires perpignanais des donations consenties en faveur de la femme par le mari, que poursuivaient les créanciers : 11 octobre 1278. Barth. Pia reconnaît que sa femme a reçu en dot 30 marcs d'argent et qu'il lui a constitué un douaire de 15 marcs; il a donné hypothèque à sa femme sur ses biens; il les lui livre à condition qu'elle l'entre-

Les personnes portaient assez souvent un nom de localité; les *Perpinya*, *Perpinyana*, par exemple, sont nombreux [1]; cette coutume s'est maintenue dans le pays.

Il n'y avait pas, au xiiᵉ siècle encore, de règle fixe pour la transmission des noms : le prénom du père devenait quelquefois le nom de la famille [2]. La femme prenait le nom de son mari avec la forme féminine [3]; mais cet usage souffrait de nombreuses exceptions [4], et le mari pouvait prendre le nom de sa femme [5]. Le fils n'avait pas, au xiiᵉ siècle encore, le même nom que son père : si le fils de Gombaud s'appelait Guillaume, on disait : *Guillaume, qui est le fils de Gombaud* [6]; on sous-entend les mots «qui est le fils», et on dit simplement en latin *Guillelmus Gombaldi,* en catalan *Guillem Gombald* [7]. Le fils portait aussi le nom de sa mère, surtout quand

tiendra. (Notaires, n° 5, fol. 45.) — Octobre 1283. G., pareur de Perpignan, a reçu pour la dot de sa femme 1,000 sous de Barcelone et lui en a donné 250 avec une garantie sur ses biens. «Unde cum ego sim diversis crediteribus tam judeis quam christianis obligatus et sub gravibus usuris ipsis judeis, inceperim male uti substantia mea et vergi ad inopiam et velim tibi et familie tue providere ne dicta dote et donatione propter nupcias egeatis, idcirco trado sive quasi trado tibi, dicte uxori mee, et tuis, pro dicta dote et donatione propter nupcias, bona mea nobilia et inmobilia, presencia et futura.» (*Ibid.*, n° 15, fol. 9 v°.) — 28 août 1283. Sentence du juge ordinaire de Roussillon adjugeant à une femme de Neffiach les biens de son mari, pressé par les créanciers; ce juge exige des conjoints le serment qu'ils n'agissent point «in fraudem creditorum». (*Ibid.*, n° 14, feuillet papier, scellé, après le fol. 4.) —1284. Donation par Jacques Cerda, de Perpignan, à sa femme, dans les mêmes conditions, pour la dot (6 marcs) et le douaire (3 marcs). (*Ibid.*, fol. 1.) — 1284. Acte analogue; dot : 8 marcs; douaire : 4 marcs. (*Ibid.*, fol. 4 v°.) — Il est à remarquer que les formules employées dans ces actes pour l'exposé des motifs et dont j'ai donné un spécimen contiennent des réminiscences des œuvres de Justinien. (Code, liv. V, tit. XII, 29.)

[1] Alart, *Notices historiques*, t. II, p. 2, note. — Je trouve un «Cocliure Fabre de Cauquolibero» (Collioure Fabre de Collioure)

dans un aveu du 17 mars 1293. (B 29, fol. 11 v°.) — 27 septembre 1217. Bail à ferme en faveur de Perpinya. (B 48.)

[2] Alart, *Notice sur les peintres roussillonnais*, dans le *Bulletin de la Société des Pyrénées-Orientales*, t. XIX, p. 210, note.

[3] 31 mars 1273. «Marchesia Amada, uxor quondam P. Amat et J.-P. Amat, filius eorum, textor.» (Notaires, n° 3, fol. 22.) — — Mars 1293. «Paytavina, uxor Petri Patavi quondam.» (*Capbreu* d'Argelès, B 30.)

[4] Mars 1293. «Guillelma Barona, uxor Petri Tortosa.» (B 30.)

[5] 24 octobre 1208. «Ego Columba, femina, et ego Garsendis, filia ejus, et ego Guillelmus Columbi, virum Garsendis.» Je suppose que la belle-mère et le gendre ont pris le nom du beau-père, Columbus. (B 53.) — 25 novembre 1237. «Ego Garsia de Villario, miles, et ego domina Berengaria, uxor ejus, filia Berengarii de Villario.» (Série H, non classé.) — 5 juin 1265. «Vobis Bernardo Gerallo de All et Arsende, uxore tua quondam, filia et herede unica Petri Geralli quondam de All.» (B 15, fol. 7 v°.) — 12 août 1295. Aveu de Raymonde, fille de Pierre Puig, «cum laudamento et voluntate Juliani de Puig, viri mei». (Série H, non classé.)

[6] 26 novembre 1139. Plaid au sujet des biens que possédait «Guillelmus qui vocatur filius Gombaldi de Turreliis». (B 45.)

[7] 23 mai 1137. «Ipsam cavalleriam quem tenet pro me iste Bernardus Guillelmi.» (Cartulaire du Temple, fol. 118 v°.) — Même jour. «Petrum Raymundum, de Milars, et me, Pe-

la mère était héritière et le père légitimaire [1]. Bien que, d'une façon générale, les frères eussent le même nom [2], ce n'était pas une règle constante [3].

Le père était armé d'une autorité plus étendue qu'aujourd'hui. Il décidait de l'avenir de ses enfants, leur choisissant un époux [4], les faisant entrer dans les monastères [5], ordonnant même avant leur naissance qu'ils prendraient le froc [6].

---

trom Duranni.» (Cart. du Temple, fol. 118.) — 18 juillet 1257. «Arnaldus Amiloci, filius Johannis Amiloci, de Turrillis.» (B 49.)

[1] 18 juillet 1258. Guillaume de Py, fils de Pierre de Conillac et d'Arnaude de Py. (Duc de Roussillon [Pi], *Biographies carlovingiennes*, Preuves, p. 40.) — 14 novembre 1258. Paschal, d'Egat, fils d'A. Maestre et de Paschale. (Série H, fonds de Canigou.) — 3 mai 1281. Aveu féodal par Arnalde, fille de Pierre Toache et veuve de Géraud de Saint-Pons, au nom de son fils, Pierre Toache. (B 41.) — 5 octobre 1283. R. Samaso, pareur de Perpignan, délaisse, moyennant un cens, le dixième des fruits, etc., à son frère, B. Samaso, de Prats, le mas Samaso ayant appartenu à leur mère, R. Samaso. (Notaires, n° 13, fol. 15 v°-16.)

[2] 28 janvier 1277. Cession consentie par «G. de Nahuga, curacer, habit. Perpiniani, et B. de Nahuga et G. de Nahuga, omnes tres fratres, filii Johannis Palasol de Nahuga.» (Notaires, n° 6, fol. 11 v°.) — 24 février 1298. «Alasaydis, uxor quondam Petri de Pals, habitatoris de Turrillis, tutrix per curiam de Turrillis data Jacobo de Pals et Raimundo de Pals, pupillis, filiis meis et dicti viri mei.» (B 52.) — 30 mai 1299. Bail emphytéotique consenti par Bérenger de Costafreda, comme tuteur de son neveu Mathieu, fils d'Arnaud de Costafreda. (G 211.)

[3] 26 janvier 1277. Quittance par «B. Bajuli, de Sancto Johanne de Sella, tibi P. R. Saquet, pellicerio, fratri meo». (Notaires, n° 6, fol. 11 v°.) — 4 février 1284. (Voir p. 206, note 3.)

[4] 17 septembre 1106. «Et ipsam jamdictam filiam meam, simul cum honore meo, dimitto uni ex filiis Bernardi Deusdedit, de quo jamdictus Ermengaudus, episcopus, et mei homines magis caverint ut eam accipiat in uxorem.» (Testament d'Hugues, vicomte

de Taxo (?). Publié par le duc de Roussillon [Pi], *Biographies carlovingiennes*, Preuves, p. 24.)

[5] 6 décembre 1036. (Plaid pour le monastère d'Arles. *Marca Hispanica*, c. 1063.) — Décembre 1179. Arnaud de Sourina offre à Saint-Martin de Canigou son fils Guillaume «pro monacho», avec sa part de l'héritage maternel, augmentée de dons faits par le père. (Série H, fonds de Canigou.) — 1200 environ. Mention d'une borde donnée à Saint-Martin de Canigou par Bernard de Rio, «quando filium suum fecit monachum». (Série H, fonds de Canigou.) — Février 1266. Testament de Brunissende : elle lègue à son fils Pierre «jure institutionis et nomine hereditatis sue DC.xxv solidos bar..., cum quibus denariis volo quod dicti manumissores mei constituant ipsum in loco religioso». (Notaires, n° 2, fol. 28.) — 4 août 1267. Testament de Guillaume-Hugues de Serralongue, qui part pour la croisade : il décide que tels de ses enfants entreront dans les monastères. (B 79.)

[6] 24 janvier 1175. Testament d'Arnaud de Cabestany : «Relinquo reliquo (*sic*) Bernardum, filium meum, Domino Deo et beate Marie de Capitestagno et Sancte Eulal[i]e Elenensis ecclesie, per clericum esse, et rogo atque mando filium meum Guillelmum ut ille faciat canonicum Sancte Eulalie Elenensis ecclesie... Et, si Maria, uxor mea, modo pregnans est et masculus fuerit, faciat illum Guillelmus, filius meus, monachum Sancti Genesii, et si femina fuerit faciat illam sanctimonialem Sancte Marie de Eula.» (Cartulaire du Temple, fol. 44.) — 29 mars 1214. Guillaume de Montesquieu décide par son testament que son second fils, s'il lui en naît un second, sera chanoine; s'il a d'autres fils, «ipsos clericos, ut predictum est, fieri jubeo». (*Ibid.*, fol. 9 v°.)

Les règles pour la fixation de la majorité étaient assez mal définies. Les rédacteurs des *Usages* avaient suivi sur ce point les dispositions du *Forum judicum* [1] : vingt ans pour les nobles, quinze ans pour les non-nobles [2]. En 1203, l'évêque d'Elne déclara nulle une restitution faite par Pierre d'Aragon à Raymond de Saint-Laurent, parce que le Roi, au moment de cette restitution, était âgé de moins de 20 ans [3].

Toutefois la détermination de la majorité fut l'une de ces quelques questions pour la solution desquelles le droit romain triompha, du moins à Perpignan, des usages locaux : à douze et quatorze ans, la tutelle prenait fin et le tuteur était remplacé par un curateur [4]; à vingt-cinq ans, on devenait *sui juris* [5].

Au XIIIe siècle, l'autorité intervint pour la protection des mineurs; je puis citer, toujours à Perpignan, des exemples de tutelles ou de curatelles déférées ou confirmées par le magistrat [6].

Dans les premiers siècles du moyen âge et jusqu'au XIIe siècle au moins, le testament pouvait être fait oralement [7] : le testateur confiait aux exécuteurs testamentaires un fidéicommis; les exécuteurs disposaient des biens du défunt conformément aux dispositions que celui-ci leur avait fait connaître [8].

[1] De Broca et Amell, *op. cit.*, t. 1, p. 24.

[2] Us. *Tutores.* (*Usatici*, édit. de 1544, fol. cxlix; *Constitucions*, t. 1, liv. V, tit. IV, § 1; Giraud, *loc. cit.*, p. 489.)

[3] 6 juin 1203. (B 8.)

[4] 1261. Nomination, par le juge ordinaire du Roussillon, d'un curateur désigné par la pupille : «cum tutela sua esset finita, cursu xii annorum..., cum constaret mihi per inspectionem persone dicte puelle quod erat xii annorum». (Notaires, n° 1, fol. 27.)

[5] 29 mars 1214. Testament de Guillaume de Montesquieu : il ordonne de donner leurs biens à ses fils quand ils auront 25 ans, à ses filles quand elles se marieront ou seront nubiles. (Cartulaire du Temple, fol. 10.) — Je n'ai pas relevé les nombreuses chartes où il est fait mention de cet état intermédiaire, de 12 à 25 ans, entre la tutelle et la pleine possession de ses droits.

[6] 20 octobre 1283. Bail en acapte par Jeanne, veuve de A. Llobet, de Perpignan, «tutrix testamentaria et confirmata per curiam Perpiniani». (Notaires, n° 12, fol. 30.) — 24 février 1298. (Voir p. 210, note 2.) —

17 août 1298. Vente par Raimond Estève, tuteur de ses neveux, «tutor datus per curiam Perpiniani», et le grand-père maternel des enfants, «curator datus per curiam Perpiniani ventri dicte Blanche». (B 56.)

[7] La volonté du défunt était connue au moyen d'enquêtes dont il est resté plusieurs exemples. Voir notamment, 1er novembre 1000, *Histoire de Languedoc*, édit. Privat, t. V, c. 337-339; 14 août 1030, *Biographies carlovingiennes*, Preuves, p. 14; 17 avril 1072, dans le *Cartulaire roussillonnais* d'Alart, p. 79-80; 12 janvier 1073, *ibid.*, p. 77-79; 19 février 1077, *Histoire de Languedoc*, éd. Privat, t. V, c. 631-633; 8 mai 1164, *Marca Hispanica*, c. 1339, etc. — Le testament oral était resté dans la Coutume de Perpignan : «Item, quilibet potest dimittere bona sua verbo vel scripto cuicumque voluerit, etiam extraneus, si in villa Perpiniani disposuerit suam voluntatem.» (*Coutume de Perpignan*, § xxviii.)

[8] 25 août 967. «Ad cœnobium Sanctæ Mariæ que vocant Arulas, scriptura donationis faciatis de alodem meum in locum quæ dicunt Palaciodano... Et ipso meo libro Judicum

Le libre choix de l'héritier était laissé au testateur [1]. En fait, c'était le fils aîné qui était d'ordinaire désigné [2] ; mais la règle n'était pas absolue : l'hérédité testamentaire pouvait être attribuée concurremment à plusieurs enfants [3], et l'exhérédation était admise par les *Usages* [4]. Les héritiers naturels étaient évincés parfois au profit d'un tiers, du gendre [5] ; parfois encore l'héritier désigné était Jésus-Christ ou l'âme du défunt [6], c'est-à-dire, en fait, telle ou telle fondation pieuse.

Les enfants n'avaient droit qu'à une légitime de cinq sous [7]. En réalité, leur part dans l'héritage des ascendants était plus importante : c'est ainsi

donare faciatis ad domum Sanctæ Eulaliæ, matrem ecclesiarum Rossolionensium.» (Testament de Seniofred. Publié par le duc de Roussillon [Pi], *Biographies carlovingiennes*, Preuves, p. 9-12; reproduit par Alart, *Cartulaire roussillonnais*, p. 24-27.) Il s'agit d'un testament écrit. — 17 septembre 1106. (Testament du vicomte Hugues. *Biographies carlovingiennes*, Preuves, p. 23-24.) — Les exécuteurs testamentaires prenaient parfois le nom de «testes eleemosinarii» : 23 mai 1137. (Testament d'Ermengaud de Son. Cartulaire du Temple, fol. 118.)

[1] Dans le droit actuel de l'Andorre, le choix de l'*areu* (*hereu*, héritier) est de même laissé aux parents; ils règlent souvent cette question dès leur contrat de mariage, décidant alors d'instituer héritier (*heretar*) l'aîné, ou déterminant les conditions dans lesquelles sera faite cette institution (*heretament*), dont est quelquefois chargé l'époux survivant, assisté des plus proches parents.

[2] 28 août 1067. Testament d'Arnaud-Bernard de Fuilla : il laisse tous ses immeubles à sa femme, si elle ne se remarie pas; «a Guilielmo, filio meo, ipsa honor mea quem habeo in cunctisque locis remaneat ei, sicut decet filio optimo»; il substitue à Guillaume Bernard et à celui-ci «unumquemque alios filios meos per suas etates usque ad minimum». (*Cartulaire roussillonnais*, p. 70-72.)

[3] Septembre 1273. Testament d'Aument : elle institue héritiers ses deux fils, auxquels elle substitue son mari et son frère «equis partibus». (Notaires, n° 4, fol. 47.) — 5 janvier 1284. Testament de P. Ferrant, de Salses : il lègue à Guillelmine, sa fille, la dot qu'elle a déjà reçue et 5 sous; il institue

héritiers, à portions égales, ses deux autres enfants. (Notaires, n° 13, fol. 39 v°.)

[4] Us. *Exœredare autem* et *Si quis filium suum*. (*Usatici*, édit. de 1544, fol. cxxvIII; *Constitucions*, t. I, liv. VI, tit. II, S 1; Giraud, *loc. cit.*, p. 480-481 et p. 481.)

[5] 1266. Testament d'une femme de Villeneuve-de-la-Rivière : elle lègue à son fils G., «nomine hereditatis sue bonorum meorum, LXII s. VI d. barchinou.», à sa fille 6 s. 3 d. et tout ce qu'elle lui a donné à l'occasion de son mariage; elle institue héritier son gendre. (Notaires, n° 2, fol. 7 v°.)

[6] Février 1266. Testament de Brunissende : elle fait divers legs, notamment à son fils, et institue héritier Jésus-Christ, «amore cujus omnia bona mea dentur et distribuantur». (Notaires, n° 2, fol. 28.) — 29 octobre 1283. Testament d'un prêtre de l'église de Castel-Roussillon; il institue héritier Jésus-Christ. (*Ibid.*, n° 12, fol. 42-43.) — Cet usage a persisté en Andorre; il donne lieu à la formule suivante, qui m'a été indiquée par un des notables des Vallées, M. Dallerès : «Y dels restants bens vull que ne quedia hereua la mia anima, a cual fi los productos seran distribuits en las celebracions anuals seguents : 1°», etc.

[7] *Recollecta de tots lots privilegis... de la fidelissima vila de Perpinya*, fol. LII v°. — Bosch donne la date de l'ordonnance royale qui a consacré cet usage, 25 octobre 1280. (*Titols de honor*, p. 404-405.) — M. Rossell, négociant à Andorre-la-Vieille, a bien voulu me prêter une liasse de documents où se trouvaient plusieurs testaments des XIV° et XV° siècles attribuant aux enfants des légitimes de 5 sous.

que les filles légitimaires recevaient, outre ces cinq sous, une dot[1]. La femme survivante avait fréquemment, sinon la pleine propriété, du moins l'usufruit des biens du mari ou d'une part déterminée [2]. Le testament prévoit d'habitude le cas où la veuve se remarierait et il restreint, dans cette hypothèse, les avantages qui lui sont faits [3]. En dehors de ces dispositions expresses du testateur, la coutume accordait à la veuve une certaine portion dans la succession. Je ne sais pas si la veuve n'était pas héritière de droit lorsque le mari mourait intestat [4]. Dans tous les cas, il lui était servi, paraît-il, durant la première année de son veuvage, une pension alimentaire, en vertu de la coutume appelée *any de plor,* l'année des larmes [5]. Certains documents font entendre qu'elle prenait, de plus, une partie des biens du mari. C'était un dixième, à l'origine, sous l'empire d'une fausse interprétation d'un article de la loi gothique [6]; il semble que, plus tard, ce fut un sixième [7].

La cohésion de la famille catalane, la solidarité entre ses différents membres entraînaient des conséquences dignes de remarque. Les *Usages* règlent qu'en cas d'homicide, le coupable appartient aux héritiers de la —

---

[1] 20 avril 1273. Testament de G. Porta, muletier de Perpignan : il lègue à sa fille la dot qu'elle a reçue, plus 12 sous 6 deniers payables après la mort de la mère; à celle-ci, son veuvage durant, l'usufruit des biens, sans qu'elle puisse disposer de 125 sous de Barcelone qu'elle a apportés; le fils, G. Porta, est héritier et aura ces 125 sous. (Notaires, n° 3, fol. 24 v°.) — 5 janvier 1284. (Voir p. 212, note 3.) — Août 1286. Testament d'un habitant de Tura : il lègue à deux filles mariées «quicquid eis dedi cum viris tempore nupciarum suarum et amplius cuilibet earum v sol. melgur.»; à un fils, 300 sous; à deux filles, 400 sous et le trousseau; il institue héritier un fils. (Notaires, n° 17, fol. 6.)

[2] 2 août 1201. (Testament de Pierre de Toulouges. Henry, *Histoire du Roussillon,* t. I, Preuve I, p. 496.) — 20 avril 1273. (Voir la note précédente.) — 15 octobre 1283. Codicille de F. de Banyuls, habitant à Perpignan : il avait laissé à sa femme l'usufruit viager de ses biens; il rectifie et dispose qu'elle aura seulement la jouissance et l'habitation d'une borde, un lit et un coffre. (Notaires, n° 12, fol. 26.)

[3] 7 septembre 1087. Pierre Bernal, de Corneilla, partant pour la croisade, lègue ses biens à sa femme, à condition qu'elle ne se remarie pas, et à leurs enfants; si la femme se remarie, elle n'aura droit qu'à la jouissance viagère d'une propriété et aux gages que le testateur possède en Roussillon et Vallespir. (*Marca Hispanica,* c. 1183-1184.)

[4] L'Usage *Vidua* est formel; mais il faudrait savoir s'il n'était pas contredit par les coutumes locales. (*Constitucions,* t. I, liv. V, tit. III, § 1; Giraud, *loc. cit.,* p. 498.)

[5] Voir une étude de M. Raimond Duran y Ventosa, dans la *Revista catalana,* de mars 1889, p. 110.

[6] *Forum judicum,* III, 1, 5. — Voir ci-dessus, Introduction, 2e part. — Il faut ajouter que le *Forum judicum* ne renferme pas les dispositions que les gens du moyen âge y voyaient; il porte simplement que le douaire constitué par les grands du royaume en faveur de leur femme ne doit pas être supérieur au dixième des biens du mari.

[7] 22 septembre 1307. Mention d'une veuve qui possède le sixième des biens du mari : «Sextam partem pro indiviso pro legitima sibi competenti jure nature.» (B 16, fol. 50 v°.)

victime, qui peuvent transiger et percevoir une composition [1]. En plein
xive siècle, des Corts tenues à Perpignan décidèrent que le meurtrier, après
avoir obtenu du pouvoir royal la rémission de son crime, ne pouvait pas
retourner de cinq ans à l'endroit où habitait sa victime, sans avoir traité
avec les proches de celle-ci [2].

Dans l'organisation de la propriété, les résultats de cette solidarité étaient
moins étranges peut-être, mais non moins réels. Je n'oserais pas affirmer
que le retrait lignager existât autrement qu'à l'état d'exception [3]; néanmoins les fils, les frères du vendeur intervenaient parfois pour approuver
l'aliénation des biens-fonds [4]. Un fait certain c'est que, d'une façon générale, les actes sont rédigés de manière à faire croire que tous les
membres de la famille étaient copropriétaires des biens : ce n'est pas un
individu quelconque, ce n'est même pas, comme dans l'antiquité, le chef
de famille qui cède ses droits de propriété, c'est une famille qui les aliène
en faveur d'une autre famille [5].

Il est vrai que le frère vend quelquefois à son frère [6], et dans ce cas,
la propriété change si bien de mains, que le frère acquéreur paye un droit
de mutation [7]. C'est que les frères pouvaient, en s'établissant, constituer
deux familles séparées; de plus, sur ce point comme sur tant d'autres, le
fait ne s'accorde pas toujours avec l'usage et l'exception contrarie souvent
la règle.

[1] Us. *Si quis de homicidio* et *De com-
positione omnium.* (*Usatici*, édition de 1544,
fol. cxxxviii v° et cxxxix; *Constitucions*, t. I,
liv. IX, tit. V, § 1, et liv. IX, tit. 1, § 2; Giraud, *loc. cit.*, p. 486.)

[2] 1351. (*Constitucions*, t. I, liv. IX, tit. V,
§ 1.)

[3] 3 juillet 1169. Testament de Corb de
Brouilla. «Precipio quod nullus filiorum meorum, Bernardi et Guillelmi, habeat licenciam
inpignorandi vel alienandi vel vendendi vel
donandi ullo modo aliquid vel totum sue partis honoris sine assensu fratris sui.» (Cartulaire du Temple, fol. 47.)

[4] 4 janvier 1188. (Voir p. 93, note 3.)
— 30 mai 1274. Vente d'une rente d'un
muid de seigle; le 10 septembre 1274, le
fils du vendeur approuve cette aliénation.
(Série H, non classé.)

[5] 1069. Girberga et ses fils vendent des
immeubles sis à Alb à Nevia, à son fils, à
sa femme et à son frère. (*Cartulaire roussil-*
lonnais, p. 73.) — 23 octobre 1100. Bail
d'une terre sise à Salses par Arnaud Ramon,
sa femme et leurs enfants, à Pierre, sa
femme et leurs fils. (B 35.) — 5 avril 1147.
Vente d'une terre sise à Neffiach, par Guillaume, sa femme, leurs fils et leurs filles;
aux *signa* : «Si † gnum de nepotes meos Martino et Bucerio; nos simul in unum vindimus
hoc et jussimus scribere.» (Archives de l'hôpital d'Ille.) — Il serait aisé de donner de
très nombreux exemples.

[6] 22 octobre 1260. Bonmacip vend à
Mathieu, son frère, pour 315 sous, un
manse situé à Aravo. (Série H, non classé.)

[7] 15 janvier 1277. Vente à B. Berthomeu, de Pollestres, par son frère, de sa
part, soit la moitié, des biens de leur père à
Pollestres : une maison tenue pour les Templiers, 625 sous; une autre maison, 125 s.; B.
Berthomeu reconnaît devoir au Temple, pour
le *foriscapi*, 104 s. 6 d., soit le sixième de la
valeur de la maison. (Notaires, n° 6, fol. 9.)

Les communautés familiales, les communautés taisibles existaient : des frères vivaient ensemble, leurs propriétés et leur sort étaient communs, et le mariage ne brisait pas cet accord[1]. Des sociétés pareilles se formaient entre individus qui ne paraissent pas avoir été unis par les liens du sang[2]; peut-être étaient-ce ces associés que l'on désignait sous le nom de *parcerii*[3]. Je pense que les communautés entre frères n'étaient pas de plein droit, parce que certaines d'entre elles donnaient lieu à des contrats[4].

[1] 27 janvier 1293. (Voir p. 138, n. 5.) — 19 mai 1227. Guillaume de Casteil cède à Nunyo Sanche trois frères; Nunyo Sanche leur promet de ne pas lever de nouveau cens «in vobis sive descendentibus vestris sive in mansata vestra quam habetis in villa de Turrillis». (B 9.) — 27 janvier 1293. Aveu par Raymond Amalrich et Bérenger, son frère, qui ont épousé les deux sœurs, vivent en communauté et déclarent ensemble une demi-borde et un huitième de cabane qu'ils tiennent pour le Roi. (B 32, fol. 2.)

[2] 13 septembre 1263. Bail en acapte, par les Templiers du Mas-Deu, de leur domaine de Saint-Hippolyte à trois individus; ceux-ci ne pourront vendre ces terres sinon à l'un d'eux, et chacun léguera sa part «unico heredi suo, homini proprio et solido domus prefate Mansi Dei». (Cart. du Temple, fol. 24.)

[3] 15 mai 1249. Modération accordée par Bernard, abbé de Canigou, des redevances dues pour un manse et une borde situés à Unzès, en Cerdagne, «vobis Bernardo Calleges et Guillelmo Ripoll de Onzes, parceriis... quem mansum et bordam longo tempore vos et antecessores vestri tenuistis et habuistis». (Série H, fonds de Saint-Martin-de-Canigou.) — 11 décembre 1260. Vente par l'abbé de Cuxa, Jausbert, de deux quartals de seigle et 8 deniers de Melgueil «quos nobis tenentur facere et solvere annuatim pro censu Johannes de Nogerio de Ix et parcerius suus». (Série H, non classé.)

[4] 26 septembre 1283. Association, pour une durée de 20 ans, de R. Iver et G. Iver, de Torreilles, frères, mariés et pères de famille; la société ne pourra être rompue que du consentement des deux contractants; les biens acquis ou à acquérir seront communs, ainsi que l'habitation; la nourriture et la dot des filles seront payées à deniers communs; les associés s'interdisent le jeu; s'ils violent le contrat, ils payeront 25 livres de Barcelone. (Notaires, n° 13, fol. 13 v°-14.)

CHAPITRE XIV.

LA SEIGNEURIE.

I. Importance ancienne de la vie communale; priorité de la seigneurie sur la commune. — Origines du pouvoir seigneurial : usurpations. — Concessions. — Recommandations. — Immunité. — Offices viagers et héréditaires. — Conversion des offices en fiefs. — Influence des théories alors en cours contre l'allodialité.

II. Nature du pouvoir seigneurial : sens divers des mots *senyor* et *castell*. — Droits de justice. — Caractère fiscal de la justice : droits perçus. — Droits sur les vacants, routes, cours d'eau; banalités.

III. Administration seigneuriale : châtelains, bayles. — Attributions des bayles : intendants et magistrats. — Le *for* du bayle. — Les assesseurs, collaborateurs et suppléants du bayle : juge, prud'hommes, *saig*, lieutenant.

I. C'est une banalité de dire que la commune est en voie de perdre toute importance par suite de la facilité des communications. Cependant il n'est pas inutile de le rappeler : de nos jours, où les feuilles quotidiennes portent jusque dans les vallées les plus reculées les moindres détails de la politique générale, on se rend difficilement compte de l'intensité qu'avait jadis la vie communale. Isolés comme ils l'étaient du reste du monde, aucune influence étrangère ne détournait jadis l'attention des habitants du village des menus événements qui se déroulaient sous leurs yeux. Ils étaient d'ailleurs unis par la nécessité de s'entr'aider pour défendre leurs droits, pour mener à bien des travaux qui les intéressaient tous, de s'entendre pour la jouissance de propriétés restées indivises, et cette nécessité, d'où sortit d'abord la communauté d'habitants, lui assura durant tout le moyen âge une place importante dans les préoccupations et les affections de nos pères.

Si toutes les communes se ressemblent aujourd'hui et s'il importe assez peu que l'on appartienne à telle localité ou à la localité voisine, autrefois, au contraire, chaque communauté d'habitants avait ses privilèges particuliers, souvent son seigneur, ses coutumes, ses fêtes, en un mot son existence distincte et sa personnalité propre.

Les relations des individus dans la communauté, les rapports de la communauté elle-même avec les communautés voisines étaient soumis à des lois et surveillés par des pouvoirs publics.

Dès à présent je constate que l'autorité appartenait, en principe, à des seigneurs féodaux; l'autonomie plus ou moins incomplète des villages et des villes était une exception, une dérogation à la règle. « La commune, a dit Fossa[1], est un privilège spécial, un droit introduit contre le droit commun et qui par cela seul a besoin d'une concession expresse. »

C'est par la seigneurie, qui est le droit commun, que nous allons commencer; nous finirons par la commune, qui est l'exception.

Les pouvoirs seigneuriaux n'ont pas dans nos pays une autre origine que dans le reste de l'Europe féodale : ils se sont formés aux dépens de l'autorité souveraine et du droit des populations. Profitant des désordres de la société, quelques hommes, les uns par la force, d'autres au moyen de promesses et de concessions, acquirent sur les gens du voisinage un pouvoir dont ils ne se dessaisirent plus. Certains représentants de la royauté se rendirent indépendants et, brisant les liens qui les rattachaient au trône, de la circonscription administrative qui leur était confiée ils firent une principauté. Leurs subordonnés agirent de même à leur égard : dans cette principauté, ils se taillèrent à leur tour une baronnie; ils exercèrent à leur profit l'autorité qui leur avait été déléguée, et c'est ainsi que le pays alla se divisant, s'émiettant en une infinité de seigneuries.

Nous savons, d'autre part, que, dans les temps qui suivirent immédiatement la reconquête, les terres n'étaient pas morcelées comme elles l'ont été depuis : la population était clairsemée, surtout vers le bas pays, et nous avons constaté que les domaines étaient d'une étendue qui nous frappe aujourd'hui d'étonnement. Des églises, des particuliers recevaient en don ou s'appropriaient par l'aprision des terres plus vastes que ne le sont beaucoup de nos communes [2]. Que faisaient-ils de ces possessions? Ils les donnaient en bénéfice aux chrétiens attirés par ces dons; ils les peuplaient de gens auxquels ils imposaient leur autorité administrative et leur juridiction [3].

---

[1] *Mémoire pour les avocats*, p. 126.

[2] Voir dans la *Marca Hispanica*, parmi les preuves du tome second de l'*Histoire du Languedoc*, etc., les documents qui font connaître les limites des *villæ*, notamment le diplôme confirmant en faveur de Wimar et de son frère son aprision de Céret (29 décembre 833, *Histoire de Languedoc*, t. II, éd. Privat, Preuves, c. 183), le diplôme confirmant en faveur du même et de son frère

Raho le territoire de Villeneuve-de-la-Raho (18 décembre 834, *Histoire de Languedoc*, c. 188), la donation faite par le comte Béra au monastère d'Exalada (24 février 846, *ibid.*, c. 271), le diplôme en faveur de Saint-Clément de Régleille (vers 850, *ibid.*, c. 282).

[3] 1ᵉʳ janvier 815. (Précepte pour les Espagnols réfugiés. *Capitularia regum Francorum*, t. 1, c. 551.)

Plus tard, lorsque la féodalité fut formée, les souverains continuèrent à se dessaisir des lambeaux de leur pouvoir, tantôt par des concessions librement consenties, tantôt par la reconnaissance du fait accompli. Les monastères de la région obtinrent dans ce sens une série d'actes remarquable [1].

La recommandation, d'où sortait la sujétion de l'individu, pouvait donner lieu à la vassalité de tout un village. Un document signale au xiie siècle, à Osséja, sept particuliers qui prennent le nom de *seniores* d'une forêt et dont la supériorité paraît avoir été originairement un simple droit de garde, de protection. Voilà des hommes plus riches sans doute et par suite plus puissants, qui défendent la propriété de la communauté, qui s'intitulent *seniores* de cette propriété et qui perçoivent des redevances : c'est une seigneurie rudimentaire, qui, dans ce cas spécial, ne se développa d'ailleurs jamais, car Osséja appartint depuis les premiers siècles de la féodalité aux comtes de Barcelone et passa plus tard au Domaine royal [2].

Dans un grand nombre de cas, le pouvoir seigneurial des églises s'établit avec le concours de la royauté, grâce aux préceptes d'immunité [3]. Par ces diplômes, le souverain défendait à ses officiers d'entrer sur les possessions de telle église pour entendre les causes et prendre les cautions, c'est-

---

[1] 3o novembre 1252. Abandon par le Roi, en faveur de l'abbaye de Saint-Michel de Cuxa, des droits de justice dans les seigneuries appartenant à ce monastère. (Alart, *Privilèges et titres*, p. 2o3.) — 3o décembre 1253. Privilège analogue pour le prieuré de Serrabone, en ce qui concernait le territoire dépendant du monastère. (*Ibid.*, p. 2o7.) — 6 janvier 1254. Privilège analogue pour l'abbaye de la Grasse dans ses possessions en Roussillon. (Publié *ibid.*, p. 21o.) — 8 janvier 1254. Concession analogue pour les Templiers. (*Ibid.*, p. 211.) — 9 janvier 1254. Concession analogue pour l'évêque d'Éne. (*Ibid.*, p. 212.) — 9 février 1254. Concession analogue pour les Hospitaliers de Saint-Jean. (*Ibid.*, p. 213.) — 10 novembre 1266. Confirmation des pouvoirs de juridiction de la Grasse. (*Ibid.*, p. 28o.) — 6 et 8 décembre 1271. Autres confirmations. (*Ibid.*, p. 311 et 312.) — 24 novembre 128o. Accord avec l'abbé d'Arles. (B 23, fol. 1-2.) — Les actes que j'ai cités ont la forme de concessions; en réalité, ce sont des confirma-

tions d'un état de choses préexistant, qui doit provenir, en grande partie, des immunités dont il sera question plus bas.

[2] 26 juin 116o. Ce document a été publié par Alart, dans les *Privilèges et titres*, p. 44.

[3] 17 septembre 82o. Diplôme d'immunité en faveur de l'abbaye d'Arles. (*Histoire de Languedoc*, éd. Privat, t. II, Preuves, c. 132.) — 5 mars 833. Diplôme d'immunité pour l'évêque d'Elne. (*Ibid.*, *loc. cit.*, c. 18o et c. 193; *Marca Hispanica*, c. 77o.) — Vers 836. Diplôme d'immunité pour Saint-André-de-Sorède. (*Histoire de Languedoc*, *loc. cit.*, c. 158, et t. IV, p. 561.) — Vers 85o. Diplôme d'immunité pour Saint-Clément de Régleille (*Ibid.*, *loc. cit.*, c. 282), pour Saint-André-de-Sorède (*ibid.*, c. 284, et *Marca Hispanica*, app., c. 784). — 23 février 869. Immunité pour le même monastère (*Histoire de Languedoc*, *loc. cit.*, c. 35o), et pour Arles (*ibid.*, c. 348). — 5 août 871. Immunité pour le monastère d'Exalada (*ibid.*, c. 364), etc.

à-dire rendre la justice, pour exercer les différents droits de gîte, de réquisition, etc. Il n'était pourtant pas admissible que les populations de ces territoires fussent privées de juges et livrées à l'anarchie : aux tribunaux royaux, à l'administration royale, les églises substituèrent leurs tribunaux et leur administration[1].

De toutes ces origines des seigneuries roussillonnaises, celle qu'il est le plus intéressant d'étudier est la conversion des offices en fiefs. L'officier révocable à la volonté de son maître, comptable envers lui de sa gestion, tend naturellement à s'affranchir de cette dépendance, à garder sa charge autant qu'il lui plaira, à la transmettre à ses enfants. Le pouvoir central est aujourd'hui trop vigilant et trop fort pour que ce sentiment se manifeste; dans le chaos du moyen âge, il a joué un rôle des plus importants; en Roussillon comme ailleurs, il a été l'un des plus puissants facteurs de la féodalité.

Assez fréquemment d'ailleurs, cette conversion de charges en fiefs viagers ou héréditaires fut le résultat de concessions. Le système des concessions perpétuelles, l'esprit de la féodalité avait envahi la société : le fief suppléait toutes les combinaisons, remplaçait tous les contrats. M. Delisle a observé que, pendant le moyen âge, il n'y avait pour ainsi dire pas de domesticité : la vassalité en tenait lieu[2]. Nous avons eu l'occasion de constater en effet que, pour avoir un cuisinier, on créait parfois un fief de cuisine[3].

De même, on inféodait la garde d'une pêche réservée ou d'une forêt en défens avec les amendes à percevoir de ce chef[1], une viguerie[5], la

---

[1] Sur les effets de l'immunité, voir Fustel de Coulanges, *Le bénéfice et le patronat,* p. 379, 412 et suiv.

[2] *Classe agricole en Normandie,* p. 25.

[3] Voir ci-dessus, p. 120.

[4] Vers 1270. Concession à titre d'emphytéose par Aven, femme de Guillaume de Castelnou, de la devèse du ruisseau de Perer, paroisse de Céret, avec droit exclusif de pêche et «retrodicimam banni», une part des amendes, plus «totam foresteriam nemoris majoris parrochie de Cereto, ratione cujus forasterie tu et tui habeatis in perpetuum» a qualibet persona que ibi inciderit ligna vel arbores forasteriam et habeant vobis cum componere» et une part des amendes. (B 73.)

[5] Alart raconte que Raymond de Vilade-

muls obtint ainsi la viguerie de Roussillon et la transmit à sa fille; celle-ci porta la viguerie dans la maison d'Ampouries qui, en 1248, la rétrocéda au roi d'Aragon. (*Privilèges et titres,* p. 50-51.) Le prédécesseur de Raymond de Vilademuls, Bérenger de Guardia, approuvant une donation après le comte de Roussillon, recevait en prix de son assentiment un droit de lods et vente : 25 mai 1139. «Qua laudatione ego Gaufredus, comes, dimeserunt mihi fratres Templi XL solidos quos illis debebam. Et Berengarius de Guardia, vicarius, laudat et confirmat similiter et recipit de supradictis fratribus XX sollidos.» (B 4.) — Guérard a signalé en France une tendance pareille à convertir les vigueries en fiefs héréditaires. (Prolégomènes du *Cartulaire de Chartres,* p. CXXXVII.)

baylie d'une propriété ou d'une ville [1], la justice sur un territoire, le commandement d'une localité fortifiée [2].

[1] 28 janvier 1262. Vente par Pons de Vernet à Arnaud Davi, moyennant 1,250 sous de Barcelone valant 20 marcs d'argent, de la baylie de ses biens à Torreilles. Confirmée par l'infant Jacques, le 29 mai 1273, lorsqu'il acquit Torreilles. (B 51.) — 1ᵉʳ septembre 1201. Don par Raymond de Castel-Roussillon, à Pierre Batlle et aux siens, de la baylie de ses biens à Torreilles et ailleurs. (B 46.) — 23 juillet 1218. Engagement du village de Saint-Laurent-de-la-Salanque, sauf la baylie, «bajulia quam Jordanus, notarius noster, pro nobis tenet cum omnibus suis juribus, prout melius quam in suo instrumento continetur». (B 9.) — 1218. Concession viagère par R. de Castel-Roussillon à Pons de Na Roucadoran, de Torreilles, de la baylie de ses biens à Torreilles. (B 48.) — 18 juillet 1257. Don par Ermengaud d'Urg à Arnaud Amilot, de Torreilles, de la baylie de ses biens à Peralada, Sainte-Marie-la-Mer et Villelongue-de-la-Salanque. (B 49.) — 24 août 1267. Confirmation par Pierre, abbé de Canigou, en faveur de Guillaume de Mas de Taltorte et de ses successeurs «imperpetuum», de la baylie de Taltorte, qui s'étend à trois manses, y compris celui du concessionnaire; l'abbé y joint le manse de Guillemine Soldevila. (Série H, fonds de Canigou.) — 12 octobre 1283. Vente par R. Talada, fils et héritier universel de feu G. Talada, et par son frère G., pour 125 sous de Barcelone, de leurs droits sur la baylie de Toulouges, «sicut ad nos dicta bajulia cum juribus et pertinenciis suis pertinet et pertinere debet per totam vitam mei dicti R. Talade tantum, ex vendicione dicto patri nostro facta de eadem bajulia per dominum Jacobum, bone memorie, regem Aragonum». (Not., n° 12, fol. 25 v°.) — 14 avril 1333. Concession à titre de donation viagère entre vifs, par Gui Terrena, évêque d'Elne, à son neveu, de la baylie d'Elne. (G 78.) — 9 octobre 1413. Vente à un habitant de Passa de la baylie de ce lieu, pour 26 livres de Barcelone; le Monastir-del-Camp approuve cette cession en faveur de l'acquéreur et d'un héritier seulement, moyennant un cens annuel de 30 sous

de Barcelone. (Notaires, n° 749, vers le commencement.)

[2] 6 janvier 1203. Vente par Pierre d'Aragon au monastère de Fontfroide et à l'abbé Bernard, pour 10,000 sous de Barcelone, du village d'Escarro avec tous droits de justice, à l'exception de la juridiction sur les étrangers attirés par l'exploitation des mines. (B 8.) — 6 janvier 1254, confirmé le 1ᵉʳ juin 1279. Concession à l'abbaye de la Grasse, par le roi Jacques, des droits de haute justice dans les lieux appartenant audit monastère. (B 2, fol. 7.) — Le 13 mars 1317, le roi Sanche reconnaît que ce privilège comporte le droit d'avoir un gibet et qu'il soumet à la juridiction du monastère les nobles habitant les localités dont celui-ci a la seigneurie. (Ibid., fol. 9 v°-10.) — 6 décembre 1271. Inféodation par l'infant de Majorque, Jacques, au nom de son père, à Guillaume de Castelnou, des haute et basse justices à Saint-Féliu-d'Amont, Saint-Féliu-d'Avail, Camélas, Corbère, Fontcouverte, Caixas, Montoriol, etc. (B 23, fol. 2 v°-4.) — 6 avril 1284. Inféodation par Jacques de Majorque à Raymond d'Urg des droits de haute et basse justice à Urg. (B 11.) — Même jour. Inféodation en faveur du même de la justice civile à Salteguedl. (Ibid.) — 18 décembre 1292. Bernard de Valauria, chevalier, et son frère Dalmau reconnaissent tenir en fief pour le roi Jacques de Majorque le tiers des justices d'Argelès, les revenus du four et les poitrines des bœufs et vaches mourant d'une façon quelconque à Argelès et dans son territoire. (B 16, fol. 13; Alart, Notices historiques, t. I, p. 201.) — 13 janvier 1301. Concession par le roi de Majorque à Bernard de Palalda des justices civiles et criminelles à Sainte-Colombe et dans le territoire qui en dépend. (B 10.) — 29 mars 1304. Bail en fief par le roi de Majorque à Pons de Caramany, en récompense des services que celui-ci lui a rendus et pour le prix de 10,000 sous de Barcelone, du village fortifié de Come, entre Eus et Paracols, avec le droit de créer des notaires et la basse justice jusqu'à la fustigation. (B 15, fol. 90.)

Je n'hésite pas, en effet, à rattacher au fief les charges de châtelains. Les châtelains étaient, dans les villages fortifiés ou *castells*, les représentants du suzerain. Leur office pouvait être l'objet d'une concession viagère : en juin 1192, Alphonse d'Aragon, essayant de repeupler Salses, confia le château à un nommé Raymond, pour la vie de celui-ci; Raymond devait entretenir cinq soldats; en retour, le Roi lui abandonnait ses droits sur les vignes et le cinquième des émoluments de justice. Raymond fit hommage pour cette tenure [1]. Quelle différence y a-t-il entre cette châtellenie et un fief ordinaire? L'hérédité. Mais l'hérédité était stipulée dans quelques-uns de ces contrats, par exemple dans la concession faite, ce même mois, du château de Puy-Valador à Pons de Lillet [2], et lors même qu'elle n'était pas stipulée, cette considération n'arrêtait pas les châtelains, qui disposaient de leur charge comme de leurs propriétés, en dépit des *Usages* de Barcelone [3].

De même que la châtellenie se confond avec le fief militaire, de même la baylie peut être assimilée à un fief de justice. Nous savons qu'elle fait souvent l'objet d'une concession [4]; le seigneur traite le bayle comme un personnage indépendant : quand il cède ses propres droits, il réserve ceux du bayle [5], et celui-ci considère comme étant sa propriété tels revenus qu'il devrait percevoir pour son seigneur [6].

La distinction est donc en bien des cas très difficile à saisir entre le fief et la châtellenie, entre le fief et la viguerie, le fief et la baylie [7] ; la baylie est, dans certains documents, comprise parmi les modes de tenure,

---

[1] Publié par Alart, *Privilèges et titres*, p. 72.

[2] *Ibid.*, p. 74.

[3] «Castlani in castris quæ tenuerint per seniores suos non debent sub se mittere alios castlanos sine consensu seniorisn. (*Usatici*, éd. de 1544, fol. LXXXIII; *Constitucions*, t. I, l.IV, tit. XXVII, S 1; Giraud, *loc. cit.*, p. 471.)

[4] Voir p. 220, note 1.

[5] 25 février 1266. Vente par l'évêque d'Elne, pour une durée de trois ans, de ses revenus à Llo, à la réserve des droits de mutation, de l'albergue et des droits du bayle, «sicut in quodam instrumento bajulie continetur». (*Notaires*, n° 3, fol. 10 v°.) — 11 novembre 1283. Bail par Ar., prieur d'Espira-de-l'Agly, des revenus du monastère à Pia; il réserve «bajulivum quod bajulus noster de Apiano habet in predictis reddititus» (*sic*). (*Ibid.*, n° 13, fol. 26 v°-27.)

[6] 16 mars 1284. A. de Tordères, chevalier, bayle de Tordères et de Fourques pour le monastère d'Arles, renonce, moyennant 28 sous 9 deniers de Barcelone, aux droits qu'il avait sur les biens de feu Raymonde, «ratione intestie et exorquie». (*Notaires*, n° 14, fol. 15.)

[7] 4 juillet 1141. Bernard Adalbert de Campmany et ses fils donnent au Temple les biens-fonds où celui-ci construisit le Masdeu : «scilicet in decimis, in bailiis et in omnibus aliis rebus». (*Cartulaire du Temple*, fol. 57 v°-58.) — 28 décembre 1154. Arnaud de Nyls vend au Temple la dîme et deux bordes à Villemolaque : «totum ipsum decimum cum II bordas cum earum pertinenciis, sicuti nos habemus et habere debemus per ulla voce in Villamulacha... et tenemus ad feveum (*sic*) cum bajulia per Bernardus (*sic*) Adalberti de Campmay». (*Ibid.*, fol. 194.)

avec les fiefs et les alleux [1]. Le vicomte de Castelnou exerçait à Saint-Féliu-d'Avail certains droits; en décembre 1247, une enquête fut faite pour savoir si ces droits lui appartenaient comme viguier ou comme seigneur; les dépositions des témoins furent contradictoires [2].

Ce qui précède nous explique pourquoi, dans certains documents, les termes de bayle ou châtelain s'emploient pour désigner le feudataire, le bas seigneur [3].

Le plus souvent, ce fut par des usurpations que les officiers se rendirent indépendants. Leur situation les aidait singulièrement : intermédiaires entre le seigneur et les populations, ils n'avaient pas, en droit, l'autorité

---

[1] 31 août 1027. (*Histoire de Languedoc*, éd. Privat, t. V, col. 382-383.) — Vers 1050. Hommage de Guillaume, fils de Doda, à Raymond, fils d'Em : «non dezebre Raimun... neque de suos castellos, neque de suos fevos, vel alodes, vel baglies, ...neque de sua honore». (Publié par Alart, *Cartulaire roussillonnais*, p. 63.) — 30 août 1065. «Fevum et bajoliam». (*Histoire de Languedoc*, loc. cit., c. 530.) — 13 avril 1091. «Alodios, feudos, bajulias». (*Marca Hispanica*, c. 1189.) — 17 septembre 1106. «Alodem, fevum et bajulias.» (*Biographies carlovingiennes*, Preuves, p. 24.) — 12 avril 1152. «Alodis, bajuliis». (*Op. cit.*, p. 21.) — Voici, à propos des baylies perpétuelles, un curieux passage de la glose de Guillaume de Vallseca sur les *Usages* : «Et quis sit bajulus temporalis et quis perpetuus, dic quod temporalis est qui ad voluntatem domini instituitur et destituitur, sed perpetuus bajulia est qui habet dictam bajuliam sibi et suis, vel pro se et suis, etiam si solum sit ad levandum fructus alicujus castri seu villæ, et tales bajuliæ perpetuæ proprie sunt feudum.» (*Usatici*, éd. de 1544, fol. xxi.)

[2] 8 décembre 1247. Certains témoins ignorent si G. de Castelnou possède Saint-Félin «ratione vicarie Vallispirii vel alio modo»; l'un croit que c'est «ratione dominii, non ratione vicarie»; un autre estime que c'est «ratione proprietatis»; un autre encore «jure alodii»; un témoin pense que ce doit être en qualité de viguier, «quia G. de Castronovo nullum ibi habebat hominem». (B 72.) — Voir aussi Alart, *Privilèges et titres*, p. 188-189.

[3] 28 septembre 1104. Udalguer Hodon, qualifié bayle de la Grasse à las Fonts dans un accord intervenu entre le monastère et lui, est véritablement le seigneur des Fonts sous la suzeraineté de l'abbaye de la Grasse. (*Cartulaire roussillonnais*, p. 116.) — 26 avril 1194. Concession perpétuelle par l'abbé de Campredon «tibi, Gillelmo, capellano de Pynu et Arnaldo, fratri tuo, bajulo, et vestræ posteritati» de biens-fonds lui appartenant en propre à Py. (Publié par le duc de Roussillon [Pi], *Biographies carlovingiennes*, Preuves, p. 33.) — 22 avril 1198. Vente à la maison Saint-Sauveur-de-Sira d'un moulin à Nidolères : «Et est juxta molendinum Gillelmi, bajuli de Monte Esquivo, et affrontat de omnibus IIII partibus in honore G¹, domini de Monte Esquivo.» Ce Guillaume de Montesquiu était un puissant baron qui vendit son moulin à Saint-Sauveur-de-Sira, le 10 août 1186. (*Cartulaire du Temple*, fol. 13 et fol. 12 v°.) — 19 juillet 1264. «Illo qui pro nobis teneat castrum, vel castlano vel bajulo.» (Voir p. 112, n. 2.) — 27 mars 1265. Pouvoirs donnés par le Roi à Bernard Géli de transiger en matière d'allodialité, sauf en ce qui concerne cependant les biens «alienata... a dominis sive castlanis qui pro nobis ea tenent in feudum». (B 10.) — 1311. «Si senyoria de castell o de altre loc qui haja acostumat esser de cavaller, en lo qual castell o loc son castlans o feudaters...» (Corts de Barcelone. *Constitucions de Cathalunya*, t. I, liv. IV, tit. XXVII, § 4.) — Le passage des constitutions cité par Ducange sous le mot *stacamentum* contient le mot *castlanus* avec le sens probable de bas seigneur.

du premier, mais ils avaient sur les secondes une très grande supériorité.
Qu'on veuille bien se rappeler les distinctions signalées plus haut entre
l'état social du bayle et celui du paysan[1]. Les administrateurs auxquels
une telle situation était faite par la loi devaient être bien tentés de fran-
chir le dernier pas qui les séparait des seigneurs féodaux. Aussi les recueils
de documents législatifs renferment-ils de nombreuses dispositions destinées à barrer la route à ces projets d'indépendance : défense de disposer
des baylies par testament[2], défense de les engager[3], défense de considérer comme alleux les biens aliénés par les bayles dans leur circonscription administrative[4].

Ces mesures, on le pense bien, manquèrent le but : elles retardèrent le
mal, elles le limitèrent peut-être, mais elles ne l'empêchèrent point tota-
lement. Nous en avons des preuves.

Il nous reste un accord intervenu entre l'évêque d'Elne et Arnaud,
bayle, sur les terres relevant de ce prélat à La Tour-Bas-Elne ; le but manifeste de cet accord est de régulariser la situation telle que l'avaient faite
les empiètements d'Arnaud. Ce prétendu bayle est, en fait, un véritable
seigneur, qui en prend le titre par moments et qui a des attributions,
d'ailleurs restreintes, de justice. L'accord est de 1134[5]. Quelque vingt ans
plus tard, en 1156, Arnaud reconnut tenir en fief de l'église tous ses
droits à La Tour[6]. En plein xiiiᵉ siècle, Pierre Toaches, bayle de Salses,
achète du procureur royal, pour cinq cents sous de Barcelone, la confirmation de ses droits sur ses biens-fonds, quarts, quints, agriers, champarts, cens, usages, lods et ventes, septièmes et garigues à Salses, Garrius et Barrès[7] ; son petit-fils déclara plus tard tenir ces droits en fief du
Roi, et il les revendit au Domaine pour la somme de 3,750 sous[8]. Il
paraît évident que Pierre Toaches ou ses auteurs s'étaient saisis des biens
confiés à leur administration et qu'ils avaient envahi les propriétés du
Roi, notamment les garigues. En 1305, le vicomte de Castelnou reçut

---

[1] Voir ci-dessus, p. 199.

[2] Us. *De bajuliis qualescumque.* (Éd. de
1544, fol. cxli; *Constitucions de Cathalunya*,
t. I, liv. IV, tit. XXVII, S 14; Giraud, *loc.
cit.*, p. 487.)

[3] Us. *Si quis bajuliam.* (*Constitucions*,
t. I, liv. IV, tit. XXVII, S 17.)

[4] 19 juillet 1264. (Voir p. 112, note 2.)
— 23 janvier 1268. Procès au sujet de l'allodialité des biens de Saint-Michel-de-Cuxa:
l'abbé fait valoir que ces biens ont été cédés
au monastère «ab aliquibus mililibus et ho-

minibus qui non erant bajuli, castlani vel
feudatarii domini Regis». (Série H, fonds
de Cuxa.)

[5] 8 février 1134. (Publié par Alart, *Priviléges et titres*, p. 38.)

[6] 6 février 1155. (Publié par le duc de
Roussillon [Pi], *Biographies carlovingiennes*,
Preuves, p. 27; reproduit par Alart, *Privi-
léges et titres*, p. 41.)

[7] 20 décembre 1264. (B 41.)

[8] 3 mai 1281. (B 41 et B 16, fol. 31.)

l'hommage de Jean Fasence, bayle de Vernet, fils et héritier de feu Guillaume Fasence, aussi-bayle de cette localité[1].

Il y avait enfin des seigneurs engagistes, qui détenaient en gage des seigneuries démembrées du Domaine royal[2].

Telles furent les causes d'où sortit ordinairement le pouvoir des seigneurs. Il est un principe de droit féodal qui contribua pour beaucoup à étendre, à confirmer ce pouvoir. C'est le principe dont j'ai déjà parlé, en vertu duquel toute terre était réputée fief ou censive, à moins que le tenancier ne fît la preuve de l'allodialité; en vain il aurait invoqué la possession, même immémoriale : la prescription n'était pas admise en cette matière. Il fallait, dans ces conditions, des titres parfaitement probants ou une grande puissance pour assurer l'indépendance de la terre. On peut à priori se rendre compte de l'influence qu'eut cette loi sur le développement de la puissance seigneurialè.

II. Qu'était-ce que cette puissance seigneuriale et en quoi consistait exactement la seigneurie? J'avoue que cette question m'a paru fort embarrassante. Le mot latin *dominus*, le catalan *senyor* ont, dans nos pays, plusieurs significations : le *senyor* est le seigneur foncier, qui a sur la terre le domaine éminent; c'est encore le suzerain, dans la dépendance duquel est le vassal; c'est enfin le personnage qui possède dans l'étendue d'un territoire une juridiction générale dont nous nous occupons et qui nous reste à définir.

Remarquons tout d'abord que les territoires des seigneurs ayant généralement pour chefs-lieux des villages fortifiés, on les appelait couramment *castra, castells, castra terminata,* châteaux ayant un territoire. C'est ainsi qu'il est parlé des « ayguas dels castells[3] », eaux des seigneuries, des droits des châteaux[4], etc.

La juridiction qui constituait le pouvoir seigneurial s'étendait à toutes les personnes de la communauté, à tous les biens du territoire, quelle que fût d'ailleurs la condition de chacun de ces biens ou de ces individus : alleux, fiefs ou censives, hommes libres ou vassaux d'un étranger. Cette juridiction était, en théorie, indépendante des droits réels et des droits personnels dont nous avons recherché la nature dans les chapitres précédents; aussi

[1] 28 novembre 1305. (B 74.)
[2] 1214 (?) « En cos castells empero e vilas e altres senyorias del Rey per titol de peñora obligats, una vegada tots anys sien fetas quistias moderadas». (*Constitucions*, t. I, liv. X, tit. VIII, S 11, art. 24.)

[3] Corts de 1283. (*Constitucions de Cathalunya*, t. I, liv. IV, tit. III, S 1.)
[4] Cancer a un chapitre *de juribus castrorum*, part. III, chap. XIII, t. II, p. 224 et suiv.

Cancer, s'informant des prérogatives qui appartiennent aux possesseurs des *castells*, les réduit à des droits résultant de la destination militaire de ces places, guet, réparation de l'enceinte extérieure, etc., plus un droit de police ou de basse justice et un droit de lever des impositions[1]. Mais, en fait, seigneurie, suzeraineté sur les individus, directe sur les biens, étaient intimement unies. Au cours de l'enquête à laquelle il fut procédé pour savoir si le vicomte de Castelnou était viguier ou seigneur de certains territoires, un témoin exprima l'opinion qu'il était viguier seulement, parce qu'il n'avait pas de vassaux dans ces territoires[2].

On trouve, à l'origine, des villages fractionnés en plusieurs seigneuries, qui s'enchevêtraient : c'est ainsi que Millas, en 1260[3], Torreilles, Saint-Hippolyte appartenaient à plusieurs seigneurs[4]; à La Tour-Bas-Elne, en 1134, l'évêque ne conférait de droits à son bayle que sur les terres relevant de la mense épiscopale, «in honore episcopali[5]». J'ai déjà signalé le très curieux conflit qui s'éleva, en 1304, entre les gens de las Fonts et Jaubert : Jaubert, qui avait acquis la directe sur certains manses, la propriété de certains vacants, prétendait soumettre à sa seigneurie tous les biens-fonds du territoire et il revendiquait tous les vacants[6]. Ce sont là, si je ne me trompe, des exemples de seigneuries en voie de formation, dont les titulaires, n'ayant d'abord de droits que sur les personnes et les biens de quelques individus, convertirent ces droits en une juridiction sur tout le territoire.

Le manse était, surtout dans les pays de montagnes où le paysan vivait presque isolé dans sa ferme, une petite seigneurie, qu'on me passe l'expression, une seigneurie moléculaire. Quand le propriétaire d'un manse le vendait, il cédait, avec ses droits sur la terre, «les hommes et les femmes, et leur descendance, les immeubles et possessions, les cens, usages,

---

[1] Part. III, chap. XIII, § 33, 38, 60, t. II, p. 232 et 234.

[2] 8 décembre 1247. (Voir p. 222, note 2.) — Le 9 juillet 1208, Arnaud de Lers vend au Temple la seigneurie de Terrats : dans l'énumération des droits cités, nous trouvons la seigneurie foncière et la suzeraineté sur les personnes : «mansos, manssatas... justicias, questas... foriscapia, rivos et aquas et pascua... quartos, quintos et agrarios... Adhuc pro predicto precio vendo vobis omnes illos homines et feminas quicumque exierint de predicta villa cum prole ipsorum, ubicumque sint, cum omnibus

suis.» (Cartulaire du Temple, fol. 73 v°.)

[3] 7 avril 1260. «Poncius, dominus de Verneto, et nos Guillelmus Hugonis, dominus de Serralonga et de honore qui dicitur de Turre in villa de Milliariis»; ces deux seigneurs donnent, en commun, un règlement de police pour Millas. (Publié par Alart, *Privilèges et titres*, p. 227.)

[4] Torreilles, 1228. Torreilles appartenait moitié à Nunyo Sanche, moitié à Guillaume de Castell. (B 9.) — Saint-Hippolyte, 1264. (Cartulaire du Temple, fol. 23.)

[5] Alart, *Privilèges et titres*, p. 38.

[6] B 375, fol. 169-172 v°.

champarts, suzeraineté, servitudes, juridictions, tailles, réquisitions, droits de justice, rachats d'hommes, plaids, gages [1] », etc.

Qu'un riche propriétaire possédât tous ces droits non pas seulement sur un manse, mais sur une grande partie du territoire d'un village, et il était bien près de devenir, s'il ne l'était pas déjà, seigneur de ce village.

Parmi les droits appartenant aux seigneurs, les plus importants étaient les droits de justice. Quelle était la compétence de ces seigneurs? Quelles affaires leur appartenaient et quelles appartenaient au Roi, aux seigneurs fonciers, aux suzerains des habitants, à la communauté elle-même? Ces questions devaient recevoir pour chaque cas une solution particulière, et la limite qui séparait les attributions de ces différents pouvoirs variait probablement à l'infini [2]. Mais le fait de cette séparation n'en est pas moins très certain : à La Tour-Bas-Elne, les vassaux d'Arnaud pouvaient saisir

[1] 30 mars 1246. Vente, moyennant 550 sous de Melgueil, d'un manse, « tercios, et quartos et braciatica et census... et hominum redempciones et stabilimenta et laudimia et foriscapia et placita et mandamenta et justicias et exorquias, et intestaciones et cucucias et arsinas et jurisfirmamenta..., prenominatum B. Mainaud, hominem nostrum, et cunctam ejus prolem genitam et genituram et cunclas alias personas quas ratione predicti mansi habemus vel habere debemus.» (Série H, non classé.) — 18 juillet 1258. Vente de sept manses à Py; l'acte renferme une énumération analogue. (Publié par le duc de Roussillon [Pi], Biographies carlovingiennes, Preuves, p. 40-41.) — 10 décembre 1260. Vente par Mathieu Macip à sa mère, pour 312 sous 6 deniers de Barcelone, de deux manses sis à Saint-Martin-d'Aravo; l'énumération donnée par cet acte est celle que j'ai traduite ci-dessus. (Série H, non classé.) — 9 janvier 1253. Le roi d'Aragon concède à Arnaud de Montescot que les officiers royaux ne pourront, sauf le cas de déni de justice, exercer de juridiction dans les villages appartenant audit Arnaud, « nec eciam in aliis hominibus tuis et bordis et mansatis que habes in terra Vallispirii». (Publié par Alart, Privilèges et titres, p. 212.) — Ainsi donc, en droit, la seigneurie pouvait être démembrée; en fait, elle l'était souvent. M. Baudon de Mony, étudiant l'histoire de l'Andorre, a cité un acte de

1159, pour prouver que les vallées appartenaient, à cette époque, à l'évêque d'Urgel (Bibliothèque de l'École des chartes, 1885, p. 95 et suiv.); or, les termes de cette charte établissent qu'il s'agit simplement d'un fief épiscopal enclavé dans l'Andorre, et sur la nature et l'importance duquel nous ne savons rien.

[2] 19 février 1237. Voir l'accord conclu par Nunyo Sanche, seigneur de Roussillon, et les Templiers au sujet des hommes de ces derniers qui habitent Thuir. (Publié par Alart, Privilèges et titres, p. 146.) — L'une des chartes les plus intéressantes que je puisse citer relativement aux droits de justice est l'acte en vertu duquel, le 29 avril 1263, Arnaud Davi, bayle, et divers individus de Torreilles, au nom de la population, donnent à Jean Joli et à Arnaud Argent une pension de douze aymines d'orge « ratione justicie», plus les amendes : «Item, damus vobis justiciam tocius ville, scilicet quod habeatis de bestia grossa IIII denarios, et de ovibus», etc.; en retour, les deux concessionnaires s'engagent à consacrer tout leur temps à la police rurale. Cette institution de gardes champêtres par la population, qui dispose en leur faveur des amendes, n'est-elle pas un fait digne de remarque? (B 51.) — En 1260, le 7 avril, les deux seigneurs de Millas avaient établi un tarif d'amendes pour les délits ruraux, de concert avec les habitants « voluntate tocius populi de Milliariis». (Publié par Alart, Privilèges et titres, p. 227.)

ceux de leurs hommes qui les volaient et procéder à une enquête, qui semble faite suivant les formes du jugement de Dieu; mais ils ne pouvaient ni châtier le coupable, ni même le livrer à Arnaud : ils étaient tenus de le remettre à l'évêque d'Elne [1]. J'ai eu l'occasion de citer un article des coutumes de Perpignan qui répartit certaines affaires ayant trait aux biens immeubles entre le seigneur foncier de ces biens et le seigneur de la ville [2].

Ce qui nous frappe le plus dans l'organisation de la justice seigneuriale, c'est son caractère profondément égoïste et fiscal [3]; les frais étaient véritablement exorbitants. En introduisant l'instance, le demandeur était tenu de consigner une somme d'argent, *firmare jus, firmare directum, fermar dret* [4]. Le défendeur, dans les causes civiles, l'inculpé, dans les causes criminelles [5], fournissaient un cautionnement analogue; nous savons même que les magistrats exigeaient parfois ces gages sans daigner apprendre à la partie quelle était l'action intentée contre elle [6]. La partie

[1] 8 février 1134. (Publié par Alart, *Privilèges et titres*, p. 38.)

[2] Voir p. 182.

[3] 11 décembre 1260. Vente par l'abbé de Saint-Michel-de-Cuxa, Jausbert, du cens de deux quartons de seigle dus par deux individus d'Hix, «et omnem dominacionem et jurisdictionem nobis competentem ratione predictorum *contra* predictum Johannem et parcerium suum». (Série H, non classé.)

[4] «Firmare directum, id est assecurare sive satisdare quod faciat jus.» (Jacques de Montjuich, *Usatici*, éd. de 1544, fol. xxxvii v°.) — «Firmare directum, id est obligationem seu securitatem in posse dominorum cum quantitate auri sequenti exponere de parendo juri sive de justitia et judicato solvendo cum suis clausulis universis ipsis dominis agere volentibus contra eos, et intelligo pro causa vassallagii ad eorum cognitionem pertinenti.» (Calis, *ibid.*, fol. xxxix v°.) — On sait que cette procédure n'est pas spéciale au droit roussillonnais; elle présente de grandes analogies avec la *legis actio sacramenti*, qui est, dit Sumner Maine, «la procédure la plus ancienne à coup sûr que nous connaissons». (*L'ancien droit*, traduit par Courcelle-Seneuil, p. 355.) — Voir aussi Dareste, *Études d'histoire du droit*, p. 89.

[5] 16 février 1209. Accord entre Gaufred,

vicomte de Rocaberti, et ses bayles, d'une part, l'abbé de Saint-Genis, les Templiers et divers chevaliers, d'autre part; les premiers prétendaient avoir le droit, lorsque les gens de Banyuls se refusaient à *firmare directum*, de saisir les biens et clouer les maisons que ces habitants tenaient à cens; il est décidé que «res dominorum vel que sui juris sunt pro culpa hominum non tenentur». (Cartulaire du Temple, fol. 145.) — 19 septembre 1218. Bérenger de Vernet a saisi et moissonné un enclos qui ne lui appartient pas; les propriétaires se plaignent à l'abbé. «Ipse abbas quesivit ab eis firmanciam de dicta percussione et emparam[en]to, unde Poncius de Vernet, jussu et prece dicti Berengarii firmavit per viginti solidos et per augmentum dicto abbati.» (Série H, fonds de Canigou.)

[6] 1er février 1269. «Item, concedimus vobis ac eciam statuimus quod bajulus de Villafrancha qui nunc ibi est et pro tempore ibi fuerit seu vicarius vel alius officialis, quando petent firmanciam de directo a vobis vel altero vestrum, teneantur et debeant exprimere causam sive causas quare firmanciam exigunt de directo ut, causa sive causis expressis, conventi liberius et facilius possint securitates et firmancias invenire.» (Charte pour Villefranche-de-Conflent, publiée par Alart, *Privilèges et titres*, p. 303.)

qui succombait perdait son gage, sa *firmancia*, au profit du seigneur justicier [1].

Ce seigneur prélevait, en outre, une partie de la valeur de l'objet du litige : cette part était égale à un tiers [2]. Dans les affaires criminelles, il percevait les amendes : homicides, *cugucias*, etc. [3]? C'est là le sens habituel de *justicia*; et ce n'est pas sans quelque tristesse que nous voyons ce mot, auquel s'attache d'ordinaire une signification si élevée, employé dans les chartes pour désigner des revenus pécuniaires. Enfin, au seigneur appartenaient les compositions, dont le principe, admis par les *Usages* [4], survécut longtemps, au moins dans certaines localités [5].

---

[1] 28 juillet 976. Bail à fief par Oliba, comte de Bésalu, à Minimille, dame de Saint-Jean-Pla-de-Corts, des justices de cette paroisse, «videlicet homicidias, cugucias, firmancias et justicias que ibi esse possunt». (Publié par Alart, *Cartulaire roussillonnais*, p. 28.) — 31 octobre 1168. Convention entre l'abbé d'Arles et son feudataire pour Coustouges : «De omnibus placitis et justiciis et exitis habeas firmancias et terciam partem.» (B 79.) — 26 mars 1207. Paréage de Torreilles; il y est question des cautionnements. (B 47.)

[2] 17 janvier 1262. «En lo del capitol del salari del jutge de Canet, quant haura en Canet per causas, una, ho dos, ho mes, que quiscun dia li sian donats sinch sous entre los litigants, si sera un ho dos ho molts; y juntament lo hajan de alimentar entre tots los litigants o litigant, salva empero la justicia del senyor, so es la tercera part de la querimonia.» (Charte accordée par Guillaume de Canet aux gens de Canet, d'après une analyse du xvii° siècle, publiée par Alart, *Privilèges et titres*, p. 239.) — 27 juillet 1264. Privilège portant que les gens de Thuir auront, après l'introduction de l'instance, un délai de dix jours; si un accord amiable intervient, ils seront dispensés de payer le tiers. (*Ibid.*, p. 258.) — 19 avril 1346. Privilège octroyé à Ille par le vicomte Pierre de Fenouillet, qui réduit de moitié, c'est-à-dire au sixième de la valeur de l'objet du litige, les droits de justice. (Archives municipales d'Ille, Livre vert.) — «La terça part de la quantitat de que es donada sentencia es del batle.» (Rigau, *Recollecta de tots los privilegis de Perpinya*,

fol. viii r°.) — «On ne plaidait pas gratis; la justice (droit du seigneur) était le tiers de l'objet plaidé.» (Tastu, *Notice sur Perpignan*, cité par Alart, *Privilèges et titres*, p. 54, note 3.)

[3] 28 juillet 976. (Voir note 1.) — Vers 1074? «Projet de convention entre Pons, comte d'Empories, et Guilabert, comte de Roussillon.» «Et iterum convenit predictus Pontius ad predictum Gilabertum quod ipsos placitos quod Pontius placitaverit de ipsum avere quod ille abuerit de ipsos placitos, si Gilabertus ibi non fuerit non abet partem Gilabertus de ipso avere. Exceptus de baudia et de batalia, quod dividant per medium.» (Publié par Alart, *Cartulaire roussillonniais*, p. 86.)

[4] Usages *Filius militis emendetur ut pater, Judei cesi aut vulnerati, Bajulus interfectus.* (Édit. de 1544, fol. xvi v°, xix v°, xxi; *Constitucions*, t. I, liv. IX, tit. XV, § 6; t. III, liv. IX, tit. VI, § 1; t. I, liv. IX, tit. XV, § 9; Giraud, *loc. cit.*, p. 467.)

[5] 24 novembre 1285. Quittance par J. de Moresia, chevalier, viguier de Roussillon et Vallespir, à B. Joch, de Villelongue, qui a payé 31 livres 5 sous de Barcelone pour avoir, avec des complices, attaqué et insulté le bayle de son village. (Notaires, n° 16, fol. 7.) — 1385, 1419. Confirmation du droit reconnu au bayle de Perpignan d'admettre à composition les coupables. (P. Tastu, *Notice sur Perpignan*.) — La composition était encore admise l'an dernier en Andorre; le juge d'appel, qui fait partie du tribunal criminel, percevait une partie des amendes et des compositions.

Les plaideurs devaient encore le salaire du juge, « salarium judicis [1] » ; les Perpignanais [2] et, plus tard, tous les hommes du Roi en Roussillon et Vallespir furent dispensés de le payer [3]. Les Corts tenues à Barcelone en 1283 confirmèrent en faveur des clercs et des chevaliers appelés à plaider devant les juridictions royales l'exemption de ces différents frais : tiers de l'objet du procès et salaire du juge dans certaines affaires [4].

Obéissant aux tendances envahissantes que nous leur connaissons, les seigneurs accaparèrent la plus grande étendue possible de terrain. Malgré les droits antérieurs des communautés, malgré la réaction dont la loi *Stratæ* porte la trace manifeste, ce n'est pas aux populations, ce n'est pas au souverain ni même au seigneur haut justicier, c'est au seigneur du village qu'appartinrent les montagnes, les landes, les eaux, les forêts, les routes et jusqu'aux rivières navigables, aux mines et à la mer, jusqu'à

[1] 4 novembre 1343. Charte royale portant que les gens de Prats-de-Mollo ne payeront plus rien « pro salario judicis ibidem in dictis villa et valle », et les dispensant de ces frais « ut ceteros homines nostros castrorum regiorun Rossilionis et Vallispirii... in omnibusque, veluti homines nostros proprios et immediatos, ipsos jubemus et volumus pertractari ». (Archives municipales de Prats-de-Mollo.)

[2] 19 novembre 1269. Les hommes des barons jouissaient, à Perpignan, de la même exemption, pourvu que leurs seigneurs acceptassent la réciprocité. (Publié par Alart, *Privilèges et titres*, p. 195.) — 15 janvier 1276 (1277?). Privilège « que ningun home de Perpinya pagas salaris sino lo litigant ab ell ». (Bosch, *Titols de honor*, p. 398.)

[3] C'est ce qui semble résulter du texte du 4 novembre 1343 que j'ai donné ci-dessus, note 1. — 22 février 1213. Privilège dispensant les gens de Saint-Laurent-de-la-Salanque de payer, quand ils plaident contre un chevalier ou un clerc, « firmanciam neque justiciam sive caloniam ». (*Privilèges et titres*, p. 105.) La phrase n'est pas claire, et Alart s'y est trompé (*op. cit.*, p. 102-103) ; mais la charte de Salses, qui renferme une disposition analogue, m'a servi à interpréter ce passage et à en saisir, je crois, le véritable sens. (*Op. cit.*, p. 101.)

[4] *Constitucions de Cathalunya*, t. I, liv. VII,

tit. VIII, § 1. — Le caractère odieusement fiscal de la justice n'est pas l'une des particularités les moins étranges de l'organisation andorrane. Les juges ont des épices : c'est ainsi que la sentence dilatoire est payée un franc. Voici le tarif d'une instance en appel :

Lettres *inhibitorias* destinées à arrêter l'exécution de la sentence dont est appel, 15 francs ;

Droit perçu par le juge sur les parties qui viennent lui exposer l'affaire, par heure, 8 francs ;

Droit proportionnel à la valeur du litige, à consigner avant le prononcé de la sentence, 15 p. 0/0 ;

Droit perçu, s'il y a plaidoirie (?) ;

Droit pour le prononcé de la sentence, au maximum, 40 francs ;

Expédition d'*apostols reverencials* ou lettres d'appel, si les parties recourent « au prince », 15 francs.

Ces sommes sont partagées entre le juge et son greffier ; le premier prend les deux tiers.

Le juge d'appel actuellement en fonctions a été institué par l'évêque d'Urgel ; je ne doute pas que la France ne fasse disparaître, lorsqu'elle aura à nommer à cette charge, des usages qui, pour être anciens, n'en sont pas moins peu respectables. (Ce souhait vient d'être réalisé : la France a nommé récemment un juge d'appel qui recevra un traitement fixe.)

ces *res publicœ* du droit romain que la royauté revendiqua pendant des siècles et qu'elle n'avait pas entièrement ressaisies au moment de la Révolution [1].

Les canaux d'irrigation [2] et les moulins étaient entre les mains du seigneur pour plusieurs raisons : d'abord, celui-ci était le maître de l'eau ; en second lieu, les moulins, dans la législation du moyen âge, n'étaient pas considérés seulement comme de simples entreprises privées ; la loi les traitait et les protégeait comme des œuvres d'intérêt public : chez un peuple mal outillé, les moulins ont une importance capitale, un intérêt social [3], et, comme tels, ils relèvent du seigneur à raison de son droit de haute police [4] ; il en était de même des forges.

Le seigneur avait aussi le monopole des fours, même dans les villes les plus privilégiées, comme Perpignan [5], où le fournage avait été concédé aux Templiers et où le prix de la cuisson était d'un pain sur vingt, à

---

[1] Voir ci-dessus, p. 84. — 8 février 1294. Mention d'un cens payé au Roi, en tant que seigneur de Millas, pour un porche élevé sur la voie publique et attenant à une maison qui relève de l'abbaye de Cuxa. (B 34, fol. 2 v°.) — 6 novembre 1296. (Voir p. 85, note 3.) — 16 mai 1304. Sentence arbitrale attribuant à Jaubert de las Fonts un chemin usurpé par un particulier. (B 375, fol. 169-172 v°.)

[2] 22 septembre 1261. Accord entre Pons de Vernet et les habitants de Torreilles : le premier dispense les seconds de l'obligation de cuire au four banal, à condition qu'ils travailleront un jour par an au ruisseau «in recco nostro, sub molendinis nostris». (*Privilèges et titres*, p. 235.)

[3] Ces raisons ont produit dans notre législation des effets à peu près analogues ; on sait que, sous le régime de la loi de 1851 organisant la propriété en Algérie, les moulins ont des privilèges en matière d'expropriation ; les meuniers sont admis à poursuivre l'expropriation pour cause d'utilité publique. De même, la loi du 21 avril 1810 sur les mines, réformée par la loi du 17 mai 1866, soumettait les concessionnaires à certaines obligations envers les forges voisines. — Sur les privilèges reconnus aux moulins par la loi gothique, voir le *Forum judicum*, VII, 11, 12, et VIII, IV, 30.

[4] 27 décembre 1225. «Et retinemus

eciam nobis et nostris in dicto Podio et villa et ejus terminis furnos et molendinos, ita quod nullus vestrum presens vel futurus sit ausus in dicto Podio et villa nec ejus terminis furnum nec molendinum aliquem facere nec tenam aud aliud machinamentum, ne minus possint valere redditus nostrorum furnorum et molendinorum.» (Charte de fondation de Bellver, publiée par Alart, *Privilèges et titres*, p. 123-124.) — 12 août 1235. Sentence arbitrale entre les gens d'Arles et l'abbé de ce lieu : les premiers devront cuire au four banal et moudre au moulin banal. (*Ibid.*, p. 141.) — 6 janvier 1243. «Retinemus autem nobis et nostris in perpetuum bovaticum, monetaticum, furnos, molendina facta et facienda.» (Charte pour Bellver. *Ibid.*, p. 167.) — 18 juillet 1258. Guillaume de Py, vendant au monastère de Campredon sept manses qu'il tenait pour ce monastère, se réserve le droit de moulin banal. (Publié par le duc de Roussillon [Pi], *Biographies carlovingiennes*, Preuves, p. 41.)

[5] § XXXVII et § XXXVIII de la *Coutume de Perpignan*. — 4 juillet 1173. Legs, par le comte de Roussillon aux Templiers, des fours de Perpignan avec le droit d'empêcher qu'on en fasse d'autres. (B 5.) — 19 octobre 1267. Accord entre les Templiers et la ville de Perpignan, au sujet du tarif des fours. (Publié par Alart, *Privilèges et titres*, p. 289.)

Claira [1], à Bellver [2], à Torreilles [3], à Millas [4], enfin à Arles, où l'on cuisait en payant un pain sur vingt-cinq après la convention de 1235 [5].

Nous apprenons par la sentence d'abolition des *mals usos* qu'au xvᵉ siècle encore, certains seigneurs catalans exigeaient du paysan un droit pour la forge banale, « loçol, fabrega de destret », que d'ailleurs ils n'entretenaient pas [6].

Le droit de mesure, au moins dans certaines localités, appartenait aussi aux seigneurs [7], qui s'étaient encore réservé la faculté de vendre pendant une partie de l'année les produits de leur terre, à l'exclusion des produits analogues. Ce monopole avait surtout pour objet le vin; c'était le *vet de vin*, *vectivum*, en catalan *desvet*. Gaubert de Belric, en 1155, reconnaissait à l'église d'Elne le *vet de vin* dans sa baronnie pendant deux mois [8]. L'article 1ᵉʳ des *Coutumes de Perpignan* considère comme un privilège la condition faite à cette ville, qui était exemptée de tout *desvet*, à l'exception de celui du sel; le *desvet* du sel durait à Perpignan du dernier jeudi d'avril au premier jeudi de juin [9]. Le droit de taverne n'était pas autre chose que ce monopole de débiter le vin au détail [10]; il paraît être mentionné pour Perpignan dans le testament du comte Guinard [11].

[1] 12 décembre 1233. Charte de franchises pour Claira, portant que les habitants devront cuire leur pain au four banal, moyennant un pain sur vingt. (Publié par Alart, *Privilèges et titres*, p. 134.)

[2] 27 décembre 1225 et 6 janvier 1243. (Voir p. 230, note 4.)

[3] Le 21 septembre 1261, les habitants de Torreilles furent affranchis de cette obligation par Pons de Vernet. (B 49; publié par Alart, *Privilèges et titres*, p. 235.)

[4] 7 avril 1260. Règlement sur les banalités de Millas; les seigneurs s'engagent à cuire au four communal le pain des habitants moyennant un pain sur vingt et un; les particuliers pouvaient d'ailleurs cuire leur pain chez eux, à l'exception du pain de froment destiné à la vente. (Publié par Alart, *Privilèges et titres*, p. 228.)

[5] Voir p. 230, note 4. — A Palau-del-Vidre, le 23 août 1246, la population accorde aux Templiers, moyennant décharge de l'imposition annuelle de 200 sous de Melgueil pour l'entretien des remparts, le droit de four banal; le tarif sera de un pain sur vingt; les habitants ne pourront avoir sur le territoire de Palau ni four ni fourneau.

(Publié par Alart, *Privilèges et titres*, p. 184.)

[6] 1486. (*Constitucions de Cathalunya*, t. II, liv. III, tit. XIII, § 2.)

[7] *Coutume de Perpignan*, § xxix.

[8] 14 novembre 1155. (*Marca Hispanica*, App., c. 1318.)

[9] Publié par Massot-Reynier, p. 5. — *La gabelle du sel* ou *vet de sel* fut remise aux Perpignanais le 30 octobre 1322. (Archives municipales de Perpignan, Livre vert mineur, fol. 115 vᵒ-116 vᵒ.) — 21 février 1213. Privilège pour Salses : « Enfranquimus etiam vos in perpetuum ab omni exorquia et vetito vini et bladi et salis et omnium aliarum rerum. » (*Privilèges et titres*, p. 101.)

[10] 11 février 1672. Bail à ferme du « vetitum vini sive la taberna » de Salses. (G 1851.)

[11] 4 juillet 1173. « Relinquo ad recognitionem manumissorum meorum... tabernam Perpiniani. » (B 5; *Marca Hispanica*, App., c. 1361; Henry, *Hist. du Roussillon*, t. I, p. 507.) — Vers la fin de l'ancien régime, les droits de taverne, de boucherie, d'hôtellerie appartenaient aux communautés; les boucheries sont encore aujourd'hui, en Andorre, la propriété des paroisses ou plutôt des communes (car la paroisse andorrane est une cir-

III. Les barons confiaient l'exercice et le recouvrement de leurs droits à des intendants, à des officiers d'ordres divers; les plus connus étaient les bayles et les châtelains.

Des châtelains, je ne dirai pas grand'chose, leurs attributions ne différant de celles du bayle que par le commandement militaire de la place qu'ils administraient aussi au civil. Ainsi à Collioure, si nous en croyons Alart, le châtelain était en même temps le bayle de cette localité [1].

Le châtelain s'appelait *alcayd,* mot emprunté aux Sarrasins, qui l'employaient pour désigner les commandants des villes fortes d'une importance secondaire [2].

Quant au bayle, il était dit en latin *bajulus,* en catalan *balle, baile* ou plutôt *batlle.* Les auteurs qui se sont occupés du droit de la région ont souvent rendu le latin *bajulus,* le catalan *batlle,* par *bailli* [3]; il me paraît que c'est là un contresens : l'histoire, aussi bien que la philologie, s'opposent à ce que l'on traduise *bajulus* par *bailli.* Sans insister sur les considérations tirées des lois de la phonétique [4], je me bornerai à faire observer que le bayle du droit méridional était absolument distinct du bailli du Centre et du Nord, lequel était un personnage autrement important et répondait plutôt à notre viguier du Midi.

J'ignore comment cette expression s'est introduite dans la langue du pays, où elle fut usitée très anciennement. Nous la trouvons dans une convention du 1ᵉʳ mars 954 [5]. Au XIIᵉ siècle, elle était fréquente. C'est que les officiers de ce nom étaient extrêmement nombreux : il y avait un bayle dans chaque ville royale et un dans les seigneuries [6]; lorsqu'une

conscription administrative), qui les afferment. Les archives de l'Intendance de Roussillon abondent en baux à ferme des tavernes, boucheries et hôtelleries communales. (Voir l'inventaire de la série C, art. 1633 (Alénya), 1642 (Argelès), 1659 (Baixas), 1700 (Claira), 1708 (Collioure), 1721 (Corbère), 1724 (Corneilla-de-la-Rivière), 1740 (Estagel), 1761 (Ille), etc.)

[1] *Privilèges et titres,* p. 81.

[2] Reinaud, *Invasion des Sarrasins en France,* p. 91.

[3] Tastu, *Notice sur Perpignan,* passim; Alart, *Privilèges et titres,* p. 50, 81, etc.; *Notices historiques,* t. I, p. 234, etc.

[4] *Batlle, bajulus, bailli, ballivius* paraissent avoir une même origine : je ne le nie point; je prétends seulement que *ballivius,* dont la tonique est *i,* n'a pas pu donner *batlle,* pas

plus que *bailli* ne peut dériver de *bajulus,* dont la tonique est *a.* Il me semble que Ducange n'a pas suffisamment distingué ces deux mots, *ballivius* et *bailli,* d'une part, *bajulus* et *bayle* de l'autre.

[5] «Si ego Raimundi, vicecomite, habeo opus potestate de ipsos kastellos jamdictos, dire o ad vestrum baille.» (*Histoire de Languedoc,* édit. Privat, t. II, Preuves, c. 422.)

[6] «Chaque ville royale, de même que chaque seigneurie, était administrée par un *bailli* nommé par le roi.» (Alart, *Privilèges et titres,* p. 50.) — Ces derniers mots sont de trop; le Roi n'avait pas de bayle dans les seigneuries qui ne lui appartenaient pas. — «Quant aux villes et lieux du domaine royal, chacun avait un bailli et un juge spécial qui y représentaient le roi.» (*Id., ibid.;* p. 81.)

localité était divisée entre deux ou plusieurs barons, chacun d'eux y était représenté par son bayle [1]. Il en résulte que la baylie était quelquefois de très peu d'importance : il en est qui ne comprenaient que trois manses [2].

De plus, on désignait sous le nom de bayle des agents d'attributions fort diverses : tel bayle avait pour mission de recueillir des redevances déterminées, comme les droits de pacage [3] ou la dîme [4]; tel autre percevait toute sorte d'impôts [5] et commandait la milice [6]; l'un exerçait son auto-

[1] 4 juillet 1173. Testament du comte de Roussillon. « Relinquo monasterio Sancti Genesii... ut in valle Sancti Petri, in proprio honore, habeat proprium custodem qui diligenter custodiat, ne bajulus meus de colligendis expletis aliquod dampnum faciat predicto monasterio. » (B 5.) — 26 mars 1207. Pariage de Torreilles. (B 47.) — 8 septembre 1278. Pariage d'Andorre : ce document mentionne le bayle du comte de Foix et le bayle de l'évêque. (Bibliothèque nationale, collection Doat, t. 162, fol. 36-49; collection Dupuy, t. 52; fonds français, n° 16,657. Une copie de ce document se trouve dans certains exemplaires du *Politar* d'Andorre.)

[2] 24 août 1267. Confirmation, par l'abbé Pierre, de la baylie de Taltorte qui s'étendait à trois manses, dont celui du concessionnaire; il y ajoute un quatrième manse tenu par Guillemine Soldevila, « ita quod tu et tui ipsam [bajuliam] habeatis et teneatis pro nobis et monasterio nostro predicto, et loco nostro et nostrorum successorum percipiatis et coadunetis omnes census tam bladi quam aliorum et omnia terremerita et alia inde nobis provenientia et provenire debentia qualibet ratione; de quibus nobis respondeatis et ea nobis restituatis prout de aliis honoribus et mansis predictis per vos usque nunc fieri est consuetum. Verumtamen, nichil percipiatis vel habeatis ratione bajulic mansi Gillelme predicte, de aliquibus redditibus vel proventibus ejusdem mansi quos modo percipimus vel percipere debemus, nisi tantum de justiciis, laudimiis et foriscapiis et questiis et aliis juribus nostris »; le concessionnaire aura droit à la *retrodecima*; il paye 50 sous. (Série H, fonds de Canigou.)

[3] 10 ou 11 janvier 1284. « A. de Codaleto, de Ripisaltis, per me et meos dono tibi

P. de Ciraleu, de Villafrancha Confluentis, in tota vita tua tantum, bajuliam ad exigendum, colligendum et recipiendum totum meum braciaticum et jus meum et actionem quod et quam habeo et habere debeo in toto bestiario venienti undecumque et transeunti per Vincianum seu per locum seu loca ubi bratiaticum recipio vel recipere debeo... Pro qua bajulia et labore dicti bratiatici colligendi habeas retrodecimam dicti bratiatici quolibet anno in tota vita tua et VI solidos melgur. quolibet anno, pro tua missione, si eam ibi feceris. » (Notaires, n° 8, fol. 61 v°.)

[4] 11 septembre 1274. Pierre, abbé de Canigou, confirme à Pierre de Colomer « bajuliam decime ville nostre de Verneto et fructuum ac expletum ejusdem et etiam de Edzer, de Sech et de Coma..., ita quod tu et tui habeatis et teneatis predictam bajuliam dictorum locorum pro nobis et successoribus nostris et monasterio predicto et sitis inde nobis et dicto monasterio boni, legitimi et fideles ». Pour cette confirmation, Pierre paye 10 sous; il prête hommage. (Série H, fonds de Canigou.)

[5] 18 juillet 1257. Concession perpétuelle, par Ermengaud d'Urg, de la baylie de ses biens à Peralada, Sainte-Marie-la-Mer et Villelongue-de-la-Salanque : « ita quod tu colligas vel colligi facias omnia terremerita et jura et dominia et census et usatica et foriscapia et omnia alia ibidem pertinentia ad proficuum nostrum et tui et habeas tu et tui tuam retrodecimam de predictis, sicut bajulus debet inde habere ». (B 49.)

[6] 22 octobre 1330. Enquête établissant que les habitants de Benat et de Sous, lorsqu'il y a expédition, marchent sous les ordres du bayle de Prats-de-Mollo. (Archives de Prats, Livre vert, fol. 26-27.)

rité dans un village ou dans une grande ville; l'autre avait pour circonscription un pâturage, les pasquiers d'une montagne [1]. Un historien distingué a déjà remarqué que, dans nos contrées, le nombre des bayles
s'accrut démesurément [2]. On appliquait ce nom, semble-t-il, aux agents
quelconques d'un seigneur ou d'un riche propriétaire sans distinction de
la nature de leur mandat [3].

Le bayle était avant tout un intendant; il «représentait surtout le seigneur pour l'administration de ses revenus», a dit Alart [4]. Ce même auteur
a signalé tel acte où le bayle de Perpignan remplit les fonctions qui furent
celles du procureur royal, c'est-à-dire qu'il administre le Domaine [5]. Les
documents de ce genre ne sont pas rares; fréquemment le bayle royal
concède les terres du Roi; il est présent aux inféodations consenties par
les agents du Domaine [6]; il approuve les ventes des fonds tenus pour le
Roi et perçoit même de ce chef un droit de baylie [7]; il assiste le commissaire chargé de recevoir les aveux des tenanciers [8].

---

[1] 15 mars 1071. Accord entre l'évêque
d'Elne et le vicomte de Castelnou, au sujet
des droits de chacun d'eux sur les pasquiers
de Roussillon et Vallespir : «et convenit ei ut
episcopus habeat suum bajulum in prescriptum pasquarium». (*Histoire de Languedoc*,
édit. Privat, t. V, c. 585.) — 6 août 1128.
Renouvellement de l'accord précédent : «Et
hoc sit ita ut episcopus mittat suum bajulum
et vicecomes suum in predicto pascuario communi.» (*Marca Hispanica, App.*, col. 1263.) —
En 1597, le billet d'enchères pour l'afferme
de Trouillas porte : «Primo, sapia dit arrendador que lodit illustre capitol, senyor de dit
lloch y terme, li creara un balle de pasquer,
lo qui dit arrendador voldra, per fer solament
las degollas y exequutar los bants.» (G 105.)

[2] Aug. Molinier, Notes de l'*Histoire de
Languedoc*, éd. Privat, t. VII, p. 198.

[3] 1173. Ordonnance royale sur la paix et
trêve : si une église fortifiée sert de repaire
aux voleurs, «lo clam al bisbe en lo bisbat
del qual sera comes e a mi o a mon balle sie
aportat». (*Constitucions de Cathalunya*, t. I,
liv. X, tit. VIII, S 1, art. 1.) — Mars 1195.
Vente par le roi d'Aragon d'un jardin à Corneilla et d'une vigne : «Constituimus etiam
quod nullus bajulus possit vos in orto illo et
in vinea illa in aliquo aggravare.» (Série H,
fonds de Corneilla.) — 1er mars 1273. Lettre

de Jacques d'Aragon déclarant qu'il range
parmi les criminels les plus coupables «qui
populum comovebit sine mandato bajuli».
(Publié par Alart, *Privilèges et titres*, p. 320.)
— Il est à remarquer que dans ces exemples,
surtout dans le premier, les fonctions que l'on
prête au bayle ne lui appartiennent pas d'une
façon spéciale.

[4] *Notices historiques*, t. I, p. 235.

[5] «Ce qu'il y a d'intéressant dans cette
pièce, dit Alart à propos d'un acte du
20 juillet 1245, c'est que ce fonctionnaire
(Pierre de Camarasa) remplissait, outre les
fonctions de bailli ou représentant du roi
dans la capitale du Roussillon, des actes à peu
de chose près semblables à ceux qui constituèrent plus tard l'office des procureurs
royaux.» (*Privilèges et titres*, p. 176.)

[6] 29 avril 1272. Reconnaissance féodale
«in presentia et testimonio Arnaldi Davini,
bajuli de Turrillis». (B 16, fol. 7 v°.)

[7] Mars 1202 ou 1203. Approbation, par
le bayle royal de Banyuls-sur-Mer, de la vente
d'une vigne; il perçoit deux sous pour le Roi
et un sou «pro bajulia». (B 8.) — 18 juillet
1257. (Voir p. 233, note 5.)

[8] 1246-1268. Concessions à Salses.
(B 37.) — Mars 1266. Bail en acapte par le
bayle de Villeneuve pour G. de Canet, au
nom de celui-ci. (Notaires, n° 2, fol. 33.)

Un bayle seigneurial a mission de décider des réparations à faire dans des maisons appartenant à son maître [1].

Ce caractère d'intendant, le bayle ne le perdit jamais complètement, et de là vient sans doute que certaines baylies étaient, jusque dans les temps modernes, mises aux enchères [2].

Cependant le bayle était en même temps un magistrat. « Ce double rôle de magistrat et d'intendant n'a, du reste, rien qui doive étonner. Il ne faut pas perdre de vue que, dans cette société féodale où le pouvoir central était absent, où le seigneur réunissait en sa personne et la qualité de propriétaire et celle de magistrat suprême rendant la justice sur sa terre, son délégué présentait naturellement aussi ce double caractère et exerçait des fonctions publiques en même temps qu'il remplissait un emploi essentiellement privé [3]. » Cette réunion dans une même main d'attributions si différentes paraît moins surprenante à qui se rappelle que c'était une loi au moyen âge que les dépositaires de l'autorité fussent armés d'un pouvoir de justice pour faire respecter leurs droits, à ce point qu'on affermait parfois, en même temps qu'un revenu, la faculté de créer un magistrat [4].

Le bayle était donc un officier de justice ou plutôt de police ; il édictait des règlements [5], veillait sur les récoltes. Je crois que c'était pour l'indemniser de cette surveillance que certaines terres, certaines cultures étaient grevées d'une redevance dite *bajulivum, bajulia, bailia* [6]. En d'autres cas,

[1] Février ou 1er mars 1219. Bail pour deux ans, par Raymond de Castel-Roussillon, de maisons sises à Torreilles et d'immeubles en dépendant ; les réparations seront faites « ad noticiam mei bajuli» ; en cas de perte par cas de force majeure, les dégrèvements seront accordés «ad noticiam proborum hominum ville de Turrillis». (B 48.)

[2] 9 août 1604. Dénonciation, à la requête des consuls d'Opoul, du bail à ferme de la baylie de ce lieu et nouveau bail à un preneur qui offre dix sous de plus par an. (B 438, fol. 167.)

[3] Deloche, Introduction au *Cartulaire de Beaulieu*, p. LXXVI.

[4] 15 avril 1371. Bail à ferme, pour une durée de quatre ans, des revenus de la prévôté de Trouillas, comprenant moitié des droits de justice ; le preneur payera la moitié du salaire du juge et pourra créer un bayle à ses gages. (G 176.) — Avril 1643. Billet d'enchères des pacages de Saint-Cyprien : l'adjudicataire pourra nommer un bayle pour

lever les amendes quand les bestiaux entreront sans son autorisation dans les pacages communaux.

[5] Le bayle de Perpignan enjoindra aux boulangers, suivant le cours du blé, de faire les pains à tel poids que la *cour* aura réglé. (*Coutume de Perpignan*, éditée par Massot-Reynier, S XLVI, p. 26.) — Il s'agit surtout dans cet exemple de l'exécution des règlements de la *cour*, dont nous examinerons plus loin la composition. Mais les archives municipales de Perpignan renferment un très curieux registre, intitulé : *Livre des ordinations ;* c'est un recueil d'ordonnances municipales, de règlements édictés soit par le bayle, soit par le bayle et le viguier, soit par ces officiers assistés des notables, soit même par le Roi.

[6] 8 février 1134. «In supradicta vero bailia de Turri, quam prephatus Arnaldus tenet per dominum suum episcopum prenominatum, habeat ipse Arnaldus in campis et vineis et ortis suam bailiam, sicut bona consuetudo est ipsius bailie, et faciat bene custodire ipsos

bajulia paraît avoir désigné la part des redevances affectée au bayle pour la rétribution de ses fonctions d'intendant ou de collecteur, et plus fréquemment l'ensemble de ses droits et de ses émoluments quelconques [1]. Cette portion qui revenait au bayle ou aux autres officiers sur les revenus seigneuriaux se nommait aussi *retrodecima* [2], *redecimum* [3], *redelme* [4].

Le bayle était un magistrat local, dont les pouvoirs s'exerçaient dans une circonscription restreinte. Tandis que d'autres avaient un district

campos et vineas et ortos ad proficuum et salvamentum domini sui episcopi et hominum ipsius ville.» (Accord au sujet de la baylie de La Tour, publié par Alart, *Privilèges et titres*, p. 38.) — Sur le droit de *bajulivum*, auquel étaient soumises certaines terres, voir plus haut, p. 153.

[1] 15 juillet 1179. Contrat de mariage d'Adèle d'Age et de Bérengèr : Adèle aura la moitié des biens de ses parents, sauf la baylie; son frère aura l'autre moitié de l'héritage et la baylie. (Série H, fonds de Canigou.) — 3 octobre 1224. Testament de Guillaume Pons, de Ger : il laisse à sœur Saurimonde tous ses immeubles : «omnem meum honorem..., tam fevum quam alaudium... Item precipio quod Bertrando, fratri meo, faciant per unum annum tenere bajuliam». (Série H, non classé.) — 18 juillet 1258. Vente, par Guillaume de Py à l'abbé de Campredon, de sept manses et bordes à Py, qu'il tenait pour le monastère. «Nullo ibi vel inde nobis vel nostris jure retento, nisi quod retinemus nobis et nostris tantum bajuliam totius predicti honoris, hominum et feminarum et omnium jurum aliorum, sicut melius et plenius ipsam bajuliam habemus in alio honore vestro de Pinu, exceptis taschis frumenti et aliorum bladorum, in quibus nihil accipimus nisi retrodecimam tantum.» (Publié par le duc de Roussillon [Pi], *Biographies carlovingiennes*, Preuves, p. 41.) — J'avoue que le sens de *bajulia* dans les textes qui précèdent n'est point parfaitement clair; ce mot peut désigner autant la fonction que les droits à la perception desquels elle donne lieu.

[2] 26 mars 1207. Pariage de Torreilles portant que le bayle de Pons de Vernet aura droit à la «retrodecimam de omnibus justiciis ipsius ville». (B 47.) — 18 juillet 1257. (Voir p. 233, note 5.) — 28 janvier 1262.

Vente, par Pons de Vernet à Arnaud Davi, de la baylie de ses biens à Torreilles : «hoc pacto videlicet quod... habeatis inde tu et tui retrodecimam et bajulivum sicut bajulus debet inde habere». (B 51.) — Mars 1266. Vente au prieur de Marcevol de moulins sur la Tet à Nossa, près Vinça : «hoc salvo et retento quod Vitalis de Orulo habet bajulivum in predictis, videlicet retrodecimam tantum pro bajulivo». (Notaires, n° 2, fol. 31.) — Vers 1270. (Voir p. 219, note 3.) — 26 septembre 1280. Renonciation par Raymond de Rochafort, bayle de Corsavy, avec l'assentiment du seigneur, à certains droits perçus sur les troupeaux d'Espira de l'Agly. «Tamen... non intendo renunciare retrodecime mee quam habeo racione dicte bajulie in hiis que dominus Arnaldus de Corsavino predictus recipit a vobis racione dicte devesie seu cortalli, pasture seu pasquerii sive penturagii.» (B 80.) — 11 janvier 1284. (Voir p. 233, note 3.) — 20 octobre 1309. Sentence du roi de Majorque portant que, dans le cas de procès avec un noble, «non solvant dicti homines de Insula retrodecimam, cum equalitas in judiciis sit servanda». (Archives municipales d'Ille, Livre vert.)

[3] 31 octobre 1168. «Et de omnibus questiis quas abbas fecerit in honore habeas redecimum.» (Accord au sujet de Coustouges. B 79.) — Le même document porte aussi *redecima* et *retrodecimum* : «pro retrodecimo trasci».

[4] 1283 et 1291. Constitutions dispensant les nobles et les ecclésiastiques succombant dans les procès de payer *terça o redelme*. (*Constitucions de Cathalunya*, t. I, liv. VII, tit. VIII, § 1 et 2.) — Le *redelme* dans ce cas, ainsi que dans le document de 1309 cité plus haut (note 2), paraît se confondre avec le salaire du juge. (Voir p. 229.)

étendu, le bayle représentait son maître auprès d'une communauté. C'était un privilège pour les bourgeois d'une ville d'être justiciables du seul bayle de cette ville, dans la cour duquel ils étaient jugés suivant leurs coutumes. Les habitants des villes franches attachaient même un grand prix à ce privilège, parce que la juridiction du bayle représentait à leurs yeux la commune; aussi le trouve-t-on consacré dans les chartes de diverses villes : Collioure[1], Thuir[2], Perpignan[3], Millas[4]. Par un renversement assez étrange, ce fut plus tard la juridiction du bayle qui fut de droit commun, la cour du viguier étant plus spécialement réservée à la noblesse[5].

Le bayle siégeait quelquefois en plein air, sous un porche[6]. Il avait, au xve siècle du moins, comme insignes de sa magistrature, un bâton long, tandis que les bâtons courts distinguaient les simples officiers de police[7].

[1] 24 août 1207. «Concedo nec non vobis quod non teneamini respondere de aliqua re alicui vicario, nisi bajulo in ipso castro constituto, et quod idem bajulus conducat judicem de meis directis justiciarum.» (Publié par Alart, *Privilèges et titres*, p. 90.)

[2] Avril 1191. Disposition analogue en ce qui concerne la juridiction du bayle, pour Thuir. (Publié par Alart, *Privilèges et titres*, (p. 71.) — 2 mai 1252. Privilège reproduisant cette disposition et ajoutant que le bayle devra résider dans la ville. *Ibid.*, p. 202.)

[3] «Item omnia que fiunt in villa Perpinyani spectant ad juridictionem bajuli; que vero fiunt extra ad vicarium spectant, qui nullo casu in villa Perpinyani vel terminis ejus suam potest juridictionem exercere»; le viguier peut cependant châtier les étrangers qu'il a saisis, pour un délit commis hors ville. (*Coutume de Perpignan*, publiée par Massot-Reynier, S LVI, p. 30.) — «Item, vicarius non habet juridictionem seu potestatem ullam in hominibus ville Perpinyani.» (*Ibid.*, S LVII.) — Ce privilège fut confirmé le 19 novembre 1249. (Publié par Alart, *Privilèges et titres*, p. 195.) — Il fut accordé à Collioure, le 24 août 1207 (*ibid.*, p. 90), à Villefranche, le 11 mars 1271 (*ibid.*, p. 308), à Puy-Valador, en 1303. (B 368, *Inventaire*.) — On peut dire qu'il était commun au moins aux principales localités du Roussillon. Par suite d'une interprétation véritablement er-

ronée, il a donné lieu à la création du Conseil souverain du Roussillon, en juin 1660, sous le prétexte que les habitants de la province ne pouvaient être traduits hors de cette province. Sur cette dispense du droit de *committimus* en Roussillon et sur les conséquences qu'elle a entraînées, voir Fossa, *Mémoire pour les avocats*, p. 63-64, note.

[4] 1er février 1272. (Charte pour Millas. *Privilèges et titres*, p. 314.)

[5] Fossa, *Mémoire pour les avocats*, p. 154.

[6] 13 septembre 1209. «Ego Ferrandus, bajulus et vicarius domini S., comitis, abito consilio assessorum meorum, scilicet Bernardi de Solancho, Chasaleti, Guillelmi de Sancto Martino et aliorum prudentum... Lata fuit autem hec sententia intus Perpinianum, in porticu Guillelmi de Montellis.» (Cartulaire du Temple, fol. 218.)

[7] 1495 environ. Enquête au sujet du territoire du Masdeu; des témoins déposent que le commandeur institue un notaire et un juge «y a consell de aquells lodit bayle exercex tant quant fa com a batlle», suivant la coutume du Roussillon; ce bayle porte un bâton pareil à celui du bayle de Perpignan, d'une demi-canne de Montpellier (1 mètre environ) de longueur; or, les bâtons longs sont réservés aux bayles et les bâtons courts aux gardes. (G 108.) — 19 août 1612. Enquête contre un bayle étranger qui s'est présenté au Soler avec les insignes de sa charge, à savoir, un long bâton. (G 40.)

Les documents modernes nous fournissent sur les extorsions des bayles et sur leur incapacité de tristes renseignements [1]. Cette insuffisance et ces abus devaient remonter très haut, car de longue date on avait pris des mesures pour restreindre les pouvoirs de ces magistrats. L'usage s'était établi de leur adjoindre un assesseur [2]; les Corts tenues à Monzon en 1289 rendaient obligatoire la présence de cet assesseur [3], qui était, semble-t-il, le véritable juge, car il avait une responsabilité et pouvait être appelé en justice pour rendre raison de ses sentences [4]. Le paréage d'Andorre porte que, lorsque les bayles seront saisis d'une affaire contentieuse, ils devront désigner un juge [5].

Le bayle était également assisté de plusieurs prud'hommes ou notables qui formaient sa cour de justice, *curia, cort*. L'origine de cette intervention des notables dans l'exercice de la justice pourrait être l'institution germanique des *boni homines;* le fait est que les *boni homines* et les prud'hommes durèrent sans interruption, au moins dans quelques baylies, jusqu'au XIIIᵉ siècle [6]; ils durent même encore dans les Corts andorranes : à côté des viguiers, étrangers aux vallées, se trouvent des *boni homines,* des *rahonadors,* dont le rôle est de maintenir les usages et le droit du pays.

[1] 3 novembre 1621-13 novembre 1622. Affaire du bayle de Trouillas, qui avait enfermé un habitant pour lui extorquer de l'argent; le bayle de Baixas, chargé de garder prisonnier son collègue, dépose qu'il l'a laissé échappe et que lui-même ne sait pas écrire. (G 106.)

[2] 24 août 1207. (Voir p. 237, note 1.) — 27 juillet 1264. «...De omnibus questionibus que vertentur de cetero in curia de Tuhir, coram bajulo et judice ibidem constitutis et constituendis.» (*Privilèges et titres,* p. 258.)

[3] *Constitucions de Cathalunya,* t. I, liv. I, tit. XLIII, § 9. — Cette disposition s'étend à tous les officiers royaux.

[4] 1291. Ordre aux clercs qui voudront être assesseurs de fournir préalablement comme cautions des laïques et de s'engager à faire droit aux réclamants devant la cour séculière. (*Ibid.,* liv. I, tit. VI, § 1.)

[5] 8 septembre 1278. (Voir p. 233, note 1.)

[6] Sur la présence des *boni homines* aux plaids de l'époque carolingienne dans nos pays, on peut voir les nombreux procès donnés parmi les preuves du *Marca Hispanica* ou de l'*Histoire de Languedoc;* je n'indiquerai ici que quelques actes postérieurs à l'avènement de Hugues Capet : 6 mars 1010. «In judicio dompno Wifredo, comite, et Sendredo, judice, et in presentia Poncii Olibani, Wilelmi Rodolfi, sajoni, et aliorum bonorum hominum.» (Plaid relatif à un bien sis à Fuilla. *Histoire de Languedoc,* édit. Privat, t. V, c. 356.) — 7 janvier 1027. Plaid entre les habitants d'Ages et ceux de Pallerols, en Cerdagne. (*Cartulaire roussillonnais,* p. 49.) — 14 août 1030. Enquête testimoniale, à Toulouges, par-devant le comte, le vicomte, le juge et des bonshommes, sur le testament d'un prêtre. (Publié par le duc de Roussillon [Pi], *Biographies carlovingiennes,* Preuves, p. 14.) — Même jour (?). Plaid à Elne par-devant le comte, le vicomte, l'archidiacre Udalguer, deux juges, le *saig* et des bonshommes. (*Histoire de Languedoc,* loc. cit., c. 394.) — 24 août 1051. Plaid au sujet de Baho, en présence du comte, du vicomte, de l'archidiacre Udalguer et de six notables.

Le bayle déléguait partie de ses pouvoirs à divers agents, au crieur public[1], au *saig*[2], qui était une sorte d'huissier chargé de l'exécution des sentences. Le *saig* ou *sagio* était d'origine gothique : « Ce fonctionnaire n'existait que chez les Ostrogoths et les Visigoths[3] »; il est nommé, dans différents documents du pays qui remontent aux premiers siècles du moyen âge[4]. Il est possible que certains de ces *saigs* se soient rendus indépendants et qu'ils aient de leur ressort formé une seigneurie; car une partie du Conflent et une partie de la Cerdagne portaient chacune le nom de *sajonia* et comprenaient plusieurs villages réunis en communauté[5]. Le *saig* paraît avoir été choisi non par le seigneur, mais par le bayle; les bayles actuels d'Andorre, qui ont pris la place des anciens *saigs*[6], sont à la nomination des viguiers; ils sont les mandataires des viguiers, qui ont été eux-mêmes substitués aux bayles.

(Publié par Alart, *Cartulaire roussillonnais*, p. 64.) — 26 novembre 1139. Différend terminé par Pons de Vernet « et alii probi homines ». (B 45.) — 1162-1172. Privilège pour Perpignan : « Et dominus non faciat judicare homines predicte ville clericis, sed laycis, cum probis hominibus predicte ville, per usaticos ville. » (Publié par Massot-Reynier, *Coutumes de Perpignan*, p. 38 et p. 42, et par Alart, *Privilèges et titres*, p. 45 et p. 54.) — 13 septembre 1209. (Voir p. 237, note 6.) — 29 juillet 1234. Procès entre le Temple et un de ses vassaux de Nyls au sujet du droit d'albergue; la sentence est rendue « per Marchesium, judicem, et per alios probos homines ville Perpiniani ». (*Privilèges et titres*, p. 138, note 2.)

[1] « E semblant es en crida, qui es ordenat per lo balle, a consell dels prohomens de la vila... Idem in precone, qui constituatur a curia, consilio proborum hominum ville. » (*Coutumes de Perpignan*, S LXVI. Massot-Reynier, p. 33.)

[2] Le bayle peut nommer un ou plusieurs *saigs* à son choix, mais non pas à perpétuité. (Même article, *ibidem*.) — 21 février 1213. Charte pour Salses; le Roi et ses officiers ne pourront invoquer comme preuve le témoignage des *saigs* : « non possint probare vel averare per sagiones curie vel eciam per alios curiales ». (*Privilèges et titres*, p. 101.)

[3] Ad. Tardif, *Bibliothèque de l'École des Chartes*, 1887, p. 293. — Sur le *sagio* visigo-

thique, voir le *Forum judicum*, II, 1, 25; II, 11, 4; V, 111, 2, etc.

[4] 2 avril 812. (Diplôme pour les Espagnols réfugiés. Baluze, *Capitularia*, t. I, c. 499; *Histoire de Languedoc*, éd. Privat, Preuves, t. II, c. 74.) — 5 juin 858. (Plaid à Elne. *Ibid.*, c. 306-308.) — 22 mars 865. (Diplôme relatif à Prades. *Cartulaire roussillonnais*, p. 5.) — 18 août 868. (Plaid pour Saint-Michel-de-Cuxa. *Histoire de Languedoc*, loc. cit., c. 346.) — 25 mars 874. (*Ibid.*, c. 373-375, et *Marca Hispanica*, c. 796-797.) — 30 janvier 875 et 17 décembre 875. (*Histoire de Languedoc*, loc. cit., c. 378-380 et 382-384.) — 1027. (*Cartulaire roussillonnais*, p. 50.) — Il fallut prendre, au XIII° s° notamment, des mesures pour défendre les populations contre les extorsions des *saigs* : le 26 mars 1265, Jacques d'Aragon rendit une ordonnance d'où j'extrais le passage suivant : « Si sayones aliquid acceptaverint ultra jus suum ratione sui officii a rusticis, a sayonia per vicarios perpetuo expellantur. » (Série H, fonds de Corneilla.)

[5] Voir plus loin, aux communautés de villages.

[6] Le fait est affirmé par le *Manual Digest*, compilation manuscrite sur l'histoire et le droit de l'Andorre. Le *Manual Digest* contient un grand nombre d'erreurs; sur le point particulier dont je m'occupe, il paraît exact, bien que l'exemplaire que j'ai plus particulièrement étudié — c'est celui de M. Bonaventure

L'administration de nos pays était organisée sur de tout autres bases que de nos jours : on ne saurait trop insister sur ce point, que les pouvoirs publics étaient moins une magistrature instituée pour le bien des populations qu'une entreprise ordonnée en vue de l'intérêt des dépositaires de l'autorité. Il était donc rationnel qu'un officier, de même qu'un propriétaire, donnât procuration à un homme de confiance pour exercer sa charge[1], et on ne s'émut d'un tel état de choses que parce que cette multiplicité de fonctionnaires devenait par trop onéreuse aux contribuables chargés de les entretenir [2].

Moles, notaire à Andorre-la-Vieille — ne donne pas la date de la substitution des viguiers aux bayles. Le Pariage de 1278 cite un seul viguier, celui du comte de Foix, deux bayles et deux saigs; plus tard, au commencement du xve siècle, il semble que les bayles avaient disparu. Je les retrouve à la fin de ce siècle, et je suis d'autant plus porté à voir dans les bayles les remplaçants des *saigs*, qu'aujourd'hui encore les bayles sont surtout des agents d'exécution, procédant aux ventes judiciaires, envoyant en possession les acquéreurs, etc. Il n'est pas jusqu'au nom de ses jugements qui ne rappelle ce caractère de la juridiction du bayle : on nomme ces sentences *judicia verbals*. En résumé, l'organisation actuelle de la justice en Andorre comprend deux viguiers, chacun d'eux, nommé par l'un des coseigneurs, duquel il est le représentant ; — un juge, nommé alternativement et à vie par chacun des coseigneurs; — deux bayles, qui sont les lieutenants des viguiers; — un *nunci*, huissier, qui est un officier d'ordre inférieur, affichant les décisions des autorités, soignant les montures des conseillers les jours de séance, assistant le bayle dans les exécutions, etc.; le *nunci* est aussi bourreau, mais il se fait suppléer généralement dans l'exercice de cette fonction. Les deux viguiers et le juge, assistés des *rahonadors* désignés par le Conseil général, forment les *Corts*, tribunal souverain, spécialement chargé de la justice criminelle, mais qui peut terminer toutes les causes dont il est saisi; le juge, qui avait jadis la direction des débats et la présidence du tribunal, n'est plus qu'un conseil; on doute même qu'il ait voix délibérative lorsque les viguiers sont partagés. Lorsqu'un viguier est en Andorre, l'usage veut qu'il

juge les délits. Les bayles siégeaient ensemble autrefois; aujourd'hui chacun d'eux a son jour d'audience; le demandeur choisit celui des deux bayles devant lequel il doit porter son affaire. Le bayle se prononce en première instance sur les causes civiles; il a, en outre, une compétence analogue à celle de nos tribunaux correctionnels et de simple police. L'appel des sentences des bayles est porté devant le juge, contre les arrêts duquel on peut encore se pourvoir devant chacun des deux coseigneurs; le gouvernement français ou plutôt son délégué permanent, lorsqu'il se trouve valablement saisi, renvoie l'affaire au Tribunal supérieur récemment institué; l'évêque commet, pour connaître de chaque cause, un juge qu'il choisit d'habitude dans le chapitre d'Urgel. Le ministère public est inconnu en Andorre; cette particularité n'est d'ailleurs pas fort ancienne : il y a eu, jusqu'au xviie siècle au moins, un procureur fiscal auprès des *Corts*. A côté de ces juridictions de droit commun existe une juridiction spéciale pour les procès de bornage et de servitude; j'aurai l'occasion d'en parler plus loin.

[1] 28 mars 1258. Composition, sur le pied de 10,000 sous de Melgueil, entre le Roi et les habitants de Perpignan, coupables d'avoir blessé R. de Pompian, bayle de Perpignan et viguier de Roussillon, et d'avoir outragé Guillaume Vivent, «qui dicebatur tenere locum R. de Pompiano in bajulia ville Perpinianin». (Publié par Alart, *Privilèges et titres*, p. 223.) — 1333. Constitution des Corts de Monzon portant que les sous-bayles seront nommés par le bayle et non par le Roi. (*Constitucions*, t. I, liv. I, tit. XLIII, § 13.)

[2] 22 décembre 1228. Défense aux vi-

Jusqu'au xviiᵉ siècle d'ailleurs, on trouve de très fréquentes mentions de lieutenants de juges, de lieutenants de bayles, de régents de jugeries, régents de baylies [1].

---

guiers de nommer des sous-viguiers dans les localités où il n'est pas d'usage d'en avoir. (*Marca Hispanica*, *App.*, c. 1416; *Constitucions de Cathalunya*, t. I, liv. I, tit. XLIII, § 3.)

[1] 6 septembre 1275. Ordonnance municipale pour Perpignan, portant la souscription du lieutenant du bayle et du lieutenant du juge. (Archives municipales de Perpignan, Livre des ordinations, fol. 13 vᵒ-14.)

IMPRIMERIE NATIONALE.

CHAPITRE XV.

LA COMMUNAUTÉ D'HABITANTS ET LA COMMUNE.

———

I.   Principes d'où est sortie la communauté d'habitants : paroisse et communauté. — La communauté association de propriétaires. — La communauté agrégat de familles.

II. Nature de la communauté d'habitants : solidarité passive; solidarité active : *ma armada*. — Droits d'usage des communautés : interprétation fautive de la loi *Stratœ*. — Théorie sur l'origine des droits des communautés. — Les *devèses* ou *voalars*. — Église, hôpital, etc.

III. Organisation politique de la communauté : tiédeur des vieilles populations roussillonnaises pour le consulat. — Introduction du consulat dans la province. — Subordination du pouvoir communal au pouvoir seigneurial. — Tribunal populaire : les *sobreposats*. — Groupements de communautés : syndicats de villages. — La prétendue *république* d'Andorre.

I. Les baronnies, nous l'avons vu, s'étaient formées partie aux dépens des pouvoirs supérieurs, partie au détriment des populations. Les seigneurs féodaux n'avaient pas cependant tellement abusé de leur puissance qu'ils eussent annihilé complètement les droits de leurs vassaux. Les gens d'un même village étaient restés unis par des intérêts communs.

La communauté d'habitants et la paroisse avaient beaucoup d'affinité; elles se confondaient le plus souvent[1], et il serait puéril de nier leur étroite connexité : la religion unissait plus fortement des individus déjà groupés par l'intérêt; l'église, où les solennités du culte étaient célébrées, était aussi, le plus souvent, le lieu où les habitants s'assemblaient pour discuter les affaires communales. On continue de nos jours à donner le nom de *paroisses* aux six circonscriptions administratives de l'Andorre.

———

[1] 26 juin 1160. Concession de droits d'usages aux gens d'Osséja : «vobis omnibus parrochianis de Ulceya... Nos omnes parrochiani Sancti Petri... et proximi et vicini nostri, de ista parrochia parrochiani.» (*Privilèges et titres*, p. 44.) — 10 mars 1274. L'infant d'Aragon comprend les habitants de Garrius dans le règlement d'une question de pacages qui intéresse Salses, «cum sint de parrochia et adjacenciis Sancti Stephani de Salcis.»

(Alart, *Privilèges et titres*, p. 331.) — Néanmoins, la paroisse ne concordait pas toujours avec la communauté, qui était tantôt plus restreinte et tantôt plus étendue. (*Ibid.*, p. 12.) — Ainsi, dans les temps modernes, Bajoles, qui était séparé de la communauté de Cabestany, était englobé dans la paroisse de ce village. (C 1672, *Inventaire.*) De même, Casa d'Ans faisait partie de la paroisse d'Err et non pas de son territoire. (C 2058, *Inventaire.*)

Les liens de la parenté fortifiaient encore la communauté; les mariages entre jeunes gens des seigneuries différentes étaient rendus difficiles par le *formariage* et la *remença*. Aussi, dans un village, tous les habitants devaient-ils être parents, surtout lorsqu'ils étaient en petit nombre, ce qui était fréquent [1].

La commune est aujourd'hui formée par une réunion d'individus qui en font partie au même titre et avec les mêmes droits. Jadis elle était une société de propriétaires; les droits collectifs qui étaient sa principale raison d'être étaient des dépendances de la propriété particulière. En 1030, le comte Guifred, ayant affaire à la communauté d'Osséja, s'adresse : « à vous tous qui possédez des biens-fonds au village d'Osséja [2] ». Aussi de nombreuses chartes nous montrent-elles que les terre-tenants d'un territoire, même lorsqu'ils étaient personnellement étrangers à la localité, étaient obligés de contribuer aux dépenses communales et de payer leur part des impositions dues par les villages [3]. Ces idées étaient si bien admises, la propriété jouait un tel rôle dans l'organisation de la société, que le feu, pris pour base de la répartition des impôts, était, non pas la famille, mais une unité du revenu des propriétés immobilières [4].

[1] Voir ci-dessus, p. 12.

[2] Publié par Alart, *Privilèges et titres*, p. 31. — De même, en 1027, ce sont les propriétaires de Pallerols, « nos... qui aliquid possidere videmur in villis Palierolis », qui renoncent aux prés usurpés par leur village. (Publié par Alart, *Cartulaire roussillonnais*, p. 50.)

[3] 19 septembre 1207. Ordre du Roi à tous les propriétaires de Perpignan, quelle que soit leur condition, de contribuer aux frais de la fortification de cette ville. (Publié par Fossa, *Mémoire pour les avocats*, p. 65, note 3.) — 15 février 1211. Autre lettre portant que les propriétaires qui se donneront au Temple, mais qui se réserveront leurs droits de propriété, ne seront nullement exempts des charges de la communauté de Perpignan. (Publié par Alart, *Privilèges et titres*, p. 96.) — 10 août 1260. Privilège octroyé aux Perpignanais de faire payer à tous les clercs leur part de contributions royales, s'ils achètent « aliquas hereditates seu possessiones pro quibus sit consuetum servire nobis et mittere partem in predictis questiis seu aliis exactionibus regalibus ». (*Ibid.*, p. 231.) — 16 septembre 1264. Privilège accordé à la *Sajonia* de Conflent,

portant que les possesseurs de biens-fond sis dans les villages du Roi devront contribuer au payement des impositions royales, à moins qu'ils n'établissent que ces biens étaient exempts antérieurement à leur acquisition. (Alart, *Privilèges et titres*, p. 262.) — 27 juillet 1264. Privilège portant que tous les acquéreurs de biens sis à Thuir et relevant du Roi contribueront aux impositions et services dus au souverain par la communauté de Thuir, proportionnellement à l'importance de leur acquisition. (*Ibid.*, p. 258.) — 1283. « Item, quod terram tenentes infra terminum alicujus castri contribuant in questiis quas fecerit dominus castri, pro rata possessionum quas ibi tenent. » (Ordonnance des Corts. Dans Ducange, verbo questa; *Constitucions de Cathalunya*, t. I, liv. VIII, tit. IV, S 1.)

[4] Alart, *Documents sur la géographie historique du Roussillon*, dans le *Bulletin de la Société des Pyrénées-Orientales*, t. XXII. — Ces idées ont persisté jusqu'à l'époque moderne; pour jouir des droits de pacage, deux conditions étaient requises : habiter la localité et y avoir des biens-fonds; le 24 juillet 1484, on dénie à un homme d'Opoul l'usage des dépaissances, parce qu'il

Or, la propriété appartenait à la famille. La communauté était donc une réunion de familles, dont les maîtres seuls prenaient part aux délibérations. C'est ainsi qu'aujourd'hui encore, d'après la coutume andorrane, l'éligibilité et l'électorat sont réservés aux chefs de maison, aux *caps de casa*.

Tout cela nous explique pourquoi les femmes ont participé quelquefois aux assemblées communales : une veuve, mère d'enfants mineurs, avait sa place marquée dans une réunion où se débattaient les intérêts collectifs des familles[1].

II. J'ai cherché à faire connaître les principes qui ont présidé à la formation de la communauté d'habitants; le premier résultat de ces causes fut une étroite solidarité entre les gens d'un même village. Le 1ᵉʳ juin 1267, l'infant Jacques décida que les communautés des villages royaux de Roussillon et de Vallespir seraient responsables des dommages autres que le vol causés sur leur territoire et dont l'auteur resterait inconnu; en ce qui concernait les dégâts commis dans les seigneuries des barons, les bourgeois des villes royales ayant des propriétés dans ces seigneuries étaient respectivement tenus envers leurs compatriotes à la réparation[2]. Ces dispositions, qu'on dirait copiées de la loi du 10 vendémiaire an IV, furent étendues, le 1ᵉʳ février 1270, à Villefranche-de-Conflent et à toute la terre de Conflent[3].

Les Roussillonnais avaient gardé le droit de se faire justice eux-mêmes; les pouvoirs publics apportèrent à cet usage des tempéraments; mais il tenait trop à la nature impétueuse des Catalans pour qu'il fût possible de le faire complètement disparaître. Un homme était-il insulté ou simplement lésé dans ses intérêts, sa cause devenait la cause de toute la communauté, qui poursuivait la vengeance du grief aux dépens de l'insulteur

---

n'a pas de propriétés : il répond qu'il va en acquérir. (B 412, *Inventaire*.) — Le 15 septembre 1495, un individu est condamné à la perte des droits de pacage à Ger, s'il ne vient pas habiter dans ce village avec sa famille. (B 414, *Inventaire*.) — Voir divers documents du mois d'août 1504, du 19 janvier 1524 et du 20 octobre 1556, dans l'inventaire de la série B, art. 416, 423 et 429.

[1] 23 août 1246. Dans l'accord conclu entre les Templiers et les habitants de Palau-del-Vidre, trois femmes figurent parmi

ceux-ci. (Alart, *Privilèges et titres*, p. 184.)

[2] Archives municipales de Perpignan, Livre vert mineur, fol. 32 v°-33 v°; publié par Alart, *Privilèges et titres*, p. 286.

[3] *Ibid.*, p. 300. — Cette responsabilité de la communauté n'est pas un fait particulier à la législation roussillonnaise; on la retrouve en droit franc (Guérard, *Prolégomènes du polyptyque d'Irminon*, p. 776-777); M. Dareste l'a signalée chez les Israélites, dans les codes brahmaniques, chez les Slaves, etc. (*Études d'histoire du droit*, p. 23-24, 79, 232.)

ou de ses compatriotes [1]. De là le droit de *main armée, ma armada* [2], dont les historiens locaux ont si fort exagéré l'importance. La charte de 1197 ne concède pas à la ville de Perpignan le privilège de déclarer la guerre; elle réglemente, en faveur de cette commune, un droit reconnu aux individus, du moins aux nobles.

Les communautés d'habitants pouvaient posséder. En 1027, les gens de Pallerols, sur les bords du Sègre, revendiquaient une terre en toute propriété, « pro alode proprio [3] ». Ces propriétés communales sont signalées ailleurs : à Osséja [4], à Jujols [5], peut-être à Tautavel [6], Saint-Féliu-d'Avail [7], Villemolaque [8], Carol [9], etc. Il paraît même que certaines appar-

[1] 1173. «Constituints encara que los sobredits homens nostres o de esgleyas de altres sobredits no assajen peñorar lo hu al altre per rabo de veynatge o de senyoratge o per qualsevol altra occasio, si doncs aquell que penyorara no era deutor o fermança.» (Constitutions de paix et trève. *Constitucions de Cathalunya*, t. I, liv. X, tit. VIII, § 2.) — Jusqu'au xvi° siècle au moins, les fermiers des leudes (droits de transit) rendaient les marins étrangers responsables des fraudes de leurs compatriotes. (Voir dans l'inventaire de la série B, art. 417, un acte du 24 mars 1507.)

[2] Publié par Alart, *Privilèges et titres*, p. 82-84, et par Henry, *Histoire du Roussillon*, t. I, p. 516. — On en trouve notamment une copie au Livre vert mineur des archives municipales de Perpignan, fol. 213 r°; en marge de cette copie, le scribe a dessiné grossièrement un étendard haut et étroit, portant huit traits horizontaux (les quatre pals d'Aragon?) et attaché par ses deux extrémités à la hampe, qui est surmontée d'une croix; ce croquis représente la bannière royale que l'on portait à la tête de l'armée municipale.

[3] 7 janvier 1027. (Publié par Alart, *Cartulaire roussillonnais*, p. 51.)

[4] 25 janvier 1030. Renonciation par le comte Guifred de Cerdagne, en faveur du village d'Osséja, à une certaine étendue de pacages. (Publié par Alart, *Privilèges et titres*, p. 31.)

[5] 23 janvier 1272. Concession emphytéotique aux habitants de Jujols d'un terrain vague pour le planter en vigne dans les trois ans. (Alart, *Privilèges et titres*, p. 312.) — A la vérité, il ne s'agit pas, dans cet exemple d'une propriété allodiale; mais le fait

d'une concession à toute une communauté n'en est pas moins fort remarquable.

[6] 31 janvier 1293. «Item, quandam aliam peciam terre in dictis terminis in loco vocato Cassaynela, et affrontat ex una parte in devesa *del Cominal* et alia in garriga... Item, quandam aliam peciam terre in dictis terminis in loco vocato Mirala, et affrontat ex una parte in devesa *del Cominal* et ex alia in tenencia d'en Thomas Padern.» (*Capbreu* de Tautavel, B 31, fol. 9 v°.)

[7] xii° siècle. «Medietatem unius terre que est ad *campum comu*.» (*Capbreu* de Saint-Féliu-d'Avail, B 50.)

[8] 3 novembre 1212. Échange de terres entre le Temple et le Monastir-del-Camp; le Temple cède à Guillaume, prieur du Monastir, «totum quantum habemus in tota una terra, excepta decima quam nobis retinemus, que terra est in loco qui dicitur communali, sublus domum Sancti Salvatoris, juxta honorem communali quem quem (*sic*) homines de Villamulacha laborant, que terra affrontat ab oriente et meridie et occidente in ipso communali, ab aquilone in jamdicto honore quem homines de Vilamulacha laborant... In communali quod laborat domus Sancti Salvatoris.» (Cartulaire du Temple, fol. 81 et 98.)

[9] 26 avril 1243. Confirmation, en faveur des gens de Carol, Quès et Courbassil, de droits d'usage dans la forêt de Campcardos : «Et habeatis dictum nemus cum terminis et affrontacionibus consuetis; verum, si in dicto nemore vel terminis ejusdem aliquid laboraveritis, de expleto laborationis nobis et nostris in perpetuum tasquam donetis; et donetis nobis et nostris annuatim ex sol. malgur.

tenaient à plusieurs communautés, peut-être à la suite d'un accord [1]. Ces terres étaient parfois réduites en culture [2]; chaque feu en avait sans doute une portion, qui dépendait de son manse [3].

Dans toute la contrée, il est fait encore une part considérable à la collectivité dans l'organisation de la propriété foncière; en Capcir notamment, on est vivement frappé de l'étendue des biens de l'État et des communes, quand on considère cette vallée d'un point un peu élevé, comme le col de Sansa; et même sur les terrains particuliers, la communauté a gardé plus qu'ailleurs des droits de vaine pâture [4]. Cet état de choses tient à la pauvreté du sol et à l'inclémence du pays, qui chassent les populations vers la plaine, aux habitudes de la culture et au développement de l'industrie pastorale [5].

quos jam annuatim solebatis dare pro usu dicti nemoris.» (*Privilèges et titres*, p. 172.)

[1] 10 janvier 1010. Consécration par l'évèque d'Elne de l'église de Montauriol-en-Vallespir; la paroisse confronte Camélas, Calmeilles, Oms, Llauro «et de alia [parte] in vinea cumunale». (*Marca Hispanica*, App., c. 972.) — «Communalis» désigne aussi des terres appartenant à plusieurs individus; le 1ᵉʳ octobre 1151, Arnaud de Nyls et sa femme cèdent au Temple «illam vineam cum campo quem habemus ad Segur in comunal, pro cLxxx solidis rossel. et hanc vendicionem facimus nos prescripti sine enganno domino Deo et predicte mansioni cum laudamento et atorgamento illorum dominorum qui habent partem in ipso comunal, videlicet cum laudamento Poncii, prioris de Campo, et cum laudamento Arnaldi de Ruperforti et Guillelmi, presbiteri de Villamulacha, dispensatoris domus Sancti Salvatoris, et cum laudamento Poncii de Rocha, qui omnes de ipso comunal sunt participantes cum predicta mansione Templi.» (Cartulaire du Temple, fol. 202 v°.)

[2] 23 janvier 1272. (Voir p. 245, note 5.)

[3] Le 7 avril 942, le comte Seniofred donnant à l'évèque d'Elne ses biens-fonds de Boule énumère: «Et ipse mansus, ubi Guitimirus habitavit condam qui fuit... et in ipsa Calme, dono tibi de ipsas terras qui de ipso manso de Vintimiro fuerunt et ad ipso manso pertinet ipsa medietate.» (*Histoire de Languedoc*, éd. Privat, t. V, c. 189.) — «Le mot *calme* employé dans les actes de la Cer-

dagne et du Roussillon au xıᵉ siècle désigne les vacants d'un territoire et, le plus souvent, les pacages ou pasquiers de la haute montagne fréquentés pendant l'été.» (Alart, *Privilèges et titres*, p. 31, note 1.) Il paraît résulter du texte ci-dessus transcrit que la *calme* de Boule était, pour une portion du moins, divisée en lots répartis entre les manses du village. — Étant donné l'existence des propriétés communales et la constitution de la communauté, la conséquence nécessaire était que la jouissance des communaux devait être réservée aux propriétaires du village et considérée comme une dépendance de la propriété. C'est ainsi que les choses se sont pratiquées en Germanie et peut-être dans toutes les sociétés. (Voir dans la *Revue historique* de mai-juin 1885, p. 176, le compte-rendu donné par M. G. Platon du livre de M. Ross sur les modes de tenure chez les Germains, et dans les *Études sur l'histoire du droit*, de sir Henry Sumner-Maine, les chapitres sur *les communautés de village*.)

[4] Les rapports des juges de paix sur les usages locaux en 1862 accusent encore le droits de vaine pâture d'être «cause que l'agriculture ne peut faire aucun progrès» dans le canton de Montlouis.

[5] En Cerdagne, au siècle dernier, les encouragements donnés par l'administration à la mise en culture des terres vagues ne produisirent aucun résultat. (Voir mes *Notes sur l'économie rurale du Roussillon à la fin de l'ancien régime*, p. 16.)

Dans ces cantons infertiles, les gens d'un village forment de leurs bestiaux un troupeau unique et l'envoient au pacage sous la surveillance d'un berger commun; chacun d'eux a intérêt à continuer l'indivision des pâturages communaux et à tolérer sur ses terres l'exercice de droits de vaine pâture dont il bénéficie à son tour sur les terres de son voisin.

Les mêmes causes qui ont fait l'importance des propriétés des communautés en ont déterminé la nature : la plupart d'entre elles devaient servir au pâturage; c'est ce qui est arrivé en effet. Le plus grand nombre étaient des forêts, des montagnes avec leurs immenses pentes gazonnées, des calms [1]. Il était interdit aux copropriétaires de sortir de l'indivision, de s'approprier une parcelle de ces terrains et de la défricher, sous peine de perdre leur portion de droits [2].

Les communautés n'étaient pas seulement propriétaires; elles étaient aussi et surtout usagères.

Leurs droits d'usage s'exerçaient sur les propriétés particulières ou sur les vacants royaux et seigneuriaux. Le droit de vaine pâture était admis dans la province [3], ainsi que le droit de parcours, qui portait le nom de vesinat [4].

[1] Les communes avaient aussi des prairies; le 3 septembre 1265, Raymond de Vinça vendit certains droits sur un pré confrontant «in flumine aque de Regur et in via et in prato comuni quod dicitur de Seneja et in prato tutoris de Ur». (Publié par Alart, Privilèges et titres, p. 272.) — Suivant encore Alart, «le nom de tudor est encore employé en Cerdagne pour désigner les devèses ou propriétés en défends qui appartiennent aux communes.» (Ibid., note 4.)

[2] 25 janvier 1030 et 26 juin 1160. Actes constatant que les habitants d'Osséja n'avaient pas le droit de défricher les vacants. (Privilèges et titres, p. 31 et 44.) — Le défrichement, qui avait pour conséquence l'appropriation, a toujours tenté les populations : les gens de Claira prétendaient, dans une supplique à l'intendant, que chacun d'eux avait le droit de planter en vignes telle partie des terres vagues sur laquelle il jetait son dévolu. (C 1702, Inventaire.) — On peut voir dans l'inventaire de la série C, aux articles 1724 et 1752, l'analyse de documents relatifs au partage et défrichement de partie des vacants de Corneilla-de-la-Rivière et de Saint-Féliu-d'Avail. — Ces usurpations de parcelles du domaine seigneurial ne devaient pas être rares : on les régularisait, à la fin de l'ancien régime, au moyen d'un contrat spécial, appelé «emphytéose à titre de précaire». (Voir mes Notes sur l'économie rurale du Roussillon, p. 110.)

[3] 3 septembre 1265. Vente, par Raymond de Vinça aux habitants de Puycerda, du droit de pacage dans un pré, après l'enlèvement du foin, qui se fera le 25 juillet au plus tard, jusqu'au 1ᵉʳ mars; le vendeur réserve le droit d'usage acquis aux gens d'Ur, de la Toussaint au 1ᵉʳ mars. (Privilèges et titres, p. 273.) — 30 août 1271. Vente aux moines de Saint-Hilaire, par Bernard de Montesquieu, du territoire de Nidolères; les gens de Nidolères pourront faire paître à Montesquieu, «ubi bladum non sit». (B 83.)

[4] Je ne prétends pas que le parcours fût de droit, mais simplement qu'en fait il était fréquemment exercé. Le 22 septembre 1264, un accord fut conclu entre le souverain et le clergé, tant séculier que régulier, du diocèse d'Elne; l'un des articles stipule que les hommes des seigneuries royales pourront faire paître leurs bestiaux gratuitement sur les terres des seigneuries ecclésiastiques, et réci-

En général, les droits d'usage des communautés sur les vacants remontent si haut, qu'il est bien difficile d'en déterminer l'origine autrement que par des conjectures plus ou moins probables.

Depuis deux ou trois siècles, les jurisconsultes roussillonnais admettent que ces divers droits dérivent de la loi *Stratæ*, qui est l'article 72 des Usages de Barcelone; les communes du département invoquent encore aujourd'hui ce texte pour appuyer leurs prétentions sur les eaux, les pacages ou les forêts de leur territoire.

Les dispositions de la loi *Stratæ* ne s'étendaient pas qu'à ces sortes de biens et elles ne les attribuaient pas aux communautés sur le territoire desquelles ils étaient situés. Elle revendiquait pour le prince, « potestas », le droit de *gérer* pour le profit du peuple en général, « ad emparamentum cuncto illorum populo », les choses sans maître; elle ne donnait pas au prince un droit de propriété, « non ut habeant per alodium vel teneant in dominio », mais un pouvoir de police, d'administration; l'usage, non pas l'usage personnel et précaire, l'*ademprivium*, *adempriu*, de la coutume catalane, mais la possession, la jouissance pleine et entière, « emparamentum », restait au peuple.

Ainsi comprise, la loi *Stratæ* devait être et elle fut, en effet, lettre morte. Ce que j'ai déjà dit de la propriété des vacants, ce qui suit à propos de la jouissance de ces mêmes biens prouve, j'insiste à dessein sur ce point, que la loi *Stratæ* n'était pas en vigueur dans nos pays au moyen âge[1]. Comment donc expliquer le succès singulièrement tardif de cet article des *Usages*? Des jurisconsultes dans l'embarras ont cherché un texte pour défendre les droits des communautés, car il fallait pour les avocats d'autrefois un texte à l'origine de tous les droits; ils ont cru le trouver dans cette loi, qui a été détournée de sa signification réelle. Dans ces conditions, la loi *Stratæ* est, au double point de vue historique et juridique, un contresens qui n'a que trop duré.

En réalité, la question est beaucoup plus complexe, et je ne crois pas

---

proquement. (*Privilèges et titres*, p. 264.) — Une sentence arbitrale rendue par l'infant Jacques, le 10 mars 1274, mit fin à un différend survenu entre le prieur d'Espira-de-l'Agly et les habitants au sujet d'un quartier de pacages; la sentence règle minutieusement l'usage pour le bétail *de trenuyta* (qui passe la nuit dehors); quant au bétail qui sort de l'étable et y rentre le même jour, il n'y aura pas lieu de tenir compte des limites fixées. C'est la reconnaissance formelle du droit de

parcours. (*Privilèges et titres*, p. 329.) — Alart a publié le texte d'un règlement émané du viguier de Roussillon, le 1er novembre 1299, et relatif à l'exercice du droit de *vesinat* : les troupeaux devaient pénétrer sur le territoire voisin après le lever du soleil et en sortir avant le coucher du soleil. (*Documents sur la langue catalane*, p. 131.)

[1] Voir le travail déjà cité sur la loi *Stratæ*, *Nouvelle revue historique de droit*, janvier-février 1888, p. 71.

qu'il soit possible de la résoudre au moyen d'une formule générale faisant connaître d'une façon complète les droits de toutes les communautés.

On a vite fait de dire que « les populations avaient la libre jouissance des vacants de leurs territoires », mais cette proposition est manifestement inexacte. La preuve que les communautés ne jouissaient pas de plein droit des eaux, forêts et pacages de leurs territoires, c'est qu'elles achetaient parfois à chers deniers l'usage de la totalité[1] ou même de partie[2] de ces biens. La preuve en est encore que cet usage était, au gré des seigneurs, soumis aux plus onéreuses restrictions : le seigneur pouvait clore partie des vacants[3]; il vendait à des étrangers des permissions de pacage et, dans le même acte, imposait aux habitants l'obligation de ramener, la nuit, leurs troupeaux dans le village[4].

[1] 23 juin 1265. Vente, par Guillaume de Canet à ses vassaux, des pacages, eaux, chasses, etc., de sa seigneurie. (*Privilèges et titres*, p. 269-271.) — Juillet-août 1274. Concession aux gens de Llo, par le seigneur de cette localité, de l'usage exclusif des pâturages du territoire. (*Ibid.*, p. 334.)

[2] 26 avril 1243. Confirmation en faveur de la vallée de Carol des droits de pacage, affouage et arrosage sur la montagne de Campcardos, sise dans ladite vallée, moyennant un cens de 110 sous de Melgueil. (*Privilèges et titres*, p. 172.) — 4 mars 1273. Concession au village des Fonts de partie des vacants du territoire, sources et forêts. (*Ibid.*, p. 321.)

[3] 28 juillet 1266. Le Roi prend sous sa protection le bois mis en défens sur le territoire de Saint-Jean-Pla-de-Corts par le seigneur de cette localité. (*Privilèges et titres*, p. 279.) — Il est vrai que les droits acquis sur la forêt devaient, aux termes de l'acte royal, être respectés; mais ou bien cette mise en défens ne signifie rien, ou bien elle a pour objet de restreindre la libre jouissance des populations sur ce fonds.

[4] Février 1284. Vente par B. de Montesquieu, seigneur de Saint-Estève, des droits de pacage à Saint-Estève et Saint-Mamet; les habitants de Saint-Estève seront tenus de ramener les troupeaux, la nuit, dans le village. (Notaires, n° 14, fol. 3 v°-4.) — Les seigneurs accordaient aux bourgeois des communes privilégiées droit de pacage en dehors des territoires de ces communes :

24 février 1211. Concession à Villefranche de la dépaissance gratuite dans toutes les seigneuries royales. (*Privilèges et titres*, p. 98.) — 1er février 1270. L'infant d'Aragon confirme en faveur des habitants de Villefranche «pasturas et pasturalia per totam terram domini Regis, patris nostri, et nostri (sic)..., salvis tamen nobis et nostris pasturis garricarum castri de Salsis et eciam castri de Taltevolon». (*Ibid.*, p. 303.) — 5 novembre 1309. Privilège octroyé aux Perpignanais de faire paître gratuitement, «sine prestatione pasquerii», des bestiaux à cornes à laine dans les territoires des villages royaux où ils ont des propriétés. (Dans un procès de la commune de Salses contre le recteur des Jésuites de Perpignan. Non classé.) — Le tribunal de Perpignan a eu à examiner, il y a trois à quatre ans, la valeur légale de ces concessions : au xive siècle, le roi de Majorque accorda aux gens d'Opoul l'autorisation de faire pacager, en temps de sécheresse et moyennant une indemnité déterminée, sur les territoires voisins d'Espira, Vingrau, Salses et Tautavel. Les bergers d'Opoul ont pris l'habitude de venir en tout temps et gratuitement sur le seul territoire de Salses; bien plus, ils s'opposent à la mise en culture des marais pestilentiels de cette localité, sous prétexte que ces défrichements réduisent leurs droits. Ces prétentions ont donné lieu à d'interminables procès. Dans le dernier, où les deux communes étaient représentées par des avocats très distingués, on a discuté la valeur de la charte précitée. Cette charte me paraît inattaquable, au moins

Voici, en quelques mots, comment je comprends l'histoire des droits d'usage des communes du Roussillon.

Au moment où la propriété se constitua dans nos pays après la reconquête, la population était clairsemée; elle devait trouver, dans le voisinage immédiat des habitations, des herbages suffisants pour les troupeaux. Elle conduisait les bestiaux sur les terres vagues, en vertu de coutumes tellement anciennes que leur origine se confond avec les origines mêmes de la société [1]. Lorsque la féodalité se forma, les seigneurs mirent la main sur les biens sans maître; mais, quelle que fût leur avidité, elle dut s'arrêter devant les droits acquis par leurs vassaux.

Cependant, avec le chiffre des habitants, leurs besoins s'accroissaient; les anciens pacages furent défrichés ou devinrent insuffisants; les bergers poussèrent les troupeaux vers les garigues plus éloignées du village, près des sommets qui formaient la limite des paroisses et des seigneuries, et le seigneur consentit, moyennant une compensation quelconque, à cet empiètement sur ce qu'il considérait comme sa propriété.

Il existait, principalement dans les hautes montagnes, dans les massifs du Canigou et du Carlit, des *calms* immenses, qui constituaient une réserve pour l'avenir. Ces montagnes étaient inoccupées, parce que les troupeaux trouvaient encore leur nourriture dans les pâturages plus rapprochés des centres de populations et aussi par suite de l'insécurité des chemins. On les appelait les pasquiers : pasquiers de Capcir et de Conflent, de Carlit, de Canigou, de Prats-de-Mollo et de Corsavy. A cette énumération donnée par Alart [2], j'ajouterai, dans la plaine, les garigues de Salses. Or, parce que ces terrains étaient de nul rapport, personne, parmi les hobereaux qui s'étaient taillé des fiefs dans la province, n'avait songé à se les approprier, à l'exception des pasquiers de Corsavy, qui appartenaient, dès le xiᵉ siècle, aux seigneurs de cette localité; les autres restèrent la propriété des souverains, passèrent aux comtes et firent retour au domaine royal. Seuls les gens du voisinage avaient pris l'habitude d'y promener leurs brebis ou leurs vaches et d'y venir chercher des branches sèches ou des bois de construction [3].

---

en ce qui concerne Salses, qui était une seigneurie royale; mais il reste à savoir si elle entraîne les conséquences que la commune d'Opoul en déduit.

[1] 11 juin 844. « Liceat eis (aux Espagnols réfugiés)... secundum antiquam consuetudinem ubique pascua habere et ligna cædere et aquarum ductus pro suis necessitalibus ubicumque pervenire potuerint, nemine contradicente, juxta priscum morem, deducere.» (*Capitularia regum Francorum*, t. II, 28.)

[2] *Privilèges et titres*, p. 192.

[3] On peut dire que ces pasquiers étaient restés en dehors des territoires des seigneuries et des communautés. D'ailleurs, ce concept de la division en un certain nombre de

Quand les communications furent plus sûres et les troupeaux plus nombreux, les comtes cédèrent, quelquefois à des propriétaires fort éloignés, la dépaissance dans les pasquiers [1]; généralement ils réservèrent la possession acquise par les populations qui vivaient sur la lisière de ces déserts [2].

communes de toute la surface d'une province n'est pas très ancien. La commune actuelle est une circonscription administrative; la communauté du moyen âge était une association pour la jouissance de droits indivis ou collectifs; là où ces droits n'existaient pas, le territoire de la communauté s'arrêtait. Par contre, il franchissait parfois les limites des seigneuries : en 1274, les gens de Salses étaient en différend avec le prieur d'Espira au sujet des pacages sis entre les deux localités; le prieur faisait valoir qu'il avait été déjà procédé à une délimitation, Salses répondait que l'objet de cette délimitation était d'attribuer au Roi, seigneur de Salses, d'une part, au prieur, de l'autre, la portion des garigues qui revenait à chacun d'eux, mais qu'elle laissait intacte la question des droits d'usage. L'infant d'Aragon, arbitre dans cette affaire, paraît avoir accepté cette manière de voir. (Privilèges et titres, p. 329-331.) — Il n'en est pas moins vrai que, d'une façon générale, on tend à identifier les limites des pâturages d'une communauté et les limites de la seigneurie dont cette communauté fait partie. Cette confusion a donné lieu à une affaire extrêmement délicate : l'affaire de la Solane d'Andorre. Les Andorrans cherchent à rattacher à leur vallée ces vastes pâturages sis sur le versant français et à convertir en une frontière politique ce qui n'était sans doute à l'origine qu'une limite de pacages. — M. Garsonnet a remarqué que les droits de pâturages des communautés pyrénéennes étaient indépendants des frontières politiques, et il cite le cas du village d'Hix. (Histoire des locations perpétuelles, p. 513, note 1.) L'exemple pourrait être plus heureusement choisi : le tracé de cette partie de la frontière franco-espagnole est moderne; de plus, il est arbitraire et irrationnel au possible; enfin, la rivière qui forme la limite des deux États est très capricieuse : les variations de son cours peuvent servir à expliquer pourquoi les gens d'Hix avaient

droit de pacage sur les berges de la rive espagnole. (C 2062, Inventaire.) — Au siècle dernier, les troupeaux français descendaient, l'hiver, dans les plaines espagnoles et, par réciprocité, les troupeaux espagnols venaient, pendant l'été, dans les pasquiers français. (Voir mes Notes sur l'économie rurale du Roussillon, p. 63.) — L'intendant enjoignit une fois aux consuls d'Osséja de laisser passer en une seule nuit un troupeau de 6,000 bêtes qui se rendait d'Espagne à Carlit. (C 2078, Inventaire.) — Ces faits n'ont rien de bien extraordinaire : ils sont dus simplement à la persistance des relations qui s'étaient formées entre le Roussillon, la Cerdagne et la Catalogne, à une époque où ces différentes provinces dépendaient de la même couronne. Les droits appartenant aux communautés de la vallée de Carol dans les pacages de la vallée de l'Ariège sont plus remarquables.

[1] 13, 14 et 15 septembre 1175. Ventes en faveur de l'abbaye de Poblet des droits d'usage dans certains quartiers de la montagne de Carlit : les vendeurs réservent les droits de leurs vassaux habitant près des ports. Le monastère de Poblet est situé au fond de la Catalogne. (Privilèges et titres, p. 58 et 59.) — 5 juillet 1178 et 30 juillet 1179. Cessions à l'abbaye de Santes-Creus de pacages à Lanoz; il n'est pas fait de réserve. (Ibid., p. 63 et 64.)

[2] 25 novembre 1087. Don au monastère de Ripoll, par le comte de Cerdagne, de sept vallées près de Nuria, plus du droit de faire paître pendant un certain nombre de jours sur certains points; le comte réserve les droits d'affouage de ses hommes et stipule qu'en compensation de la perte de leurs droits de dépaissance, les habitants de la vallée de Ribes seront dispensés de payer la leude au marché de Ripoll. (Publié par Alart, Privilèges et titres, p. 34.) — 13, 14 et 15 septembre 1175. (Voir la note précédente.) —

On voit par cet exposé qu'il est impossible de dégager des faits et des documents une règle générale : les droits d'usage des communautés dérivaient presque entièrement de concessions expresses, dont les conditions ont varié à l'infini, suivant les mille circonstances qui avaient accompagné ces contrats.

De ce chaos, une loi sortit cependant : dans le dernier état de la jurisprudence roussillonnaise, les communautés étaient nanties d'un droit d'usage, strictement incessible et personnel; les seigneurs restaient libres d'ailleurs de mettre en défens partie des vacants [1], de trafiquer des autorisations de pacage et de vendre des abonnements à des propriétaires étrangers [2], enfin de frapper d'une taxe les bestiaux que les habitants possédaient à cheptel [3].

27 avril 1207. Cession par l'abbé de Saint-Michel-de-Cuxa à l'hôpital de Perpignan, du droit de pacage dans un quartier de la montagne de Cabrera; l'abbé réserve les droits de ses hommes qui habitent ce territoire. (*Privilèges et titres*, p. 87.) — 23 octobre 1245. Vente, par le Roi aux Templiers, de droits de pacage dans les montagnes de Prats-de-Mollo; il réserve les droits des habitants de Prats. (*Ibid.*, p. 179.) — 28 août 1264. Vente des pacages d'Ultrère; il n'est pas stipulé de réserve, mais nous n'avons qu'un extrait de l'acte. (*Ibid.*, p. 260.) — Il est à remarquer que, dans les cessions des pasquiers, les droits des communautés voisines sont seuls réservés. Lorsque les étrangers étaient admis à y jouir du pacage ou de l'affouage, c'était en vertu d'une acquisition, à charge d'une redevance. Par la suite, la gratuité s'étendit à toutes les communautés, dans un rayon assez étendu; on disait qu'elles étaient comprises dans les limites de tel pasquier, pour exprimer l'idée qu'elles étaient exemptes des taxes perçues dans ce pasquier. (29 octobre 1410; B 412, *Inventaire.* — 30 août 1505; B 417, *Inventaire.* — Août 1516; B 420, *Inventaire.*) — En général, les redevances pour la dépaissance étaient dites anciennement *census, carnagium, herbagium, penturagium, pasquerium* : 7 août 1027. Fixation du *census* dû par les habitants de Pallerols pour l'usage de prairies sur les bords du Sègre. (*Cartulaire roussillonnais*, p. 51.) — Septembre 1183. Donation par Alfonse d'Aragon à Pierre, abbé de Canigou, du droit de «penturatge quod ibi

(dans le pasquier d'Odeillo) debebam accipere de alienis bestiariis». (B 7.) — 12 décembre 1233. Concession aux gens de Claira du droit de pacage gratuit dans toutes les terres où Nunyo Sanche perçoit le *pascherium*. (*Privilèges et titres*, p. 135-136.) — 26 octobre 1245. Concession au monastère de Canigou de la faculté de percevoir à Vinça le *pasquerium* payé par les hommes du Roi qui mènent leurs troupeaux à Vernet ou dans les pasquiers de Conflent. (*Ibid.*, p. 180.) — 22 septembre 1264. Accord dispensant les hommes du Roi de payer l'*herbagium* sur les terres des seigneurs ecclésiastiques, et réciproquement. (*Ibid.*, p. 264.) — 17 juillet 1265. Mention des *pasquerium* et *penturagium* concédés au monastère de Canigou. (B 15, fol. 63.) — Je crois que le mot *pascuarium* désigne une redevance pour le pacage dans la loi des Visigoths. (VIII, v, 5.)

[1] 25 février 1737. Arrêt du conseil souverain de Roussillon, analysé dans un recueil manuscrit de jurisprudence gardé à la bibliothèque municipale de Perpignan et intitulé : *Arrêts de la cour*, au mot *devèse*. — Cf. Cancer, *Variarum resolutionum*, III, XIII, 320, t. II, p. 248.

[2] Arrêt du Conseil souverain du Roussillon, du 30 octobre 1733. Reynès contre le chapitre d'Elne.

[3] 1692. Conclusions du procureur général, dans l'affaire du seigneur de Sorède contre les habitants. — J'ai donné des extraits de ces documents dans mon *Étude sur la loi Stratæ*, loc. cit., p. 72 et 74.

Il est essentiel d'ajouter que, dans la réalité des choses, les villages avaient des droits beaucoup plus étendus, dont l'étude, si elle ne sortait pas du cadre de mon travail, donnerait lieu à de nombreuses observations [1].

L'accroissement de la population, la substitution progressive de la culture à l'industrie pastorale, la nécessité d'un aménagement plus rationnel des ressources agricoles de la province entraînèrent la réduction des vacants communaux. On appelait les biens soustraits à la jouissance de la collectivité *devesa*, quelquefois *voalar* [2]. Les devèses différaient entre elles non seulement par la nature du bien mis en défens : bois [3], rivière [4], pacage [5], etc., mais encore par l'étendue des droits réservés.

Telle devèse était une propriété particulière soumise à la vaine pâture; ainsi ce « pratum defensorium » sur lequel la ville de Puycerda acquit la dépaissance durant une certaine partie de l'année, sauf les droits du village d'Ur [6]. Telle autre devèse était une propriété sur laquelle il était interdit

[1] Il m'est impossible de dire à qui appartenait le droit de chasse et de pêche; en 1265, Guillaume de Canet vendit, semble-t-il, à ses vassaux, les affûts sis dans l'étendue de sa seigneurie (*Privilèges et titres*, p. 270); en 1712 encore, la communauté d'Argelès acquérait aux enchères la pêche et la chasse, avec les justices et le four banal. (C 1637, *Inventaire*.) — Un acte du 23 novembre 1285 nous montre deux particuliers de Banyuls vendant à deux peaussiers de Perpignan une chasse dans la forêt de Bresa, moyennant 10 deniers par lapin; il est vrai que ces individus avaient acheté la chasse à l'abbé de Saint-Genis. (Notaires, n° 16, fol. 6.) — Le 12 mai 1286, R. d'Atciac, fils de B. d'Atciac, chevalier, de Mailloles, loue pour cinq ans, toujours à des peaussiers de Perpignan, une chasse au territoire de Mailloles. (*Ibid.*, fol. 33 v°.) — Il nous reste des 23 novembre 1284, 5 avril 1292, 11 octobre 1299, des règlements sur la chasse aux environs de Perpignan : ils interdisent la chasse dans la devèse du Roi, la défendent à certaines époques de l'année (du Carême à la Saint-Michel, pour la chasse aux perdrix) ou avec certains engins; mais ils admettent le principe de la chasse libre et gratuite. (Archives municipales de Perpignan, Livre des ordinations, fol. 15.) — En somme, il est permis de croire qu'en droit la chasse était considérée comme une dépendance de la propriété foncière, qu'en

fait elle appartenait surtout aux seigneurs, propriétaires de la plupart des forêts.

[2] 1479-1504. Lettre de Ferdinand autorisant l'établissement d'une devèse : « defessam sive boalar et agrum prohibitum ». (B 378, *Inventaire*.) — 12 juin 1529. Autorisation accordée par le procureur royal au prieur de Serrabone d'établir dans les possessions du monastère des devèses ou *voalars*. (B 424.) — Il faut sans doute rapprocher *voalar* de *ballaar*, qui est donné par Ducange, au mot *area*.

[3] Février 1284. B. de Montesquieu, seigneur de Saint-Estève, cède les droits de dépaissance dans le territoire de ce village : « Non tamen intendo in presenti accapito pasturam sive devesam nemorum cirogrillorum dicti castri Sancti Stephani et Sancti Mameti, que nunc sunt infra dictum castrum Sancti Stephani, et aquam rechi comitalis. » (Notaires, n° 14, fol. 3 v°-4.)

[4] 31 octobre 1168. « Et de gradu de Gutela usque ad aquam de Unar defensam piscandi in Tech, excepto nobis et nostris. » (Convention relative à Coustouges. B 79.)

[5] 16 mai 1304. Mention d'une grande devèse établie par Jausbert de las Fonts pour faire payer aux propriétaires des bestiaux de l'endroit des droits de dépaissance. (B 375, fol. 169-172 v°.)

[6] 3 septembre 1265. (Publié par Alart, *Privilèges et titres*, p. 272.) — 7 janvier

en tout temps de pénétrer ou de conduire les troupeaux[1]. Telle autre encore était un quartier de pacages spécialement affecté à une communauté, soit dans les limites, soit en dehors de son territoire[2].

Il paraît qu'on pouvait établir une devèse sur son terrain en le clôturant[3]. Un arrêté du Directoire du département signale une coutume d'apparence très archaïque, en vertu de laquelle un champ entouré de trois sillons était réputé clos[4]. Il est intéressant de rapprocher cet usage rural des lois visigothiques, qui réservaient les terres en les entourant de fossés[5].

Le pouvoir souverain n'intervenait pas, comme de nos jours, dans les moindres questions d'administration locale : c'était la conséquence de la difficulté des communications et du morcellement des États. La population

---

1027. Défense faite aux habitants de Pallerols de faire paître sur un certain terrain appartenant au village d'Age, à moins qu'ils ne conduisent leurs troupeaux dans les devèses «prata defensa et plantata»; il s'agit évidemment des propriétés privées. (Publié par Alart, *Cartulaire roussillonnais*, p. 51.)

[1] Fin du xiii⁰ siècle. Tarif des amendes et châtiments encourus par les individus qui pénétreraient dans les jardins, champs ou vignes en défens : le jour, 3 sous ou le pilori et vingt soufflets. (Archives municipales de Perpignan, Livre des ordinations, fol. 3 v⁰.) — 6 octobre 1559. Criées au sujet de deux fermes *endevesadas*, à Prats-de-Mollo : le dispositif de ces criées se résume dans l'interdiction de faire paître sur les terres dépendant de ces fermes. (B 430, fol. 130 v⁰-131 v⁰.) Il en est évidemment de même des *devèses* dont il est question ci-dessus, p. 253, note 2.

[2] 2 mars 1280. Concession par le roi d'Aragon à la ville de Puycerda de «defesiam sive pasturam ad opus bestiarium vestrorum, de aqua videlicet de la Tet usque ad aquam que descendit vel discurrit de Camporrels». (Publié par Alart, *Privilèges et titres*, p. 305.) — 26 septembre 1280. (Voir ci-dessus, p. 236, note 2.)

[3] 5 novembre 1309. Concession aux Perpignanais du droit de faire paître dans tous les territoires royaux où ils possèdent des biens : «Verumtamen, si aliquis de predictis vellet tenere dicta sua animalia in aliqua de possessionibus suis sub clausura de parrech, causa stercorandi dictam suam possessionem, quod sit ei licitum facere ad voluntatem suam

et sine prestatione pasquerii.» (Dans un procès de la commune de Salses contre le recteur des Jésuites de Perpignan. Non classé.) — 1768. «A l'égard des preds qui composent les héritages dans cette viguerie, il faut les dis-[tin]guer en trois espèces, savoir : preds clos, où il est prohibé à tout particulier d'y faire pâturer aucun de ses bestiaux, à la réserve de son propriétaire; preds en devois, qui ne sont point fermés de muraille et où il est également prohibé à tout particulier d'y faire dépaître ses bestiaux, à la réserve du propriétaire, et enfin prairie commune, où il est permis à tout particulier de leur communauté respective d'y faire dépaître ses bestiaux, après qu'on en a tiré le premier foin jusqu'à la Saint-Michel du mois de may. Avant l'année 1700 ou environ, l'on n'avait point clos aucune propriété composant ces prairies communes; mais, depuis, les propriétaires de ces prairies en ont fait clore beaucoup, comme, par exemple, dans les communautés de Palau, Sallagouse, Estavar et autres.» (Mémoire du viguier de Cerdagne. C 1501.)

[4] 31 janvier 1792. «Considérant que de tous tems l'usage de clôturer et de réserver un héritage ou champ, au moyen de trois sillons à l'entour a été en vigueur dans la ci-devant province de Roussillon... Sur ces motifs, le Directoire du département arrête que les champs et héritages réservés d'après l'usage au moyen de trois sillons et dénommés *cotives* seront réputés clôturés». (Série L, non classé.)

[5] *Forum judicum*, VIII, iii, 9; VIII, iv, 27.

était donc amenée à s'unir pour l'exécution des travaux d'intérêt public
et pour le payement des charges que ces travaux entraînaient : la communauté d'habitants était un syndicat naturel.

Au premier rang parmi ces travaux figure l'église [1]. L'église était, sauf
quelques exceptions, l'œuvre de la population; elle faisait l'objet de sa
fierté souvent légitime. Aussi, à une époque plus récente, les consuls de la
commune roussillonnaise étaient-ils de droit les fabriciens de la paroisse [2].
Pour assurer l'exercice du culte, les habitants payaient la dîme, qui fut
si fréquemment détournée de sa destination et inféodée à des laïques [3].
Cette redevance n'avait pas le caractère odieux qu'on lui attribue fréquemment; je n'ai pas trouvé qu'elle ait donné lieu, durant la période que j'étudie
spécialement, à des protestations, et si la quotité de cette redevance fut
plus tard l'objet de différends [4], le principe lui-même en fut toujours
accepté.

Après l'église, l'hôpital des pauvres, la *charité*, qui existait, nous
dit Alart, « dans presque toutes les communautés un peu importantes [5] ».

[1] 19 novembre 993. Consécration des églises de Saint-Martin et Saint-Étienne de Riuferrer « quas ædificaverunt parentes de nos qui sumus modo præsentes...» (*Marca Hispanica*, App., c. 947.)

[2] 24 mai 1707. Ce furent les consuls de Perpignan qui cédèrent à l'évêque d'Elne l'église Saint-Jean-le-Vieux.(G 30.) — A Argelès, les consuls baillent à ferme des prés appartenant à la fabrique. (C 1644, *Inventaire*.) — A Bages, comme partout ou à peu près d'ailleurs, on élit en même temps les consuls, les fabriciens, le distributeur du pain bénit et les quêteurs ou bassiniers. (C 1651, *Inventaire*.) — A Baixas, c'est la communauté qui décide l'achat d'une indulgence pour le carême. (C 1657, *Inventaire*.) — A l'Écluse, les consuls sortants sont obligés de se charger des quêtes de l'église pendant deux ans. (C 1704, *Inventaire*.) — A Canet, le 21 août 1603, à Opoul, en février 1607, le premier consul est en même temps le président de la fabrique. (B 438 et B 439.) Il serait facile de donner un très grand nombre de faits pareils.

[3] Voir ci-dessus, p. 95-99.

[4] A Ille, la dîme était, le 18 juillet 1320, de deux vingt-troisièmes, la prémice de un vingt-troisième; à partir du 3 mars 1332, la dîme fut, pour les olives, de deux trente-septièmes, et la prémice de un trente-septième. (Archives municipales d'Ille, Livre vert.) — Sur la quotité et la valeur de la dîme dans la province au XVIIIe siècle, voir mes *Notes sur l'économie rurale du Roussillon*, p. 164 et suivantes.

[5] *Notices historiques*, t. 1, p. 237. — 12 avril 1116. Fondation de l'hôpital de Perpignan. (*Marca Hispanica*, App., col. 1245.) — De Bonnefoy a donné l'inscription commémorative dans son *Épigraphie roussillonnaise*, n° 31. — 18 février 1259. Bernard de Berga, évêque d'Elne, organise l'hôpital de Taxo-d'Amont et fait un legs à l'hôpital de Lentilla. (G 48, et Alart, *L'hôpital de la Perche*, dans le *Bulletin de la Société agricole des Pyrénées-Orientales*, t. XVIII, p. 298.) — 23 mai 1265. Mention de l'hôpital de Canet. (*Privilèges et titres*, p. 270.) — 27 décembre 1285. Bail à titre d'acapte, par frère Bernard Gasc, « preceptor hospitalis pauperum de Orulo ». (Notaires, n° 16, fol. 9.) — 21 juin 1336. Mention de l'hôpital des pauvres de Taxo-d'Avail (G 210.) — L'hôpital d'Ille remonte au moins aux premières années du XIIIe siècle; ses belles archives possèdent plusieurs documents de cette époque. — Garrius avait un hôpital. (P. Puiggari, *Publicateur* de 1832.) — L'hôpital de Baixas fut

Comme pour bien affirmer le caractère communal des hôpitaux, les consuls en étaient généralement les patrons[1].

Quelques localités avaient un poids public[2], une briqueterie[3]; mais je dois ajouter qu'à cette époque c'était l'exception, les banalités étant ordinairement aux mains des seigneurs.

La construction et la réparation des murs d'enceinte rentre dans la catégorie des ouvrages communaux[4]. Comme les fortifications servaient à protéger la population, il était d'usage de faire payer à cette dernière tout ou partie du salaire du capitaine qui commandait la place et des vivres de la garnison[5].

---

fondé en 1337, ainsi que le constate l'inscription suivante, qui est inédite :

Anno Domini m°ccc°xxx°vii° fo hedificat aquest espital per en R. Ermengau, parayre de Perpenya, fil d'en Ermengau sa entras de Bayxas, ab viii° lits de drap tot feyt assapropia messio, asonor de Nostre Se[n]yor... Jhesu-Chrit (*sic*) e de la Verge Maria, mare sua, en que els paubres sien reculits e albergats, per tots tems, el dit espital ab los dits viii lits de draps deu tenir condret tots tems la comunitat de Bayxas, aixi cant estaren (?) cartes feytes per en Johan Gras...ri... de Bay[xas]. Ayso fon feyt al...s... [de ag]ost.

Plaque de marbre de 0,68 × 0,51, trouvée récemment à l'église de Baixas. — Je citerai pour mémoire l'hôpital de Banyuls, dont Alart signale l'existence en 1372 (*Notices historiques*, t. I, p. 237), et celui de Trouillas, mentionné le 19 juillet 1585. (G 107.)

[1] Rigau, *Recollecta de tots los privilegis de Perpinya*, fol. xxv r°. — «Les hôpitaux et aumônes communes du Roussillon furent toujours considérés comme des propriétés communales et administrés comme tels.» (Alart, *Privilèges et titres*, p. 7, note 1.) — Je dois ajouter qu'il y avait à cette règle des exceptions : l'hôpital de Perpignan, qui avait été fondé par un comte de Roussillon, resta sous le patronage des successeurs de ce comte jusqu'au 12 mars 1267. Ce jour-là, l'infant d'Aragon céda ses droits à la commune de Perpignan. (*Ibid.*, p. 282.) — Alart a compris, il est vrai, que cette cession fut révoquée en 1272 (*ibid.*, p. 284); mais l'acte de 1272,

dont il donne le texte, est seulement l'annulation d'une vente faite par l'Infant des biens de l'hôpital. (*Privilèges et titres*, p. 317.) — 19 octobre 1283. (Voir p. 128, note 3.)

[2] 5 février 1266. Charte autorisant l'établissement à Perpignan d'un poids pour la farine. (*Privilèges et titres*, p. 276.)

[3] 23 mai 1265. Vente, par le seigneur de Canet aux habitants du village, de la tuilerie qu'il y possédait. (*Ibid.*, p. 270.)

[4] 6 février 1156. Permission accordée par l'évêque d'Elne aux habitants de sa ville. épiscopale de la clore de murs. (*Ibid.*, p. 41.) — 19 septembre 1207. Charte royale portant que tous les propriétaires de Perpignan contribueront à la construction des remparts. (*Ibid.*, p. 92.) — 22 octobre 1245. Privilège accordé aux habitants de Vinça, à condition qu'ils fortifient leur ville. (*Ibid.*, p. 177.) — 23 août 1246. Conversion en une autre charge de la contribution de 200 sous payée par les gens de Palau-del-Vidre pour l'entretien des fortifications. (*Ibid.*, p. 134.) — xii° siècle. Relevé des fiefs tenus pour le seigneur de Saint-Laurent : «et retinuit sibi ut homines qui sunt de eodem fevo operent in ipso castro et gueitent, siculi alii homines qui sunt de castro». (B 42.) — Janvier 1293 et février 1294. Les *capbreus* de Tautavel et de Millas signalent parmi les corvées, «opera ville», «opera in barrio». (B 31 et B 34.) — Les gens de Tautavel doivent «facere muros foris castri de Taltavolio ad panem et vinum dicti castri»; le Roi fournit les maîtres de l'œuvre. (B 31, fol. 30.)

[5] 1363. Le roi Pierre III décide que les capitaines ne seront plus payés par les villes.

Il convient d'ajouter que dans ces travaux les seigneurs avaient généralement l'initiative; ils y retenaient, outre la surveillance, une part plus ou moins importante de propriété.

III. Sur la constitution intérieure des communautés, je n'ai que bien peu de choses à dire. Il est véritablement remarquable que cette organisation communale, qui a ensanglanté tant de villes du Nord, n'ait pas ému les populations ardentes de nos pays; quand on considère la violence que les Catalans et les Roussillonnais apportent aujourd'hui dans les querelles politiques, on est d'autant plus surpris que la forme de l'administration locale les ait jadis laissés si froids. Dans nos pays, comme dans bien d'autres d'ailleurs, les chartes des villes contiennent surtout des concessions de droit privé [1]; elles renferment très peu de privilèges politiques [2].

Le consulat fut fondé à Perpignan en 1197 [3]; pendant les soixante-dix années qui suivirent, les documents ne renferment pas une seule mention des consuls [4], et un écrivain qui a fait preuve dans l'étude des institutions perpignanaises d'une rare sagacité [5] a pu supposer que la commune avait été imposée à la ville. La commune de Barcelone date de 1249 seulement [6]; le consulat se rencontre pour la première fois à Céret [7] en 1282; à Thuir, en 1293 [8]; à Collioure, en 1294 [9]; à Villefranche, en 1302 [10]; à La Roque [11] et à Vinça [12], en 1306; à Prats-de-Mollo, en 1321 [13]; à Rodès, en 1340 [14]; à Mosset, en 1379 [15]; dans la vallée de Molitg, en 1395 [16]; à Prades, en 1423 [17]; à Torreilles, Pia, Bonpas, etc., au commencement du xiv⁰ siècle [18]; à Arles, au xv⁰ siècle [19]; il fut général, au moins dans le Conflent, au xvi⁰ [20]. Cette froideur s'explique si l'on considère

---

(Constitucions de Cathalunya, t. I, liv. I, tit. LI, § 1.) — Sur la fourniture des vivres, voir p. 166. — A rapprocher de ces usages les coutumes navarraises sur la même matière, dans mes Documents des archives de Navarre, Introduction, p. xxxiii.

[1] Voir dans ce sens Guérard, Prolégomènes du polyptyque d'Irminon, p. 208.

[2] Ces chartes ont été publiées par Alart dans son recueil de Privilèges et titres, passim.

[3] La charte de fondation se trouve dans le recueil que je viens de citer, p. 82, et dans Henry, Histoire du Roussillon, t. I, Preuve X.

[4] Alart, Privilèges et titres, p. 86 et 254.

[5] Tastu, Notice sur Perpignan.

[6] Fossa, Mémoire pour les avocats, p. 41, et Alart, Privilèges et titres, p. 6.

[7] [8] [9] [11] [13] [14] [18] De Gazanyola, Histoire du Roussillon, p. 233-234. — La charte portant création à Prats-de-Mollo de quatre jurés ou conseillers est du 30 mars 1321. (Archives municipales de Prats, Livre vert, fol. 8.)

[10] [12] [15] [16] [20] Alart, Géographie historique du Conflent, dans le Bulletin de la Société des Pyrénées-Orientales, t. X, p. 88-89. — En ce qui concerne Villefranche, je dois ajouter qu'une charte du 1⁰ février 1270 avait établi dans cette ville deux ou trois « rectores sive consiliatores», à la nomination du bayle et chargés des affaires de la communauté. (Publié par Alart, Privilèges et titres, p. 303.)

[17] Alart, Géographie historique du Conflent, loc. cit., et Privilèges et titres, p. 8.

[19] Id., ibid., p. 7.

que la création du consulat n'introduisait pas dans l'état de choses antérieur des modifications sensibles. Trop souvent les historiens ont été abusés, fascinés par le miroitement de ces mots : commune, consuls; les vieux Catalans, eux, regardaient moins le nom que la chose; que leurs administrateurs portassent le titre de prud'hommes, de recteurs ou de consuls, ils s'en inquiétaient fort peu [1].

A côté du seigneur et du bayle avait pris place depuis longtemps une sorte de conseil oligarchique, les prud'hommes ou notables, *prohomens*. D'où venait l'autorité de ces notables? De leur position de fortune, qui suffisait à leur conférer des prérogatives et une supériorité de droit, de même que de nos jours, en Andorre, elle réserve aux *caps grossos*, aux principaux propriétaires, les hautes dignités de ce petit pays [2]. Dès le xii⁰ siècle, certains notables avaient si bien tiré parti de leur situation, qu'ils s'interposaient comme arbitres dans les querelles des nobles [3]; ils semblent même avoir composé le conseil, la cour des comtes du Roussillon : en 1139, des Templiers, ayant à notifier au comte Gausfred la donation par eux faite de biens qui relevaient de lui, adressent leur lettre « au

---

[1] On sait que les chartes de coutumes sont très fréquemment imitées ou même copiées de chartes antérieures. Les chartes du Roussillon présentent entre elles des analogies frappantes et, de plus, certaines de leurs dispositions sont inspirées des chartes françaises. Il est un type de privilège communal qui eut dans les provinces du Sud-Ouest un succès particulier : on le trouve à Rabastens-en-Bigorre, à Marciac, Solomiac, Tournay, Trie, Sainte-Gemme, Barran, etc.; je l'ai même rencontré en Navarre, où il fut concédé, il est vrai, par un prince français. (Voir mes *Documents des archives de Navarre*, p. 24, note 2.) Or, quelques articles de ce privilège sont reproduits dans les concessions octroyées à nos villes roussillonnaises; l'un d'eux, relatif à l'exemption de réquisition, d'emprunt forcé, s'explique aisément; il est plus singulier que les coutumes de nos régions aient emprunté à cette charte l'article concernant la succession des intestats; sur ce point, l'imitation intentionnelle d'un type commun est flagrante. (Voir la charte de Salses, du 21 février 1213, dans Alart, *Privilèges et titres*, p. 101; celle de Saint-Laurent-de-la-Salanque, du lendemain, *ibid.*, p. 104, et les

Coutumes de Perpignan, éditées par Massot-Reynier, § xxviii, p. 18.) Cet article, qui devait être rarement appliqué, a eu un succès remarquable et qui montre bien, faisons-le remarquer en passant, ce qu'il y a de factice dans ces textes de coutumes. Il se retrouve dans la charte de Blaye (*Archives historiques de la Gironde*, t. XII, p. 4), dans diverses chartes du Tarn (Rossignol, *Étude sur l'histoire des institutions de l'arrondissement de Gaillac*, p. 89). Il y a des dispositions approchantes dans la charte d'Agramunt, qui est de novembre 1113 ou 1163. (*Marca Hispanica*, c. 1239, et Ramon de Siscar, *la Carta puebla de Agramunt*, Barcelone, 1884, p. 50.)

[2] Le droit andorran se modifie sur ce point. — La loi des Visigoths prescrivait de déclarer la saisie des animaux errants à l'évêque, au comte, au juge ou bien « senioribus loci ». (VIII, v, 6.) Je pense que ces *seniores* du village sont les prud'hommes, les notables.

[3] 25 juillet 1149. Accord entre Gaufred, comte de Roussillon, et Guillaume de Castel-Roussillon « pro consilio et laudamento proborum hominum Perpiniani et Arnaldi, fratris Sancti Cipriani militie Templi Jerosolimitane ». (B. 5.)

vénérable G., par la grâce de Dieu, comte de Roussillon, et à tous les prud'hommes de la ville[1] ».

Il n'y a donc rien de surprenant à ce que de tels personnages aient représenté dans les circonstances difficiles ou solennelles les intérêts de la communauté et joué un rôle particulièrement important dans l'administration communale. Nous avons vu que les prud'hommes assistaient le bayle dans ses fonctions judiciaires [2]; ils étaient tout désignés pour l'aider dans l'expédition des affaires d'ordre administratif [3]. De plus, la communauté étant formée de la réunion des propriétaires de l'endroit, il était rationnel qu'elle fût représentée par les plus qualifiés d'entre eux.

L'usage s'établit de prendre un nombre déterminé de ces notables, qui furent spécialement chargés de la gestion des intérêts communs.

Ainsi s'explique l'existence de ces *recteurs*, dont Alart a constaté la présence « dans plusieurs villes du Roussillon vers la fin du xiii⁰ siècle [4] », et qui prirent par la suite le nom de consuls.

Consuls ou recteurs [5] étaient, comme les prud'hommes, les fondés de

[1] 25 mai 1139. (B 4.)

[2] Voir ci-dessus, p. 238.

[3] Dans les coutumes que j'ai signalées plus haut et qui règlent la succession des intestats, les prud'hommes sont chargés, concurremment avec le bayle, du séquestre de ces biens. D'après la coutume de Perpignan, les prud'hommes interviennent pour l'enlèvement des chairs puantes, de leur propre autorité, si le bayle n'agit pas, pour l'enlèvement des bêtes mortes de maladie exposées ailleurs que sur les étaux indiqués à cet effet, pour la nomination du crieur public, qui est désigné par eux et par le bayle, pour les jugements interlocutoires, dans lesquels ils donnent leur avis. (S xlvii, xlviii, lxvi, lxvii.) — 12 août 1235. Les prud'hommes d'Arles sont chargés d'évaluer les dommages causés à divers habitants dans une révolte contre le monastère. (*Privilèges et titres,* p. 140.) — Vers 1268. Ordonnance sur plusieurs points de procédure par les consuls, les prud'hommes et les juristes de Perpignan. (Alart, ibid., p. 310.) — 8 novembre 1275. Défense faite au bayle de Puycerda d'édicter des règlements de police sans le concours des prud'hommes. (*Privilèges et titres,* p. 339.) — 6 décembre 1275. Deux ordonnances municipales rendues par le bayle de Perpignan et les prud'hommes de la même ville. (*Ibid.,*

p. 340, 341.) — L'un de ces règlements est signé par le lieutenant du bayle, le lieutenant du juge et cinquante-deux notables. — 24 janvier 1277. Désignation d'un collecteur par les fabriciens et le curé de Saint-Jacques, « consilio procerum ». (Notaires, n° 6, fol. 11.) — 29 octobre 1283. Testament d'un prêtre de Castel-Roussillon; il fonde en faveur de l'église de cette localité une rente pour laquelle il oblige un bien « eidem ecclesie de Castro Rossilione et rectori ejusdem ecclesie et probis hominibus dicti castri », (*Ibid.,* n° 12, fol. 42-43.) — 29 janvier 1287. Ordonnance sur les mesures, donnée par les consuls de Perpignan avec l'approbation du bayle, du lieutenant du juge et de divers artisans. (Archives de Perpignan, Livre vert mineur, fol. 51 v°-52 v°.)

[4] *Privilèges et titres,* p. 182.

[5] Il est à remarquer que le nom de ces officiers changeait facilement; les consuls de Perpignan prenaient aussi le nom de recteurs (*Privilèges et titres,* p. 285) ou de conseillers (*ibid.,* p. 282.) — A Villefranche, les membres du corps de ville s'appelaient recteurs ou conseillers. (Voir p. 257, note 10.) — A Prats-de-Mollo, jurés ou conseillers : 7 août 1321. « Cum nos hoc anno concessimus universitati et probis hominibus ville et vallis de Pratis quod ipsi simul cum bajulo nostro ville de

17.

pouvoir, les représentants de la ville [1]; ils n'avaient pas d'initiative en dehors des affaires courantes, et quand une question grave surgissait, ils réunissaient en conseil général les chefs de maison de la communauté. C'était, si je ne me trompe, cette consultation directe du peuple qu'il est question de rétablir sous le nom légèrement obscur de *referendum* [2]. Cette organisation paraît avoir été établie d'abord dans les villes royales; les villes des barons laïques suivirent cet exemple, et puis les localités soumises à des ecclésiastiques [3]. Celles où il n'existait pas, à la fin du XIIIe siècle, de consuls ou de recteurs, avaient généralement une population restreinte et des intérêts peu considérables; lorsqu'il leur était utile de nommer des délégués, elles désignaient des syndics [4], lesquels ne différaient guère des consuls, dont il leur arrivait parfois de prendre le nom.

Cette question de l'origine des communes est l'une de celles où l'on se trompe le plus ordinairement, soit qu'on subisse l'influence des idées courantes, soit qu'on accueille, par paresse d'esprit, des opinions toutes faites. Quiconque essaye de reconstituer la naissance d'une commune est porté à se représenter les habitants soulevés contre le seigneur, chassant ses officiers, brûlant son manoir, pour édifier sur les ruines de son donjon leur beffroi, leur administration sur les débris de son autorité. Cette conception, vraie peut-être des communes du Nord, est fausse pour les municipalités roussillonnaises. Le régime communal s'est introduit dans la province sans secousse, en dehors de ces mouvements insurrectionnels que l'histoire a eu à enregistrer en d'autres contrées [5]. C'était une organisation administrative et non pas une émancipation. Les populations des villages, lorsqu'elles avaient une occasion de s'affranchir, de se soustraire à l'auto-

---

Pratis possint ponere et constituere quatuor bonos et probos homines, duos videlicet dicte ville et alios duos vallis predicte, in juratos sive consiliarios suos.» (Archives municipales de Prats, Livre vert, fol. 6.)

[1] Je n'entends pas dire que ces administrateurs fussent nommés par la communauté; cela pouvait être vrai, comme à Perpignan, où les consuls, aux termes de la charte de 1197, étaient choisis «arbitrio et cognicione tocius populi» (*Privilèges et titres*, p. 83); mais ailleurs les recteurs étaient désignés par le bayle, ainsi à Villefranche. (*Ibid.*, p. 303.) Les documents sont généralement muets sur ce point : il n'est peut-être pas téméraire d'en conclure que les populations n'y attachaient pas d'importance et, par suite, qu'elles avaient pour les détenteurs du pouvoir, rois ou sei-

gneurs, la confiance et le respect qui aplanissent tant de difficultés.

[2] Voir un exemple, du 14 mai 1264, à Perpignan, dans Alart, *Privilèges et titres*, p. 253. — Voir *ibid.*, p. 10.

[3] Alart, *Privilèges et titres*, p. 184, et *Géographie historique du Conflent*, dans le *Bulletin de la Société des Pyrénées-Orientales*, t. X, p. 88-89.

[4] 18 mai 1361. Désignation de deux fondés de pouvoir par le conseil général de Cosprons. (Alart, *Notices historiques*, t. I, p. 250.)

[5] Alart a observé qu'à part quelques rares exceptions, les villes de nos contrées n'ont gardé aucune trace de l'institution du consulat; leurs cartulaires ne renferment pas de charte relative à ce fait. (*Privilèges et titres*, p. 182.)

rité du seigneur, la laissaient volontiers échapper : en 1273, les gens de Llauro, qui se trouvaient indépendants de toute autorité seigneuriale, s'empressèrent de se placer sous la suzeraineté de l'infant Jacques [1].

La commune n'affectait pas le caractère de conjuration qu'elle avait ailleurs; elle prit quelquefois, il est vrai, le nom de *jurament* [2], mais on peut prêter serment de respecter les privilèges d'une ville sans conspirer contre le baron auquel elle est soumise; jurer n'est pas se conjurer.

Dans un cas cependant, la commune entra en conflit avec les seigneurs; mais il s'agissait de seigneurs étrangers et non pas du seigneur de la commune elle-même. A Villefranche et à Puycerda, les prud'hommes recevaient le serment des vassaux de l'abbaye Saint-Michel de Cuxa, qui entraient ainsi dans la commune; le Roi décida que cette formalité était insuffisante et que la résidence effective et continuelle était de plus nécessaire pour acquérir la bourgeoisie [3]. A Perpignan, il fallait, de même, pour être bourgeois, «jurer la résidence» et habiter la ville en permanence, excepté à la saison des moissons et des vendanges [4].

La conséquence de ce qui précède, c'est que les communautés, communes ou non, étaient en tutelle; elles restaient soumises à l'autorité administrative du seigneur et de son délégué, le bayle. Leur condition se rapproche ainsi de la condition des villes prévôtales du centre de la France Le bayle intervenait dans les assemblées des communes, même les plus privilégiées, dont les délibérations ne valaient qu'une fois revêtues de son approbation : les règlements municipaux de Perpignan, les *ordinations*, dont nous avons une collection remarquable, sont édictés par le bayle et son assesseur [5].

---

[1] 24 août 1273. La communauté de Llauro rachète des exécuteurs testamentaires du seigneur la franchise des personnes et des biens des habitants; après quoi, elle se donne à l'infant Jacques. (Publié par Alart, *Privilèges et titres*, p. 326.) — Il est instructif de rapprocher ce fait et ce que de Bonnefoy rapporte de la conduite des habitants de Pia en 1570. (*Épigraphie roussillonnaise*, n° 135.)

[2] 17 juillet 1264. Règlement d'un différend élevé entre les procureurs des fiefs et les membres «*communis aut juramenti*» de Villefranche-de-Conflent.(Alart, *Privilèges et titres*, p. 256.)

[3] 17 janvier 1253. (Publié par Alart, *ibid.*, p. 205.)

[4] S LXIX. *Coutumes de Perpignan*, édition de Massot-Reynier, p. 34.

[5] Février 1250. «Statuerunt.... P. Pauci, bajulus Perpiniani, et universitas Perpiniani...» Règlement sur la procédure : le document donne le nom des individus qui ont voté non. Ce règlement a été approuvé et légèrement modifié par le Roi. (Publié par Alart, *Privilèges et titres*, p. 196.) — 14 mai 1264. Autre règlement fait par les prud'hommes de Perpignan, «consenciente Hualgario Cerdano, tenente locum Ber. Durfort, bajuli Perpiniani, et G. de Conilaco, judice ordinario Rossilionis». (*Ibid.*, p. 254.) — On peut voir une série de ces ordinations dans les *Documents sur la langue catalane*, publiés par Alart, p. 66 et suivantes.

Cependant certaines villes obtinrent, dès le xiii° siècle au moins, en matière de police rurale, une juridiction spéciale, indépendante de la justice du seigneur. Les mœurs agricoles de ces temps, la multiplicité des troupeaux, les complications résultant du droit de vaine pâture devaient entraîner journellement des différends au sujet des dommages causés par les bestiaux dans les propriétés particulières, sur les berges des ruisseaux, aux arbres, aux haies, etc. Ce fut pendant de longs siècles, c'est encore de nos jours dans la montagne, la source de la plupart des procès. Or, la justice ordinaire était tellement onéreuse, que les populations durent songer à régler avec moins de frais les difficultés de ce genre. On peut supposer qu'elles recoururent d'abord à des arbitres et qu'elles finirent par constituer en une juridiction régulière et permanente les pouvoirs exceptionnels de ces arbitres : de là sortit le tribunal des *sobreposats de la horta*, prévôts ou surveillants des jardins, qui durèrent jusqu'à la Révolution [1]. Dès l'année 1260, un règlement pour la ville de Millas porte que «s'il y a quelque dommage commis par une bête égarée, il sera réparé à la connaissance ou d'après l'estimation de deux *prohomens* de la ville élus dans l'année [2]».

[1] Février-1er mars 1219. Bail pour deux ans de maisons et terres sises à Torreilles ; en cas de perte pour cause de force majeure, le bailleur s'engage à accorder au preneur une remise sur le prix du bail «ad noticiam proborum hominum ville de Turrillis». (B 48.) — 1261. Bail, pour trois ans, d'un jardin (le nom du lieu a disparu) : «et si substancia dicti orti vel terra ejus... diminuaretur pro aquis, diminuat[ur loguerium] noticia proborum hominum, etc.». — Je trouve dans cette disposition le principe de la juridiction des *sobreposats*. — 11 avril 1292. Règlement par le bayle royal de Perpignan de concert avec les *sobreposats* et un grand nombre de jardiniers : les *sobreposats* veilleront à l'entretien des chemins, régleront les conflits survenus entre les propriétaires de l'horta en matière d'arrosage et de bornage. (Archives municipales de Perpignan, Livre des ordinations, fol. 4 v°; publié par Alart, *Documents sur la langue catalane*, p. 101-102.) — 1299 (?) Autre attribution des *sobreposats* : ils pourront tailler les arbres dont les branches débordent les limites des propriétés. (Livre des ordinations, fol. 6.) — 5 février 1358. Confirmation par le Roi de l'ancien usage où étaient les *sobreposats* de Perpignan d'estimer dans toute l'étendue du comté de Roussillon, même dans les seigneuries des barons ou de l'église, les dégâts causés aux biens des Perpignanais. (Archives municipales de Perpignan, Livre vert mineur, fol. 212 v°.) — Sur la compétence des *sobreposats* au xviii° siècle, voir mes *Notes sur l'économie rurale du Roussillon*, p. 135.

[2] 7 avril 1260. (Alart, *Priviléges et titres*, p. 227.) — Cette institution n'est pas particulière au Roussillon. On peut voir notamment à ce sujet, dans la *Revue historique de droit* (mai-juin 1889), l'article sur les féautés lorraines. Il existe en Andorre, à côté des tribunaux ordinaires, de la justice seigneuriale, une juridiction qui présente une grande analogie avec la juridiction des *sobreposats de la horta* : les causes relatives aux servitudes et aux limites appartiennent aux conseillers de section avec deux appels, au conseil de paroisse et au conseil général. L'origine de cette juridiction est l'arbitrage ; j'ai recueilli à ce sujet dans les archives judiciaires des Vallées des documents à peu près décisifs. Mais le motif pour lequel on a confié à un arbitre le règlement de ces questions est, si je ne me trompe, qu'il s'agit avant tout, dans les procès de ce genre, de se prononcer sur un fait

« C'étaient deux estimateurs ou juges de délits ruraux, comme il y en avait déjà à Elne et comme il y en eut bientôt dans toutes les communes du Roussillon. On les appela plus tard *sobreposats de l'horta*, et ils étaient élus en même temps que les consuls et les autres fonctionnaires communaux. On verra même qu'avant la fin du xɪɪɪᵉ siècle, les consuls de la Roca d'Albera n'avaient guère d'autres attributions que celles de *sobreposats* ou juges ruraux [1]. »

Il est à peine utile, après ce qui précède, d'ajouter que les communes roussillonnaises ne se rattachent pas aux municipes romains, qui durent disparaître dès l'époque visigothique, et je ne m'attarderai pas à réfuter les erreurs qu'un excès de patriotisme local a suggérées à certains écrivains relativement à l'origine antique des institutions municipales de Perpignan [2].

L'une des particularités les plus remarquables de l'organisation des pouvoirs publics dans nos pays au moyen âge est l'association, la confédération de plusieurs communautés unies pour la défense de leurs intérêts et l'exercice de leurs droits. Je ne parle point de ces villes qui étaient réputées former une rue, *un carrer* de villes plus puissantes ; cette expression exprime uniquement l'analogie entre les coutumes, les privilèges et ne comporte aucune solidarité : les hommes de Vinça, par exemple, furent autorisés à faire de leur ville une rue de Perpignan ou de Villefranche, à leur choix, c'est-à-dire à choisir entre les privilèges de Perpignan ou de Villefranche [3] ; mais, en fait, leurs intérêts étaient entièrement distincts de ceux de ces deux villes. Il existait, au contraire, dans la montagne, des vallées dont les villages ayant chacun ses propriétés et son administration particulières avaient également des titres et un conseil communs. Tel était le cas de la vallée de Ribes [4], en Espagne, des vallées de Carol [5],

---

de notoriété publique, et qu'un juge seigneurial, souvent étranger, n'est guère préparé à cette mission. La loi des XII Tables confiait de même à des arbitres les contestations sur les limites.

[1] Alart, *Privilèges et titres*, p. 227.

[2] Des historiens distingués ont cherché dans une inscription de 1069, qui parle des « potentes, mediocres atque minores », la preuve de l'existence des communes en Roussillon au xɪᵉ siècle. Il n'est plus permis de voir dans cette énumération autre chose qu'un artifice de style, depuis que M. de Bonnefoy en a précisé le sens avec sa logique et son autorité habituelles. (*Épigraphie roussillonnaise*, nᵒ 86.)

J'ajouterai que ces expressions se retrouvent ailleurs avec le même sens vague : « Quod etiam tota multitudo universe plebis audiens, letanter adiere maximi, mediocres ac minores ». (Raoul Glaber, liv. IV, ch. v, § 14, éd. de M. Prou, p. 103.) « Deinde mediocres ac minores exemplo majorum ad immania sunt flagitia devolutin. (*Id., ibid.*, § 17, p. 105.) — Voir aussi dans Alart, *Notices historiques*, t. I, p. 250, un exemple de cette énumération à propos de la communauté de Cosprons.

[3] *Privilèges et titres*, p. 114.

[4] Alart, *Privilèges et titres*, p. 9 et 322.

[5] *Id., Ibid.*, p. 172.

d'Osséja[1], de la Cerdagne supérieure[2], de la *sajonia* de Conflent[3]. Ces associations de villages se composaient de localités comprises dans une même vallée; le relief du sol, la topographie d'un pays devaient avoir des conséquences dans l'organisation, dans la géographie politique; la vallée était assez souvent considérée comme une circonscription administrative. « Nous ne trouvons pas, dit Alart, dans l'ancien Conflent, d'autres divisions géographiques que celle des vallées[4]. »

L'existence de ces syndicats de villages sert à expliquer l'indivision de certaines propriétés qui appartiennent à plusieurs communes; elle est indispensable pour comprendre la constitution de cette petite contrée que l'on appelle, bien à tort, la *république* d'Andorre. L'Andorre n'a jamais été, elle n'est pas une république : qu'il me suffise, pour le prouver, de rappeler qu'elle est soumise à l'autorité de deux seigneurs qui lui sont étrangers, lesquels perçoivent des impôts, commandent la force armée, rendent la justice, exercent un droit de haute surveillance sur l'administration.

L'Andorre est simplement une association de villages formant une seigneurie, qui est tenue en paréage par deux coseigneurs.

Cette définition est la seule qui s'accorde avec l'histoire de ces pauvres vallées et avec leur organisation actuelle.

---

[1] Alart, *Privilèges et titres*, p. 44, note 2.

[2] Id., *Notices historiques*, t. II, p. 127. — 12 février 1266. Dans un procès d'allodialité, le commissaire du Domaine invoque «tenorem capud brevii sayonie Ceritanie». (B 15, fol. 67.) — Cette *sajonia* de Cerdagne paraît être un syndicat de villages de la Cerdagne inférieure; il s'agissait d'une terre sise à Ger.

[3] *Privilèges et titres*, p. 262.

[4] *Géographie historique du Conflent*, dans le *Bulletin de la Société agricole des Pyrénées-Orientales*, t. X, p. 69. — Octobre 1188. Alfonse d'Aragon donne à l'hôpital de Terol, fondé pour la rédemption des captifs, un homme «in singulis meis civitatibus, villis, castellis, vallibus tocius regni Aragonis et similiter in omnibus civitatibus, villis, castellis, vallibus tocius Cataloniæ». (B 7.) — 20 mai 1248. Échange de la vallée de Banyuls. (Publié par Alart, *Privilèges et titres*, p. 190.)

CHAPITRE XVI.

L'ÉTAT.

I.   Idée confuse de la souveraineté au moyen âge. — L'indépendance de la Marche d'Espagne:
     ses origines, sa date. — Situation du Roussillon et de la Cerdagne à l'égard des comtes
     de Barcelone, puis des rois d'Aragon.
II. Rôle et droits du souverain en cas de guerre défensive : host et chevauchée; le *Princeps
     namque.* — Guerres de conquête. — Mission du souverain à l'intérieur : pouvoirs de
     justice et de police.
III. Administration royale : les viguiers; leur origine. — Attributions des viguiers. — Les reve-
     nus ordinaires du Trésor : domaine, leudes. — Les aides : *bovatge, cisa, questia.* — Le
     vote des impôts : les *Corts;* leur date et leur origine féodale. — *Corts* et parlementa-
     risme.

I. De même que les familles étaient groupées en villages et en seigneuries, les villages et les seigneuries étaient réunis sous l'autorité suprême
du souverain.

Le concept de la souveraineté, de l'État, au moyen âge est des plus
vagues, particulièrement dans nos pays. La féodalité avait eu ce résultat
de faire passer aux mains des seigneurs les attributions qui sont considé-
rées de nos jours comme des prérogatives essentielles de la souveraineté :
droit de paix et de guerre, droit de justice sans appel, droit de battre
monnaie, de faire des lois et de lever des impôts. Il n'en est pas moins
vrai que les seigneurs restaient soumis à l'autorité du monarque, autorité
mal définie, souvent méconnue, mais si réellement existante, qu'elle fut
le principal instrument de la monarchie dans l'œuvre de reconstitution de
la nationalité française. Il en était du pouvoir souverain comme de ces
agents physiques, qui s'affirment par leurs résultats, sans que nul puisse
dire quelle est leur nature intime.

On ne saurait trop attacher d'importance aux observations qui précèdent, quand on étudie certaines questions : telle est l'affaire d'Andorre.
Il existe du XIIIᵉ siècle un accord intervenu entre l'évêque d'Urgel et le
comte de Foix pour réglementer l'exercice de leurs droits respectifs sur les
vallées : c'est le paréage de 1278, célèbre dans l'histoire de ce petit

pays[1]. Le paréage reconnaît aux deux coseigneurs des prérogatives qui, d'après les idées modernes, appartiennent au seul souverain : haute justice, service militaire, impôts; on a voulu en conclure que le paréage tranche la question de la souveraineté et que l'Andorre est une principauté soumise à deux cosouverains. C'est une très grave erreur : le paréage ne parle que des pouvoirs seigneuriaux; il laisse intacte la question de souveraineté, qu'il ne pouvait pas aborder d'ailleurs, car aucun souverain ne figure dans cet accord à titre de partie contractante; l'Andorre n'est pas plus une principauté indivise qu'une république [2].

On ne peut pas dire que le Roi fût placé à la tête de la féodalité d'un pays, qu'il fût ce suzerain qui ne relevait lui-même de personne. Aux termes du traité de janvier 1279, le roi de Majorque, dont la situation était, il est vrai, exceptionnelle, tenait sa couronne en fief honoré du roi d'Aragon; il devait prêter hommage à ce dernier, lui livrer les places fortes de son royaume, l'aider à la guerre, assister aux Corts, accepter les lois et la monnaie d'Aragon[3].

Qu'était-ce donc que le Roi? en quoi consistait sa puissance? Le Roi était le chef militaire de ses États en temps de guerre nationale; il représentait le pays devant l'étranger; à l'intérieur, il avait un pouvoir mal défini de haute police et de justice suprême.

Tout cela est loin d'être net, mais la confusion en ces matières date de loin. Parmi les seigneurs du moyen âge, un certain nombre avaient secoué le joug de l'autorité royale et proclamaient leur indépendance absolue; dans bien des cas, les populations ne savaient plus quel était le véritable souverain, du vassal rebelle ou du roi impuissant à se faire obéir. Ainsi s'explique l'existence, assez fréquente dans la région pyrénéenne, de baronnies prétendues souveraines[4] : les vicomtes de Béarn, les comtes de Foix,

---

[1] Sur les copies de ce texte, voir ci-dessus, p. 233, note 1.

[2] Le Roussillon fut presque séparé, en fait, du royaume d'Aragon de 1209 à environ 1212, et forma, durant cette période, au profit de Sanche, oncle du souverain, une sorte d'apanage, sur lequel les monarques n'avaient retenu qu'une suzeraineté mal définie. Cet état de choses continua sous Nunyo Sanche, fils de Sanche (1212-1er janvier 1242), avec cette différence que, sous ce prince, la Cerdagne partagea le sort du Roussillon. (Alart, *Privilèges et titres*, p. 75-79 et 105-107.)

[3] B 190, fol. 34. — Les historiens du Béarn sont divisés sur le point de savoir si ce

pays était ou non une souveraineté; les uns prétendent que les vicomtes ont prêté hommage, les autres le nient. En fait, je crois que l'hommage a été réellement prêté. En droit, cet argument n'a pas la valeur qu'on lui attribue : l'allodialité d'une terre n'est pas la souveraineté; un homme indépendant, une terre franche étaient en dehors du régime féodal; ils n'échappaient pas pour cela à l'autorité royale. Inversement, le royaume de Majorque était un fief; il n'en était pas moins une principauté souveraine.

[4] 26 mars 1207. Partage entre Pons de Vernet, Raymond de Castel-Roussillon et Raymond de Torreilles, au sujet de Torreilles;

les seigneurs de Bidache, les abbés de Pamiers, le Donezan, ont, à certaines époques de leur histoire, manifesté des velléités de ce genre, qui ont été réprimées. Plus heureuse, la Marche d'Espagne a reçu du temps d'abord, des rois de France ensuite, la consécration de son autonomie.

En droit, le roi de France retint la suprématie sur la Catalogne, la Cerdagne et le Roussillon jusqu'au jour où, par le traité de Corbeil, saint Louis renonça formellement à ses pouvoirs en faveur de l'Aragon. Mais, en fait, bien avant 1258, Roussillon, Cerdagne et Catalogne s'étaient détachés de la France. L'histoire, la genèse de cette indépendance ont fait l'objet de plusieurs études; les personnes qui savent combien intense est le patriotisme provincial de nos voisins d'au delà les Pyrénées ne s'étonneront pas que l'exagération de ce sentiment ait aveuglé sur ce sujet leurs historiens les plus clairvoyants.

Dans son livre sur les comtes de Catalogne, Bofarull admet que la Marche d'Espagne a été séparée de la monarchie française par un diplôme en due forme émané de Charles le Chauve; à l'appui de cette thèse, il cite un acte du 16 octobre 961, par lequel le comte Borrel vend un bien-fonds que son père lui a légué et que ses aïeux tenaient eux-mêmes en vertu d'un précepte du roi des Francs, Charles, disposant en leur faveur « de toutes les possessions domaniales (*fiscis*) ou des vacants de leur terre ». « D'où il résulte avec évidence que Wifred et Widilde ont reçu le comté et ses *fiscs* ou souveraineté en donation de Charles le Chauve[1]. » Cette conclusion est due à une méprise : le diplôme de Charles le Chauve eût-il été réellement délivré, et il est permis d'en douter, ce document n'aurait pas la portée que lui prête Bofarull : *fisci* ne désigne pas la souveraineté, mais les terres domaniales. Quant aux autres preuves données par Bofarull[2], elles établissent seulement l'indépendance de fait de la Catalogne, qui n'est pas en question.

Il est, je crois, généralement admis aujourd'hui, même à Barcelone, que l'affranchissement de la Marche d'Espagne résulta de son isolement, du démembrement de l'empire carolingien par la féodalité. Les auteurs diffèrent seulement sur la date de cette séparation : M. Rubió y Ors, l'un des écrivains les plus éminents de la Catalogne, la reporte à l'époque de la diète de Tribur[3]; d'autres la font concorder avec l'avènement de la

ils se partagent les droits de justice appartenant « ad principem vel ad potestatem sive ad judicem hordinarium ». (B 7.)

[1] *Condes de Cataluña vindicados*, t. 1, p. 15-16.

[2] *Ibid.*, p. 14-16. — La théorie de Bofa-

rull a été adoptée par M. Secrétan, dans son étude, *De la féodalité en Espagne.* (*Revue historique de droit français et étranger*, 1863, p. 299.)

[3] Voir le compte rendu donné par mon confrère, M. Baudon de Mony, du livre de

dynastie capétienne. Il est bien difficile d'arriver sur ce point à la réponse précise que les auteurs persistent à chercher : les provinces n'ont pas en un instant, en un jour, brisé le lien qui les rattachait à la France; elles se sont affranchies peu à peu, insensiblement. A quel moment cette émancipation a-t-elle été un fait accompli? On peut longuement discuter sans aboutir à une conclusion; mais il semble que la Catalogne conquit son autonomie longtemps après la diète de Tribur. Au xe siècle, les comtes de nos contrées reconnaissaient l'autorité du roi de France : en 937, Seniofred, comte de Cerdagne, envoya son frère solliciter du roi Louis l'autorisation de donner des terres à l'abbaye de Saint-Michel de Cuxa[(1)]; en 981, Lothaire concéda au comte de Roussillon les vacants des territoires de Collioure et de Banyuls[(2)]; le même Lothaire confirma les privilèges de diverses églises de nos pays, à la demande des abbés et de l'évêque d'Elne[(3)]; enfin Hugues Capet, devenu roi, mit comme condition à l'envoi de secours sollicité par le comte Borrel de Barcelone, que celui-ci resterait le fidèle sujet de la couronne de France[(4)].

Longtemps encore on trouve dans les chartes de la région des traces, peut-être faudrait-il dire des réminiscences, de la domination française : par exemple, les comtes de Barcelone continuèrent à dater leurs actes de l'année du règne de nos rois[(5)]. C'est, disent les Catalans, une simple formule de chancellerie. Cette explication, vraie pour les temps plus modernes, n'est pas admissible pour les ixe et xe siècles.

Je serais porté à penser que depuis le xie siècle, probablement à la faveur du renversement de la famille carolingienne, la dépendance de la Marche d'Espagne à l'égard de la France n'était guère plus que théorique et nominale, comme la soumission des États de la catholicité au sceptre impérial.

Alart a pu dire qu'après l'an 1000, les territoires qui composent le département des Pyrénées-Orientales se divisaient en trois comtés souverains[(6)]; si l'expression est inexacte en droit, elle rend bien l'état de fait existant.

M. Rubió, dans le *Polybiblion* de janvier 1888, p. 63-65.

[(1)] 5 avril 937. (*Marca Hispanica*, App. c. 849-850.) — L'acte qui suit ce document est encore une charte du même roi en faveur de l'abbaye de Ripoll, au cœur de la Catalogne.

[(2)] *Ibid.*, c. 925.

[(3)] 981. Diplôme pour l'abbaye de Saint-Genis-des-Fontaines. (*Ibid.*, c. 925.) — 982. Diplômes pour San-Pere-de-Rodes (*ibid.*, c. 927) et Ripoll (*ibid.*, c. 929).

[(4)] «Si ergo fidem tociens nobis nostrisque antecessoribus per internuntios oblatam conservare vultis...» (*Lettres de Gerbert*, éd. de M. Julien Havet, p. 103; cette même lettre est publiée dans le *Recueil des historiens des Gaules*, t. X, p. 393.)

[(5)] Voir le *Recueil des historiens des Gaules*, t. X, p. 543-544. — Le concile de Tarragone abolit, en 1180, l'usage de dater de l'année du roi de France. (*Marca Hispanica*, c. 510.)

[(6)] *Privilèges et titres*, p. 29.

Les trois comtés dont parle Alart étaient : celui de Cerdagne, à l'ouest; celui de Roussillon, à l'est, le long de la côte; celui de Bésalu, entre les deux. Ils tombèrent successivement tous les trois par héritage aux mains des comtes de Barcelone : la Cerdagne en 1117, Bésalu en 1111, le Roussillon en 1172 [1].

Ces comtes de Barcelone furent de véritables souverains longtemps avant d'en prendre le titre : en 1068, l'un d'eux promulguait les *Usages*, «parce que ce qui plaît au prince a force de loi [2]». Le titre de *potestas*, que le comte législateur prend à diverses reprises dans cette codification, dénote bien ses visées orgueilleuses [3]. A partir du jour où, devenu roi d'Aragon, le comte de Barcelone acquit la seigneurie de nos pays, il y agit comme roi, et au point de vue qui nous occupe, le roi du Roussillon et de la Cerdagne était non pas à Paris, mais à Barcelone.

Ces anomalies n'étaient pas pour fortifier l'autorité royale et faciliter la tâche du souverain effectif, qui n'avait pas d'ailleurs dans ces provinces une puissance matérielle bien considérable [4].

II. Comme chef militaire, le prince pouvait, en cas de guerre étrangère, appeler les hommes valides du royaume. C'est ce qu'on appelait l'*host*; l'host était le service militaire dû au souverain contre l'étranger; la chevauchée, *cavalcada*, était l'aide prêtée au seigneur dans le cas de guerre privée [5]. Je m'empresse d'ajouter que cette distinction est surtout

---

[1] Alart, *Privilèges et titres*, p. 29.

[2] Usage *Item statuerunt siquidem.* (Dans l'édition de 1544, fol. 124; *Constitucions*, t. III, liv. X, tit. I, § 1; Giraud, *op. cit.*, p. 478.)

[3] «Potestas. Rex, princeps, supremi loci magistratus.» (Ducange.) — En Catalogne, le sens de ce mot a subi le contre-coup des changements des théories juridiques, et *potestates* a désigné, dès le xive siècle au moins, les seigneurs hauts-justiciers : «Potestates vocantur qui habent merum imperium», dit Jacques de Vallsecca. (*Usatici*, éd. de 1544, fol. 125.) — Calis établit une distinction; pour lui, *potestas* au singulier s'applique au comte ou au roi d'Aragon. (*Ibid.*, fol. 18.) C'est un exemple curieux de ces petits expédients auxquels recouraient les juristes pour faire cadrer les textes avec leurs idées.

[4] Les comtes de Roussillon, d'après Alart, n'ont jamais possédé directement le dixième de leur comté; suivant le même auteur, les rois d'Aragon n'avaient pas plus de trente localités dans les deux comtés de Roussillon et de Cerdagne. (*Suppression de l'ordre du Temple en Roussillon*, dans le *Bulletin de la Société des Pyrénées-Orientales*, t. XV, p. 107.) — *Sujet* se disait *natural* : «Senyor, vostres som naturals...» (*Lo rey en Jacme*, p. 90.) Le rapport de sujet à souverain, de souverain à sujet était appelé *natura, naturaleza*. Jacques Ier, s'adressant à sa *cort*, disait : «On nos vos pregam mot carament, per dues raons, la primera per Deu, la segona per naturalea que nos havem ab vos...» (*Ibid.*, p. 80.) Et à quelques bourgeois de Montpellier : «Tengats nos en sols molt carament per natura gran que nos havem ab vos e per senyoria...» (*Ibid.*, p. 331.) — Voir Ducange, *naturalis* 2.

[5] Socarrats, *In consuetudines Cathaloniæ*, p. 309-400, nos 132-133. — Calis, sur l'u-

théorique. *Host* désigne quelquefois des obligations de même nature que la chevauchée, mais plus onéreuses[1], ou même un service de guerre quelconque, comme une réquisition[2]. Le plus ordinairement, les deux termes sont employés ensemble en une locution, *host et chevauchée*, qui indique souvent le service dû au seigneur et non pas au souverain; c'est avec cette acception que ces mots sont employés dans le paréage d'Andorre[3]. Aussi prit-on l'habitude de se servir, quand on parlait de la convocation faite par le Roi en tant que roi, d'autres expressions : *sonus, sonus emissus, sometent*, toscin, ou *viafora*, qui était dans tout le Midi la clameur pour appeler les gens aux armes[4], et *Princeps namque;* les premiers termes s'appliquent à l'appel des milices locales contre les perturbateurs de la paix[5]; le dernier vient des mots par lesquels commence l'article des *Usages* relatif aux levées[6] : « Si le prince est assiégé ou si lui-même assiège ses ennemis ou s'il apprend qu'un souverain vient contre lui pour le com-

---

sage *Qui fallerit. (Usatici*, éd. de 1544, fol. xcvi v°.) — A rapprocher le passage de la coutume d'Anjou cité par Ducange, sous le mot *Hostis* 2.

[1] «Nota quod nos habemus hostem et cavalcatam, inter quæ est magna differentia, quoniam cavalcata est unius diei vel unius termini certi, hostis vero dicitur amplioris temporis et longioris viæ.» (Guillaume de Vallsecca, sur l'us. *Qui fallerit. Usatici*, éd. de 1544, fol. xcv v°.)

[2] 5 septembre 1299. Hommage de Dalmau des Fonts au vicomte de Castelnou; il reconnaît devoir «unam bestiam de osten». (B 74.)

[3] «Item, pronuntiaverunt quod quilibet predictorum dominorum (le comte de Foix et l'évêque d'Urgel) habeat hostes et cavalcatas in hominibus de Andorra, excepto quod unus contra alterum habere non possit dictos homines.» Remarquons, en passant, que cet article d'un accord toujours en vigueur n'est pas précisément en faveur de la prétendue neutralité des vallées d'Andorre. — xi° siècle. «Ego. Raimundus Bracads, convenio tibi, Guilielmo, vicecomite vel archidiacono, che t' faça tes osts et tuas cavalgadas et ut vadam aput te in hosts aput meum conduit (en pourvoyant à mon entretien) et aput meos homines et vociferem tua signa et alberg ab ti.» (B 72; facsimilés de l'École des chartes, n° 263.) —

22 juillet 1266. Déclaration du roi d'Aragon portant que l'on doit comprendre dans la paix et trève les hommes des clercs sur lesquels les chevaliers ont droit d'host et chevauchée, «hostem et cavalcatam». (B 146, fol. 11 v°-14.) — En affranchissant de certaines obligations Pierre Divi, de Millas, le doyen de Roussillon lui promit, le 7 mars 1253, «quod ego et successores mei nunquam te et tuos ducam ad exercitus vel hosts (*sic*) nec ad cavalcatas». (G 122.)

[4] 16 juin 1303. A la suite de contestations avec les gens de Mollo, le bayle de Prats-de-Mollo fait garder un pacage par les *saigs*, qui enlèvent une vache *pro banno*, pour amende; ceux de Mollo la reprennent et profèrent des menaces de mort; les saigs s'enfuient en criant *viafora*. «Et ad sonum exierunt omnes homines et bajulus de Pratis cum armis usque ad locum dicte pasture et ibi invenerunt dictos homines de Molione cum dicto bajulo eorumdem congregatos cum armis.» Les gens de Prats cherchent des troupeaux pour les saisir et, n'en trouvant pas, ils se retirent. (Archives municipales de Prats-de-Mollo, Liv. vert, fol. 31 v°.)

[5] Voir notamment Cancer, III, V, §8 et suiv., et §15, p. 118, 119 et 125, *de sono emisso.*

[6] Publié par Alart, dans le *Bulletin de la Société des Pyrénées-Orientales*, t. XXII, p. 517, note.

battre, lui et sa terre, il appellera la population par lettres ou par mes-
sagers ou suivant les modes usités dans le pays, en allumant des feux, et
alors tous les hommes, tant cavaliers que piétons, qui ont l'âge et sont en
état de porter les armes, doivent marcher immédiatement à son secours [1]. »

Sur le mode de convocation de l'host par les feux allumés sur les hauteurs, je me bornerai à renvoyer à l'excellente dissertation publiée par
Alart à ce sujet [2].

Le principe du service obligatoire pour tous proclamé dans l'usage *Princes namque* [3] s'explique par la position du comté de Barcelone sur la frontière des pays qu'occupaient les Maures et par la nécessité de se défendre
contre les incursions de ces éternels ennemis.

Pierre d'Aragon, organisant la défense contre la croisade de 1285,
« envoya dans toute la Catalogne ses lettres de convocation aux *richs homens*, aux chevaliers, aux bourgeois et aux villes, leur ordonnant de se
rendre en armes au col de Panissars [4]. »

Pour les guerres de conquête, le Roi n'avait droit au service que de ses
vassaux; en 1228, Jacques dut se faire accorder par les États des troupes
pour l'expédition de Majorque, et chacun des grands seigneurs du pays lui
offrit un nombre déterminé de soldats [5]. Lorsque Pierre prépara en 1282
la guerre d'Afrique, il ne convoqua que certains chevaliers, des arbalé-
triers et des Almogavares [6], bandes sauvages à moitié nues, à peine armées,
vivant de pain, d'eau et d'herbe, toujours prêtes à marcher. Ces troupes
étaient tenues, par leur fief ou leur solde, à des obligations particulières
envers le Roi; elles étaient attirées, les Almogavares surtout, par l'espoir
du pillage et des distributions de terres, et la guerre était pour elles moins
une charge qu'une occasion de lucre, une entreprise fructueuse plutôt que
l'accomplissement d'un devoir.

[1] *Usatici*, éd. 1544, fol. cxxiii v°; Giraud,
loc. cit. p. 478; *Constitucions de Cathalunya*,
t. I, liv. X, tit. I, § 3.

[2] *Notices historiques*, t. I, p. 116 et suiv.
— Un arrêté du 5 juillet 1793 remit en vigueur ce système d'avertissement par signaux.

[3] Le commentaire de Calis nous apprend
que tout le monde était astreint au service
militaire dans le cas de guerre nationale et
pour assurer la répression des violations de
paix et trêve. (*Usatici*, fol. xcvii.)

[4] Muntaner, *Chronica dels reys d'Arago*,
chap. cxix, fol. xcviii v°.

[5] *Lo rey Jacme*, p. 82-88, et de Tourtoulon, *Jacme I*, t. I, p. 236-242.

[6] Muntaner, *op. cit.*, chap. lxii, fol. xlv
et *passim*. — Il y avait aussi des Maures dans
les armées du roi d'Aragon (de Tourtoulon,
op. cit., t. II, p. 376, note 2), comme d'ailleurs dans les armées des autres monarques
espagnols. (Voir mes *Documents des archives de
Navarre*, Introduction, p. xxx.) — L'obligation
du service militaire était si bien restreinte aux
guerres défensives qu'une pragmatique fut rendue, le 12 septembre 1347, à la demande des
villes de Catalogne, pour déclarer que l'Infant,
frère du Roi, n'était pas fondé à requérir les
bourgeois, en vertu du *Princeps namque*, de
le suivre en Roussillon. (Archives municipales
de Perpignan, Livre vert mineur, fol. 189.)

Il faut reconnaître qu'au xiiie siècle, le principe du service militaire obligatoire avait beaucoup perdu de sa rigueur; en 1275, l'infant Jacques reconnut que les vassaux de l'abbé d'Arles n'étaient pas tenus de le suivre dans son expédition contre le château de Laroque[1]. Bien plus, en 1285, à l'occasion de la guerre nationale dont j'ai parlé, le roi Jacques de Majorque, ayant mandé les vassaux du monastère de la Grasse, délivra plus tard à l'abbé des lettres de non-préjudice[2]. Les chartes de certaines villes contiennent à cet égard des restrictions et des exemptions qui dénotent un affaiblissement sensible des anciens principes[3].

Comme chef militaire, le souverain pouvait exiger la *postat*, la rendableté, de toutes les places fortes du royaume; c'est du moins ce qui semble ressortir d'un passage des constitutions de paix et trêve où le légat appelle les gens des baronnies : «les hommes des alleux des chevaliers et des châteaux sur lesquels le Roi n'a pas d'autre droit que la rendableté[4]».

Aux xiie et xiiie siècles, les fonctions militaires du souverain étaient, dans nos provinces, bien moins importantes qu'à l'époque où, sans cesse en éveil, les populations avaient à se prémunir constamment contre les entreprises des Maures[5]. Les guerres étaient beaucoup plus rares qu'aux beaux temps de la reconquête, et c'est surtout à l'intérieur que le Roi exerçait son autorité.

Cette autorité se divisait en pouvoirs de justice et en pouvoirs de police, qui se touchent souvent et parfois se confondent.

Au xive siècle, certains princes de la dynastie d'Aragon abdiquèrent

---

[1] *Privilèges et titres*, p. 336-337.

[2] 19 juin 1289. (B 2, fol. 12 v°.) — Tastu estimait même que «l'homme jouissant d'une certaine aisance, d'une position, est seul convoqué». (*Notice sur Perpignan*.)

[3] 24 août 1207. Charte pour Collioure, portant que les bourgeois ne devront plus l'host et la chevauchée que dans le comté de Roussillon, sur terre, et, sur mer, de Barcelone à Montpellier. (*Privilèges et titres*, p. 89.) — 22 octobre 1245. Remise aux habitants de Prats-de-Mollo de l'host et chevauchée. (*Ibid.*, p. 178.) — 15 mai 1246. Remise aux gens d'Opoul de l'host et chevauchée, du bouage et du fouage. (*Ibid.*, p. 181.)

[4] Vers 1216. (*Constitucions de Cathalunya*, t. I, liv. X, tit. VIII, § 11. L'article cité est l'article 8 de la charte de paix et trève.)

[5] Le 22 octobre 1330, il fut fait une enquête sur les obligations de certains hameaux de la vallée de Prats-de-Mollo en cas de «viafora sive sonum»; ces témoins racontent les expéditions auxquelles ils ont pris part : «Quando dominus Jacobus, rex Aragonum, posuit setge ad Rupem d'en Comte»; «quando Amalricus Narbone volebat venire supra Petrum de Fonoleto»; l'host, dans cette circonstance, descendit jusqu'à Saint-Jean-Pla-de-Corts; de même il se rendit en Cerdagne «tempore rebellionis», enfin à Montferrer, quatre à cinq ans avant l'enquête, «quando bajulus de Pratis ivit pignoratum apud Monteferrarium cum hoste dicte vallis». L'expédition à Laroque, «ad Rupem comitis», remontait à 1275 (sur cette expédition, voir note 1) : c'est donc quatre expéditions en 55 ans, et encore deux d'entre elles, au moins, furent, suivant toute apparence, de simples manifestations en armes. (Archives de Prats-de-Mollo, Livre vert, fol. 26-27.)

complètement leur juridiction, ne se réservant seulement pas la revision des sentences portées devant eux en appel, ni même cette prérogative, particulièrement caractéristique de leur suprématie, d'intervenir en cas de déni de justice[1]. Au xiiie siècle, la royauté avait une plus haute idée de ses devoirs et plus juste : bien loin d'aliéner moyennant finances son pouvoir, elle travaillait à ressaisir celui qu'elle avait laissé échapper. C'est vers ce but qu'elle marcha constamment, autant du moins que le permettaient les circonstances; c'est de cette idée qu'elle s'inspira dans ses rapports avec les seigneurs. Il nous reste de la seconde moitié de ce même xiiie siècle plusieurs accords intervenus entre les rois et les plus puissants barons du Roussillon, plusieurs inféodations, qui renferment les mêmes dispositions : les crimes punissables de mort y sont réservés à la justice royale; de même, les violations de paix et trêve, les causes des hommes du Roi, les crimes et délits contre sa personne et contre ses officiers; dans toutes les affaires, le Roi peut intervenir en cas de déni de justice, et son juge évoque la cause après une *fatiga*, un délai de dix jours à partir de l'introduction de l'instance[2]. Les officiers de la justice royale n'avaient pas d'ailleurs le droit d'entrer dans les seigneuries pour saisir les délinquants ou exécuter les sentences; ce soin appartenait aux seigneurs locaux, et les viguiers n'en étaient chargés qu'exceptionnellement[3].

[1] 29 juillet 1381, Estagel; 22 juillet 1393, Formiguère. (Fossa, *Mémoire pour le marquis d'Oms, seigneur de Sorède*, p. 37 et 38.) Fossa donne toute une liste de concessions de seigneuries aliénées avec les droits de justice. — Le 10 avril 1350, un accord fut conclu entre le Roi et l'évêque d'Elne, relativement à la juridiction de cette ville épiscopale et des autres localités des seigneuries ecclésiastiques; le Roi abandonnait toute juridiction; le projet portait la phrase suivante : «Ita quod ad dominum Regem, etiam per viam secunde appellationis vel alias quovis modo nequeat haberi recursus, *nisi per viam fatisce juris*»; or, ces derniers mots, qui ménageaient au souverain la faculté d'intervenir en cas de déni de justice, ne se trouvent pas dans la rédaction définitive : ils avaient été jugés trop avantageux pour le pouvoir royal. (G 24.)

[2] Voir p. 220, note 2. — Les constitutions de paix et trêve de 1192 déclarent que, dans le cas de saisie illégale, l'auteur du méfait doit être contraint à la réparation; si son seigneur ne l'y force pas, le viguier inter-

viendra. (*Constitucions de Cathalunya*, t. I, liv. X, tit. VIII, S 2, art. 9.)

[3] 1228. Défense aux viguiers de faire des chevauchées sur les terres des seigneurs, sauf le cas de *fatiga de dret*, déni de justice. (*Marca Hispanica, App.*, c. 1416, S 9; *Constitucions de Cathalunya*, t. I, liv. I, tit. XLIII, S 2.) — 17 mars 1235. Disposition analogue. (*Ibid.*, t. I, liv. X, tit. VIII, S 11, art. 3.) — 22 juillet 1266. Réponse du roi Jacques aux questions que lui avaient adressées le viguier de Roussillon : le viguier peut poursuivre les violateurs de paix et trêve, même dans les localités dont la haute justice n'appartient pas au souverain. (B 146, fol. 11 v°-14.) — Il nous reste les copies, mal datées (17 décembre 1296 et 15 août 1297), de privilèges octroyés par Jacques le Conquérant à Gaston de Béarn, en vertu desquels il était interdit aux officiers royaux de pénétrer sur les terres de Gaston, sauf *fatigue* de vingt jours. (B 146, fol. 10 r° et v°.) — Il semble que le roi d'Aragon s'était réservé ce droit d'intervention dans les possessions du roi de Majorque : le 20 janvier 1279,

III. L'administration royale était des plus simples; elle était confiée aux viguiers. Le viguier représentait le souverain, tandis que le bayle, même le bayle royal, exerçait les droits de seigneurie. De là vient que les styles de la viguerie de Roussillon renfermaient les prétentions de la puissance royale en matière de régales.

Viguier, *vicarius*, *veguer*, de *vices*, signifie remplaçant, suppléant [1]. Le code visigothique l'emploie quelquefois avec ce sens vague [2]; mais ce même code parle souvent d'un officier de ce nom, qui se confond peut-être avec le *tiufath* et le *millenier* [3]. Le viguier, qui existait aussi en droit franc [4], est cité, pour nos comtés, dans le diplôme de 844 en faveur des Espagnols réfugiés [5] et dans des plaids fort anciens [6]. Un acte de 1010 signale un de ces officiers à Fuilla [7]. Les viguiers subsistèrent jusqu'à la Révolution [8].

Le viguier, qui était à l'origine le lieutenant du comte [9], finit par devenir le représentant de l'autorité royale. A la vérité, quelques barons instituèrent des viguiers; il est question dans le paréage d'Andorre d'un viguier nommé par le comte de Foix [10]; il y en avait à Torreilles un autre qui paraît s'être rendu indépendant [11]. On confondait parfois viguier et bayle [12], et le bayle de Canet porta, jusqu'à la fin de l'ancien régime, le

celui-ci promit de faire hommage et de livrer certaines places en reconnaissance de la dépendance féodale et en cas de déni de justice, mais non pas pour les utiliser en temps de guerre : «racione tantum recognicionis feudi et fatice juris, nec predictas potestates possitis vos vel successores vestri retinere ratione valense». (B 190, fol. 34.)

[1] Alart cite un acte de 1187 où le viguier de Roussillon s'intitule «vicem domini Regis gerens». (*Privilèges et titres*, p. 50, note 4.) — Voir Ducange, au mot *vicarius*, et la préface de M. Deloche en tête du *Cartulaire de Beaulieu*, p. 87.

[2] *Forum judicum*, IV, iv, 1.

[3] *Ibid.*, II, 1, 23, etc., et Rosseeuw, *Histoire d'Espagne*, t. I, p. 348, note 2.

[4] Voir notamment Guérard, *Prolégomènes du cartulaire de Chartres*, p. 137.

[5] *Capitularia regum Francorum*, t. II, p. 27.

[6] Février 832. Notice d'un plaid tenu à Elne : il y est question de «Sperandeo vigario». (*Marca Hispanica*, c. 769; *Histoire de Languedoc*, éd. Privat, t. II, Preuves, c. 178.) — Le viguier du comte de Roussillon figure dans l'acte de fondation de l'hôpital de Perpignan,

qui est du 12 avril 1116. (*Marca Hispanica*, c. 1245.)

[7] 6 mars 1010. (*Histoire de Languedoc*, éd. Privat, t. V, c. 356.)

[8] Voir mes *Notes sur l'économie rurale du Roussillon*, p. 179.

[9] Alart, dans le *Bulletin de la Société des Pyrénées-Orientales*, t. X, p. 78.

[10] Le paréage ne cite d'ailleurs que le viguier du comte de Foix, tandis qu'il y a aujourd'hui en Andorre deux viguiers, nommés l'un par la France, l'autre par l'évêque d'Urgel.

[11] 3 juillet 1174. Bernard de Buada et son frère Pierre-Raymond donnent partie de leurs biens à Ermengaud de Vernet, qui les leur rend en fief et leur promet de les protéger contre tous agresseurs, «excepto vicario de Turriliis». (B 45.) — 31 août 1178. Vente d'un bien sis à Torreilles et confrontant «in manso qui fuit de Pictavinis et de hominibus vicarii». (B 46.) — Ce dernier viguier est peut-être bien aussi le viguier du Roi en Roussillon.

[12] 5 avril 1203. Acquisition, par l'abbé de Canigou, de «bajuliam et vicariam» de Vernet en Conflent. (*Privilèges et titres*, p. 81, note 4.)

titre de viguier [1]. Malgré ces exceptions, on peut dire que le viguier personnifiait et exerçait les droits de haute police appartenant au souverain.

Dans l'organisation du xiiᵉ et du xiiiᵉ siècle, les viguiers sont, en outre, des magistrats desquels relèvent tous les cas qui échappent à la compétence du bayle [2]. Ce sont «des officiers d'épée, chargés de veiller à la sûreté publique, de poursuivre les brigands, les bannis et les malfaiteurs, et de faire observer les ordonnances de paix et trêve. Ils eurent dans la suite l'attribution particulière des cas royaux enlevés à l'ordinaire et la connaissance des causes des parties exemptes de cette juridiction, qu'ils jugeaient en première instance, avec l'assistance d'un assesseur [3]. »

L'étendue des circonscriptions administratives soumises à chaque viguier changea avec le temps. Alart a prétendu que ces districts correspondaient aux *pagi* de l'époque romaine [4] ; mais il suffit de rapprocher ce que dit ce même auteur de la division de notre territoire en *pagi* [5] de ce qu'il nous apprend ailleurs touchant les limites des vigueries, pour s'assurer que l'assimilation est forcée. Pendant la première moitié du xiiᵉ siècle, il n'existait qu'un viguier pour les trois *pagi* de Cerdagne, Conflent et Vallespir [6]. Durant la seconde moitié du xiiiᵉ siècle, il y avait un viguier pour chacune des trois provinces de Roussillon et Vallespir, de Conflent et Capcir et de Cerdagne, et ces officiers paraissent avoir été soumis, vers 1264, à l'autorité d'un lieutenant du Roi [7].

Certains d'entre eux étaient assistés de sous-viguiers [8]. Les Corts de Barcelone de 1228 leur défendirent de créer de nouvelles sous-vigueries [9].

---

[1] 1267. «La vicomté de Canet, dont le bailli est appelé viguier.» (C 1280, *Inventaire*.)

[2] Sur la compétence des viguiers, voir *Les coutumes de Perpignan*, § 56 et 59.

[3] Fossa, *Mémoire pour le marquis d'Oms*, p. 61. — Sur les assesseurs des viguiers, voir Alart, *Privilèges et titres*, p. 51 et 259 : Alart signale des juges ordinaires à Villefranche (viguerie de Conflent), à Puycerda (viguerie de Cerdagne) et à Perpignan (viguerie de Roussillon), plus un juge d'appel à Perpignan.

[4] *Bulletin de la Société des Pyrénées-Orientales*, t. XII, p. 103-104.

[5] *Ibid.*, p. 104-105.

[6] *Privilèges et titres*, p. 49-50.

[7] *Ibid.*, p. 259.

[8] Le *Manuel* de P. Calvet pour 1266

mentionne un sous-viguier de Roussillon. (Notaires, nᵒ 2, fol. 6 vᵒ.)

[9] *Constitucions*, t. I, liv. I, tit. XLIII, § 3. — Le pouvoir royal avait pris des précautions pour empêcher les abus de ses agents; les Corts de 1283-1299 leur défendirent d'innover en ce qui concernait l'exercice de leurs fonctions dans les seigneuries, d'accepter des services de leurs subordonnés, de recevoir des rentes des églises ou de qui que ce fût, d'entrer dans la famille des nobles, d'acheter des revenus dans leur circonscription, et de se porter acquéreurs dans les ventes forcées, etc. (*Constitucions*, t. I, tit. LVII.) — Le principe de la responsabilité civile des fonctionnaires était admis; ils devaient, à de certaines époques, *tenir table*, c'est-à-dire répondre de leur conduite : les constitutions de 1289 et 1299 les suspen-

Le soin de la police, l'entretien des armées constituaient pour le trésor royal de lourdes charges[1]. En temps ordinaire, le souverain pourvoyait à ces dépenses au moyen des revenus de ses terres et du produit de certains impôts permanents, comme les leudes[2].

Les leudes étaient perçues, les unes à la frontière, les autres sur divers points à l'intérieur de la province : le Boulou, Saint-Féliu-d'Avail, Perpignan, Taxo-d'Avail, le Vernet, Rivesaltes[3]. L'existence de la leude de Collioure est constatée depuis le milieu du xiie siècle au moins[4]. Le privilège de Puycerda exempte les habitants de leude et de péage[5]. Les leudes intérieures étaient des droits de transit; les leudes à la frontière donnaient lieu à la perception d'un droit d'exportation sur les marchandises et le numéraire[6].

Pour faire face aux dépenses qu'entraînaient les guerres, les croisades surtout[7], le Roi frappait des taxes exceptionnelles. On a voulu voir un de ces subsides dans le bouage, *bovaticum, bovatge*[8]. Il convient de distinguer : *bovatge* était le nom particulier de la paix et trêve, en tant qu'elle s'appliquait aux bestiaux, aux bœufs[9]; ce mot désigna par extension la taxe au

---

[1] L'entretien des voies de communication ne paraît pas avoir sensiblement grevé le budget des pouvoirs publics au moyen âge; on ne s'en étonne pas quand on a vu ce que ce sont les chemins de telles contrées, où la vicinalité est restée ce qu'elle était à cette époque. La construction des ponts était considérée comme une œuvre pie; les testaments renferment presque toujours des legs à cette intention : la charte d'Agramunt, au xiie siècle, dispose que les prud'hommes pourront distribuer les biens des personnes mortes intestat et sans héritier «pauperibus, ecclesiis et pontibus et hospitalibus vel ubi voluerint, pro anima de mortuo». (Publié par d. Ramon Siscar, *La carta puebla de Agramunt*, p. 5o.)

[2] L'article C 1o14 renferme un mémoire historique sur les leudes de la province; de nombreux documents y sont analysés.

[3] De Gazanyola, *Histoire du Roussillon*, p. 232.

daient, à cet effet, de leurs fonctions pendant 3o jours par an; les Corts de Lérida décidèrent, en 13o1, que cette reddition de comptes n'aurait lieu qu'un an entre autres. Les officiers déposaient, en entrant en charge, un cautionnement. (*Constitucions*, t. I, liv. I, tit. XLVI.)

[4] Alart, *Documents sur la langue catalane*, p. 48.

[5] *Privilèges et titres*, p. 66.

[6] Voir de Gazanyola, *op. cit.*, p. 232; Alart, *Privilèges et titres*, p. 229. — Le curieux document qui suit établit qu'il était permis d'exporter certaines denrées, à condition d'importer une quantité équivalente d'autres denrées : 3 octobre 1278. «A. Raynerii, burgensis de Perpiniano, per me, etc., vendo et trado tibi, R. Peregrini, fabro habitatori Perpiniani, xl eminas fabarum cum treyta earumdem, ita quod eas possis abstrahere a terra Rossilionis et eas portare ubicumque volueris, et etiam ratione dictarum xl eminarum fabarum non tenearis portare nec mittere in terra Rossilionis xl eminas ordei, sicut constitutum per dominum Regem, precio » solidorum barchinonensium coronatorum.» (Notaires, n° 5, f° 34.)

[7] 25 janvier 123o. Jacques d'Aragon reconnaît n'avoir le droit de lever nul impôt sur les terres dépendant de la Grasse et s'engage à ne rien exiger «causa Ispanie expugnande vel subjugande vel alia quacumque occasione» (*sic*). (B 2, fol. 6 v°.)

[8] De Gazanyola, *op. cit.*, p. 16o-161.

[9] Ducange, au mot *bovaticum*. — 12o7.

moyen de laquelle les pouvoirs publics se faisaient payer cette protection accordée aux bestiaux [1] et qui était une sorte de don de joyeux avènement, levé chaque fois qu'un prince montait sur le trône [2]. Ainsi, après la mort de Nunyo Sanche, seigneur de Roussillon, le roi Jacques le Conquérant fit percevoir le bouage dans la province [3]. Il faut vraisemblablement en dire autant du *monetaticum, monedatge,* qui est généralement cité avec le *bovatge* et qui se confond même avec lui dans certains cas [4]; le *monedatge* devait être l'indemnité accordée au souverain lorsqu'il prenait le pouvoir, en retour de la promesse qu'il faisait de ne pas spéculer sur le cours des monnaies [5]. Exceptionnellement, le *bovatge* était concédé aux souverains, et alors ce terme avait le sens d'aide pour la guerre [6].

Il paraît que cette imposition et surtout les vexations qu'elle entraînait pesaient lourdement sur les populations [7]; elle donna lieu à des troubles,

«Si quis de magnatibus Regis vel aliquis miles vel alia quælibet persona, conventus a domino Rege vel vicario suo super restitutione pacis et treugæ et bovatici...» (Constitutions de paix. *Marca Hispanica,* c. 1395.) — 24 février 1211. Si quelque individu cause tort aux habitants de Villefranche et que le viguier ne leur obtienne pas réparation dans les 15 jours, «liceat vobis pignorare malefactorem in omnibus rebus suis, eciam in animalibus aratoriis, ita quod nullus possit vos inde demandare per pacem vel treugam aut bovaticum fractum». (*Privilèges et titres,* p. 99.)

[1] 4 avril 1118. Le comte de Barcelone place sous la sauvegarde de la paix les bœufs, leurs bergers et les laboureurs du comté de Cerdagne; il promet de ne plus changer la monnaie, sa vie durant; il établit une taxe de 12 deniers par paire de bœufs, 6 deniers par bœuf, 3 deniers par bêche, et s'engage à ne plus lever qu'une fois cette contribution. (*Constitucions,* t. I, liv. X, tit. VIII, S 6.)

[2] 12 novembre 1264. Le roi Jacques reconnaît que la noblesse lui a fourni spontanément un subside pour la guerre contre les Maures; ses fils ne pourront pas arguer de ce précédent pour lever une imposition, «excepto tamen bovatico, quem habere debent tempore suorum regiminum». (Henry, *Histoire du Roussillon,* t. I, Preuve XII.) — 15 septembre 1303. «Gravissime cujusdam servitutis mere afflictos pariter et atritos, servitute scilicet quæ bovaticum nuncupatur, quod, adveniente Rege seu domino noviter in terris prædictis,

ipse novus dominus levare et recipere consuevit, cujus quidem bovatici levatio seu acceptio cum hiis quæ sequebantur ex ea, tam in perjuriis quam in penis pro ipsis perjuriis infligendis, onus quasi importabile inferebat.» (Copie. G 1564.) — 6 août 1311. «Bovaticum quod, adveniente Rege seu domino noviter in comitatibus et terris predictis, levari et exigi et recipi consuevit». (Copie. *Ibid.*) — Le souverain ne percevait pas dans toute l'étendue de son royaume le bouage: en 1283, le roi d'Aragon prit l'engagement de ne plus le lever que dans les localités où son père l'avait levé lui-même. (*Constitucions,* t. I, liv. X, tit. IV, S 1.) — En 1277, et le 17 juillet, Jacques de Majorque dut s'opposer aux entreprises du comte d'Ampouries qui voulait exiger le bouage des habitants de la vallée de Banyuls. (B 11; traduit par Alart, *Notices historiques,* t. I, p. 207.)

[3] Henry, *op. cit.,* t. I, p. 106.

[4] Voir ci-dessus, note 1.

[5] Voir Ducange, verbo *monetagium.*

[6] G. de Moncade, avant la conquête de Majorque, dit au Roi: «Volem que prengats lo bovatge sobre nostres homens, e donam vos ho en do, car ja altra vegada l'avels pres per vestra dretura, aixi com es usat dels Reys que l' prenguen una vegada.» (*Lo rey en Jacme lo Conqueridor,* p. 83.) — Voir aussi plus haut, note 2, et Alart, *Privilèges et titres,* p. 266.

[7] Voir plus haut, note 2; Alart donne un exemple des récriminations et des révoltes que provoquait la levée du bouage. (*Privilèges et*

en 1245. Elle fut abolie en Roussillon et Cerdagne par le roi Jacques de Majorque, à la date du 17 septembre 1303, et remplacée par une contribution sur le sel [1].

Il existait d'autres impositions extraordinaires : les *cises* [2], qui n'avaient pas toujours le caractère d'impôt municipal attaché d'ordinaire à ce terme, et surtout la *questia* royale. La *questia* royale était l'objet d'un répartement entre les diverses communautés, dont chacune dressait ensuite ses rôles [3].

Le vote de ces subsides, de ces aides extraordinaires était demandé aux Corts ou États du royaume.

Comme tant d'autres institutions, les Corts ont eu des historiens enthousiastes à l'excès, qui en ont, à plaisir, grandi l'importance. L'existence des Corts ne serait rien moins que le triomphe du parlementarisme au xiiie siècle; elle ferait du gouvernement de nos provinces « une république démocratique avec présidence héréditaire »; elle vaudrait enfin à la Catalogne l'honneur d'avoir précédé de plusieurs siècles, dans la voie du libéralisme et du progrès, les États réputés les plus avancés [4].

Tout cela est fort beau, surtout exprimé en de majestueuses périodes castillanes, mais ce n'est peut-être pas absolument scientifique.

Sur l'origine des Corts, sur la date où elles apparaissent dans l'histoire, les auteurs ne sont pas d'accord. La généalogie des comtes de Barcelone imprimée en tête des *Constitucions* parle des Corts générales de 1068, et cette erreur est trop souvent adoptée [5]. Les *Usages* ont été, en 1068, codifiés par le comte dans sa cour féodale; le clergé n'est intervenu que pour l'article relatif à la trêve de Dieu, lequel est, par son objet et par sa date, entièrement distinct du corps des *Usages*. Or, on ne peut, avec la meilleure

---

titres, p. 274-275; Henry, *op. cit.*, t. I, p. 106.)

[1] C 1564. — Le bouage avait été aboli en Aragon aux Corts de 1299. (*Constitucions*, t. I, liv. X, tit. IV, § 2.)

[2] 1287. « El rey don Jaume de Mallorcha, ensemps ab la universitat de la vila de Perpinya, per perficionar les muralles y valls, imposaren certa cisa e imposicio pagadora per tots los llocs de Cerdanya, Conflent, Rosselló y Vallspir. » (Bosch, *Titols de honor*, p. 386.) — Il est à peine utile de faire observer que si le Roi a pu imposer une *cisa*, la ville de Perpignan n'avait pas qualité pour ce faire.

[3] L'établissement des rôles de la *questia* donnait lieu à des difficultés; c'est ainsi que les clercs se prétendaient exempts. (1265.

Lettre de Clément IV à Jacques d'Aragon, dans Diago, *Anales del reino de Valencia*, fol. 374 v°.) — Alart a publié dans ses *Priviléges et titres* diverses chartes royales relatives à la confection de ces rôles : pour Perpignan, p. 230, pour Villefranche, p. 261, pour la *sajonia* de Conflent, p. 262, etc. — Voir aussi un article des Corts de 1283 dans Ducange, au mot *questa*.

[4] D. José Coroleu y Auglada et d. José Pella y Forgas, *Las Cortes catalanas*, Barcelone, 1876, in-12, chap. I, *passim*.

[5] Voir notamment de Tourtoulon, *Jacme Ier*, t. I, p. 51; Julius Ficker, dans son étude sur les Usages de Barcelone; Secrétan, *De la féodalité en Espagne*, dans la *Revue historique de droit français et étranger*, 1863, p. 299, etc.

volonté du monde, voir dans la cour féodale du comte de Barcelone des États généraux et l'avènement du système représentatif.

Les anciens jurisconsultes prétendent que les premières Corts sont de 1218, parce que l'assemblée de cette année-là est la première où furent admis les envoyés des villes[1]. De Gazanyola place à 1214 l'introduction normale et régulière de la bourgeoisie dans les États[2]. M. de Tourtoulon recule cet événement jusqu'en 1228[3]; mais dans le procès-verbal, que donne cet auteur[4], des Corts de Monzon tenues en 1217, il est formellement question des bourgeois d'Aragon et de Catalogne.

En somme, on est fondé à affirmer que les Corts catalanes furent, dès le premier quart du XIIIᵉ siècle, composées des trois états : noblesse, appelée bras militaire, clergé ou bras ecclésiastique, députés des villes royales ou bras royal. Dès lors on peut dire que les Corts catalanes étaient constituées et employer ce terme de Corts, avec les vieux auteurs du pays, à propos de ces assemblées[5]. Il est vrai que la réunion des États était irrégulière; on les convoquait, non pas à date fixe, mais lorsque les circonstances rendaient nécessaire cette convocation. En 1283, pendant que le Roussillon et la Cerdagne étaient détachés de l'Aragon, Pierre II décida que les Corts seraient appelées à siéger tous les ans[6]. Cette constitution fut confirmée en 1299[7]. En 1301, il fut ordonné que les Corts seraient tenues de trois en trois ans[8]. Il ne paraît pas que ces prescriptions aient été suivies d'effet ni qu'elles aient eu une influence durable sur le fonctionnement des Corts, qui furent convoquées à des intervalles inégaux[9].

Les Corts catalanes, de même que les États provinciaux de la France, ont une origine féodale; elles sont le produit d'une transformation de l'ancienne cour du comte, qui s'est élargie et où ont pris place, à côté des vassaux de celui-ci, les principaux parmi les membres du clergé, puis les

---

[1] Fossa, *Mémoire pour les avocats*, p. 137-138, note.

[2] *Histoire du Roussillon*, p. 157.

[3] *Jacme Iᵉʳ*, t. I, p. 239.

[4] *Ibid.*, p. 444.

[5] «E com tot aço hach conquest e guanyat, torna s'en en Cathalunya e puix en Arago. E en cascuna d'aquestes provincies ell feu Corts.» (Muntaner parlant de Jacques d'Aragon après la conquête de Majorque, *Chronica dels reys d'Arago*, fol. 7.) — Sur l'assistance des bourgeois aux Corts de 1228, voir *Lo rey en Jacme*, p. 80-81.

[6] *Constitucions*, t. I, liv. I, tit. XIII, § 1.

[7] *Constitucions de Cathalunya*, t. I, liv. I, tit. XIII, § 2.

[8] *Ibid.*, § 4.

[9] Voici les sessions qui sont signalées dans une liste de Corts aragonaises et catalanes intitulée : *Coleccion de Cortes de los antiguos reinos de España, por la Real Academia de historia. Catalogo* (Madrid, 1855, in-4°): 1283, 1284, 1285 (deux), 1285-1286, 1286, 1287, 1288 (deux), 1289 (deux), 1291, 1295, 1299, 1300, 1301, 1307, 1311 (deux), 1320, 1325, 1328, 1336, etc. Dans cet ouvrage je ne trouve pas l'indication de Corts pour le royaume de Majorque.

délégués, non pas du peuple, non pas surtout des populations agricoles,
mais de la classe moyenne, de ces prud'hommes des principales villes
royales [1], qui s'étaient fait une place à part entre les privilégiés et la
masse de la nation [2]. Il y a donc, à ce point de vue déjà, entre les Corts
et les assemblées parlementaires modernes, des différences essentielles.
Les Corts n'étaient pas le conseil de la nation s'administrant elle-même,
car nous n'y voyons figurer ni la plèbe, ni les bourgeois des localités
royales de moindre importance, ni surtout les habitants des seigneuries
baroniales ou ecclésiastiques; une très petite partie de la nation y était
représentée.[3]. Les Corts n'étaient pas davantage une institution démocratique, ayant pour but de contre-balancer le despotisme royal : le tiers état,
qui en était l'élément démocratique, portait le nom de bras royal, et le
souverain s'en servait contre la noblesse.

Si cette institution partage avec le gouvernement représentatif une
théorie, cette théorie est celle du vote de l'impôt, non pas de l'impôt ordinaire, mais de l'impôt extraordinaire, du subside : les charges des populations étaient limitées; pour lever des contributions nouvelles, il fallait le
consentement des Corts [4].

Quant au droit qu'avaient les Corts d'intervenir dans la confection des
lois [5], je n'y puis voir qu'une extension, d'ailleurs remarquable, des attributions de la cour féodale [6].

En fait, les Corts ont exercé une réelle influence sur la marche des

---

[1] Les villes roussillonnaises représentées aux Corts étaient Perpignan, Salses, Argelès, Collioure, le Boulou, Thuir, Prats-de-Mollo, Villefranche. (De Gazanyola, *Histoire du Roussillon*, p. 335.)

[2] Cf. la dissertation de mon regretté confrère et ami L. Cadier sur les origines des États provinciaux, dans *Les États de Béarn*, Introduction, *passim*.

[3] Cette exclusion des villes qui ne dépendaient pas féodalement du Roi s'explique par l'origine féodale des Corts.

[4] Dans cet ordre d'idées, cf. Henry, *Histoire du Roussillon*, t. I, p. 96.

[5] «Volem, statuim e ordenam que si nos o los successors nostres constitutio alguna general o statut fer volrem en Cathalunya, aquella o aquell façam de approbatio e consentiment dels prelats, dels barons, dels cavallers e dels ciutadans de Cathalunya, o, ells appellats, de la major e de la pus sana part

de aquells.» (Constitution des Corts de 1283. *Constitucions*, t. I, liv. I, tit. XIV, § 1.) — Les anciens auteurs disent que les lois étaient *pactionnées*, c'est-à-dire qu'elles résultaient d'un contrat entre le souverain et la nation. (Fossa, *Mémoire pour les avocats*, p. 138, note.)

[6] On veut que les lois aient été *pactionnées* en Catalogne depuis 1283. (Fossa, *loc. cit.*; Oliba, *De actionibus*, lib. III, c. 2, n° 14.) La vérité est que la constitution citée plus haut n'a fait que consacrer un principe déjà en cours : le 20 janvier 1279, le roi de Majorque promet au roi d'Aragon de respecter et faire respecter, en Roussillon, Cerdagne, Conflent et Vallespir, et à Collioure «usaticos, consuetudines et constituciones Barchinone factos et factas et eciam faciendos et faciendas per vos et vestros cum consilio majoris partis baronie Cathalonie, sicut moris est fieri». (B 190, fol. 34 v°.)

affaires et de la politique en Catalogne; le Roi devait compter avec elles, et cette institution a, dans certaines circonstances, tempéré l'absolutisme de la royauté. Mais il faut se garder de gâter par l'exagération les meilleures vérités; or, lorsque l'aphorisme « Quicquid principi placuit legis habet vigorem » est inscrit en toutes lettres dans les *Usages* et dans les *Constitutions de Catalogne*, c'est vraiment aller trop loin que de prétendre qu'il n'a jamais eu de « lettres de naturalisation dans nos pays [1] », et l'illusion est un peu forte de considérer Philippe II et Charles-Quint comme les présidents d'une république démocratique.

[1] Coroleu et Pella, *Las Cortes catalanas*, p. 17.

CHAPITRE XVII.

L'ORDRE SOCIAL.

I.   Insécurité de la société roussillonnaise au moyen âge; justice privée; chartre privée. —
     Guerre privée. — La *ma armada*. — Brigandages : la *mala gent*.
II. Union de la royauté et du clergé contre la noblesse en faveur du peuple. — Réaction
     contre la justice privée : les sauvegardes, les trèves.
III. La paix et la trève de Dieu : le synode de Toulouges. — Ses prescriptions; canons du
     concile provincial de 1065; la paix; la trève de Dieu. — Durée et influence des cons-
     titutions de paix et trève; modifications qu'elles subirent. — Mesures contre l'hérésie.
     L'Inquisition dans la province.
     Conclusion.

I. Nous nous faisons difficilement aujourd'hui une idée de l'insécurité
et des troubles du moyen âge. Habitués à un gouvernement qui étend son
action à tous les membres de la société, nous ne pouvons guère nous
représenter une époque où la justice était souvent impuissante à faire respecter ses arrêts, où les guerres entre particuliers étaient permanentes.
Les pouvoirs judiciaires dans la société féodale étaient à ce point morcelés
que le condamné échappait à son juge avec une facilité déplorable; de là,
pour les personnes lésées, la nécessité de se faire justice elles-mêmes.
Déjà le *Forum judicum* avait réagi contre le droit de justice privée [1]; mais,
avec la féodalité, cet abus reprit le dessus; les *Usages* en proclament le
principe en divers endroits : les articles *Si quis contra alium, Si quis aliquod
malum, Si quis homines* [2] l'admettent lorsque l'auteur du méfait ou son
suzerain refusent réparation; à la vérité, le paysan devait, pour cette
revendication à main armée, réclamer l'aide de son seigneur [3]; mais on

---

[1] V, vi, 1.

[2] *Usatici*, éd. de 1544, fol. cxli, cxl,
cxl v°; Giraud, *op. cit.*, p. 486 et 487; *Constitucions*, t. I, liv. III, tit. XXIV, § 3, 1, 2.

[3] Us. *Rusticus etiam cum acceperit. (Usatici*, éd. de 1544, fol. cxlix v°; dans Giraud,
loc. cit., p. 490; *Constitucions de Cathalunya*,
t. I, liv. IV, tit. XXIX, § 3). — Ce droit de
justice privée résultait parfois d'une convention
expresse : dans l'accord conclu, le 25 juillet

1149, entre le comte de Cerdagne et Guillaume de Castel-Roussillon, au sujet de moulins et de ruisseaux, il est dit que si les gens
de Perpignan ayant des droits sur lesdits
moulins refusent de participer aux frais d'entretien, ceux de Castel-Roussillon pourront
enlever les *nadillas*, c'est-à-dire les patins
assujettissant la meule à l'arbre qui la met
en mouvement, et les garder par devers eux
jusqu'à ce qu'ils soient désintéressés. (B 5.)

peut croire que cette disposition était destinée à le prémunir contre les effets d'une imprudence plutôt qu'à restreindre son droit. A part cette atténuation, la théorie des *Usages* est que l'individu lésé peut, lui-même et sans le concours de l'autorité, poursuivre la réparation du grief non seulement au détriment de l'auteur, mais encore des cautions de ce dernier[1]. Procédure barbare, dira-t-on; sans doute, mais inévitable quand au-dessus des deux parties il ne se trouve pas un pouvoir assez fort pour imposer ses sentences; c'est encore, hélas! ce que l'on a trouvé de mieux pour résoudre les difficultés de peuple à peuple.

On connaît les droits inhumains que les vieilles lois romaines conféraient au créancier sur le débiteur[2]; la coutume catalane reconnaissait au particulier lésé des droits du même genre sur celui de qui il avait à se plaindre. Nous savons que les gens de Perpignan, par exemple, pouvaient non seulement saisir les biens du débiteur parjure, mais encore s'en prendre à sa personne[3].

Ce droit de contrainte par corps, de chartre privée était si bien passé dans les mœurs, qu'on le retrouve, à titre de clause conventionnelle, jusque dans les actes du XVII° siècle[4].

[1] Us. *Si ille qui plivium fecerit.* (*Usatici*, éd. de 1544, fol. CLV v°-CLVI; Giraud, *loc. cit.*, p. 493; *Constitucions de Cathalunya*, t. I, liv. VIII, tit. VII, § 1.) — 1173. Les constitutions de paix et trêve de Fontdaldara en 1173 et de Tortose en 1225 admettent également la poursuite contre les cautions. (*Constitucions*, t. I, liv. X, tit. VIII, § 1, art. 9, et t. III, liv. X, tit. III, § 2, art. 16.) — La coutume de Perpignan va plus loin : elle accorde aux bourgeois la faculté de se faire justice contre les magistrats qui refuseraient de donner suite à leurs réclamations. (*Coutumes de Perpignan*, § 59, dans Massot-Reynier, p. 31.)

[2] Loi des XII Tables, *Ni judicatum facit.*

[3] 15 mai 1170. (*Privilèges et titres*, p. 47.) — Dans le même sens, voir la charte accordée en juin-juillet 1182, à Puycerda (*ibid.*, p. 68), et l'article 9 des paix et trêve de Barbastre, en 1192. (*Constitucions*, t. I, liv. X, tit. VIII, § 2.)

[4] 20 mars 1263. Reconnaissance, par R. de Pompian à l'abbé de Canigou, d'une dette de 62 s. 6 d. barcelonais, remboursables à la Saint-Jean : «alioquin, tercia die post ipsum terminum ad amonicionem vestram erimus in Villafrancha Confluentis sub vestro ostatico». (Série H, fonds de Canigou.) — 19 avril 1277. «Noverint universi quod frater Poncius Mate, prior domus Sancti Nicholai de Aquaviva, sindicus (?) monasterii Sancte Marie Vallis de Bona, moniuit R. de Villarnaldo, filium quondam R. de Villarnaldo, per juramentum ab eodem factum, quod ipse teneret sibi ostaticos et non exiret villam Perpiniani, quousque satisfecisset sibi de quodam debito CLVI solidorum III denariorum bar. coronatorum, quos confessus fuit se debere, cum publico instrumento, fratri A. de Samayso, olim priori dicte domus Sancti Nicholai, predecessori suo.» (Notaires, n° 6, couverture.) — 16 octobre 1283. Engagement pris par divers personnages, notamment Ferrand Perez, chevalier, de payer dans les dix-huit jours une dette de 1250 sous de Barcelone, à P. de Luna, familier du roi de Majorque : «quod nisi fecerimus, nos et quilibet nostrum veniemus intus villam Perpiniani, ibi nomine tuo ostaticum tenere, etc., et ex ipsa villa vel de ejus terminis non exibimus donec sis solutus de toto predicto debito». (*Ibid.*, n° 13, fol. 20 v°.) — 26 juillet 1286. Sommation par Bonette,

On pense bien que ces exécutions ne se faisaient pas sans rencontrer des résistances; la justice royale elle-même devait recourir à la force pour faire respecter ses sentences[1]. De là des luttes, des combats, de véritables guerres, pour lesquelles une réglementation avait été imposée : les hostilités devaient être précédées d'un défi[2].

Le droit de guerre privée a donné lieu, en 1837, à une longue polémique dans le *Publicateur des Pyrénées-Orientales*[3]. Pierre Puiggari prétendait que nobles et roturiers étaient égaux sur ce point; le doyen actuel des érudits roussillonnais, M. Campagne[4], petit-fils de Fossa, établissait une distinction entre les *guerres* des nobles et les *querelles à main armée* (*bandositats* en catalan) des non-nobles. Ces dissertations, où sont accumulés les extraits des commentateurs et les textes d'époques fort distinctes, n'ont guère élucidé la question. P. Puiggari a prouvé cependant que les roturiers avaient un droit de vengeance; mais il s'est trompé quand il n'a vu dans les guerres privées qu'un abus, un fait tout au plus toléré et non reconnu par la loi. Que ces luttes n'aient pas été formellement autorisées par les souverains, c'est possible; qu'elles soient contraires à l'équité, aux principes de l'ordre social, c'est incontestable. Mais en les réglementant, les rois leur ont donné une existence légale. Nous irions loin d'ailleurs si nous retranchions du droit de ces temps-là tout ce qui s'y était introduit par l'usage, pour ne laisser subsister que les lois tirant leur force d'une disposition expresse.

Des textes et des discussions que j'ai vus il me paraît résulter que le droit de saisie extrajudiciaire, *pignoratio*, *penyora*, et le droit de guerre qui en est la conséquence étaient reconnus à toutes les classes de la société;

---

veuve de J. Bernat, d'Elne, à maître A. de Trouillas de se rendre à Palau pour y tenir *ostaticos*, conformément à ses engagements, et ce jusqu'au payement de sa dette de 4o l. 10 s. de Melgueil. (Notaires, n° 16, feuille volante après le fol. 44.) — xvᵉ siècle. Billet d'enchères pour les revenus de la prévôté de Bages à La Tour-Bas-Elne; l'adjudicataire devra, en cas de non-payement, « tenir hostatges... en lo loch dels bayns.» (G 104.) — 1670. Bail à ferme du moulin de la ville à Salses : l'adjudicataire oblige «tots y sengles bens seus a pena de ters y per pacte sa persona ha preso». (C 1851.)

[1] 18 juin et 1ᵉʳ août 1278. Appel du camérier de Canigou au roi de Majorque contre le viguier de Conflent, baylé de Villefranche, qui veut saisir, «pignorare», des vassaux de l'abbaye, accusés d'avoir violé la paix. (Série H, fonds de Canigou.) — 1291. Constitution des Corts de Barcelone enjoignant aux officiers royaux de ne saisir ni les bêtes ni les instruments de labour, en payement des dettes du Roi. (*Constitucions*, t. I, liv. VIII, tit. IX, § 3.)

[2] 17 mars 1235. Constitutions de paix et trève. (*Marca Hispanica, App.*, c. 1429; *Constitucions de Cathalunya*, t. I. liv. X, tit. VIII, § 11, art. 2.) — Confirmé aux Corts de 1291, pour la Catalogne : «Algun cavaller o home de paratge no puxa fer mal a algu sens acuydament.» (*Constitucions*, t. I, liv. VIII, tit. IX, § 1.)

[3] Page 130 et suiv.

[4] M. Campagne est décédé depuis que j'ai écrit ces lignes.

les chevaliers, les soldats comme on les nommait jadis (*milites*), jouissaient plus particulièrement, surtout dans les derniers temps, de ce privilège, qui leur fut peut-être confirmé en 1547[1]; mais les roturiers ne manquaient pas de tirer vengeance des torts qui leur étaient faits, et la *vendetta* florissait dans la province[2].

Les seigneurs recrutaient parmi leurs vassaux et leurs amis des tenants, des *valedors*[3]; dans certaines localités, il était loisible aux habitants de prendre parti individuellement pour les belligérants[4].

Les bourgeois des villes privilégiées jouissaient, eux aussi, avec certaines restrictions, du droit de guerre; leurs *valedors* n'étaient autres que leurs concitoyens. En vertu de cette solidarité dont j'ai déjà parlé, la cause d'un bourgeois devenait la cause de la communauté tout entière; réparation était demandée aux concitoyens de l'offenseur, et, en cas de refus, les hostilités éclataient entre les communes. C'est là ce privilège de main armée, de *ma armada,* que j'ai eu l'occasion de signaler. Considéré dans ses conséquences, il aurait pu être très important à cause de la puissance des villes auxquelles il était concédé; encore faut-il remarquer qu'il était rarement exercé. Bosch[5] cite cinq expéditions de la main armée de Perpignan : en 1312, 1415, 1430, 1519, 1613; Henry en donne une autre

---

[1] Fossa, *Mémoire pour les avocats*, p. 86. — Contre : Puiggari, dans le *Publicateur* de 1837, p. 146. — Voici, au surplus, le texte de 1547 qu'il s'agit d'interpréter; on verra qu'il est très vague : «Placia a Vostra Altesa statuir y ordenar que los militars en Cathalunya no pugan esser forçats fermar entre ells trevas conventionals, remoguts tots abusos. — Mana Sa Altesa que s'guarden los usos y costums militars, remoguts tots abusos, conforme a justitia, y que s' confirmen a part fora de constitutio y capitol de Cort los privilegis, usos, costums y libertats militars.» (*Constitucions,* t. III, liv. II, tit. I, S 2.)

[2] 1503 et 1512. (*Constitucions,* t. I, liv. IX, tit. XIV, S 1 et 3.) — Un effet très fréquent des principes du droit roussillonnais en ces matières fut la *degolla* (voir Ducange, v° *decollare*) : à l'époque visigothique, le propriétaire d'une forêt en défens pouvait, quand il trouvait des porcs sur cette forêt, saisir un gage la première fois et tuer un porc en cas de récidive. (*Forum judicum,* VIII, v, 1 ; voir *ibid.,* VIII, III, 17.) En Roussillon, cet usage persista jusqu'à l'époque moderne : le

mandataire du chapitre d'Elne aux Corts de Monzon, en 1564, reçut mission de réclamer que le droit de *degolla* fût rendu aux particuliers. (G 60.) — Vers 1680, les Andorrans, trouvant un troupeau français sur *la Solane,* dont ils revendiquent la propriété, tuèrent une vache, ce qui provoqua des plaintes très vives; Louis XIV chargea du règlement de cette affaire des grenadiers de la garnison de Montlouis d'abord, et l'intendant de Roussillon ensuite; le 24 août 1687, il abolit le droit de *degolla* sur les pacages d'Andorre. (C 2098.)

[3] 30 avril 1236. Hommage de Pierre de Castell aux Templiers; il promet de leur être «fidelis valitor». (Cartulaire du Temple, fol. 21.) — 1145. Hommage au comte Gaufred de Roussillon. (B 5.)

[4] 6 février 1156. (Charte pour Elne. *Privilèges et titres*, p. 41.) — *Coutumes de Perpignan,* S XLI, dans Massot-Reynier, p. 23.

[5] *Titols de honor*, p. 404. — L'expédition de 1519 est celle d'Espira; la date a été mise à la main par P. Puiggari sur l'exemplaire des *Titols de honor* qui lui appartenait.

du xvııᵉ siècle[1]. Ces deux dernières expéditions furent conduites avec un appareil théâtral et dans des conditions plus dignes d'occuper un vaudevilliste qu'un historien. En fait, ce fameux privilège se réduisit donc presque à rien. En droit, il était soumis à des formalités qui en restreignaient singulièrement la portée : il n'était permis aux bourgeois d'Elne de prendre les armes que si l'évêque n'avait pas pu arranger le différend[2]; de même, les Perpignanais étaient tenus d'attendre les effets de l'intervention du bayle, et leur armée municipale avait pour chefs dans ses expéditions les officiers du Roi : bayle et viguier[3].

Si l'on en croit Fossa, la *main armée* se borne «à requérir les officiers du prince de venger, à main armée, les injures ou torts faits aux habitants de ces localités»; «les dispositions du privilège vulgairement appelé *de main armée* réduisent la concession à un simple recours aux officiers du prince[4]». Fossa, dans l'intérêt de sa thèse, a amoindri ce privilège; il n'en est pas moins vrai que les chartes laissent peu d'initiative aux communes en ces matières.

On a voulu identifier la *main armée* et la commune[5] et voir dans cette prérogative l'un des attributs constitutifs de l'organisation communale; mais la commune et le consulat n'ont rien à faire en ceci. Elne jouissait de la *ma armada* avant d'avoir des consuls; de même Perpignan, en faveur de qui ce privilège militaire avait été octroyé ou plutôt reconnu, dès 1173, par une charte de quelques lignes qui a échappé jusqu'ici à l'attention des historiens[6].

L'affaiblissement de l'autorité royale, l'absence d'un pouvoir fort et respecté, le droit de justice privée, l'humeur batailleuse et brutale de la noblesse, le caractère violent de la population causaient dans le pays des maux incalculables. Sans parler des brigands qui vivaient pour le pillage et par le pillage[7], les barons, qui ne craignaient personne ici-bas, abusaient cruellement de leur puissance[8]. Et quand, en présence de la mort,

---

[1] *Histoire du Roussillon*, t. II, p. 289 et suiv.

[2] *Privilèges et titres*, p. 41.

[3] 23 février 1197. (*Ibid.*, p. 82.)

[4] *Mémoire pour les avocats*, p. 88-89. — C'est à tort que Fossa confond la *main armée*, expédition d'une ville privilégiée qui s'arme pour défendre ses droits, et le *tocsin*, expédition d'une population quelconque convoquée pour arrêter les perturbateurs de la paix.

[5] Voir notamment Henry, *Histoire du Roussillon*, t. II, p. 289.

[6] 14 mai 1173. (Publié par Massot-Reynier, *Les coutumes de Perpignan*, p. 43, et par Alart, *Privilèges et titres*, p. 55-56.)

[7] 1173. «Justa cosa e egual es vista e expedient a la communa utilitat que... la malvada audacia dels ladres e dels robadors sie foragitada.» (*Constitucions de Cathalunya*, t. I, liv. X, tit. VIII, § 1.)

[8] Sur l'état de troubles du pays, voir notamment le discours de Jacques Iᵉʳ aux grands de son royaume pour la conquête de Majorque (*Lo rey en Jacme lo Conqueridor*,

ils se trouvaient sur le point de comparaître devant un juge, quand ils rédigeaient l'expression de leurs dernières volontés, certains d'entre eux ordonnaient des réparations qui donnent une idée désolante de cette société : le comte de Roussillon Guinard, en 1173, restitue par testament[1] deux mille sous aux gens de Pollestres pour les indemniser du méfait dont il s'est rendu coupable à leur égard, à ceux de Céret mille sous, de Villemolaque mille sous, de Domanova autant, de Garrius deux cents sous, de Maureillas cinq cents sous, du Boulou deux cents sous; « à Pierre Mort, banquier, en réparation du dommage que lui a causé un voleur, *je restitue* cent cinquante sous de Melgueil »; « pour la part *que j'ai reçue* du vol commis au préjudice de Pons de Nahuja, je restitue mille sous destinés à l'achat de tuniques neuves pour cent pauvres ».

Le testament de Pons de Vernet, qui eut maille à partir avec l'Inquisition, assigne également des sommes considérables aux victimes de ses exactions ou plutôt de ses brigandages[2]; car c'était un véritable brigand que ce baron qui pénétrait avec effraction dans les granges, enlevait les troupeaux, les vêtements, la chaussure et jusqu'aux enfants, pour lesquels les malheureux parents devaient ensuite fournir une rançon[3].

Par la conduite de ces seigneurs riches et puissants, on peut juger de ce qu'était trop souvent celle des chevaliers obscurs et besogneux[4]. La noblesse de cette époque fut terrible aux faibles et mérita d'être flétrie du nom de *mala gent*[5]. Ce fut la gloire des évêques de prendre en main la

---

p. 79-80), et de Tourtoulon, *Jacme Ier le Conquérant,* passim.

[1] B 5, publié par Henry, *Histoire du Roussillon,* t. 1, p. 504-508.

[2] 26 avril 1211. Il lègue 2,000 sous à ses hommes de Millas, 1,500 sous à ceux de Céret. (Cartulaire du Temple, fol. 16.) — Le 16 juin 1272, il fut délivré quittance de 1,000 sous payés aux habitants de Céret pour le legs de Pons : « ratione injuriarum in quibus eis tenebatur ». (B 51.)

[3] Voir les accusations de l'abbé de Canigou contre Pons de Vernet, dans Henry, *Histoire du Roussillon,* t. I, Preuve III, p. 408.

[4] 4 août 1267. Testament de Guillaume Hugues de Serralongue; il veut que ses injustices soient réparées et lègue, dans ce but, des sommes considérables aux monastères d'Arles, Saint-Genis, Valbone, Saint-André-de-Sorède, Le Monastir, Cuxa, Canigou, etc.,

« pro restitutionibus que illicite habueram ab eisdem »; il reconnaît avoir volé deux bœufs et un porc, fait répandre du vin, brisé un moulin, coupé des arbres, exigé des *questias*, fait prendre un marchand de Narbonne. (B 79.) — Valence, 22 mai 1268. Testament de Jausbert, vicomte de Castelnou; il prescrit de vendre ses seigneuries, à l'exception de Castelnou, « et inde omnes injurie mee et debita mea et parentum meorum restituantur... Recognosco insuper quod habui et recepi indebite ab hominibus meis multa, de quibus volo quod fiat restitutio et emenda; et si per me vel antecessores meos introducte sunt alique consuetudines super eos vel servitutes indebite... » (B 72.)

[5] Alart, *Privilèges et titres,* p. 120, note 1. — Les excès des nobles étaient fréquents à cette époque dans toute l'Europe féodale. (Voir Lecoy de la Marche, *La chaire française au moyen âge,* 2e éd., p. 388-389.)

cause des opprimés contre ces oppresseurs, de la civilisation contre ces barbares, et de la faire triompher.

II. Ils furent puissamment aidés dans l'accomplissement de cette mission par les comtes et les rois d'Aragon. Cette union de la royauté et du clergé contre la noblesse en faveur du peuple, qui paraît à plusieurs être un mythe, est, pour nos contrées, un fait incontestable.

Les vidames n'étaient pas connus en Roussillon et Cerdagne, et si l'histoire en cite quelques-uns, c'est une rare exception [1]. Le rôle de défenseur des églises était dévolu au comte [2], plus tard au Roi. En plein XIIIe siècle, Jacques Ier proclamait qu'il considérait comme une des obligations du souverain de défendre à ses frais les prélats, les clercs, les religieux, leurs hommes et leurs biens [3]. Lorsque les viguiers, qui étaient les représentants du pouvoir royal, entraient en charge, ils s'engageaient avant toute chose à faire justice aux églises, à respecter les privilèges de juridiction des clercs, à défendre ceux-ci contre la noblesse [4]. Aussi peut-on croire que le Roi était, de droit, suzerain de toutes les terres d'églises : « Les villes qui avaient des seigneurs ecclésiastiques, dit Alart, étaient également sous la dépendance du Roi en ce qui concerne la défense militaire [5]. » En retour de cette protection, le souverain et ses officiers jouissaient du droit d'albergue dans les monastères [6].

---

[1] P. Puiggari cite Uzalgar de Castelnou, archidiacre, avoué du chapitre d'Elne, tué dans un combat. (*Publicateur des Pyrénées-Orientales*, 1837, p. 159.)

[2] Voir plus loin ce qui est dit des premières constitutions de paix et trève. — À la suite de ces constitutions se trouve un passage interpolé, qui est l'engagement pris par Gausfred, comte de Roussillon, envers l'évêque Pierre (1113-1129) de se rendre deux fois par an à Elne. (*Constitucions*, t. I, liv. X, tit. VIII, § 7.) — Voir le serment prêté, le 25 mars 1140, par le comte de Barcelone à l'église d'Elne. (*Marca Hispanica*, c. 1287.)

[3] 4 avril 1257. (*Marca Hispanica*, App., c. 1441.)

[4] 1257. (*Constitucions de Cathalunya*, t. I, liv. I, tit. III, § 4.) — La formule du serment des viguiers, arrêtée aux Corts de 1283, est dans le même recueil, t. I, liv. I, tit. XLIII, § 8.

[5] *Privilèges et titres*, p. 52. — Aux

exemples donnés par Alart, j'ajouterai le suivant : le 26 avril 1194, l'abbé de Campredon rétrocède le droit d'établir une forteresse qui lui a été accordé par le roi d'Aragon. (Duc de Roussillon [Pi], *Biographies carlovingiennes*, Preuves, p. 33.)

[6] 6 janvier 1239. Défense de Nunyo Sanche à ses viguiers d'exiger des vassaux des églises plus qu'une albergue modérée. (Analysé dans les *Privilèges et titres*, p. 156.) — 26 mars 1265. Jacques d'Aragon renonce au droit d'albergue dans les monastères du diocèse d'Elne et chez leurs vassaux, sauf les cas suivants : si lui-même arrive dans un monastère; si les viguiers ne peuvent trouver ailleurs le gîte et les vivres qui leur sont nécessaires. (Série H, fonds de Corneilla.) — Le monastère de Canigou eut, à différentes reprises, des difficultés avec les habitants de Vernet, en Conflent, auxquels il prétendait faire supporter les frais des réceptions faites aux princes. (Alart, *Privilèges et titres*, p. 336.)

De tout temps la royauté s'efforça de réagir contre la justice privée et de substituer les actions judiciaires aux saisies et aux représailles extra-judiciaires. J'ai déjà signalé dans le *Forum judicum* des dispositions tendant vers ce but. Plusieurs articles des *Usages* portent la trace d'une préoccupa-tion pareille[1]; l'un d'eux décide que quiconque aura violemment expulsé, avant la sentence du juge, la partie adverse de sa possession perdra le procès[2]. A diverses reprises, il fut ordonné que l'on devait, avant de pour-suivre par la force la réparation d'un méfait, s'adresser aux tribunaux[3], et comme pour donner l'exemple du respect du droit, les officiers royaux eux-mêmes ne devaient pénétrer à main armée sur les terres seigneuriales que dans le cas de déni de justice[4]. Les rois procédèrent aussi par des mesures d'exception, par des concessions particulières : c'est ainsi que Jacques le Conquérant défendit de saisir les vassaux de la Grasse à moins qu'il n'y eût eu au préalable une action régulière restée sans effet, et encore fallait-il s'en prendre exclusivement, pour exercer les représailles, au dé-biteur ou à ses cautions[5]. Il était d'usage que les individus se mettaient à l'abri des saisies en obtenant des lettres de sauvegarde, *guidaticum, guiatge,* soit du souverain[6], soit des bourgeois des villes qu'ils avaient à traverser[7]. Mais ces sauvegardes elles-mêmes avaient des inconvénients, et les impé-trants, les *guiats,* en abusaient parfois[8]. Dans l'intérêt du commerce, pour attirer les négociants aux foires ou pour assurer la prospérité des villes industrielles, il était accordé une sauvegarde générale à tous ceux qui fré-quentaient ces foires, à tous les marchands de passage dans ces villes[9].

[1] De Brocá et Amell, *Instituciones del de-recho civil catalan*, t. I, p. 19.

[2] Us. *Quicumque violenter.* (*Constitucions*, t. I, liv. VIII, tit. I, § 1.)

[3] 24 février 1211. (Charte pour Vil-lefranche-de-Conflent. *Privilèges et titres*, p. 99.)

[4] Voir ci-dessus, p. 273, note 3.

[5] 6 janvier 1254. (*Privilèges et titres*, p. 210.) Confirmé le 1er juin 1279. (B 2, fol. 7 et suiv.)

[6] 31 octobre 1181. La charte d'Alfonse pour les habitants de Puycerda les place sous la sauvegarde du Roi, «sub meo guidatico». (*Privilèges et titres*, p. 66.) — 1217. Protec-tion accordée aux «guidatica, et pennones et omnia regalia». (Constitutions de paix et trève. D'Achery, *Spicilegium*, t. III, p. 587.) — 24 juin 1218. Disposition identique dans une constitution de paix. (*Constitucions de Catha-lunya*, t. III, liv. X, tit. III, § 1, art. 4.) — Le *guiatge, guidaticum*, était le sauf-conduit. Lorsque les Sarrasins évacuèrent Valence, nous dit Jacques Ier, «haviem guiat lo rey de Valencia els sarrains tots aquels qui habitaven en la vila, homens e fembres, e que anaven en nostre guiatge tro a Cuylera et tro a De-nia». (*Lo rey en Jacme lo Conqueridor*, p. 319.)

[7] *Les coutumes de Perpignan*, § 39.

[8] 28 avril 1262. Charte octroyant aux Per-pignanais le droit de résister aux violences des «homines regulares vel seculares qui ha-bent a nobis cartas guidatici vel privilegia». (*Privilèges et titres*, p. 240.)

[9] 24 août 1207. Défense de saisir à Col-lioure qui que ce soit, à moins qu'il ne soit débiteur ou caution. (*Privilèges et titres*, p. 90.) — 21 février 1213. Protection accordée par le roi d'Aragon aux gens qui fréquenteront les foires de Salses. (*Ibid.*, p. 101.) — Bosch cite

LE ROUSSILLON.

Enfin, les hostilités entre particuliers étaient suspendues par des trêves [1], que le Roi avait, semble-t-il, le droit d'imposer aux belligérants [2]. L'usage de ces trêves dura jusqu'aux temps modernes; elles étaient consenties pour une durée habituelle de cent un ans [3]. Toutes ces mesures se rattachaient à un système de lois destinées à assurer l'ordre public et que l'on désignait sous le nom de constitutions de paix et trêve.

III. La première idée de la paix et trêve paraît due au clergé. Les désordres, les brigandages avaient atteint au x⁰ siècle une telle intensité, que les individus n'étaient pas seuls menacés; la société même était en péril. En face de ce déchaînement de violences, le pouvoir royal était désarmé; les barons y trouvaient leur intérêt, et trop souvent ils en étaient les fauteurs et les complices; il ne restait plus d'espoir qu'en l'autorité religieuse. Les évêques intervinrent, et divers conciles, notamment celui de Narbonne en 990, rédigèrent, pour ramener la paix dans cette société malheureuse, des canons qui ne furent pas obéis [4]. C'est à l'évêque d'Elne que revient le mérite d'avoir ajouté à ces prescriptions pour la paix les statuts pour la trêve de Dieu.

Les plus anciens statuts de paix et trêve qui nous soient parvenus furent rédigés à Toulouges près Perpignan, dans un synode diocésain qui fut suivi, longtemps après, d'un concile provincial tenu dans la même localité. Baluze [5] et après lui dom Vaissete [6], croyant voir dans les actes du synode

deux privilèges analogues pour les foires de Perpignan, des 15 janvier 1276 et 29 août 1288. (*Titols de honor*, p. 404.)

[1] 25 mars 1205. Paix jurée entre divers particuliers, devant le Roi et sa cour, à Vich. (B 8.) — Voir plusieurs exemples donnés par P. Puiggari dans le *Publicateur* de 1837, p. 146.

[2] « Videtur mihi quod dominus Rex possit in guerra quæ sit inter aliquos subditos suos dare treugam sive securitatem, non solum semel sed quotiens velit.» (Jacques de Montjuich, sur l'us. *Simili modo. Usatici*, éd. de 1544, fol. 118.) — Voir le texte de 1547 donné ci-dessus, p. 245, note 5; je suis porté à penser que l'ambiguïté de la réponse du prince est cherchée et qu'il n'a voulu ni opposer un refus trop catégorique à la requête de la noblesse, ni se dessaisir d'un droit dont il devait faire, au xvi⁰ siècle encore, un emploi fréquent.

[3] 1ᵉʳ juillet 1564. (G 151.) — 6 octobre 1565. (B 431.) — 3 juin 1621. (B 441.) —

Ces trêves de 101 ans se retrouvent en Bigorre. (De Lagrèze, *Droit dans les Pyrénées*, p. 297.)

[4] Ducange, *verbo treva;* Semichon, *La paix et la trève de Dieu*, p. 8; D. Vaissete *Histoire de Languedoc*, éd. Privat, t. III, p. 303; voir également le Recueil des *Historiens de France*, t. XI, p. 507 et suiv., et Ch. Pfister, *Études sur le règne de Robert le Pieux*, p. 134 et suiv. — Sur l'action du clergé de France en faveur de la paix, voir la *Notice sur Orderic Vital* que M. Delisle a mise en tête du cinquième volume des *Historiæ ecclesiasticæ* de ce chroniqueur. (Éd. de la société de l'Histoire de France, p. LVII à LIX.)

[5] *De concordantia sacerdotii et imperii*, liv. IV, chap. IV, éd. de 1704, p. 432; *Marca Hispanica*, c. 443-444. — Voir aussi le *Gallia christiana*, t. VI, *Ecclesia Helenensis*, à l'article de Bérenger IV.

[6] *Histoire de Languedoc*, éd. Privat, t. IV, note 31, p. 164.

une allusion au concile, intervertirent l'ordre de ces deux assemblées : Baluze plaça la première en date en 1045 ; dom Vaissete, sur la foi de Raoul Glaber et d'Hugues de Flavigny, la fixa à 1041 ; l'un et l'autre datèrent la plus récente de 1047. Pierre Puiggari a repris la question dans le *Publicateur des Pyrénées-Orientales*[1] et l'a résolue avec la lucidité de son esprit éminemment scientifique : le passage des actes du synode où Baluze avait trouvé une allusion aux canons du concile se réfère, en réalité, à des prescriptions dont le texte ne nous est point parvenu, à l'institution primitive de la trêve de Dieu, qu'Alart a cru pouvoir attribuer à l'année 1022[2]. Rien ne permet donc plus de changer la date donnée par le procès-verbal authentique du synode, 1027. Quant au concile, il a été tenu vers 1065[3].

Les règlements de paix et trêve édictés à Toulouges ont un caractère local, diocésain ; ils ne s'étendent qu'à l'évêché d'Elne. Leurs prescriptions eurent d'ailleurs une fortune extraordinaire[4] : « les dispositions du concile

---

[1] Année 1837, p. 81-84.

[2] *Cartulaire roussillonnais*, p. 60, note 1. — Cette note est au bas d'un acte du 29 décembre 1043, dans lequel il est fait mention de la trêve de Dieu ; c'est la donation faite à la cathédrale d'Elne par Arnaud, prêtre, d'une propriété, « propter judicium quod feci de trevua Domini ». — Le passage de Raoul Glaber est au liv. V, chap. 1, § 15, p. 126 de l'édition donnée par M. Prou. On sait que Glaber est très souvent en défaut et qu'il est bon de contrôler ses assertions.

[3] M. Semichon a cru qu'il y avait eu dans le diocèse trois conciles ou synodes pour la paix et trêve : en 1027 (p. 31), en 1041 (p. 51), et en 1059 (p. 96) ; il résulte de ce que j'ai dit que les deux derniers se confondent en un seul, qui fut tenu en 1065 environ. Je ne pense pas qu'il y ait lieu d'adopter, en ce qui concerne la date du concile de Toulouges, les conclusions de M. Pfister, qui, pour être en droit de reporter cette date entre 1050 et 1054, a dû supposer sans autre preuve l'épiscopat d'un Raymond. (*Op. cit.*, p. 174, note 2.)

[4] Voici l'indication de quelques-unes des constitutions de paix et trêve : 1027. (Publié par Marca, *De concordantia sacerdotii et imperii*, liv. IV, tit. XIV, éd. 1704, p. 436 ; *Recueil des historiens des Gaules*, t. XI, p. 514 ; Labbe, *Sacrosancta concilia*, t. IX, c. 1249.) —

1054. Confirmation et extension des statut précédents par le concile provincial de Narbonne. (Labbe, *Sacrosancta concilia*, t. IX, c. 1072 ; Marca, *De concordantia*, p. 437 ; *Recueil des historiens des Gaules*, t. XI, p. 514.) — 1065. Statuts édictés à Toulouges. (Labbe, *op. cit.*, t. IX, c. 1184 ; Marca, *op. cit.*, p. 433 ; *Constitucions de Cathalunya*, t. I, liv. X, tit. VIII, § 7 ; le texte donné dans l'*Histoire de Languedoc*, t. V, c. 442, et dans le *Recueil des historiens des Gaules*, t. XI, p. 510, est un remaniement.) — 1068. Statuts de paix et trêve pour le diocèse de Vich. (*Marca Hispanica*, c. 1139.) — 1068. Procès-verbal de l'établissement de la paix dans le diocèse de Barcelone. (*Ibid.*, c. 1138 ; *Constitucions*, t. I, liv. X, tit. VIII, § 5 ; Giraud, *Histoire du droit français*, t. II, p. 508-509.) — 1118. (*Constitucions*, t. I, liv. X, tit. VIII, § 6. Cette confirmation ne vaut que pour la Cerdagne, qui venait d'échoir au comte de Barcelone.) — 1173. Il y a eu, semble-t-il, cette année un double renouvellement des statuts de paix : l'un pour le Roussillon, que le roi d'Aragon venait d'acquérir, eut lieu à Perpignan ; l'autre, pour toutes les terres dans la domination de l'Aragon, est daté de Fontdaldara. Le premier texte a été publié par Henry (*Histoire du Roussillon*, t. I, Preuve IX, p. 508), d'après un manuscrit du XIIIe siècle qui lui appartenait et qui provenait de Saint-

de Toulouges s'étendirent. . . à presque toute la France [1] ». Dès 1054,
un concile provincial réuni à Narbonne les avait confirmées [2]. Mais partout la paix et trêve conserva son caractère diocésain; les évêques restèrent chargés de la faire respecter et d'en réprimer les infractions.

Le synode de 1027 se contenta de confirmer les statuts de paix et
trêve qui avaient déjà été édictés et qui étaient «non seulement foulés
aux pieds, mais tombés dans l'oubli» : trêve du samedi à l'heure de
none jusqu'au lundi à l'heure de prime; paix aux moines, aux clercs, à
tout homme qui se trouve en compagnie de femmes ou qui se rend à
l'église avec sa famille et qui en revient; paix aux églises et aux maisons
voisines des églises dans un rayon de trente pas.

Les actes du concile de 1065 sont plus étendus. Avant de les analyser,
je dois faire observer, après P. Puiggari, que le texte qui en a été donné
par dom Vaissete n'est pas le texte primitif; il a été remanié à l'usage du
diocèse de Narbonne, ainsi que le prouvent les fêtes qui s'y trouvent énu-
mérées. En second lieu, je me permets de rappeler que la paix doit être
soigneusement distinguée de la trêve de Dieu.

La paix était inspirée par une triple idée : religieuse, philanthropique,
si l'on peut appliquer ce mot aux choses du xiᵉ siècle, et économique. Religieuse, elle prohibait la violation des églises et cimetières qui n'étaient
pas fortifiés et ne servaient pas de refuge aux fauteurs de désordres. Philanthropique, elle prenait sous sa protection les moines, les religieuses,
les veuves, les clercs et les paysans sans armes : désormais il était interdit d'attaquer les paysans et d'exiger d'eux, autrement qu'en justice, la
réparation de leurs méfaits. Ces lois de police, qui dominent toute leur
époque, furent édictées en effet pour la protection des classes inférieures,
tandis que la police et la justice actuelles sont surtout organisées dans

Martin-de-Canigou; le second texte, quelque
peu différent et qui ne contient pas les mêmes
souscriptions, se trouve dans le *Marca Hispanica*, c. 1363, et dans les *Constitucions, loc.
cit.*, § 1.— 1192. (*Constitutions, loc. cit.*, § 2.)
— 1198. (*Marca Hispanica*, c. 1388, et *Constitucions, loc. cit.*, § 3.) — 1200. (*Marca hispanica*, c. 1390, et *Constitucions, loc. cit.*, § 4.)
— 1202. (*Marca Hispanica*, c. 1394, et *Constitucions, loc. cit.*, § 5.)— 1207. (*Marca Hispanica*, c. 1395, et *Constitucions, loc. cit.*, § 6.
Cette constitution, édictée à Puycerda, règle
un point de détail.) — 1214. (*Marca Hispanica*, c. 1402.)— 1214. (*Constitucions, loc.
cit.*, § 11.)— 1217. (D'Achery, *Spicilegium*,

t. III, c. 587. Ces statuts dus à Nunyo
Sanche, étaient applicables au seul diocèse
d'Elne.)— 1218. (*Constitucions*, t. III, liv. X,
tit. III, § 1.) — 1225. (*Ibid.*, § 2; *Marca Hispanica*, c. 1406.)— 1228. (*Marca Hispanica*,
c. 1412; *Constitucions*, t. I, liv. X, tit. X, § 7;
d'Achery, *op. cit.*, t. III, p. 598.) — 1234
(7 février). (*Marca Hispanica*, c. 1425.) —
1235 (17 mars). (*Ibid.*, c. 1428; *Constitucions, loc. cit.*, § viii à x, texte abrégé.) —
1242. (D'Achery, *op. cit.*, t. III, p. 599.
C'est la confirmation pure et simple des statuts de 1228.)

[1] Semichon, *op. cit.*, p. 66.

[2] Voir p. 291, note 4.

l'intérêt des classes supérieures. Économique enfin, la paix établit sous sa sauvegarde le travail de la terre, les laboureurs qui fournissent à la subsistance de la société, leurs fermes, même quand les tenanciers étaient armés [1], leurs troupeaux, leurs bêtes de somme. On y ajouta les moissons, les vêtements des agriculteurs, leurs charrues [2], les oliviers « dont un rameau fut le gage de paix envoyé à l'homme après le déluge [3] », etc.

Quant à la trêve de Dieu, elle s'étendait à toutes les classes de la société; elle avait pour objet de mettre un frein aux luttes des barons : durant un nombre déterminé de jours [4], les guerres privées étaient interdites et les meurtres et embuscades punis de peines beaucoup plus rigoureuses; il était même défendu de travailler aux châteaux pendant l'Avent et le Carême, à moins qu'ils ne fussent commencés depuis quinze jours.

La connaissance de la violation des paix et trêve appartenait à l'évêque et au chapitre, auxquels le comte prêtait le secours de sa puissance. Quiconque était coupable de cette infraction était excommunié et rejeté de la paix et trêve; il était mis au ban de la société religieuse et civile [5].

Telles sont les dispositions des statuts de paix et trêve élaborés par le concile provincial de 1065.

Ces règlements n'eurent pas, comme on l'a cru, une durée éphémère; bien loin de là, ils ont persisté très longtemps et ils ont été insérés dans le recueil des *Constitutions de Catalogne* au nombre des lois restées en vigueur [3]. L'autorité civile les prit à son compte, elle en fit une loi de l'État. On peut dire qu'ils devinrent l'une des lois organiques, fondamentales de la société. Ils furent fréquemment renouvelés, et ce fait, qui a été allégué

[1] C'est à tort que les éditeurs de l'*Histoire de Languedoc* ont modifié comme il suit le texte qu'ils ont donné : « Mansiones vero pagensium vel clericorum arma [non] ferentium. » (Éd. Privat, t. V, c. 443.) Le *non* est de trop; la protection était accordée aux travaux agricoles plus encore qu'aux ouvriers; elle s'imposait d'ailleurs, de même que la protection des moulins (Constitutions de paix de 1217), pour des raisons d'utilité sociale. Les lois visigothiques punissaient les violences faites aux agriculteurs : « De his qui itineranti vel in opere rustico constituto aliquid abstulerint, vel molestiam inferre præsumpserint. » (*Forum judicum*, VIII, 1, 12.)

[2] 1173. (*Constitucions de Cathalunya*, t. I, liv. X, tit. VIII, § 1, art. 5 et 6.)

[3] 1054. (Concile de Narbonne.)

[4] Puiggari en a compté trois cent dix-neuf.

Le nombre a, d'ailleurs, varié dans les statuts de date ultérieure.

[5] T. I, liv. I, tit. IV, § 1, et liv. X, tit. VIII. — Les premiers statuts de paix et trêve du comté de Barcelone prirent place, du moins en partie, dans les Usages. (*Usatici*, éd. de 1544, fol. 137 v° et 138; Giraud, *loc. cit.*, p. 485 et 486.) — Les Usages *Si quis per treugam* et *Omnia malefacta* sanctionnent la trêve. (*Usatici*, éd. de 1544, fol. 130 v° et 138; Giraud, *loc. cit.*, p. 482 et 486; *Constitucions*, t. I, liv. X, tit. VIII, § 3 et 4.) — 21 mars 1212. Quittance d'une somme de 500 sous par Brunissende, de Torreilles; elle donne comme caution Raymond de Castel-Roussillon; l'un et l'autre garantissent le remboursement sur leurs biens, notamment sur les bœufs et vaches de labour, « quos cicimus a tregua domini Regis ». (B 47.)

pour démontrer leur inutilité, me paraît être, au contraire, une preuve irrécusable de l'influence réelle et persistante qu'ils ont exercée. Si on les renouvela, ce fut pour les modifier, pour les adapter aux exigences de la situation, quelquefois afin de leur donner plus de force ou plus d'extension en des circonstances difficiles [1].

La trêve de Dieu proprement dite, qui avait sa raison d'être dans l'excès des troubles du xe et du xie siècle, mais qui ne répondait plus aux besoins de la société du xiiie, perdit peu à peu son importance [2].

La paix seule subsista; au fond, ses dispositions essentielles restèrent; les prélats, les légats continuèrent à intervenir dans la rédaction de ces règlements; mais à mesure que l'autorité civile prit dans ces lois une plus grande place, elles perdirent le caractère touchant qu'elles avaient à l'origine. Dès lors, le Roi fortifia son autorité de l'autorité de ces vieilles lois, qui devinrent entre ses mains une arme au service de sa politique, un coin qu'il enfonça au cœur de la féodalité; on assimila aux violations des paix et trêve les infractions aux sauvegardes délivrées par lui et les offenses à son pouvoir souverain [3]; on étendit le bénéfice de la paix à des hommes comme les Templiers et les Hospitaliers, qui, certes, étaient en mesure de repousser les agressions [4]. Le rôle utilitaire des constitutions de paix prima de plus en plus leur rôle humanitaire : elles s'occupèrent davantage des *bestias aregas* [5], des bêtes de labour, des Juifs et des Sarrasins, qu'elles considéraient comme des valeurs sociales [6]. Par contre, on finit par retirer leur protection aux vassaux des seigneurs [7]; du moins, le Roi promit-il de ne pas intervenir dans les différends entre les barons et leurs hommes; il lui arriva même de stipuler que la paix était faite spécialement pour les

---

[1] 26 avril 1225. Jacques d'Aragon, avant de partir pour la conquête de Majorque, voulant assurer la tranquillité intérieure de son royaume, renouvelle les statuts de paix pour une durée de cinq ans. (*Constitucions*, t. III, liv. X, tit. III, § 2.)

[2] La trêve de Dieu est pourtant prescrite encore dans les statuts de 1228; mais c'est surtout la paix dont l'influence persista.

[3] Constitutions de paix de 1198, 1217, 1218, 1225. — Cf. 22 juillet 1266. Réponse du roi Jacques aux questions du viguier de Roussillon. (B 146, fol. 11 v° et 14; *Marca Hispanica*, c. 1447-1449.)

[4] Constitutions de paix de 1173, 1217.

[5] Constitutions de paix de 1173, 1192, 1200, 1202, etc.

[6] Constitutions de paix de 1218.

[7] Constitutions de 1198, 1200, 1202. La paix de 1200 est particulièrement explicite : «Ne los masos dels vilans, sino que sien eu alous de cavallers... algu destruesca.» (Art. 6.) — Voir dans le même sens l'article 17 de la constitution de paix de 1214 : «Los homens empero de alous de cavallers e de castells en losquals lo Rey no ha sino la potestat tant solament en neguna manera sots aquesta pau sien rebuts sino que lurs senyors los hajan requests per letras patents e per alphabet divisidas.» — Cependant le roi Jacques prenait, le 22 juillet 1266, dans ses réponses citées plus haut (voir note 3), une décision contraire.

terres royales et ecclésiastiques. Les incendies furent alors l'objet d'interdictions particulièrement rigoureuses [1], parce qu'ils constituaient pour la société une perte, tandis que le vol et la saisie n'anéantissaient pas le bien qui en faisait l'objet.

Les chemins et les voyageurs étaient sous la sauvegarde des constitutions de paix [2], parce que de leur sécurité dépendait la prospérité commerciale du pays. Cette disposition fut d'autant plus volontiers adoptée par la royauté qu'elle répondait aux théories en vertu desquelles elle revendiquait, sinon la propriété des chemins, du moins un droit de police et la connaissance des délits commis sur les routes [3], même dans leur parcours à travers les seigneuries [4].

Sous l'empire des constitutions de paix telles que les avait faites la royauté, la connaissance des infractions à ces lois appartenait aux officiers royaux [5]. A la vérité, on songea un moment à faire intervenir les intéressés, à faire élire par le peuple des paciers, *pahers*, chargés de maintenir l'ordre [6]. Cette institution, empruntée aux pays de droit français, semble avoir été éphémère; elle était cependant la conséquence assez logique de l'idée qu'on se faisait alors de la paix [7] : on la considérait comme une association [8], à laquelle on n'était pas libre de refuser son adhésion, comme une ligue dont on était tenu de faire partie sous peine d'être au ban de la société.

Être exclu de la paix équivalait à être mis hors la loi; les viguiers du Roi, les communautés poursuivaient le banni, lui couraient sus [9]. La no-

[1] Constitutions de paix de 1192, 1198, 1200, 1202, etc.

[2] Constitutions de paix de 1173, 1192, 1218, etc.

[3] Art. *Camini et stratæ*. (*Usatici*, éd. de 1544, fol. 115 v°; Giraud, *loc. cit.*, p. 476; *Constitucions*, t. I, liv. IV, tit. XXII, § 2.)

[4] Guillaume de Vallseca, *Usatici*, éd. de 1544, fol. 116. — On en vint à introduire dans les constitutions de paix un article interdisant d'acquérir des censives sans l'assentiment du seigneur foncier. (Constitutions de 1198 et de 1214.) — Les instructions adressées au viguier de Roussillon en 1266 (voir p. 294, note 3) nous apprennent même que le créancier pouvait, dans certains cas, poursuivre le payement de sa créance *per formam pacis*.

[5] Voir le même document. — La connaissance des violations de paix et trève était

l'un des cas royaux que le souverain se réservait quand il inféodait la haute justice. (Voir ci-dessus, p. 273.)

[6] Les constitutions de paix de 1207 et de 1214 mentionnent les *pahers*.

[7] Semichon, *La paix et trève de Dieu*, p. 19.

[8] Constitutions de paix de 1200, 1214 et 1217.

[9] 1216, art. 12. «Lo bisbe excommunic aquell, e apres lo veguer e los paers de la ciutat ab tota la pau, segons que a ells sera vist, contra aquell malfaytor insurgescan.» — Paix de 1234, art. 21. «Per nos et vicarios nostros et homines et per communias distringantur.» — A rapprocher des textes publiés par M. Delisle dans sa *Notice sur Orderic Vital*, dans la préface du tome V des *Historiæ ecclesiasticæ*. (Éd. de la société de l'histoire de France, p. 58-59.) — Je n'ai

tification de cette exclusion constituait un véritable défi; on se tenait dès lors pour prévenu, *acuydat* [1].

Les désordres et les maux incalculables causés par les Albigeois et autres sectes avaient amené la papauté [2] et les souverains de l'Europe occidentale à prendre contre les hérétiques des mesures sévères; on les assimila aux perturbateurs de la paix publique. Une telle proscription ne fut pas l'effet de cette haine féroce contre le mécréant que l'on prête aux princes de ces temps; elle était dictée par une considération qu'un écrivain a fort heureusement résumée en disant que «l'hérésie était alors un crime social autant que religieux [3]». Un collaborateur de la *Revue des études juives* s'est très vivement indigné contre les inquisiteurs de nos pays, qui «portaient l'épouvante dans la ville de Perpignan» et qui avaient acquis, dès la fin du xıvᵉ siècle, «une puissance formidable dans les comtés» de Roussillon et de Cerdagne. Il est regrettable que cet écrivain n'ait pas fourni la preuve d'un fait historique qui en valait pourtant la peine; j'avoue, pour ma part, n'avoir trouvé trace ni de cette puissance formidable des bourreaux ni de cette épouvante des peuples.

Le rôle historique de l'Inquisition peut être envisagé de deux façons et donner lieu à une double question. Première question : l'Inquisition est-elle une institution essentiellement bonne ou mauvaise et est-il nécessaire ou impossible que son action ait été bienfaisante? Cette question, ainsi posée, échappe à l'historien; elle sort du cadre de mon travail et je ne retiendrai que la seconde : quelle a été, dans la réalité des faits, la mission de l'Inquisition, telle qu'elle nous est révélée par les documents?

On ne connaît que trois ou quatre sentences prononcées par le Saint-Office en Roussillon au xıııᵉ siècle [4] : l'une contre Bernard G. de

pas trouvé la preuve d'une influence exercée, dans nos pays, par les lois de paix et trêve sur le régime communal.

[1] Statuts de paix de 1207. — Les gens qui donnaient asile aux bannis, «receptores bannitorum», étaient exclus de la paix.

[2] Voir notamment le concile de Latran de 1215, canon 3, et la lettre écrite en 1265 par Clément IV à Jacques d'Aragon. (Diago, *Anales del reino de Valencia*, fol. 374 vᵒ.)

[3] De Tourtoulon, *Jacme Iᵉʳ*, t. II, p. 160.

[4] L'Inquisition existait-elle en Roussillon au xıııᵉ siècle? Les historiens de la province ne s'entendent pas sur ce point; l'écrivain qui a, en dernier lieu, examiné la question le prend de haut avec ses prédécesseurs; il se prononce pour l'affirmative et cite, après Alart, un mandement de 1260 adressé à des «commissaires du Saint-Siège dans les États du roi d'Aragon». La seule suscription de cette pièce prouve qu'il n'y avait pas, en 1260, de tribunal d'Inquisition à Perpignan et que le Roussillon était du ressort des Inquisiteurs d'Aragon. — 30 mars 1243. (Voir p. 297, note 3.) — Un document de 1261 cité p. 297, note 8, indiquerait que le viguier était, à cette date, inquisiteur; malheureusement ce passage de l'acte est rongé et, bien que ma restitution soit très probablement fidèle, je n'ose pas la donner comme certaine. Cet acte serait bien une preuve de la mission, avant tout sociale, de l'Inquisition dans nos pays.

Claira [1], qui paraît être un baron ayant juré la paix et trêve de 1238 [2]; la seconde contre A. de Mudahons [3], encore un personnage dont le nom figure parmi les souscriptions des statuts de paix de 1217 et dont le cadavre fut exhumé de la terre sainte [4]; la troisième contre Pons de Vernet, qui fût brûlé quarante ans après sa mort [5] et dont les biens, confisqués au profit du Roi [6], durent être rachetés par les enfants du condamné [7]; la quatrième contre un seigneur dont j'ignore le nom [8].

[1] 17 décembre 1241. « Item mando quod totum illud quod teneo et emparavi uxori Bernardi Guillelmi de Clairano, qui fuit condemnatus pro heretico sit in arbitrio ecclesie et si injuste emparavi reddatur sibi cum fructibus quos inde percepi. » (Testament de Nunyo Sanche. B 9.)

[2] « G. de Clairano. » (D'Achery, Spicilegium, t. III, p. 600.)

[3] De Tourtoulon, op. cit., t. II, p. 370, note. — Voici le texte de la condamnation; je le dois à l'obligeance de M. H. Courteault, élève de l'École des chartes : « In nomine Patris et Filii et Spiritus Sancti, amen. Notum sit universis et singulis presentem paginam inspecturis quod cum ego, frater Ferrarius, ordine Predicatorum, judex delegatus auctoritate apostolica ad faciendam inquisicionem heretice pravitatis in tota provincia Narbonensi et Albiensi et Rutinensi et Mimatensi et Aniciensi diocesi, facerem inquisitionem in diocesi Elnensi contra infectos tabe criminis memorati, inveni A. de Mutacionibus publice de heresi diffamatum ipsumque, dum viveret hereticos pluries adorasse, dicendo benedicite ter flexis genibus ante ipsos, eisdem nichilominus rogando ut Deum pro ipso precatore orarent, et eciam ab eisdem hereticis pacis osculum pluries accepisse et precium equi sui in fine vite sue eisdem pro elemosina reliquisse. Ego igitur, frater Ferrarius, inquisitor predictus, citatis legitime et venientibus coram me ejus heredibus nec habentibus seu proponentibus coram me aliquas defensiones legitimas pro eodem A. de Mutacionibus, visis et diligenter inspectis atestacionibus per quas probata extiterant omnia supra dicta, requisito et habito specialiter consilio venerabilium patrum P., Dei gratia Narbonensis archiepiscopi, et B., eadem gratia Elnensis episcopi, et plurium aliorum episco-porum et aliorum plurium sapientum et jurisperitorum, asiderentibus (?) mihi nichilominus domino episcopo Elnensi memorato et fratre Poncio, priore provinciali fratrum Predicatorum provincie, cum liquide appareat predictum A. de Mutacionibus credentem hereticorum extitisse et hereticos pluries adorase (sic) et ab ipsis pacis osculum accepisse, ipsum A. de Mutacionibus predictum per diffinitivam sentenciam esse hereticum judico et ejus corpus sive ossa a sancto ciminterio decerno exhumenda. Lata fuit hec sententia apud Perpinianum, in domo Fratrum Minorum, III kalendas aprilis, in presentia et testimonio fratris Bertrandi et fratris P. de Sancta Maria, ordinis Predicatorum, et B. Laurencii, G. de Serra, canonicorum Perpiniani, et G., presbiteri hospitalis pauperum, ... et plurium aliorum, anno Domini MCCXL tercio. Scripta fuit hec sententia per manum Elbermoni scribe, et dictis heredibus citatis et nolentibus comparere ad sentenciam audiendam. » Au dos : « Quedam sentencia data per inquisitorem hereticorum contra A. de Mutacionibus. » (Arch. d'Aragon, parchemins de Jacques Ier, n° 910.)

[4] D'Achery, op. cit., t. III, p. 588.

[5] Le premier exemple connu d'autodafé en Catalogne est de 1263. (Bofarull, Historia de Catalunya, t. III, p. 307, note.)

[6] Sur les confiscations des biens d'hérétiques, voir Raymond de Penyafort, Summa, liv. I, p. 39; cet auteur attribue à l'église les biens des clercs et ceux des laïques soumis à la juridiction temporelle de l'église, au prince les biens des autres laïques.

[7] Alart, Privilèges et titres, p. 232.

[8] 1261. « Quod ego domina Raymunda de Caneto scio me emisse a R. de Pompiano, vicario Rossilionis pro domino rege [Aragonie inquisi]tore heretice pravitatis II millia solidorum melguriensium quos domina Blanca de

De ces sentences il n'en est qu'une sur laquelle l'histoire soit en mesure d'exercer son droit d'appel suprême; de ces condamnés, un seul nous
est connu : c'est ce Pons de Vernet dont j'ai eu à signaler le banditisme.
Les autres appartenaient, c'est tout ce que nous en savons, à cette *mala
gent,* à cette classe de barons querelleurs et pillards qui devaient chercher
dans les guerres de religion moins le triomphe d'une idée qu'une occasion
de troubles et un prétexte aux brigandages. Si, par Pons de Vernet, nous
jugeons de ce que fut le reste des novateurs, il faut convenir que, dans
le conflit où ils succombèrent, les hérétiques ne représentaient pas le progrès et la civilisation; il faut reconnaître que la justice et le bon droit
étaient pour l'Église contre l'hétérodoxie, pour l'Inquisition contre ses prétendues victimes.

Cette conclusion est-elle admissible? Les documents autorisent-ils à
penser que, dans le Roussillon du xiiiᵉ siècle, car je tiens à faire observer
que je m'occupe de cette seule province et de cette seule époque, le Saint-
Office protégea l'ordre social contre les entreprises et les violences des
perturbateurs? Peut-être; peut-être aussi est-il plus prudent de réserver
son opinion, après avoir constaté que nous avons sur l'œuvre du Saint-
Office bien peu de renseignements.

Mais tant qu'on n'aura pas produit de nouvelles pièces et fourni de
nouvelles preuves, on ne sera pas fondé à dire que le rôle de l'Inquisition roussillonnaise fut d'opprimer les consciences et de dominer par la
terreur.

Les hérétiques trouvaient d'ailleurs dans la législation du temps de
réelles garanties contre l'arbitraire et l'emportement : les *Usages* défen-
daient aux vicomtes et barons inférieurs de les châtier [1]. Lorsque Pierre
d'Aragon prit contre eux des mesures de rigueur, il leur laissa un délai
pour sortir de son royaume; c'est après l'expiration de ce délai que les
viguiers devaient les rechercher et les livrer aux flammes [2]. Le même

---

Caramain habebat et habere debebat super
decima de Baixanis que tenebatur a G. de
Caneto, filio meo, in feudo et hanc venditionem... Pompiano, nomine domini Regis
predicti, precio ɒ c solidorum melguriensium.» (Notaires, n° 1, fol. 19.) Ce revenu
de 2,000 sous appartenait à Blanche « titulo
obligacionis dotis sue»; Raymonde de Canet
prétendait que cette obligation ne valait pas,
n'ayant pas été approuvée par le seigneur. Il
est permis de croire que la dîme avait été
saisie au détriment du mari de Blanche de

Caramany. — Alart donne encore comme
possibles deux condamnations pour crime
d'hérésie : l'une prononcée contre un baron
inconnu, l'autre contre Ot, seigneur de Peyrestortes. (*Privilèges et titres,* p. 233 et 278,
note 2.)

[1] Us. *Ex magnatibus vero.* (*Usatici,* éd.
1544, fol. 135 v°; Giraud, *loc. cit.,* p. 484-
485; *Constitucions,* t. I, liv. X, tit. I,
§ 5.) — Voir aussi Raymond de Penyafort,
op. cit., liv. I, p. 32-33.

[2] 1197. (*Marca Hispanica,* c. 1384.)

prince fit preuve, dans sa constitution sur les excommuniés, d'une égale prudence : l'excommunié était frappé, au bout d'un mois, d'une amende de 100 sous; après huit mois, de 100 sous encore; après une année, de 300 sous; alors seulement il était rejeté de la paix et trêve [1].

[1] 21 mars 1211. (*Marca Hispanica*, c. 1397.)

CONCLUSION.

Le moment serait venu de porter un jugement sur la condition des populations rurales du Roussillon au moyen âge, s'il n'était pas plus prudent de laisser au lecteur le soin de dégager cette conclusion des pages qui précèdent. Est-il possible d'ailleurs de formuler une appréciation qui s'applique avec exactitude à toutes les époques, du ixe au xve siècle? Assurément non. La situation économique et juridique d'un peuple est soumise à une incessante transformation; pour cette branche de l'étude du passé, il est particulièrement vrai de dire que « l'histoire est proprement la science du devenir [1] ». En ce qui concerne le droit notamment, les théories qui ont eu cours en Roussillon se sont constamment modifiées sous l'action des faits; si l'on ajoute que, jusqu'à la Révolution, ces théories n'ont pas réussi à prévaloir contre un certain nombre de titres et de droits acquis, on est fondé à croire, ce dont les magistrats ne se souviendront jamais trop, qu'une généralisation en ces matières est toujours périlleuse.

Il ne paraît pas qu'il existe entre les institutions féodales du Roussillon et les institutions féodales de la France des disparités essentielles; malgré la diversité des termes au moyen desquels on les désigne, au fond et dans l'ensemble, les unes ne se distinguent guère des autres que par le degré de rigueur et de développement. Il est vrai qu'en fait cette différence ne laisse pas d'être importante : elle entraîne au profit du Roussillon un avantage très marqué. Le moyen âge n'a pas mérité dans la province la sombre réputation qui lui est faite : les impôts publics n'atteignaient pas une valeur appréciable; les redevances foncières, qui disparaissaient d'ailleurs graduellement, représentaient le prix très modéré de la location du sol. La terre, cultivée par des tenanciers, était répartie entre un grand nombre de quasi-propriétaires, remplacés aujourd'hui presque partout par des mercenaires ou des grangers, et à ce point de vue l'organisation

---

[1] Fustel de Coulanges, *Le bénéfice et le patronat*, Introduction, p. xv.

de la propriété rurale assurait aux ouvriers agricoles la stabilité et la dignité. De son côté, la constitution politique faisait la part bien moins large qu'on ne le pense au despotisme et à l'arbitraire, et ce n'est pas sans étonnement que l'on trouve dans les lois du xiiie siècle des principes de garantie, comme la responsabilité civile des magistrats[1] et des fonctionnaires[2].

Les faits ne s'accordaient pas toujours avec les dispositions législatives, cela n'est que trop vrai; les guerres privées et les pillages causaient des désastres fréquents. Mais lorsque le pouvoir royal eut comprimé la turbulence de la noblesse et refréné ses brigandages, la société devenue paisible put s'occuper de mettre en valeur les ressources naturelles du pays. Les xiiie et xive siècles surtout amenèrent en Roussillon un remarquable accroissement de la production agricole et industrielle et des transactions commerciales.

A tout prendre, cette période féodale fut autrement bienfaisante à la contrée que la période royale qui suivit.

Il faudrait se garder pourtant d'exagération, et l'on ne peut guère rapprocher l'état ancien du Roussillon, même aux époques où il fut le plus prospère, de sa situation actuelle. Les progrès de la science, les changements survenus dans l'économie du monde mettent notre siècle hors de comparaison. On rencontre encore, il est vrai, dans les Pyrénées-Orientales, quelques villages restés en dehors du mouvement et dont la condition de fait est restée ce qu'elle était il y a six siècles; j'ai vu, non sans un serrement de cœur, des hameaux, perdus dans quelque repli des hautes montagnes du Conflent et du Capcir, aux habitants desquels la société ne semble guère songer que pour leur enlever leur argent par l'impôt, leurs fils par la conscription; mais ce sont là des exceptions de plus en plus rares et, d'une façon générale, la richesse publique a atteint dans le département, au cours de ce siècle, un développement inespéré.

Est-ce à dire que le bonheur ait suivi la même progression? On ne saurait trop le répéter, le bonheur ne résulte pas seulement des commodités de la vie matérielle, mais aussi de causes subjectives et morales. Deux convives assis à la même table ne sont pas également satisfaits. Que les mets soient aujourd'hui plus abondants et plus délicats, rien n'est moins douteux; mais l'appétit et les exigences des convives, l'ambition et le besoin de jouir ont augmenté à tel point, qu'il est permis de se de-

[1] Voir ci-dessus, p. 238 et p. 283, note 1.
[2] Voir p. 275, note 2.

mander s'il n'y a pas compensation et si même l'existence paisible des Roussillonnais d'autrefois n'était pas préférable. Espérons du moins que dans la crise dont elles souffrent présentement les populations de la contrée puiseront un enseignement : elles apprendront à mieux apprécier le bien-être et, Dieu aidant, le Roussillon redeviendra le pays des plaines joyeuses et des montagnes en fête,

Montanyes regalades.

TABLE ALPHABÉTIQUE
DES MATIÈRES.

Acapte, 123, 168.
Acapte *ad panem et ad vinum*, 126.
Accession, 88.
Adempriu, 184, 248.
Adultère, xxxi, 189, 206.
Affocatus, 185.
Agermanament, 207 (n. 3).
Agrier, 142, 146.
Ajgulla, 2 (n. 1).
Albergue, 159.
Alcayd, 232.
Aljama, 75.
Alleu, 107.
Amortissement, 134 (n. 5).
Amostis (Cum), 58.
Andorre, viii, 103 (n. 1), 120 (n. 7), 226
  (n. 1), 228 (n. 5), 239 (n. 4), 233 (n. 1),
  238, 239, 244, 250 (n. 3), 258, 264,
  265, 274.
Aprisions, 8, 99, 104.
Aren, 80 (n. 2).
Arsia, 190, 195.
Aspres, 5.
Auvents, 43.
Aver, 81.
Ayminate, 58.

Bail, 116.
Bains, 34.
Bajulia, 122, 235.
Bajulivum, balliu, 148 (n. 7), 153, 235.
Banqueroutiers, 79 (n. 2).
Barata, 78.
Batezo, 156.
Battage, 22.
Bayles, 198, 220, 221, 232.
Bénéfices, 107, 119, 128.
Bigamie, 205.
Borde, 28, 29.

Botatge, 154.
Bourgeois, 201.
Bovatge, 276.
Brassatge, 154.

Cabane, 28.
Call, 75.
Calm, 247.
Capbreu, 127, 179.
Carta de gracia, 67.
Casa, 199 (n. 3).
Casalatge, 155.
Castrum, 38, 39 (n. 4), 224.
Cautions, xxxi, 93, 182.
Cavalatge, 155.
Cavalcada, 269.
Cavalleria, 199 (n. 3).
Cellera, 35, 38.
Cens, 148.
Censal, 69.
Censal mort, 69 (n. 5).
Censive, 120.
Champart, 142.
Chasse, 253 (n. 1).
Châtaigniers, 21.
Châteaux, 39.
Châtelains, 221, 232.
Chemins, 85.
Cheptel, 118, 252.
Chevaliers, 200.
Cises, 278.
Civata, 155.
Collectura, 155.
Commise, 140.
Communautés, 215, 242.
Commune, 217, 257.
Composition, xix, 228.
Constitut (Clause de), 116.
Constitutions de Catalogne, ix.

Corts, 278.
Corvée, 163.
Cossura, 155.
Cours d'eau, 86.
Coutumes de Perpignan, xiv, xl.
Croat, 62.
Cugucia, 189, 194, 206.
Cursura, 155.

Défrichements, 7.
Déguerpissement, 126.
Desséchement, 1.
Desvet, 231.
Devesa, 253.
Dîme, 88, 255.
Directe, 89, 108.
Doblenque (Monnaie), 61.
Domaine public, 82, 85 (n. 4), 90, 103, 229.
Domenjadura, 109.
Dominium, 109.
Draperies, 21, 25, 33.
Dret de lluir y quitar, 67 (n. 4).
Dret de sinch sous, 67 (n. 4).
Droit du seigneur, 191.

Églises, 242, 255.
Eleemosyna, 95.
Élevage, 25.
Emparament, 140.
Empenyorament, 67, 70.
Emphytéose, 121, 123.
Escaucelare, 23.
Esclavage, 203.
Espigolatge, 156.
Exita, 135.
Exorquia, xliii, 189, 194.
Expropriation, 88 (n. 3).

Famille, 205.
Fatiga, 132, 133 (n. 3), 273.
Fenoria, 157.
Ferma, 133, 190.
Ferma de spoli forsada, 190.
Fermar dret, xix, 227.
Fief, 119.
Fief honoré, 120 (n. 7).
Forcia, 184.
Forêts, 14.
Foriscapi, 134, 172 (n. 3).
Formariage, 187.
Fortification des villages, 34, 256.

Forum judicum, xx.
Franc alleu, 107, 110.
Francheda, 107.
Froment, 18.
Fumiers, 24.
Gage, 67, 70, 282.
Guardia, 122 (n. 5), 153.
Guerre privée, 244, 284.
Guiatge, 289.

Hommage, 178, 181.
Honor, 80.
Hôpitaux, 255.
Horta, 20.
Host, 269.
Hypothèque, 68, 97.

Indivisibilité des tenures, 137.
Inquisition, 296,
Intestia, xliii, 131, 189, 194.
Intrada, 181.
Irrigation, 5, 230.

Jachères, 22.
Jardins, 20.
Jova, 165.
Juifs, 73, 74, 197.
Justice, 226, 236, 272.

Lacération des titres, 91 (n. 2).
Laudimium, 132 (n. 3), 133.
Lenguatge, 157.
Leudes, 276.
Location, 116.
Lods et vente, 93, 98, 133.
Lugerium, 118.
Luysme, 133.

Mafage, 157.
Magencare, 23.
Main armée, 245, 285.
Manse, 28, 137, 225.
Manuel, xi (n. 3).
Mariage, 206.
Mauvais usages, 194.
Menjar, 159.
Mensuraticum, 157.
Mesures, 57, 231.
Métayage, 118, 142, 151.
Meubles, 82.
Miges (Ad), 122, 144.
Mil, 18.

Milicia, 199 (n. 3).
Mines, 84 (n. 4).
Moines, 10, 73, 171.
Monallata, 58 (n. 1).
Monedatge, 277.
Monnaies et leur valeur, 44, 51, 57, 61, 63.
Moulins, 23, 230.
Mûriers, 21.
Mustum, 157.
Musulmans, xxiii, 7, 34, 102.

Noblesse, 198.
Nom, 209.
Notule, xi (n. 3).

Orge, 17.
Oliviers, 21.

Pages, 203.
Pagesia, 123.
Pahers, 295.
Paix et trêve, 290.
Parceria, 119 (n. 5).
Parcours, 84, 247.
Paria, 184.
Pascharium, 159.
Pasquiers, 84, 88, 250.
Penyora, 67, 70, 282.
Pernada, 28, 29 (n. 4).
Pigeons, 27.
Population (Chiffre de la), 11.
Postat, 272.
Poulets, 27.
Prairies, 19.
Précaire, 92, 116.
Prescription, 88.
Prêt à intérêt, 66, 74, 78.
Princeps namque, 270.
Prohomens, 258.
Propri et soliu, 174.
Propriétés collectives, 245.
Proprium vomerem (*Ad*), 110.

Quatern (Monnaie), 61.
Questia, 183, 278.
Quintá, 28, 29 (n. 4).

Recommandation, 106.
Redelme, 236.

Regatiu, 5.
Remensa, 185, 195.
Rente constituée, 69.
Retorn, 93.
Retrait, 132, 214.
Retrodecima, 236.
Revesejat, 105 (n. 4).
Riz, 18.

Sagio, saig, sajonia, 239.
Sauvegarde, 289.
Seigle, 17.
Seigneuries, 217.
Serfs, 204.
Silos, 33.
Sitja, 33.
Sobreposats de l'orta, 263.
Solagium, 143.
Sometent, 270.
Sonus emissus, 270.
Spoli forsat, 190, 207.
Stabilíre, 122.
Statica, 185.
Stratæ (Loi), 86, 248.
Succession, 212.

Terç (Clause de), 97 (n. 1).
Tera (Monnaie), 61.
Tolta, 184.
Tournes, 58.
Trêve de Dieu, 290.
Trêves, 290.
Tragi, 164.
Trassa, 164.
Tudor, 247 (n. 1).

Usages, 152.
Usages de Barcelone, xxvi.

Vaine pâture, 84, 246.
Vente, 90.
Vente à réméré, 67.
Vernella, 157.
Vesinat, 247.
Viafora, 270.
Vigne, 19, 21, 23.
Viguier, 222, 274.
Vinyogolia, 157.
Violari, 69 (n. 5), 115.
Voalar, 253.

TABLE DES MATIÈRES.

Pages.

PRÉFACE.. VII

INTRODUCTION. — PREMIÈRE PARTIE. BIBLIOGRAPHIE.

I.   Les textes législatifs : les Constitutions de Catalogne........................ IX
II. Les chartes : les registres de notaires et les actes détachés. — Les recueils : *Marca Hispanica*. — *Histoire de Languedoc*. — *Privilèges et titres de Roussillon et de Cerdagne*. — Bernard Alart et son œuvre................................ X
III. Les auteurs : Fossa. — André Bosch. — Xaupi. — Massot-Reynier. — Henry et de Gazanyola. — P. Tastu. — M. de Tourtoulon. — MM. Guil. de Brocá et J. Amell. — Les commentateurs anciens.. XIII

INTRODUCTION. — DEUXIÈME PARTIE. LES SOURCES DU DROIT ROUSSILLONNAIS.

I.   Impossibilité de déterminer l'origine de chaque usage. — Analogies de toutes les civilisations... XVIII
II.   Droit visigothique : erreur des historiens locaux sur l'importance de son action. — Peu de consistance de la civilisation visigothique : opinion de Guizot et de M. E. de Rozière. — *Forum judicum* considéré au moyen âge surtout comme un code de procédure; rareté des chartes où ce recueil est visé. — Dualité de la législation : la loi officiellement reconnue mais abandonnée en fait; la coutume non reconnue mais pratiquée.. XX
III. Droit franc : la part qui lui fut faite dans la réorganisation de la société. — L'élément français dans la nationalité catalane............................... XXIII
IV.   Droit romain du VIIe au IXe siècle. — Droit romain depuis le IXe siècle. — Son action sur les lois roussillonnaises..................................... XXVI
V.   Droit canonique.. XXX
VI.   Combinaison de ces éléments : constitution des coutumes locales. — Leur prééminence. — Tentative de proscription des droits romain et canonique........... XXX
VII. Les *Usages* de Barcelone : leur date. — Leur objet et leurs sources : les *Usages* et le *Petrus*. — Les visées législatives des comtes de Barcelone. — Bibliographie des *Usages*.. XXXV
VIII. Coutume de Perpignan : sa date et son objet. — Sa prétendue origine romaine. — Réfutation de cette théorie. — A quoi se réduit l'influence romaine sur la coutume de Perpignan. — Cause probable de cette influence................... XL

CHAPITRE PREMIER. — LA MISE EN CULTURE.

I. Desséchement : état marécageux de l'ancien Roussillon. — Preuves historiques. —
Le colmatage naturel. — Le desséchement ; exemples. — L'œuvre des Templiers.   1

II. Irrigation : quelques canaux anciens. — Importance de l'irrigation en Roussillon au
moyen âge..   5

III. Défrichement : les ruines laissées par les Sarrasins; les ravages causés par leurs armées
et par les Francs. — Le Roussillon redevenu désert ; les aprisions. — État relativement favorisé de la montagne. — La mise en culture du pays; les moines.
— L'étendue des friches a-t-elle diminué depuis 1,000 ans? Opinion négative,
basée sur le chiffre de la population. — Réfutation de cet argument. — Preuve
directe : les concessions de garigues. — Autre preuve directe : les forêts disparues.   7

CHAPITRE II. — LA CULTURE.

I. Productions : causes des changements survenus dans l'exploitation; variété autrefois
plus grande des cultures. — Le seigle; l'orge; le mil; le froment; l'avoine. —
La vigne : la viticulture en Cerdagne; les treilles. — Les jardins et les arbres : les
oliviers, châtaigniers, amandiers et mûriers. — Plantes tinctoriales............   16

II. Procédés : labour, dépiquage, mouture. — Travail de la vigne et vinification. —
Enclos. — Fumure..   22

III. Élevage : bêtes à laine. — Chevaux, ânes et mulets. — Espèces bovine, caprine et
porcine. — Volatiles : oies, poulets et pigeons..............................   25

CHAPITRE III. — LA FERME ET LE VILLAGE.

I. Le domaine : division de la propriété. — Le manse. — La borde. — Nom des
domaines. — Leur étendue variable..   28

II. La maison : la maison et ses dépendances, aire, silos, etc. — Le vêtement et la
propreté; les bains..   32

III. Le village : nécessité du groupement; les incursions des Maures. — Système de la
fortification des mas isolés. — Système des villages fortifiés. — Dispositions adoptées : remparts, église, clocher. — Système des réduits au centre des villages.
— Garde des villages. — En montagne, villages ouverts et mas dispersés. —
Châteaux et bastides militaires. — Liste de villages fortifiés. — Changement d'assiette de localités. — L'intérieur des villages.............................   34

CHAPITRE IV. — LES MONNAIES ET LES MESURES.

I. Échanges; bétail-monnaie. — Payement en métaux bruts. — Sommes égales à la
valeur d'un ou de plusieurs marcs d'argent fin.............................   44

II. Variété des monnaies admises dans la province : mancuses; monnaie roussillonnaise
et monnaie de Malgone. — Monnaie barcelonaise. — Monnaie sterling. —
Monnaies arabes : morabotins et masmondines. — Monnaie toulousaine et tournois.   48

III. Valeur des monnaies; examen des calculs de Bosch, de Gazanyola et Colson pour
déterminer la valeur réelle des monnaies. — Méthode adoptée. — Résultats. —
Valeur au change des monnaies étrangères. — Valeur relative des monnaies :
impossibilité de la calculer. — Série de prix..............................   51

IV. Mesures : mesures linéaires; mesures agraires : évaluation d'après la durée du
travail, d'après le prix de la terre, d'après la quantité de semence. — Mesures de
capacité. — Mesures de poids. — Variété des mesures......................   57

CHAPITRE V. — LE COMMERCE DE L'ARGENT.

I. Expédients pour dissimuler le prêt à intérêt : majoration du capital prêté; vente
à réméré à prix fictif. — Vente à réméré. — Hypothèque. — Rente constituée;
rente au profit de l'État.   66
II. Contrat de gage : engagement de revenus, de meubles et d'immeubles. — Mort-gage
et vif-gage. — Droits du seigneur foncier de l'immeuble engagé; cessibilité du
gage. — Terme du dégagement. — Redevance payée au propriétaire du gage. —
Fréquence des gages.   70
III. Banque : jusqu'au xiiᵉ siècle, aux mains des moines; ensuite aux mains des laïques. —
Juifs de Perpignan : leur quartier, leur communauté et ses privilèges. — Persistance de leur nationalité. — Banquiers chrétiens : simple tolérance qui leur est
accordée. — Taux légal permis aux juifs et taux permis aux chrétiens; interdiction
du prêt à intérêts composés.   73

CHAPITRE VI. — LES BIENS ET LA PROPRIÉTÉ.

I. Meubles et immeubles; le bétail. — Applications de cette distinction. — Domaine
public : aux origines de la féodalité. — Pendant la féodalité. — La loi *Stratæ*. —
Après la féodalité.   80
II. Acquisition des biens : occupation et accession. — Prescription. — Imprescriptibilité.   88
III. Vente : son caractère consensuel; tradition de la chose vendue; l'ensaisinement. —
Payement et garanties. — L'approbation du seigneur foncier. — Forme de l'acte
de vente avant le xiiiᵉ siècle. — Ventes aux églises. — Exemple d'acte de vente au
xiiiᵉ siècle.   90
IV. Aprision : étymologie. — Éléments de l'aprision : concession; occupation; possession
trentenaire.   99

CHAPITRE VII. — ALLEUX ET TENURES.

I. Erreur sur les origines de l'organisation de la propriété foncière en Roussillon : la
propriété des terres conquises au viiiᵉ siècle. — Les concessions royales : aprisions
et bénéfices; les rétrocessions. — Asservissement du sol par la violence. — Le sort
des droits antérieurs à l'invasion musulmane. — Persistance durant le moyen âge
des concessions et recommandations. 102
II. Alleu : significations diverses de ce mot et noms divers de l'alleu. — Éléments et
décomposition de la propriété complète : domaine direct, domaine utile; *dominium*. 106
III. Question du franc-alleu : théorie de la seigneurie universelle du Roi. — Examen
des arguments pour et contre. — Situation de la terre à l'égard du seigneur local :
examen de la thèse de l'allodialité des terres en Roussillon. 110

CHAPITRE VIII. — DIFFÉRENTS MODES DE TENURES.

I. Tenures à temps : *violari*, usufruit viager. — Précaire. 115
II. Bail ordinaire : sa durée. — Baux à ferme et baux à portion de fruits. — Cheptel. . . 116
III. Bénéfice et fief; différentes espèces de fiefs. — Fief et censive. — Fief et emphytéose.
— Noms des concessions roturières. — L'emphytéose : son importance; son intro-
duction dans le droit roussillonnais. 119

CHAPITRE IX. — CONDITIONS GÉNÉRALES DES TENURES.

I. Perpétuité; conséquence : rachat du domaine utile par le seigneur foncier. — Destination de la tenure : acaptes *ad panem et ad vinum*. — Aveu et dénombrement... 125

II. Origine des droits de mutation. — Aliénation par sous-acensement. — Succession en ligne directe. — Succession en ligne collatérale : *exorquia*. — *Intestia* 127

III. Obligation en cas de vente, donation ou engagement : *fatica* ou retrait féodal. — Approbation : *laudimium, luisme, ferma*. — *Foriscapium, foriscapi*; taux de ce droit. — Indivisibilité des tenures. — Droit du seigneur foncier à l'aliénation. — Commise 132

CHAPITRE X. — REDEVANCES DUES POUR LES TENURES.

I. Agrier : définition. — Quotité : moitié des fruits, tiers, quart, cinquième, sixième ou agrier proprement dit, etc. — Attribution de la paille et des sarments 142

II. Cens : définition, origine. — Payement en nature. — Conversion des agriers en cens 148

III. *Usages :* leur prélèvement sur la totalité de la récolte et leur attribution soit au seigneur du fonds, soit au tenancier. — *Balliu; botatge; brassatge; casalatge; cossura; espigolatge; lenguatge*, etc. 152

IV. Termes de payement des redevances : redevances payables à jour fixe. — Redevances payables pendant une période 157

CHAPITRE XI. — SERVICES DUS POUR LES TENURES.

I. Albergue : noms, origine, nature. — Étendue de cette obligation 159

II. Corvées : origine. — *Tragin* ou charroi. — *Jova* ou labour; corvées diverses. — Corvées dans l'intérêt de la communauté. — Importance de la corvée 163

III. Importance de l'ensemble des redevances et des services. — Extrême variété de la quotité des *agriers*. — Proportionnalité inverse du droit d'entrée et de la redevance. — Exemple de concessions. — Les tenures perpétuelles, principale cause de la ruine des seigneuries foncières 168

CHAPITRE XII. — REDEVANCES ET SERVICES PERSONNELS.

I. Confusion entre les droits réels et les droits personnels. — Homme *propri*. — Comment on devenait et comment on cessait d'être l'homme d'un seigneur. — Hommage; cens personnel 172

II. Justice personnelle et obligation de servir de caution. — *Questa, tolta, forsa:* — La résidence, *statica* : son origine. — Adoucissement de cette obligation : la *remensa*. — Mesures pour empêcher les infractions 181

III. *Cugucia*. — *Arsia*. — *Ferma de spoli forsada*. — Le droit du seigneur. — Origine et disparition des *mals usos* 189

CHAPITRE XIII. — CONDITION DES PERSONNES.

I. Variété de la condition des personnes. — Bayles. — Nobles : ce qu'était la noblesse. — La question de la noblesse en Roussillon au siècle dernier; distinction essentielle. — Bourgeois. — *Pagesos* : sens de ce mot; leur condition. — Les serfs : y avait-il des serfs en Roussillon ?.................................... 197

II. Famille : les mœurs. — Contrat de mariage : date; dispositions. — Dot et douaire : proportion ordinaire; hypothèque. — Noms des individus. — Autorité paternelle : majorité. — Testament : modes de testament; la part des enfants, de la femme. — Solidarité de la famille et ses effets : communautés familiales............. 205

CHAPITRE XIV. — LA SEIGNEURIE.

I. Importance ancienne de la vie communale; priorité de la seigneurie sur la commune. — Origines du pouvoir seigneurial. — Usurpations. — Concessions. — Recommandations. — Immunité. — Offices viagers et héréditaires. — Conversion des offices en fiefs. — Influence des théories alors en cours contre l'allodialité...... 216

II. Nature du pouvoir seigneurial : sens divers des mots *senyor* et *castell*. — Droits de justice. — Caractère fiscal de la justice : droits perçus. — Droits sur les vacants, routes, cours d'eau; banalités.. 224

III. Administration seigneuriale : châtelains, bayles. — Attributions des bayles : intendants et magistrats. — Le *for* du bayle. — Les assesseurs, collaborateurs et suppléants du bayle : juge, prud'hommes, *saig*, lieutenant..................... 232

CHAPITRE XV. — LA COMMUNAUTÉ D'HABITANTS ET LA COMMUNE.

I. Principes d'où est sortie la communauté d'habitants; paroisse et communauté. — La communauté association de propriétaires. — La communauté agrégat de familles.. 242

II. Nature de la communauté d'habitants : solidarité passive; solidarité active : *ma armada*. — Droits d'usage des communautés : interprétation fautive de la loi *Stratœ*. — Théorie sur l'origine des droits des communautés. — Les *devèses* ou *voalars*. — Églises, hôpital, etc.. 244

III. Organisation politique de la communauté : tiédeur des vieilles populations roussillonnaises pour le consulat. — Introduction du consulat dans la province. — Subordination du pouvoir communal au pouvoir seigneurial. — Tribunal populaire : les *sobreposats*. — Groupement de communautés : syndicats de villages. — La prétendue *république* d'Andorre.. 257

CHAPITRE XVI. — L'ÉTAT.

I. Idée confuse de la souveraineté au moyen âge. — L'indépendance de la Marche d'Espagne : ses origines, sa date. — Situation du Roussillon et de la Cerdagne à l'égard des comtes de Barcelone, puis des rois d'Aragon........................ 265

II. Rôle et droits du souverain en cas de guerre défensive : host et chevauchée; le *Princeps namque*. — Guerres de conquête. — Mission du souverain à l'intérieur : pouvoirs de justice et de police.. 269

III. Administration royale : les viguiers; leur origine. — Attributions des viguiers. — Les revenus ordinaires du Trésor : domaine, leudes. — Les aides : *boratge*, *cisa*, *questia*. — Le vote des impôts : les *Corts*; leur date et leur origine féodale. — *Corts* et parlementarisme.. 274

CHAPITRE XVII. — L'ORDRE SOCIAL.

I. Insécurité de la société roussillonnaise au moyen âge; justice privée; charte privée. — Guerre privée. — La *ma armada*. — Brigandages : la *mala gent*.......... 282

II.   Union de la royauté et du clergé contre la noblesse en faveur du peuple. — Réaction
      contre la justice privée : les sauvegardes, les trèves........................ 288

III. La paix et la trève de Dieu : le synode de Toulouges. — Ses prescriptions; canons
      du concile provincial de 1065; la paix; la trève de Dieu. — Durée et influence des
      constitutions de paix et trève; modifications qu'elles subirent. — Mesures contre
      l'hérésie. — L'Inquisition dans la province........................... 290

Conclusion... 301

Table alphabétique des matières......................... 305

www.ingramcontent.com/pod-product-compliance
Lightning Source LLC
Chambersburg PA
CBHW070322030726
47505CB00004B/1062